九州

缥缈录

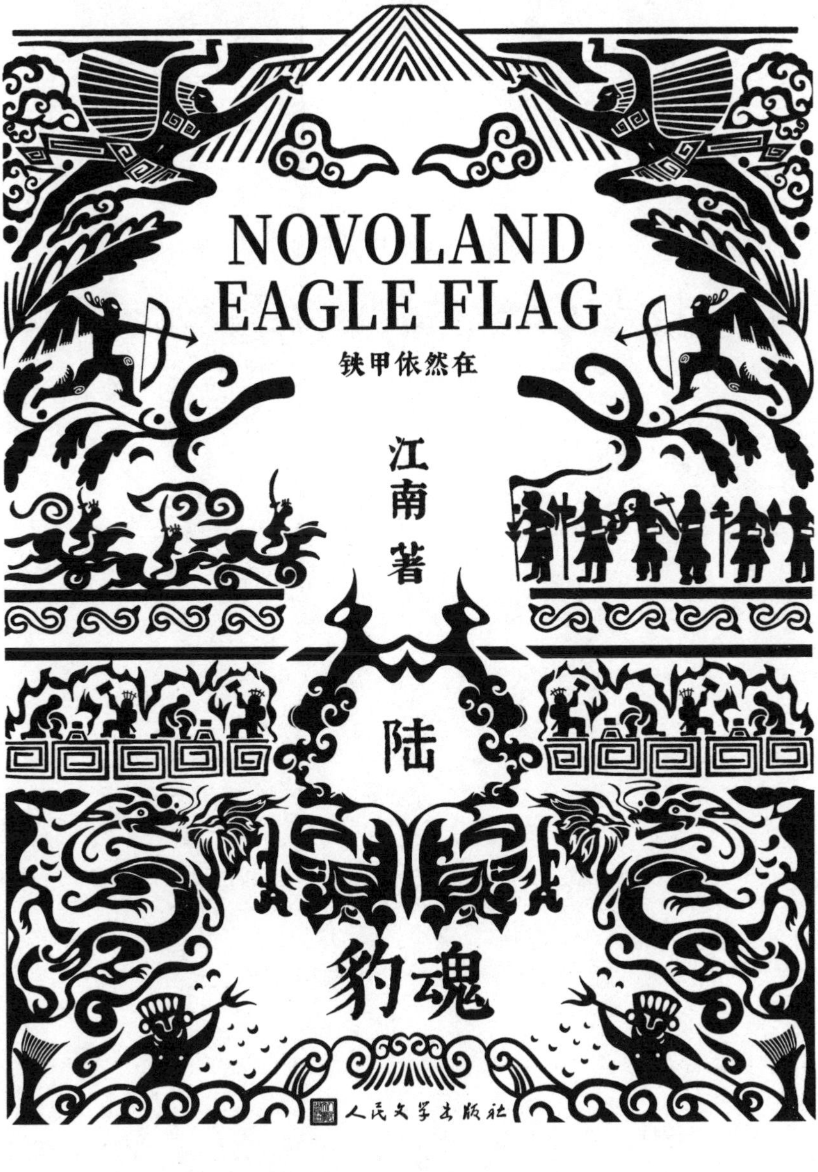

NOVOLAND EAGLE FLAG

铁甲依然在

江南 著

陆

豹魂

人民文学出版社

目录

第一章 狐之忿怒

一

胤成帝五年十二月十日，天启城，桂宫。

长公主一身素纱，赤着双足坐在卧榻上，抱着个织锦的靠枕，和雷碧城对弈。雪后冬晴，长公主的心情似乎极好，落子便笑，轻笑声如涟漪般在宫殿里慢慢地漾出去，媚人心骨，雷碧城却端坐思考，对一切仿佛不闻不见。

宁卿躬身站在长公主身后，有时殷切地上去为她按摩肩背，有时候接过女侍手里的热茶，吹得温度正好才递过去，长公主于是轻柔地抚摸他那张软玉般润泽的脸。

“宁卿，碧城先生在我新下那枚棋子的上方挂了一手，你说我怎么应对比较好？”长公主细品着青州出产的樟木茶，咯咯轻笑着问。

宁卿躬身行礼，笼着大袖沉思了片刻，“碧城先生的用意似乎是以‘雁切’之势断长公主的十六子，招数凌厉，但是太过凌厉则有破绽。宁卿为长公主考虑，不妨向左跳一步落子，这样碧城先生还想走出‘雁切’的局面来，就得多走至少两步，以盘面来看，碧城先生是不会花这两步来断长公主的十六子的。”

他还没有说完，雷碧城已经将手中一枚深色的翡翠棋子投向木盒里，这是认负的意思。

“棋术上宁卿公子堪称大胤一代国手，宁卿公子作为长公主的军师，雷碧城没有胜算。”他躬身行礼，随即抬眼看着宁卿，“如今盘面上已经落了不下七十枚子，一个盲眼的人，却能记住每个棋子的位置，那么快地做出判断，如果我不是亲眼所见，必然不敢想象。”

宁卿恭谨地回礼，“那是因为碧城先生双眼如炬，必然是会依赖那双眼睛，所以心算之学没什么必要。而宁卿生来就是个瞎子，对于一个瞎子来说，脑海里的东西就是世上的一切，我从家父那里学棋的时候就是靠记盘面。所以记盘面这种事情在碧城先生看来艰难，在我却不过像是亲眼看到了那么简单。”

雷碧城微微思索，也向着宁卿回礼，“宁卿公子这么说，极有深意，令人拜服。”

“不敢，承碧城先生夸奖。”宁卿再次回礼。

长公主一串银铃般的笑，用手里的靠枕在两个躬身行礼的人脑袋上各敲打了一下，“看你们这么行礼，你一拜我一拜的，还没完了，真有意思。可别忘了是我赢的这一局，宁卿啊，只是一个军师。”

“云中叶氏《兵武四卷书》中，《揽胜》一章说，‘杀人，上将以谋，中将以策，下将以战。’用人是最大的谋，是权谋，是权者所为。长公主能用宁卿公子这样不世出的人才，便是谋略过人，我们的胜局，也是靠着长公主的权谋才得到的。”雷碧城恭恭敬敬地说。

长公主微微一愣，随即掩口而笑，一边笑一边娇俏地靠在宁卿身上，捶打着他的肩膀，“宁卿你说碧城先生多会说话，你们一个是神的使者，一个是不世出的人才，把一切事情都做得好好的，说起来倒是我的功劳了。我贪了你们的大功，不是该开心死了？”

宁卿只是含着笑，任她软绵绵地捶打。

长公主的动作忽地停滞。她呆了一下，目光流转，看着宁卿的脸，声音飘忽，“可我忽然又担心了，你这样不世出的人才，会不会有一天从我身边走掉，就再不回来？”

宁卿一愣，脸色微变，刚要说什么，长公主已经把身体微微前倾靠近雷碧城，“碧城先生对于我们的胜局，有多少把握呢？”

“九成。”雷碧城回答，“根据最新的情报，北都城下第一次接战，青阳部大败，连排在第一的名将木犁也战死了。除了木犁，青阳再也没有人能阻挡朔北的狼骑。而羽族那边的进展也相当顺利。”

“那么这大胤很快就是内忧外患了，”长公主微微点头，“好，很好！外族的兵会让那些狂妄的诸侯尝尝兵临城下的滋味。他们要明白一件事，当东陆真有战事的时候，只有我们白氏皇族才能击败外敌，守卫疆土！”

“四万劲弩随时待发！”雷碧城说，“能打败蛮族铁骑和羽人长弓的，在东陆只有长公主。”

此时一名年轻的白衣官吏双手笼在袖中，低着头一路快走，刚踏入长公主的寝殿，就在门边跪下行大礼，自始至终连头也不敢抬起。

长公主淡淡地扫了他一眼，略有些烦躁。这个人是如今皇帝的御用书记，官职是兰台令，在帝都是个品衔不高的大臣，却也是众多人都得巴结的对象。五年之前也是她把这个年轻人推荐给了现在的皇帝，可是这个年轻人在皇帝身边的表现实在太让她失望。这个年轻人十六岁的时候被她宠爱，文笔样貌都妩媚动人，那时候在帝都也算是豪门名媛们的梦中人。可是如今真的成了皇室的大臣，反而灵气衰退，变成了个徒有几分相貌的粗蠢之人，和她背后这个宁卿比起来，不啻天上地下。

自从她找到这个叫宁卿的孩子，忽然觉得世上其他男人都污浊了起来。只有这个孩子，无论他唯唯诺诺的时候，还是他纵横捭阖的时候，都叫她从心底里喜欢。即便是看着他在雪窗前静静地坐着，一双看不见东西的眸子默默对着窗外扑进来的风雪，也觉得这个还未必能称得上男人的大孩子是翡翠为骨冰雪为肌，一缕凝聚的檀香烟做他的魂魄。

她不便对着这个兰台令动怒，因为当初送他到皇帝身边，也是因为得了宁卿。她担心这寝宫里容不下两个貌美如花的男人，于是找个借口把其中一个赶了出去。可这个兰台令就是不懂事，出去五年来，每次进寝宫还是不找人通报，似乎仍把这张卧榻看作了他的栖身之所。

她微微扭头看了宁卿一眼，宁卿双手笼在大袖里，默默地躬身肃立，那双淡淡的、仿佛蒙着烟雾的眸子静静看着前方，带着一缕淡淡的笑。

“长公主，御史们说看完息衍的卷宗，已经有了主意，七位御史大人主意一样，还想看看长公主的意思。”兰台令的声音柔腻。

“哦？御史大人们的手脚麻利起来了嘛。”长公主懒懒地笑，“说来听听，这帮老夫子想怎么判息衍的罪。”

“按御史大人们的说法，蛮族世子得以从南淮城里脱逃，主要是息将军麾下一个青缨卫劫了法场，又让蛮族骑兵潜入南淮予以策应。息将军对下属督导不严，理应严惩，又是蛮族世子的老师，教导不得法，也是罪名。不过从卷宗里倒是看不出息将军有暗通蛮族的嫌疑，谋反也说不上。南淮的城防也不是息将军负责，所以被蛮族骑兵潜入，不能怪罪到息将军那里。念及息将军曾在殇阳关勤王有功，多年来对皇室忠心耿耿，理应酌情定罪。御史们的意思，是除去其爵位官职，在南淮城就地监禁，令其悔过自新……”

“混账！”长公主没有耐心继续听下去了，起身抓起案子上的一只翡翠烟壶，狠狠地砸向兰台令。

烟壶落地砰的一声巨响，分崩离析，色泽浓郁的翡翠在长公主愤怒之下被摔成了白色的粉末。兰台令惊得全身哆嗦，叩头不止。他也知道这个判决长公主多半不能满意，来前心里已经想了几句应对的话，可是在这个女人的威严之下，他硬是一个字也说不出来。他也曾在锦被里拥着这个女人赤裸的身体，也曾被她娇笑着喂过羹汤，可他能感觉到她身上那种母狼般的凶狠，只要她发怒，狎戏欢好时的恩宠就立刻被收走，容不得一点悖逆。

“息衍没有暗通蛮族？那么蛮人劫法场的时候，恰巧息衍心血来潮，一纸手令把城中驻守的军队都调到城南野地里傻站了整整一日？也是恰巧那天息衍心血来潮，所以把自己的全部卷宗付之一炬？息衍没有谋反？天驱宗主万垒之鹰没有谋反？”长公主怒极而笑，“你们以为天驱武士团是什么？是你们一起出钱凑份子喝酒嫖女人的私密组织？”

宁卿缓步趋前，凑近长公主耳边，“长公主不必动怒，大概息衍确实把自己隐藏得很深，从表面上看不出他是天驱的逆贼。他又把全部卷宗和书信付之一炬，我们也找不到太多的证据。御史们大概是明哲保身，不愿意重判吧？”

“御史台这帮蠢物在想什么？这次不永绝后患，总有一天息衍这只狐狸会逃归山林！”长公主看了他一眼，略略降低了声音。

“回去带信给诸位御史，以前嬴无翳占据天启的时候，为了自保依附于嬴无翳，长公主施恩，不会追究。他们留在嬴无翳那里的把柄，时过境迁，也就忘了吧。但如今是长公主辅佐陛下治理天启城，如果诸位御史依然想着效忠嬴无翳，那就是死罪。”雷碧城淡淡地说着，挥挥手，“请诸位御史大人重新再看息衍的卷宗，多想想。”

兰台令看到雷碧城挥手令他退下，简直如同死囚蒙了大赦，向着长公主匆匆拜别，几乎是连滚带爬地逃出了桂宫。直到站在了宫墙外的阳光下，他才狠狠地打了个哆嗦，一身冷汗涌出毛孔，湿透了里衣。

这一回倒不是畏惧长公主，他已经习惯了这个女人的阴寒和易怒，可雷碧城缓缓睁开眼睛的瞬间，他惊得无法呼吸。雷碧城淡淡的目光里，似乎有个森冷的鬼魂扑进了兰台令的身体。

桂宫里，雷碧城说：“长公主不必动怒，御史们并不是愚蠢。他们懂长公主的意思，可是有别的人在威胁他们。嬴无翳有个属下谢玄，在‘离国三铁驹’中是排第一的人物，对于权术极有心得。在嬴无翳占据天启的时候，由他出面收买了不少帝国公卿，还搜集他们行为不检点的证据，作为把柄捏在手里。这次七御史的意见如此一致，难得罕见，如果我没有猜错，是谢玄私下要挟的结果。”

长公主沉吟了一会儿，“嬴无翳要救息衍？嬴无翳为什么要救息衍？

他们是死敌。”

“敌人和盟友，总是流转变化的。比如我也曾是嬴无翳的属下，可我如今可以为长公主去取嬴无翳的人头。何况，自始至终，息衍也并未把嬴无翳真正看作他的敌人。如果不是息衍阻止，白毅或许能在殇阳关前射杀嬴无翳。”雷碧城淡淡地笑。

“有过这样的事？”长公主吃了一惊。

“千真万确，消息是我埋伏在离国军队里的学生送出来的。不但息衍并不想杀嬴无翳，白毅也在犹豫。因为他们都是出仕于诸侯的武士，不能出面对抗掌握皇室大权的长公主。而嬴无翳这只来自南蛮的狮子却是长公主最好的敌人，只要嬴无翳还活着，长公主就很难实现收服诸侯的大计。”雷碧城语意深长，“其实在白毅和息衍眼里，最大的敌人，不是别人，正是皇室啊！”

“皇室？”长公主悚然，“我知道白毅和息衍早有不臣之心，想借助兵势在诸侯国坐大，可他们难道真敢把矛头指向皇室？他们不怕死么？”

“白毅身为御殿月将军，十年来从不曾入天启朝觐。对他而言，皇室不过是个象征，楚卫国才是他要效忠的。皇室想收服诸侯，首先是离国，其次就是楚卫国。楚卫的疆土并入王域，无疑是白毅不想看到的。而息衍是如今东陆天驱的领袖，从风炎朝以来，天驱几乎被赶尽杀绝，这些都出自皇室的授意。长公主以为他能不恨皇室么？白毅和息衍都是武士，如果皇室的复兴威胁到了他们自身，他们就会变成不择手段的暴徒！”

长公主沉思良久，沉沉地点头，“碧城先生一语，点醒梦中之人！这么说来，就更不能让息衍这个逆贼活过这一关！”

“长公主英明，应有最雷厉风行的手段，令御史台即刻定罪，即刻执行，不要等待春天。”雷碧城声音冷峻，“息衍是一只可怕的狐狸，多活一日，就多一分危险！”

“就依碧城先生之意！”长公主点头，“宁卿，午后你自己去御史台，三日之内，把定罪的文书发往南淮城，要百里景洪即刻执行！十日之内息衍若是还没死……御史们该知道后果！”

“领长公主令！”宁卿肃然行礼。

“那么雷碧城先行告辞,陛下下午还有召见,我明日再来拜会长公主。”雷碧城起身。

就在他起身的一刻，宫殿一角的黑衣从者也站了起来，他一直半跪在那里，拄着长刀，没有动过一分一毫，也没有发出哪怕一丁点儿声音。兰台令走进这座宫殿时完全没有察觉宫殿一角的阴影中还有这么一个人，远看去那根本就是一座跪着的武士俑。

“碧城先生输给了我，可有什么彩头献上？”长公主笑。

“富有四海的人，只有天下可以做她的彩头吧？”雷碧城也笑。

他转身直出宫门，黑衣从者在他身后亦步亦趋，黑衣下的铁甲叮叮作响。

直到那铁甲声消失在远处了，宁卿才转身面对长公主，压低了声音，“长公主，宁卿有话，不知该不该说出来。”

“说吧，有什么不能说？只要你乖乖的，你说什么我都喜欢听。”长公主摸了摸他的头。

“按照碧城先生的计划，蛮族和羽族会分别进军淳国和晋北国，两国兵力无法抵挡的时候，我们派出金吾卫和羽林天军驰援，趁机夺取两国，把诸侯的领土纳入王域。可是这有一个前提，就是淳国和晋北国的兵力加上皇室的两万轻骑和四万重弩，确实能够击溃来犯之敌。否则我们将满盘皆输，蛮族铁骑和羽族射手会一直推进到天启城下。而我们南边的天南三国只要联合起来锁住殇阳关，就能够挡住蛮族和羽族，保住他们自己的领地。此时我们无路可退，”宁卿顿了顿，“王域将变成外夷肆虐之地……大胤会……亡国！”

“是，你说得一点都不错。”长公主一点也不惊讶，“宁卿，你从未真正相信过碧城先生，是么？”

宁卿斟酌了一下，“宁卿无法相信一个自己不了解的人。”

“是啊，我也想知道碧城先生为什么而来，在想什么。可我不知道，也许世间就是有这种半神半人，以俗子的智慧要去揣摩他的心，是不可能的，那僭越了天地间的至高的礼数。”长公主低低地叹了口气，“可我相信他，对这么一个人来说，俗世的财富权力，都不在他的心里，他代表神的意志，不能违抗。宁卿，你不知道这些日子在我身上都发生了些什么，如果你能看见，你一定会为我高兴。你过来，过来摸摸我的脸。”

宁卿愣了一下。他忽然想起，有很长一段时间长公主没有召他侍寝了，他也没有太多机会触及长公主的肌肤。他了解这个正值虎狼之年的女人，除非有了新欢，否则那么久不召男子共寝是不合她本性的。他意识到有什么不可思议的事情发生，缓缓地伸出了手。长公主握住他的手，慢慢地贴在自己面颊上。

手指上传来的感觉像是触到了玉，触到了丝绸，可是玉没有那么温暖，丝绸不会有那样的弹性。那张脸上的肌肤仿佛有股磁力，让人触到了不忍放手，像是触到了什么天地间的至宝似的。

“恭喜长公主……恭喜长公主！”宁卿的声音微微颤抖。

这不可能是长公主的脸，那张满是皱纹、皮肤干涩的脸。这些年来，每次侍寝之后他总要拿一张帕子沾着蔬果中挤出的汁液为长公主轻轻擦脸。可她老了，一个四十岁的女人永远回不到二十岁的肌肤，几十年来的浓妆和岁月本身的剥蚀，像是风化石头那样，在她的脸上刻下了无法抹去的纹路。可是那张脸的轮廓，以及那股熟悉的气息，又毫无疑问是长公主本人。

他是在抚摸二十岁时的长公主的脸！时光仿佛倒流了。

“很快我就要变成十六岁的样子了，十六岁是我一生中最美的时候。十六岁的白凌波……十六岁的白凌波，没有一个公卿的女眷能比得上。”长公主拉着宁卿的手在自己面颊上移动，轻轻吻着他的掌心，像是在梦中呓语，“宁卿，我在镜子里看着自己，再也不怀疑碧城先生的力量。逆转时光，是神使才有的术法啊！这九州之内，又有谁能不臣服于神之下呢？”

宁卿点头，坐在她身边，紧紧搂住她的肩膀。

长公主也抱住他的头，按在自己心口，轻轻抚摸他的头发，“傻孩子，怎么不说话？我不会丢下你的，很快我就变成十六岁的样子了，十六岁的白凌波，是九州最美的女人，她和你站在一起，就像一对要飞升的神仙。我再求碧城先生治好你的眼睛，那时候你看见我的样子，一定欢喜。”

偌大的宫殿中，一男一女相拥，久久不说话。窗外的阳光照进来，照在长公主莹洁如玉石、娇软如婴儿的脸上，近乎透明，可以清晰看见皮肤下柔柔的血色。她笑了起来，不再有老女人的凶戾，是二十岁女人带着憧憬和梦的笑，她的眼瞳明净，仿佛秋湖上涟漪荡开。

雷碧城走到桂宫的正门前，忽地止步，转头看着黑衣从者，“你立刻启程去南淮，我会用飞鸽送一份七御史联署的判罪文书给你，你拿到这份文书，立刻去找百里景洪，然后亲自处死息衍。时间定在四天后的夜里，一刻也不要拖延。”

“不必等宁卿公子那边的回信么？”黑衣从者问。

“不能等，不能小看天驱埋伏在天启城里的势力。御史台发出判罪文书，他们会立刻知道，会不惜代价准备援救息衍。就算钦差带着判罪文书快马赶到南淮，情况可能已经完全变化。所以，你拿着一份假的判罪文书，处死息衍之后，真的判罪文书才会到达，前后会相差三五天。”

“学生明白了！”黑衣从者转身就要离去。

“此外，即便如此，你未必不会和息衍埋伏在南淮城里的人对敌，但你已经跟随我十二年，区区几个天驱你能应付，只是千万小心。”雷碧城在他背后说，“为你哥哥复仇吧，不必留情。”

二

胤成帝五年十二月十一日，晋北国北方临海，北固山城。

这是一个港口，也是一座雪城，每年澜州的第一场雪都是落在北固山城。北固山城以北是分隔青州和澜州的羽渊海峡，从外海来的冰冷海流日夜从这里经过，注入浩瀚的潍海，海上来的冷风和雨云让这里终年阴霾，阳光珍贵得像金子一样。也正是这糟糕的天气在保护着这座地处荒远的小城，从这里北望一百二十里就是属于羽人的青州，羽人在那里建筑了一个坚固的石头堡垒“刻印城”。羽渊海峡最窄的地方甚至窄过天拓海峡，而东陆的王朝千百年来正是靠着这两道海峡包围着自己的边疆。

相比天拓海峡，羽渊海峡更加平静。尽管更窄，却有着冰寒海流高速经过，永不停止。只有羽人的木兰长船可以在这一带的海面上航行，可就算是木兰长船加上羽人本性中驾驭风的能力，航行于羽渊海峡上还是一件令人紧张的事，船随时可能被海流形成的漩涡拖到海底去，或者遭遇暴风天气被吹得撞在附近的山崖上变成一堆海面上漂浮的碎木。东陆人说这道海峡是神劈开来保护东陆的，对于羽人它就像是天渊一样不可逾越，所以命名为“羽渊海峡”。

但是防御并不曾松懈，开国大帝白胤把一位伯爵封在了北固山城，称为北固山伯。这个军武家族世代守卫着这个小城，在晋侯的管辖之下，却享有在这座渔港城市收税的特权。从这座小城无论往东或者往西，数百里内都是陡峭的悬崖面对着白浪滚滚的大海，海浪拍打在峭壁之下溅起数十尺高的水沫，没有船可以停泊。而北固山城所在的却是峭壁地形的一个缺口，这里是个天然的良港，两边伸展出去的海岬中间是一片静水，人们甚至可以在近海捕鱼。白胤曾登上这座城市的高处看了很久之后说，将来羽人的进攻必然从这里开始。所以他在北固山城的最高处设置了火鼎，如果有一天这座火鼎被点燃了，就是羽人已经攻陷了北固山城。长达六百里的烽火连传，直到晋北秋叶山城，晋侯会一面向帝都报警，一面举全国之兵抗击。

古月衣带着两千五百名出云骑射赶到北固山城的时候，正是雨后的阴天，这一代的北固山伯诚惶诚恐地等候在城门前，远远地看见大队的骑射手踏着泥浆疾驰而来，一色的白衣白马。这些年轻武士每一个都是轻衣散发，随身只有一张角弓，连腰刀也没有，为首的武士看起来不过二十出头的年纪，配了一柄黑鞘的长刀，以黄金装饰，看起来倒像是件将官用的武器。

骑射手们迅速地在城门前整队，为首的武士递上了晋侯的亲笔信。

“出云骑军的古月衣古将军么？”北固山伯不太相信这位秋叶山城来的晋侯使者如此年轻。

“古月衣，晋北国出云骑军副都统，拜见北固山伯。”古月衣翻身下马，近前行礼。

“真想不到如此年轻有为，忽然有这么多贵客来我们北固山城这个偏远的地方，让人诚惶诚恐。我接到晋侯的传书，急忙让手下人安排民舍给将军的属下居住，将军知道的，我们这个小城里总共也没几万人，一时间要几千人的兵舍，那是实在没有。”北固山伯搓着手，讨好地笑着，话里绕着弯子提问，“平常晋侯派人来视察防务，才几十个人罢了……”

“这不是平常时候。”古月衣淡淡地说。

“是是，晋侯大人运筹帷幄。”北固山伯不敢说什么了，“将军下属众多，实在安排不过几千人的筵席，只好为出云骑军的将士们准备了食水，我在寒舍为大人单独备了一席海产。我们这里不产别的，产的鱼却是澜州最好的，捕到的都是深海大鱼。我上次带人出海，捕来的龙王花斑鳍，足有这么大……”

古月衣看他双臂张开，凭空比出一条二尺长的珍贵海鱼来，瞪大眼睛带着诱惑的神情，好像鱼市里诱惑客人买自家鱼鲜的小贩，不禁微微地笑了。七百年里东陆和羽族没有发生什么战争，这段平静的日子足够让这个伯爵家族的后代忘却羽人那足以洞穿坚甲的利箭，变成一个普普通通的乡下贵族。

“承北固山伯的盛情，这么大的龙王花斑鳍，一定去尝尝。不过我这次来，主要是看看羽族是不是意图渡海进攻，君侯很关心这事。北固山伯能否带我去海边看看？”古月衣说。

北固山伯愣了一下，随即露出了一点点不屑。他知道这是古月衣的来意后，心里顿时松了一口气。他原来以为晋侯是来兴师问罪，责怪他上个月送到秋叶山城的鱼不新鲜。上个月海潮太急，城里的渔民不敢出海，所以北固山伯只能偷偷拿死了的鱼埋在冰里充数。

“古将军这个可不必担心，”北固山伯说到防务，倒是胸有成竹的样子，“这座城坚如磐石，外面羽渊海峡是天险，我家又是世代镇守于此，每天登高望远,眼睛里都是这片海港,地形那是了如指掌。羽人但敢渡海，海流不要他们的命，我也要了他们的命。”

“这样是最好了，那就带我看看，也让我放心吧。”古月衣含笑说。

“好好，古将军晋北名将，来了我们小地方，先看海，再吃饭，也是正理。”北固山伯殷勤地摆个手势，“请。”

北固山城中间是一座小山，山坡最高处一座森严的堡垒俯视全城。当初白胤下令修建这座堡垒的时候，还没有渔民居住在附近，堡垒里面都是精锐的武士，擅长海战，备齐弓弩。那时候这座堡垒就是北固山城，孤独地矗立在海湾前，披着北方的风雪，像是个沉默的巨人。

古月衣登上堡垒最高处，首先看到了那具重数千斤的青铜重鼎。这座鼎按照白胤的吩咐，在秋叶山城取材铸造，用了四十匹驽马的马队运送到北固山城来，安置在这里，七百年没有动过。里面无论雨雪始终放着一堆被火油浸透的焦炭，这些炭在燃烧的时候会释放出滚滚的浓烟，仿佛火山爆发那样，在数里之外看得清清楚楚。

大鼎比古月衣还高出三尺，需要借助一架梯子才能登上去。古月衣看见里面浅浅地泡着一层水，那些浸透了火油的焦炭就堆在水里。

“这几天下雨，”北固山伯笑呵呵地解释，“积了点水，大概军士们也忘了把下面泄水的木塞子拔了。不过没事，这些炭都浸了油，就算是有水也点得着。倒是要担心防火的事，误传消息可就不好了。”

古月衣默默地点头。

北固山伯拍拍那鼎，“这大家伙，可是古董了，纯青铜，好几千斤，十来个大男人都抬不起来。古将军看，这上面可还有蔷薇皇帝的诗呢……”

古月衣微微点头，走下木梯，转身看向一里之外的海面。这是风平浪静的一天，开阔的海面上渔船往来，一派繁忙景象。再过几日近海可能就要冻上了，虽然只是层薄冰，走不了人，可是渔船也就没法出海了，渔民是抓紧最后的机会，存点渔货准备过年。

“这片海富啊，产晋北国一半的鱼呢，地方也不算穷，不过太偏僻，外乡的女人不愿意嫁到这里来，本乡的小伙子老想出外闯闯。”北固山伯眺望海面，像是菜农看着自己的菜地，满怀感慨，“我年轻时候也想过去晋侯那里出仕，当个武士，风风光光的。将军这样的英俊人物，我当时最是仰慕的。不过现在老喽，离不开这片海喽，哪一天晚上没碗鲜鱼汤喝，心里猫抓似的痒。其实想想我年轻时候，连个五十斤的弓都拉不开，出什么仕啊，自己找罪受。人生来命不同，我这辈子也就是渔民。”

古月衣听得一笑，“北固山伯满门可是世代军籍啊，天启城里的陛下还想着大人为他北镇羽渊海峡呢。”

“唉！”北固山伯摆手，“说得好像我们这个小地方有多要紧，老弟你看这个城啊，其实是个易守难攻的所在，羽人根本打不过来！”

他觉得这个年轻将领蛮和善，并不要晋侯特使的气派，心里亲近，不由得就把称呼换成“老弟”了。

“这个倒要请教北固山伯了。”古月衣恭恭敬敬的，像是学生请教老师。

北固山伯觉得面上有光，腆了腆鱼汤填大的肚子，“要进这片海港啊，先得过羽渊海峡，羽渊海峡那浪多高，水流多急，我不说老弟你也知道的。就算羽人渡得了海，我们只要在海港入口堵上十艘渔船，浇上火油塞满柴火，羽人一来接战，我们点上火，大船顺风过去，风助火势，那是烧得呼啦啦的。就算火攻也不奏效，依旧没事，这片海不深，地下有二百枚破浪锥，是蔷薇皇帝时候埋下的，请的河洛匠师打造，用的铁名叫水晶精，几百年不锈。只有我们本地人知道那些破浪锥的所在，行船的时候自然绕开，羽人的船轻，船底不厚，撞到就沉。就算破浪锥也没有都把他们沉海底去，羽人也得登岸啊，一上岸，他们在水里的本事都不算什么了，我这里城墙高厚，万弩齐发，嘿嘿！”

“万弩齐发？”古月衣环顾周围，只有一些军士懒洋洋地在周围走动，并不带弓箭，只是挎着柄制式老掉牙的军刀，“倒是不知道这里射手有多少人。”

北固山伯一愣，挠了挠脑袋，“这个……倒是不瞒老弟你，晋侯大人也知道的，我们这里几百年不打仗了，那些军籍的人家都改行当渔民了。如今要练兵都叫不来人了。而且你看这海面，要练海战，不够开阔，要练弓箭……练了也没用处，射海鸟？还不如打鱼呢。”

古月衣知道和这个渔民自居的伯爵大人是说不通了，只能笑笑。

“将军，那边是不是出了点事？”跟在古月衣身后的一个副将指着海面说。

古月衣放眼看去，靠近海面的几十艘渔船升起了风帆，往海港中间聚集，那里是两艘渔船船头相对，隐隐约约两边各有人站在船头怒骂。

“哎哟喂，是司马家和陈家的两个狗东西！”北固山伯一张望就明白了。

“司马家和陈家？”古月衣问。

“我们这里的两个大户，各有百十条渔船。蔷薇皇帝那会儿派到这里来驻防的一共有四个姓氏，如今司马家和陈家壮大些，其他两家就没多少人了。这两家的人都是军籍，脾气躁得很，老是为了你挂了我的渔网，我占了你下网的地方闹事，闹起来就把渔船叫到一起围起来，把风帆升起来在里面打架，等我问起来又都不承认，我没有亲眼所见，也不好多管。可我说了今天晋侯大人的特使来视察海防的，这些混账东西！”北固山伯一拳砸在掌心里。

果然，围聚到一起的渔船都升起了风帆，把中间的两艘船彻底遮蔽起来。渔民们大声地吆喝起来，似乎是为里面打架的人助威，几十条渔船，加起来怕有上千渔民，闹起事来确实也是这个北固山伯管不了的。

“古将军！那边起火了！”副将忽然说。

古月衣抬头看去，那群围聚在一起的渔船中央，有一面被火焰吞噬的风帆。渔民们依旧在大声地吆喝，吆喝声里已经满是惊慌，渔船围得那么紧，一时散不开，很快火就会蔓延到周围的船上。中间那艘船烧得极快，转瞬间彻底被火焰包围了，就像是一块被火油浸透的木头。火焰飞速地向着其他船蔓延，风在这个时候居然大了起来，风助火势，不可阻挡。

“怎么……怎么会这样？”北固山伯惊得瞪大眼睛，茫然不知所措。

“一艘船，即使失火也不该烧得那么快吧？”古月衣低声说，“除非有人故意放火。”

“谁？谁敢在这北固山城里放火烧船？那些都是军船！”北固山伯大怒。

北固山城这里的渔民多数都是用军船打鱼，这些伪装成渔船的军船都是上好的木料建造，龙骨坚固，船板厚实，升帆之后速度远高于普通渔船。侧舷留有射箭的口子，船里常年备着武器、绳索和铁钩等物，一艘船上几十个渔民，一旦开战，该操帆的操帆，该射箭的射箭，该准备步战的披甲，丝毫不乱。

“大……大人！”站在高处眺望的军士忽地大吼，他的声音已经扭曲了，手颤巍巍地指着海天尽头。

古月衣全身一颤，放眼看去，看见巨大的风帆在海面上缓缓升起，不是一面，是数十面，排成整齐的队列。一人高的海浪推动着这些巨舰，高速直扑北固山城而来，海流和风向对那些船都极有利，就像是战马从高坡上冲下，势不可当。古月衣对于海战没有经验，可是他知道如何在极远的距离分辨物体的大小，在这个距离上那些风帆上的花纹仍然清晰可见，那么那些船都是足以容纳数百人的三桅巨舰。

那是羽人最骄傲的战船——木兰长船！

古月衣看了一眼自己身边的北固山伯，这个伯爵的两腿哆嗦，整个人像被拎走了魂魄似的，一张脸煞白，说不出话来。

“那些着火的渔船上有上千人，都是你属下的军人，是么？”古月衣问。

北固山伯呆呆地点头。

“那么你还有多少人、多少船可以调用？”

北固山伯呆呆地摇头。

古月衣知道自己问不出什么了，问一个渔民此时该干什么只是浪费时间。

“既然对方知道用火攻来打开进港的道路，那么破浪锥的位置想必也知道了，这些不能移动的东西在那里都立了七百年了。船帆上的花纹是青翼，是羽族翼氏斯达克家族的家徽。那些是船头安放了炮弩的战船，他们是来进攻的。”古月衣低声说着，转身看自己的副将，“传令，全体检查弓箭和马匹，准备出发。”

“和君侯的情报分毫不差啊。”副将深深地吸了一口气。

“我们该庆幸君侯的情报太准确，还是该担心自己呢？接下来我们要面对的是生来以弓箭为骄傲的羽人。”古月衣淡淡地说，拍了拍北固山伯的肩膀，“大人，留在火鼎旁边，只怕你要准备好火种了。”

他仰头对高处那个负责眺望的军士说，“吹号，羽人来袭！”

古老的铜号再次吹响，在天地间轰响，港口里燃烧的船帆照红了水面，尚未整顿休息的出云骑兵重新上马。这个堡垒在号声中苏醒，七百年后，它再次从一个渔民小城变成了人类和羽族的前锋阵地。

三

胤成帝五年十二月十四，南淮城，盘城大狱。

入夜后下起了暴雨，一直不停。屋顶漏了，牢房里滴滴答答地下小雨，当作床垫的稻草一股霉味儿，引得囚犯们连声地骂娘。狱卒在这种坏天气里也没好气，不耐烦了就进来挥舞铁棍敲打铁栏杆，大声地喝骂。几次三番囚犯们也不骂娘了，知道抱怨也没用，反正在漏水的牢房里也睡不着，于是隔着铁栏杆三三两两地凑一起说闲话聊女人，居然有酒肆般的热闹。

息衍捶了捶牢房墙壁，“我投出来二，黑马进二。”

隔壁传来一声得意的怪笑，“我便知道你要走这一步，看我的手气！紫薇行在上，北辰行在旁，神兵开大道，我今日赌桌得胜要逢双！”

这几句是南淮城里的赌徒扔骰子前常说的话，无非是诸神开财路，赌运上上吉一类的意思，跟着对面就传来石子在地面上滚动的声音。

“六点！六点！老息你要完！”对面的人兴奋极了，尖着嗓门把那些聊天的人都盖了过去。

“老东西你给剐千刀了么？喊那么大声？玩盘双陆就乐成这样？”那边聊天的囚犯一边恶毒地诅咒一边抱怨。

息衍对面的老囚犯不敢再嚣张了，呵呵地赔笑，声音里仍旧满是得意。息衍也笑，低头看着他用石块在牢房地面上画出的双陆棋盘。

这座监狱名字起得森严可怖，其实什么人都关，豪门里惹出是非的淫娃妖妇、市井里打架杀人的贩夫走卒乃至一些犯了事的低阶的官员，都可能往这里扔。不过这里也是南淮城里防备最森严的监狱，关在这里的人犯的事儿都不小，隔几天就砍几个，牢房空了又填满，犯人流水样地换。以息衍的官爵，就算下狱也关在单独的牢房里，他下狱的前几个月也确实是被单独关在南向的一间石牢里，除了巡视的狱卒不能和任何人接触，仅有一扇天窗通气。百里景洪因为法场劫囚的事在东陆诸侯中颜面扫地，对息衍恨意极深，从宫里派了个内监来看看息衍这个逆贼如今是否气焰低落。可内监到时，只看见息衍正对着天窗撮唇吹口哨，去逗弄一只在那里歇脚的鸽子，一脸的懒散。内监回报百里景洪之后，百里景洪怒火烧天，下令把息衍关入臭气弥漫的死牢，和那些卑贱的囚徒吃一样的牢饭。

百里景洪之后没有再派内监来探，否则他会越发恼怒。因为看起来息衍只是有点抱怨周围囚犯身上的臭气，却对这个比较热闹的地方并不很排斥，入夜就隔着铁栏和其他囚犯神侃。他会说市井里粗人的俚俗语言，囚犯们也乐得听这个失势的大人物讲点轶闻，息衍在这帮人里面还算很有点人缘。又过了一阵子，息衍发觉他隔壁那个老囚犯双陆下得不错，可惜石墙隔着两个人从来不能见面，于是各自弄了差不多四方的石子儿作骰子，在地上画了双陆棋盘，靠着敲墙来下棋，一个晚上能有三四把输赢。

“说起来老东西你是犯了什么事儿？”息衍捏着手心里的两枚石子儿，捶了捶墙壁。

“假造金票，是杀头的罪。”对面的老囚犯倒也不很沮丧，答得很是坦然。

“假造了多少？”

“也就二十万金铢。”

息衍愣了一下，笑出声来，“难怪是杀头的罪，你假造的金票可以买半条紫梁大街了。”

“那您是犯了什么事儿？您可是南淮城大名鼎鼎的息将军，能沦落到这里来，犯的事儿不会小。”老囚犯反问，他们这些人都比息衍关得久，跟外面不通消息。

息衍抓了抓头，“说起来被抓到了把柄的事儿也就是私下里调动军队。”

“调动军队？调动了多少人哪？”老囚犯追着不放。

“也就三四万人。”息衍学他的口气。

“难怪是杀头的罪，你私下调动的人能把一国给打下来了。”老囚犯得意洋洋地报复。

两个人一齐笑了起来，看起来对于彼此要被杀头这个事情倒有几分欢悦。

“其实我觉得我还算运气的。”老囚犯说。

“你是说没判磔刑算运气？”

“不是，”老囚犯说，“反正我没家人，死了就死了，没什么牵挂的，这就是运气。早知道造他两百万金铢的票子出来，也还是砍头吧？”

“你倒也想得开。”息衍笑。

“这年头四处都打仗，我看这南淮也安静不了多久了。打起仗来，谁敢说自己就能活命？犯了王法的不犯王法的，刀砍过来都是人头落地。这就是乱世啊，个个都是生不由己，个个都是图口饭吃，跟讨活路的狗差不多。我就是运气差了点儿。”老囚犯叹了口气。

息衍沉默了一会儿，默默地看向墙壁上唯一的窗，冷雨从窗外泼洒进来，外面一片漆黑。

“别扯这个了，我盘面大好，我这把可要赢你了，快投快投。”老囚犯一迭声地催促。

息衍刚刚回过神来，就听见令人牙酸的声音。死牢大门生锈的铁轴缓缓转动，打开了。火把的光照在阴湿的地面上，两条影子投射得极长。囚犯们忽然安静了，呼吸声都轻微起来。死囚是不能放风的，大门只在送食水和杀人的时候打开，听到铁轴转动的声音，就像催命，只不知道轮到谁死。现在是深夜，狱卒断然不会好心地给囚犯们送点吃喝，那么是杀人？这样恶劣的天气，刽子手愿意杀人？

“这天就是个要死人的天啊！”不少人心里都这么想。

两个人沿着走道向前，其中一人显然是狱卒，用铁棍在铁栏上蹚过去，发出一连串让人心惊胆战的叮当声。另一人则没有发出丝毫声息，脚步如猫一样静。两个人最后停在息衍的牢房前，息衍看见一身熟悉的黑色大氅，风帽遮住了那人的面部，大氅下隐隐的是铁甲，他配了一柄修长的刀，刀镡上的空腔里有一枚银亮的铁珠。

那是雷碧城四名黑衣从者之一，殇阳关下这四个人保护雷碧城在千军万马环绕下通过，强大而沉默，有如神明的护军。

“你是来处死我的钦差么？”息衍打量完毕，点点头。

“天启七御史对息将军的案子已经下了判决，息将军通敌卖国，结党谋逆，罪当处死，无赦。”黑衣从者展开手中的卷宗，递给铁栏另一侧的息衍。

息衍接过，扫了一眼，扔在旁边，“不必了，我相信你说的。如今你们已经控制了皇室，就算没有这样的判决，你们也可以写一份出来，加盖皇帝的国玺。”

黑衣从者不回答，算是默认。

“你杀了我哥哥，但我并不恨你。”沉默了片刻，他忽然说。

息衍一挑眉，再次打量黑衣从者，“殇阳关那个尸武士？他是你哥哥？看起来你们兄弟之间差得很多。”

“我比不上哥哥，在所有的学生中，哥哥是最得老师欣赏的。”

“你说不恨我？为什么？”

“因为你和我哥哥一样，都是神之祭坛上的牺牲。”黑衣从者淡淡地说。

息衍沉默了一会儿，笑笑，“你修为上差点，不过说话讲理，脑筋清楚，这个就比你哥哥强得太多。不必废话，对一个将死的人，是否能满足最后的要求？我要一张三十六弦的箜篌，一壶酒，一些吃的东西，一个女人，会吹笛子的。在我奏琴的时候，她能用笛子为我伴奏。”

“去紫梁街上，为息将军买一壶酒，一些吃的东西，买最好的。还要一张用过的老箜篌，三十六弦的。”黑衣从者对狱卒下令。

狱卒看着外面瓢泼的大雨，心里十万个不愿，却不敢对这位帝都的钦差多说什么，只觉得这钦差比起上次的那个可难伺候得太多了。他把油布雨披罩上，咬咬牙出门去了。

息衍微微点头，“用过的箜篌好，你是个懂琴的人。箜篌如白玉，不磨不成器。可那个会吹笛的女人呢？”

“雨很大，现在去找一个会吹笛的女人，时间太久。”黑衣侍者从自己的衣袖中拿出一支褐色的短笛，“我能够吹笛。”

“好！”息衍笑笑，“辰月吹笛，天驱奏琴，将军临阵，拔剑生死。”

“老息你这是要死了……”老囚犯在隔壁听着，看着眼前一盘没有下完的双陆，想起自己这些天来和这个狱友隔墙下棋的几分交情，忽然涌起兔死狐悲的心情，不由得拿袖子擦了擦眼睛。

“每个人都会死。”息衍站了起来，“可不要弯下腰。”

他背着双手在牢房里踱步，黑衣从者在铁栏外站着，纹丝不动。风帽下，他还罩了铁面，完全看不到脸，也无所谓表情。囚犯们不敢大声呼吸，隔着铁栏望着彼此，等着看这个名震东陆的英雄人物如何死去，他们已经送别了好些狱友了。外面的雨更急了，风雨声里，息衍的脚步清晰而舒缓。

他转到第四十圈的时候，狱卒回来了。油布雨披没能帮上大忙，狱卒浑身都湿透了，他用南淮乡音骂骂咧咧的，把一包东西放在黑衣从者的面前。黑衣从者冷冷地看了一眼狱卒，以刀鞘拨拉着那些东西，一件件地看清楚了，点了点头。狱卒也不打开铁门，从铁栏里一件件东西往里递。

息衍打开酒罐闻了闻香气，又翻检油纸包，看到是玫瑰花生、梅子蜜饯、砌香樱桃几样果子，摇摇头叹了口气，“这酒倒是陈酒，这果子都是甜的，怎么下酒？下酒的好物是肥瘦合度的猪头肉、炸得酥脆的鸭皮、几片咸猪腿，花生该炸过撒点细盐，牢头你买这些，一看就是不喝酒的人。”

狱卒一肚子火气没处发，刚要瞪眼，被黑衣从者伸手阻止了。

“下酒的东西不好，可以再去买来。”他低声下令，“按息将军说的，猪头肉、鸭皮、咸猪腿、咸花生。”

“免了。”息衍摆摆手，“要死的人，为了一点下酒的小食婆婆妈妈，只会让人耻笑……好箜篌！”

他抚摸着那张老箜篌，啧啧赞叹。箜篌式样普通，也没什么铭文，想必不是什么值钱货。同样的东西在街头卖，全新的不过值几个金铢。这张怕是有几十年了，被摩挲得太多，表面很多地方漆都被磨去了，却光滑得像是深褐色的琥珀，泛着一层柔光。息衍细细地调弦，看起来爱不释手。

“不知是哪个老琴师用过的，好木头。”息衍淡淡地说，“大概用这琴的人已经死了，后辈不懂事拿出来卖的吧？否则弹琴的人，谁能舍得这样一张老琴？”

狱卒没说话，心里却突地一跳。这张琴是他冒着雨去敲一个老琴师的家门，便宜价买回来的。那个老琴师以前常在街坊里说书，讲蔷薇皇帝那几卷老故事，赚几个小钱，活得很是潦倒，上个月刚死，儿子留着这张琴没用了，一个金铢就卖给了他。

息衍的指尖在弦上一挑，羽音清冽，衬着外面的雨声，忽地一股寂寥慢慢地漾开。他的神色变了，不再笑，目光寂寂地看向窗外的黑暗，看着雨水打在窗台上飞溅。忽然间，他显得有些苍老，这时候他才真的像个三十多岁的人。

“你说你那样的人，本来就该在四处像孤魂那样游荡，只是不小心进了牢笼，”息衍幽幽叹了口气，随手理弦，“其实每个人何尝不是不小心进了牢笼，从此就不敢出去……”

狱友们都扒着铁栏看他，觉得这个素有英雄之名的狱友莫非死到临头发了疯病，这么说话，倒像是有什么人坐在他对面似的。

“庙堂既高，箫鼓老也；

珠泪堆红，几人歌吹。”

息衍曼声长吟，手中三十六弦历历而动，如屈指叩古木，拔刀击堂柱。忽然他十指飞动，声如裂羽。黑衣从者在同时吹响了短笛，笛音出奇清澈，隐隐有白毅箫声里的那股清刚。他在笛子上想必用功很深，笛声尾随息衍的箜篌声而走，绝不喧宾夺主，却也不落下分毫，仿佛并飞的白色凤凰以极高的速度切开浮云，而后一同掉头俯冲入海。周围那些囚犯在音律上都谈不上什么造诣，可也能听出笛声和箜篌声似乎和谐却又交织缠斗，分毫不让。

箜篌被息衍催动到极点，不再是白色凤凰的华美端雅，而是如一只直冲天顶的巨鹰。笛声也随着扶摇直上，不肯有丝毫落后。黑衣从者一口气极长，笛声几乎不受呼吸的制约，可此时那管细竹却拢不住笛声了，笛声像是一条挣扎着要摆脱束缚的龙。囚犯只觉得照这口气吹下去，那笛子就怕要裂了，那三十六根弦也怕要断了，不知一个钦差一个死囚到底玩什么把戏。笛声箜篌声已经压过了风雨，每个人都揣着不安，隐约觉得有什么危险正在逼近。

是的，绝大的危险，就像是黑夜里游动的黑蛇！

息衍的箜篌声忽地一顿，翻上新高，同时放声而歌：

“人寿百年尔，谁得死其所？

有生当醉饮，借月照华庭。

我不见万古英雄曾拔剑，铁笛高吹龙夜吟；

我不见千载胭脂泪色绯，刺得龙血画眉红。

……”

笛声中断，黑衣从者拔刀，刀色生青，刀身笔直，刀镡中那粒铁珠急震，发出令人悚然的锐响。他伸手从背后摘掉大氅，露出浑身铁鳞甲，每一片乌铁上都隐隐透着冰丝花纹，那是淳国特产的冷锻鱼鳞钢，风虎铁骑便是使用这样的钢材打造铠甲。黑衣从者打开死牢大门，看了一眼外面瓢泼般的大雨，提刀缓步而出。

他的背后，息衍的箜篌声越发高亢，仿佛十万甲兵列阵，十万战马攒蹄，十万长刀轰鸣于鞘中。

黑衣从者打了一根火把，可是火光不够穿透黑暗。他环视周围，隐隐约约六条黑影站在雨里，对他呈包围之势。没一个人打伞，因为他们需要握紧武器，两个人持刀，一个人持重剑，一个人持双手重锤，一个持长枪，还有一个人持一对带锁链的牙钩。他们每个人都穿着全套甲胄，冰冷的雨打在他们的铁盔上，溅起了水花，水花又顺着甲缝一边往下流一边渗入里衣，这样寒冷的天全身湿透必然难受得很，但是没有一个人动作，除了流汗。

在这寒冷的雨夜里，他们每个人都在流汗。

黑衣从者前进几步，六个人组成的包围随他一起移动，每个人和他之间的距离都保持不变。他把火举高，勉强照亮了距离他最近的敌人，那个人持长枪，颇为年轻英挺，看起来面熟。

“羽林天军都统谢诚，我在帝都曾见过你。”黑衣从者想了起来。

“天驱武士团，谢圭，这才是我的真名。”持长枪的年轻人说。

“我不用知道你们的真名，我不会为你们立墓碑。”黑衣从者淡淡地说。

“我敢于告诉你真名，因为对将死的人不用刻意隐瞒。”谢圭一字一顿。

黑衣从者把火把抛向空中，双手紧握刀柄，收到右胸前，刀尖指天，石像般寂静。火把落在地上，立刻被雨水熄灭了，一点光也不剩下，每个人都面对黑暗，听着哗哗的雨声。谢圭的汗流得更急了，他知道这个对手何等可怕，雷碧城的学生不会是弱者，这个黑衣从者如果不具备殇阳关尸武士那驱使死人的秘术，那么势必把所有的精力集中在他那柄刀上。谢圭知道殇阳关上白毅和息衍如何联手才重创了尸武士，他们六个人加起来是否比得上素月墨羽？谢圭完全没有把握。

黑暗里忽地跳起两点光，颜色像是萤火虫的淡绿，却火一般炽烈。绿色的光斑在一道冰冷的金属上滑过，铁珠急震，雨幕和风被凄厉的呼啸撕裂。

“枭瞳！”谢圭听说过这种秘术，它能让人在绝对的黑暗里看见任何发热的东西。

六个人同时发动，他们的动作整齐划一，就像是有人拍了一下掌，下达了命令。事实上无人拍掌，给他们下令的是息衍的箜篌声，那个瞬间箜篌声忽地断绝，天地间的风雨声在此时变得分外清晰。时间仿佛变慢了，地面上溅起的水珠在黑暗里掠过银亮的线条，武器切断那些线条扫出致命的弧。天驱和辰月的绝顶武士交错而过，武器没有发生格挡，谢圭的枪锋所指是那对碧色枭瞳之间，黑衣从者的眉心。但是在他命中之前，枭瞳熄灭了，那是黑衣从者闭上了眼睛，谢圭感到他的枪走空了，随即温热的液体溅到了他的手上。他的某一个同伴在交错而过的瞬间受伤了，但是没有人发出声音，在生死的搏斗中，一次呼吸的时间足以致命，失去目标的天驱们同时转身向着黑暗攻击。天驱之间默契的配合使第二次攻击没有留下死角，但是武器只是在冷湿的空气里带起了几声无奈的呼啸，黑衣从者仿佛融入黑暗而消失了。六个人立刻背靠背结成防御，彼此都感觉到同伴剧烈的心跳。

谢圭握住长枪的中段，那是传自翼天瞻的“双萝曼单手阵”，羽人无数代精炼出来的防御武术。他开始后悔自己的大意，他本以为己方占有人数上的优势，但是在这伸手不见五指的雨夜，人数完全不能发挥作用。那名黑衣从者用他刀镡里的铁珠声和那双绿色的枭瞳迷惑了他们，在他们以为自己已经接近成功的时候，铁珠声和枭瞳的绿光都消失了。而谢圭绝对相信黑衣从者正在一个他们无法预估的角落里枭鸟般观察他们这群猎物，推算下一次进攻的时间，这样诡秘的风格不像一个武士，而是刺客。黑衣从者再次出现的时候，他们中也许会有人倒下。

他没有抬头，所以看不见头顶的黑暗里一双细长的碧眼缓缓睁开。那双眼睛悬停在那里，仿佛漆黑的天幕开了口子，随即蝙蝠般坠落。

那名持牙钩的天驱爆发了一声短促的警告，在枭瞳下落的前一瞬，他在自己光滑如镜的武器中看到一道绿色闪过。六个人几乎在同时察觉进攻不可思议地来自头顶，五个人向前扑出，谢圭举枪迎击。他击中了，却不是黑衣从者的身体，他的红枪和黑衣从者的佩刀在空中交击，一连串短促的格挡声连在一起。依靠“双萝曼单手阵”几乎没有破绽的防御，他在黑衣从者落地之前接下了全部攻势。

但他没有听见黑衣从者落地的声音，当他忽然意识到这一点的时候，已经晚了一个瞬间。他的同伴清楚地看见谢圭背后的黑暗里，两道碧光缓缓张开。

谢圭在同伴的惊呼中预感到敌人的位置，他发力前扑，听着背后那柄刀的啸声如索魂般跟了过来。他不能再快了，也来不及转身格挡，因为来不及换气，他的力量已经耗尽。铁珠急震，毫不忌惮地暴露出黑衣从者的位置，因为猎物就要死去，猎人也就可以坦然现身了。

谢圭站住了，丝毫不动，以自己的后背硬接那一刀。仿佛把整个身体割裂的痛楚从背后传来，但是谢圭知道自己冒险成功了，他听自己的老师说过，真正的快刀切开人的身体，死去的人只会在那个瞬间感到一种足以冷却整个世界的冷。谢圭在羽林天军大氅下穿了重甲，黑衣从者出刀前没有时间蓄力，刀上的力量并不足以破开精锻铠甲。

谢圭回身长枪横扫，却再次失去了目标。黑衣从者又一次合眼，如前次一样完全融入了黑暗。

这一次靠的是运气，下次黑衣从者出现时谁会死？谢圭不能再等下去，他忽然撤手抛掉长枪，用力击掌。他清楚这是何等冒险，他没有在黑夜里视物的能力，对手也许就在他身前不到一步处，可能不等他击掌完毕就会一刀穿透他的心口。

他没有死。随着他击掌，黑暗里腾起一道两尺长的火焰。

燃烧的是一张纸，可是谁也没见过一张纸燃烧起来可以有这样炽烈的光，倒像是浇了牛油的火炬。那张纸悬空浮在一个人掌中，那个人打着一把伞，站在不远处的角落里，伞低垂下来，遮住他绝大部分面容，只剩伞檐下露出留着一抹小胡子的嘴。

那张嘴的嘴角出现了一丝笑容，“去吧，烧不了很久，但是足够你杀掉他。”

他的背后，一柄带弧度的剑从黑暗里慢慢显露出来，一个精悍的黑影大步而出，踩着雨水走向谢圭。那张燃烧的纸照亮了周围的一切，黑衣从者赖以藏身的黑暗被驱逐了，他原本在谢圭侧面不远处猫儿一样俯着，此时慢慢地站直了身体。他生青色的长刀垂在一侧，雨水冲刷着血迹高速流下。

提着弧剑的人走到谢圭面前，那是个大概十六七岁的男人，一身看不出材质的贴身黑衣，一张年轻却落拓的脸，头发随意地挽成一把垂在肩上。

黑衣从者背对着他，凝然不动。

“你的剑很好，这就是杀手剑？”谢圭说着缓步退后。

“影虎，自己打的。”年轻人用最平淡的声音回答。这时候他转动那柄弧剑，剑身反射持伞人手中的火光，晃着每个人的眼睛。

“快点，不要浪费时间。”打伞的人用含笑的声音催促。

年轻人不再回答。他和黑衣从者相隔不到两丈，都纹丝不动，这个距离足够谢圭以长枪发动雷霆一击，是至危险的距离，但是双方似乎都不急于动手。

“天罗，这么做你们考虑过后果么？”黑衣从者淡淡地问。

“谁知道呢？老爷子们大概想过结果吧，不过不会告诉我们。”打伞的人说每一句话无不带着温和的笑。

天地间只剩下雨声，年轻人转动着那柄“影虎”，越来越快，光影飞速闪动，可是他的脚下如钉子般稳固。天驱们缓慢地靠拢，谢圭看着持伞人掌中的纸慢慢地化为灰烬。事实上那张纸燃烧的速度已经很慢很慢了，可谢圭还是不由得担心起来，一旦那以秘术点燃的火熄灭，黑暗重来，黑衣从者的枭瞳将再次占据上风。

但是持伞人依旧含笑，年轻人面无表情。

纸终于燃烧到尽头，持伞人缓缓握拳，悬在掌心的纸在熄灭前忽地腾起了三尺高的烈焰，仿佛炸开。此刻年轻人的剑在急振中发出刺耳的蜂鸣，如日之光一瞬而灭，六名天驱同一瞬间举起武器防御，谢圭最后一眼看着年轻人拖着剑射出，剑尖在没过脚面的积水里割开银色的一道。

黑暗降临，枭瞳的绿色复燃，黑衣从者这一次把速度提到了极致，双眼拖出莹莹的余光，就像在黑暗中挥动点燃的线香，常人的视力已经不能分辨他的准确位置，谢圭也只是勉强能追得上。他看着那两道碧光在黑暗里倏忽闪动，急速地转折进退，这一次黑衣从者不再敢合眼，那个年轻人的“影虎”带给他的威胁分明远大于谢圭的枪。两个人踩水的声音响成一片，金属破风声刺耳，却没有一次兵刃相交。

持伞人在不远处轻轻笑笑，打着火镰去点火把。大概那种燃纸照明的秘术很消耗他的精神，他不愿再次使用了。

火星落下，火把燃起，几乎同时脚步声和武器破风声都平息了。持伞人把火把举高，谢圭眯着眼睛，看见年轻人提着“影虎”，踩着雨水，大步向他走来。年轻人的背后，黑衣从者默默地站着，双手平持长刀，暴雨打在他一身漆黑的甲胄上，溅起银亮的水花。

“看来用不着我了，刀太出色，守望人就总是没事可做。”持伞人笑笑说。

年轻人和谢圭擦肩而过的瞬间，黑衣从者仰天倒下，唯一的一道伤口在他的颈下，他的头颅像是一只漏水的水囊，鲜血混着雨水沿着下巴哗哗流淌。那一剑对谢圭来说不可思议，年轻人在黑暗中瞬息消逝的机会里，用影虎从下巴下方刺入，一直贯入了脑颅。黑衣从者倒在积水里，他最后一个动作是举手向天，袖甲里什么东西激射出去，在夜空里发出凄厉的鸣声。

“该死！”谢圭脸色一变。

“我接到的命令只是杀了这个人，现在他已经死了，其他的和我无关。”年轻人停了一步，侧头看着谢圭。

谢圭没再说什么，按住腰间剑柄保持戒备，看着年轻人缓步离开。他从那个年轻人的眼睛里看到了虎一样的光芒，让他感觉这是个不可逼迫的人。他惊讶地发现年轻人浑身上下几乎无处不是伤口，那身看起来柔韧无比的黑衣上有不下几十道细小的伤口，鲜血被雨水冲刷而下，有些伤口很贴近要害，如果黑衣从者能够多刺入一寸，这一战的结果就要改变。

“龙襄，别那么没礼貌，见过天驱武士团的谢圭先生。”持伞人慢悠悠地说。

年轻人没有停留，收剑入鞘，和他擦肩而过。

持伞者漫步从角落中走出来，和谢圭并肩，看着那个年轻人离去的背影，笑了笑，“没有让雇主失望吧？那就原谅一下年轻人的傲气吧，这是本堂五十年来刀术最出色的年轻人，他太出色了，以至于我们都不知道派他执行什么任务才合适。还要多谢你们为他找来合适的木偶。”

“木偶”在刺客行当里指被杀目标，“刀”指执行杀人任务的人，而“守望人”的任务要么是对漏网之鱼补刀，要么是解决无法逃脱的杀手。

“这是事先说好的报酬，五千金铢的金票，宛州江氏开具，可以在宛州和帝都任何地方兑换。”谢圭从怀里摸出一只密封的小竹筒递了过去。

持伞人接过竹筒，笑笑，收进自己袖子里，“算是你们运气了，这样练习杀手武术的辰月教徒，确实不是你们这种上阵砍杀的武士擅长对付的。”

“不查查看金票的数额？我听说天罗是这世上最精明的生意人，交易的一分一厘算得清清楚楚。”谢圭斜眼看着持伞人，那张褐色的竹伞依然有意无意地遮着那人的脸。

“没有必要，我们相信天驱的信用。”持伞人转身准备离去。

“是因为你们看重的并非五千金铢吧？”谢圭在他身后说，“天罗从不会为了区区一点小钱出动本堂的刺客，你说你叫苏鹤麾，那个年轻人，你叫他龙襄。天罗上三家中，龙家研究极致的暗杀武术，苏家最精于杀人秘道。没有绝大的利益，天罗不会派出你们这样强绝的搭配吧？”

“刺客只执行任务，不过问决策。太想知道自己为什么要杀一个人，会动摇决心。”苏鹤鏖笑笑，“交易结束了，快去救你们的朋友吧。”

“一路走好。”谢圭说。

苏鹤鏖在瓢泼大雨中走了几步，停了下来，却并不回头，“老爷子们的想法，是这时代要再次改变了。无论辰月这一次的谋划能否成功，大胤注定要亡国。我们想在新的时代活下去，天驱或者辰月，我们想知道谁能主宰新的时代。魇非常欣赏息将军，他认为息将军将给东陆带来平安的新时代。而刺客也想生活在平安的时代……也许有一天我们之间会有更多的交易。”

“你们和辰月也有不错的交易吧？”

苏鹤鏖笑笑，“据实而言，在出价上辰月的教士们更加阔绰……不过老爷子们对于之前和辰月的交易并不满意。”

“你说话真像宛州商人。”

“这是我们之间的区别啊。我们不是天驱，也不是辰月，不想为了理想或者神作战。我们只是一群凑在一起,想互相支持着活下去的人而已。”苏鹤鏖在远处微微欠身，像是行礼，而后缓步离去。

谢圭沉默着，看着他的背影慢慢地进入雨幕。忽然，他消失了，像是融化在那片大雨里，一张伞落地。

外面的声音彻底平息了，息衍默默地站起来，把手里的筌篌放下，整了整自己的衣领。曲子已经奏完了，琴师只需等人喝彩，息衍却还没有绝对的把握喝彩的人会是谁。

沉重的战靴声由远而近，谢圭抖开满是雨水的风帽，隔着铁栏对息衍一笑，“差点死了。”

“我正在想我已经准备好了，只不知进来领我上路的是你还是那个辰月。”息衍说，“你几乎来晚了，再有一会儿我的尸体都凉了。”

“事实上对你的判决昨日才下达，文书还没呈交给皇帝审阅。但是那名辰月武士提前出发，用一份假的判罪文书骗过了百里景洪，等你人头落地，真的才会寄来。雷碧城急于要你死，我听闻一个名叫百里莫言的人持加盖皇帝印玺的密信要求御史台从速判罪，才意识到这件事远比我想的急迫，召集他们马不停蹄地赶了两天一夜，刚到有风塘就看见你的信鸽飞过来，又马不停蹄地往这边来。”谢圭说，“多亏你的鸽子，你怎么训的鸽子？在这种大雨天都不找地方避雨，始终准备给你报信。”

“这个以后可以教给你，你说那个人叫作百里莫言？”

“百里莫言，大概十五六岁，盲眼，是个白玉一样的贵公子。以前帝都公卿里没有过这个人。”

息衍深深吸了口气，脸色凝重，“百里莫言是百里长青的儿子。”

“百里长青？”谢圭被震动了。

“所以他就是这一代的百里家主人，连百里景洪在他眼里也不过是个分家的主人罢了。我一直在猜测百里长青之后百里家还能不能维持他们在东陆几百年来的权力，现在看来他们有了继承人。除了辰月，我们还得跟这样的家族敌对啊。”息衍顿了顿，“你买了天罗的杀手？”

“多亏买了。”谢圭犹豫了一下，“联络天罗的办法是那个女人留给你的么？是她留下救你的办法？”

息衍的表情僵了一下，没说话，淡淡地笑了。谢圭的同伴中，有一人把刀收好，从腰带里摸出一个皮箧，打开来是一套精密细小的精钢工具。他蹲在牢门边尝试开锁，动作干练，这名天驱居然也是一个颇有些造诣的机关师。

“我有个坏消息。”谢圭说。

息衍也一笑，“原来是个传递消息的，我还以为你是来救我出狱。”

“听完这个消息将军大概就笑不出来了，”谢圭说，“翼霖·维塔斯·斯达克的军队在七日之前乘十二艘木兰长船，企图偷袭晋北海港北固山城。雷千叶已经有所预料，派遣古月衣带领三千出云骑射驻扎北固山城加强防御。双方隔海对射十万支箭，最终羽人未能穿越出云的箭岚，暂时退回了对岸。”

“羽族的进攻？”息衍果然笑不下去了。

“这一次的胜利非常危险，古月衣靠的是出云的骑射，三千匹马在海边的驰道上来往奔驰，一刻不停。所以即使羽族的射术远高于人类，却没有办法轻易命中目标，不过出云的弓箭射程远不及羽人的普通长弓，古月衣只能以箭岚封住可以登陆的海滩一线，却没能射中一名羽人。最后羽人的箭支耗尽，不得不回撤。古月衣一度告急，下令点燃了北固山城城楼上的火鼎，大胤立国七百年来，那一直是羽人正式入侵的信号，火光一路传递到达秋叶山城，雷千叶以为北固山城已经被突破，两万五千精锐武士立刻整备完成，即将出城，得到消息说古月衣成功把羽族舰队驱走了。”

“确实是斯达克城邦的军队？”息衍问，“翼氏的军队不可能在那么快的时间里推进到海边，羽族诸城邦不会那么快地臣服于他。何况天武者还在那里……”

“古月衣送来一个情报，据说来自晋侯雷千叶安排在青州的斥候，但还不能确认，”谢圭沉默了一刻，“从斯达克城邦叛逃的贵族翼天瞻在上个月被人发现偷袭他的侄孙翼霖，但是翼霖出人意料地早有防备，短暂的交战后……杀手被翼霖的卫兵射杀。”

“绝不可能！”息衍神色剧变，“翼天瞻是谁？他是我天驱的苍溟之鹰！他用不着以刺杀阻止翼霖！而且他是鹤雪中的第一人，他想刺杀的人还从未有过漏网的！”

“我们的斥候已经证实翼霖还活着……如果被刺杀的人活着，那么杀手的下场会是什么？”

息衍沉默了，紧锁眉头在牢房里踱步。谢圭觉察到息衍身上透出来的压迫感，很少会在这个懒散的人身上看到这种森冷逼人的气息。

“翼霖认为他已经得到了整个羽族的臣服，正带着他的军队前往青都，准备在年木下接受大司祭的加冕。也有人认为这是一个阴谋，羽族贵族们想把翼霖引诱到青都城下，趁他没有防备狙杀他。但是翼霖随身带着七千名精锐射手和一万两千轻步兵组成的庞大军容，任何刺杀计划都很难说有绝对的把握……如果天武者都失败了的话。”谢圭说，“古月衣并没有给翼氏的军队造成任何伤害，他们很快会尝试再次登陆。如果明年开春之前蛮族骑兵也南下，大胤将没有足够的军队两线开战，羽人的长弓和蛮族的铁骑，加在一起势不可当。”

“打不开，这锁太复杂。”开锁的天驱擦了一把汗说。

“那是河洛特制的十字花对心锁，珊瑚金的质地，不容易对付，钥匙在百里景洪手里。”息衍说，“从外面把墙壁打碎！”

谢圭的同伴中，最孔武有力的那人点了点头，提起双手重锤，转身向外走去。

“北都的战事有新消息么？”息衍问。

“有，也是坏消息。青阳部的老将木犁战死，青阳和朔北的第一场仗，青阳完败，战死两万余人，虎豹骑损失惨重。如今北都城里热议的是何时献城投降。如果青阳坚持不住，野心高涨的朔北部大概会直接推进到瀚州南岸，最早明年春天他们可以渡海进军。”谢圭这么说着，自己心里也沉重，“朔北世子呼都鲁汗是个对土地欲望极强的人。”

“不知尘少主怎么样了……想起来他快满十八岁了。”息衍低声说，“他是个出色的学生，假以时日还会是杰出的天驱武士，但是现在他还只是个孩子。此时此刻我们无法影响北都的战事。”

他沉默了一会儿，猛地吸了一口气，抬起头，“就算是山崩之局，我们也不得不进去！我不信翼天瞻会死，如果翼霖真的杀死了他，无疑会对四方公布这个消息，说他诛灭了整个羽族的叛徒古莫·斯达克，这会给他的皇冠一个绝好的装饰。翼霖不会那么轻易地获得权力，关键在于北都，你明天出发去北都城。你曾在铁线河边帮着龙格真煌打了一个月的仗，熟悉那里，这次你要帮青阳挡住朔北人！”

“明白，我立刻启程，如果天拓海峡的海面没有封冻，我应该能在两个半月之内到达北都。”

“如果封冻了，就踩着冰过去吧。”息衍说。

“踩着冰过海去瀚州？”谢圭苦笑，“将军对部属还真是严苛啊。”

“闪开！”墙外传来那个持锤的天驱的声音。

用成块青石垒砌的石墙猛地震动了一下，石缝里的灰尘激射出来，几块青石松动开来。又是一击，灰尘弥漫，一个魁梧的人影竟然冲开坠落的青石直入牢房。盘城大狱的墙壁号称以黏稠的糯米汁调了石灰来砌，也不知是这个天驱武士的力量太过骇人，还是建造时有些偷工减料。那名天驱武士显然也没有料到如此轻易，诧异地看着自己的重锤，拿手背抹去溅在脸上的泥灰。

“早说这个屋子要塌。”谢圭抓住那些男人手腕粗细的铁栏晃了晃，纹丝不动，“不好好砌墙，只在铁栏和锁这种表面事情上下功夫，为百里景洪建这座监狱的人只怕贪了不少好处。”

“盘城大狱的图纸是我画的。”息衍说。

谢圭点点头，看起来并不意外，“难怪。”

“借你的家伙用一下。”息衍伸出手。

那名天驱耸耸肩，把重锤递给息衍。息衍握住，掂了掂分量，忽地旋身飞转，重锤带着低低的风啸砸在他身后的那面墙壁上。那名天驱和这件武器相伴了十几年，也吃了一惊，没有想到这东西到了看似文弱的息衍手上忽然爆发出如此可怕的力量，两个牢房间的墙壁彻底崩碎，弥漫的灰尘里露出对面那个老囚犯呆呆的脸。

息衍把锤还给那名天驱，拍拍手，对老囚犯说：“如果想逃，就趁现在吧。”

老囚犯傻了一会儿，忽地明白了，狂喜得几乎是跳起来扑在地上使劲磕了几个头，“多谢息将军大恩，你是个大英雄！”

息衍也不跟他客气，走向石墙上的缺口，走了两步回头一笑，“英雄不英雄不重要，关键是双陆下得比你好！”

谢圭和其余天驱跟在息衍背后，谢圭把一袭黑色的羽林天军大氅递给息衍，息衍迎着冷风抖开，把自己完全地罩住。不远处传来了骏马的嘶声，去牵马的天驱武士已经回来，他所带的六匹神骏中，赫然有一匹就是息衍的墨雪。

“息辕那边解决了么？”息衍问。

“安排了四个人过去，会在城外和我们会合，他所在的监狱，防御远不如这里，四个人绰绰有余。”谢圭回答。

“你们在外面杀伤多少？”

“三十多人，全部狱卒，没敢留下活口，惊动了军队就麻烦了。”

“以后我们还不得不杀更多的人吧……”息衍站在阶前，仰头望着雨线连着天地，“有时候也会问自己，为了大义能杀多少人呢？”

谢圭站在他背后，犹豫了片刻，摇了摇头，没有说话。极远处传来了低低的梆子声，想必是隔着一两个坊，打更的老人披着蓑衣溜着墙根慢慢走过。午夜来临了，因为大雨而变得湿涩的钟声随之向着南淮城的每个角落播洒，那是文庙的镇国钟，每个午夜敲响，已经漫漫七百年。谢圭忽然想起自己初来南淮的时候，十分不解为何这个城市要在午夜敲钟，让人不能安睡。可他很快就发现南淮城里的人对于午夜那记钟声并不觉得烦扰，因为他们听着这钟声度过了许许多多的日夜，那声钟响起在他们安宁的梦境里，告诉他们一切平安，他们只会在卧榻上舒服地翻个身，继续酣睡。他想这大概就是南淮了吧，就像文睿国主诗云，“水畔听钟七十年，便了却了此生。”

息衍出神地看着雨幕，很久很久，低声说：“这样的雨夜，南淮真是多啊。”

“这一次离开，很久都不会再回来了吧？”谢圭也陪着他看雨，银色的雨滴打在院子里的青石板地上，碎裂、跳跃，“将军在这个城市住了十几年吧？”

“是啊，十几年。不过没什么可留恋的了，以前的那些人和事……都不在了。”息衍轻轻地叹了口气。

“那为什么叹气？”

“我在想，从今而后，在我不在这个城市的时候，一年又一年，我种的那些花是不是还会生生发发生生发发……或者被人铲平？”息衍淡淡地说，“以前我走过很多城市，总不愿留下，怕是在一个地方住得久了，就再也走不出去。可是走到南淮……偏偏没能走出去，就羁縻了很多年，看遍了这里的大街小巷，种下了那圃花，弄得现在还站在这里……啰啰嗦嗦的像个碎嘴的老头子。”

他低头笑笑，摇摇头，像是自嘲。

他忽地大步踏入雨幕，上去抓住墨雪的勒口，五指掠过爱马的长鬃，激起一片冰凉的水，翻身上马，扯紧了缰绳，“走吧！已经耽误很多年了！”

谢圭忽地笑了，从怀里摸出一只精钢酒罐，打开来饮了一大口，一股暖气祛退了寒意。他抓紧红枪，大步奔向自己的战马。

密集的脚步声从外面的街上传来。谢圭一惊，凝神分辨，那些脚步声沉重而急促，显然是穿了制式重靴的军人，人数不下百人。他们人数有限，能够劫狱成功甚至要感谢那个辰月武士，他手持的判罪文书是伪造的，所以更加不愿秘密处死大臣的事情成为口实，特意把守军调开，只是自己由一个狱卒引路，准备亲手处死息衍。而如果所有守军都在，人数不下三百，以谢圭所带的精锐，杀进来也并非容易的事。

“来不及了，那是他调回军队的信号！”谢圭左手拔剑抛给息衍，右手一振红枪，“杀出去！”

黑压压的军队踩着雨水拥入了这片空地，他们一色青灰色的军服，外罩黑色鱼鳞铁甲，脚下牛皮重靴，每个人都仅仅配两尺的短刀。谢圭全身绷紧，他意识到他们遭遇的军队是鬼蝠，如果下唐还有一支军队可以凭自身的战斗力名闻东陆，那么一定是息衍亲自训练的鬼蝠营。这支军队被作为精锐中的精锐训练，强化了暗杀和斥候的技巧，在这种贴身战斗里，鬼蝠远比重装铁骑更可怕。谢圭和其他五名天驱同时策马靠近息衍，准备借助战马的优势发起冲锋。鬼蝠们并未立刻展开进攻，而是绕开他们，左右分为两队，组成了完整的包围。谢圭举枪翼护息衍，紧张地环顾周围，无数火把照亮了铁甲，这个包围毫无破绽。他意识到自己这伙人不可能毫发无损地离开了。

息衍平静地带马上前几步，其余六人以不变的队形推上，护卫他的两翼和后背。

“雷云伯烈，你是来阻拦我的么？”息衍对鬼蝠中的一人说。

谢圭注意到了那个矫健的年轻人，他军服的领口上所绣的蝙蝠和其他人都不同，显然是这些鬼蝠的首领。他也听过雷云伯烈这个名字，南淮雷云家的长子，下唐年轻将军中和幽隐、息辕齐名的人物。

雷云伯烈排众而出，走到息衍的马前站定，他空着双手，后面跟着他的弟弟雷云仲明。雷云仲明响亮地击掌，所有鬼蝠同时收回了佩刀。雷云伯烈转身接过雷云仲明递来的长剑，雷云仲明忽然抓住哥哥的小臂，瞪着眼睛看着哥哥。

“回去！”雷云伯烈对他低喝。

雷云仲明手抖了一下，仍旧不肯放开。

“回去！”雷云伯烈重复。

雷云仲明默默地放手，转身退回了人群里。

雷云伯烈把那柄剑高高地举过头顶，举向马上的息衍，“这是将军的佩剑静都，将军即将远行，不能没有随身的武器，我们是来送将军的。”

谢圭看向雷云伯烈，但是雷云伯烈低着头，他看不到雷云伯烈的表情。他又看向雷云伯烈腰间的两尺佩刀，缠了牛皮的刀柄上雨水滴落。天地间只剩下雨水冲刷大地的声音，息衍默默地看着自己的佩剑，抖手把谢圭给他的剑插入一侧地下，缓慢地探出身体，把手伸向静都。

息衍握住了静都的剑鞘，瞬间，雷云伯烈微蹲，身体呈“虎势”，闪电般按住腰间刀柄，谢圭已经听见他腰间传出了刀出鞘的摩擦声。息衍握住剑鞘的手仿佛按过琴弦那样沿着剑鞘滑动，他的速度之快，在剑开始下坠前他已经握住了剑柄。

清光扬起，一闪而灭。

雷云伯烈默默地站在雨里，他手握刀柄，短刀出鞘一尺，一双眼睛沉静而悲伤。

息衍默默地看着天空，静都指天，剑鞘坠地。他的一剑宛如大雁飞起的弧线，在雷云伯烈的胸口留下一道一尺长的致命伤口。

天驱武士们扯紧缰绳，准备硬冲。

可是鬼蝠们没有拔刀，沉默地看着。雷云伯烈低头，艰难地看了一眼自己胸前的伤口，缓缓地推动短刀回鞘。鬼蝠中发出一声悲痛的呼喊，雷云仲明冲出人群奔向自己的哥哥。雷云伯烈没能等到他跑到自己身边，已经闭上了眼睛，沉重地倒地，溅起一片雨水。息衍横剑在前，凝视剑刃。暴雨淋在古剑静都上，洗净了雷云伯烈的血迹，剑在火把的照耀下泛着肃杀的光，连溅起的水点都被染上了一层铁色。

谢圭惊疑地看着息衍，息衍面无表情，弯腰捞起剑鞘插入腰带，按剑回鞘。

"帝都的钦差严令，我们没有办法。哥哥说，雷云家世代效忠百里氏，是下唐的忠臣，到了他这一代也不能例外。"雷云仲明在哥哥的尸体旁跪下，这个白皙的少年默默地把头盔摘下，解下自己的武器放在地上，膝行上前两步，把哥哥整个抱了起来，"他已经为阻拦将军而死，尽了对百里氏的忠诚。其余的就不是他能做到的了，他的下属也得以活命。"

"我知道，他拔刀的时候我忽然就明白了。你哥哥真愚忠。"息衍淡淡地说。

雷云仲明挥手，鬼蝠们的包围圈忽地分裂，一条足够六匹马并行的道路呈现在息衍一众人面前，所有鬼蝠半跪下去。雷云仲明已经做完了哥哥交代他的所有事，放下一切的少年终究没能忍住悲伤，抱住哥哥的尸体号啕大哭起来，哭声穿破了雨夜，像是一只离群的鸟儿。

谢圭看着息衍的脸，这一刻他忽然想从这个男人脸上看出一些悲痛。他跟了这个男人快十年，不时地总想知道他的虚弱，这样他会显得更真实一些。可他什么都没看到，息衍解下了领巾默默地蒙在脸上。那是雨夜骑马赶路的人常见的做法，以免雨水寒气扑入嘴里。谢圭愣了一下，这时候他忽地看见一个蒙着面巾的马贼活生生地出现在他面前，不再是虚无缥缈的故事人物。

“雷碧城，我们已经付出了代价，总要有结果。”息衍拍了拍墨雪的脖子令它前行，“来吧，开始了，不死不休！”

他忽地大喝一声，墨雪黑电一般驰入雨幕，谢圭愣了一瞬，带马追了上去。

“将军的花我们照管得很好，我们还会继续照管下去。”雷云仲明带着哭泣的声音从后面传来。

铁蹄不停，大雨瓢泼。

胤成帝五年冬，十二月十四，雨夜。下唐国武殿都指挥息衍在同伙的协助下越狱，斩杀狱卒三十四人及鬼蝠营百夫长雷云伯烈，他以此举宣布了自己正式叛乱。三天之后，加盖皇帝印玺的通缉令从天启发出。多数诸侯接到这份通缉令的时候都震骇至极，因为这份通缉令中明白无误地写出了息衍的真实身份，“天驱武士团寇首”。风炎朝之后，诸侯们用了五十年来剿灭这个组织，如今这个组织再次逼迫皇帝把它的名字写入了诏书。

大概只有离国那位乡下诸侯在接到诏书时露出了颇有些喜悦的笑，“这只狐狸又是一巴掌扇在辰月教士的脸上了啊，处死他的话，雷碧城应该派出一支军队。如今整个东陆都在通缉他，你说他会不会逃窜到离国来避避风头？毕竟皇帝的诏书在我这里等若废纸。”

被问的是离国骥将军谢玄，此刻这个男人正一袭轻袍背着双手眺望北方的天空。

“想招揽他么？他不会来的。”谢玄站在流云之下，“离国对于他来说太偏僻了啊，他那只鹰的羽翼，离国的天空里容不下。”

“终究还会是敌人吧？”山巅上席地而坐的嬴无翳低低叹了口气。

第二章 妖弓之箭

一

十二月十七，北都城。

阿苏勒慢慢睁开了眼睛，看着奶白色的帐篷顶上，垂下一根五彩的搓花绳，下面缀着个小铜铃。

他觉得自己做了一个梦，梦有一生那么长，梦里他还在南淮，水波潋滟，他、羽然和姬野划着偷来的筏子在凤凰池上漂过。他还没有完全清醒过来，脑海里一片空白，只觉得眼前的一切那么熟悉，似乎很久很久以前他就躺在这里，看着那个搓花绳子和小铜铃，听着它叮叮地响。

他忽地想起来了，这是木犁的家，他已经回到了北都城。他小时候跟木犁学刀，有时候太晚了，或者累得虚脱了，英氏夫人就把他带到自己的帐篷里睡，醒来就看见这根搓花绳子和铜铃，十年过去了就没变过，连那股羊奶的香味都一模一样。

他支撑着身体要坐起来，却被一只柔软的手按住了额头。他看过去看见了一张女人的脸，有些英丽威武，又有些温柔，十年过去居然只是多了几道皱纹，一眼就能认得出来。

他的嘴唇抖动，“姆妈。”

这个世上只有两个人他称呼为姆妈，诃伦帖姆妈已经死在了铁线河边，剩下的是木犁的妻子英氏夫人。

“大那颜，真的醒了啊，这个月可吓死我们了。大合萨说你今天会醒，我就一直眼巴巴地看着，居然就让他说对了。”英氏夫人眼角里流露出笑意，和阿苏勒记忆中的一样，她从不是那种溺爱孩子的女人，可是她那带着英气的笑却能让她身边的每个孩子觉得她是最可依靠的姆妈。

“木犁将军……”阿苏勒的声音颤抖。

“他已经下葬了。大君在金帐里说，木犁是忠勇的武士，战败不是他的错。武士啊，总是难免要有为主子尽忠的一天，其实我早都知道。”英氏夫人扶着阿苏勒躺好，伸手抓住搓花绳子晃动，铃声一阵响亮，“这些都是一个月以前的事情了，你睡了一个月啊。”

“我睡了……一个月？”阿苏勒吃了一惊。

帐篷帘子被人一把掀开，一个闪亮的光头出现，冲进来的人急切得像只捕猎的斑猫，上去挤开英氏夫人一把抓住阿苏勒的肩膀，上下左右地看。

“大合萨，我没事。”阿苏勒说。

大合萨显然松了一口气，坐下摸摸自己光秃秃的脑袋，“你上次昏过去，醒来就不认得我了，我还不得多小心一点？”

阿苏勒沉默了一会儿，轻轻地笑了。这是从他看见北都城的城墙以来，第一次感觉到其实有些东西依然没有改变，就像是英氏夫人，就像大合萨，这些人甚至没有上来啰啰嗦嗦说分别以来的事，也没有渲染什么思念，说起话来好像他只是出门打了一趟猎。

“我怎么会那么久不醒？”阿苏勒问，“我并没有觉得很难受。”

“你在东陆是不是又一次热血上涌？”大合萨严肃起来。

阿苏勒想起法场的一幕，心里一寒，点了点头。他不知道那可怕的力量和意志从何而来，但是他隐隐约约感觉到那是一种极度危险的东西。那时候他只要再前进一点点，姬野可能就被撕碎。

大合萨犹豫了一会儿，叹了口气，“离开的时候你太小，老大君不愿意告诉你，怕你不懂，怕你害怕。等你回来，老大君都不在了，就让我这个老头子跟你说吧。你的病并没有被治好……其实你根本没有病，你的血统和普通人不同，你有青铜之血！”

“青铜……之血？”阿苏勒想起他的爷爷曾对他说过这件事。但他对于究竟什么是青铜之血并不清楚，多年以来这是帕苏尔家的传说，青铜之血是武神赐予帕苏尔家的，拥有这血脉的可以变化为武神的化身，可以在战场上一人杀死上千人。最后一个号称拥有青铜之血的帕苏尔家后代恰好是他的爷爷钦达翰王，而无论在钦达翰王或者父亲口中，受到万人尊崇的青铜之血似乎并非什么吉兆，而是恶魔。

在法场上，自己岂不正像一个嗜血的魔鬼？阿苏勒微微打了个哆嗦。

大合萨叹了口气，“其实多年以前这种血脉被称为‘狂血’，拥有这血统的人也不知是被神保佑了还是被恶魔诅咒了，他们拥有比一般人大得多的力量和速度，天生是成为武士的料子。当他们血液里的力量被全部激发出来的时候，就是‘狂战士’，一个人扫平一支军队也并非不能做到。狂战士的身体会拥有很多不可思议的能力，比如伤口会迅速愈合，眼力和耳力都远比常人敏锐，不知道痛楚，也不知道疲倦。但是，他们也没有神智，不分辨敌我，只是想杀人。他们如果不清醒过来，会一直砍杀到体力耗尽而死。”

阿苏勒呆了许久，默默地点头。

“这还不是最可怕的，狂血往往会造就一个草原上的武神，然后彻底地毁掉他。至今以来所有拥有狂血的人，随着他们一再地使用这禁忌的力量，他们就会慢慢地丧失本性。你的祖先依马德是我们知道的第一个狂战士，他最后疯了，逼迫那些被自己霸占的亲姐妹和他彻夜狂欢后一个个咬死了她们，然后用刀一片片把自己的肌肉割了下来。”

阿苏勒感到一股战栗从后脊一直冲上头顶。

“你的爷爷其实是个怀有爱心的人，他年少时候远比我们青阳的先祖依马德正直。可他也未能逃过狂血的诅咒，他第一次爆发狂血，是因为当时掌权的青阳五大老密谋杀死了他的母亲，那一次你的爷爷独自杀死了数百人。他沉迷于那种力量，向人夸耀，自命为武神的使者，却不顾自己的性格越来越暴戾。最后他渐渐地疯狂了，怀疑一切，甚至怀疑他最心爱的女人，你的奶奶豁兰八失大阏氏阿钦莫图和人通奸，疑心你的父亲不是他的骨肉。于是他放逐了妻子和儿子，你的奶奶因此而死。你爷爷在清醒的时候想起这件事就会悲痛得吼叫，所以他越来越迷恋狂血上涌时候忘记一切的感觉，发起了很多战争。你的姑姑嫁给了真颜部的主君，本来是你爷爷最心爱的女儿，可她救了你父亲之后千里迢迢来北都城为他央求，你爷爷却不能控制自己，用鞭子勒死了她……”

“有一天我也会那样……是么？”阿苏勒低声说，“疯子一样，杀我最喜欢的人，连这是大合萨那是姆妈都认不出来。”

英氏夫人听得一阵心酸，上去抚摸他的头发，挥手让大合萨不要说下去了。

“可你也是我知道的最善良的孩子，”那个饶舌的老家伙不但没有停止，反而越发严肃，“你不仅不是依马德，也不是纳戈尔轰加，你不恨任何人。你的父亲曾经叹气说，这一代我帕苏尔家只有那么一个有青铜之血的儿子，可神为什么要把这血脉赐给我最孱弱的阿苏勒呢？我反问他说，如果它被赐给你最强壮的儿子，你是不是会觉得更可怕？你的父亲想了很久，说是。我说，那就对了，你的儿子阿苏勒，他不是一个虚弱的人啊！”

“我？”阿苏勒呆呆地看着这个老家伙，那双老眼里闪着比年轻人更热切的光。

“人的强壮，并不只是力气大，”大合萨指着自己的心口，“人的强壮，是在这里。阿苏勒，你明白么？你从不仇恨任何人，这不是你的虚弱，是你的强大。如果要克制那恶魔一样的血统，我们需要的难道不正是内心最强壮的人么？这是为什么你父亲要送你去南淮的原因啊，你父亲要你远离兄弟间的战场，去为他完成最大的心愿。”

“最大的……心愿？”阿苏勒记忆深处，慢慢浮起那个眼中有一道白翳的男人的脸。他叮嘱自己的最后一句话是什么来着，“去东陆吧！我的儿子，阿爸和阿妈会想着你。你回来的那一天，阿爸会带着你阿妈，带着虎豹骑的千人队，去天拓海峡边，看着载着你的大船乘风破浪地回来。那时候阿爸扶你坐在金帐里，你是新的大君，让草原上的人都叫你长生王！”在南淮的时间里，阿苏勒一直觉得这句话只是个空洞的鼓励，也从没有寄望父亲真的把大君的位置从矫健的哥哥们手里抢出来交给他。可是父亲说这话的时候，那双眼睛是那么的真诚和热切，热切得不像他自己。

“这个世界上你父亲最恨的一件东西就是青铜之血！因为这血缘无端地害死了他的母亲和他的姐姐，让他颠沛流离受尽侮辱，而他甚至没法把这一切归于他父亲的错。但是你父亲并不恨你，他爱你，他希望你能够克制住青铜之血，不要让发生在你爷爷身上的事情重演！”大合萨抓起阿苏勒的手，用力抓住，让他能够感觉到自己的体温，“是狮子王给你起名为‘阿苏勒’。没有比这更好的名字了，我们都希望你‘长生’，你活得长长久久，克制住这诅咒的血，你父亲一辈子的心结就解开了啊！”

“长……生王。”阿苏勒喃喃地说。

原来是这个意思……记忆中那个男人的眼睛里带着坚毅和关爱。他默默地放松身体，躺在松软的床上，觉得自己有点想哭。过了好些日子了，他本以为自己对父亲的思念已经慢慢地淡去了，可是当他发觉他那么多年以来真正明白父亲话里的意思时，却已经没有一个人能站在他面前听他说，“我懂得了”。他想起路夫子对他解释“树欲静而风不止，子欲养而亲不待”这句话时，忽地停了下来，默默看着窗外一株梧桐。

“家父已经过世十二年了，”那个老头子说，“我幼时家贫无财，父亲为我手植梧桐，夏天在树荫下读书，父亲为我打扇驱赶蚊蝇。父亲说，此树快长快长，我儿快长快长。这树亭亭如盖的时候，我儿也一定出将入相，车上翠葆霓旌。”

他用手按住额头，闭上了眼睛。

大合萨长长地舒了一口气，“每一次你使用狂血，这诅咒都会侵蚀你的身体，你的身体又远不如常人强壮。我听铁益说了战场上的情景。那些东陆人当时用了某种秘术强行克制你血液里的烈性，秘术我懂的有限，可是越是强大的秘术越是危险，要压服狂血的秘术更是非常危险，就像东陆卖艺人玩的走钢丝一样，稍有不慎就会反噬自身。同是这些东陆人，他们的力量可能解开他们当时封入你身体里的禁制。你已经被这力量侵入了一次，所以连续一个月昏迷不醒，你要千万记住，无论如何，离那些东陆人越远越好！”

“我明白！”阿苏勒睁开眼睛，缓缓地点头。

“唉，阿苏勒刚醒来，大合萨你就说了那么多，你们都不饿么？”英氏夫人看到气氛已经平静下来，埋怨着老家伙，摸摸阿苏勒的额头，“睡了一个月，只靠补羊奶过活，饿也饿死了吧？我们阿苏勒都是十八岁的男子汉了，靠喝奶当然不够，想不想吃獭子肉？”

阿苏勒的肚子很不争气地发出了咕咕的空响，仿佛是对英氏夫人的回答。阿苏勒愣了一下，抓了抓头。

英氏夫人禁不住笑了，拎起裙子起身出帐篷去了，她掀开帘子的时候，铁益带着他的两个儿子急匆匆地跑进来，也一股脑儿地围到阿苏勒的床边，铁颜和铁叶一路上仍旧穿着自己从东陆军营里带出来的军服，此时都换上了崭新的蛮族大袖，一眼看去都是魁梧的蛮族男子汉，都是蛮族少女心中的勇士样子。铁颜铁叶两兄弟围上来探着脖子，说了同一句话，“可醒了，吓死我了！”

铁益愣了一下，两个胳膊肘分别顶着两个儿子的腰眼，像只蛮横的野猪把他们拱开，“父亲在的时候，父亲先说话！”

铁叶性格比哥哥活泼，对父亲也没有顾忌，刚要接着说话，被铁颜又用胳膊肘捅了一下，示意他安心等父亲说完。

铁益很满意十年未见的儿子们服从了他这个父亲的威严，抖了抖肩膀，郑重地靠近阿苏勒，想了想说："可醒了，吓死我了……"

"不还是我说的那句？"铁叶捂着嘴笑了一声。

"同样的话，父亲说出来就不一样！"铁益强调。

铁颜只好对父亲摆摆手，意思是大家都别争了，确实铁益这个父亲在说话上还未必有儿子高明。

阿苏勒看着他们父子三个人，不由自主地笑了起来，想起第一次铁益把自己的两个儿子拉给他当伴当的时候，摸着两个男孩的头说："这是我家两个小崽子，世子一定喜欢！"他确实喜欢铁颜铁叶，喜欢这样看着他们说话，更喜欢铁益，这个十年没有变过的武士。这是他的家，在这里他和他的朋友们又相逢了。

大合萨怀里一个小小的脑袋探出头来，那只叫作巴呆的耳鼠不耐烦地出来透气，阿苏勒忽然想知道，大合萨给它起名巴呆是否占了莫速尔家那几个武士的便宜。巴呆显然选择了错误的时间露头，英氏夫人帐篷里养的那只黑白相间的草原斑猫从床的一角蹦了出来，闪电般蹿过去伸出爪子抓巴呆。巴呆慌不择路往床下跑，大合萨平生就只养了那么一个宝贝，原本只能活几年的耳鼠被他养了十几年，吓得赶快去拦斑猫，莫速尔家的父子三个也帮他拦斑猫，不小心撞上了，三个都是魁梧力大的人，彼此撞得退开一步，斑猫就直接冲过去抓巴呆了。

"拔都儿！拔都儿！"阿苏勒急忙喊那只斑猫的小名。

斑猫站住了，回头看着阿苏勒，不知道这个陌生人为什么知道它的名字。趁这个机会大合萨跳过斑猫，把巴呆抓了塞回自己的羊皮袍子里。

莫速尔家的父子正拍着自己的肩膀互相埋怨对方的莽撞，看见阿苏勒慢慢从床上爬了起来，他们赶快过去按住了他。

"要水么？要吃的么？让我家小崽子们去就可以了。"铁益以父亲的威严说。

阿苏勒略有点尴尬，"要出去解个手……"

"哦哦哦，不过外面冷得很，就在帐篷里解也很好，一会儿让奴隶盖层土就好。”铁益说。

铁叶终于得到机会插了一下父亲，“大那颜是读东陆人的书过了那么些年，在东陆可没有在睡觉的屋子地下解手的，就算在屋里也是用器皿。盖层土？那不成猫了么？何况英氏夫人的帐篷那么干净……”

阿苏勒实在受不了这三个人就这件事争执下去，只好披了件羊皮大氅说：“我出去一下，顺带看看姆妈的獭子肉好了没有。”

虽然没有说什么，但是父子三人的眼里显然都露出了馋涎欲滴的神情，各自靠在床边坐下了。

阿苏勒揭开帐篷帘子，那一瞬间，他愣住了。帐外是一片看不到边的白雪，贴着帐篷一个女人蹲在地下，捧着一个铜盆，里面是喷香的獭子肉盖饭。那个女人双肩耸动，无声地哭泣着，泪水滴在她自己亲手烹制的獭子肉上。阿苏勒从她的背影里感觉到一股足以吞噬掉他的悲伤，他的身体在寒风里一寸一寸地冷却。

“姆妈……”他的嘴唇嚅动。

英氏夫人惊得抬起头，一张美丽却憔悴，泪水纵横的脸。

阿苏勒想自己真是个傻瓜。你会不悲伤么？如果你失去了陪伴你一生的人。你会不难过么？他在众人面前砍下了自己的头。你会不绝望么？他即便死都被看作一个引发了败阵的老奴隶。木犁是姆妈的丈夫啊！丈夫是什么意思？

他从心底深处感觉无力。其实那些都是大家骗他的，希望他开心，在这些人眼里自己还是个孩子。可他没法开心，木犁死了，人头落地的一幕历历在目，北都依然被围，城外大概还躺着几万具尸体。从他踏上归途的那一刻开始，他故乡的天已经开始坍塌了。

他走上去，蹲下来，抱住英氏夫人的肩膀，低声说：“姆妈，有我啊……就跟木犁将军在的时候一样！”

金帐里，吕守愚、将军们、大家族的主人们都在。

吕复心里突突地跳，左看看，右看看。将军们以铁晋为首，都低着头保持沉默，大贵族们脸色紧绷，也不说话，他们的首领是斡赤斤家的主人，他年纪最大，势力也最大。三个大家族中，原来势力最大的是合鲁丁家族，但是合鲁丁家族的主人战死了，他的儿子额日敦达赉刚刚接管家族，还太年轻，许多原来依附于合鲁丁家族的小家族都开始疏远，这个年轻人此刻正坐在斡赤斤家主人的身边，目光阴森，像是眼里能拔出一柄刀来。而吕守愚也不说话，一手按着黄金宝座的扶手。这个动作让吕复格外不安，吕守愚按住扶手不动的时候，总是在用力抓紧，那是他在努力克制。

这沉默已经持续得太久了，气氛僵住了，谁也说不服对方。争执到了这个地步，在别的部落里也许已经拔出刀来了，但是青阳毕竟是受东陆影响最大的部落，讲究礼数，不顾大君威严拔出刀来叫嚣的时候很少。

吕守愚从黄金宝座上站了起来，走到人群中，摊开手，缓缓坐在地上，“我们这里有人的意见不同，那就按照逊王的办法，开一个小的库里格大会。大家都坐下发言，谁都能说话，谁也不要怀疑别人有没有说话的资格，都把心里的疑虑说出来。”

斡赤斤家主人摇了摇头，冷冷地说：“大君，我恐怕我的想法和您不同。将军们中主战的多，各家主人要和谈的多，这些都说明白了。我刚才说将军们没资格说话，并不是怀疑将军们的勇敢和忠诚。但我不得不说将军们靠的是勇气和战功，我们几个老家伙年轻时候也一样敬仰勇士，自己手里的刀剑也不含糊，可是我们如今管着自己家族下面几万人口，我们不能拿着大家的命去赌。这事情关系到北都城里几十万人的死活，将军们还要说什么祖宗的尊严不能让朔北人玷污了，祖宗的土地不能送给狼崽子，我不能同意。”

铁晋慢慢抬起眼睛，“我们在谈的，是青阳的存亡，不是斡赤斤家的存亡！”

以他的性格，这句话已经说得极重了，几大家族的主人脸色都变了，年轻的额日敦达赉眼睛里跳过一丝凶狠，抖身就要站起来，被斡赤斤家族的主人生生地按了回去。

“铁晋将军在嘲笑我们这些老家伙没有勇气么？只想保着自己的牛羊和帐篷？”斡赤斤家主人冷笑，“别忘了我们和你一样迎着朔北人的刀冲锋过！斡赤斤家几千个男人的尸体还躺在城墙外面呢！”

吕守愚紧紧地皱眉，摇了摇头。吕复急忙上去斡旋，“现在大敌当前，我们有话好好说，朔北人可巴不得我们不信任自己人呢！”

“其实朔北这一战的损失并不小，也死了几万骑兵，呼都鲁汗的兵力折损也很大。我们主要是输了士气，这时候朔北人未必敢主动进攻。我们不必太过担心，如果要和谈，也可以延后，试图取得几次小规模的胜利，我们才能在谈判中占据主动。”开口的是吕鹰扬，这个曾经在北方和夸父作战的那颜原本绝对有资格在军事上发言，但是经历了贬黜和赦免后，他出奇沉默。今天是他第一次开口说话，很多时候，吕鹰扬这个人已经被大家给忘了。

脱克勒家族的主人翻了翻眼睛，以极度的轻蔑瞟了吕鹰扬一眼，“流着狼血的人就别多说什么了。”

吕鹰扬旁边的吕贺一直低着头，此刻眼睛里凶光一闪，伸手就摸刀柄。吕鹰扬看着地面，默默地伸手把吕贺的刀柄扣住。他没有再辩驳，帐篷里也就此沉寂下去。

吕守愚的一个伴当进帐来，“大君，阿苏勒大那颜醒了，正在金帐外等着觐见呢。”

吕守愚点了点头，起身说：“那今日先这样，这个小库里格大会我还要开下去，大家各自回帐篷去想清楚，我会再召集大家来。最后一件事，我知道城里有饿死奴隶的事情，我知道大家剩下的粮食都不多，但是奴隶也是人，得活命。尤其现在又是需要人的时候。”

阿苏勒跟着那名伴当进帐，开会的人们和他逆着走，每个人都只是扫他一眼，并不说话。阿苏勒和他们一个个擦肩而过，觉得那一道道冷冷的目光像是从他脸上割过去。他刚才站在外面已经听见了许多，并不觉得很奇怪，毕竟现在城外的敌人是他的外公楼炎。

片刻，帐篷里只剩下吕守愚、阿苏勒和那名伴当。吕守愚坐在他的黄金豹皮宝座上，低头看着这个弟弟。阿苏勒在原地站了一会儿，才尴尬地意识到自己忘记了礼节，这个哥哥已经是大君了，见到大君是应该下跪的。他又有些不习惯，犹豫了一下弯曲了膝盖。

吕守愚遥遥地挥手阻止了他，“阿苏勒你不必跪，你醒来我很欣慰。你上阵很勇敢，我也很高兴。没事就好，去见见你母亲吧，她应该很想你才对。”

阿苏勒愣了一下，不知该说感谢还是其他什么，刚一抬头，看见吕守愚已经起身走了。他看着吕守愚的背影，心里有些难过，他想自己大概是个多余的人，站在空荡荡的金帐里显得那么突兀。

阿苏勒被那个伴当引着往金帐后走去，这里是他从小熟悉的地方。蛮族把大君的整片营帐叫作斡尔朵，里面住着伺候大君的女人们和伺候的奴仆，差不多等若东陆皇帝的后宫。他放眼眺望，不禁愣了一下，在雪地里，他看到了两座一模一样的白色帐篷。在蛮族，大君的妻子们也被称为斡尔朵的女主人，其中又以大阏氏和侧阏氏为正妻，好比东陆的皇后和贵妃，只有她们生下的孩子才是嫡出，才可以作为继承人。大阏氏所居的帐篷是红顶，侧阏氏所居的是白顶，阿苏勒的母亲勒摩 · 斡尔寒就一直住在白帐里，可他站在岔道口，看着左右两条路，不知道往哪边走才对。

“那是新的大阏氏的帐篷，她坚持说自己是个卑微的奴隶出身，不能住在红顶帐篷里，大君将来会娶到真正能管理斡尔朵的大阏氏。但是大君说，她就是大阏氏，让我们都这么称呼。”那个伴当这么说的时候，笔直地看着阿苏勒的眼睛。

阿苏勒不知道那些话是否隐含着某种提醒或者威胁，默默地点了点头。

伴当引着阿苏勒走近其中一顶白色帐篷，一个年轻的女奴提前出来掀起了帘子。

“呼玛呢？”阿苏勒随口问。呼玛是他母亲身边最得力的女奴，他有点想见她。

“呼玛去年冬天就死了。”年轻女奴说。

“呼玛……死了？”阿苏勒心里一凉。

“老死的，走得很安静。”年轻女奴说。

阿苏勒呆住了，看她掀开里面一层的帘子。幽暗的灯光下，一个女人默默地坐在床边，时光没有夺走她的美丽，她年轻得就像是阿苏勒的姐姐，只是一双失神的眼睛，让她再没有当年草原天女的光辉。她抱着一个布娃娃，轻轻地唱着歌，她的床上，铺着一件反毛的貂皮氅，阿苏勒还能认出这是他阿爸穿的，夜深的时候会被拿来压在身上。这大概是他阿爸最后死去的地方吧，而他阿妈大概还以为她的男人什么时候会再回来。

他忽然想要用力拥抱什么人，于是扑进去紧紧抱住了母亲。他的眼泪无法控制地流了下来，他把头顶在母亲的胸口，希望她能给自己一个温暖的怀抱。

可女人没有，依然只是低低地唱着歌，抱着她的布娃娃。

伴当挥挥手让女奴放下帘子，转身离开了。

阿苏勒过了很久才出来，已经擦干了泪水。外面只有那个年轻女奴在点炭盆，伴当已经不在了。

“这里就你一个伺候么？”阿苏勒淡淡地跟她搭话。

“以前还有几个，不过手脚不如呼玛勤快，伺候不好主子有时候生气会哭，就都给撵到外面去了。不过我一个也够了，新立的大阏氏对主子可好呢，每天都来陪着，有时候还陪主子过夜。大君在那边的白帐等一晚见不到人，还抱怨呢。”年轻女奴是个直言快口的人。

她没有听到阿苏勒的回答，愣了一下扭头看去，看见外面又开始下雪了，年轻的大那颜默默地掀起帘子走了出去。

阿苏勒沿着那条分岔的路慢慢地前行，雪飘在他的头发上，天地苍茫。他走出了很远，回过头，看见自己留下一串足迹慢慢又被新下的雪盖上了，远处两座白帐在雪里模糊起来，像是一座城门。他用靴子把周围的雪扫开，发觉自己正站在那个分岔口上。他看着脚下，想了想，走上了去另一边白帐的路。

距离那顶白帐还有十几步路的时候，他听见了笛声，于是停下了。他太熟悉那笛子的声音了，听着就让人想到月夜之下女孩一个人脉脉低语，因为苏玛不会说话，所以她才会用笛子去表达。他的神思追着那旋律走，想着有几分腐儒气的百里煜认真地对他说，“尘少主吹的，是亲情啊。好像草原一望无际，亲人远行，吹笛的人留在帐篷外，看着风吹草低，等着那人回归，所以曲调始终低转。偶尔风来，看见远方的牧人马群，迎上去，却不是，于是又只有风声，仍旧是依依相望，只是多了几分失落。”

他想起自己小的时候总是在午夜醒来的时候听到笛声，那时候苏玛在外面，他在里面，只要他咳嗽一声，苏玛就会走进来摸摸他的头，帮他盖好被子。他倒从没有想过会是他在外面听，苏玛在帐篷里面。

“苏玛，这些年你过得好么？”他用极轻的声音对雪说。

他在帐篷外站了一会儿，直到笛声渐渐淡去，他才转身离开。

走回到那个岔口时，他又一次回望风雪里白帐的影子，忽然想起姬野给他看的那本《四州长战录》上说，最后蔷薇皇帝抱着蔷薇公主，在雪野桥边眺望天地尽头的天启城，无比孤独。他想就是这种感觉了，真是孤独，虽然是故乡。有什么东西失去了，再也找不回来。

二

北都城外，雪深没膝，楼炎坐在一张狼皮上，看着他的狼在远处啃食一具僵硬的尸体。

呼都鲁汗走到父亲背后，“我们抓住了一个想靠近城墙的青阳人，看起来好像是青阳派出去的使者。”

“带到这里来。”楼炎下令。

两名狼骑兵押着年轻人来到楼炎面前。年轻人大约十八九岁，一身朴素的牧民衣裳，可那双白皙细长的手暴露了他的贵族身份，脖子上用银链子挂着一件造型诡异的玩意儿，像是两片墨晶磨成的圆形薄片，套在精巧的金属细框里。大概是从未想到自己有朝一日要和朔北狼主这样的恶魔面对面，这个纤弱的家伙抖得像是一根被拨动的琴弦，脸白得像纸，魂儿都被拎走了似的。

楼炎出人意料的平静，看了他一眼，“颜静龙，你是沙翰·巢德拉及的学生。”

颜静龙傻了，不敢相信自己的耳朵，他觉得自己只是个小人物，连老师都说他的天赋差得离谱，将来能否继承大合萨的地位都不知道，可草原上令人恐惧的朔北狼主却仅用一眼就猜出了他的身份。

“我叫我的儿子呼都鲁汗去了解北都城里哪些人我需要注意，我的儿子告诉我说沙翰还活着，他说自己有个出色的学生。我了解沙翰这个人，他看中的学生我会留意。”楼炎完全明白颜静龙的惊疑，“你的里衣领口说明你是个巫师，还有你脖子上的透镜。”

颜静龙低头看自己的领口，才觉察到自己虽然罩上了牧民衣裳，里衣却还是巫师特别的五彩领子。

“你从哪里来？”楼炎一边问，一边望着他的狼，像是牧人看着羊儿吃草。

“澜马部。”颜静龙低下头。

“你是去求援的，澜马部愿意为了拥戴没有经过库里格大会的大君而派出援军么？”

颜静龙犹豫了很久，低声说：“澜马部说愿意派出援军，但是雪地会阻碍进军的时间。”

“这样的天气，澜马部的营地到这里怎么也得走一个多月吧？”楼炎随意地说，“他们的骑兵很好。”

颜静龙不敢接话。

“你觉得青阳可以取胜么？”楼炎用一块磨石打磨他的青铜大钺。

颜静龙看着那柄森严可怖的武器，眼睛里满是惊惶，憋了很久，摇了摇头。

“去城下劝说你的族人们投降，告诉他们没有援军回来救他们。我不会伤害他们，我只要北都城。在我还没有决定要屠灭这个城市前，你这么做是救他们。完事之后无论他们是不是开城投降，我都给你一百个牧民，三千只羊和五个漂亮的女人，以后你当我的巫师。”楼炎淡淡地说。

颜静龙浑身哆嗦，木愣愣地看着那柄大钺的利刃，听着磨石嚓嚓地响。呼都鲁汗有些不耐烦了，走到他背后，鼻孔里重重地哼出一声。

颜静龙惊得跪倒在雪地里，慢慢地俯身行礼，“我知道了，让我去劝劝他们，可我不知道他们会不会听我的。”

“试试看吧。”楼炎挥手让人带走他，“如果你没能说服他们，我只是要多费点心思砍下他们的头来。”

颜静龙被狼骑兵押着在雪地里走了很远，听见背后遥遥传来楼炎的嘱咐，“呼都鲁汗，派人跟着他，如果他要什么花样，就杀了他。”

他脚下一个趔趄，几乎摔倒，被一名狼骑兵抓鸡仔一样拎了起来，双脚虚浮着继续前行。

北都城北门，大合萨提着袍角慌慌张张地冲上城墙。豹子旗下，不花剌眯着鹰眼眺望，手把长弓，弓上搭着一支黑羽箭。

“那是你的学生颜静龙么？”不花剌微微偏过头，以眼神示意大合萨。

大合萨扶着城头的垛堞看出去，距离城墙两百余步，一个年轻人被两个精悍的朔北武士押着跪倒在雪地里，把头埋在雪里。

“朔北人说他是你的学生，大概是让他来劝降的。”不花剌低声说，“我不想听见任何人劝降，青阳部没有那种懦夫。请大合萨告诫他，不然我就用我的箭告诫他。”

大合萨的肩膀微微一震，默然良久，深深吸了一口气，“阿摩敕[1]，是你么？”

那个年轻人从雪里抬起头来，一张清秀白皙的脸上写满了惊惶，头发散乱，眼神迷茫。大合萨觉得一股血涌上来，几乎失足跌倒，他的老眼不算犀利，却也看清楚了，那就是他派出去求援的学生。

他咳嗽了两声，嘶哑地对外喊：“阿摩敕，不花刺将军说……青阳部没有懦夫，让我告诫你，不然他就用弓箭告诫你……阿摩敕你要记住啊！”

他用颤抖的手捂住自己的头，眼泪涌了出来，滑过脸庞，在寒风里几乎冻成冰碴。不花刺瞥了他一眼，默默地张开长弓。

颜静龙身后的两名朔北武士，一人上前一步，把一面蒙着牛皮的盾牌竖在颜静龙的前方，另一人拔刀押在颜静龙的后颈里。

“站起来，告诉他们！”朔北武士低吼。

颜静龙默默爬起来，拍了拍膝盖上的雪尘，抬头看着城头的老师和数百名青阳武士。

“青阳的族人们……”他的声音颤抖着，却分外嘹亮，在雪地里传出很远，“我去了澜马部，还去了九煵和沙池部，为大家请求援军……”

他的眼泪也涌了出来，和城头的老师一样。

“他们都答应了！援军会来的！不要投降！”颜静龙忽然用撕裂般的声音大喊。这个纤弱的年轻人不顾一切前扑，以肩膀撞退了持盾的朔北武士，发疯般向着北都城门奔跑。持刀的朔北武士完全没有预料到这个变化，但一瞬的错愕之后，他立刻提刀扑前，挥刀劈向颜静龙的后背。可不花刺的错愕更短，黑羽箭尖啸着离弦，持刀的朔北武士像是正面被人击中一拳，跌跌撞撞地往后退了几步，低头看着插入自己心口的羽箭，

①阿摩敕是颜静龙的蛮族名。

慢慢跪倒在雪地里。

“该死的青阳人！”不远处眺望的呼都鲁汗大怒，“杀了他！”

他背后数十名朔北骑兵同时开弓，瞄准那个在雪地里跌跌撞撞的人影。

“援兵会来的！援兵会来的！”颜静龙奔跑着，狂呼着，挥舞手臂，头发散乱，像是个疯子。他扑向北都城的城门，泪花四溅，仿佛伤心的孩子扑向母亲的怀抱。

“阿摩敕！快啊！快啊！”大合萨狂吼。但是没有用了，他们之间有两百步远，颜静龙跑得再快，又怎么快得过羽箭？

一匹马从呼都鲁汗背后闪出，那是朔北狼主楼炎·蒙勒火儿·斡尔寒本人。他按在一名武士的小臂上，把举起的弓按了下去。朔北武士们都愣住了，面面相觑，慢慢地松开了弓弦。

“真是个有意思的年轻人，我很欣赏他的勇敢。放他进城，他能带给青阳人的一定是坏消息，青阳最后的希望也会断绝。”楼炎淡淡地说。

“坏消息？”呼都鲁汗不解。

“他想骗我们，说澜马部会派援兵来救北都城。可他还太年轻，眼睛里藏不住。他没能请来援兵，一个都不会来。放他入城，他会把这个坏消息传给吕嵩的儿子。青阳人只会更加恐惧。”楼炎拨转马头，放任马儿漫步离去。

“你说各部落都拒绝派出援兵？”吕守愚的声音颤抖。

金帐里，将军们和贵族们怀着狂喜聚集而来，却觉得被一盆冰水淋在头上。金帐外面，援军即将到来的消息在武士、奴隶、牧民的嘴里跑马般地传播着，原本死气沉沉的城市忽地振奋起来，无数人在不同的帐篷间钻出钻入。可准确的情报却完全不是这样。

颜静龙裹着羊皮氅，脸色惨白，止不住地哆嗦，“他们都说雪太大了，援兵派不出来，澜马部还说……还说这是盘鞑天神给青阳降下的劫难，青阳需要自己承受。”

吕守愚沉默了，所有人都沉默了。几十年来，北都城里的大君第一次被整个蛮族拒绝了，他的命令和请求不再通行草原。吕守愚感觉到沉重至极的无力感几乎要把他压垮。

“我听说达德里大汗王的子孙在澜马部重新得势，他们对老大君诛杀达德里大汗王的事非常记恨吧？”九王低低地叹了口气。

“可是阿爸也是迫于无奈……”吕守愚说到这里收住了。就算那时候老大君是再三权衡才忍痛对曾经全力支持自己的达德里大汗王下了手，可又怎么能对人说作为盘鞑天神选中的人，却要违背自己的意愿做出什么事来？

“其实我已经猜到了，只是想试试。”大合萨说。

“那些人想看着朔北人攻进北都城么？北都城的主人换成了朔北的恶狼，对他们又有什么好处？”吕守愚的声音里带着怒气。

“大君，其实北都城的主人是我们青阳对他们也说不上有什么好处……他们是觉得青阳要输这一场仗，就算是不输不赢，青阳也会重伤，再没有兵力去讨伐他们了。”大合萨摇了摇头。

“是说整个草原都觉得我们会输掉这场仗么？”吕守愚的声音微微颤抖。

无人回答，金帐里一片死寂。

阿苏勒骑着骊龙驹，默默地走在雪地上。他的背后是一辆马车，马车里是大合萨守着昏过去的颜静龙。从金帐里出来，没有人说话，灰色的绝望沉甸甸地压在每个人心头。

今天的北都城格外热闹，一直憋在帐篷里不露头的男人女人好像春天到来草根发芽似的，忽地都出来了，每个人脸上都喜气洋洋，甚至放任孩子们在雪地上追打。女人们在自家帐篷外扎上了五彩的搓花绳子，这是给就要出去打仗的男人们的祝福，希望他们打败敌人凯旋。天色将暮，空气中弥漫着很久闻不到的血味，不知什么地方有羊被宰杀前的哀声，女人在帐篷上支锅烧水，等待她们的男人割一刀肉回来。

这一切都是因为那个好消息。很快援军就要来了，青阳军队将和其他部落的援军一起把朔北人彻底打回北方去，这是男人们立功的好机会。

阿苏勒拉紧缰绳令战马停下，让两群追打的孩子从他的马前经过。孩子们挥舞着木头削制的刀剑跑远了，阿苏勒听见他们嘴里发出嗖嗖的声音，大喊着说你们是朔北人你们输了！另一群孩子则倔强地反击着大喊说你们才是朔北人，输的是你们！

阿苏勒摸索着握住影月的刀柄，却觉得自己的手那么无力。纵然他握紧这把刀又有什么用呢？援军永远不会来的，吃光了城里的粮食，就会有人饿死。最后朔北大军会攻破坚固的北都城门，把这些孩子都变成狼群的食物。他闭上眼睛，却止不住想到那些孩子躺在血泊里，身旁躺着他们的木头小刀剑。

"大那颜，快走吧。要被他们知道你是在台纳勒河边挡住了朔北人的英雄，他们会把你围住的。"一个武士策马靠近阿苏勒。

"我挡住了朔北人？"阿苏勒摇摇头。

"大那颜可是在溃军中往前冲的那个人啊。"那个武士淡淡地说。

阿苏勒愣了一下，回头看了那个武士一眼，发觉他有点面熟。

夜很深了，阿苏勒坐在床边。还是英氏夫人的那顶帐篷，现在换成颜静龙躺在这里昏迷不醒。铁益父子三个和大合萨每天都往这里聚来议事，晚上就睡在这里。阿苏勒知道为什么铁益父子要这么做，因为有人说台纳勒河边战死几万人是木犁的错，有些人死了父亲兄弟，觉得木犁死了都没法偿还这个错误，于是放言要让木犁的家人接着偿还。铁益在深夜里提着刀在帐篷周围转圈，像只守窝的老虎，远远看见鬼祟的人影就放声大喝，把阿苏勒从梦里惊醒。

不过今天铁益大概不会巡视了，他正与两个儿子和大合萨在旁边的帐篷里喝酒，此时大概只有古尔沁烈酒能让他舒服一些。

阿苏勒摸了摸颜静龙的额头，觉得他的体温差不多恢复了。这个童年好友已经算是真正的男人了，可还长了一张孩子的脸，唇上一层淡淡的绒毛。阿苏勒不知道这个家伙哪里来的勇气去欺骗恶魔般的狼主，换得了这个生还的机会。

有人掀开了帐篷帘子，阿苏勒回头，看见是那个面熟的武士。他警觉地把手按在刀柄上。这顶帐篷是木犁生前住的地方，一般人轻易不准进来，而这个武士逼近的时候没有发出丝毫脚步声。

那个武士竖起一根手指贴在唇上，示意阿苏勒低声。

他摊开双手以示自己没有敌意，“大那颜不记得我了？我叫哈勒扎，大那颜去东陆那年，我从几百个孩子里被选出来，作为大那颜的七名随从之一。我曾在大柳营的比武场上和大那颜的朋友姬野当对手。后来只有铁颜铁叶兄弟在大那颜身边伺候，我们几个都被编入下唐军队学习，四处换防。直到青阳和下唐断交，我收到铁颜的召唤才返回，大那颜被铁浮屠保护着强突出城时，我们曾在城里各处制造混乱。”

“你……”阿苏勒忽地想了起来，“你有一对能伸长的锥枪！”

哈勒扎笑着点点头，“当时我可是得意得很，觉得到了东陆能扬我们青阳的威风，可是一演武就被姬少将军缴掉了武器。”

“坐下说话。”阿苏勒上前招呼他，“其他四个人呢？都和你在一起么？”

“两个人死了，没能从军营里逃出来，被就地格杀。还有两个不愿意再回北都，效忠了下唐国。”哈勒扎低声说，“只剩我一个。”

阿苏勒和他并排坐在羊皮垫子上，想到南淮城和那里的人，一时间怅然出神。

“如果铁益将军发现我私下来找大那颜就麻烦了，我的时间不多，有些话请大那颜听我说。”哈勒扎神色异常严肃。

“我们是一起去东陆的朋友，有什么话都可以说，可为什么要瞒着铁益他们？”阿苏勒问。

哈勒扎沉默了一会儿，翻开牛皮手甲，露出拇指上铁青色的鹰徽，压低了声音，“铁甲依然在。”

阿苏勒在震惊中习惯地一手按住手腕，竖起拇指，“依然在！”

哈勒扎拇指上是一枚真正的天驱铁指套，阿苏勒分得出真伪，虽然没有宗主指套的铭文，但是这种金属极其特殊，无法仿制，而东陆流传的天驱指套据息衍说不超过两千枚了。

“我从息将军那里得到了这枚指套，我知道大那颜也是天驱的成员。”哈勒扎说，“作为天驱，我们之间不分贵贱。我想直接对大那颜说，既然已经知道了朔北人后面是辰月在指使，我们应当竭尽全力把他们阻挡在北都城下。否则这场战争会变得越来越可怕。”

阿苏勒沉默不语，盯着哈勒扎的眼睛看。哈勒扎觉得对方的眼神一瞬间变得陌生了，心下不安，却笔直地迎上了阿苏勒的目光。

许久，阿苏勒收回了目光，看着地面，“哈勒扎，你知道我是天驱的成员，我却不知道你是。你从将军那里得到了指套，是将军安排你跟着我的么？你现在来见我，因为天驱需要对抗辰月，你们需要我？”

哈勒扎愣了一下，“不是我们需要你，你就是我们！你也是一名天驱啊！”

阿苏勒沉吟了很久，“将军是我的老师，是我平生最信任的人之一，按说他说的一切我都会去做。可是……”阿苏勒抬起头来，“哈勒扎，你该亲眼见过白狼团的进攻，青阳的军队不是他们的对手！我的外公……连木犁将军也挡不住，还有谁能够挡住他们？按白狼团一直以来的习惯，不投降的部落如果被击溃，女人和孩子都沦为奴隶，男人全都被杀死。我如果劝哥哥在北都城下挡住朔北部，那会要了北都城里几十万人的命……”

“如果是将军在这里，会要我牺牲自己的族人，为东陆的平安守住北都么？”他的声音越来越低。

哈勒扎呆住了，一时间没能说出话来，阿苏勒默默地把头转开。

“这是大那颜第二次被围在城中了吧？”哈勒扎打破了沉默。

“是啊，第一次是在殇阳关，那一次我觉得自己已经该死了。”

“殇阳关那一仗，战死的大概不下十万人吧？大那颜有没有想过那十万人是为谁而死的么？那些诸侯军队的士兵，是为了东陆大皇帝战死的么？”

阿苏勒茫然了，摇了摇头。

“每个人上战场，都不是为了皇帝或者大君吧？”哈勒扎说，“都是为了保护什么人，为了保护自己的家人所以要保护国家，为了保护国家所以要保护皇帝。我们青阳的武士为什么上战场？也不是为了帕苏尔家吧？很多人是为了保护自己家里的人吧？大那颜，你是为了什么加入天驱的？天驱是为了什么要在每个危亡的朝代站出来，冒着战死的危险守护什么？”

阿苏勒思索了片刻，还是摇摇头，“其实我不知道，我加入天驱，只是因为我是将军的学生吧？我也不知道天驱为什么要这么做，大概每个天驱都该是勇敢高洁的人吧？”

“其实也是为了保护什么人啊！为了保护那些对自己很重要的人，所以要守护一个平安的时代！一旦战争按照辰月的意愿开始，就会蔓延到九州各地。那时候我们的族人能幸免么？战乱的时代人命会变得很卑贱，会死很多很多的人，我们现在不阻止，就失去阻止的机会了。”哈勒扎的眼睛深处仿佛燃着火。

阿苏勒低着头，害怕看他的眼睛，在那双眼睛下他觉察到自己内心的卑小。

“大那颜有没有觉得奇怪，为什么你能轻易地逃离南淮？就算下唐的军队没有一支比得上我们的铁浮屠，可城里数万大军驻扎，就算用人墙硬生生地堵住城门，铁浮屠也不可能冲出。可铁益将军一路保护着大那颜，从北门突出直到抵达港口换乘商船，一直没有被围堵。”哈勒扎说。

阿苏勒心里一动。他也诧异过为何他们从法场撤离，一路上如入无人之境，南淮城的防守在那一天出奇脆弱。

“因为息将军早已经知道了铁益将军的计划，他当时已经被软禁在有风塘，可还是以一道手令把绝大多数守军调回了大柳营。”哈勒扎说，“大那颜想息将军做的这些事如果被下唐国主察觉，会是什么结果？”

阿苏勒心里发凉，他这才想起在他们藏匿的那段时间里，完全没有得到息衍的消息。而原本息衍这样在东陆举足轻重的人物，每隔一段时间总会有些消息传出来。

“就在大那颜成功撤离南淮的当天，息将军被秘密逮捕。他是有皇室官爵的御殿羽将军，下唐没有权力审讯，所以现在他应该正在狱中等待天启城七位御史前往南淮会审。这会拖很长时间，但是如果最终审定息将军里通北蛮，纵敌逃走，那么就是叛国大罪。按东陆的律法是……处斩！”哈勒扎说。

“处斩？”阿苏勒心里一凛，急得几乎要站起来。

“大那颜，很多人都可以怀疑息将军，你却不能。”哈勒扎说到这里，忽地刹住，露出警觉的神色。

外面隐隐约约传来铁益喝醉了高声说话的声音，也不知他是否已经喝完了，正要往这里过来。

哈勒扎急忙起身，疾步往外走去。他掀开帘子，回头看着阿苏勒，“大那颜，息将军愿意冒险保护你，不仅仅是因为你是天驱的成员，也因为你是他的学生，是他想要保护的人。我其实懂得也不多，不过我相信每个天驱都是为了保护什么人而加入的。我十年前被选中当大那颜的随从，如果哪一天大那颜上阵，我无论作为天驱还是随从都会冲在大那颜前面去挡箭。”

“大那颜你不能死的，青阳和天驱都需要你。你是在溃军中往前冲锋的那个人！”哈勒扎快速地说完，消失在帐篷外。

阿苏勒茫然地站了起来，看着风掀动羊皮帘子。他觉得刚才的一席谈话就像梦一样，他在北都城里遇见了一个天驱，是他年少时的随从，带来了天驱武士团的意志，应当把辰月的野心阻止在北都城下。可他不知自己该怎么办，这听起来不是他能做到的，他忽然发现自己还远没有准备好成为一名天驱。

“阿苏勒……”有人喊他。

阿苏勒猛地回头，发现床上的颜静龙醒来了，正看着他。

“阿摩敕，你好点了么？”阿苏勒急忙上去扶住他，“我去叫大合萨进来。”

“先不要，刚才你们说的话我都听着呢。”颜静龙伸手握住阿苏勒的手腕，手心里满是冷汗，“阿苏勒，他说得对啊！你能救青阳的！你是英雄啊！我小时候见过你握刀，你是英雄！我们那时候就相信！我们都相信！”他颤巍巍地伸手指着影月，“只要你拔出那把刀……”

阿苏勒低头沉默，良久才低声说：“阿摩敕，你休息一下。”

“阿苏勒！别犹豫啊！”颜静龙急了起来，“现在那些贵族都被朔北人吓得傻了，我们得有人站出来！”

“阿摩敕……”阿苏勒深深吸了口气，“我知道这么说我显得很懦弱……可我真的不是什么英雄。我在东陆待了差不多十年，回到家乡，才发现家乡跟我想的不一样了。阿爸死了，木犁将军也死了，哥哥不相信我，大概是觉得我很讨嫌。不知道除了你们几个还有谁真的等我回来，我白天想我是不是真的是个不祥的人，我回来，第一眼看到的就是战场……我觉得我在这里其实根本就是个多余的人，我也想帮着做点事情，可我能做什么呢？我其实什么都不懂。”

颜静龙急了，使劲抓住他的肩膀，“阿苏勒，你别这么说！你走了十年，我们等了你十年！木犁将军，他也一直等你回来啊……苏玛……她也一直等你回来啊！”

阿苏勒惊得抬起头来。“苏玛”，这个名字震得他耳边嗡嗡作响。

“她是为了你才答应嫁给大君的啊……因为只有她答应下嫁，大君才答应往东陆派铁浮屠啊！”颜静龙仿佛要用尽全力才说得出这句话来，“你不是答应过要保护她的么？她一直记得，你难道忘了么？”

“我……没有忘记。”阿苏勒听见自己心底极深处的声音。

“苏玛……是我啊……不要怕……我会保护你的……”多年前的炽烈阳光下，那个孱弱的男孩伸手把女孩脸上的泪水抹去，说出这个要用尽他的一生来实现的承诺。那时候他脸上郑重的神情在许多人眼里是很傻的吧？几个人会记得？几个人会当真？

但他自己记得，十年过去，言犹在耳。他只是曾经怀疑是否还有人需要他的承诺，其实他不该怀疑的，想到那些夜晚里，那个永远沉默的女孩把冻得发抖的他和皮氅一起抱紧，轻轻抚摸他的头发，他怎么能怀疑呢？

他抬起头看着帐篷顶，用尽全身力气，狠狠地打了个哆嗦。

深夜，金帐里灯火通明。

吕守愚和将军们、贵族们都席地而坐，这个小库里格大会已经从午后开到了深夜，没有任何结果。以铁晋为首的将军们坚持集合军队寻找机会再次发起进攻，贵族们对于立刻派遣使者和朔北狼主和谈一样很坚持。前日颜静龙带回的消息给这次会议带来了浓重的阴影，贵族们的态度比前一次更加坚决。如果不是吕守愚命令所有人把刀解下放在金帐外，也许双方早就拔出刀来了。

“那么我再问一件事！”脱克勒家主人瞪视铁晋，竖起一根手指，“这个时候，你们要开战，靠什么兵力？谁还能领兵？”

“大汗王的虎豹骑，我们莫速尔家的骑兵。”铁晋一字一顿。

“你们莫速尔家的骑兵？”脱克勒家主人冷笑，“莫速尔家还有多少骑兵？就算还剩几千人，谁又能领兵出战？你那个只靠一把蛮力的弟弟么？”

铁晋已经忍到了极点，霍地起身，挺起胸膛，“铁晋·巴赫·莫速尔还没有死！”

斡赤斤家主人在旁边发出冷漠的一声笑，掸了掸靴子上的灰，“我们青阳的铁牙武士已经不多了，还要去送死？铁晋将军不惜自己的命，可不要像那个发疯的老奴隶似的，把别人拖累死！”

铁晋猛地攥拳，牙关咬死，两颊凸出锋利的线条，如同怒虎。斡赤斤家主人也有点畏惧，身体往后仰了仰似乎想要闪避。铁晋胸前缠着的白布上慢慢地渗出红来，那是他的箭伤再次迸裂了。金帐里的气氛紧张到极点，九王起身挡在了铁晋和斡赤斤家主人中间，无言地拍了拍铁晋的肩膀。这位战功第一的亲王在败阵之后就很少再说话，总是低头锁眉。

“木犁已经死了，你们还想说什么？还要把多少刀子样的话语对准自己人？”吕守愚的声音微微颤抖，“我再说一次！木犁是我阿爸手下最勇敢的武士，不是老奴隶。”

“可就是那个最勇敢的武士害死了几万人。”斡赤斤家主人缓缓地说，“大君，你要为整个青阳的未来考量，不是一个人几个人。现在再夸豪勇有什么用？我们得了豪勇的名声最后被灭族，有什么意义？”

吕守愚觉得一股气堵到喉咙口，可话却说不出来。他心里知道那次失败和木犁急于求战不无关系，斡赤斤家主人其实说得不错。斡赤斤家主人和脱克勒家主人对了对眼色，都微微点头。来这里之前他们私下谈了很久，都同意青阳再不能冒险决战，贵族们私下已经达成了一致，只要保住部落和人口，其他的代价都可以答应朔北人。现在他们预感到已经接近胜利了。

合鲁丁家族的新主人额日敦达赉忽地站了起来，他在斡赤斤家主人身边坐着，一直沉默到现在。

“大家都有自己的想法。我年轻，为了青阳该怎么办，我说不出来。”额日敦达赉双眼中隐隐透出红意，“可我阿爸死了！我们合鲁丁家就算死到最后一个人都不能放过朔北老狼！这血仇我不报，我家历代祖先在天上都会用唾沫吐我这个懦夫！”

斡赤斤家主人本以为他要和铁晋争辩，听到这番话惊得瞪大了眼睛。和谈这件事，他们私下商量的时候额日敦达赉也在场，这个倔强的青年听着只是点头，从不发表意见，斡赤斤和脱克勒两家的主人就以为他也会支持，毕竟额日敦达赉死去的父亲原本就是最支持和谈的。可他们这才发现自己忽略了可怕的“血亲复仇”，按照草原上多少年来的老规矩，额日敦达赉如果不为父亲报仇，是莫大的耻辱，所有同姓族人都鄙夷他。

即将到手的胜利又失去了，两边互相怒视，克制着火山般的怒火。

一个人掀开金帐的帘子，大步进来。所有人都吃了一惊，很少有人敢于不经通报直接踏入金帐，即便是大那颜阿苏勒·帕苏尔。

“大君，我有几句话，想私下里跟你说。”阿苏勒低声说。

吕守愚沉默了一会儿，点点头，“好啊，阿苏勒，我等着你来找我的。诸位，今天就到这里，让我和阿苏勒单独待一会儿。”

将军们和贵族们都起身退了出去，几个人回头看着这对兄弟，心里满是诧异。素来懦弱腼腆的大那颜这样冲入金帐来，和平时完全不一样，而一直有点避讳这个弟弟的大君却立刻把其他人都请了出去，谁都猜不出这是怎么个局面。

金帐里终于只剩下他们两人了。阿苏勒默默地站在那里，直视哥哥，吕守愚捻着自己铠甲的带子。

“我……能叫你哥哥么？”阿苏勒低声说。

吕守愚把带子解开，活动了一下肩膀，拍了拍自己身边，“阿苏勒弟弟，过来坐下说话。”

阿苏勒整了整自己的衣服走到吕守愚身边，抱着膝盖坐下。这对兄弟肩并着肩，谁也不看谁，都低着头。

许久，阿苏勒低声说：“从我回到北都城，哥哥没有跟我说几句话，总是刻意避开我，是因为大阏氏么？”

吕守愚犹豫了一下，“叫她大阏氏不太顺口吧？你还是叫她苏玛好了，我不会介意。”

他顿了顿，“要我这个大君亲口跟你说，因为苏玛，我不知道怎么跟你说话……这话实在很难出口，你来跟我说，我觉得心里轻快多了。是，我没怎么跟你说话，不是什么别的，就是因为苏玛。”

他又笑笑，像是自嘲，“我刚刚娶了苏玛的时候，心里一万个开心，又有一万个侥幸，觉得若不是你去了东陆，苏玛便一辈子都不可能嫁给我。可是不过几日又觉得心里堵得很，觉得我堂堂青阳部的长子，费了那么多心思娶一个女人，这个女人心里却记挂着我的弟弟。我比莫干[①]哪里不如别人？”

“可是怎么办呢？我离不开她，恨不得时时刻刻都能见到她，这样我才能相信她就在我身边，心里才安静。”他苦笑着摇摇头，“那时候我真羡慕你，我想为什么不是我先在真颜部的草原上认识了苏玛，我又想为什么那时候就那么傻，没有跟父亲要了苏玛。我有时候一个人生闷气，生完了气又想用我所有东西跟你换……换一个女人的心……”

“这话只能说给你听，要是班扎烈他们知道了，又要说我言谈太过轻率不能服众了。”吕守愚轻声说。

他这么说的时候仰着头看着帐篷顶，仿佛一个人自言自语。阿苏勒想起这个哥哥小的时候就是这样的，英武骄傲，目中无人，觉得其他兄弟跟自己相比差得太多。

“喝杯酒？古尔沁的烈酒，你在东陆喝不到的。”吕守愚忽然说。

“好啊。”愣了一下，阿苏勒说。

吕守愚从坐毯旁边取过两只纯银的杯子、一陶罐打开过的酒。打开盖子，辛烈锐利的香气弥漫开来，是最好的古尔沁烈酒，这东西在东陆被称作“青阳魂”，只有极少的大酒家才能买到，价格不菲。吕守愚给阿苏勒和自己各斟满一杯，兄弟两人捧着酒杯小口地啜饮，又进入了目视前方的沉默中。

“这些酒还是阿爸在世的时候酿的……想想小时候，能得阿爸赏一杯

① 比莫干是吕守愚的蛮族名。

酒喝，真是开心，从心里暖洋洋的。现在这酒随便就能喝到，却只有你和我坐在这里，酒喝到喉咙里烧，心里还是冷的。”过了很久，吕守愚低低地说。

“有时候很想阿爸……”阿苏勒说，却怎么也说不下去了。

吕守愚拍了拍阿苏勒的肩膀，看见他杯中只剩下小半杯酒了，吃了一惊，“你能喝酒了？以前你可不是这样，一杯烈酒喝下去呛得像是要死过去，酒对你来说跟毒药似的。”

“我在东陆学的，我在那里有几个很好的朋友，经常一起喝酒。东陆的酒不像我们草原的酒那么烈，有的喝着还有股甜味，有的喝着有蜂蜜的香气，可是也上头，喝多了天旋地转。”阿苏勒嘴角动动，笑笑，“有时候我们喝醉了就在紫梁河的河滩上躺着，你枕着我的腿，我枕着你的肩膀……南淮不冷，这么睡也不会着凉，有一次一觉醒来，天还没亮，看着很多很多的河灯从上游漂下来，都是红纸折成的小船，有几百几千只那么多吧？那时候使劲揉眼睛，不知道是做梦还是真的。”

“其实我也很想去东陆看看……”吕守愚说。

兄弟两个继续喝酒，小口小口地抿，听着帐外风如鬼啸。

“我在东陆认识了一个女孩，我很喜欢她。”阿苏勒忽然说。

“哦？”吕守愚眼睛忽地一亮。

“她叫羽然。”

“羽姓？是羽人皇族的姓氏，大概也是流落到东陆的羽人贵族吧？”

“不太清楚，听说倒是个公主，可她说她再也不能回青州了，因为她父亲死了，她的姐姐为了她也死了……她的家乡已经不剩下什么人了。这么想着，就觉得她的心里该比我难过多了。可她还是整天蹦蹦跳跳的，高兴起来就唱歌，生气了就骂人，好像一点也不忧伤。”

吕守愚笑，“跟苏玛可完全不一样。”

阿苏勒抓了抓头，“是啊，可完全不一样……永远猜不透她心里怎么想的，可我很喜欢她，很想看到她，有时候找不到她会害怕，好像她是只鸟儿，不知什么时候就会飞走……”

“真是有趣的女孩。”吕守愚说着，喝干了杯中的酒。

阿苏勒点了点头。

吕守愚忽然直视阿苏勒的眼睛，眸子像是火一样亮，“阿苏勒，你是想跟我说你在东陆已经有了喜欢的人，所以我不必担心，是么？你是想安慰我？”

阿苏勒吃了一惊，不知如何回答。

吕守愚也并不需要他回答，叹了口气，在阿苏勒头上拍了一巴掌，“你从小就是个很乖巧的弟弟，总是怕伤害别人，怕害了别人，却不怕自己受伤。”

“我……我不是，我真是喜欢羽然……”阿苏勒想我说出这话可也真不容易，第一次能对什么人坦诚地说出这件事来，却又被哥哥嘲笑了。

“不用说了，我听得出来你是在说真话，你真喜欢什么人，说到她的名字，声音都不一样。”吕守愚说。

阿苏勒呆住了，他听见心底深处自己的声音，那个声音在念着一个人的名字。

“羽然……”他默默地念着，声音在心底深处那个空落落的天地里回荡。

真的不一样么？他从没有觉察，也许其他人早已经发现了。

阿苏勒低头看向自己的酒杯，忽地一仰脖子把酒喝干了，他迎上吕守愚的视线，“哥哥要保护青阳么？就像保护苏玛那样。”

吕守愚沉重有力地点头，“是！我要保护青阳！我娶了苏玛，才有了一颗当丈夫的心，知道一个男人该保护他的女人。北都城里有几千几万个我这样的男人，我若是对狼主低头，也许能保全我自己，却要连累几千几万个男人和他们的女人。你有一半的朔北血，我却不想对你隐瞒，我不信朔北人，他们凶狠得就像是狼，不讲什么信义。贵族们都说朔北人这次来不过要一些牛羊、要一些人口、要一些牧场。可我不信，只要我们放下手里的刀，朔北人就会冲进城来，杀我们的男人，强奸我们的女人。我跟着九王灭过真颜部，我们开战前给狮子王送信，说只要他放下武器举族投降，我们一定施以宽仁。可是我们心里早已经想好，狮子王不会投降，我们去的几万骑兵也都没带着什么宽仁的心，我们是去杀人的，我们是些渴望见血的野兽。如今我们换到了真颜部的位置，朔北人就像我当年那样,是来杀人的。我的选择跟狮子王一样,我不会放下刀，除非我死了。”

阿苏勒也点头，“我也听说我的外公是草原上数一数二的英雄，草原上的英雄，总是要杀很多人的……”

“那么，如果你是我，你会怎么办？”吕守愚抓住阿苏勒的肩膀，“阿苏勒，告诉我，如果继承大君之位的是你，你会怎么办？”

阿苏勒心里一寒。他知道自己的身份特殊，哥哥的位置可以说是从他手里抢去的，如果是在东陆，皇帝这样问自己的兄弟，那些亲王只怕要吓得屁滚尿流地磕头谢罪了。

犹豫一闪而过，他来这里不是要遮遮掩掩的。

“如果我是哥哥，我也不会放下刀向朔北人屈服。”他看着哥哥，一个字一个字地说。

吕守愚看着他的眼睛，许久，点了点头，露出了笑容。

“你这么说,我本该高兴,可我却没法高兴起来。”吕守愚叹了一口气，“刚才我们议事的场面你都看见了。几个大家族为首，北都城的贵族里一多半人都觉得我们该和狼主和谈，无论花多大的代价，给牛羊，给人口，就算把北都城也让给朔北部，好歹留下一条退路给青阳部。这一仗没有打之前，我们只知道朔北部势大，还不知道白狼团真正的厉害，想要和谈的人总有些犹豫。现在不同了，木犁败了，铁晋重伤，连九王的虎豹骑都被楼炎埋伏了，北都城里还有什么人有胆量和朔北部开战？就算我坚持开战，谁能领兵？”

阿苏勒整理自己的衣袖，站了起来。吕守愚不知他要做什么，吃惊地抬头看他。

“哥哥，我十八岁了。我如果在北都城长大，十六岁的时候应该过烧羔节，痛快地喝一夜的酒，从此就算是大人了。我在东陆十年，学了十年的刀术，也学了十年的军事……我不再是你眼里那个小弟弟了，阿苏勒·帕苏尔现在是个可以为你出征的男人了。”阿苏勒单膝跪在吕守愚面前，“哥哥，你会相信我这个小时候没什么用的弟弟么？”

吕守愚看着阿苏勒，仿佛看一个陌生人，他竭力想从阿苏勒的眼睛里看出些什么，但是他看到的只是铁一样的坚硬。

他忽地一把抓住阿苏勒的手腕，声音微微颤抖，“阿苏勒，你这么说我很欣慰……真的很欣慰……可是这不像你想的那么容易，木犁做不到的事，北都城里还有谁能做到？我不是不相信你，可我不想看着自己的小弟弟走木犁的路！”

“哥哥，我不是自负，如果铁晋将军不受伤，如果木犁将军还在，我只求跟在他们的马后去为哥哥打仗。”阿苏勒平静地说，“但现在不是这样，现在我们得有一个人站出来。我今天来找哥哥，是我昨天想了一夜，我已经有了把握，我要一万个骑兵，还有全部的鬼弓，就足够了，我可以打败朔北部！”

“一万个骑兵和全部鬼弓，”吕守愚神情肃然，“阿苏勒你明白你在要的是什么么？你要的东西绝不少。如果损失掉了，青阳将再也难以翻身。”

“我不能保证取胜，战场上的事谁也说不准。但我明日可以在所有人面前演示我的战术，说服他们所有人。至于一万骑兵和全部鬼弓，我愿意用我的命来交换，虽然我的命不够做什么，但是如果我失败，我不会逃回来！”阿苏勒深深吸了一口气，“阿苏勒·帕苏尔也是草原人的子孙，把尊严看得比一切都更重要！”

吕守愚仰起头，深深地呼吸，用力攥拳。他低下头发出一声短促有力的低喝，双拳捶地。

“够了！”他猛地抬起头，“我要听到的就是这样的话！我跟那些将军和贵族磨了那么久，就希望听到这样一句话！够了！他们都可以闭嘴了！我的小弟弟已经说出来了！”

“班扎烈！”他对着金帐外大喝。

班扎烈应声入帐，吕守愚从怀里摸出一根两指宽的黄金令符，上面镌刻着华美的飞虎纹。他把令符抛给班扎烈，班扎烈愣了一下，用力点头，转身出帐。

“哥哥？”阿苏勒不解地问。

吕守愚举起手示意他不必多说，“听。”

阿苏勒和吕守愚一起闭上眼睛，听着外面的风声。阿苏勒忽地瞪大了眼睛，风声里激昂的马嘶突出，铁蹄声风暴般袭来，那是上千匹战马一齐奔驰才会有的声音，地面微微震动，火烛都摇晃起来。他猛地起身，按住腰间刀柄，敢在大君金帐附近鞭马奔驰的人极少，这样大队骑兵忽然到来，唯一的可能是作乱。

“跟我来！”吕守愚拉着他出帐。

金帐的帘子揭开，阿苏勒惊得退了半步。外面雪尘扬起到一人高，数千匹骏马正高举火把，围绕金帐奔驰，每个骑兵都罩着赤红色的大氅，铁刀铁甲，甲胄上反射着慑人的寒光。吕守愚紧紧抓着阿苏勒的手腕，站在金帐前，拔剑指天。数千骑兵一起拔出佩刀在头顶旋转，放声高呼。

吕守愚看着阿苏勒，眼里满是骄傲，“他们有一万人，每人都有两匹好马，一件东陆匠人打造的上好铠甲，一口折铁刀。”

“这是哥哥练的兵？”阿苏勒明白过来。

“不错，这一万骑兵，是我当王子的时候练的，我在他们身上花了十几年的心血，十几年里总是咬牙切齿地想要用这支军队要了旭达罕[1]和那些大汗王的命。”吕守愚摇头，“可是我杀死大汗王们的时候才发现这些人也老了……根本无须一万个武士，看见我提着刀走进帐篷，他们就吓得跪在地上求饶了。想来有点可笑，我十几年的心血得到的是一支没用的军队……”

① 旭达罕是吕鹰扬的蛮族名。

阿苏勒忽然想起了什么，“哥哥……台纳勒河那一战，这些骑兵没有出战……”

“是啊，”吕守愚低低地叹了口气，“这就是为什么我没有足够的胆气去斥责那些拥兵自重的大贵族……”

他拍了拍阿苏勒的肩膀，“你已经猜出来了，猜得没错，那些人想保留自己的实力，我也想……我对于木犁能否打胜那场仗没有把握，我是青阳大君，我可以赌上自己的命，但我不敢赌苏玛的命，如果我没有了这一万人，我这个新即位的大君在北都城里就没有任何地位可言，如果我死在台纳勒河边，那些人会把苏玛捆起来献出去作为求和的条件。所以我只带了一百人，剩下的人如果得到我战死的消息，就会保护苏玛从南门撤退。”

他无声地笑了一笑，沉默了一会儿，“阿苏勒，你可以嘲笑我。”

阿苏勒看着他，摇了摇头，“谁能嘲笑谁呢？谁没有懦弱的时候？谁没有懦弱的理由？”

“阿苏勒，现在你的麾下有一万个骑马的男人了！你还会有一千名听你指挥的鬼弓,这是我所有的一切了。”吕守愚解下自己的佩剑递了过去，“这是阿爸用过的剑，木犁也用过，拿着！也拿着你哥哥的命和苏玛的命！”

阿苏勒伸手抓过了那柄重剑，毫不犹豫，随即单膝跪下。

“别跪我。我们不是主子和奴仆，我们是兄弟。”吕守愚说，“此外，答应我一件事。”

“什么？”

“明天你不用向任何人演示你的战术，也不要把你出战的计划告诉别人，”吕守愚压低了声音，目光闪动，“我想，我们中有内贼。”

“内贼？”

“你不觉得太巧了么？恰恰在台纳勒河边，朔北人最后的战场上，埋伏着白狼团。那一战的前一半和木犁的计划一模一样，木犁只有一点没有想到，他没有摸到白狼团的位置。而白狼团，恰恰就出现在最要命的地方，那是一口断喉的刀，埋伏在雪地里足足半日。如果不是预测到最后的战场是在那里，狼主不会让他的武士们付出那么大的代价。”吕守愚盯着阿苏勒的眼睛，“是谁告诉他的？”

阿苏勒缓缓地打了一个哆嗦，一直寒到心底深处，“是谁告诉他的？”

“金帐里议事的人都觉得有内贼，几个大贵族这么想，九王这么想，旭达罕贵木[1]这么想，铁晋铁益这么想，我也这么想，”吕守愚低声说，“但我知道内贼恰恰在他们之中，我不能相信他们中的任何人，甚至我自己都有嫌疑。但是你没有，阿苏勒，那时候你刚从东陆赶回来，直接冲上了战场，你现在是我最相信的人。我等着你的好消息。”

“是！”阿苏勒低喝。

吕守愚扯起他，挥手令骑兵们撤去，拉着阿苏勒又回到金帐里，“大事说完了，我们兄弟聊聊，既然有好酒量，就多喝一点！”

①贵木是吕贺的蛮族名。

阿苏勒忘记了那天晚上他们两人喝了多少酒，只记得天将黎明的时候，他摇摇晃晃站起来要出帐，只觉得天旋地转，酒罐酒杯散落一地。

“阿苏勒，其实若不是最近发生了一些事，今晚我可能没法这么坦荡地跟你说苏玛的事。”醉眼迷蒙的吕守愚带着笑站起来拉他。

阿苏勒皱了皱眉头，打了个酒嗝，“怎么了？发生了什么事？”

吕守愚看着他的眼睛，慢慢地露出笑容，双手按着他的肩膀，压低了声音，像是要跟他分享一个最大的秘密，“你不用再安慰我了，我也不能告诉你发生了什么。但是我终于明白苏玛心里是喜欢我的，她看我的眼神越来越像看自己的丈夫，她答应我帮我生一个儿子。”

阿苏勒感觉到自己的肩膀忽然僵硬，有什么冰冷的东西击穿了暖洋洋的酒劲。他忽地清醒了，被酒催起来的热血慢慢地从脑袋里流回身体各处，慢慢地冷却。他看着吕守愚笑着笑着要往金帐后去，那个侧门通向斡尔朵的白帐。但是吕守愚没能成功，他走到黄金宝座边就扑在地上呕吐起来，沉沉地睡去。

阿苏勒忘记自己在那里站了多久，而后他转身出帐。外面天色已经微微亮了起来，正下着细雪，他仰起头默默地看着飘雪的天空，觉得天地俱白，天地俱老。

三

十二月二十一，清晨。

阿苏勒在北都城的城墙上向北眺望。这是这个冬季里难得的晴天，晶莹的雪反射着朝阳的光辉，平静得让人感觉不真实。以往逢上冬季里的这种日子，北都城里的大贵族们都牵出猎狗和骏马，带着奴隶们出去狩猎，称作“冬狩”。冬狩与其说是为了猎物，不如说是为了在难得的暖和天里活动筋骨。阿苏勒小时候最喜欢冬狩，他被放在父亲的马鞍上，看着身边的人锦衣骏马，高张旗帜，弓袋里露出金或者银包角的好弓，马鞍插袋里成排的长尾羽箭也显得特别威风。猎狗欢快地跑前跑后嗅来嗅去，男孩子们纵马比赛，马后总是传来大人的呵斥。

现在回想小时候的事，有种做梦的感觉。

他微微眯眼，侧着阳光照来的方向，眺望视力所及的最远处。在这样的天气下，他可以看到大约五里远近。五里外有些模糊的影子，似乎在雪地里来往逡巡。

“不花刺，你能看清么？”阿苏勒问身边的鬼弓首领。

“是白狼，大约几十匹，它们在啃尸体，没有人。”不花刺说，他的目力远比阿苏勒要好。

“这几天一直都有狼来吃尸体么？”

“晴天的时候几乎都能看见，少的时候几十匹，多的时候百十匹一起。

我们的斥候冒险出城看过，被啃过的尸体都不成样子了，狼喜欢吃内脏，就把尸体一具具地撕开。”不花剌说。两天之前，大君命令他和他的鬼弓接受阿苏勒大那颜的命令，不花剌没有反对，虽然他有些担心这少年战场上的经验不足，不过他也相信这位大那颜的勇气，而且莫速尔家的两位铁牙武士铁晋和铁益都当即表示了绝对的支持。

阿苏勒点了点头，没再说话。

不花剌犹豫了一会儿，“大那颜问大君要了鬼弓和一万骑兵，大君同意了，不花剌就一定听大那颜的军令。但我们至今都不知道大那颜的战法，心里不安静。木犁将军在台纳勒河边的一战，出动青阳几乎十万骑兵，还是没能取胜，我们现在只有一万骑兵和一千鬼弓，大那颜准备怎么办？若这是秘密，大那颜不告诉我也没事。”

“我可以告诉你。”阿苏勒平静地说，“只靠一万一千人我没有把握击溃白狼团和朔北骑兵。”

“那然后呢？”

“但我有把握杀一个人，”阿苏勒转头看着不花剌，“我要进行一场刺杀，目标是朔北狼主。”

不花剌微微一怔，“刺杀？”

若不是阿苏勒那双静如止水的眼睛，不花剌几乎以为这是个玩笑，哪有浩浩荡荡的万人大军去执行一场刺杀的？

“在东陆战术里，这被称作‘穿心’。”阿苏勒说。

不花剌摇摇头。草原上英雄对决，讲究的是一个“勇”字，马一拍刀一举，一往无前，要说战术是老祖宗从狩猎里总结出来的经验，没有太多的名头。不花剌也跟其他将军一样，靠着几本东陆流传过来的兵书自学过几年阵法，不过最后也只是从图纸里隐隐约约抓了点皮毛，精深的东西他不懂。

“求教大那颜了。”他只好说。

“其实很简单，风炎皇帝第二次侵入北陆，用的就是‘穿心’的战术。

那时候我们草原人仗着马快，以游骑战术著名，风炎皇帝如果要不断地应付我们的游骑骚扰，推进的速度就会大大地变慢，所以他选择的办法是不管，令他麾下‘羽林上将军’苏瑾深带领全军精锐走了几乎一条直线向着北都推进，如果当时真被他以穿心战术攻下了北都，其他部落可能都会投降了。”阿苏勒说，“朔北狼主对于朔北军的号召力和当时青阳部对于草原上各个部落的号召力是一样的，以我的判断，只要我们杀死狼主，朔北军就会军心溃散，不战而逃。”

不花剌想了一会儿，“大那颜的意思，穿心之阵是靠速度，借着新上阵的锐气直接冲入对方本阵，斩杀敌酋。可是楼炎几乎时刻都跟他的三千狼骑兵在一起，除了薛灵哥种的战马，其他的马见了狼群就会惊恐地四处奔逃，队形就乱了。”

阿苏勒点了点头，“我想到了，白狼团最大的优势还不是战斗力，而是马天生怕狼。我曾经到过台纳勒河的西岸，看了一眼那个战场，昨夜我把整个地形画成了图。”

他从怀里掏出一张光板羊皮，向不花剌展示那张手绘地图。他绘制地图的本事传自息衍，息衍又是跟白毅学的。白毅可以把整个殇阳关乃至于周围的山川河流一齐绘制成两人高的大图，阿苏勒有白毅三四成的本事，整整一张羊皮上被标满了记号，涵盖了台纳勒河直到北都城一带的地势。

他在地图上指点台纳勒河的西岸，“当时的战场在这里，从台纳勒河往西不过一里。白狼团出击之前，我们的骑兵有绝对的优势，白狼团进入战场后，我们在人数上依然比对方多了两万人。我们第一阵输，输在没有事先觉察白狼团的埋伏，中伏之后武士们心里畏惧了，战马也怕狼，他们还没有近身，我们的军心已经溃散。”

“马儿怕狼，那是天性，何况是白狼团的狼。”不花剌说，“当时我看见那些狼，心里也凉了，想这下子是完了。”

“我在东陆曾遇见过同样的事，大群的战马失去控制，和发疯一样。

但是一位东陆将军发现只要把马的耳朵塞住，就可以让马安静下来。”阿苏勒看着不花剌的眼睛，“我们要蒙住马的眼睛、塞住它们的耳朵、把它们的鼻子也缠上，让战马只听从武士的指挥，一路前冲。”

“那样马岂不成了瞎子？”

“我们要的就是瞎子，”阿苏勒把两枚绿色的药丸放进不花剌手心，“将军一定明白，要在战场上活命，害怕是没用的。东陆将军们说，没有死志，难觅生门！”

“没有死志，难觅生门？”不花剌看着阿苏勒的眼睛，默默地念叨这句话，点了点头。他把药丸凑到鼻子边，闻到一股泛着腥气的香味。

“昨天晚上做的，用女人的香粉，混合了面和一些鱼腥草磨的粉，放进马的鼻孔里，每个鼻孔一颗，再裹上纱布，能把一切味道都吸掉。”阿苏勒说，“出击之前，你的每个人都会得到两颗。”

不花剌在手心里把玩那两颗药丸，目光忽然一闪，“大那颜单独把我叫到这里来，解释战法，给我看这些药丸，是有原因的吧？”

“当然有，”阿苏勒平静地说，“因为在我的战法里，最后杀狼主的人是你。”

“我？”不花剌瞳孔放大，感觉到全身的血流加速了。

阿苏勒看了他一眼，从袖子里摸出一截炭笔，在光板羊皮的背面勾画阵形，“我会以矢形阵出战，大汗王带五千虎豹骑为左锋，木亥阳带三千虎豹骑为右锋，居中的是从奴隶和牧民里新招的骑兵，他们组成这支箭矢的箭杆，铁晋将军带领三千骑兵在阵后组成它的尾羽，随时准备驰援。”

不花剌摇头，“中间是新军？那些奴隶和没有受过训练的牧民？他们一看见狼扑过来就会吓得队形混乱，只能任朔北部屠杀！”

“朔北人也会发觉这一点，左锋和右锋虽然人数不多，但都是精锐，一时间很难吃掉，中军确是实力不强的新军。他们会选择用骑兵从左右翼包抄，把新军组成的箭杆……”阿苏勒从不花剌的箭壶里拔出一支箭，拔出小佩刀削为两截，“从中斩断！而后把我们的军队分成两部包围，他们的兵力占优，足以做到这一点。”

不花剌点点头，“若是我是朔北部领军，我也会这么做，避开左右锋的锐气，骑兵迂回，从两侧交叉斩切中军。”

“那是我所需要的，”阿苏勒把那个锋矢阵的前半截“箭杆”描粗，“我会把大君交给我指挥的一万精锐骑兵隐藏在中军的前一半。他们斩断‘箭杆’之后，会首先集中兵力吃掉较弱的后半截，这会占用他们的多数骑兵。那时候，左右锋向两侧裂开，这一万精锐骑兵会暴露身份，从正面全力刺穿敌军，直指敌军阵后的呼都鲁汗。”

不花剌看着那阵形图，心里一动，“明白了，这时候这阵就不再是箭矢，而是一条毒蛇，那一万骑兵就是蛇芯！”

“不，蛇芯还不在那里，”阿苏勒指着左锋，“真正的蛇芯隐藏在左锋下，你的一千名鬼弓隐藏在九王的虎豹骑后，当一万精锐骑兵就要刺穿敌军的阵心时，白狼团一定会出击，就像在台纳勒河边一样。他们总是会走侧翼，从侧面直插我们的阵心，战马畏惧驰狼，他们再明白不过，来时会非常有自信，决不考虑防御，只是进攻、进攻、一味地进攻！他们会选择九王一侧，因为‘青阳之弓’的败退会逆转整个战场的形势。而狼主会亲自带领白狼团，这时候没有得到药丸的虎豹骑会后撤，左锋会裂开，仅剩下你的一千个射手。你会发动最后的攻势，带领全部人向狼主驰射，那时候他的骑兵要么在围攻‘箭矢’的后半截，要么就和我们的一万精锐苦战，白狼团和骑兵被隔开了，你有一千个善于射箭的男人，而且不怕他们的狼，狼主会非常吃惊地发觉你就在他不远处，你有足够的机会杀死他，你的一千人每个瞬间就能射出一千支箭，把它们全部指向狼主吧，只需要一箭命中！”

不花剌愣了很久，猛地击掌，“我懂了！他们想切碎我们的时候，我们反过去切碎他们！”

“是，”阿苏勒说，“这是我老师息衍教我的阵形，他称它为‘碎箭’，当我们的箭矢阵被切碎的时候，箭矢的碎片反过去切碎敌人的军队，只要我们合理地配置精锐人马，就可以做到！我们所有人组成的箭矢阵形发起‘穿心’之击，但是一边前进一边分裂，把敌军骑兵拖入混战的泥潭，箭矢中隐藏着一根针，就是你，箭矢碎掉，你就炸了出来，刺向敌人的眼睛！”

“我将不辱使命！”不花剌半跪下去。

有个孤零零的掌声在他们背后响起，缓慢而有力，跟着好些掌声纷纷响起。阿苏勒和不花剌回头，看见吕守愚带着一帮从人刚刚登上城墙。

“阿苏勒，你在东陆真的学了些了不起的东西啊！”吕守愚赞叹。

他走到不花剌身边，从自己的箭囊中抽出一支箭抵到不花剌手中，“看看合用不合用。”

箭落到不花剌手中，微微一沉，不花剌的眼睛一亮。

“用铜铸造的箭镞，刃口细长，足够射穿铁甲，还加厚了脊，比普通的狼牙箭重，射得更远，力量更大，带倒刺，射进肉里没法立刻拔出来，铜锈蚀了还会有铜毒。”不花剌微微点头，“真是凶险的武器，哪里弄来的？”

“台戈尔大汗王他们准备的，据说是模仿东陆晋北国的一种破甲箭‘松针’，很花钱的东西。原本这些箭是要射在我身上。”吕守愚说，“命令所有鬼弓，换用这种箭，我们有大概五万支，每人可以装满两个箭囊。”

“全部射向楼炎么？”不花剌明白了。

“五万支箭，你要亲眼看见其中有一支扎在楼炎·蒙勒火儿·斡尔寒的肉里，才能回来！”

不花剌把那支箭纳入自己的箭囊，“我们是大君放出的猎鹰，如果不能抓掉猎物的眼睛，又有什么脸回金帐来？”

“好，就让猎鹰们尽情地展翅高飞！”吕守愚按了按阿苏勒和不花剌的肩膀，“我不耽搁你们的时间，出战前，还有好些事要做。”

他转身离去，后面跟着的奴隶把一捆捆的破甲箭扛到城下。他们都在肩头垫着厚厚的毡子，以防不慎被那些危险的锋镞划伤。

“大那颜，我去清点箭数。”不花剌一躬身，跟着吕守愚下城。

走了几步他回过头来，“进攻的时间是？”

“后天凌晨，天没亮之前，你们听见夔鼓敲响，就带兵到城下集合。”

“我会等着夔鼓声。”

所有人都走了，只剩下阿苏勒一个人站在城头上，他眺望远方，深深地吸了口气，缓缓地打了一个寒战。

一个武士悄无声息地走近阿苏勒身后，“大那颜在想什么？”

“哈勒扎？”阿苏勒回头看了一眼，“你来了……我只是心里有点静不下来，‘碎箭’之术，是最精妙的，也是最危险的。我从没有真正用过，却要上万人跟着我拿命去赌。以前将军开军塾，我和姬野时不时逃课，将军就骂我们说，总是书到用时方恨少，你们有一天要指挥成千上万人了，敌人冲到面前不知道该如何了，就会后悔何不早把兵书读透些。当时以为是老生长谈，现在已经开始后悔了。”

“大那颜也是上过殇阳关战场的英雄啊，东陆十万人的战场都见过，这里也一定行的！”哈勒扎说。

“可那时候姬野、息辕还有将军他们都跟我在一起啊，”阿苏勒轻声说，“这时候真想他们在我旁边，哪怕一个也好。”

“嘿！说什么呢说什么呢？领军的大人物，可别说什么丧气话啊。”一个粗豪跳脱的声音响起在不远处。

铁益带着自己的两个儿子走了过来，看了哈勒扎一眼，一把搂住阿苏勒的肩膀，大力拍着他的胸口，把阿苏勒拍得喘不上气来。

“第一次自己领兵，总有些怕，放不开手脚。我当年也跟你一样，带了两千骑兵，思前想后，手脚都不知道往哪里搁，挨了哥哥好一顿训。”铁益笑，“不过也别担心，我虽然不如哥哥有谋略，可我也姓莫速尔，我家里还有巴鲁和巴扎[①]两个小崽子，都陪着你上阵。东陆人说，一扇篱笆三根桩子，我们就算你的三根桩子！”

① 巴鲁和巴扎是阿苏勒的伴当铁颜和铁叶的蛮族名。

“我也不是怕……我只是有些想念他们。”阿苏勒轻声说着，眺望南方，看着天空里的鹰如黑色的闪电一样撕开流云斜刺天空。

夜深人静，北都城外的高地上，楼炎坐在巨狼之上，放眼眺望。山碧空看着楼炎的眼睛，那双泛着血红的眼睛里映出远处天幕下的城池，异常的平静。

“狼主已经在这里站了很久，斗胆请问，狼主在想什么呢？”

“我在想一些奇怪的事。”楼炎低声说。

“敢问什么事是狼主所说的奇怪的事？”

“我的一生里，无时无刻不在想着踏进那座城。那是草原上最美的女人，只能属于配得上她的男人。其中有两次我感觉到我接近了，伸手就可以触到她，”楼炎向着天地尽头灯火隐约的大城伸出了手，像是要越过漫长的距离去抚摸它，“抚摸她的身体，感觉她的温度，听她低着头哭泣……那样我心里的干渴才能稍微平息。”

他巨大的手在空中慢慢翻转，紧握成拳，“真近啊……”

“东陆人说，天下唯有德者居之，草原上的人说，宝刀要握在最勇敢的人手里。北都城注定是狼主的，所以我不远万里去北荒，只为成为狼主的仆从。”

“是我的，又如何呢？”楼炎问。

山碧空微微一怔，没有说话。

“三十年前我败于吕嵩，那以后我就带着狼群走在荒原上，走了三十年。有一天我死了，我的狼会吃了我的尸体，我的肉会让它能在荒原里走得更远。我和我的武士都不能停下，我们不能留在那个城里，就算那个城属于我。有时候我会因此仇恨吕嵩还有那个叫阿堪提的男人，他们经过再多的战斗，总能回到自己的帐篷里，睡在自己女人身边，得到片刻的休息。”

“可我不能改变，这就是我的人生！”

“狼主这样的英雄，也会后悔自己的人生么？”山碧空沉默了很久，“我们跋涉了半年，从北荒回到这里，距离北都城只差最后一步的时候，狼主却露出了放弃的意思？”

“不，我依然想要占有她……不为什么，就算我无法拥有她，可我可以感觉到我心里的饥渴，就像几十年前一样，火一样烫，一点也没有平息。我要占有她！否则我将遗憾地死去！”

“狼背上的勇士楼炎·蒙勒火儿·斡尔寒，传说中他的钺上染过上千人的血，可他也会在深夜里站在即将属于自己的城池前思索。这很多人都不会相信吧？”

“一个人在最北的地方待了很多年，总会有很多时间想事情。”楼炎扭头看了山碧空一眼，“山碧空，你知道自己是什么人么？你到底是贩卖死亡的商人，还是救世的神使？”

“有时候这两种人并没什么区别。”山碧空淡淡地说。

“有意思，你说话总是很有意思。”楼炎淡淡地说，再次看向远处的北都城，“已经过去三天了，青阳部会打开城门么？”

山碧空也远眺，缓缓摇头，“不，帕苏尔家族的子孙还没有那么懦弱，吕嵩·郭勒尔·帕苏尔的勇气仍会鼓舞他们，他们会冒着被屠城的危险发动进攻。他们必然进攻，因为城里有几十万人，很快粮食就会被耗尽。”

“他们还会采取木犁那样的战术么？”

“不，他们已经看到木犁的失败了，不会重复上次的路。”

“那他们会怎么进攻？”

“不知道，”山碧空微微摇头，“但是世界上有诸多取巧的战术，却有一种不可战胜的东西，那就是绝对的力量。”

他缓缓起身，手用力挥向前方，“我们将摧毁他们，从躯体直到灵魂！”

楼炎缓缓地抬头，看着忽然间如将军临阵般的山碧空，这一刻山碧空的威严仿佛覆盖整片草原。

“青阳还有虎豹骑，还有鬼弓，还有铁浮屠，是什么让你如此有信心？”

楼炎没有被那股威严干扰，他冷漠地问。

“我们有援军！为了兑现对狼主的许诺，教宗从东陆为狼主送来了援军，他们刚刚抵达。”山碧空挥手指向后方。

楼炎慢慢地扭头，他的耳郭微微震动，他听见背后传来风吹动衣角的声音、风在金属锋刃上流过的声音、战马铁蹄践踏积雪的声音。除此之外，一切安静，这是一支精锐至极的队伍正在逼近，他们不说话，甚至不大声呼吸，连他们的马都不发出声音。

漆黑的天幕下，一支骑队缓缓登上了高地，他们有数百人，每个人都是漆黑的骏马漆黑的大氅，大氅的风帽遮挡了他们的脸，大氅下则露出纯银包裹的弓梢和藤蔓花纹的华贵箭囊。他们列队完毕后，一齐在马上弯腰，向楼炎致敬。

“揭下你们的风帽，让狼主看看你们的脸。”山碧空说。

那些人抖开了漆黑的大氅，露出淡金色或是银白色的头发，手工精美的漆甲，以及肩甲上的青翼家徽，当然，最亮眼的还是他们的弓，那些精美的长弓远超过草原人所用角弓，能把箭射得更远更有力，让箭路更直。

“羽人？”楼炎沉默了片刻，露出一丝冷冷的笑意，“有意思。”

上百年来，这还是第一次有成建制的羽人军队踏上了瀚州草原。蛮族和羽族这对数百年来的宿敌，如今只隔着十几步，却没有急于张弓搭箭去对射。

四

十二月二十三，夜半。

不花剌坐在自己的帐篷里，轻轻地抚摸着新弓的弓弦，等待着那声音。他已经做好了一切准备，穿好甲胄，给木犁留下来的那匹透骨龙喂足了草料，把木犁留下来的狼锋刀插进自己的刀鞘，用破甲箭装满父亲传给他的箭囊，给一张新选的好弓紧好弦，上好油。他随时可以冲上战场，只等夔鼓敲响。

今夜北都城里能上阵的男人都不会入睡，都在等待。这可能是他们最后一个获胜的机会，必须尽早决战了，备战消耗了大量的粮食和马草，剩下的储备已经越来越有限。

距离黎明还有大约一个对时，不花剌猜测决战的时间会是凌晨。这次出战的准确时间没有向任何人公布，因为担心消息外泄。贵族们和将军们心照不宣，木犁的惨败源于被白狼团埋伏，有人泄露了木犁的战术，而且在北都城里的地位不低。木犁已经小心地保密，直到出战前一刻才下达各种命令，能够准确知道最终决战地点的，不会是一般人。

入夜前，大君忽然派人赏了鬼弓一千人五百只羊和两百坛古尔沁烈酒，如今羊肉和烈酒的香气正飘在这间帐篷里。不花剌知道这是为什么，因为他们这些人能活着回来的可能不多。这两天他在脑海里不断勾勒那战术的最后一瞬，左锋的虎豹骑大队忽然崩散，在白狼团最骄傲最狂妄的时候，一千个黑衣的射手从崩散的左锋里突出，直插白狼团的心脏，楼炎所在的位置，破甲箭如同低飞的蝗群。对方会用弓箭和回旋的铁斧反击，他多年来的兄弟会一个接一个从马背掉下，他们就像一支铁箭，射到了坚硬的甲胄上，不断钻入，不断磨损，只需在箭镞彻底磨损之前钻透那甲胄，就是胜利。

不花剌希望射出最后一箭的是自己，即便随后他就会死在敌人的箭下。他不畏惧，而他想用这一战向那个死去的老奴隶，还有他的三千个孛斡勒证明些什么。

他记得那一刻他扑向那个老人，想要大吼些什么，可已经来不及了。那腔喷涌的颈血衬着苍白的天空，华美而悲伤。

不花剌深深地呼吸，不想在决战前总想着那些令人难过的场面。

帐篷帘子被人掀开了，一个人影闪入，“不花剌将军，请带着你的鬼弓出北城门整队。”

那是阿苏勒大那颜的一个伴当铁颜，如今已经是北都城里出名的武士了。

“不是会击鼓么？”不花刺起身。

铁颜把一支金箭递给不花刺，“出城的命令由我一一送给各位将军，前后时间不同，所有人都整队完成，才会击鼓出发。”

“担心消息外泄？”

铁颜点了点头，“不要点太多火把，能看清就可以。”

不花刺为首，一千名鬼弓组成的骑队在北都城的马道上行进。整个北都城还在沉睡，但是男人们都已经策马离开了寨子，他们竭力保持安静，马蹄上都裹了棉花和皮子，人马都衔枚，不打很多火把，见面也不招呼。越来越多的旗帜汇集过来，不同的家徽，不同的颜色，武士们以眼神致意，向着北门方向前进。

不花刺觉得振奋，摸了摸箭囊里那些危险如毒蛇的破甲箭。他从这沉默的行军中感觉到希望，他们现在就像潜行的刺客，等朔北人发觉他们开始进攻时，想必会大吃一惊，措手不及。

大军开至北门外，在铁颜和铁叶的指挥下部署在各自的位置，不花刺从未见过草原人列那么复杂的阵，每一个细节似乎都饱含深意。他瞪大了眼睛，竭力想从中领会些什么，但脑子里一团乱糟糟，就像要用武士粗糙的大手去解一个纠结的丝线团那样，无从下手。

紫黑色的骊龙驹走到他身边停下，一身甲胄的阿苏勒和不花刺对视一眼。

“大那颜也亲自出战？”不花刺说。

“我的老师说，真正的将军从不在阵后，因为不在战斗最激烈的地方，闻不到战场上的血味，看不到一个个人倒下，就不能理解战场，下的命令也就靠不住。”阿苏勒说，“如果被姬野知道我坐在城里指挥，他会嘲笑我的。”

“姬野？”

“我的一个好朋友，就是来劫法场救我的那个家伙。”阿苏勒笑笑。

不花剌点点头，“大那颜会在什么位置？”

“我会在中军，带领铁浮屠和哥哥给我的一万骑兵，等我们前后军被切断，我会带队往前冲。”

不花剌吃了一惊，“不行！那是最险的位置，如果大那颜有事，谁来指挥？”

阿苏勒摇摇头，“一旦开战，依这个阵形，我们就不需要指挥了，没有人能指挥得过来。敌人和我们都会陷入混战，每一部都会分散，两军被互相切割开。只要将军能够在准确的时间突入，直插白狼团的阵心，我们就有获胜的希望。”

不花剌沉默了一会儿，“大那颜，纵然你不怕死，也不必这样。你不是一般武士，你是帕苏尔家的后代，原本能当上大君的人。”

阿苏勒低头，笑了笑，“我这样的人，当大君，不是会害了很多人么？我也不是不怕死，但是我这样年轻没经验的人，如果不在那个位置，凭什么让大家都相信我呢？我需要大家都相信我，如果大家心里怀着疑虑，我们的希望就没了。”

他仰起头，对着黑沉沉的天空吐出一口气，“姬野说我总是没信心，觉得自己什么用都没有。有这么一个机会让我觉得自己有用，我是很开心的。”

“那些是白狼么？”阿苏勒遥遥指着北面。

天空已经微微地发白，以不花剌锐利的鹰眼，前方几里的地方隐约有些黑色的影子逡巡着。

“是，是白狼，是趁夜出来啃食尸体的，”不花剌看了很久，点了点头，“一般主人不会跟着，那些畜生应该不会发现我们是在列阵。”

“嗯，最好敌人没有察觉前，我们已经逼近他们的营地，这样他们来不及设置什么埋伏。”阿苏勒说，“营地的位置绝对可靠么？”

“绝对可靠，台纳勒河一战后，我们有个出色的斥候藏在雪地里，跟随后撤的朔北人，摸到了他们的营地位置。这些天我们一直派人悄悄地监视着。”

阿苏勒微微点头，又皱了皱眉，“有点奇怪……为什么我觉得今天来吃尸体的狼比以往要多不少呢？”

不花剌跳上马背观察远处，一一点数那些黑影。他心里涌动一股难言的不安，阿苏勒说得没有错，以往城外吃尸体的狼最多只有百十匹，而此时那里游荡的影子至少有两三百，而且还在增加。黎明已经到来，天空一片暗白色而草原一片漆黑，地平线渐渐地清晰如刀刃，不花剌亲眼看着一匹又一匹驰狼的影子跃上地平线，加入那个啃食尸体的狼群。他估计狼群的数字已经超过五百匹的时候，意识到出了问题。

“大那颜！回撤吧！此时不能出战！”不花剌回头看着即将成形的锋矢之阵，“有什么不对！狼太多了！”

“我知道，你看那里。”阿苏勒脸色微微发白，指向远方。

不花剌顺着他的手指看去，心底一股寒气翻涌着上来，呛到他的喉咙里。那是一个比其他巨狼都更高、更魁伟、更威严的影子，正以帝王般的姿态踏上地平线，它走得缓慢而有力，每一步都踩得雪花飞散，它在风里抖动身体，马鬃似的长毛像是战旗般飞动。它的背后，一轮红日正冉冉升起，它的背上，坐着一个黑色的人影，隐约可以看见那人的手中，提着森严的大钺。

狼中的皇帝站定了，仰头对着初升的太阳发出了吼叫。所有的狼都向它靠近，跟着它嘶吼起来。整队中的青阳武士们都怔住了，狼吼声海潮般涌来，像要将他们吞没。

数百匹数千匹的狼狂奔着登上高地，和先前啃食尸体的狼群汇合，跟着狼群出现的，是提着战斧和巨钺的男人们，他们一个接一个地跨上狼背。第一个出现的男人把一杆破碎的大旗用力插入雪地，旗杆没入了小半，骑狼的男人们在那面旗下汇合。

“白夜苍狼旗，”不花剌觉得自己心底的恐惧像是一个水泡那样幽幽地从极深处浮了起来，“那是朔北狼主！整个白狼团都在那里！”

九王吕豹隐策马疾驰而来，“回撤！回撤！不能进攻！他们已经有了准备，我们进攻的时间被他们知道了！”

阿苏勒的脸色苍白，嘴唇微微抖动，摇了摇头，“不能回撤。”

“这不是作战的时候！”九王焦急而愤怒，“你和楼炎对面过么？那不是人，是一个魔鬼！”

“来不及了，”阿苏勒指向后面的北都城门，“我们在城外足有三万人的军队，都要通过那个城门，我们就算从现在开始回撤，也要很长的时间才能撤进城里。我们一大半人还没进城的时候，白狼团就会从我们背后杀到，如果我们殿后的人挡不住白狼团，狼群就会跟着溃退的人进入北都……狼进了北都，结果会怎样？”

“内奸！”九王低吼，“第二次！我们被出卖了！”

青阳军中一阵骚动。

三人一齐看向远处，那里又多了一面大旗，呼都鲁汗的黄金苍狼旗之下，朔北部的骑兵们正在汇集，那些雄骏的薛灵哥战马围绕着黄金苍狼旗小跑，这个圆形的骑兵大阵渐渐从几百人变成上万人，武士们奔驰着，狂呼着，和不远处沉默如生铁的白狼团对比鲜明。

铁晋、铁益和木亥阳都策马而来，青阳部的将军们都已经明白了眼前的处境。他们不必交谈，只用焦虑的眼睛交流，而后一齐看着阿苏勒。

阿苏勒低着头，沉默良久。

“关闭城门。”他下了决心，抬头环顾四周，“仍旧按照原来的战术，和朔北部在城外决战。”

将军们彼此间对视几眼，一齐躬身向阿苏勒行礼。他们都是见惯战场的人，只要稍微思考，就知道这是唯一的办法。

“总说要为青阳尽忠，却没有想过真要尽忠的一日是这样的，”九王青冷的脸上漠无表情，“我们这些人，也曾在战场上为了战功而争夺，以往相处算不得融洽，今天却要一同打这场没有退路的仗。我只能希望诸位都竭尽全力。”

“是！”所有人同声回答。

“其实我一直不喜欢木犁，”九王低低地叹口气，“但现在我很想他在我们中间。”

他掉转马头奔向自己三千虎豹骑组成的本队，其他将军也各自散去，只留下阿苏勒和不花剌并骑而立。

“大那颜是还有什么吩咐么？”不花剌说。

“前天我在城墙上跟将军说的，只有你和我两个人知道，每个人都知道我们要采用‘穿心’战法，却不知道最后一击是将军。”阿苏勒低声说，“知道的只有你和我。北都城里一定有内奸，但是这个消息不会泄露，除非内奸是你或者我。”

“这种局面下仍旧要在万军中刺杀狼主？”不花剌微微点头，“好！”

“我会切开呼都鲁汗的骑兵大队，如果我能行，我就斩断呼都鲁汗的黄金苍狼旗，”阿苏勒伸出手，看着不花剌，“白夜苍狼旗，就交给将军了。”

不花剌看了这个年轻人一眼，忽然想起前一次战前和他握手的是那个枯瘦的老奴隶木犁，也是差不多的动作，眼神都有些像。他沉默了很久，伸手和阿苏勒紧紧握住。两个人一齐用力，都感觉到对方手心里的冷汗。

不花剌看着阿苏勒也拨马离去，抚摸着透骨龙的长鬃，长长地吐息。

“关闭城门！”阿苏勒的声音从阵中传来。

北都城的北门是一扇带着铁齿的铜制巨闸，在机括推动下缓慢地降下，铁齿插入地下的铁槽中，把内外完全封闭起来。城头班扎烈带领的武士们拉开了长弓，三千支利箭指向城外，城下这支军队一旦离开，就再也不能回来。混战中即使是友军靠近城墙，也会被乱箭射杀。

虎豹骑和鬼弓这两支训练有素的军队还保持着平静，但中军有隐隐的不安涌动，交头接耳的声音不绝于耳。

“开拔！”阿苏勒下令。

他不准备说什么来安抚部下。这支拼凑起来的军队中有多达一万人是临时从奴隶和平民中选拔的青年男子，都位于中军，对于第一次上阵的人而言，任何语言都无法让他们减轻压力，任何关于荣誉和责任的呼吼都不能让他们忘却恐惧，战斗开始的时候，他们将遭到最惨烈的屠杀，中军将被生生地切断。这是“碎箭”之阵中关键的一环。

这就是战场了，有些人必然死去，你可以怜悯他们，但是做不了什么。

因为每个人皆有自己的位置，也许下一刻，你自己就会死去。

阿苏勒对着灰白色的天空大口地呼吸，想把心头压着的沉甸甸的石头搬掉。

难得冬日里的南风天气，青阳武士们处在上风口，渐渐强起来的风掀动雪尘向着下风口的朔北骑兵而去，这是有利的风向，他们行进着开始加速，骏马的速度总给人以一往无前的勇气，小跑之后的战马暖和起来，它们兴奋起来，仰首嘶鸣，越来越快。

风把大群战马的嘶声带到了朔北骑兵的阵地上，朔北武士们警觉起来，他们意识到青阳人并未丧失斗志，青阳人的阵形紧密地收缩起来，三万匹战马结群冲锋，左锋是号称草原上最强骑兵的虎豹骑，任何敌人都不能掉以轻心。朔北军漩涡般的圆形大阵停止了转动，阵形裂开了缺口，缺口对准正高速逼近的青阳军锋矢阵，像是一张打开的巨口要把它吞没。

“圆形阵变半月阵。”阿苏勒在心里说。敌军中也有懂得东陆战阵的人。

他并不担心，他也无需担心。他的老师是息衍，东陆战阵最强的人之一，那个曾在天启演武中震惊皇帝的少年天才，那个总被用来和风炎时代李凌心对比的名将。阿苏勒对于自己的师承充满了自信。

青阳军的推进越来越快，战马们在滚滚的雪尘里竞相追逐，一片片铁刀出鞘的声音。中军没有经过训练的新军渐渐地跟不上冲锋的节奏，年轻人们竭力鞭策战马，但是队形渐渐地分散，这根“箭矢”的中段慢慢地胀大起来，越来越松散，在奔驰出三里之后，整个阵形已经拉长了两倍。

这在阿苏勒的预料之中，地势更高的呼都鲁汗也可以轻易地发觉这个阵形变化。他们不难猜到左右锋的骑兵更加精锐，而中军的训练远远跟不上，正是青阳军的弱点。

朔北部的半月阵在变化，左右两侧向前伸出的月牙迅速地拉长，月形越变越大，数万人的骑兵大队从左右两翼飞起，显然是包抄的阵形。

而白夜苍狼旗被一名狼骑兵拔起，整个白狼团在战斗开始前高速地回撤，让出了正面的战场给呼都鲁汗率领的骑兵团。

一切都和息衍在成帝三年那次阵法课上的说法吻合，这个被故意暴露出来的弱点在骑兵对阵时一定会吸引敌人两翼包抄。而息衍也曾假想过他只是耳闻从未亲眼见过的狼骑兵，在阿苏勒都不知道这支骑狼的军队是否真的存在于草原之上时，息衍就断言他们不可能被用来作为正面冲突的力量，因为他们太珍贵，经不起损失，而那些巨狼驮着人又缺乏久战的耐力，所以他们势必被用作奇兵。

阿苏勒的心中振奋，他走出成功的第一步了。他仰望天空，想着南淮大牢里的那个男人，想着他的一颦一笑，插科打诨，却在不经意间把自己最宝贵的知识种植在阿苏勒和姬野的心里，他期待那些种子萌芽生发，他期待学生们长成英雄。

"将军，要活下去啊，等我回去！"阿苏勒无声地说。

他猛地拔出影月，长刀斜指前面的天空，"前进！踏平他们！这是我们为青阳雪耻的一天！"

"杀！后面没有我们的路！"左锋的九王咆哮着，用两柄战刀在头顶敲击，发出刺耳的轰响。

右锋的木亥阳部也跟着把速度提到了极限，左右锋都是极精锐的骑兵，他们进一步向着中军收拢，战马之间几乎是紧贴着奔跑，他们已经组成了无坚不摧的利箭，即将开始"穿心"。

他们的前面只有两个敌人，朔北骑兵后阵，黄金苍狼旗下的呼都鲁汗，更远一些的，白夜苍狼旗下的楼炎。

这是一支要贯穿两只雄鹰的利箭，已经离弦，再不回头！

朔北骑兵阵的中部迅速变得薄弱，左右两翼却集中了最快的战马和最精锐的骑兵，如同张开又拢起的鹤翼，避过了青阳骑兵精悍的左右锋，从中军中部猛地插入。

几乎在前军锋线冲入朔北部阵地的同时，朔北部的两翼左右交叉斩切，拦腰把那支“箭矢”从“箭杆”中部截断了。新军在少许的抵抗之后就被冲散，“箭”断了，前后被分开来包围。留在后军机动的铁晋带着莫速尔家的铁骑兵突前，接替了新军的位置，和朔北人展开了激战。他必须坚持至少半个对时，这是阿苏勒要求他的时间。前军同样被包围了，人数占优的朔北人从四面八方围拥上来。

左右锋同时和朔北部骑兵冲撞上了，男人们在飞溅的雪尘里咆哮着挥舞战刀。

阿苏勒眺望北面，确定他和黄金、白夜两杆苍狼大旗的距离，拦在他正面的是一万五千人的朔北部骑兵，他需要突破这些人。他答应过不花剌要斩断黄金苍狼旗，这也将引发白狼团的冲锋。他握刀的手燥热，在大军的咆哮声中心跳加快。

他距离呼都鲁汗的黄金苍狼旗，还有两里半的距离。

吕守愚带着贵族们冲上北都城的城墙。他们也都不知道出战的具体时间，是在清晨的梦里被城外震天的喊杀声惊醒的。

不同于台纳勒河边的战斗，双方都已经熟知对方的兵力和装备，这场战斗不需要任何的试探，从一开始就是全军压上。

“被分成两截了？”脱克勒家主人皱着眉，“这可是用兵的大忌啊。”

“可能是故意的，”斡赤斤家主人摇头，“后军只是在拖延敌军的大队，前军集中了九王、木亥阳和大君亲兵的优势兵力，朔北部虽然人多，没占优势，而且我军还有余力。”

“阿苏勒在东陆学到了了不起的东西啊！”吕守愚赞叹。他清楚地看见前军的左右锋在朔北人的重压之下仍在推进，急欲雪耻的虎豹骑选择了精锐中的精锐出战，每一人都势同猛虎，这些倨傲的铁骑兵并不真的在乎死在战场上，他们更在意的是自己的名誉，前次被白狼团惊马而撤退，令这些凶悍的男人在家人面前都抬不起头来。

“有希望，大君选对了领军的人哪！”斡赤斤家主人点了点头，“不过虽然有勇力，兵力和朔北部相比还差了一些吧？”

“尊敬的斡赤斤家主人，这句话可以留待我们拿下狼主头颅的时候说。”吕守愚说。

“拿下狼主头颅？”斡赤斤家主人吃了一惊。在草原上，有人会想着如何击败朔北大军，但是取下那个魔鬼般男人的头颅，令人有一种近乎弑神的恐惧，是他从未想过的。

“是，阿苏勒要做的，就是这样了不起的事！”吕守愚微微眯起眼睛，“如果我们猜测的内贼真的存在，那么他就在我们之中，现在他已经知道我们的目的，却没有机会去告诉楼炎了！”

所有人都沉默下来，彼此对着眼神，彼此怀着猜测。

“哥哥，阿苏勒还真的不简单！”吕贺死死握着腰间“狮子牙”的刀柄，眼睛里全是恨不得自己上阵冲杀的冲动。

“是啊，站在城墙上往下看，他跟以前有点不一样了。”吕鹰扬淡淡地说，而后他低低地叹了口气。

吕贺觉察到哥哥的心绪不佳，一把按在吕鹰扬的肩头，“若是哥哥你领军，这仗能打得一样漂亮，不……更漂亮！”

“我不是为这些事烦心，”吕鹰扬拨开吕贺的手，压低了声音，“我们这些流着朔北血的人，原本就只能做看客。”

“可阿苏勒也有朔北血。”吕贺反驳，“阿苏勒在战场上的经验，怎么比得上哥哥你，哥哥你可是在西面迎击过夸父军队！”

“可是他很简单啊,阿苏勒是个内心很简单的人,”吕鹰扬低声说,“你只要看他的眼睛，就知道他想要什么，担心什么，害怕什么。所以比莫干会相信他。”

他注视着吕贺，“你从我的眼睛里能看出我在想什么么？”

吕贺愣了一下，挠了挠头。

“不，你看不出来的，”吕鹰扬幽幽地说，“有时候对着镜子，我自己都看不出来。”

他的叹息声被城外高亢的喊杀声吞没了。

阿苏勒夹在骑兵中央，目测他和黄金苍狼旗之间的距离，只剩下一里半。

他回忆着涩梅谷口和离国雷骑相遇的那场战斗，那是东陆名将和骑兵霸主之间的经典战例，雷骑军以名闻天下的“两段冲”在大约五百步的距离上发起了猛攻，红潮滚滚，势如破竹。这是他唯一一次骑兵实战的经验，他在揣摩距离，犹豫着何时开始“破箭”，这是“碎箭之阵”的第二步，由他亲自领兵。

一名虎豹骑策马狂奔到他面前，“大那颜，左右锋损失已经过半！”

以士气支撑的左右锋在损失过半之后无法坚持很久，阿苏勒看了看自己马后的铁颜、铁叶和哈勒扎，三个人同时对他点头。

“传令左右锋，准备‘破箭’！”他对虎豹骑下令，同时从袖口中取出了吕守愚给他的那枚飞虎纹的黄金令符，高举过顶，“飞虎帐！预备冲锋！”

他背后的就是飞虎帐，青阳九帐骑兵中已经消失了很多年的一部，吕守愚恢复了这支骑兵，亲手训练他们，以他们为自己的亲兵。此刻一万个男人穿着一万件东陆铁铠，握紧了一万柄东陆淳国造的折铁刀，这是一支生力军，阿苏勒一直谨慎地把他们保护在左右两锋之后。

此刻从北都城的城墙上往下看去，青阳军前部的“箭镞”忽然裂开，九王部和木亥阳部的骑兵们分别向着两侧挤压朔北骑兵，扫荡开一条几十丈宽的道路。“破箭”了，飞虎帐蓄积已久的杀气喷薄而出，大那颜阿苏勒·帕苏尔一骑当先，一万个披红氅的男人随着他拍马舞刀，纵声咆哮。

朔北骑兵们为之色变。

东陆离国的“两段冲”在草原上被重现，一万人分作前队五千人和后队五千人，中间相隔数百步，直取黄金苍狼旗的位置。

呼都鲁汗立马在自己的战旗下，看着不远处那支穿红的青阳军，正高速地撕裂朔北军的阵形，向着他逼近。

他微微皱眉，他的兵力占优，但大部都用于剿杀敌军的后军，对着那些没有战斗力的中军展开屠戮，但是那里的莫速尔家骑兵浴血死战，朔北人一时还难以全歼他们，兵力陷住了，没能及时调回来。围困敌军前军的部队则遭遇了极大的压力，敌军左右锋都是极其精锐的骑兵，而青阳的领兵人物还在左右锋后藏着一支生力军，现在他放出了这支生力军，短瞬间占据了正面的兵力优势。

“世子，危险！敌军从正面突破了！”护卫武士提醒他。

“急于杀死我么？”呼都鲁汗低声说着，抬头看了看自己那面织金的大旗，“还是我的旗帜太耀眼，就像灯火那样招蛾子？”

“世子，我们往后撤两里吧！”护卫武士说，“如果敌军冲到面前我们再拔旗后撤，会很仓促，若是真的被人夺了旗，那该多丢脸。敌军不过是垂死挣扎，等我们的大部解决了敌人后军再转回来，我们就胜了。”

“我可以暂时后撤，但是我的旗不能撤。”呼都鲁汗拍了拍旗杆，“从今天这一战开始，我要每一战都把我的旗往南插，一直插到……东陆的南端！”

“可……敌军就要上来了。”护卫武士不解。

“交给那个人吧，”呼都鲁汗微笑，“既然他是那么强有力的人，就让他来守护我的旗。我们走！”

飞虎帐骑兵钻透了朔北部在正面薄弱的防御，当他们完全冲开了朔北骑兵的阻挡之后，整队中爆发出一阵欢呼。

他们距离那杆黄金苍狼旗只剩下几百步了，夺旗的人会被看作英雄，他们每个人都渴望着成为英雄，而朔北部世子居然没有及时带着他的战旗后退，给了他们最好的机会。

阿苏勒带马闪过的瞬间把影月转到左手，右手把一个来不及闪避的朔北武士从马上直抓了起来，用力向一侧抛出。短暂的哀号声后，那个朔北男人消失在飞虎帐骑兵的铁蹄下，阿苏勒心里微微有些不忍，继而惊得拉住了马缰。

他和黄金苍狼旗之间再也没有任何阻碍了，此刻他才发现旗下没有站着呼都鲁汗或是任何一个朔北人，旗下只有一个人，一个老人。

那个像极了离国国师雷碧城的老人，山碧空。

山碧空佝偻着背，扶着旗杆而立，像是一个居于山中的老人扶着古树眺望，骑军带起的大风把他一身灰袍吹得呼啦啦作响，他显得平静、孤独又苍凉。面对来势汹汹的铁骑兵，他没有丝毫畏惧的神情，隔着几百步和阿苏勒对视了一眼，而后转过身，背着手，围绕着苍狼旗漫步。

这诡异的一幕令飞虎帐的骑兵们都觉得不安，他们纷纷拉住了战马，在距离山碧空两百余步的地方站住了。这样一支庞大的骑军，停下来很是艰难，骑兵们急促地喘息着，等待着阿苏勒的命令。

哈勒扎拦在阿苏勒的马前，“大那颜，那是……辰月教士！”

“我知道。”阿苏勒听着影月发出了不安的鸣响，“他还是个位阶很高的辰月教士。”

“怎么办？是疑阵么？”

阿苏勒摇摇头，“我不知道。”

“那是呼都鲁汗，他正向着白夜苍狼旗那边撤退。”铁颜指着远处。他们已经登上了高处，附近几里内的局势看得清清楚楚。

“不能停下，”阿苏勒长刀虚劈，“我们距离黄金王和狼主都不远了，我们不能停在这里，九王说得对，后面没有我们的路。”

山碧空遥望着对面那支杀气腾腾的队伍。他已经很老了，可视力还没有衰弱，看见了被万军簇拥的那个年轻人，他穿着白色的皮铠，举着那柄天驱领袖的长刀。

一万双眼睛都在看着山碧空，这是一对一万的凝视，山碧空的目光平静坦然。

远处的喊杀声被风卷上高空，又自上而下地压过来。他所在的高地如同死亡之海的海滩，这海的水是死人的血和哀号组成的，它掀起滔天的巨浪，席卷过来，要把他吞没。他已经很老了，看过不知多少人死去，立于战场中央不会感到悲伤，但总觉得疲惫。

这个世界纷纷扰扰，总有些理由让男人们不得不举起刀去搏杀，他们咆哮，他们砍杀，他们哀号。

“这是这世界的罪啊，”山碧空在心里说，“不是人的。”

这世界被作为战场而创造，注定要浸满鲜血，无论多么努力地守护它，终究都不能结束战争。

山碧空想要挥袖对那些急欲建功或者复仇的年轻人说：“退去吧，你们在扑向死地。”

但是他没有说出口，他知道此刻一切的言语都没有用，当仇恨和鲜血蒙蔽了人们的眼睛，他们听不进任何话。

他低头默默地看着自己脚下，围绕着黄金苍狼旗，脚印组成了完美的图腾。他缓慢地呼吸，那个图腾隐隐地一闪一灭，渐渐和他的呼吸节奏吻合。

“附近没有发现埋伏，”斥候回报到阿苏勒面前，“但是朔北人的骑兵已经从后面追上来了！”

阿苏勒回过头，剿杀后军铁晋部的朔北骑兵大队中的大部分已经放弃了包围，战马全力奔驰，驰援本阵。对方足有两万人之众，正当杀红了眼，飞虎帐战胜的机会不大。而被阻挡的青阳部前军正在竭尽全力向着飞虎帐靠拢，左右锋的铁骑把一千个始终没有出手的人包裹在中央，那是不花刺的一千人，他们在黑氅上覆盖了一层灰白色的麻布，远远看去只是普通的新军，他们没有带刀，却带了五万支毒箭。

他们距离远处的白夜苍狼旗还剩下三里的距离，那里只有三千匹白狼。

“弓箭！”阿苏勒喝令，“射杀那个人！我要斩断黄金苍狼旗！”

铁颜铁叶带着几十个飞虎帐骑兵趋前，到距离山碧空只剩下一百步的地方，一齐张弓搭箭，他们都是出了名的神射手，尤其是铁叶，在东陆的时候大柳营里演武，每次射箭第一的花红都落入他的囊中。

远处山碧空缓缓地抬眼，看了看那些犷亮的箭镞。

“射！”铁颜喝令。

几十枚羽箭同时离弦，飞虎帐骑兵们立刻收弓拔刀，预备冲锋。没有人能在这样的攒射下逃生，除非他是铁铸的。

羽箭在空中拉出尖啸声，山碧空的手微微用力在黄金苍狼旗上一震。一个如同波涛拍打礁石的声音把羽箭的啸声整个压了下去，飞虎帐的骑兵们觉得眼前出现了一个幻觉，在山碧空拍击旗杆的瞬间，一片火焰色的光闪灭，一个呼吸般的波动以旗杆为中心向着四面八方传播出去。

他们的箭已经到了山碧空的面前，可是遭遇了那个波动，瞬间化为灰烬。钢铁的箭镞熔化成铁水，坠入雪地里又冻裂成铁渣，蒸发出袅袅的白气。

铁叶是第一个反应过来的，一脚踢在身旁哥哥的腰间，把他踹下了战马，同时自己也仰身从马鞍上翻了下去，接着扑到哥哥身上把他的头用力压到雪地里。他听见头顶上如同飓风扫过，带着盛夏般的热浪，热风里像是带着烧红的刀，要把他的后脑剖开。

这对兄弟惊恐地起身时，发觉那些和他们一起趋前的飞虎帐武士都默默地坐在马背上，一动不动，如同雕塑，只是从腰腹到膝盖完全焦黑了，马也是一样，脖子全都黑了，那道热风就像是在人和马身上刷下了一道黑漆。随即，焦黑的部分碎裂坍塌了，马头掉了下来，人的上半身也掉了下来，大泼大泼的血浆在他们周围泼洒，像是一个个装满血的袋子裂开了，那些血都近乎沸腾，咕嘟嘟冒着气泡，洒在雪地上，蒸气升腾。

远在三百步外的本队也同样被热风波及，阿苏勒被那道热浪迎面击中，瞬间无法呼吸，吸入的热气像是烙铁一样烫得他五内如焚。

“焚风！”他听说过这种秘术，秘术师们取了日光的精华把它用作杀敌的武器，但他没有想到这种秘术的范围可以到百步之外。

山碧空举起双手，对着天空吟唱，没有人能听懂他在唱什么。他脚下的图腾中有光焰升腾，围绕他盘旋，随着他每一次呼吸更加悠长，那光焰高得越过了旗杆顶。

“铁颜铁叶！回来！”阿苏勒大喊，“队形散开！所有人，准备弓箭！”

飞虎帐的弓箭射程可以达到一百五十步，他们可以在一百五十步的距离上从四面八方攒射山碧空，焚风杀伤的距离在一百步开外，而且秘术师施术有时间间隔，只要抓住空隙就可以射杀山碧空。

飞虎帐的骑兵们在敌人不可思议的力量前战栗不安，一时间没有人回应阿苏勒。

“我带人冲上去！”哈勒扎从马鞍上摘下他的锥枪，“大那颜不要靠近！”

“跟着我！杀了那个妖魔！”他没有等阿苏勒回答，大喊着拍马，直冲出去，飞虎帐冲在最前的几百名骑兵们一愣之后，追随在这个勇士的马后，散开成半月的阵形。

铁颜和铁叶正匍匐在雪地上往回爬，他们不敢直起身体抬起头，以免被那杀人的热风击中。

“燃烧吧，阳昊之井！”山碧空完成了他的冥想，对着扑进的半月之阵挥袖。

铁颜和铁叶同时感觉到地面的震动，和焚风袭来的时候不同，挟着十倍的暴烈，雪尘冲天而起，晶莹的雪中裹着炽烈的光焰，仿佛大地深处是一个封闭的熔炉，只有深井直达那里，压抑已久的火光直冲上天，笔直如剑。这样吞吐火焰的深井在雪地上如同开花般绽现，每一次的光焰喷射像是一次呼吸，带着雷霆般的巨响。

一次吞吐在距离铁氏兄弟仅仅两丈的地方发生，气浪飞卷，卷起的雪块打在铁颜的背上，隔着铁质甲胄，铁颜仍旧吐出了一口血。他拼命抓住弟弟，紧紧把他压入雪层里，用身体压在上面。

他们曾经自负勇力，但是在这股简直能摧毁天地的伟力面前，他们就像雷云中飞翔的两只鸟儿，听着耳边不断的雷鸣，无法挣扎，不知何时就会死去。

哈勒扎带领的飞虎帐骑兵足有三成在阳昊之井发动的第一瞬就被脚下腾起的火焰震碎之后焚烧，飞虎帐武士们防备着焚风，甩脱了马镫，仅以双腿夹着马腹奔驰，以便随时滚下马鞍，但是当他们看见山碧空挥袖，立刻滚落马鞍时，才发觉火焰从脚下袭来。战马们在它们无法理解的力量前惊慌失措，恐惧地哀鸣着，四散奔驰。

哈勒扎呆呆地站着，不敢相信自己的眼睛，一名骑兵在他面前一丈的地方生生被火焰吞噬了，火焰涌出的一瞬间，他全身的皮肤开裂，鲜血迅速地汽化，下一瞬间，他就被火焰中的巨力炸开，身体的碎片四散溅落。哈勒扎是一个天驱，他在下唐军中的老师曾经向他讲述过这些黑衣教士的种种可怕，但当他真的看见，他还是惊呆了，那个吟唱着舞蹈着的山碧空仿佛握住了神的权柄，正无情地惩罚世人。山碧空的神色淡定，目光平静，面对这一切的血腥，他仿佛没有感觉到任何罪恶，只是忠诚地执行他的使命。

“妖……魔！”哈勒扎咆哮，“妖魔！”

山碧空没有理会这个普通人的吼叫，他围绕旗杆款款起舞。那是神临之舞，曼妙而苍劲，如同森林深处的古树在月光下在风里轻轻摇晃着新发的枝条。他呼唤着这片土地上最纯净最浩大的力量凭附在他的身体上，这个时刻他会短暂地超越凡人，化身为半神般的存在，此时他毋庸顾虑那些蝼蚁之辈的愤怒。神的剑已经出鞘，接下来的只有屠杀。

“大那颜，敌军主力跟上来了！”斥候急报到阿苏勒的马前。

增援朔北部本阵的两万骑兵已经绕过了左右锋组成的障碍，高速向着他们逼近，刚才被飞虎帐冲散的朔北骑兵也在重新整队，一个巨大的包围网正在向飞虎帐撒开。整支“箭矢”已经被分割作了三个部分，后军的铁晋苦战，而左右锋的九王和木亥阳也在苦战，被保护在中间的不花剌已经意识到局面正在向着不利于他们的方向变化，正带着他的鬼弓竭力要突出来靠近飞虎帐，但他做不到，挡在他前面的不是敌人，而是死战的友军，左右锋已经伤亡过半了，武士们已经没有机会整队冲锋，他们拉住战马挥刀劈砍，甚至下马步战，以血肉相搏。

阿苏勒看见队伍中的九王头盔已经不见了，披散着头发，号叫着挥刀。他对这个叔叔有心结，因为是他把整个真颜部灭族。但此时此刻他终于明白这个男人何以名为“青阳之弓”，他也曾像一个普通的武士那样用命去换取功勋，挥刀砍杀。

“杀了楼炎！杀了他！”九王从一个敌人的心口里拔出战刀，对着飞虎帐的方向咆哮，之后扑向了下一个敌人。

阿苏勒听不清他在说什么，但能明白他的意思，在这个战场上他们各有各的位置，也许下一刻他们就会死去，所以没有时间为战友觉得悲伤。

“白狼团……出动了！”斥候的手指颤抖着指向前方。

这是阳昊之井暂时停息的瞬间，雪尘落下，黄金苍狼旗之后三里，白夜苍狼旗开始向他们推进，簇拥着那旗的，是整个白狼团，他们的领袖楼炎必然也在其中。白狼团终于忍不住出击了，最艰难的局面和最好的机会同时到来，只要不花剌能在朔北部主力骑兵围上来之前突出人群，他们就有机会杀了楼炎。

他需要为不花刺劈开道路，他必须杀了这个山碧空，提前压制从两翼包夹上来的骑兵。

阿苏勒用手握住刀刃，而后把刀拔出。影月吸取了主人的血，光芒更甚，这柄妖异的刀仿佛从梦中睡醒那样呼吸、搏动，阿苏勒知道刀中栖宿的那些魂魄在不安地呼吼。

他不能允许自己被区区一个人阻挡了成功的路，如果他不成功，不杀了这个人，北都城里要死几十万人！

山碧空完成了又一次冥想，深深呼吸，再次挥袖，阳昊之井再次爆发，灼热的力量把方圆一里的所有积雪都融化，热水汇成小溪，汩汩地流淌，露出下面结冰的泥土。

“全军压上！”阿苏勒挥刀，“杀了他！不惜一切代价！”

他知道这样的战术会让多少人死去，但是时间已经来不及了。他需要有一个人，趁着山碧空两次施术的间隙冲到他身边，劈下一刀。

“杀了他！”飞虎帐的男人们吼叫着，拍马上前，再不闪避。他们都明白阿苏勒的意思，秘术对他们很可怕，但是也不过和密集如蝗群的箭雨一样，他们都被训练过迎着箭雨冲锋，永远不知道什么时候箭矢会落在自己头上，好比永远不知道火焰什么时候会在自己脚下腾起。

一个巨大的身影从低洼处走上高地，站在山碧空身旁，他背着一副床弩般巨大的弓箭，张开了弓，一次把三枚巨箭搭上弓弦。

那是山碧空的夸父学生，桑都鲁哈音，他足有两个蛮族男人的高度，张开的弓十倍于蛮族角弓的力量。

阳昊之井的火焰一再地起落，密集得几乎没有闪避空间，如果这些火焰真的是从地底深处射上来的，此刻这片土地已经变成了蜂窝。飞虎帐的一个千人队在推进到距离山碧空五十步的时候已经全部落马，他们射出的箭被桑都鲁哈音以一面巨大的铜盾遮挡，山碧空在他的防御之下全力施术。

“大那颜！绕路吧！正面冲不过去！”千夫长满脸焦黑从雪尘中狂奔

回来，他的马已经被火焰炸成了两段。

阿苏勒看往左右，左右的朔北部骑兵已经形成了包夹之势。

“没有机会了，”他的声音微微颤抖，“必须从正面直冲过去！继续冲锋！”

飞虎帐的千夫长们沉默了一会儿，一人低声说：“大那颜，这么冲，我们也许都要死在这里。”

阿苏勒看着他们的眼睛，觉得那些目光刺着他，像是钢针。他可以命令他们去战斗，但是无法命令他们去死。

“那么，我去！”他说。

“混账！”有人在阿苏勒的背后咆哮。

仿佛一尊骑马的武神，一身铁浮屠甲胄的铁益从队伍中走出，一巴掌打在那名千夫长的脸上，“大君养你们，是为了让你们在青阳部生死的关头说出这种懦夫的话来？”他拔刀卡在那名千夫长的喉间，“听见大那颜的命令了么？杀了那个妖人！前面的人死了，后面的跟着上！你们全死了，就轮到我，我死了，轮到大那颜自己。”

“我不喜欢懦夫，”铁益的目光狰狞，“宁可我自己杀了他们！”

他紧紧地按住阿苏勒的肩膀，用目光暗示他回头眺望，数以万计的朔北骑兵距离他们只有一里之遥，他们和左右锋之间已经完全被割裂开来，不花刺的一千人已经从虎豹骑阵后移动到阵前，却迎上了大队的朔北骑兵，没法和他们汇合。两军人马拥挤在一起砍杀，鬼弓武士们的箭没了用处，他们纷纷从地上拾起死人掉落的马刀去挥砍。

“看见了么？没时间了，”铁益低声说，“阿苏勒，领兵的人，上了阵就得当魔鬼，你说冲锋，谁敢退后，就得杀了他。因为你肩上扛着北都城几十万条人命，死几百几千几万人，只要能杀了狼主，都值得。别因为一时的仁慈坏了大事。我带铁浮屠去接应不花刺，你砍断黄金苍狼旗，在我回来前别死，能切开白狼团最好。”

“铁浮屠！”铁益从马鞍的架子上提起沉重的铁骑枪，飞虎帐骑兵散开，隐藏在其中的铁浮屠们暴露出来。他们缓慢而有序地整队，把铁骑枪并作了钢铁荆棘，那些弯曲如镰的枪头指向后方。这就是蛮族骑兵的巅峰之作，七十年前钦达翰王统率他们的时候，他们有上千人，就是一个可以移动的楚卫山阵，一座不可摧毁的钢铁之山。

铁浮屠们带马开始奔跑，龙血马的血性被战场所激发，它们嘶吼着，越来越快，队形渐渐地分散开，两匹马之间连着的荆棘锁链拉紧。这条战线展开足足有一里的长度，凭着一百人向着对方的上万朔北骑兵发动了包抄。

"我们绕不了路，"阿苏勒的目光一一扫过那些千夫长，"我们的路只在前面。"

他知道铁益说得对，此刻对于武士们的仁慈毫无用处，只要能杀了狼主，一切的牺牲都有价值。怎能被一个人拦住了去路？怎么可能被一个人挡住了他的决心？怎么能被一个人阻断了青阳部几十万人的生路？

他心里忽地一股怒气勃发，挥刀指向山碧空，"冲锋！后退的人，我来砍下他们的头！"

"是！"千夫长们散开。军令已下，不容违抗。

山碧空觉得自己浑身的血如沸腾般涌动，流动在他筋络中的力量如同一条无法束缚的龙，狂暴地冲击着他的关节，要摧毁他的身体。但他的思维清晰，脑海明澈如镜，沛然伟力还在源源不断地化生，他再次逼近自己力量的极限，白日里看不见的星辰依然向着大地抛洒着力量的弧线，组成一张张巨大的网，一直扎入大地深处，而这些错综复杂的线在山碧空的身侧扭曲，力量应着他的冥想汇集在身体里，像是要把他撑裂。

他一而再再而三地吟唱咒文，歌声里阳昊之井烁日喷发，暴烈的力量和火光一起冲向天空，把一批批冲过来的骑兵拦腰斩断。汹涌的热流在一瞬间就能让人体达到极高的温度，有些骑兵聪明地避开了力量冲击，却被热流扫过，他们冲出火焰的瞬间，全身的鲜血汽化，整个身体像是一个炸开的、盛血的皮囊。

他无法计算自己杀了多少人，一件件红氅落下，整片雪地融化，地面如同被神的刀犁耕种过。

他感觉到疲惫了，雷霆般的巨响让他也听不清声音，不断被激飞上天的尘土模糊了他的视线。

阿苏勒只能在烟尘落下的瞬间隐约看见黄金苍狼旗上闪烁的金光，狞厉刺眼。他知道多少人已经死去，因为足有三个千夫长带兵冲向那面大旗，却没有回来。飞虎帐骑兵们在马背上发射了密集的箭矢，但是要么被阳昊之井里冲出的火焰摧毁，要么被桑都鲁哈音的铜盾挡住，凡是能够靠近到山碧空身边的骑兵没有人避过桑都鲁哈音的巨箭，那一箭射来，能把人整个抛下战马，或者击碎头颅。

白夜苍狼旗仍在逼近，狼骑兵们决不着急，他们只出动了一个人就挡住了这边的上万大军，他们此时加入战场只是要更快地收割头颅。

他的后方，铁浮屠战马践踏着朔北骑兵，绷紧的铁链上挂着死人的尸骨，要为不花剌冲开一条路。时间所剩不多，如果白狼团来到面前而鬼弓主力还没有到，他们将失去杀死狼主的唯一机会。如果不花剌赶到了而他们没能突破山碧空的阻碍冲散白狼团，不花剌只有望着白狼团兴叹。他只剩下唯一的选择，用人命蹚开一条路，只要一柄刀，或是一支箭，就足够杀死那个辰月教士，只要他们能越过面前雷池般的法阵。

“下一队！”阿苏勒挥刀大吼，“下一队！我们要……斩下呼都鲁汗的旗！”

阳昊之井爆发的声音震耳欲聋，世界仿佛要在这轰响中崩塌。阿苏勒感觉到那扑面而来的烟尘里蕴含着宏大如整个世界的悲伤，那些生龙活虎的年轻人带马从他身边驰过，走出巨大的之字形，试图绕过危险的火井，然而一队接一队地落马，残断的肢体无处不是，下一队武士又踩着战友的尸体咆哮着带马冲锋。

他想起息衍跟他说起过秋天那些溯流而上去云中产卵的鲱鱼群，它们要经过危险的寒云川，那里等候着狡黠的猎人们，那些鸬鹚、熊和危险的鲶鱼群等待着它们一年之中最丰盛的筵席，熊在河滩上等待，鸬鹚在水面上游荡，鲶鱼群沉在水底，张着嘴，露出锋利的牙齿，等待着这些肉味鲜嫩的鲱鱼。没有畏惧也没有迟疑，鲱鱼们知道它们历尽千辛万苦从大海深处来到这里是为了什么，只有短暂的几天激流涌动的寒云川会平静一些，它们必须一往无前地冲过猎人们布下的网。任凭熊的利爪起落，鸬鹚和鲶鱼群把多数的同伴从身边叼走撕碎，它们只是拼尽了全力往前游，每前进一寸就更接近云中，那里有一个温暖的、满是水藻的湖泊，在那里幸存的鱼儿会代替它死去的同伴们产下成千上万的卵，来年春天这些卵孵化，小鱼不仅像它们的父母，也像那些没能从猎人手里逃脱的鲱鱼。这就是战场上残酷的生存法则，在这里，任何一个人的命都不重要，只要最后一个人能够爬到敌军的将旗那里砍断旗杆。是死在半路的千千万万人的手为他举起那斩旗的一刀。

“这就是为将的道理，就算你知道那些都是活生生的人，你却必须忘记这一点。为将的人，每一次下令都会有人因你的令而死去，但是所有的令箭都必须投掷出去，”息衍这么说的时候眺望着落日下的远山，“这就是所谓‘杀伐决断’。”

这就是杀伐决断，面对着屠场般的世界，懦弱的人是生存不下去的。

他回头看着正在崩溃的左右锋，九王和木亥阳正在相互靠近寻求支撑，吕豹隐·厄鲁·帕苏尔那面所到之处震惊百里的大旗在烟尘中堪堪就要倒下，每一次掌旗的武士被利箭穿心，立刻就有人扑到九王背后再把那大旗竖起，数以万计的朔北骑兵带马围着他们奔跑，箭矢如雨，左右锋化作了圆形阵，死死地保护着阵心的一千人。

那是他们的利箭，他们斩狼的长刀，他们是要去那个温暖湖泊里产卵的鱼。

“败退者斩！”一名千夫长咆哮。

阿苏勒猛地回头，看见一名飞虎帐武士惊恐地捂着两耳吼叫，从战场上不要命地往后逃。他的指缝里渗出鲜血，大概是两耳都在雷霆般的巨响中聋了。那名武士就要从阿苏勒马侧驰过，阿苏勒握刀的手一紧，他知道军令的严肃，他如果此时不斩下这个武士的头，下面不会再有人冲锋。但那是一张何等年轻的脸啊，只有十六七岁，大概是刚刚接过了父亲的刀和铠甲，成为了一名效忠大君的飞虎帐武士。阿苏勒能从他的眼睛里看得出他是真的害怕，一个十六七岁的大孩子，看见那么多人就在他的身边化作横飞的血肉，他理所当然地害怕。那样就要砍下他的头么？阿苏勒的手腕僵硬，脑海忽然一片空白。这个间隙，那名武士在阿苏勒面前一闪而过。阿苏勒意识到这是个巨大的错误猛地回身时，看见那个大孩子的头从脖子上滚落下来，无头的尸首膝盖弯曲，扑倒在地上。斩下他头颅的刀握在千夫长手里，那是个四十多岁的男人，冷厉的脸上不带一丝表情。

“我带队再冲一次，再有两队好射手从左右包抄，”千夫长说，“让那个妖魔不知道该往哪个方向施法。”

阿苏勒在那个男人铁一样坚硬的面孔前只能点头，“谢谢，本该是我动手。”

“理应为大那颜效劳，”千夫长看着地下那个大孩子的头颅，“我们腾格尔家的男孩不能是懦夫。”

阿苏勒没有来得及说话，铁颜和铁叶从左右闪出，“我们带射手从左右包抄。”

他们从那片焚烧的焦土上奇迹般爬了回来，双手和膝盖都磨得鲜血淋漓。但此时他们已经意识到这是一个错误的奇迹，在这个战场上没人在乎谁活着回来，只有冲过去杀掉山碧空的那个人才是值得在意的。他们避过了焚风之后应该像个真正的男人那样拔刀迎着焚风再做一次冲锋，莫速尔家的男人和腾格尔家的男人一样，不能是懦夫。他们必须挽回自己家族的尊严。

三队骑兵一齐拥出，他们没有等待阿苏勒给他们出击的命令。阿苏勒看着他们的背影，知道自己还不能用威严征服这些男人，在那些钢铁一样坚硬的脸和心之前，他还只是个学过些东陆阵法的孩子罢了。

对面的骑兵高速地接近，山碧空却没有立刻施法。

他默默地抚摸自己的胸口，黑袍下渗出漆黑的血来，他的呼吸急促，无法驾驭的力量在他的体内分散开来，千万条蛇似的穿梭。

他明白自己是真的老了，教中那些神异的驻颜之术可以模糊他的年纪，但是生命之火的熄灭是早晚的事，作为一名秘术师，他已经越过了巅峰的年纪，每一次动用这种逆天的禁术，他都在耗损自己剩余不多的生命。三十年前在那个晋北小镇上诛杀天驱启示之君的决战之后，他又一次感觉到灵魂将从他残破的躯体中溢出。

“老师，我们撤走吧，把这里留给白狼团来防守。”桑都鲁哈音准备把山碧空扛在自己的肩上。

“不，还不能撤走啊，你没看见白狼团逼近得那么缓慢么？狼主在窥看我的力量，他只尊重掌握力量的人，我们需要他的尊重。呼都鲁汗也一样，他要把我的命和他的旗捆在一起。”山碧空在巨盾后缓缓地挺直身体，“我们是神的使者，没有人能杀死我们。”

“老师，您的身体已经撑不住了啊！”桑都鲁哈音也看得出山碧空到了油尽灯枯的极限。

“是啊，撑不住了，”山碧空轻声说，“能杀死我们的，只有神和我们自己。”

他用尽全力伸手在空中写画，手指上黑色的血迅速汽化成暗红色的雾气，随着山碧空快速的勾勒，秘术的花纹瞬间成形，这些蕴藏了灵魂的血之咒能将秘术提升到极致。山碧空猛地挥袖扫去了那个浮在空中的印纹，同时阳昊之井再次喷发，火柱矗立在战场上，如同神的刑场。

桑都鲁哈音知道此刻自己该做什么，他抓起巨弓，每次上弦三箭，左右射出。山碧空强攻着正面而来的数百名青阳骑兵，桑都鲁哈音的巨箭直取左右偷袭的小队。

千夫长带队在喷薄的火柱间绕行，不断有人被可怕的热浪推下战马，炸成碎片。左右两侧的铁颜和铁叶都已经落马，桑都鲁哈音的弓箭之术像一个草原人那样精准，而他的夸父同胞们往往只能投掷巨石罢了。他没有取人，而是对准了铁颜和铁叶的战马，每次三支箭离弦之后并排飞行，足长七尺的箭像是一柄被掷出的长枪，彼此间隔只有两尺，完全没有闪避的机会。

铁颜和铁叶都不准备再回头，他们立刻跳起来向着山碧空奔跑，一边奔跑一边发箭。这让桑都鲁哈音不得不重新举起巨盾防御，而没有机会狙击正面的千夫长。正面的一队人只剩下不到二十人了，但他们就要成功，他们比以往任何一队突进得都远，他们已经可以看清山碧空的脸，此刻如果山碧空再使用阳昊之井，巨大的冲击力可能波及他自己。

飞虎帐武士们咆哮着高举战刀，他们从心底深处痛恨那个老人，是他一个人让半数的飞虎帐精锐损失在战场上，这是草原上不曾听闻的事。无论是多么强大的妖魔，这些男人都不在乎了，他们一定要杀了他。

“愚夫。”山碧空低低地叹了口气。

他轻轻地一跺脚，地上早已画好的印纹震动了，山碧空的手指间出现了一道明丽的火焰，弯曲如刀弧，他举着那柄没有重量的刀轻轻地平挥出去。一刀之内，他斩下了面前所有人的头颅，那些战马还在往前奔驰，从山碧空身侧驰过，那些战马本能地畏惧这个老人，不敢冲撞他，而马背上那些无头的尸体已经无力举起手中的刀对准山碧空的头颅斩下。

山碧空吹熄了指间的火焰，如君王般傲然地面对着他造就的屠场。

这就是接近他的下场。

但是下一刻，掠起在空中的黑影惊呆了他。最后一匹战马的马腹下，忽然闪出了一个人，他踩着马背跃起在空中，身形后仰如弓，双手短枪对准山碧空的头颅刺下。山碧空已经来不及吟唱和冥想，他意识到自己犯了错误，在敌军中除了那个名叫阿苏勒的年轻人之外，还有人也清楚秘术师的弱点，他们可以召唤永无止尽的力量，但他们需要时间。武士们不需要，他们杀人如同电光一闪。

电光一闪，锥枪落下。

“哈勒扎！”阿苏勒大喊。那是哈勒扎，谁也没有注意到这个藏身在尸体中的武士，千夫长的马队经过时，他藏身在一匹战马的马腹下接近了山碧空。

桑都鲁哈音本能地把巨盾提高，护住了山碧空的头。

哈勒扎落地，立刻蹲伏下来，那对银色的锥枪中弹出了锋锐的刺，短枪立刻成了六尺长枪，他把双枪从巨盾下方送入，直贯山碧空的双腿。他一旦得手，立刻弃枪拔刀，山碧空的腿已经废掉了，那个夸父武士并不重要，他的目标是那杆黄金苍狼旗。

但他的刀没能出鞘，桑都鲁哈音移开了盾牌，山碧空伸手按在哈勒扎的额头上。这个本应重伤垂死的老人异常地平静，没有表情，直视着哈勒扎的双眼，掌心中灼热如烙铁。他双腿的伤口都有红黑色的血涌出，那两枪已经毁掉了他腿上的肌肉和脉络，但他就用那双已经废掉的腿笔直地站着，没有一点摇晃。

“天驱。”山碧空低声说。

“铁甲依然在。”哈勒扎说。

山碧空的手往下压在哈勒扎的心口，手像是烧红的剑坯那样流动着金红色的光。他似乎完全没有用力，那只手破开了哈勒扎的衣甲和肋骨，直入胸膛。阿苏勒不敢相信自己的眼睛，他狂呼着带马前冲，数千人的大队追随着他。哈勒扎没有发出任何哀号，那是山碧空的手切断了他的肺管和膈肌，他已经完全无法呼吸。

山碧空挥掌下劈，把他的心脏切为两片，之后把手抽出，鲜血在他滚烫的手上冒着气泡。

哈勒扎无力地倒在雪地里。

“你做得很好，很多年没有人能伤害我的身体了。”山碧空拔出了两柄锥枪扔在一旁，脸白得没有一丝血色，“桑都鲁哈音，带上世子的旗，我们离开这里。”

桑都鲁哈音早在等待这个命令，他把山碧空扛在自己的肩上，一手拔起大旗，奔马一样回撤。阿苏勒看着他扛旗的背影，知道已经追不上了，在这片战场上他们扔下了数千具尸体，却没能斩断一根旗杆。他扑过去抱住哈勒扎，检视他的伤口，一切都是徒劳的，山碧空的手在那一瞬间化作神裁的利刃，把哈勒扎的五脏六腑全毁了。

“哈勒扎……”阿苏勒紧紧地抱着他，脑海里是十年前那个演武场上和姬野试手的男孩的身影在跳着。

哈勒扎艰难地睁开眼睛，“大那颜，我就要死了……你要守住北都城……将军还在东陆等你。”

阿苏勒说不出话来，只能用力点头。

“我是个青阳人，可是为了天驱的信念，劝大那颜死守北都城，结果死了这么多人，不知道算不算背叛了自己的族人。我也知道大那颜心里很犹疑，要打仗对你很是为难……所以来之前我已经下了决心，就算我死了，也要为大那颜杀出一条进军的路……总算做到了……”他的喉头颤动，全凭声带在说话，“我不是大那颜那样有本事的人……能做到的只有这么多……”

“你是了不起的天驱。”阿苏勒说。

“世子……哈勒扎这辈子能死得像个英雄，都是因为能跟世子去东陆，成了天驱。我做梦还能想起我们骑着高头大马，进南淮城的那一天，那么多人夹道欢迎我们，那么多的旗帜，兵器，那么多穿绫罗绸缎的贵族站在我们马下……真是威风啊。”哈勒扎满是血污的脸上露出笑来。

他用尽最后的力气说：“铁甲……依然在……”

阿苏勒抱着哈勒扎，觉得他真的死了，这才轻声说：“依然在。”

他默默地站了起来，看着尸横遍野的战场，觉得疲惫，强力的辛酸在他鼻腔里涌动。他的头很痛，痛得像是要裂开，心里很空，像是面鼓，可以砰砰地敲出声音来。他不由自主地又去想那些洄游产卵的鲱鱼群，想那个被亲人断头的少年，想着飞虎帐的武士们穿行在火柱之间，烈火烧沸他们的鲜血，他们被强横的力量撕成碎片。这世界真的是一个战场，就像他爷爷钦达翰王曾说的那样。总有一天他的朋友都会死，就像哈勒扎一样，他们在这个战场般的世界里太弱小，把握不住自己的命，更保护不了别人。

前方飞虎帐骑兵已经和白狼团正面交锋了，战马们被封住了视觉和嗅觉，在鞭打下不顾一切地冲入狼群。但是跟狼骑兵比起来他们还是太弱小，那些驰狼跳起在空中，扑下来直接拍碎马头，狼骑兵们使用带链的铁斧和巨钺砍杀，飞虎帐骑兵占不到任何优势，这样下去他们会被白狼团整个地吃掉，更不必说为鬼弓打开道路。

后方不花刺的一千人在铁浮屠的接应下已经从左右锋中脱出，他们在高速地逼近，但是时机几乎没有了，鬼弓们已经暴露，楼炎一定会有防备，飞虎帐却不能切开白狼团。左右锋就要覆灭了，铁益的铁浮屠陷入大队的朔北骑兵中，这支骄傲的骑兵皇帝被人海吞没，敌人的刀剑无法伤害他们，他们也无法策马冲锋，只能拔出刀来笨拙地挥砍。

北都城里，吕守愚还在等消息。

阿苏勒知道还有最后一个办法能为不花刺杀开一条道路，那样要付出沉重的代价，不过他不在乎了，任何代价都没有哈勒扎还有那些死去的飞虎帐武士付出得多。

五

不花刺不断地给透骨龙加鞭，狂奔着逼近白狼团。

“给我一百五十步的距离，一百五十步上，我在马背上发箭，可以射死楼炎！我只要一百五十步的距离！”他大吼着向鬼弓们发令，“所有人，齐射，不要闪避，不要回头。我要你们用箭为我打开一条路！”

他也已经看出飞虎帐骑兵在巨大的损耗之后已经无法为他打通道路，此刻他唯一可以期待的只有跟随他的兄弟们，鬼弓的箭是无敌的，这是他在战场上最信赖的东西。他只要接近到距离白夜苍狼旗一百五十步，而他的背后有五十支箭，只要有一支洞穿楼炎的喉咙就可以。

“将军！看那边！”一名鬼弓以弓梢指点着惊呼起来。

不花刺顺着看了过去，他无法相信自己所见的一切。一个高速奔行的人影如利刃般切入了白狼团的阵心，他一手提着五尺的长刀，一手提着阔身重剑，如风车般旋转，那些巨狼在他的面前，就像是战马遇见了巨狼似的，惊恐地后退，但是来不及，那个人的速度如同太阳移动的时候影子在大地上飞驰，被他盯住的巨狼无法逃脱，一匹巨狼忍无可忍反击时，那个人猛地跃起，达到三个人的高度，一刀劈斩之下，把那头狼的头骨和它的主人一起劈开。

没有人敢靠近那个人，血花在他身边盛开又凋谢，浓郁的血腥气里，他嘶声狂号。

“青铜之血。”不花刺隐隐地打了个哆嗦。

钦达翰王之后数十年，帕苏尔家再次出现了青铜之血。那个孱弱少年爆发的时候，和他的爷爷一样凶暴，俨然是当年钦达翰王当着所有青阳贵族的面惩罚背叛者的场景，飞虎帐骑兵躲避着他的锋芒，狼骑兵也躲避着，他所到之处武士们闪出一片空地，他则野兽般向着人最多的地方冲去。

白狼团在一个人的压力下渐渐被分开，裂缝越来越大，指向白夜苍狼旗的位置。

“大那颜是要给我这个机会么？”不花刺抽出鸣骸鸟之箭，搭在弦上，对空射出。这是进攻的信号，鬼弓们在疾驰中把第一阵箭雨投向了白狼团。

他盯着在寒风里招展的白夜苍狼旗，朔北狼主楼炎的战旗，三十多年前他带着这面旗从北都城下撤走，三十多年后他回来，原本的苍青色大旗被北荒的风洗成了惨白。不花刺希望用那面旗做他和狼主的裹尸布。

白夜苍狼旗下，楼炎没有骑在狼背上，战旗下摆着一张粗木椅子，他放松地靠在椅子上，眯起眼睛看着那个仿佛从岩画中跳下来的血红色人影在人群中穿行。他的儿子呼都鲁汗恭恭敬敬地站在椅背后。

“那就是青阳的骄傲，青铜之血，在草原上仅次于逊王‘黄金之血’的血脉。”楼炎低低地叹了口气，“我年轻的时候一直渴望着亲眼看见狂战士在千万人中砍杀，看看盘鞑天神给了帕苏尔家什么了不起的东西。可惜那时候钦达翰王在世，我还太年轻，不敢来北都城挑战他的威严。”

“父亲，要不要避避锋芒？”呼都鲁汗说，“那只是个疯子，不必父亲您为他费心。”

“不，那不是疯子，是帕苏尔家高贵的狂战士，你妹妹的儿子。”楼炎说。

呼都鲁汗一愣。

“阿苏勒·帕苏尔，我亲爱的女儿勒摩的孩子，我在北荒曾经让人偷偷地画下他的模样给我看，你看他那张脸，那双眼睛，不是很像勒摩么？”楼炎淡淡地说。

呼都鲁汗眺望出去，只看见一双血红如凶兽般的眼睛和一张鲜血淋漓的脸。

楼炎站了起来，提起斜靠在椅子旁的青铜大钺，大步走向阿苏勒。他的行迹如利刃般切开了人群，他奔跑起来，发出沉雄的吼声。

远处的高地上，桑都鲁哈音把黄金苍狼旗平铺在地下，把山碧空放在旗上。血从山碧空的全身涌出，染红了旗上金丝织成的苍狼。他的身体千疮百孔，哈勒扎击中他的瞬间，给他造成了不可弥补的伤害。那一瞬间在他身体里冲撞的力量失去了控制，像是千万条无形的蛇从他的脉络中冲出，重新散逸到天地间。对于秘术大师，施法中被人打断是致命的。

“老师！老师！”桑都鲁哈音惊慌地按住山碧空的伤口，可以他的大手也盖不住。

“我不会死的……桑都鲁哈音，别害怕，我不会死的……我只是太累了……太累了……”山碧空睁开眼睛，用虚弱至极的声音说，“可我还不能死，如果我死了，雷碧城才会真的把这片天地当作他的战场……如果我死了……就再也没人能克制他心里凶猛的野兽……”

“所以我还不会死。”山碧空缓缓合上了眼睛，疲倦至极地睡去。

桑都鲁哈音试了试老师的鼻息，略微放下了心。他解下自己肩上的整幅葛布，小心地把山碧空包裹起来扛在肩上，警惕地环顾周围，大步后撤。他曾作为一个夸父武士和蛮族人在虎踏河周围打了十年仗，他不相信这些蛮族人，无论是青阳人或者朔北人。

远处飞虎帐和白狼团的战场上，一个老人和他的外孙竭力厮杀，数千匹狼仰天狂呼。

“雷碧城。”桑都鲁哈音默默地念着这个名字，看向南方，想象那个让老师视为最重要的同伴却又始终放心不下的老人。

“山碧空。”冥想中的雷碧城忽地睁开眼睛。

早晨的阳光从窗格里照进来，照在他的眼睛上，他有种不好的预感。

“可别死在瀚州了，”他低声说，“你这还想要救世的疯子。”

鬼弓的第一波箭雨被狼骑兵们以皮盾挡下了，这些从北荒牦牛身上采皮制成的皮盾异常坚韧。被羽箭命中的巨狼也没有倒下，巨大的身躯和厚实的皮毛让它们能够忍受这些危险的武器，破甲箭的铜毒一时半会儿并不致命，只会随后导致坏血。

后面大队的朔北骑兵正在驰援这里，形成了前后的包夹。不花剌距离白夜苍狼旗只剩下三百步，他隐隐约约看见楼炎在亲卫们的围绕之下和阿苏勒挥舞武器对攻，楼炎的全部精神都集中在那柄大钺上，没有意识到高速逼近的鬼弓的图谋。这是绝好的机会，不花剌觉得背上的四十九支箭都在毒蛇般摇动着身体。

他开弓了，一支破箭甲擦着皮盾的边缘贯穿了一头驰狼的眼睛。他的血沸腾起来，透骨龙仿佛感觉到主人的杀气再次加速。

混战中的飞虎帐武士们竭力为他们压出一条通道，只剩下一百五十步就可以达到有效的射程，一百五十步只是一箭之遥，不花刺希望自己现在是一支利箭。

狼骑兵们高举皮盾，同样闪开了道路，不花刺还未来得及理解这么做的用意时，他看见野兽般的狼骑兵阵营里，竟然有银子一样的白发在风里起落，冷厉的鹰眼闪动，密密麻麻数万支箭插在泥土里，数百张长弓张开。鬼弓们面前只剩下最后一层屏障，那是一个脆弱的鹤翼阵，在骑兵冲锋的时候这种阵形会被轻易撕碎。但是如果配上羽人的箭，它就是最强。整齐的弦响，仿佛雷声响起在不花剌的脑海深处，两翼张开的鹤投射出白色的、杀人的羽毛。

一时间他不敢相信自己的眼睛，肮脏、凶狠、野兽一样的狼骑兵和高洁、冷漠、鹤一样的羽人并肩而立，那扑向他们的数百支箭在一瞬间就把一片鬼弓扫倒。鬼弓们没有准备防御的盾牌，他们不需要防备流箭，他们本该是这草原上射箭最快最远最准的人，因为瀚州草原上没有羽人。在羽人的长弓射程下，蛮族弯弓没有反击的余地。

羽人射手们快速地拔起插在自己面前的箭，再次开弓，射箭像是他们的天赋，完全不需要命令，他们有种默契，自然知道把箭雨投向敌人的哪一处软肋。射箭对于鬼弓们而言是鹰的捕猎，对于羽人们来说是居高临下的、帝王的杀戮。

数十年的积累，几代人的繁衍，青阳骄傲的鬼弓在羽人的箭下无从反击。少数射出去的箭半途就力竭落下。

“冲过去！冲过去！”不花剌咆哮。

没有选择了，他知道冲得越前他的兄弟们死得越多，但是他只有唯一的一个机会，是那些飞虎帐骑兵用命踩出来的路，是那个名叫阿苏勒的少年浴血屠杀为他换来的。

不花剌跳下马背，步行而进。速度此刻很重要，但是骑在马背上巨大的目标会让他成为箭垛子。他奔跑着，全力发箭，他的身边鬼弓们疾驰而过，把他遮蔽在马后。鬼弓们知道首领的用意，这是他们为首领打开最后通路的时候了，只需要再前进一百步，也许八十步。

羽人射手们完全没有被鬼弓们冲锋的气势影响，他们自幼开始训练，每日迎着阳光不断重复开弓的动作，绝不眨眼，全身肌肉为了拉弓协调到最好的状态，他们被训练为射箭的机括，他们的经验是高速的发射才能在战场上存活，即使敌军的战马冲到只剩一步之遥，一个精锐的羽人射手也不会拔刀，而是习惯地从地下拔起下一支箭。

五十步，四十步，三十步，不花剌看着自己眼前的兄弟们如被收割的庄稼那样，成排地落马，他们都死了，只剩下负伤的战马冲在前面，作为他的盾牌。不花剌没有时间悲伤，他就要到达射程内，他的心狂跳。

阿苏勒反手握着影月急退，狼骑兵们狂呼喝彩。

这是不可想象的，一个老人，在帕苏尔家的狂战士面前不仅没有被压倒，反而占据了优势。楼炎的青铜大钺以无可匹敌的旋转把阿苏勒击得步步后退，阿苏勒如一只困兽般数次前突，却都没能成功。

“你比钦达翰王差得很远，你也配成为狂战士么？”楼炎沉重地喘息着。

“依马德、古拉尔、纳戈尔轰加，这是我祖宗的血。”

“他们的灵魂在黑暗中看我，他们传给我尊贵的血和肉，他们传给我天神的祝福。”

“我们注定是草原之主，我们注定是世界的皇帝，我们注定是神唯一的使者。”

阿苏勒嘶哑地呼唤祖先们的名字，他血红色的眼睛因为这些妖咒似的话变得越发的亮，他猛冲而前，踏步挥斩，大辟之刀重现，完满的刀弧向着楼炎的肩膀斩落。

“帕苏尔家，没落了。”楼炎说着这句话，把青铜大钺垫在了自己的肩上。

影月斩中了大钺，却没能让那块青铜碎裂，反崩回去，楼炎在那一瞬间伸手抓住阿苏勒的头颅，把他高高举了起来，而后一拳打在他的后颈，让他昏厥过去。

不花剌的箭没能出手，因为楼炎把阿苏勒挡在了自己的面前，冷冷地看向不花剌的方向。

不花剌知道自己失败了，从一开始，楼炎就已经看穿了他们的战术，设下了完美的伏击圈套，那两面旗帜是诱饵，楼炎把自己也用作诱饵，鬼弓、虎豹骑、大风帐、飞虎帐，都是投火自杀的飞蛾。

不花剌扭头看着自己的身后，已经空无一人，他孤零零地站在战场上。羽人射手们完成了任务，沉默地把长弓收入囊中，拔起剩下的羽箭撤走。狼骑兵们缓缓地向着不花剌围聚而来。

铁益带马逼近白狼团时，没有任何一个狼骑兵阻拦他，反而为他闪开了道路。飞虎帐残余的人马已经回撤，完成了屠杀的朔北部武士们不再追赶，从容地撤退，铁益来到这里，只是要找阿苏勒。

阿苏勒横躺在一个老人的膝盖上，那个老人坐在一张椅子上，背后张扬着白夜苍狼旗。

铁益知道那是谁，看起来楼炎正在等他。铁益摘下了头盔，点头致意。

“这是青阳的铁浮屠么？你敢来这里，确实有过人的勇气。那么把我的外孙带回去，他有青铜之血，非常珍贵，我不想他死去，我寨子里的环境太恶劣，对他没有好处，他应该在城里等他的外公去看他。”楼炎看着铁益，淡淡地说，“等他醒来的时候告诉他，靠着祖宗传下来的狂血杀人，只不过是一只套了豹子爪牙的羊。他让我很失望，比他的爷爷差得太远。只有当他的心里也被血填满，他才能真正称为帕苏尔家的狂战士。”

两名狼骑兵把阿苏勒抬起来，送到了铁益的马鞍上。

“还等什么？你杀不了我。我还有战俘要审问。”楼炎挥了挥手，闭着眼睛靠在椅背上。

铁益带马离去，仅存的几十名铁浮屠正在不远处等待他，他们每个人的马鞍后都扛着战死者的尸体，他们必须把这些珍贵的铠甲运回北都城，虽然看起来已经没有什么用了，短时间内他们甚至训练不出什么人可以穿着这些铠甲作战。

呼都鲁汗看着铁益离去的背影，心里微微一动，抽出腰间的长弓，对准铁益的后脑，他的弓术算不错，足以命中。

“呼都鲁汗，你要干什么？”楼炎的钺缓慢地压在儿子的后颈里。

呼都鲁汗的全身僵住了，他知道那柄刃口算不得锋利的钺在父亲的手中砍下过多少头颅。他是楼炎唯一的儿子，但是如果他敢于在众人面前质疑楼炎的权威，楼炎一定会让那柄沾满鲜血的钺落下来。

呼都鲁汗缓缓收弓，把弓和箭都扔在地下，“那个孩子看起来很危险，我们不该留下他。”

“我说过让他们走，楼炎·蒙勒火儿·斡尔寒的一生，永远兑现自己的许诺。”楼炎也收回了钺。

他看着阿苏勒一行的背影，冷冷地笑了，“呼都鲁汗我的儿子，你急于对他下手，是担心他影响了你的地位吧？这个孩子的身体里流着我的血，你认为我喜欢这个孩子，你忌惮他。”

呼都鲁汗不回答，仰头看着天空。

“山碧空，你怎么想？”楼炎淡淡地说。

“他是一个天驱武士，但还太年幼，不足以对我们构成威胁。现在放他走，会有好处，北都城里的大贵族们会试图投靠我们。如果我们连狼主的外孙也杀死，他们会明白投靠也绝没有活路，他们要么死战，要么向南逃窜。对于我们未必是好事。”骑在桑都鲁哈音脖子上的山碧空说，“而且，当初是狼主以和亲换回了和青阳部之间的和平，这个孩子是和亲的结果，狼主理应顾念情谊。”

楼炎咧开嘴，无声地笑，“是啊，他是我最心爱的女儿勒摩生下的孩子，我的勒摩啊，是草原北方最艳丽的花。我却不得不让她嫁给我的敌人，换取她父亲的撤退……”

他笑着笑着脸色忽地一变，仿佛恶鬼暴怒般，额头上青筋跳动，眼神狰狞得仿佛要搏人而噬，“她还和吕嵩生下了男孩！让他把武器对准他的外公！这是我不可洗刷的耻辱！”

他的咆哮声中，所有人战栗不安。

等到那怒容很久之后渐渐平息下来，楼炎低低地叹了一口气，“他说他叫阿苏勒·帕苏尔……你看他的眼睛，是像吕嵩啊。呼都鲁汗，你真是愚蠢，你看不出来么？他绝不会是我们的朋友！”

六

不花剌站在雪地里，左臂断口上挂着血色的冰凌，右臂撑着弓才能勉强站直。但他知道自己不可能站得很久，他的身体在慢慢地变冷，那张好弓的背脊也已经发出了将要断裂的哀声。

他放眼向四周，无边的大雪里躺着他的兄弟们，像是成群死去的黑色乌鸦。木犁留给他的透骨龙就倒在他脚下，已经冷透了，马鞍一侧挂着他家祖传的箭囊，里面还残留着十二支破甲箭，他再也不可能射完这些箭了。那匹凶猛的战马大概是误解了他的意思，以为他陷入敌群中却没有箭了，于是带着箭拼命地冲进来。它连续闪开了巨狼的利爪，却没能避开羽人的箭，一支利箭从它的胸口里贯穿进去，只留下白色的尾羽在外。

他的面前是一张粗木座椅，楼炎坐在那里，他的巨狼蹲在一旁，他轻轻抚摸着狼背上的长毛。所有的狼骑兵都围绕着不花剌，这支野兽般的军队军纪异常严明，楼炎沉默着，狼骑兵和狼也都不发出声音。

楼炎饶有兴致地上下打量不花剌，不花剌以森冷的目光回敬。

他在等待，等待楼炎巨钺一斩，让他的人头落地，这个期待支撑着他不倒下。他想起木犁死前的一幕，颈口里涌出的血泉在空中仿佛一面飘展的战旗，他不知道此刻他胸膛里的热血能否化成艳红色的泉水了，他觉得血管里已经结满了冰。

“鬼弓神箭不花剌，我从北方来的路上听说了你的名字。有人提醒我说我可以不防备木犁，但是我一定要留心不花剌，因为不花剌要杀我，我甚至看不见他在哪里。”楼炎用低沉平淡的声音说，“现在你这张鬼弓已经没有箭了，我再也不必留心什么人。我很高兴，就放你回去吧，顺便，把我的礼物带回给青阳的主人。”

“我不会帮你做任何事，砍下我的头，趁我还活着。”不花剌说。

“我并不是要故作仁慈来折辱你，我这么做只是因为我欣赏你的勇气，这是我含着敬意的礼物。你让我想起了多年前的木犁，可惜他最后变成了一只求死的老狗，这让我觉得难过。”楼炎说，“你也想求死么？因为你已经不能射箭了？”

“我父亲教我的，”不花剌说，“魔鬼的礼物不能收。”

楼炎低低地叹了口气，眺望着远方，沉默了一会儿，“如今草原上人人都知道楼炎·蒙勒火儿·斡尔寒和他的武士们是群魔鬼。他们强暴别人的女人，抢走生下的孩子，再训练成杀人的狼骑兵。听到白狼团的名字孩子都不敢哭泣。可是三十年前，在我们败在吕嵩手中之前，我们不是这样的。那时候我手下的每一个武士都有自己的家、妻子、孩子和牛羊。那一战后狼骑兵的子孙彻底地失去了这些，我们变成了冰原上孤独的野兽。”

“你想说我们制造了魔鬼？”不花剌嘴角抽搐着，冷笑，“草原上伟大的英雄，狼主楼炎·蒙勒火儿·斡尔寒，要把自己残暴的罪行推在敌人的头上么？”

“不，我们是魔鬼，我承认。但是任何人在生下来的时候都是善良的孩子，是不是？年轻人，一个人成为魔鬼总有些原因，其实每个人都可能成为魔鬼。青阳人并不拥有绝对的正义，这是战争，战争里只区分敌人和自己人。”楼炎淡淡地说，“在战场上你只需要想着杀死敌人和保全自己人，伙伴的死去会让你觉得孤独，只有敌人的血才能够洗去孤独。”

“那是为什么？是因为你的野心！如果没有野心，你的武士们就不会死那么多，你们不会有三十年前那场失败，你的武士也不会失去家，变成野兽！你们觉得孤独？那是你们应得的！是你们自己……把自己的家人……和一切，都毁掉了！”不花剌仰起头狂笑。

他是真心实意地觉得舒畅，因为他可以嘲笑楼炎的孤独。他本以为失去了弓箭和一只胳膊他已经无力去进攻这个可敬畏的老人了，但他现在觉得语言也可以，只要楼炎觉得孤独，那么他坚不可摧的、魔鬼般的内心上还有裂痕。不花剌心里涌起一点报复的快意，他要用最凶狠的语言，变成锋利的凿子，在那个老人的心上凿出缺口，深深地凿下去，凿出鲜血来。

他就要死了，不在乎楼炎暴怒地砍下他的头。这是他最后能做的事，他想以这去安抚他死去的伙伴们。

楼炎沉默着，笑了笑。不花剌愣了一下。

“年轻人，想用语言来激怒一个老人？”楼炎说，“你没有明白我的意思，我们这样的男人生在这片草原上，不曾畏惧过孤独。心里涌动着对这个世界的欲望，就一定会伸手去夺取，英雄在踏上战场前已经清楚他可能失去的一切，但是他不会因此后退。就算命也丢掉了，也没有办法。因为你敌不过那欲望。”

不花剌盯着楼炎，可楼炎的形象在他眼里越来越模糊。他本来觉得那是一头凶蛮的野兽，不顾一切地要吃人，但真实的楼炎站在他面前的时候，残酷、高傲又孤单，坐在皑皑白雪中侃侃而谈，像是个东陆的哲人。

“你算不得什么英雄。”不花剌终于想到了一句话去反驳。

“就算被称作魔鬼又怎么样？我们已经承受过太大的痛苦、太深的恐惧，失去一切流放自己，在永冻的雪原里等待了三十年，可是我没法让我的欲望平息下来，我的心里干渴，只有酒和女人能够稍微地滋润。我在意被称为魔鬼么？”楼炎环顾他的武士们。

狼骑兵们都沉默着，冷硬的面孔上没有丝毫表情。

“我还想被深深地滋润，而能够滋润我的，只剩下你们青阳人的血了。”

楼炎低声说。

“你错了！就算最后一个青阳人流干了血，又能怎么样？你就要死了！楼炎！你能当上几天的大君？然后埋葬你的只有小小的一块土地！你的欲望根本没法被满足，你的欲望是深不见底的海！”

楼炎又笑了，笑得很轻松。

“我来这里并不是跟你争论谁对谁错，”朔北狼主雄踞在宝座之上，仰望天空，低声说，“回去告诉吕守愚·比莫干·帕苏尔，我只是来……复仇！”

吕守愚和贵族们急匆匆地登上城墙，放眼望出去，数万朔北大军在北门外集结。他们打起了上万面红褐色的大旗，雪地上像是铺满了一层鲜血。

“他们是要……攻城？”吕守愚心里一颤。

昨日败阵之后，残余的军队退回了城里，带回了昏厥的阿苏勒，朔北部出人意料地没有趁机攻城，他们在距离城墙两百步的地方勒住了战马，放任青阳溃军入城。其后的整整一天，吕守愚都在金帐里和贵族们议事，夜以继日。坏消息不断地送进金帐来，接近三万人的大军，活着回来的只有不到三千人，虎豹骑、飞虎帐、鬼弓三部精锐皆毁在这一战里，九王、木亥阳、铁晋都伤重，而不花剌没能撤回来，有人看见他被巨狼一爪撕下了一条手臂。整夜北都城里都是哭声，几万人失去了家人，北都城的战力真正被摧毁了。吕守愚讨论不出结果，没人能告诉他该怎么办，贵族们一时沉默，一时暴躁地疾走，场面一度失去控制。而凌晨的时候，传来了朔北部在城北再次集结的消息。

“哪来那么多红旗？”吕鹰扬说，“难道他们昨夜是要染这些红旗？”

他想到《逊王传》里一个古老的故事，狠狠地一颤。

“他们是要攻城！该让所有能动的男人都集中到北门来，带着弓！箭越多越好！”吕贺说。

“不，他们不是要攻城。”吕鹰扬摆了摆手。

一名朔北部武士带马出阵，推进到距离城墙两百步停下，仍在普通角弓的射程之外。

“狼主有令，送不花刺将军回城！”他高声说完，掉头返回本阵。

“他们要把不花刺送回来？”吕守愚一愣。草原上传说楼炎对于俘虏从来没有兴趣，但他并不喜欢释放他们，而是直接杀死。

朔北部本阵裂开了一个口子，一个人影被从里面推了出来。他低着头，在雪地上蹒跚而行，像是随时会倒下。吕守愚渐渐能看清他的脸了，那确实是不花刺。但是吕守愚心里没有一点高兴，不花刺身后，拖着一条长长的链子，组成那条链子的，是无数颗人头。那些头颅的长发被分开为两股，彼此系在一起，一头系在不花刺的头发上。那条残忍的链子不知道有多长，看起来只要不花刺一步步走下去，那链子永远不会断，每一环都是一个死去的青阳人，城外有几万青阳人的尸体，朔北人如果愿意，可以叫不花刺拖着那链子走到死，都能割来新的死人头颅续上。

城头上一片死寂，武士们把头低了下去。

吕守愚的声音里带着一丝颤抖，“贵木，你带几个人下去，城门一开就把不花刺将军引进来。”

“不能开城！”斡赤斤家主人大声说，“还看不出来么？这是朔北人的诡计！我们一旦开城，他们就会趁机进攻！”

“不会，要攻城昨天就攻城了，”吕鹰扬说，“狼主不像是个喜欢玩这种招数的人。”

吕贺带着几个人匆匆下城，随着城门顶上的黄铜绞盘发出刺耳的金属摩擦声，闸门被缓缓提到吕贺胸口的高度。吕贺按着狮子牙的刀柄，一矮身闪了出去，在雪地上奔跑几步，一把抱住不花刺。他几乎怀疑不花刺是不是个死人，身上没有一丝热气，外袍浸透了血，被冻得铁一样硬。不花刺木然地看着他，让吕贺想起死去的鱼。

“不花刺将军！”他用力摇晃不花刺，“醒醒！没事了！你回来了！”

“吕贺那颜，”不花刺动了动嘴唇，“我不该回来的，我的兄弟们都死了，为什么我还要回来呢？”

吕贺看向不花刺身后，他大致能认得出来，那根链子上的每颗头颅都属于一名鬼弓武士，朔北人用这种残酷的方式来折磨这个男人。他和不花刺并没有什么情谊，可是看到这样一个勇敢的族人变成这个样子，心里也满是辛酸。他一刀削断了不花刺的头发，断了那条人头链子，抱着不花刺返回城里。他刚刚闪进来，黄铜巨门震动，直落下来发出惊雷般的巨响。如今青阳人只能依赖这些厚重的城门了。

"不花刺，你觉得怎么样？"吕贺抱着不花刺登上城墙，吕守愚就迎了上来。

"楼炎说他有句话，让我一定告诉大君，"不花刺的声音游丝一般，"他只是来复仇的，别的什么都不要。"

他无力地后仰，晕厥过去。

"青阳的男人们，你们再也活不到下一个冰雪消融的季节了！"城外，楼炎忽然放声咆哮。

他在巨狼的脖子上拍了一巴掌，掉转狼头离去。数万个朔北男人欢呼声仿佛雷动，持红旗的武士们从两侧而出，像是一只红色的大鸟探出了双翼。每隔一百步左右，他们便插下一杆红旗，那些木杆都是新伐来的枯树，下端削尖，朔北武士们用刀鞘把它们砸下去，直到下端刺入雪下的泥土里。骑兵围绕着北都城奔跑，红旗随着他们的步伐延伸，显然不久就会在南门那里交汇。这些红旗会组成一个赤红色的圈子，把北都城完完全全地包围起来。

"那是逊王的……神罚之圈。"吕鹰扬低声说。

"楼炎……他会怎么做？"吕守愚乍听见那个可怖的名字，脸色惨白。

"他会……屠城！"

在逊王的时代，他率领一万名古尔沁部落的骑兵，带着一万面红旗驰骋草原，所有向他宣布效忠的部落，他就赐予他们白色的马尾，表示这部落由逊王守护。那些不服从的，向着逊王进攻的人，逊王会命令古尔沁骑兵们用红旗圈起那个寨子，从那一刻开始，红色的圈子里每个长过马鞭的男人都会被杀死，这个部落将被夷平。

消失了五百年的神罚之圈重新出现在草原上，却是出自楼炎这个魔鬼一样的男人。他会比逊王做得更加彻底，没有人怀疑。

“是威胁么？”吕守愚问，“他真的会屠城？”

吕鹰扬摇头，“不是威胁，而是宣言。我们城外的是楼炎·蒙勒火儿·斡尔寒，他把自己的话看得比一切都重，他说过要做的事铁一样不能动摇。”

“大君，您不是曾跟着九王，在铁线河边扫平了真颜一部么？”吕鹰扬说，“我想对于楼炎来说，北都城只是一件战利品，把北都城夺到手，他就是草原的大君，他当年败在您父亲手下的耻辱也洗清了。他根本不需要这座城市，白狼团生活在极北的荒原上，那里才是楼炎的家。”

“他会怎么做……”

“杀死所有的成年男子，甚至男孩和女孩，放任他的武士强暴所有可以生育的女人。十个月后女人们生下孩子的时候，他会下令把女人也都杀死，训练那些婴儿成为白狼团的武士。”

“北都城要亡了……要亡了！”斡赤斤家主人忽地怒吼，“大君，现在您知道您做错了什么么？”

这位尊贵的家主转身噔噔噔地下城，脱克勒家主人也跟着他下城，两家的武士也都跟着下城，城墙上的人忽然清空了一半。

“这……”吕守愚愣住了。

合鲁丁家的新主人额日敦达赉也摇摇头，招手带着自家的武士下城。

“额日敦达赉！”吕守愚大喊，“你们这是要干什么？”

“大君，我们说的那个内奸若不揭出来，这城怎么守也没用。”额日敦达赉说，“可现在说这些已经晚了，怎么守呢？就凭这些人？”

城头上只剩下班扎烈带领的几百名飞虎帐武士没有挪动位置，吕守愚眺望着三家贵族远去的身影，忽然感到由心而生的疲惫，他想要蹲下去好好歇口气。

第三章 兄弟之伤

一

金帐里，吕守愚坐在黄金的宝座上，一手撑着头。他看起来很疲倦，那颗头颅重得像是要掉下来。

此外只有吕鹰扬和吕贺这对兄弟，他们彼此看着，还不知道为何在这样的深夜忽然被召见。自从不花剌回来之后，吕守愚没有召见过任何人，贵族们也都没有心思进帐议事。

“旭达罕，我需要你帮我一个忙。”吕守愚终于开口了。

“能为大君做事是我的荣誉，不知道大君要指派我什么样的事？”吕鹰扬手按胸口，声音坚定。

“当一次青阳的使者，去找朔北人的营地，跟他们和谈。”

“和谈？”吕贺瞪大了眼睛，“大君，这时候已经不可能和谈了，狼主说过的话，从来不更改！”

“贵木，大君说话，你怎么就多嘴？”吕鹰扬皱着眉，怒视吕贺，“大君思考了那么久，要我们去做的事情，一定有理由。”

“没有太多理由，”吕守愚低着头，“但是如今北都城里已经没有人可以迎敌了，阿苏勒到现在都没有醒，九王一直躺着起不来，铁晋铁益兄弟都负伤，武士们也都没有了胆气，再打一场那样的仗我们就会崩溃掉。

与其让所有人为了保护北都城战死，不如试试有没有和谈的机会，即便条件再苛刻，也比没人活下去要好。”

吕鹰扬沉思良久，点了点头，“我明白大君的意思了，我觉得跟一切人都有条件可谈，跟狼主也是一样的。只是不知道，大君能接受的条件是什么？”

吕守愚摇摇头，“我不知道，所以我要请你帮我。旭达罕，狼主无论如何是你的外公，就算他不愿意和谈，也不会对你不利，由你和贵木出面，对于青阳也许是个机会。你帮我去问问，如果狼主开出条件，就回来告诉我。”他叹了口气，“我以前有些事对不住你，本想把你赦免回来，让我们兄弟就此和好。可是我心里有些疑心，于是没有给你和贵木事情做，没有给你们人马，让你们一直闲着。你们大概也觉得我赦免你们，是做出宽仁的样子给外人看吧？”

“大君！我从来不敢有这种想法！”吕鹰扬上前一步，“我是犯过错的人，我比任何人都清楚我曾经对大君不敬，能被赦免已经是大君的仁德。我不敢有任何埋怨。”

“是不敢，不是没有。”吕守愚疲惫地笑笑，“旭达罕，我还是了解你的，你心里如果一点埋怨没有，那你也不是旭达罕了。”

吕鹰扬一惊，急忙跪下。

“起来起来，”吕守愚挥挥手，“但我现在只有求助于你，如果你也不帮我，北都城真的要完了。”

“让旭达罕押了命上去，为大君做这次的使者！”吕鹰扬说着，磕头下去。

“好，趁夜出发，我会给你三十个人，三十匹快马，你们悄悄出城，不要让别人知道，如果这时候暴露了和谈的事情，只怕北都城里的人心会乱成一团。”吕守愚又是一声叹息，他在几天间苍老了许多，“和朔北人和谈的人，是玷污祖宗的罪人……不过我不是说你们，我是说我自己。”

“绝对不会泄露半分！否则盘鞑天神让我死在刀剑之下！”吕鹰扬发

了恶誓。

吕守愚微微点头，“那些人就在外面等你，贵木，你和旭达罕一起去。”

“那我们即刻出发！如果不死，一定把消息给大君带回来。”吕鹰扬转身离去。

走到金帐门前，他犹豫了一下，转过身来，“大君，我只有一个问题……贵木和我是一个母亲生的兄弟，都有朔北的血统，大君真的不担心我们一旦出城就再也不回来？”

“如果真的那样，你们就留在朔北部吧。”吕守愚轻声说，“你们都是我的兄弟，如果自己有机会活下去，强过在这里陪我等死……虽然我会说你们是叛徒，但我的心里不会怪你们……去吧。”

“是！”吕鹰扬一拉吕贺的胳膊，出帐而去。

出了金帐，吕贺一把拉住吕鹰扬的胳膊，脸上满是焦急，“哥哥，你别犯傻啊！比莫干说是这么说，可如果我们出城和谈的事情被城里的人知道了，一定会被看作叛徒，到时候比莫干杀了我们，我们都没话可说。何况我们虽然有朔北血统，可也姓帕苏尔，我们能做那玷污祖宗的事？”

“比莫干如果要杀我们，犯不着费那么大功夫。”吕鹰扬甩开他的手，看着头顶的天空，“今夜天气很好，准备好出发。”

等待在帐外的三十名武士策马靠了过来，在马背上躬身行礼。吕贺抬头，天空里风呼啸着盘旋，不知什么时候又会下雪，这天气根本恶劣得像是魔鬼。他没明白吕鹰扬所谓天气很好是什么意思，也不想明白，按着刀追在吕鹰扬背后，“哥哥！”

“贵木，别说了，我已经想好了。”吕鹰扬翻身上马，压低了声音，“即便冒着要死的危险，我也想见见楼炎·蒙勒火儿·斡尔寒……我想见那个男人，已经想了很多年。”

山碧空和呼都鲁汗在毡子帐篷里席地而坐，面前摆着新烤的羊肉和辛烈的奶酒。呼都鲁汗以前并不喜欢这位远道而来的东陆人，但是见识到了他在转眼间颠覆战场的力量，这位朔北世子立刻放下了他的骄傲，热情地来到山碧空的帐篷里拜会。一天之间，失去了双脚的山碧空就恢复了，似乎完全感觉不到疼痛和失落，盘膝坐在那里和呼都鲁汗侃侃而谈。

“世子做事，是一个没有忌讳的人。”山碧空说。

“这是赞美么？”呼都鲁汗的嘴角带着一缕笑意。

“我听狼主说，世子原本很讨厌我，认为我带着不可告人的祸心来到朔北部。可忽然间世子的心意变了，来到我的帐篷里请教我，这说明世子不会为了面子或者骄傲而放弃合作，没有不必要的忌讳。这当然是赞美。”

“听起来似乎是骂人的话。”呼都鲁汗坦然地说。

“不，对于我而言不是，”山碧空看着呼都鲁汗的眼睛，“其实我已经预料到世子会来这里，我已经等了你一个晚上。”

“哦？”呼都鲁汗微微眯起眼睛，“那么您以为我来这里是为了什么呢？”

“合作，对您和对我们都有利的合作。”山碧空说，“我一直在担心一件事，狼主的步伐会在北都城止步不前。这就和我们支持他的目的违背了。我们希望朔北部在成为草原的主人之后，紧接着成为整个九州的主人。狼骑兵和薛灵哥战马应该一直冲锋到宛州的青衣江边，那里有甘美的水和美丽的少女，楼阁连云的城市。但是据我的观察，狼主对于那些并不真的在乎。”

“就像父亲对不花刺说的，他是为了复仇而来。”呼都鲁汗说，“他只是想要洗刷三十年前的耻辱，他的武士们死在这片战场上，这让他焦灼痛苦，只有敌人流血才能缓解。他并没有欺骗不花刺，朔北狼主从不欺骗任何人。”

“那么世子呢？世子想要的也仅仅是那座北都城么？”

“不，”呼都鲁汗的眼睛因为喝多了酒而兴奋得发亮，“我喜欢你所说的甘美的水、美丽的少女和楼阁连云的城市。我没有仇恨，我只是想要更广阔的疆土。我的愿望能得到辰月的支持么？”

“那么我们就成交了。”山碧空说。

“成交的意思是……辰月教宗会把给予我父亲的支持转而给我么？”呼都鲁汗问。

“一切的支持，转而交给你。”山碧空微微点头，“但世子不要以为我们是要和你联手夺取你父亲的权力，事实上我问过狼主，只要拿下北都城，他会把朔北部的全部权力交给你。”

“全部权力？”呼都鲁汗吃了一惊。

山碧空饶有深意地笑笑，“世子，你是狼主的儿子，但你并不了解他。一个老人，在雪原上流浪了三十年，活到已经该死的年纪，仍然坚持着回到这片战场。你觉得是为了什么？”

呼都鲁汗皱了皱眉，“他老了，很固执。”

“说得对，可我想说的是，他是为了某个目的还活着的，如果他的心愿达成，他就该死去了。那个心愿就在我们前面不远的地方。”山碧空幽幽地说。

呼都鲁汗沉默了片刻，咧嘴一笑，“山碧空先生那么了解我的父亲？”

“因为我也是个老人啊。”山碧空笑，举杯，“世子请。”

呼都鲁汗刚刚举起杯子，有人在帐外说：“世子，北都城有和谈的使者来！”

“使者？”呼都鲁汗浓重的眉毛一挑，“他们已经没有东西可以用来和我们和谈了。”

“来的是青阳部吕鹰扬那颜和吕贺那颜，您的外甥。”

“外甥？”呼都鲁汗失笑，“我忽然想起在北都城里我还有这样两个外甥。”

“该去见见。如果我没有猜错，他们带着礼物来的。”山碧空忽然说。

“礼物？”呼都鲁汗一愣。

“一份很大的礼物，那就是北都城。”山碧空说，“吕鹰扬·旭达罕·帕苏尔，我了解这个人，他把自己的心藏得很深，但是强烈的欲望和不甘总是暴露他自己。”

吕鹰扬静静地坐在帐篷里，只有他一人。外面寒风凛冽，啸声如猛鬼的呼吸。帐篷似乎随时都会坍塌，燃烧的火炭也无法驱走寒冷。他的指节渐渐地僵硬发木，膝盖冻得几乎要失去知觉了，但他依然端坐不动，仿佛铁铸。

他明白自己被安排在这座残破而寒冷的帐篷里等待是为了什么，如果他是主人，他也会用这种办法折磨来人的锐气，先让他惊悚不安，再从谈判中获得好处。

但他是吕鹰扬·旭达罕·帕苏尔，并不会因此而惊慌失措。对方想要折磨他的锐气，就是想要跟他谈，这是好消息。这说明他手中依然握有令朔北人动心的筹码。吕鹰扬在心里冷笑，朔北人这样的举动已经暴露了他们的想法。

帐篷帘子被掀开了，一个撑着拐的人走了进来，对吕鹰扬一笑。

吕鹰扬心头一跳，站起身来。那是令整个北都城为之震怖的东陆老人，吕鹰扬很早以前就认识他，曾经从他那里得到了一件珍贵的礼物，一件名贵的河洛甲胄。

“山碧空先生，我们又见面了。”吕鹰扬说。

“却是在这样的情境下，让人有些不习惯。”山碧空微笑，“不过我一直很记挂三王子，那时候在北都城，三王子令我印象深刻。”

吕鹰扬微微一愣，山碧空没有称他为吕鹰扬那颜，而是使用了父亲仍在世时的称呼。双方对话的气氛忽地柔和了，像是老朋友的重逢。

“山碧空先生代表朔北部和我们谈判么？”

“不，我只是想来看看老朋友。”山碧空说，“和您谈判的会是您的舅舅，朔北部世子呼都鲁汗，他很快就会来这里。此外，我想听听三王子真正的想法。”

“我是大君派来的使者，可是大君没有告诉我和谈的条件，我如果得到消息，会回去转达。”吕鹰扬说，“我没有想法，不需要想法。”

山碧空低低地叹了口气，在吕鹰扬身边坐下，“三王子，我自信了解你。你很聪明，但是并不善于隐藏自己，如果你真的没有别的想法，是代表青阳大君来和朔北部和谈，那么你就不该一个人坐在这里，而是让四王子和你的随从们站在你身边。他们会听到我们对话的每一个字，回去之后会对大君证明你的忠诚，但是你没有这么做，我们请你单独走进这座帐篷休息的时候，你没有坚持。”

吕鹰扬感觉到一股战栗从心底爆了出来，绵延到全身。山碧空那双平和坦然的眼睛，轻易地洞穿了他的伪装。在这个老人面前，他就像个孩子。

“三王子，有什么不可以直说呢？”山碧空看着他，“其实你也并没有很多选择，青阳已经没有筹码和朔北和谈了，你以大君使者的身份是不能得到任何结果的。在北都城都要覆灭的时候，为什么不先尝试保住你自己呢？”

吕鹰扬紧紧地抿着嘴唇，沉默着。

“我姓帕苏尔，山碧空先生，就算大君把我看作外人，我依然是帕苏尔家的子孙。”他长长地出了一口气，“我不会背叛我的姓氏，如果你怀疑我来这里的目的，那么我可以立刻把贵木和随从都叫进来。我来这里只是传达大君的话给狼主，这话不能在外人面前说。”

“狼主不会见你的。”山碧空说，“因为你们手里已经没有足以让狼主动心的东西了，换而言之，所谓的大君，如今已经是穷途末路。”

山碧空轻描淡写的话让吕鹰扬心里涌起一股怒气。他的目光凌厉起来，声音低沉，“山碧空先生不要忘了，青阳部还有一个可靠的盟友，东陆淳国。淳国在青阳部下了很大的赌注，淳国梁秋侯不会放弃他们在这里的利益，我们已经派人送出消息，淳国的大军也许正在赶来的路上。

如果北都城坚持到淳国援军赶来，那时候，朔北部三十年的积累耗尽，灭亡的就是朔北！”

山碧空淡淡地一笑，“三王子，你认为我是一个有条件可谈的人么？”

吕鹰扬沉默了一会儿，“人人……都有条件可谈。”

“说得不错，人都是有弱点的，所以人人都有条件可谈。可是三王子，”山碧空霍然扭头，目光如森然利剑，“你会和神谈条件么？”

山碧空的目光里仿佛带着实质的压力，吕鹰扬不敢正视他的眼睛。在这个老人暴露出真实的实力时，吕鹰扬发觉他脆弱得简直像是蝼蚁。他全身出汗，后心湿透，眼角不受控制地跳动。

“旭达罕，其实有人愿意和你谈条件的，”一个声音从帐篷外传来，“比如说你的舅舅。”

朔北部世子呼都鲁汗揭开帘子走进帐篷。他全身上下装饰的金链让吕鹰扬眼前一亮，他的笑容开朗豪迈，也略微驱散了山碧空冷厉眼神投在吕鹰扬心底的阴影。呼都鲁汗做了一个吕鹰扬完全没有想到的举动，他直接走到吕鹰扬面前双手用力抓住他的肩膀摇晃。

“真是个不错的年轻人，是我妹妹的孩子！”呼都鲁汗看起来满心都是欢喜。

吕鹰扬感觉到他手上的力量和温暖，一时竟不知是否应该推开这份热情。

呼都鲁汗松开了手，也坐在吕鹰扬身边，“旭达罕，我们都是草原人，说最直接的话。说得好，大家就是好朋友；说得不好，虽然你是我的外甥，但我们还是敌人，我也要砍下你的头。”他说得坦荡又真诚，“我希望给你一个机会，你应该对我说实话，我知道吕守愚对你并不好，你当年曾经想要杀了他当上大君，现在有什么理由为他卖命？仅仅为了你帕苏尔家子孙的尊严么？”

吕鹰扬沉默了一会儿，低头笑笑，“好吧，既然大家都很坦白。我是青阳部的那颜，不可能投奔朔北部，那样非但我得不到什么，而且会永远背上叛逆的骂名。我也不足以影响北都城里的局势，比莫干忌惮我和贵木，没有给我们任何实权，贵族们更不看重我们。我被派到这里，不过是一个传话的人，话说完了，我就离开。这就是实话。”

呼都鲁汗拍了拍吕鹰扬的肩膀，“别那么紧张，看你这么坐着，就像个铁铸的人，后背不酸痛么？”他站起身走到吕鹰扬背后，双手有力地拍打吕鹰扬的肩膀，“放松身体，你的心里也会放松，仔细想想，也许你的情况没那么糟。”

吕鹰扬完全愣住了。

“是啊，对于青阳人来说，你是个流着朔北血的杂种，下贱、危险、骨子里是一头狼，他们当然不会把权力交给你。难道他们等着你反过去咬断他们的喉咙么？”呼都鲁汗的大手在吕鹰扬的肩上移动，缓慢有力的指压让他浑身放松。黄金王大概是从他的女人们那里学到了这种技巧，他伺候起吕鹰扬，就像一个卑贱的奴隶伺候少主人。

“可是对于我们就是另外一回事了，你血管里流着尊贵的苍狼之血，我们会把权力授予你，整个北都城里没有第二个人能获得这种权力了，吕守愚·比莫干·帕苏尔都不能拥有。”呼都鲁汗的手忽然停下了。

“权力？”吕鹰扬猛地扭头，直视呼都鲁汗的眼睛，缓缓地重复了这个词。

“权力，我们会让你带着巨大的权力回到北都城，那时候贵族们会相信你的,他们会匍匐在你脚下恳求你的赐予。”呼都鲁汗缓缓地绽开笑容，无人能想象这种亲切甚至甜蜜的笑会出现在黄金王的脸上。

“那权力是什么？”吕鹰扬感觉到自己的舌头发干。

“活下去的权力！”呼都鲁汗笑容不改，一字一顿，“狼主会把这份权力赐予你，你可以分赠给青阳部里你喜欢的人。你亲耳听见狼主对北都城下了屠城令，他是一位信守誓言的勇士，在过去的几十年里，他发誓屠灭的营寨都已经消失了。但是为了你，他的外孙，他可以破例。青阳部的任何人，只要你赦免他们，他们就获得了活下去的权力。只有一个人例外，那就是吕守愚·比莫干·帕苏尔。”

“这是……一个很大的许诺。”

“这个许诺算得了什么呢？”呼都鲁汗摊开双手，踱着步放声欢笑，“我们还准备了一份更大的礼物送给你。”

“更大的礼物？”

“是，把北都城作为狼主送给外孙的礼物，算不算很大？”

“北都城么？”吕鹰扬再一次汗流浃背，“我不相信，你们为了北都城而来，却要在夺下之后把它送给我？我在你们的眼里是一个容易蛊惑的孩子么？”

“本该是你的，我们只是交还给你。”呼都鲁汗淡然地说，“这是你外公的意愿，他让我告诉你，他终将回到北方的雪原去，带着他的狼群。他非常爱他的女儿，你的母亲，可惜她已经死了。这份爱他会转交给你，身兼青阳部帕苏尔家和朔北部斡尔寒家族血统的你，将会成为草原的大君！”

“我成为草原大君，您将得到什么？”

“我亲爱的外甥，你真聪明。我们跋涉了上千里，战死数万人得到的东西，当然不会轻易地把它送出去。你也清楚你的舅舅来这里不是为了表达仁慈和慷慨。”呼都鲁汗缓缓地说，“我们希望随后和你立一份新的盟约，取代三十年前狼主和吕嵩所立的那一份。”

“让青阳部永远成为朔北部的奴仆么？”

“不，不是。旭达罕，我从你的眼睛里了解了你，你很骄傲，就像你的父亲。你想成为青阳的主人，当然不会答应一份践踏青阳尊严的盟约。我们不会让你为难，这份盟约会非常优厚，青阳部和朔北部在这份盟约中平等，青阳部永为北陆之主。但是，作为交换，青阳部要用全部的兵力支持朔北部渡海征伐东陆，我们在东陆获得的土地均归于朔北，青阳不得染指。为了确保你不会在得到我们的恩惠之后反悔，十年之内青阳部的兵力都交给朔北部支配。”

“十年？”

“十年，足够我们夺取东陆四州了。我曾听东陆的商人们说，那里有几十几百座城市比北都城更辉煌，人们住在层叠的高楼里，瓦片上涂满黄金，那里的贵人们人人都穿锦绣戴宝石，东陆的女人柔软得像水，甜得像蜜糖，男人会恨不得把她们喝下去……那时候你的舅舅会砍下东陆皇帝的头，坐他的宝座，搂着他成千上万的女人。”呼都鲁汗微笑着说，“那时候你会不会嫌弃北都城的破旧，来东陆投奔我呢？”

“进攻东陆？”吕鹰扬脱口而出，“这不可能，你们无法渡过天拓海峡。”

风炎皇帝北征蛮族后的几十年里，无数蛮族年轻人想过要复仇，要让蛮族的骑兵渡海去践踏东陆人的土地，吕鹰扬也曾沉迷于和年轻人们谈论这个梦想。但他很快发现这里面的困难远非一代两代人可以克服的。第一重障碍就是大海。风炎朝之前，东陆人的海防薄弱，造船术领先蛮族不多。但是风炎朝中，宛州商人渡海去西陆开荒，造船术一日千里，宛州船厂可以制造出“狮门斗舰”那样吃水深载人多的重型战船，之后东陆人更从羽人那里获得了青州长船的技术，这种船更加轻便敏捷，便于驾驭。蛮族人缺乏足够的造船工匠，瀚州也不出产造大船的木材，所以蛮族骑兵再强也没有用，战马要想奔驰，先得登岸。

“那道海峡对于蛮族来说是障碍，对于羽人却不是。我可以保证，当呼都鲁汗殿下的骑兵推进到海边时，会有上百艘羽人驾驶的长船在那里等候。”山碧空淡淡地说。

吕鹰扬想起战场上那些白色的羽箭，心里一沉，已经相信了。

他沉吟了片刻，“山碧空先生，你们从这场战争里会得到什么？”

“我们不需要任何战利品，也不需要你的土地。神需要的仅仅是忠诚，你将遵照神的旨意，把青阳的兵力借给呼都鲁汗，向东陆大胤帝国开战！”

“你……不是大胤的使者么？”吕鹰扬不敢相信。

“大胤就要死了，神已经抛弃了那国度。”山碧空低沉地说。

吕鹰扬的思绪全乱了。在来这里之前他心里分析过形势，他认定是吕守愚和淳国的私下盟约激怒东陆皇帝，所以东陆皇帝转而支持了朔北部和青阳开战。大胤必然也不希望草原上朔北部独大，这会是他谈判的机会。可是如果山碧空根本和大胤皇帝无关……他感觉自己即将被卷入一场不可逆转的巨变。那是一个巨大的命运转轮，但吕鹰扬不知谁在推动它。

“不要辜负我们的慷慨。”呼都鲁汗说，“再没有第二个人能够获得那么优厚的条件了。”

“这不是慷慨，是因为我还有用！你们需要一个帕苏尔家的子孙继续执掌北都城，否则即便踏入北都，你们也会遭到其他几个部落的围攻，和我们决战之后，你们还有足够的实力对付阳河、澜马、沙池和九煵么？”吕鹰扬忽地仰头，直视呼都鲁汗，“你们没有。所以你们不会屠城，你们要一个人为你们收拢青阳剩余的男人，为你们作战！”

“旭达罕，你太聪明了。让我这个当舅舅的又是开心，又是担心。你继承了我们斡尔寒家族的聪明，可如果被你这样聪明的盟友背叛，是很可怕的。”呼都鲁汗低低地笑了起来，“你说得不错，虽然狼主是想把青阳灭族，但是我劝说他不要这么做。我不像狼主，不是一个英雄，我是一个部落的头领，我千里迢迢来到北都城不仅仅为了报仇，也为了整个草原的权力。我们不想得到一个北都城主人的虚名，这个虚名可以继续归属于青阳部，我们要的结果是这一战以后，帕苏尔家和斡尔寒家从此订盟，我们共同掌握北都，这样合我们双方的兵力，草原上再没有力量敢于违抗我们。”

“你要以我为傀儡？”

呼都鲁汗又笑了，这一次，他的笑容不再爽朗阳光，而是带着狼一样的狠意，“是傀儡又如何？这个傀儡的位置可不只你一个人在争取。”

“你们要的……是一个叛徒。”吕鹰扬浑身都是冰冷的汗。他迫切想要喘息，想要休息一下。

呼都鲁汗背着手走向帐篷外，指着不远处那座黄金装饰的大帐，“我亲爱的外甥，我给你时间去思考。那里就是我的帐篷，你可以当青阳的英雄，拔刀杀进来，看看能不能要我的命；如果你想好了，接受了条件……我的帐篷里很温暖，有美丽柔软的女人，也有我的许诺。”

吕鹰扬站在那座黄金大帐前，门外竟然没有驻守的侍卫，狂风呼啸而过，大帐顶上的苍狼旗猎猎飞扬。

已经半个夜晚过去了，吕鹰扬在朔北部的营寨里踱步，顶着风雪，但是严寒无法让他的心回复冷静。他失败了，并非因为他无能，而是青阳的大势已经去了，一个战败部落的使节，没法凭着自己的力量强硬地昂起头。偶尔有朔北武士从他身边经过，却连看都不看他一眼，让他觉得自己就是个孤魂野鬼，在这里只是漫无目的地游荡。

最后他走到了大帐前，听见里面传来欢闹的笛子声和淫靡的笑，有男人粗野的笑，有女人妖媚的笑，男人和女人笑着笑着喘息起来，发出令人心跳加速的呻吟，笛子声越来越闹，淡淡的酒香不知从哪里传来。

吕鹰扬很冷了，他也想要找一个暖和的地方避一避，可他不知道自己该去哪里，掉头回北都城，或者往前踏一步揭开那帘子。

他觉得自己站在悬崖上，往前往后都会一脚踩空。他二十九岁了，这一次的抉择会让他登上权力的巅峰，或者死去。

这是吕鹰扬·旭达罕·帕苏尔一生中最长的瞬间，他站在无边的风雪中，听见不知哪里来的狼嚎，听见过去二十九年中的往事如潮水般回溯，起起落落……起起落落……

他想起母亲了，那个喜欢穿红衣的美丽女人，每每带着骄傲说，不要听那些人胡说八道，我们朔北的血，和青阳的血一样高贵！她贵为大阏氏，没有人敢反驳，但她死于一次难产的时候，整个北都城的贵族脸上都带着喜洋洋的神气。

他也想起沙石磨穿裤子扎进膝盖的痛苦了。他和吕贺跪在一起，来来往往的人脸上都带着不屑。“朔北的狼崽子啊，怎么都养不熟的。”有人这么说。吕贺气得颤抖，气得流泪，吕鹰扬默默地忍受，跪着还把腰挺得笔直，他是绝不会在那些人面前露出一丝的软弱的，因为那样他们会更加肆无忌惮地嘲笑他。

他记起那些冷得让人绝望的夜晚了，他因为一些小事被那些贵族告状，被父亲禁闭在帐篷里，冻得瑟瑟发抖。他在最深的黑暗里无声地咆哮，他咆哮说，总有一天！总有一天！我会让你们后悔，因为你们不该看错一个人！他的名字，叫吕鹰扬·旭达罕·帕苏尔！

他紧紧闭上眼睛，仰起头，让冰冷的雪花扑在脸上，张大嘴，让寒冷的风灌进他的胸膛里。风雪之外那些巨狼咆哮，那些女人痴狂，那些男人大笑……

他泫然欲泣，泪水离开眼眶就已经冰凝。

他伸手抹去脸上的雪花，掀开了金顶大帐的羊皮帘子。

他吃了一惊。大帐里并没有奢靡淫艳的场面，地下摊开几十张毡子，毡子上摆着新烤的肉和飘香的马奶酒，那些喘息和呻吟都是角落里几个搂抱在一起的女人发出的。看见吕鹰扬进帐，她们立刻松脱开，悄无声息地退了出去。帐篷里只剩下男人，近百名狼骑兵的精锐散坐着饮酒，此刻都抬起头，沉默地看着吕鹰扬。

正中的毡子一边坐着含笑的呼都鲁汗，另一边是一个老人，黑而虬结的肌肉如同枯木，双眼中透着血一般的红色。老人正上下打量吕鹰扬，凶戾的眼睛里居然透出一股温暖。

“我的外孙旭达罕，你回家了。在北荒的时候，我经常想你们长什么样，像不像我。”老人低声说。

呼都鲁汗和所有狼骑兵不约而同地点头致意。

吕鹰扬觉得自己沉入那双血红色的眼睛了，就像被血池吞没，无从抗拒，不能挣扎。他的心里异常平静，甚至有隐隐的喜悦。他回到家了，在这里不会有人嘲笑他的血统，也不会再有人斥责他用心险毒，更不会有人把羊血擦在他的唇边。他的身体里有另一个吕鹰扬苏醒了，吕鹰扬·旭达罕·斡尔寒，一匹生来失群的狼，第一次看见漫延到天边的大狼群。

他跪了下去，把整个身体贴在地上。

“呼都鲁汗……拒绝了？只是拒绝和谈？没有任何其他表述？”吕守愚看着吕鹰扬的眼睛，脸白得像纸，“原话是什么？”

“站在我面前的是谁？血管流着我们斡尔寒家的血，却是青阳部的说客？狼主不想见你，他要我告诉你，要么跪下去吻他的脚面，承认他是你的外公，为他献上生命；要么就像个堂堂正正的帕苏尔家的男人那样，等着他的刀落在你头上。”吕鹰扬缓缓地说。

吕守愚沉默了很久，巨大的疲倦笼罩了他，他无力地靠在黄金宝座上，失神地望着吕鹰扬头顶上方。

吕鹰扬默默地站在宝座前，没有一丝表情，脸上的线条冷硬如刀。

“你是在埋怨我么？旭达罕，我让你作为使者去和谈，却被你的舅舅侮辱。”吕守愚低声说，“我没有想到会是这样。”

“出发之前我已经猜到。”吕鹰扬说。

吕守愚诧异地抬起眉毛看着他，“你猜到了？”

“一个父亲，能把自己最心爱的两个女儿作为求和的筹码，他会在意这两个女儿生下的孩子么？楼炎·蒙勒火儿·斡尔寒，”说到这个名字的时候，吕鹰扬声音里出现一丝颤抖，“我尊敬他作为草原的英雄，他能够摒弃人的怯懦和自私的爱做出那样了不得的事，可他不是我的外公，呼都鲁汗也不是我的舅舅……如果他们真的会对家族的血脉有感情，那么他们不会等三十年，等到受苦的女儿已经死了才回来！我在他们眼里什么都不是！”吕鹰扬的面孔微微抽搐，“大君，所以我是一个青阳人！”

吕守愚低下头，再一次陷入沉默，很久，他低声说：“旭达罕，对于我们过去的争斗，你的心里还存着伤口吧？”

“不……不是那样，”吕鹰扬轻声说，“我只是忽然想起母亲来。”

吕守愚和吕鹰扬四目相对，金帐中一片沉甸甸的死寂。

吕守愚挥了挥手，“旭达罕，你出去吧，出城去和朔北人和谈的事情不要对任何人说，包括阿苏勒。”

“明白。”吕鹰扬转身离去。

在他走到帐门口的时候，听见后面传来低低的一声叹息，吕守愚说：“旭达罕，我大略也能理解你当年为什么非要争这大君的位子了，若我是你，我也会和你一样不择手段吧？”

吕鹰扬惊得猛一转身，看见吕守愚已经从黄金宝座上起身，背着双手漫步从帐后出去了。

吕鹰扬走出金帐，吕贺一头迎了上来。

“哥哥，怎么样？”吕贺压低了声音问，眼睛警惕地往四面张望。但没有人注意他们，城破在即，连金帐前的守卫们也惶惶不可终日，完全不像以往，以往他们机敏得就像是猎犬。

“他没有勃然大怒，也没有怀疑。青阳部已经没有可以一战的人，朔北部现在忌惮的不过是北都城的一层城墙，比莫干大概也猜到朔北人在这个时候不会答应和谈。”吕鹰扬低声说，“谁会做那样愚蠢的事情？跟已经掉进陷阱的猎物谈交易？”

“那他还派哥哥你去？要押上你的命去探探朔北人的话？”吕贺冷笑，“可他想不到朔北部不愿意和他的使者和谈，却愿意和哥哥你和谈吧？”

“先别说这个，路上说话。”吕鹰扬递过一个冷冷的眼色。

吕贺立刻知趣地住嘴了，兄弟俩各自翻身上马，踏着积雪并辔离开。

北都城里放眼一片白茫茫，看不到人，帐篷上压着厚厚的积雪，寒风吹着羊皮帘子打在帐篷上啪啪作响。吕鹰扬和吕贺就像是走在一座鬼城里，虽然仅仅几个月前这还是草原上最繁荣的大城。羊都已经杀完了，拉车的驽马也杀得差不多了，北都城里除了战马，只有人还在喘气了。

用来预备好过冬的干草现在被挪作烤火柴，惊魂不定的人们对于温度格外敏感，他们终日蜷缩在自己小小的帐篷里，守着火盆，你看看我，我看看你，也不说什么话，仿佛那层布料能够阻挡严寒、霜雪和朔北人的刀斧似的。

吕鹰扬的目光默默地扫过路边的凄凉景物，而后转向天空。他长长地舒出一口气，仿佛他的心里藏了一口极压抑的气要吐出来。

“哥哥，你心里有什么事能跟我说说么？”吕贺拉住缰绳，“我总觉得你去了一次朔北部的寨子，回来以后心里一直有事。”

“贵木，你真的相信呼都鲁汗，那个我们要称作舅舅的人，要扶我们成为北都城的主人？”吕鹰扬的眼角一跳，眸子里精光闪灭。

“可……可这是哥哥你说的啊！”吕贺愣住了。

“我说的是黄金王和狼主告诉我的，但我不信。”

“你不信？”吕贺完全蒙了。他记得吕鹰扬讲述他面见楼炎的过程时，眼睛里一股狂喜的火焰，把吕贺心里也烧得火热。

“当我看到那群人的时候，我意识到那是一群真正的狼。狼！你知道么？”吕鹰扬的声音里闪过一丝颤抖，“狼对于虚弱的同类，宁可杀死它们，也不会施以援手。狼群只遵循力量的规则，我们的外公楼炎，就是靠着勇气和杀戮，依然掌握着朔北部的绝对权力。那么，我们如果接受朔北部双手奉上的北都城，成为他们的傀儡，你觉得楼炎或者呼都鲁汗能看得上我们？他们难道不会把我们也和其他猎物一起撕碎吃掉？”

吕贺阴阴地打了一个哆嗦，说不出话来。

“贵木，人是不能够成为傀儡的，要想在狼群里活下去，就得掌握自己的命！”吕鹰扬说得斩钉截铁，“我能够从楼炎那群人身上嗅到和我相似的味道，这让我很高兴。这是幼狼见到老狼的高兴，但是幼狼得赶快学习老狼的技巧，否则有一天它会被老狼吃掉！”

“哥哥……你是不是太多心了？我们……我们可是朔北狼主的外孙啊！”吕贺瞪着眼睛。

“可我们姓帕苏尔。”吕鹰扬重重地拍在吕贺的肩上，“永远记住，你还是姓帕苏尔，这姓氏很高贵，如果你放下帕苏尔家子孙的荣耀去恳求狼主的关爱，那么你就求错人了。狼主要的是英雄的后代，我们要用自己的力量告诉他，我们不是屈服于他，而是他的伙伴！他们不能把我们撕碎了吃掉，因为我们和他们一起，能开拓更大的疆土！”

吕贺看着吕鹰扬的眼睛，吕鹰扬的瞳孔深处仿佛吞吐着火焰，冰冷却炽烈。吕贺舔舔嘴唇，觉得自己的后心湿透了。他觉得自己还是看低这个哥哥了，哥哥琢磨的东西，他全然没想到过，他虽然是个能撕裂恶狼的武士，那颗心还蒙昧得像个小孩。

他低下头，“哥哥，我脑子笨，你能告诉我你心里怎么想的么？”

“吕鹰扬·旭达罕·帕苏尔一生，从不靠别人的怜悯活着，”吕鹰扬用最清晰也最冰冷的声音说，“比莫干那个蠢才，还要猜我的心？我是为了我们受的委屈而对抗他的么？笑话！”他的神色变得狰狞，眼角跳动，“我要的可不是一个王子的尊严。”

“哥哥你要整个草原？”吕贺抬起头，“你想当真正的大君……不是朔北部扶植的大君！”

“是！”吕鹰扬缓缓向着远方伸出了手，缓缓地握拳，骨节咔咔作响，“我要向这草原索取的，是草原自己！”

沉默了良久，吕贺点点头，“哥哥你指了路，贵木就跟着你！”

二

铁晋和铁益走进金帐，发现偌大的帐篷里空荡荡的，只有他们两人和远处坐在黄金宝座上的吕守愚，此外甚至没有一个侍卫。

他们不约而同地意识到这次召见的重要，一齐单膝跪下，“大君！”

“铁晋，铁益，我召你们来这里，是有事指派给你们去做。”吕守愚的声音遥遥传来，冷漠、萧瑟、不容辩驳。

“是！”

“除了贵族们手里的武士和奴隶，我们还有多少可用的男人？”吕守愚问。

“九帐兵马中，可用的武士只剩下三千余人，大君的飞虎帐还有九百个人能战斗，莫速尔家还有一千多个可用的男人，我们还能调动五千名奴隶。其他的兵力，都掌握在各大贵族的手里。”铁晋回答。

“大概一万人，曾经号称二十万个带甲男人的青阳部，如今能用的只有一万人……”吕守愚沉默了一会儿，“这一万人，铁晋你指挥那五千个受过训练的武士，铁益你指挥那五千个奴隶。我把我的纛赐予铁晋，把我的剑赐予铁益，所有还忠于帕苏尔家的男人都该听你们的号令，违抗者你们皆可斩杀！”

铁益心里一惊，急忙趴伏在地下，“请大君收回命令！”

吕守愚把大君的兵权分为两半，授予了他们兄弟，这是青阳部历史上从未听闻过的事。

铁晋遥遥看着吕守愚，说得极慢极静，“北都城还在大君的掌握中，请大君不要失去信心！我们兄弟会拼死守护帕苏尔家的尊严！”

“我不是一个好将军，打仗不是我所长，我把权力授予你们，恰恰是要你们帮我守住这座城！”吕守愚摆了摆手，长长地叹了口气，“我知道你们的忠诚，我还需要你们更加忠诚，因为北都城里依旧忠诚的人已经不多。”

“大君不能这么说……”铁益急了。

“铁益，不要以为这些天我在金帐里不出去，就不知道外面的事。我之所以不召集大会，是因为再召集大会，已经不会有什么人来了。贵族们对我这个大君已经失去了信心，他们现在惊慌得像是被狼围困的羊群，已经没有了战斗的心，他们只想知道狼什么时候进攻，要吃几只羊才能吃饱，会不会吃到他们。之所以现在还没有人来要我和朔北部和谈，是因为狼主已经立下屠城的誓言，谁都知道朔北狼主把自己的誓言看得比命都珍贵。而牧民们已经失去了很多亲人，吃的也渐渐不够，他们也怨恨我这个大君，是我不如父亲，父亲能在最糟糕的时候守住北都城，我却只是一而再再而三地消耗青阳部的兵力和斗志而已。”吕守愚惨淡地笑笑，“铁益，你们代我指挥守城，城里的人会更愿意相信吧？这是生死存亡的时候，你们不用照顾我的脸面。”

“大君！”铁益急得想站起来。

铁晋按住弟弟，摆了摆手。他不再说话，默默地弯下腰去，双手交叠在地上，额头抵着掌心，这是蛮族人最严肃的大礼，是极高的许诺和誓言。铁益沉默了片刻，也和哥哥一样行大礼。

吕守愚说得没错，其实现在说什么别的不过是照顾大君的面子。北都城成千上万的帐篷里，男人女人都小声地议论着大君的无能和一意孤行。如果最初和朔北部谈判，损失的不过是些牛羊；如果开战不是以那个狂热的老奴隶木犁为统帅，伤亡大概不会那么惨重；如果不是误信了只有十八岁的阿苏勒大那颜，相信他在东陆学的兵法，就不会有第二次的覆灭。铁浮屠灭了，九王从第一次交战的战场上救回来的虎豹骑也灭了，连鹰一样的鬼弓武士也只剩下区区几十人和一个失去了一条胳膊的首领不花剌……原本草原的霸主青阳部在新大君几次错误的决断下面临着灭族的危险，他们已经虚弱到朔北部都不愿意和谈的地步了。

贵族们在煽风点火，劝说自己的武士不要上城墙守卫，重要的事情是保住现有的人手，让他们老老实实地把自己的寨子守好，别让那些饿得发疯的穷人进来抢吃的。贵族们需要节省粮食，把多余的都集中起来喂好战马，如果有城破的一天，也许还有逃离的机会。而穷人们已经不顾一切了，只要有口吃的，他们敢做掉脑袋的事。两天前，几百个穷苦的牧民袭击了一个贵族的寨子，被赶来的武士们从寨子外围死了，出乎所有人的意料，牧民们没投降，而是扣着里面的人质，吃光了所有能找到的东西，喝光了仅存的烈酒，之后强暴了以前他们想都不敢想的贵族女人们，杀死了她们，醉醺醺地拔刀冲出来，也不披甲，一个个死在刀下。

贵族们还在想怎么活下去，穷人们已经在想怎么死了。铁晋去看了那片被袭击的寨子，满地的死人，男女老少的尸首堆在一起，空气里弥漫着让人作呕的血腥气，那些穷苦牧民就是在这样的地方发疯一样地吃肉、喝酒、强暴女人。铁晋能嗅出那寨子里浓重的死气，那些穷苦牧民不是为了活命才铤而走险，他们根本不抱什么希望了。

吕守愚解下腰间的铁剑，用力抛出，剑贴着地面一直滑到铁益的面前，铁益拾剑而起，和铁晋并肩出帐。铁晋拔了插在帐前的九尾大纛，兄弟两人翻身上马，在浓密的风雪中驰离金帐。

吕守愚沉默地坐着，听着外面的马蹄声远去，仰头长长地舒了一口气。他俯视着宝座前空荡荡的一片，以往那里站满了躬腰垂首的人，总让人觉得无比的尊荣，觉得自己高高在上，可一旦没有人了，寒冷的空气悄无声息地流动着，却显得比那些穷苦牧民的小帐篷还要萧索，让人心里生出说不出的厌恶。

他无声地笑了笑，拍了拍宝座的扶手，“阿爸，真坐在这里，才知道你为什么变成那样的性格……这个位置，真让人孤单啊！”

他想这个黄金铸造的宝座，真是距离整个天下最远的位置，偏偏还有人为了这位置不惜去死。

班扎烈从宝座后方的一角无声地闪出，走到吕守愚身边，“大君，都准备好了，什么时候出发？”

“我也已经准备好了，随时可以。”吕守愚扭头看着这个忠诚的伴当，“大阏氏在哪里？”

他忽然听见了熟悉的、风铃般的声音从背后而来，叮叮咚咚的。他回过头，看见白衣裳的女人悄无声息地站在那里，低着头，双手笼在宽大的袖子里，缝了貂皮边的风帽遮住她的脸庞，只能看见半张霜雪般的脸儿，和耳边垂下的银色铃铛。

吕守愚站了起来，“苏玛。”

大阏氏苏玛微微点头，吕守愚几步走到她身边，拉住她的手，发觉那双手冰冷。此时此刻，他说不出任何话来安抚自己的妻子，只能双手不断地搓动，希望她的手和心都能暖起来。

“我就在帐外，随时可以出发。”班扎烈说，“如果大君不改变主意的话……”

吕守愚低着头，低低地叹了口气，“班扎烈，我知道叫你做这件事，是违背了你的本意……你是个勇敢的人，却有一个懦弱的主子。”

“大君跟我就不用说这个了。”班扎烈在帐篷门口驻足，拉着帘子，并不回头，“我们这些伴当，从跟上主子的那一天开始，就想好要把命送给主子了。何况，我知道主子不是没胆的人。”

他出帐而去，偌大的金帐里，只剩下吕守愚和苏玛。他们拉着手，四目相对，吕守愚轻轻伸手去抚摸妻子的脸，艰难却又舒心地笑了笑，“苏玛，到头来，我还是个没用的男人啊。”

苏玛瞪大眼睛，伸手摇了摇，让他别这么说。

吕守愚看着自己脚下，沉默了一会儿，有些话他说出来觉得涩涩的，可还是必须出口，这也许是他最后一个说出来的机会。

他鼓足了勇气，“我知道在你的心里，我一直是不如阿苏勒的……”

苏玛浑身一颤，长长的睫毛忽闪，目光却垂了下去。

“我还记得第一次看见你的时候，你还是个孩子，那么悲伤，那么绝望，他也是个孩子，却站在你面前，对着九王的剑，把两只胳膊张开护着你，就像是一只护雏的母鸡似的。”吕守愚说了出来，心里反而轻松了，笑笑，“他那样一个小小的孩子，根本做不到什么……可是他为了他要保护的人，是什么事都可以去做的啊！你这么觉得……我从没怪你，只是很妒忌。”

他抓了抓头，“今天我能决心为你做这件事，心里很是开心，觉得自己终于有什么可以比上阿苏勒了，觉得自己能配得上你了……”

苏玛轻轻伸出手，捧着他的脸，不知道是因为激动还是刚才摩挲的结果，她的手微微透着暖意。吕守愚的心里一颤，他伸出双臂，把妻子狠狠地拥在怀里。

“苏玛，我是爱你的啊……虽然我自己也不知道是为什么，可我第一次看见你，看见你的眼睛，我觉得那是天雷地火，几乎把我给烧焦了。我生下来觉得自己一切都有，即使没有的，只要我想要，也一定能得到。我对任何东西任何人都不上心，宝刀啊、名马啊、女人啊，反正没了还有新的，草原是我们帕苏尔家的，要什么没有？可看着你的眼睛我觉得自己真蠢，盘鞑天神跟我开了一个玩笑，我不在乎的，他都给我；我在乎的，距离我总是那么远。那不是一匹烈马可以驯服，也不是一件宝物可以去抢夺，”吕守愚的声音微微颤抖，“那是我熬尽了心思也得不到的……一个女人的心。”

“盘鞑天神还是可怜了我，给了我这个机会，可给得那么勉强……”吕守愚接着说了下去，“我总觉得自己是个小贼，从阿苏勒那里偷了你来，我总想看你对我笑，你不笑我就担心你想着阿苏勒，心里难过得像是猫抓似的。可我拿你没办法，你从不向我这个大君要求什么，除了去救阿苏勒，我觉得我没什么可以讨你开心，即使我拥有整个草原。”

他抚摸着妻子的后背，“现在我有一个机会了，我要为你冒个险，把男人的尊严都赌上！你现在相信我了么？苏玛，你相信我是爱你的么？”

过了很久，苏玛在他怀里轻轻点头。

“真好，那样我也可以没有遗憾了。”吕守愚无声地笑了，他不想放开怀里这个温软的女人，可还是说，“时间差不多了，班扎烈在外面等我们，我们出发！”

他从苏玛的怀抱中退了出去，扯过黄金宝座上猩红的斗篷披在肩上，拉住苏玛的手。

他犹豫了片刻，又停下了，转身看着妻子，“我做了件孩子气的事……跟阿苏勒说你跟我很好，还愿意帮我生一个男孩。我知道这样阿苏勒会难过，可我还是说了，就像示威似的……说完之后，心里却没有底，我知道你愿意帮我生一个孩子，可我想最后问你，你是因为嫁给了我，才愿意帮我生孩子，还是因为心里确实……喜欢我呢？”

苏玛默默地看着他，他看不透苏玛的眸子，那双深而寂寞的眸子，就像不见底的水似的，把一切情感都吞没了。他心里有些害怕那对眸子，因为他的目光永不能穿透。

他笑了笑，摆摆手，“我真是个婆婆妈妈的男人。”

他刚转身，手被妻子拉住了。他惊诧地回头，妻子默默地拉着他的手贴在自己小腹上。吕守愚觉得自己能感觉到那里面小小的心跳，连着他自己的心跳都加速了。

苏玛在他手心写字，“我希望我们的孩子长大能像他的父亲。”

吕守愚叹了口气，自嘲地笑笑，“他父亲是个怯懦的男人，你希望你的儿子也怯懦么？”

苏玛还是在他手心写着，“我希望我们的孩子长大能像他的父亲，爱他的妻子。”

吕守愚觉着一股暖流在心里流动，他深深地呼吸，抓了抓头，用笑容掩饰他的百感交集。他从东陆的书上学到了“百感交集”这个词，第一次那么深地体会到这个词的意思。这一瞬间以往的酸辛和愤懑都涌了起来，可是那股暖流把这一切的东西都洗刷掉了。

吕守愚和苏玛携手走出金帐，黑暗里有数百骑在等待他们，围绕着一辆漆黑的篷车。他们没有打起旗帜，也没有打起火把，难得的雪晴之夜，月光照在他们的铁甲上，反射着凄冷的寒光。这是仅剩的飞虎帐骑兵，北都城里绝对忠于吕守愚的武士们。

吕守愚把苏玛送上篷车，翻身上马，“出发！”

车篷里已经坐了一个女人。那是老大君的白帐侧阏氏勒摩，此刻这个疯女人不知道究竟发生了什么，正抱着她的布娃娃微微哆嗦，直到看见苏玛，神色才松弛下来。苏玛坐到她身边，张开双臂搂着勒摩，轻轻抚摸她的头发。

吕守愚和班扎烈并骑于篷车前，班扎烈压低了声音，“从南边的城门出去，那里驻守的千夫长忠于大君，我已经和他说好了，消息不会外泄。”

“很好，”吕守愚微微点头，“路上你要当心。”

“就算狼主下了屠城令，也不会料到我们要用九百人护送大阏氏出城，只要不遭遇大队的朔北人，我和这九百人杀得出去，可以一直护送大阏氏去澜马部。如果路上顺利只需一个多月。根据颜静龙带回的消息，虽然他们不愿意派出救兵，但是相比青阳部，他们对朔北部的畏惧更深，朔北那些狼一样的男人根本没有道义可讲。所以我相信他们会保护大阏氏的，请大君放心。”

“很好，班扎烈，多亏有你！”

班扎烈忽然伸手抓住了吕守愚的手腕，眼睛里精光一闪，他沉默了一瞬，下了决心，“大君，你也走吧！”

“我？”吕守愚出奇平静，笑了笑，想要甩开班扎烈。

“北都城已经守不住了！大君把兵权分给铁晋和铁益，也不过能延缓几天半个月。”班扎烈不肯放手，“大君，恕我直言，如果贵族们发现大君送走了大阏氏，一定会暴怒，也许有人会闹着开城投降，甚至有人围攻金帐。那时候，铁晋和铁益也压不住。留下来还有什么意义呢？城里的人已经根本不信我们能守住了啊！”

“是啊……我是青阳的大君，是我决定和朔北部开战，如果我悄悄送走了妻子，我这个大君再也没有颜面面对城里的人，他们就算想要从我脸上踩过去，我也能理解，毕竟他们的亲人都战死在战场上了。”吕守愚叹了口气，“我是个赌不起的懦夫，是不是？”

“大君不要这样折损自己，你也曾上马去跟朔北人拼杀，怎么能说是懦夫？”班扎烈叹了口气，“不过，大君娶了大阏氏之后，真的跟以前很不同了。”

“是啊，洛兄弟也是这么说的。”

“大君，走吧！”班扎烈说，“就算是为了大阏氏，你也走吧。你若是死在北都城里，大阏氏一个女人，带着孩子，怎么过下半辈子？我一天不死，会拼命保大阏氏一天，如果有一天我也死了，谁能说她那么美的女人不被抢去做了别人的妻子？”

“那样也不算最糟糕的结果吧……”吕守愚低声说，“好歹有人可以照顾她一生……她那么善良的女人，谁也不会对她不好。班扎烈，我不能走的，虽然我很想，可是我是青阳的大君，我没有爷爷和父亲的勇敢，保不住北都城，如果连守城到最后一刻的勇气也没有，我没有脸面对我们帕苏尔家的列祖列宗。”

“谁还能守城？谁也守不住北都了！”班扎烈想不到更好的说辞，“大君，你留下来和寻死一样啊！”

“不是寻死。楼炎要向帕苏尔家复仇，如果帕苏尔家的子孙都不在了，他就会把他的怒气发泄到这座城里每个人身上。我要等着楼炎来，我可以向他下跪，低下我的头，请求他的宽恕。我要恳求他宽恕我犯下的错，饶了我的族人和妻子。如果狼主真的有什么愤怒，就冲我来吧，我是青阳部的主人，这是我应当承担的。”

“楼炎那个人，心里大得能装下整个草原，却又小得容不得一点仁慈的，大君！”

“我有什么可怕的呢？最多不过是狼主把我的头砍下来做成杯子喝酒。”吕守愚终于甩脱了班扎烈的手，拍了拍他的肩膀，“你跟我都快三十年了，也许是最后一面吧……一直想问你，我是个好主子么？”

班扎烈看着他的眼睛，他很少这么直视主子的眼睛，此刻那双眼睛透着十二分的诚恳。班扎烈想起他五岁的时候被父亲带进金帐拜谒他的主子，从此要作为伴当陪这个男人出生入死一辈子。那时候吕守愚也不过是个小男孩，穿着驼色的大袖，神气地昂着头，腰间配着班扎烈从未见过的、镶红宝石的小佩刀。吕守愚骨碌碌地转着眼睛看了班扎烈好久，察觉他的眼睛一直盯着自己的小佩刀，于是慷慨地解下佩刀扔在地上，说：“赏给你的！以后好好跟着我立功，我会赏你好多好多的东西，叫女孩子们都喜欢你！”

他发觉时间流逝得如此之快，近三十年一晃而过，主子的眼角已经有了丝丝的皱纹。

他的眼睛有点湿润，低下头，“不算个好主子吧，说过的话自己记不得，总埋怨人，没怎么领兵打过仗，也没给我们这些伴当什么立功的机会……主子，你做丈夫是第一等的，其他的……还是做朋友合适。”

他这话一出口就后悔起来，虽然是城破在即，可他眼前的人毕竟还是青阳的大君，是一怒可以砍下自己头颅的人。

吕守愚格外平静，笑了笑，“其实我也这么想，阿爸挑我当新大君，眼力可不那么好。”

他拉住了战马，“前面就是南门了，我在这里看着你们出去，不送你们到门口了。我不想再道别，没什么必要。若是被其他人看见我送你们走，会被贵族们非议。”

班扎烈在马背上躬身行礼，而后抬起头，最后看了一眼自己的主子。吕守愚神色平静，微微低着头，看着雪地反射着月光，晶莹剔透。

他带领车队走向漆黑的南门，走出很远，回头看去，吕守愚还孤零零地立马于一地月光中。

一个人站在城门的阴影里等待着。班扎烈走到他旁边，也不下马，“博尔忽，开门，不要弄出太大的声音。”

“是。”千夫长博尔忽低声说。

他对着城头上扬了扬手，封闭的铜质城门发出金属摩擦的咯咯声，缓缓地打开了，外面是凄冷的月光，风卷着雪而来，直灌进班扎烈的嘴里。

“快！出城！”班扎烈对驾车的武士挥手。

队伍悄无声息地出城，班扎烈低声说：“博尔忽，记好了，有人问你，你只要说班扎烈骗你开了城门，你什么都不知道。”

“是，”博尔忽说，“去哪里？”

“往西，去澜马部。”班扎烈长长地出了口气，他忽地意识到什么不对，厉声喝问，“谁？你不是博尔忽！”

月光照在了那个人的脸上，是一张陌生的面孔。

这一刻北都的城门轰然落下，把两名正在出城的飞虎帐武士压死在闸门下，整个队伍被截成里外两段。

“班扎烈！出了什么事？”吕守愚知道这边有什么不对，放声大喝的同时，带马向着城门奔来。

班扎烈无暇回答他的主子，他只有独臂，但是拔刀的速度毫不逊人。他以马刀抵在那个陌生人的喉间，逼得他退出去背靠在墙上，转身大吼，“主子！别过来！”他同时对着城墙上高呼，“开门！不然杀了你们的人！”

黑影们从四面八方拥出，有人以封在铜管里的火种点燃了火把，火焰在一支支火把上传递，数百支火把将城门前照得一片通明。吕守愚的双眼一时间不能适应如此强烈的光亮，他一手遮住眼睛，一手拔出狼锋刀，兜转战马，从声音分辨出四面八方都有人围了过来。

他横刀防御，“朔北人进城了？班扎烈，发响箭！”

班扎烈的箭囊里就有一支带着哨子的响箭，但他没有发箭，他看清了火光里逼近的两张面孔。他忽然明白了这个出乎意料的变故背后隐藏着什么样的居心。他一脚踢飞了那个冒充博尔忽的人，这个人毫不重要。他对被隔在城中的那些武士大吼，“保护大君！保护大君！”

飞虎帐武士们拔刀向着吕守愚逼近，他们都骑马，数百骑骏马组成了一个坚实的防御，刀锋对外，把吕守愚包围在中央。

对方没有阻止他们汇拢，而是在外面组成了更大的包围圈。北都城的南门下忽然剑拔弩张，上千人把这片空荡荡的地方围成了里三层外三层的铁桶。

吕守愚的眼睛终于适应了光明，他慢慢地放下手臂，看清了领头人的脸。斡赤斤家主人和脱克勒家主人在两家武士的簇拥之下，带着诡异的神色看着吕守愚。他们举起手，两家的武士都张弓搭箭。

“你们是要造反么？”班扎烈勒马挡在吕守愚的正面，“这是在北都城里，造反的人，决不宽恕！”

“不，我们并不造反，我们只是来看看所谓勇敢的青阳大君，高贵的帕苏尔家子孙，是怎么在城破的时候不顾他的子民，自己带着妻子逃亡的。”斡赤斤家主人冷笑，“我们只是要看清那个懦夫的真面目，看他如何在杀死了自己的叔父，逼死了自己的父亲之后，还卑躬屈膝地投靠朔北部，泄露我们的军情，让成千上万的青阳人死在战场上！”

班扎烈心里彻寒，“你们知道你们自己在捏造什么么？你们想怎么样？”

“我们有证据，但是什么样的证据能比得上北都城里几十万人的人证呢？他们很快就要亲眼看到他们的大君，是如何带着妻子和钱财逃跑了。你们和朔北狼主的合作从何时开始？是在你吕守愚登上大君之位前吧？你根本就是楼炎在北都城里扶立的一个傀儡吧？”脱克勒家主人击掌。一名脱克勒家的武士抽出箭囊里的响箭，拉弓射向天空。

“停下！”班扎烈大吼。

已经来不及了，那支响箭带着刺耳的鸣叫直升入夜空，表面抹的磷粉在空气中摩擦发出耀眼的光亮。很快，整个北都城的武士们都会认为南门有敌情而向这边拥来，他们将会看到逃亡的大君被贵族们截获的一幕。这才是班扎烈最担心的，所以他之前没有按照吕守愚所说发箭。

“吕守愚，你本已经坐上了大君的高位，可是你太自负了，”斡赤斤家主人冷冷地笑了，“你忘了是谁送你上那位置的！”

脱克勒家主人的嘴唇微动，他没有发出声音，但是吕守愚认出了他的唇形，“我们能送你上去，也能拉你下来。”

吕守愚呆住了，他沉默了片刻，忽然不顾一切地高声对着城外的方向大吼，“带大阏氏走！快走！”

班扎烈几乎是在同时举刀咆哮，“保护大君！杀出去！”

斡赤斤家主人猛地挥手，在飞虎帐骑兵们挺刀策马而出的瞬间，数百支长箭离弦，穿透了他们的身体，下一刻更多的箭袭来，班扎烈被一箭贯穿了大腿，滚落马鞍，看着箭雨从他的上方袭过，把那些围绕着吕守愚的武士们扎成了刺猬。这些忠于吕守愚的武士们在死前最后一刻仍旧提起马鞍上的盾牌去翼护他们的主子，但是盾牌已经没用了，他们把吕守愚围在中央，用自己和战马的尸体组成了一面墙壁。

吕守愚没有动，他听见箭啸，听着那些自己一手训练出来的武士们哀号，感觉到他们的血溅在自己身上。更让他难过的是，在箭响之前，他听见有个细微的声音从城门外传来，那是一个人用尽全力拍打着城门，发出呜呜的哭声，她的耳朵上，银色的铃铛叮叮作响。

不远处的城墙转角后，吕鹰扬和吕贺背靠着城墙沉默着，听着那边的喧闹，看着火光在地上拉出的人影，仿佛群魔乱舞。

越来越多的火把正向这边涌来，铁蹄声震耳欲聋。很快整个北都城能上阵的男人都要来了，都将看着这场大戏的落幕。

吕鹰扬按着自己的心口，露出一个放松的笑来，“好了……一切都好了，时代要变了……要变了。”

吕贺呆呆地看着哥哥，他很少看见这个聪明果敢的哥哥那么疲惫又那么欢喜，可是吕鹰扬脸上的神色让他觉得分外陌生，让他不知道该说什么。那边有人愤怒地呼吼起来，喧嚣声更加刺耳了。

“真好……这样的声音……真好……这个时代……”吕鹰扬慢慢地弯下腰去，双手捂着脸，眼泪从他的指缝间流淌出来。

“哥哥你……”吕贺喃喃地说。

“贵木！比莫干完了，你听见了么？新时代要来了！”吕鹰扬抓住吕贺的衣襟，瞪大眼睛看着他，“铁沁王的时代！蛮族人将兴起在九州大地上！”

“而我，”他捶击自己的心口，“就是铁沁王！”

三

“不可能！大君怎么会是内贼？”大合萨在得到消息的第一瞬就从床上跳了起来，“他是北都城的主子！这是他的家！他有什么理由把自己的家卖给楼炎？”

“如今全城都知道了，说什么都没用了，斡赤斤和脱克勒两家说，从金帐里搜出了大君和楼炎来往的信件，从大君还是王子的时候就有。他们说大君是受了楼炎的支持，杀了自己的三位叔叔，逼老大君把位子让给他，老大君被他气死了。所以楼炎在老大君死后立刻从北荒回来，这些都是他们商量好的。”颜静龙疲倦地坐在地上，双手插入头发里，“我知道这些都是假的，可是大君带着大阏氏和班扎烈逃走，在南门被截获，北都城里几万人都亲眼看到了啊！”

“完了……完了，”大合萨踉踉跄跄地退后几步，跌坐在床上，“就算是大君，背亲叛族，那也是……”

他忽地怒吼，“比莫干那个蠢才！被他的女人害死了！”

他慢慢地恢复了平静，听着帐篷外闹哄哄的，整个北都城像是一锅沸腾的水。他觉得自己疲倦得就要瘫软下去，喃喃地说：“他就真的那么爱苏玛么？”

十二月三十日，正午。

金帐里只有一个人。吕鹰扬·旭达罕·帕苏尔站在金帐中央，背着手，仰头端详着帐篷顶上巨大的绣金图腾，一只蜷曲身体隐藏在云雾中的豹子。

帘子被悄无声息地掀开了，一个人缓步走到吕鹰扬背后，低低地咳嗽了两声。

“尊敬的斡赤斤家主人，没有通报，你是不该踏入这座帐篷的，”吕鹰扬手指地面，“这是我帕苏尔家的地方，以前是，现在也还是。”

他瞥了斡赤斤家主人一眼，细长的眼角里有冰冷的光一闪而逝。

斡赤斤家主人皱了皱眉头，脸上显而易见地露出不悦，却还是压下了情绪，“吕鹰扬，你已经如愿地拿下了吕守愚，可你还不是大君，别忙着发号施令。你对我们说的，算数么？”

“我想合鲁丁和脱克勒两家的当家主也都在外面吧？何不一起进来听听？”吕鹰扬笑。

没有等斡赤斤家主人发话，脱克勒家族那位威猛易怒的老人已经猛地揭开帘子，出现在吕鹰扬的眼前。

“合鲁丁家主人呢？”吕鹰扬问，“到了我向各位兑现承诺的时候，不必浪费时间。”

“额日敦达赉？”斡赤斤家主人脸上闪过难以觉察的笑意，“他还是个孩子，这样机密的事情，他不参加更好。他为他父亲的死正耿耿于怀，想要向朔北狼主复仇，这样的人，和身为朔北狼主孙子的你，怕是没什么好谈的吧？”

吕鹰扬微微一愣，“看来这个年轻人之所以那么痛恨我的哥哥，是你们让他相信，比莫干真的要背叛青阳部，私下向朔北部投诚？”

“那个冲动的孩子，还不懂得承担起保护家族的责任，跟他说这些机密的事情，有意义么？”脱克勒家主人不耐烦地说，“你现在只要告诉我们，我们怎么能带着自己的人，平安离开北都城，就够了。如果你所谓狼主给你的特权是假的……”老人的话音里透出一股狰狞，“不要忘记现在真正控制北都城的还是我们！”

吕鹰扬笑笑，“怎么会是假的呢？楼炎·蒙勒火儿·斡尔寒，那是我的外公啊。你们可以带着家人平安地离开北都城，只要你们按照我所说的时间出城，朔北人对你们的车队不会拦截也不会追击，你们会沿途得到保护，一直到北都城一百五十里外。但是，你们不能再回来，如今北都城一百里之内，所有人都在狼主要灭绝的名单上。”

“我们如何相信你？”斡赤斤家主人死死地盯着吕鹰扬的眼睛，“我们怎么知道出城了不会被朔北人一阵乱箭射死？”

吕鹰扬还是笑，“试试不就可以了？今晚你们就可以安排第一支车队出城，先送几个妻子出去，看看她们能不能走出这片死亡之地。诸位都有很多妻子，可以拿出几个来冒这个险。如果第一支车队半路就被杀了，你们可以立刻杀了我报仇。反正我会留在北都城里，哪儿都不去。”

他有意无意地解开领口，露出脖子上那根铁绳，铁绳上穿着一块带有锈迹的铁牌，一块白狼团的铭牌，从那些死去的红骨勇士的骷髅上摘下来的。他拨弄着那块铁牌，刮着铁绳，发出让人牙酸的声音。

“狼崽子！”脱克勒家主人用低而刻毒的声音说，咬着舌尖唾了一口，“原本轮不到你这种人得意。”

斡赤斤家主人伸手阻止了他，转向吕鹰扬，“可以。但从此我们就再也不能回北都城。我们本都是要和朔北部和谈的，现在却要离开自己的故乡，一辈子在草原上漂流，是否该有些补偿？”

“补偿？”吕鹰扬微微皱眉，“如今北都城里最有人力财力的就是你们这些大贵族，帕苏尔家还有什么能拿出来补偿你们？”

“有你吕鹰扬坐镇，我们怎么还敢从帕苏尔家那里夺什么东西？”斡赤斤家主人阴阴地一笑，“不过我觉得合鲁丁家在额日敦达赉的手里也没什么机会了，大君就把这个小伙子派去战场上给他的父亲报仇吧，他家的牛羊和女人，我们两个老人会帮着照看的。”

吕鹰扬沉吟了片刻，微微点头，“这样的人情不费我什么，我非常乐意。”他目光一闪，瞥了斡赤斤家主人一眼，“你刚才叫我什么？”

“大君，北都城新的大君吕鹰扬·旭达罕·帕苏尔……还是吕鹰扬·旭达罕·斡尔寒？”斡赤斤家主人呵呵地笑，和脱克勒家主人对了对眼色，两个人的笑声越来越大。吕鹰扬先是沉默，慢慢地也开始笑，越笑越是开怀，最后三人拍着彼此的肩膀，就像是相交几十年的好友，已经没有了开始的剑拔弩张。

“吕鹰扬·旭达罕·帕苏尔，”吕鹰扬说，“虽然我有那样英雄的外公，但我的父亲仍然是吕嵩·郭勒尔·帕苏尔，我们都爱我的父亲，不是么？”

斡赤斤家主人和脱克勒家主人还是笑，“是是，我们都爱郭勒尔。”

“可惜他已经死了，”斡赤斤家主人忽然收起了笑容，盯着吕鹰扬的眼睛，“所以，不要耍任何花样，你父亲在世的时候，也没能收拾掉我们几个。我知道他一直都想。”

“以我的生命起誓。”吕鹰扬手按胸口，“我还有最后一个忙，要两位帮我。”

“你说。”斡赤斤家主人说。

吕鹰扬叹了口气，“我的哥哥比莫干，他已经被剥夺了大君的身份，可他还活着。但我的舅舅呼都鲁汗对我说，他可以把生命赐予任何一个人，只有吕守愚·比莫干·帕苏尔是例外。因为他太欣赏这个男人，不能允许这个男人被他赐予机会苟活下去，这是对他的不敬。”

“原来是这件事，”斡赤斤家主人拍着吕鹰扬的肩膀，“我们这些老家伙很懂你们年轻人的心意，要么不做，要么做绝。如果吕守愚还活着，你这个新大君怎么能舒舒服服地坐在那宝座上？这件事我们已经想好了，会给你一个满意的结果。”

“太好了。”吕鹰扬露出感激的神色，“那么今天晚上，第一队大车就出发吧。”

斡赤斤家主人和脱克勒家主人对视一眼，点了点头，两人一起走向金帐门口。

“不告别么？”吕鹰扬忽然说。

“也许我们今晚就随第一队大车离开了，还是应该告个别啊。”斡赤斤家主人笑笑，叹口气，“吕鹰扬，其实我很为你不值。以你的才能，十倍于你的哥哥，过去你的父亲因为你不是纯血的青阳人而不信你，现在你的外公会真的相信你么？你也不是个纯血的朔北人。你留下来，得到这个其实属于朔北狼主的城，有意思么？”

“不会属于狼主的，我的舅舅已经向我保证，北都城还是青阳部的领地。”吕鹰扬说，“两位当家主如果有耐心，定会看到我好好地治理青阳部和北都城。”

斡赤斤家主人摇头，“老了，耐心不够了。”

两人笑着出帐而去。

吕贺按着腰刀，从金帐一角的幕后闪出，站到吕鹰扬身边，对着金帐门口狠狠地啐了一口，“猪狗般的东西。”

“对将死的人没必要太愤怒。”吕鹰扬淡淡地说，“我刚才想跟他们道个别，他们却误会了。”

吕贺一愣，“哥哥你是想……”

“放两个大贵族离开北都城，带着上万精壮男人、几万匹骏马，还有金银器皿宝刀弓箭无数，对我们有意义么？”吕鹰扬问。

“当然是没意义，要我说，早该杀了这些人，可哥哥你刚拿下比莫干，如果这时候你真的对几个大贵族动手，会不会失去支持？”吕贺忧虑地说，“我们现在可是靠着他们的支持，才能站在这金帐里。”

“我们不必动手，”吕鹰扬笑，“有人会比我们更加愤怒，让他知道一切，他会立刻拔刀砍下这两个老东西的头来。那个人，叫作额日敦达赉·合鲁丁。”

“合鲁丁家主人？”

“是啊，那是个冲动的年轻人，急切地想为父亲报仇。”吕鹰扬笑。

吕贺完全明白了，用力点头，“那我派人去盯着他们的动静，他们可别今晚真的跟着第一个车队出城，我们就再也找不着他们了。”

“不会，绝不会，”吕鹰扬摆摆手，“尊贵的当家主们，怎么会自己冲在前锋线上冒险？他们还等着接收合鲁丁家的财产和女人，还会在北都城待几天。我也想多给他们几天时间。”

“哥哥你想让他们活到什么时候？”吕贺问。

“我想他们去陪陪比莫干。”吕鹰扬神色淡然，回复到仰头而望的姿势，喃喃地说，“父亲和比莫干在的时候，在这里就总得低着头……”

当夜。

铁氏莫速尔家的寨子，铁晋悄悄地揭开帘子的一线看向外面。今夜的月色出奇的好，照在寨子外那些披甲武士的身上，反射的光冷而硬。

铁晋默默地放下帘子，转身看着弟弟铁益，铁益盘腿坐在火盆边喝着一壶酒，脸上通红，不知是因为酒意还是愤怒，眼睛里却空落落的，比外面的雪地还荒凉。这个勇敢的铁牙武士从未流露出这样的眼神。铁晋走过去拍了拍弟弟的肩膀，不说什么。

一个人影无声地闪进帐篷，铁益眼里凶光一跳，伸左手按在刀柄上。

“是我，叔叔。”铁晋的儿子匝儿花急切地说。

铁晋上去抓住儿子的肩膀，“慢慢说。”

“出大事了，如今城里上上下下都说大君是叛徒。他眼看撑不下去了，先是派吕鹰扬出城去媾和，不成之后又偷偷地带着大阏氏要出城逃走，抛下整个青阳部的人。人人都愤怒，有人说其实第一战的时候，如果不是大君舍不得自己的一万亲兵，其实已经打败了朔北人，青阳落到今天这个地步，都是大君的错。”

“昨夜出的事，今夜就满城的传闻，有人在散布消息。”铁晋说。

“贵族们聚在一起商议，说现在大君不能信任，要重开‘五老议政’的祖制！”匝儿花说，“明天一早，合鲁丁、斡赤斤、脱克勒家的主人就要在金帐里开会，他们推选了吕鹰扬当帕苏尔家的代表，其他的贵族都有份旁听，要讨论的第一件事就是如何处置大君！”

“我该把他们的头一个个拧下来！”铁益的声音传来。

铁晋吃了一惊，他从未听见铁益这么说话，冷涩又凶狠，话音里藏着要把什么人的喉咙咬断的恨意。

“可我拿他们没办法……我现在是个废人了。”铁益的声音低落下去。他谁也不看，举起酒壶把烈酒浇在火盆里，火焰霍地蹿高，一闪而灭，铁益狠狠地把空酒壶在地下摔得粉碎。

“处置大君，”铁晋低声说，“看他们有多大的胆子了。”

匝儿花犹豫了一会儿，小心地看着父亲的脸色，“若是几个大贵族意见一样……真能废掉大君？”

“就看他们有多大的胆子了，”铁晋说，“可要造反的人，胆子都不会小。”

“若是大君被废了，我们家……”匝儿花不敢说下去了，谁都知道铁晋铁益这对兄弟在吕守愚即位之前就是铁了心的长子一党，吕守愚一倒，莫速尔这个家族在北都城里就失去了倚靠。

“等消息吧，看看外面那些人，我们没办法的。”铁晋低低地叹息。

外面那些盔甲森严的武士并不是铁晋铁益训出来的铁骑兵，那些是三大贵族家里的武士，派来是为了封锁这里。大君走前把九尾大纛和佩剑留给了莫速尔家这对兄弟，此时他们被看作叛徒的走狗，已经没有权力踏出这个寨子了。

“不要告诉阿苏勒大那颜知道，”铁晋嘱咐儿子，“那个年轻人已经尽了全力，别把他再卷进来了。”

他默默地站在帐篷帘子后，听着外面风吹大旗呼啦啦的声音。那是九尾大纛，象征着无上权力和尊荣的青阳豹子旗，曾经足以号令整个草原，铁晋可以想见旗杆上的九条白色豹尾在朔风里狂乱地飞舞……此刻它就插在莫速尔家的帐篷外，可甚至不足以挡住外面那些武士冲进来杀死寨子里的人。

一些旧事涌上铁晋的心头。许多年前他选择了吕守愚的长子窝棚，不仅仅为了捍卫青阳部帕苏尔家的纯血，也为了铁氏莫速尔家在这北都城里的未来。他不像憨直的弟弟，他的心里始终存着家长的私心，要借吕守愚这位未来的大君振兴莫速尔家。十几年来和三子窝棚明争暗斗，十几年来艰难险阻带伤无数，终于看到吕守愚坐上大君的宝座，本以为终于可以扬眉吐气。可朔北狼来了，木犁死了，北都城就要亡了，如今连大君都成了风里一棵飘摇的孤草。

莫速尔家也会在这场浩劫里灭亡吧？他想，他看着自己的双手。这双手被刀柄磨出了茧子坚硬如铁，可还是弱了，保不住莫速尔家，更保不住北都城，铁晋·巴赫·莫速尔，在倾城之时也不过是个普通的持刀男人而已。

何苦花那么多心思呢？他铁一样冷硬的脸上露出一丝诡异的笑。也许还不如像那个憨直的弟弟一样任意横行。

他猛地转身，走到火盆边坐下，拾起一只酒壶仰头痛饮。铁益倒被哥哥的一反常态惊到了，呆呆地看着，直到铁晋把空了的酒壶扔在地上，抹去满嘴的酒水。

“是该把他们的头一个个拧下来！”铁晋低声说，“可太晚了……”

此时此刻，月光照在北都城南门的城头上，两个人裹着黑色的貂氅站在寒风里，其中一人的嘴角闪着微弱的红光。

“时间差不多了。”斡赤斤家主人从嘴边摘下烟锅，对城下挥了挥手。

斡赤斤家的武士们摸着黑跑到城门边，拉开铁制门闩，十几个人齐力推开了城门。他们尽量轻手轻脚，但是略微生锈的铁枢还是发出了令人牙酸的声音，在寂静的夜里分外清晰。

“混账！”斡赤斤家主人低喝。

所幸没有人听见，斡赤斤家的武士们已经接管了这个城门，周围两里之内，非斡赤斤和脱克勒两家的亲信武士不得踏入。

脱克勒家主人一挥手，五百名精通弓箭的武士在城门两侧列出鹤翼，张弓搭箭，引弦待发。

城外静悄悄的，白皑皑的雪地里没有任何生命的痕迹。

两辆漆黑的篷车穿过鹤翼中间的夹道出城，每辆篷车都有二十名精锐的骑马武士护送，刀弓甲胄整齐，驾车的人也在身边插着一丈七尺的长梭。

马车一出城，城门立刻闭合，武士们松开了弓弦，不约而同地擦了擦额角的汗。主子命令他们开城他们不得不听从，但是谁都害怕，如果朔北的白狼埋伏在城外，这开门的片刻，没准儿狼骑兵就冲了进来。他们中有人曾亲眼看见狼骑兵披着羊皮，忍着酷寒，在台纳勒河边的雪下长时间埋伏，那简直不是常人能想象的。但是狼骑兵能做到并不奇怪，青阳人心里隐隐都这么觉得，因为那些狼骑兵根本不是人，是魔鬼。

斡赤斤家主人眯起眼睛，看着那支小小的车队渐行渐远，再往前，就是朔北人插下的红旗了。血一样鲜红的旗在夜里看来是一团漆黑，随风舞动，像个被钉死在旗杆上的死魂。

“还剩两百步。”脱克勒家主人死死盯着那面旗，车队距离它很近了。

随着他这句话，一声凄厉的鸟鸣忽然横过天空。

“秃鹫！”脱克勒家主人声音颤抖。

被月光照得银白的雪地忽然翻开了一块，巨狼背上的武士猛地抖动羊皮，把积在上面的雪粉洒向天空，顺手抄起了鞍子上的短斧。十几名埋伏在那里的狼骑兵同时现身，不发出任何声音，从两侧迅速地逼近车队。巨狼腥臊的味道让车队中的人脑海里一片晕眩，但是好歹马匹还都保持了冷静，它们看不见听不见，也闻不到气味，只是本能地觉察到危险逼近。战马聚在篷车的周围，骑枪向外，组成了防御圈子，驾车的人拔出了长梭，他身旁的武士则拉开了长弓。

巨狼急速奔驰的时候不亚于烈马，绿莹莹的狼眼里闪动着对肉食的渴望。它们逼近了，那些久经沙场的武士都是一身冷汗。

斡赤斤家主人感觉到嘴唇发干，摘下烟锅不住地舔着，脱克勒家主人指节爆响，在貂氅下按住了佩刀。

两名驾车的武士对视一眼，用早已点燃的火绒点亮了车棚前悬挂的灯。那是一盏普通的灯，只是外面罩了暗红色的布，发出的光暧昧昏暗。

狼骑兵们看见那红灯的瞬间，一同勒紧了缰绳。饥饿的狼眼看就要失去这些新鲜的血食，愤怒地低吼起来，但是狼骑兵们毫不留情地用铁鞭打在它们的脖子上，让巨狼不得不屈从主人的决定。

狼骑兵们带着巨狼缓慢地逼近到车队边，为首的朔北武士盯着两盏红灯看了很久，慢慢地把目光移开。十几匹巨狼后腿弯曲蹲了下去，在车队的两侧列队。驾车的武士战战兢兢地抖动马缰，恨不得早一些离开这些可怖的畜生，护送的武士们更害怕，那些狼吐着长舌，牙齿上发射着铁一样的光。

他们走出了几十步，狼骑兵的头领忽然低喝，“留下！”

护送武士们一齐掉转马头，紧张地平端骑枪。城墙上，斡赤斤家主人心里一紧，攥紧了烟锅。

“留下一匹马。”狼骑兵头领冷冷地说。

一名武士下了马，跳上篷车，把自己养了几年的骏马丢弃在雪地里，对于这一切茫然无所知的马儿紧张地竖着耳朵，胸廓张合，吞吐白气。而整个车队带着死里逃生般的狂喜，向着南面狂奔而走。

他们没有走出多远，就听见背后那匹马痛苦的哀鸣，但他们不敢回头，只是一路狂奔。斡赤斤和脱克勒家的两位当家主在城墙上，看着十几头巨狼从四面八方围住了那匹孤零零的马，同时咬住它身体的一部分把它活生生地撕开，马血染红了大片的雪地，巨狼们嚼着自己得到的一片肉大口吞食。

脱克勒家主人极慢极慢地打了个哆嗦，觉得那股血腥气直涌到他胃里。

车队消失在夜色中很久之后，一道明亮的光从正南方冲上天空，在夜空里爆开后熄灭。那是暗号，当车队到达了安全的地方，他们会对空射出表面抹了磷粉的箭，箭杆里灌了火油，它的亮光在夜里几十里外都看得见。脱克勒家主人憋在胸口里的那口气终于吐了出去，一颗心落回原地。

“吕鹰扬那个家伙，在狼主面前倒还说得上话。”斡赤斤家主人赞赏地点点头。

“你那篷车里的是谁？真是你的几个女人？”脱克勒家主人问。

“当然不是，是我的长子和幼子，你那篷车里的是谁？”斡赤斤家主人向着漆黑的夜色里吐出一口青烟，神色淡然。

脱克勒家主人脸上变色，眼角抽动了一下，“你的长子幼子？你敢拿他们的命去赌？”

“想赌总得下重注。吕鹰扬那个狼崽子，没法相信，但是第一个车队我猜能安全地离开，因为吕鹰扬现在还靠着我们，他要做点事情来对我们表露诚意。”斡赤斤家主人倨傲地笑笑，“现在我放心了，如果我死在北都城里，儿子们会有一天长大成人，为我复仇。我可以轻松地和吕鹰扬玩玩。”

脱克勒家主人愣了愣，一拳砸在自己的手心里，“唉！我真傻了，我在车里只是放了几头捆起来的羊！”

斡赤斤家主人拍了拍老兄弟的肩膀，“别懊丧，吕鹰扬要翻脸也不会那么快，我不还留在北都城里么？我也想活着离开这鬼地方。”

“我们该怎么办？”脱克勒家主人诚恳地问。他和斡赤斤家主人是从小的好朋友，一直觉得两人两家都不相上下，说不上谁听谁的，可这回真的是服膺了。

“只好让吕守愚去死了。”斡赤斤家主人把烟锅在垛堞上磕了磕，皱着眉头呼出肺里最后一口烟，“吕鹰扬展示了好意，轮到我们报答了。”

脱克勒家主人叹了口气，“其实吕守愚倒不能说是个难伺候的主子。”

“谁不是这么说呢？”斡赤斤家主人摊摊手，“可我们这样的老家伙，总得先为自己家里考虑。这城就要破了，别人的命，哪里顾得上？”

北都城外，朔北部营寨，楼炎·蒙勒火儿·斡尔寒牵着他的巨狼，围绕营寨缓步而行，山碧空双手笼在貂皮大袖中，骑马跟在他背后。

“我在北荒，每夜都是这么过的，”楼炎说，“牵着狼，走在一望无际的雪里，有时候担心走进去了，就再也出不来，可也不害怕，心里想很多的事。”

“三十年沉思，能够得到很多答案了吧？”山碧空说。

“有些事想明白了，还有些事，我知道我永远也没法想明白。”楼炎笑了笑，对着夜空长长地嘘出一口白气，白气后面，是一轮这些天来罕见的明月，月光投射在黑得发青的夜空中，如同纤细的冰尘。

“狼主今夜的心情很好啊。”山碧空笑，“是因为从帕苏尔家那里夺回了外孙么？”

“不，我很看重自己的血脉，但是多一个后代还不至于让我那么开心。”楼炎平静地说，“我没有告诉过你么？虽然我只有呼都鲁汗这一个儿子，可我有很多的后代，成百上千人，都是我红骨的勇士们。”

山碧空沉默了一会儿，“用自己的血亲后代组成的军队？难怪有人说白狼团永远不会背叛楼炎·蒙勒火儿·斡尔寒，在白狼团里您就是神……”他话音一转，“该有很多的女人怨恨着狼主吧？”

“能说是怨恨么？”楼炎摇头，“是仇恨，她们眼里我是野兽，被野兽凌辱的女人不会埋怨，只会仇恨。”

“狼主这样的英雄，本该是草原上所有女人所共仰的男子，为什么选择把自己的样子变成魔鬼？”山碧空看着楼炎的红瞳，那眸子的深处，仿佛有浓腥的血在缓慢流动。

“我也爱过一个女人，她很美，我的女儿勒摩长得很像她，”楼炎踩了踩脚下的土地，“可她死了很多年了，她的尸体在土地里已经烂光了。男人不能选择女人作为归宿，男人和女人会互相背叛，也会有人先死去，就只剩下孤零零的一个人，若是懦夫，就会孤独地哭泣。”

“那男人的归宿是什么呢？”

“战场，”楼炎简简单单地回答，“战场永远不会抛弃你，你杀不了人的时候，你就该死了，没时间悲伤。”

山碧空低着头，看着脚下白皑皑的雪地，沉默了很久，笑了笑，“男人有时候真是固执，我有个朋友雷碧城，也会说和狼主一样冷硬的话，让人听了心里难过。”他顿了顿，“狼主还没有告诉我，今夜为什么那么开怀呢。”

“因为又有一场战争要开始了。”

“新的战争？”山碧空一愣。

楼炎遥遥指着南方黑暗里不可见的地方，那是北都城的方向，“就在那座城里，会有一场战争，青阳部的男人们会为了活下去而拔刀对准彼此。我们不用动手，只要旁观，像是看斗兽那样好玩。”

“狼主授予吕鹰扬的权力是……诱饵？”

“是啊，诱饵……不过我是真心希望我的好外孙旭达罕能够活到最后，把那个诱饵吞下去当食物。”楼炎笑笑，“如果他够强大！”

四

上千人围在金帐前，他们在等待贵族们议事的结果。

青阳部在几十年后又一次恢复了“五老议政”的制度，前一次还是钦达翰王在位的时候。

只有极其特殊的时候，当大君不能理事时，才会让大贵族们一起开会，讨论对策。钦达翰王时候的“五老议政”，是因为那时候这个草原之主还年幼，而这一次，是因为要被审判的恰恰是大君本人。

钦达翰王的孙子吕守愚·比莫干·帕苏尔，登位仅仅一年多之后，被查出他勾结朔北部的信件，揭出了他杀死叔父、逼死父亲、夺取大君之位的罪行。他还向朔北部的恶魔出卖了青阳部的军情，从而无数青阳男人葬身在城外，包括忠于他的木犁将军。

整个北都城因此而震怒了，这些日子，几乎每一个家庭，从贵族到奴隶，都有人死在北都城外的战场上。大君一而再再而三地坚持要出城和朔北部决战，一次次损失更加惨重，现在人们终于知道了原因。青阳部上下所有贵族目睹了大君逃离的车驾被截获，以及那些写在羊皮纸上的来信之后，都沉默地表示了接受，而大君最大的支持者九王吕豹隐·厄鲁·帕苏尔在上一场战后再也走不出他的帐篷，这张青阳的神弓已经断了弦，再也射不出致命的箭。

青阳就要亡了，死于自己的主人之手，这将是瀚州草原上从未有过的笑柄，令青阳的男人们虽死仍蒙羞。

金帐的帘子被人猛地掀开，青阳部里仅次于帕苏尔家的大贵族家主额日敦达赉·合鲁丁走了出来，年轻的脸上毫无表情。跟在他身后的，是帕苏尔家的代表吕鹰扬·旭达罕·帕苏尔和斡赤斤、脱克勒两家的家主，如今这四家共同决定着北都城的未来。

额日敦达赉面对金帐前的小贵族和他们的从人站定，清了清嗓子，“青阳的叛徒吕守愚·比莫干·帕苏尔，他叛逆的证据无可否认，是他害死了青阳的好男儿和我亲爱的父亲，”他的眼角跳动，脸色变得狰狞，“我们已经决议，他当被处以囊刑！”

囊刑，这个古老的名字让所有人都沉默了片刻，而后有激愤的人拔出了胸前的小佩刀，“这是他应得的！”

那愤怒的情绪在人群中高速地传播，更多的小佩刀被拔了出来，在靴子上擦得雪亮，高举起来虚劈，想要劈砍那个背亲叛族的罪人。

刀光映日，吕鹰扬沉默着，长长地出了一口气。

英氏夫人端着一碗面走进帐篷，坐到床边，摸了摸阿苏勒的额头。额头上细细的一层汗，阿苏勒依然紧闭着眼睛。

她轻轻地叹了口气，每一次从战场上归来，这个年轻人都会长时间地昏睡不醒，绝不是受伤的缘故。她知道那是什么原因，青铜之血正在逐步侵蚀他的身体，他变得强壮了，可是从未远离死亡。

她转过身，给炭盆里添上新的炭，再转身回来的时候，微微地打了一个寒战。

阿苏勒已经醒了，睁眼看着上面，看着五彩搓花绳下的那枚小铜铃。

他的脸上呆滞无神，瞳仁像是两粒漆黑的煤核。

“阿苏勒你醒了，”英氏夫人轻轻抚摸他的额头，“这一次又是七天，你的身体真叫人担心。”

“昨天就醒了，那时候姆妈你不在，我又睡了过去，很累，不想醒过来。”阿苏勒低声说。

“别想了，战场上的胜负，不是你一个人能扭转的，我们都知道你尽力了。”英氏夫人叹了口气，“起来吃碗面，你都不知道自己饿得快没人形了，这些天只靠给你喂点羊奶过活。”

她扶着阿苏勒坐了起来，把面碗递到他手里，辣焖羊肉盖在手擀的宽面上，浇了调入辣椒的芝麻油，一层鲜亮的红色。

阿苏勒对着那张英气又慈祥的脸，想不出理由来拒绝，勉强地笑了笑，伸手接过了英氏夫人递过来的碗。羊肉香和荞麦面的清香混合在一起，英氏夫人的手艺总能让他胃口大开。但是这一次不一样，那浓郁的肉味让他克制不住地惊恐，胃里一阵翻腾，他哇的一声吐了出来，把一口酸苦的水吐在了碗里。

“姆妈……对不起……”他看看那碗面，又看看英氏夫人，慢慢地垂下眼帘。

“唉，有什么对不起，一碗面而已。你的身体还没恢复，就先别吃这样油重的东西，我去给你熬一点粥喝。”英氏夫人说。

“我还不想吃东西，姆妈，我再睡一会儿。”阿苏勒说。

“也好，”英氏夫人淡淡地笑，“那我先出去，你好好地睡。”

阿苏勒慢慢地平躺在床上，依旧看着那枚小铜铃。他不敢告诉英氏夫人他为什么呕吐，因为他刚从一个梦里醒来，世界是一望无际的黑色，浓郁的血腥味弥漫到每个角落，他咆哮着挥舞刀剑砍杀，不知疲倦，不知畏惧，每一次扑面而来的血腥味都让他振奋，他贪婪地舔着溅到嘴边的血，享受着那股味道，期待那味道更浓重。他想要血，更多的血……

他看着英氏夫人的背影，“姆妈，这几天外面怎么样了？”

英氏夫人笑笑，“没事，不花刺都回来了……不过损失是很惨重，大君和几个大贵族天天商量该怎么办，到现在也没什么结果。可这些不是大那颜的错，大那颜的一万一千人，也杀了上万的朔北人，城里的人都知道大那颜是了不起的男子汉了。”

“那些都是我杀的人。”阿苏勒在自己心里说。

几万个青阳人和几万个朔北人因为他死在战场上，可一切都没改变，他的奋武只不过多流了几万人的血。他太弱小，说下了豪言壮语，却没有能力去做到，他没有把碎箭之阵学精，没有保守住出兵时间的秘密，没能及时击溃那个辰月教士，可说后悔，已经太晚太晚了。

“大君一直没来……他是怨我么？”阿苏勒问。

“没有的事，大君很好，没有事，大君只是在和贵族们议事，太忙了。”英氏夫人忙说。

她的神色让阿苏勒心里一凛。他心思很细，上一次英氏夫人对他说起木犁的时候，脸上也带着相同的神情。

“哥哥……很埋怨我么？”他不由得说了出来。

英氏夫人愣了很久，轻轻抚摸阿苏勒的额头，“怎么会呢？你想想怎么会呢，你的哥哥，是很爱你的啊。”

阿苏勒不再说话，默默地想着吕守愚授予他一万飞虎帐骑兵时的眼神，他不知道该怎么去见哥哥，再看见那双眼睛的时候，他还能说些什么。

“什么人敢擅闯？”铁叶的怒喝声从帐篷外传来。

“传‘五老议政会’对叛贼吕守愚的审判结果，北都城里每一个贵族都该知道！”一个冷硬的声音传来。

不再有人说话，取而代之的是长刀出鞘的声音，显然铁叶已经和那个人拔刀相对。

在英氏夫人阻止之前，阿苏勒跳下床冲出了帐篷。雪地里站着一名斡赤斤家的武士，他背后插着牛皮的令旗，原本那是代替大君传话的人才有的标记，他和铁叶的刀都出鞘半尺，对视的眼睛里杀气凌人。

“主子？”看见阿苏勒，铁叶一愣。

这瞬间的出神让那个斡赤斤家的武士占据了先机，他拔刀抵在了铁叶的喉间，疾步而进。铁叶没有选择，飞快地退后，一直被他逼得背靠在马草堆上。

斡赤斤家的武士扫视冲出帐篷的阿苏勒和英氏夫人，一手摘下了背后的牛皮令旗，一字一顿地诵读，“‘五老议政会’令，吕守愚·比莫干·帕苏尔背弃祖先英灵，勾结朔北部，暗杀叔父、威逼父亲、窃取大君之位，处囊刑，今日执行！”

囊刑！听到这个名字，阿苏勒、铁叶和英氏夫人的脸色都变得惨白。

“扔下你的刀，否则砍下你的头！”一柄长刀直指斡赤斤家武士的后颈。持刀的是铁颜，他是闻声赶来的。

“主子！主子！”铁叶大喊。

铁颜还在发愣，铁叶一把抓住斡赤斤家武士的刀背，把刀夺了过来，一肘击打在那个武士的脸颊上，把他打翻在雪地里。

“管这个人有什么用？”铁叶一推铁颜的头，“主子……主子跑出去了！”

铁颜心里一寒，顺着铁叶一推看向背后，看见阿苏勒只披了一件丝绸睡袍的背影踉跄着奔跑在雪地里。英氏夫人也呆住了，跟着追了出去。

铁颜急得在那个斡赤斤家武士的身上狠狠地踩了一脚，“早该一刀杀了你！”

阿苏勒狂奔在雪地里，北都城的街上只有过节的时候才有那么多人，这些人全部向着金帐前汇集而去。

阿苏勒追着那人流，超过了一个又一个的人。夔鼓声响起在远处，一声声越来越沉重，鼓点越来越密集。那是即将处决吕守愚的鼓声，每一下都像是敲在他心上。他觉得自己快要累死了，他不知道自己跑到的时候是不是只能面对着一具尸体。但他不敢停下，他大口地呼吸着冰冷的空气，用那股寒冷支撑着自己。

他不知道这是怎么了，在他沉睡的时候，这世界仿佛颠倒过来。他无法相信比莫干会是那个叛徒，那是他的哥哥，那是苏玛的丈夫，那是个誓言要捍卫帕苏尔家尊严的男人，还欣喜地等待着儿子的降生。

他怎么会是叛徒呢？那个说不上勇毅的男人，他那么爱他的妻子，怎么就敢赌上自己和妻子的未来去当一个叛徒？

他是坐在黄金宝座上的人啊！他是青阳部尊贵的大君啊！

一定有什么错了，不该这样，不该这样！阿苏勒心里有个声音大喊。

比莫干死了，苏玛怎么办？他不敢想这个结果。

夔鼓声越来越急了，阿苏勒觉得自己的肺都要裂开。

吕守愚被黑暗笼罩着。他知道自己就要死了，外面密集如雨点的夔鼓声宣告着他的生命已经不剩下多少了。

他知道这是一个彻头彻尾的阴谋，但即使他现在大声地呼喊，也没有人会相信他。他太愚蠢，只想着自己，想着妻子，没有分出心思去提防那些贵族。他很后悔，他的朋友洛子鄢在最后一次分别的时候曾经紧紧握着他的手提醒他说，这世上从没有永恒的朋友或者敌人，与其提防敌人，不如多花点心思提防朋友，因为朋友的背叛会更加危险。他知道洛子鄢是在暗示谁，但他只是开了一个玩笑，说那样的话他最该提防的就是洛子鄢。

洛子鄢苦笑着离去了。

那东陆人是个值得信赖的好朋友，也许将来有一天他也一样会背叛，但是他已经没有机会了，因为吕守愚就要死了。

洛子鄢说过开春雪化的时候他会回来，但吕守愚希望他不要再回来了，洛子鄢如果真的回来，会发现北都城已经变成了另外一个样子。

他终于明白了父亲为何始终犹豫着是否要把大君的位置传给他。其实父亲一直都希望他更坚强些、更狡诈、更机敏，也更狠毒，只有那样的人才能扛起北都城主人的责任。可他没有理会父亲严厉的训斥，他太自负了，觉得自己有足够的勇力，又懂东陆人的统御之术，相信自己可以当一个比父亲更好的大君。

父亲直到临死的时候还在等着他长大吧？可父亲没有等到，只能匆匆把这座城市传给了他。

他不知道班扎烈怎么样了。他被一支羽箭洞穿了肩头晕过去之前，那个独臂的班扎烈硬撑着腿上的箭伤站了起来，从一匹已经死去的战马背上摘下一面盾牌，挡在他的面前。之后又一支羽箭命中了班扎烈的腿，他只能以双膝跪在地上，双手扣住盾牌的边缘让它树立起来。

他也不知道阿苏勒怎么样了。直到这时候他才后悔，他应该早一点去看一眼那个昏死的弟弟，虽然他没能带来胜利，可这个温和的孩子终于屈服于他疯狂的血液咆哮着在战场上杀戮。他已经尽了全力。

他竭力要多想些事，因为他就要死了，他的灵魂即将散去，记忆也不复留存。

他只是不敢想苏玛，他听见城门外那个奋力拍门的声音。他知道那是苏玛，可那个小小的女人又怎么能拍开北都城的城门？她为什么就不能有一次听自己的话呢？她应该走的啊，带着他们的孩子。那么多次自己都听了她的话，最后一次她却不肯听自己的话……她舍不下自己么？如果真的舍不下，为什么不早点告诉他呢？他跟在那马车后面慢慢地走着时，多么希望苏玛能扑下马车来向着他奔跑。他不敢送那马车去城门边，因为他不知道怎么说告别的话，他怕自己会在班扎烈的面前像个女人那样流下泪来。

他心里始终还存着一个心结，他觉得他爱苏玛，远远超过了苏玛爱他。可是这样一场不公平的婚姻，他却舍不得。苏玛冷漠而顺从的时候，他无数次地想要去宠幸更多的女人来报复她，可他没有，因为他想即便那样苏玛也还是会平静地伺候他，心头不泛起一点尘埃。

他想要大口地呼吸，但是罩着他的马皮囊密不透风。他很想有半日的时间好好想他这一生，这时候鼓声停止。

围观的人群也在同一时间安静下来，他们不约而同地屏住了呼吸。

驮着马皮囊的战马驰入金帐前的雪地中央，解开了皮绳，把马皮囊扔在雪地里。那边戴着牛角冠的巫师唱起了祝词，八名武士松开了战马的缰绳。八匹战马并排奔驰，像是八齿的梳子那样在雪地上留下痕迹，第一次它们避开了雪地上的革囊。第二次其中一匹马踩了上去，革囊剧烈地抽搐起来，像是一只干了的海虾那样弓起身来，但是没有发出任何声音，里面的罪人已经被堵死了嘴。

这就是草原上曾经盛行的囊刑，身居高位的人如果犯了叛逆之罪，会把他们装入马皮缝制的革囊里，用烈马轮番地践踏而死。这是最残酷的刑罚之一，革囊里的人不能发出声音，所见的只有一片黑暗，他们永远不知道什么时候马蹄会踏到他们身上，只能等着死亡。而骑马的武士们会谨慎地控制着节奏，一开始，他们只是命令战马用打了铁掌的蹄子去踢，这只会弄断罪人的骨头，让他们痛苦不堪，渐渐地他们会命令战马去踩，这会毁掉罪人的背脊和内脏，最后，他们会来回奔驰轮番践踏。整个行刑的过程会持续很久，打开革囊的时候，里面是些难以辨认的骨渣和模糊不堪的血肉。

又一匹马的铁蹄狠狠地踢在革囊上，把它踢得在雪地里翻滚，原色的革囊上有血的颜色晕染开来，谁也不知道那罪人的哪根骨头断裂了，但是人群中爆发出一阵欢呼。他们可以想见那罪人所受的痛苦，这是为了偿还他们死去亲人的命。

战马们在革囊边围成了圈子，它们轮番踢着革囊，就像是东陆人玩的蹴鞠，革囊里的人能做的只是竭力在雪地里翻滚去闪避。但他看不见，只是凭着一股求生的本能，他也避不过，每个方位都有一匹马等待着。

人们看他的挣扎，是看一个昔日高高在上的人沦落得连奴隶都不如。他的一切挣扎都是无谓的，像是猫爪里的老鼠。他挣扎，只不过让围观的人更有一股捉弄的欢喜和复仇的快意。

一个披着白色狐狸裘的身影不顾一切地冲入了刑场，她扑在那个革囊上，发出咿咿呀呀的声音和悲痛欲绝的抽泣。

行刑的武士们吃惊地闪避。他们认得出那个女人是过去的大阏氏，这个罪人的妻子，但她不在行刑的名单上，武士们不知如何是好，只能以目光请示刑场边的斡赤斤家主人。围观的人多半没有机会这么近地目睹尊贵的大君妻子，都带着审视的目光打量她，这个昔日的女奴，传言她的美貌胜过世上一切的女人，大君在她面前丢了魂魄似的，于是不惜一切代价从自己的弟弟那里抢来。男人们在酒后秘密地讨论这个大君的女人，带着艳羡的心，可是现在他们失望了，那确实是个美丽的女人，却不魅惑，她根本还是个长着孩子面孔、苍白、瘦弱的女孩，那个隆起的小腹和她孩子般的容貌极不相称。

“混账！不是说了要把她看起来的么？”脱克勒家主人不悦地说。

“这样不也好么？”吕鹰扬幽幽地说，“听见她的哭声，比莫干的痛苦会是死亡的十倍吧？”他仰首望着天空，深深地叹息，“男人一生，最大的悲痛莫过于竭尽全力去做的事情没做成，不顾一切要保护的人死了。诸位家主怎么想？”

“我觉得我们该仁慈一点，”斡赤斤家主人露出淡淡的、和蔼的笑容，“吕守愚是我们过去的主人，让他如愿地和他的妻子一起死吧。”

他以眼神向行刑的武士下令。

为首的行刑武士不再犹豫，他要以自己的行动为其他人做出表率。他猛扯缰绳，战马人立而起，铁蹄向着那个孩子脸的女人踩了下去。

“不！”阿苏勒咆哮着，推开了挡在他面前的人，向着刑场中央狂奔。

他来晚了，太晚了，当他在刑场中央的时候，姬野带着十二柄长刀等在刑场边准备救他。而比莫干被扔在刑场中央的时候，他还在路上气喘吁吁地奔跑。比莫干在最后的时候是否也期待着有个人忽然出现来救他？可是没有，曾经是大君的比莫干·帕苏尔，曾经被那么多人簇拥，可死的时候如此孤独。只有他一直爱着却又担心失去的那个女人扑在他身上，徒劳无助地哭泣。

从没有像这样，阿苏勒的心里充斥着刻骨的恨，像是有一只磨着利齿的野兽在那里狂吼。他恨自己为什么没有带着影月出来，如果是那样，他会挥刀把面前的八个人都杀了。对！都杀了！他们应该死的！都该死！

但他甚至来不及扑上去把苏玛从马蹄下拉开。他内心里渴望着再见到苏玛，但是又不敢，此刻他就要见到她了，她却要死了。

在最后一瞬间，那个革囊忽然弹起来抱住了苏玛，转身把她压在雪地里。马蹄落在革囊上，苏玛听见里面传来骨骼碎裂的声音，清晰而残忍。

黑暗中的吕守愚觉得自己的下半身完全失去了知觉，剧烈的疼痛仿佛要把他撕裂。他的脊柱断了。他只能紧紧地抱住怀里的人，他想凑到她身上去嗅那熟悉的气味，但他只闻到浓重的皮革味。只有那怀抱的温软让他知道自己还活着，是他在这地狱中唯一的救赎，是他仅有的药，可以治他的伤痛和绝望。

又一匹马人立起来。

阿苏勒如一只垂死的野兽般吼叫，他飞跃起来，用尽全身力量狠狠地撞在那匹马的侧面。巨大的力量让战马倾翻在地，那一瞬间阿苏勒从鞍上拔出了长刀。他一手拎起苏玛远远地扔了出去，之后紧紧地抱起革囊想要冲出去。可是一口气接不上来，他跪倒在雪地里。剩下七匹马上的武士一起拔刀，却不急于进击，而是命令战马纷纷扬起前蹄去恫吓。十四只马蹄的铁掌被雪磨得狞亮，在阿苏勒的面前闪动，他跌坐在雪里，胡乱地挥刀，泪如雨下。他没有想过要来救人，也没有想过要逃走，他不知道能逃到哪里去，这世上也不会有人来救他了，他想大哭着喊姬野和羽然的名字，但是他们一个在东陆而一个在青州。他觉得自己就要疯了，真的逃不出去了，这世界就是一个无边的刑场，把每个人都押上来处决。

可是为什么呢？到底为什么呢？

“真可怜哪。”吕鹰扬看着战马中央披头散发的阿苏勒，看他如同被猎犬们逼到走投无路的小兽，无助地挥舞爪子，扭头四顾。

“三王子，你会可怜弱者么？”斡赤斤家主人淡淡地说。

吕鹰扬冷漠地笑笑，不回答。

铁颜和铁叶刚刚赶到，被眼前的一幕惊呆了。

“哥哥！”铁叶刚想阻拦，铁颜已经拔了刀，直冲进去。他没有犹豫，闪身进步一刀劈向其中一匹战马的脖子。马背上的武士用刀背一格，铁颜得到了一个空隙，伸手把阿苏勒从马蹄围绕下抓了出来。

“妈的！也管不得了！”铁叶也拔了刀。他不能看着自己的哥哥一个人对七个人，他们兄弟从小就是一体。

铁颜和铁叶拦在阿苏勒和吕守愚的两侧，挡住了七名武士，围观的人群里爆出愤怒的喧哗声，那些人在战场上失去了亲人，渴望着看到这场行刑有个残忍而完美的结束。不知是谁投出了第一个雪球，接着数百数千个雪球向着铁颜铁叶他们砸了过去，行刑的武士们也被波及。

“拉开他们！否则一样处死！这是行刑，不是闹剧！”额日敦达赉愤怒地说。

阿苏勒颤抖着用刀割开了革囊，露出了吕守愚蒙着鲜血的脸。他的气息已经很微弱了，微微睁开眼睛，迎着日光看着阿苏勒。这个将死的人目光平静，没有仇恨，没有痛苦，只有淡淡的悲伤。

“哥哥……哥哥……”阿苏勒呜咽着，紧紧抱着革囊。他知道自己就要失去这个哥哥了，他已经失去了父亲，现在又失去了哥哥，是这个人不惜代价从南淮城的刑场上救他回家，但是他的家已经不一样了。那些关心他的人，一个个都死了。

“不要让苏玛看我现在的样子，”吕守愚用游丝般的声音说，“她会很难过。”

“嗯！”阿苏勒用力点头。

“阿苏勒，听着……我不是叛徒。”吕守愚又说，“我是帕苏尔家的子孙，我若背叛青阳，父亲在天之灵不会饶了我。”

“我听见了，我听见了……”

“阿苏勒，要保护苏玛啊……”吕守愚从革囊里探出手来，他的眼睛微微发亮，带着期待，看着弟弟。

“是！是！”阿苏勒伸手去和他紧紧交握，号啕痛哭。

两只手握住的瞬间，阿苏勒感觉到吕守愚的身体在他怀里变轻了。什么东西从他身上离开了，永远地。一颗雪球恰好砸在吕守愚的脸上，盖住了他的脸。阿苏勒伸出手，把吕守愚脸上的雪粉抹去，看着那双涣散的眸子。这个曾经身为北陆大君的男人，至死不肯闭上眼睛，也许是他没有来得及听见阿苏勒的回答。

阿苏勒抱着他哥哥的尸体，用尽全力站了起来，仰天发出狼一样的哭嚎。更多的雪球砸在他和吕守愚的身上，像是东陆戏台上那些抹了白粉的小丑一样滑稽。

武士们抛出了套马索，铁颜和铁叶都没能避开，倒在雪地上，战马拖着他们冲出刑场，去向不同的方向。

“继续行刑！”额日敦达赉下令。

武士强行把吕守愚的尸体从阿苏勒那里拖走了。阿苏勒没能反抗，他把刀都扔在地上。那具尸体被扔到刑场中央，八名武士再次骑马汇聚起来，围成圈子，对准吕守愚的尸体纵马践踏，就像是一群狼捕猎到一头羊要把它撕碎来吃掉那样。吕守愚的尸体在马蹄下渐渐化为一堆辨不出形状的血肉，积雪和泥土被掀到那些血肉上，黑的泥土、红的血浆和白的雪混杂在一起。

人群里爆发出震耳的欢呼声，他们从仇人的血腥气里获得了安慰。

阿苏勒坐在雪地里，呆呆地看着苏玛。他没有想过会在这样的情况下和苏玛面对面，他终于见到她了，那么近，可他宁愿自己是瞎的，看不见她那木然的脸。阿苏勒甚至不敢扑上去抱住苏玛，他怕一抱，苏玛就粉碎了。

苏玛在喉咙深处发出了含糊的、痛苦的呻吟，她缓缓地倒在雪地里，昏死过去，裙下一摊鲜血。她流产了，失去了她和吕守愚唯一的孩子。

斡赤斤家主人露出了满意的笑容，这会省去他很多的麻烦。

英氏夫人跑到苏玛的身边，一把把她抱了起来，这个年老的女人身体依旧结实，头也不回地离开了。

行刑的武士们也散去了，雪地里只剩下阿苏勒默默地对着那摊令人作呕的血肉，一点吕守愚的痕迹都找不出来，他的哥哥完完全全地消失在这个世界上了。他按住自己的头，慢慢地把头埋在雪里。

“是我的错啊！是我的错啊！”他趴在雪地里，干呕着，捶着地面，“是我打了败仗，是我害死了那些人，是我的错！”

围观的人把更多带着泥土的雪球砸在他的头上身上，可他感觉不到寒冷，也感觉不到痛。他的浑身都麻木了，像是不属于自己，只有让人窒息的悲痛清晰锐烈。他觉得自己就要被痛苦杀死了，夹杂着悔恨的悲伤，像是刀一样割着他的身体。他只能号啕大哭，这是唯一能轻松些的办法，最后他还是只能选择这个懦夫的办法。

“是我的错啊！是我的错！”他说，“哥哥他不是叛徒！”

他抬起头，看着吕鹰扬和几位大贵族并马而立，脸上各自带着或是不屑或是冷漠的神情。他明白了这是一件怎样的事，他面前的就是五老议政会，就是这些人判了他哥哥的死刑，也是他们当日匍匐在哥哥的脚下。他胸口里危险的怒气一震，拾起距离他最近的刀，大步走向吕鹰扬。

吕贺拔出狮子牙，策马拦在吕鹰扬前面，对着阿苏勒咆哮，“滚！”更多的武士聚了过来，在吕鹰扬的面前组成人墙。从吕贺到这些武士都怀着不安，眼前看起来脆弱的阿苏勒，曾在战场上鬼神般杀戮，他是青铜之血最后的继承人，任何人面对持刀的他，都不能不谨慎。

“让他过来！”吕鹰扬低吼。

吕贺不得不让开了通路。阿苏勒走到吕鹰扬的马前，手中的刀微微颤抖。他看着吕鹰扬那张冷漠的脸，胸口里蓄积的杀气忽地烟消云散。他并不想杀吕鹰扬，就算杀了也救不回吕守愚。他觉得疲惫了，他想自己是个那么虚弱的人，无论他做什么，都是没用的。

“我亲爱的小弟弟，你拿着刀，是要用你一个哥哥的血来祭奠你的另外一个哥哥么？”吕鹰扬上下打量着他。

阿苏勒用袖子擦去眼泪，“哥哥，就这样，停手吧！你已经杀了大哥……青阳还有谁能当大君？只有你了！你已经是大君了，不会有人跟你争的……可这些还有什么意思呢？城破，每个人都要死，为什么我们自己的亲人要自己来动手杀？为什么啊？哥哥！停手吧！”他像个孩子那样跳着脚，挥舞着双手，流着泪，哭喊，“停手吧！停手吧！”

吕鹰扬沉默地看着他，微微摇头，眼里的神色谁也说不清楚，像是鄙夷、像是嘲讽、像是怜惜。阿苏勒哭得没有力气了，慢慢地跪在地上，双手撑着地面，眼泪一滴滴落在雪里。

“阿苏勒，我亲爱的弟弟，我该怎么说你？这十年里你长高了、强壮了，学了东陆人的武术、东陆人的兵法，可是你心底里还是那个懦弱的小孩。”吕鹰扬轻声说，“你大声吼着说要保护谁，可是你除了大吼还做了什么？你要保护的那些人一个个地死了，青阳马上要灭族，你却只能在这里吼叫在这里哭……”

“你真让我失望……”他忽地怒容满面，放声大吼，“你是有青铜之血的男人！你本该是这个城的救主啊！”

阿苏勒呆呆地望着吕鹰扬。他看得出那愤怒不是伪装的，压抑了太久之后，在这一刻喷薄而出，像是锐烈的雪风。

吕鹰扬·旭达罕·帕苏尔，这个心永远深得像井的男人，可以平静地带着笑看着自己的哥哥被马蹄踩死，却又为什么如此愤怒？

吕鹰扬叹了口气，以手支着额头，仿佛极疲倦，“你和比莫干那样软弱的人，有什么力量守护青阳？这个乱世的权柄，只能握在最强的人手里！”

“软弱的人，永远……都是没用的！”他抛下了这句话，策马离去，大队的骑兵跟随在他的身后，把雪尘洒在阿苏勒的身上。

五

胤成帝六年，一月七日，夜。

北都城外，呼都鲁汗策马而行，紧紧跟着巨狼背上的楼炎。每次晚饭后楼炎会骑狼漫步，有时候出去一整夜才回来，不知去哪里。偶尔山碧空会陪着他，呼都鲁汗则很难得陪伴父亲散步，今天是他苦求而得的机会。

“父亲，吕鹰扬是个危险的人，我们该收紧傀儡的线了！”呼都鲁汗一直想跟父亲说明白这个问题。

根据情报，青阳大君吕守愚已经被处死，归附于吕鹰扬的三大贵族掌控了局面，如今人人都在期待贵族家主们能够想出好办法来说服朔北部议和。可吕鹰扬的信里却说局面依旧混乱，还需要更多的时间收拢人心，所以他暂时不能打开城门。

但楼炎对这件事毫不在意，这些天来他只是骑着巨狼围绕北都城转圈，独自一个人，悠闲而沉默。

“这等于谋逆啊！”呼都鲁汗又一次念叨。

楼炎一拍胯下巨狼的头，这匹狼王止步了。巨狼扭头看着呼都鲁汗，呼都鲁汗那匹薛灵哥战马惊悚地退后几步。风吹起巨狼三尺的长毛，毛边晕着月光，这匹狼的眼神和它的主人楼炎一样，冷冷地睥睨众生。呼都鲁汗低下了头，不敢直视。

“呼都鲁汗，你应该更冷静，更有耐心。莽撞的人，对战果太贪心的人，是不可能持久地掌握权力的。”楼炎依然看着前方。

呼都鲁汗背后悄悄地沁出汗来。“掌握权力”，这话楼炎说到了他心上。

“儿子心里是很焦急。”呼都鲁汗说。他不说自己知道错了，因为他知道楼炎不喜欢这样敷衍的谢罪。

“我们面对的是一个陷阱，里面是一群饥饿的野兽。我们向陷阱里投了一个诱饵，它们会为了争吃这个诱饵互相搏杀。如今只是刚刚死了一个吕守愚，这场斗兽只是开始。”楼炎淡淡地说，“吕鹰扬非常聪明，他知道自己并不是斗兽的人，而是野兽之一。他要成为最强的野兽，再来和我们谈条件。”

“儿子是担心吕鹰扬这头野兽不好控制，而且等到他们拼得两败俱伤，北都城里也不剩下多少人可以为我们所用了。打下一座空荡荡的死城，对我们有什么意思？”

楼炎笑了笑，“我的儿子，我要说多少遍你才能记住？”

呼都鲁汗一愣。

“我来这里的目的和你，还有山碧空都不同。你想要更大的权力，而我，”楼炎扭过头来，眼里满是嘲弄，“只是回到我曾经踏入的陷阱里，来复仇！”

“是！”呼都鲁汗一手按胸，低下头去。

“多好啊，看着自己的仇人们厮杀，在那个被命运诅咒的城里，抛下了贵族的骄傲和草原主人的威严，沦为野兽一样的东西。”楼炎舒心地笑笑，“那不是最痛快的复仇么？”

“是！”呼都鲁汗再次说，他已经明白自己再劝什么都是没用的。

“我不担心吕鹰扬，”楼炎最后说，“我甚至期待着他咬死其他所有野兽之后，出城和我决战。这很好，我楼炎的外孙应该这样。”

他又拍了拍巨狼的头，巨狼抖动全身长毛，以舒缓的步伐在雪风里渐渐远去，凄冷的月光照在一人一狼的身上，在背后留下长长的影子。这一次呼都鲁汗没有追上去，他想自己的马跑得再快，也永远追不上父亲的步伐。他眼前那个孤独如魔鬼一样的人，正一步步地，仿佛要踏着月光走上天空。

此时此刻，北都城里，金帐中，灯火通明。

这座沉寂已久的帐篷在它的前主人死后忽地焕发了活力，曾经死也不愿再踏入金帐的大贵族斡赤斤家主人和脱克勒家主人都应吕鹰扬的邀请出席了这场盛大的晚宴。

在如今食物匮乏到极点的北都城里还有这样丰盛的筵席，那些缩在自己帐篷里用燕麦粒和草根果腹的穷牧民是不敢想象的。铁叉上架着焦香的全羊，坛子里溢出浓郁的酒香，赤裸上身的奴隶们在火焰上翻动铁叉，同时把一勺勺烈酒浇在将熟的羊肉上，酒在火焰里瞬间就蒸成了青烟。烤好的羊被利刀片成薄片儿，码在银盘子里，浇上赤红色的辣酱，撒上紫苏碎屑，再淋上几滴透着浓香的芝麻油，呈在贵客的面前。一同呈上的还有嗞嗞冒着油泡的獭子肉、月白色的干酪和风干的鲑鱼，这些鲑鱼是在炎热的夏季在南方千里外的天拓海峡捕获的，不抹任何香料和盐，在海风里吹干之后送到北都来，是海边居民献给大君的贡品。

娇美的少女们围绕烤羊的火堆舞蹈，她们穿着昂贵的纱裙和羊羔皮子的坎肩，两只纱织的袖子是半透明的，就着火光可以看见她们柔软如青藤的臂膀和圆润的肩头。

这场盛筵用来庆祝一个叛徒的死去，他的名字叫作吕守愚·比莫干·帕苏尔。

斡赤斤家主人喝得很尽兴，满脸泛着红光，懒洋洋地倚在羊皮靠垫上，肆无忌惮地品味舞蹈少女们的曲线。在此之前他从未有机会这样坦然无忌地直视她们，这些少女都是金帐宫里从小培养的女官，她们细嫩的双手不像普通的蛮族女人那样握过羊鞭切过马草，她们只是等待着伺候蛮族的主人，大君。

主座上的吕鹰扬也很尽兴，一再地举杯敬酒，酒香辛烈的古尔沁烈酒被男人们倒空了一坛又一坛。

“果真是草原之王的享受啊！”脱克勒家主人大声地说。

“老朋友，你是说这酒，还是那些胳膊柔软的女人呢？”斡赤斤家主人明知故问。

吕鹰扬笑着挥挥手，一名舞蹈着的少女脚步轻轻地走到脱克勒家主人的身边，为这个老人斟酒。脱克勒家主人醉眼蒙眬地看着她桃红色的脸蛋，忽然双臂一探，熊一样抱住她的腰身，少女不敢反抗，低着头缩在脱克勒家主人的怀里。金帐里的男人们都发出了欢快的笑声。

“人老来多几个妻子没什么坏处。”斡赤斤家主人笑。

“是啊。”吕鹰扬也笑，“那就带她回脱克勒家的帐篷里吧，看看她是不是比得上脱克勒家美丽的女主人们。”

“可以么？”脱克勒家主人斜眼瞥着吕鹰扬。

“怎么不可以？”吕鹰扬摊开双手，“我只恨没有个美丽的妹妹，能嫁给英勇的脱克勒家主人。”

脱克勒家主人愣了一下，大笑，“我能娶一个帕苏尔家的女人么？我们不是尊卑有别么？”

吕鹰扬不再说话，只是高举银杯。脱克勒家主人搂紧少女的腰肢，痛快地饮下了一满杯烈酒。

斡赤斤家主人含笑看着他们。他满意于吕鹰扬几乎无耻的谦恭，心里弥漫着懒洋洋的惬意。但同时心底有个声音在提醒他，这个谦恭的男人是不可信任的，他的礼敬随时都可能变成进攻的前兆。

吕鹰扬放下手中的银杯，微微躬身行礼，“尊敬的斡赤斤家主人，到今天为止，已经有六支斡赤斤家的车队，六支脱克勒家的车队离开北都城，一共上千人越过朔北部的红旗去往南边，没有任何人阻挡他们吧？”

“三王子非常信守承诺，我很欣慰。”斡赤斤家主人举杯，“为帕苏尔家年轻有为的新主人，我们不该干上一杯么？”

众人一齐举杯，吕鹰扬却没有动，眯着眼睛微笑，看着斡赤斤家主人。金帐里忽地安静下来，众人尴尬地举着杯子，不敢大声呼吸。

“三王子是有什么重要的事想说？”斡赤斤家主人神色自然，笑笑，“三王子是急于成为北都城的新大君么？这件事我们这样的老家伙帮不上忙了。”

“不，我只是好奇一件事，我已经代替狼主允许两位尊贵的当家主带齐财产离开北都，可是连续这么多天，两位只是不断地送走妻子家人，自己却还留下。两位难道不担心？朔北部如果攻破城门，屠城之中，未免不会错杀，到那时两位的安全我可不能保证了。”

这已经是赤裸裸的威胁，脱克勒家主人浓眉一皱，推开身边的少女，对着吕鹰扬怒目而视。他背后数十名武士都放下酒杯，冷下脸来。可斡赤斤家主人摆了摆手，不让自己的侍卫武士有什么动作。所有人的目光都落在他身上。

“如果三王子是个碌碌无为的人，我们早就带着家人逃走了。”斡赤斤家主人意味深长地笑，“可是三王子这些天来的表现，真令我们这些老人吃惊，甚至可以说是超过吕嵩的英雄。这让我们觉得也许留在北都城，会有更大的好处。”

“留在北都城？”吕鹰扬吃了一惊。

“我忽然有个猜测，”斡赤斤家主人盯着吕鹰扬的眼睛，“狼主其实不会屠城，也许狼主七十年来说过的每一句话都算数，可这一次他会破例。他已经破例了，把赐人活命的权力给了三王子，那么他为什么不能破更多的例呢？”

吕鹰扬沉默了片刻，“这个猜测很危险。”

“我们今天的家产，都是祖宗骑着马挥着刀夺来的，危险可吓不住我们。”斡赤斤家主人从容淡定，“我想此时即便朔北部攻下北都城，也要冒巨大的损失。这对他们可是糟糕透顶的事，很快春天就要来了，雪化了，澜马部、九煵部那些大部落会得知朔北战胜了青阳，却奄奄一息。他们会片刻不停地带着骑兵横扫朔北部，夺取这座城。那时候，狼主三十年的隐忍不都白费了么？”

“所以对于朔北人来说，最好的结果就是青阳能向他们投降，青阳剩下的兵力能为他们所用。他们可能把青阳和朔北合成一个新的大部落，这样草原上没有任何部落敢尝试挑战。”脱克勒家主人说。

“我们留下来，对于狼主而言是有用的人。可如果我们离开北都城，这里就真的成了三王子的天下，那时候我们还有什么筹码可以拿来和三王子谈条件？就算我们侥幸没有死在路上，三王子也会立刻翻脸，把我们留下的人口牛羊都据为己有，睡在我们的帐篷里，玩弄我们的女人。”斡赤斤家主人看着吕鹰扬，开心地笑着，嘴唇上的胡子一动一动，“我有几个妻子，很年轻，都是绝色，年轻的男人看见了也会动心。”

他们两个人就像一唱一和，显然早已达成了一致。吕鹰扬沉默地听着，脸上泛起霜一般的白色。斡赤斤和脱克勒的当家主相视而笑，笑得肆无忌惮，他们身后的武士忍了片刻，也呵呵地笑了起来，金帐里无处不是男人们自得的笑声。吕贺终于忍不住，霍地起身，腰间长刀出鞘一半，正是多年之前山碧空作为国礼馈赠的“狮子牙”。

立刻有几十几百柄刀出鞘的声音回应他，两家的侍卫武士一齐起身，拔出的长刀反射火光，狰狞刺眼。

“四王子，可别忘了，如今还是我们控制着北都城！如果没有我们，你能坐在这金帐里喝酒？”脱克勒家主人狞笑一声，重重地把杯子放在小桌上。

吕鹰扬竖起一只手，阻止了吕贺。他低低地叹了口气。

斡赤斤家主人清了清嗓子，是时候了，该把一切的面纱挑开了。“三王子，如果我没有猜错，你拿来和狼主交易的，是整个青阳部。外孙？呵呵，我不信楼炎那样的男人会在乎一个从未见过面的外孙。他强暴过的女人有多少？生下的后代有多少？他自己都数不清吧？你不过是狼主的傀儡，你带着他施的恩来北都城里招揽人心，如果你能让所有人都依附在你的旗下，狼主就会开恩继续让你当青阳部的主人，如果你不能……你就是个没用的人，就该去死！”

吕鹰扬微微眯起眼睛，没人能看明白他的表情，“尊敬的斡赤斤家主人，这是你第二个猜测，你是狐狸一样精明的人。不过别忘了，城外是几万朔北男人的刀，你拿来赌的是自己的命。猜错一件事，你的命就没了。”

“三王子，要独吞一切的好处，是否太贪心了一点？”斡赤斤家主人冷笑。

“好处？好处是什么？”吕鹰扬问。

“青阳主人的位置！”斡赤斤家主人起身，手指吕鹰扬，“谁向朔北部献上这座城，谁就是有功之人，可以继续统治青阳！”

“我的舅舅呼都鲁汗说，想做傀儡的不只我一个人，果真是这样的。”吕鹰扬轻轻叹了口气。

斡赤斤家主人耸了耸肩，“我们原本也只是你父亲、你哥哥帐下的一个随从，我们的心不高，只想选择主人，楼炎·蒙勒火儿·斡尔寒至少比吕守愚·比莫干·帕苏尔更适合当我们的主人。我对于三王子的才干和勇气也都很欣赏，没有要踩在三王子头上的意思，我只是想，也许北都城不再需要一位新大君，草原上的新大君应该是朔北狼主，而今天在这里的我们三人，应该一起把这座城献给新大君，分享他的恩宠。三王子，你觉得这条件如何？”

“这不是我们最初交易的内容吧？”吕鹰扬说。

“交易的条件随时都会变的，”斡赤斤家主人摊了摊手，“我们经常和东陆人做生意，这很多见。”

“分享他的恩宠？”吕鹰扬冷冷地笑了。他做了一件谁都不敢相信的事情，他吐了一口唾沫在地下，发出了响亮的一声“呸”。

“这低贱的话是出于尊贵的斡赤斤家主人么？”吕鹰扬猛然起身。

几十柄长刀在鞘中震动，淡定洒脱的斡赤斤家主人脸上也露出了怒色。他本以为胜券在握，却没有料到这个背后没有依靠的吕鹰扬会公然挑衅他。这太不像平时的吕鹰扬了，他本应是个狡诈、虚伪、喜怒不形于色的人，在对他有帮助的人面前不惜狗一样低头。斡赤斤家主人的心里也有点惊疑不定，不知到底什么地方出了错，把吕鹰扬激怒得如此之深。

“请我们尊贵的主人。”吕鹰扬用异常清晰冷漠的声音说。

帐篷外传来了金属摩擦的声音，在寂静的夜色中分外刺耳。所有人都惊疑不定地看着金帐门口，吕贺握紧刀柄，手心沁出冷汗，站到了吕鹰扬的背后。那金属摩擦的声音在缓缓地逼近，仿佛一个钢铁巨人在行走，二十步……十步……五步……越来越近。

吕鹰扬掀起自己的袍摆，跪在地下，全身向前扑倒。吕贺如他一样拜伏下去。那是蛮族最隆重的大礼之一，以往只在迎接老大君的时候使用。可是那个叫作吕嵩·郭勒尔·帕苏尔的男人已经死了，斡赤斤家主人心头浮起不祥的阴影。

猩红色的帘子被掀开了，几名武士合力推动一间熟铁打造的牢笼进入金帐，那牢笼下面安装着铁轮，滚动起来发出令人牙酸的声音。

第一眼看见牢笼中的人，斡赤斤家主人觉得自己的血管一寸一寸地被冻结了，他的手忍不住颤抖，膝盖在酥软，他就要跪下去，向这个人献上他的恐惧和敬畏。三十年之后，他再一次看见了这个人，才发觉心底最深处对他的尊敬、对他的畏惧，甚至于对他的爱，从未有半分减退。

“不可能！不可能！”有个声音在他心底最深处咆哮，“他已经死了！死了！”

他的双手哆嗦着按上额头。他觉得脑袋里的血管在狂跳，血浆要挤破血管涌出来。这难道不是梦魇么？最可怕的梦魇！

旁边的脱克勒家主人已经完全呆住了，斡赤斤家主人则用尽全力喊出了那个名字，“钦达翰……王！”

钢铁牢笼中的老人丝毫没有理会他，沉默地看着吕鹰扬。他雪白的乱发如火焰，森然的眼瞳里也有火焰，这火焰曾经烧毁了东陆一位皇帝的霸业，那个皇帝名叫白清羽，谥号“武帝”，别号“风炎”，也烧毁了苏瑾深、姬扬、李凌心、叶正勋所谓“铁驷之车”的宏图，让这数百年难得一见的英雄集团饮恨在雪嵩河边。

钦达翰王，吕戈·纳戈尔轰加·帕苏尔，吕嵩·郭勒尔·帕苏尔的父亲，吕鹰扬·旭达罕·帕苏尔的爷爷。蛮族人的传说中他是那“血染的青铜战鼓”，扛着战鼓，持着铁刀，杀死了数以千计的东陆人，咆哮在地狱般的战场上，无人能敌。

“爷爷，请您驾临这里，是为了让你看看这两位尊敬的家主，您还记得他们么？”吕鹰扬抬起头来。

钦达翰王冷冷地扫了一眼。他的目光里仿佛有着山一般的沉重，脱克勒家主人终于坚持不住，烂泥一样跪了下去。

“亦护都·斡赤斤，斡根赤·脱克勒，你们这两个狗一样的东西还活着么？”钦达翰王的声音有些异样，也许是太久不和人说话，音调诡异，却还能清晰地辨出这两个名字。几十年来，他们不准其他人再喊他们的名字，以示尊贵。此刻这两个名字再次被唤起，让他们觉得自己像是被扒掉了皮的狗。

“他们还活着，而且已经是北都城里掌握最大权力的人了。”吕鹰扬说。

“掌握北都城的，永远是帕苏尔家！”钦达翰王喝道。

“是，掌握北都城的，永远是帕苏尔家！”吕鹰扬缓缓起身。

他抓起一瓶酒，在金帐中痛饮而徐行，敞开自己紫袍的领口让清澈的酒液淋在赤裸的胸膛上。吕鹰扬是个谨慎的人，每一次饮酒他都端坐着，上身挺直如剑脊，他的酒量很好，虽然大口地饮酒，却很少会烂醉。但此时他还没有喝多少就已经醉了。

他在斡赤斤和脱克勒两家武士的刀剑中坦然行过，带着虔诚肃穆的神色。他走到了钦达翰王的牢笼前，全身伏地向他跪拜。

“掌握北都城的，永远是帕苏尔家！”他的声音嘶哑，和钦达翰王竟有几分相似。

他抬起头来。

脱克勒家主人不经意地看了一眼，被吕鹰扬脸上的神色吓到了，体会到一种撕心裂肺般的恐惧……因为他亲眼看着魔鬼在一个活人身上苏醒了。吕鹰扬那张白皙英挺的脸上，一道道横着的肌肉跳了出来，像是被绞紧的帆缆，嘴忽地变宽，雪白的牙齿突出于唇外，眼眶变得有平常两倍之大，那双平静又狡诈的眼睛也变了，森冷的火焰在其中吞吐。

他张大了嘴，深深地呼吸，而后用尽全力吐出。洪荒巨兽般的咆哮声席卷了整个金帐，如狂风、如暴雪、如旋舞的刀剑，听到他咆哮声的人不由自主地捂住了耳朵，只觉得整个人仿佛身处暴风眼里，随时可能被撕裂。同时吕鹰扬身上那件精致的丝绸袍子被绷紧了，暴突的肌肉从内而外把丝绸一缕缕扯开，古铜色的筋肉上流淌着生铁般的光辉。

吕鹰扬猛地挥手扯去了身上的布缕，又一把扯开了束发的红绳。他摆头，就像是雄狮摆动满头长鬃，而后猛地上前一步，抓住了那间钢铁牢笼全力摇晃。

钦达翰王也以同样的吼声回应，两个人仿佛一里一外两只被激怒的雄性野兽，吼声交织在一起，像是巨锤那样砸在每个人的胸口。他们都抓着栏杆摇晃，这坚不可摧的牢笼在他们的手里像是无比脆弱，能被纸一样撕碎。

“青铜……之血！”斡赤斤家主人的眼前一黑。他觉得自己被那潮水般的咆哮声吞没了。

他从探马那里知道了阿苏勒大那颜在战场上的失常，意识到那可能就是已经失传了整整一代的青铜之血。但是他谁也没有告诉，继承这种神圣血统的人在青阳人的眼里无疑是天命的英雄，可他不想有任何人再以英雄的面目出现。就让狂战士的传说成为过去好了，其实谁也不需要一两个能够凭着自己一柄战刀拯救草原的人……

但是他错了，在过去五百年里都罕见的事情就发生在他的面前，三个拥有青铜之血的男人活在同一时刻。

这是盘鞑天神不让帕苏尔家灭绝啊！他心底忽然生起了对宿命的绝大敬畏。

吼声渐渐平息下来，钦达翰王和吕鹰扬隔着铁笼沉重地喘息，各种异象从他们身上消失，暴突的肌肉慢慢地恢复了柔软，扭曲的五官也渐渐回复了常态，那股魔鬼般的精神也暂时地离开了他们的身体。他们依旧保持着凶戾的眼神，但至少看起来确实是活人了。

满地狼藉，烈酒在地毯上缓缓流淌，少女们的耳朵和鼻子里流出鲜血，武士们呆若木鸡。

“在你壮年的时候，我大概不是你的对手。”吕鹰扬喘息着说。

“你要对这些人证明什么？”钦达翰王问。

“证明我，”吕鹰扬拍着自己赤裸的胸膛，嘶声低吼，“吕鹰扬·旭达罕·帕苏尔，才是有能力拯救这北都城的人！爷爷，你相信么？我才是最适合掌握帕苏尔家权力的人！我才能守护这个家！我才有能力为这个家带来更大的疆土！”

“你杀了你的哥哥，”钦达翰王冷笑，“你是用杀死兄长来拯救帕苏尔家的么？”

“你杀了你的女儿，”吕鹰扬冷冷地回应，“爷爷，我们两个的血管里流着一样的血，有什么必要嘲笑彼此呢？”

“不，不一样。”钦达翰王摇头，“我杀死了我的苏达玛尔，因为我是个疯子，可你不是，你杀了你的哥哥，因为你的野心。”

吕鹰扬微笑着摇头，“不，所谓的英雄都是疯子，爷爷你是，楼炎也是，我也一样。至于野心，哪一个草原上的英雄没有野心？没有野心的人应该放羊牧马，跟一个女人过日子，平平安安地老死……”他深深吸了一口气，“我有足够的理由杀死比莫干，因为他是个懦夫，已经没有能力守护北都城了。他只会阻挡我的路，在一个马群里，病弱的马驹就该被杀死，反正遇到狼群的时候它也逃不脱。是不是？”

“挡你路的每个人都要杀死，是不是？”钦达翰王问。

“是，因为我能够守护北都城。”吕鹰扬拍着自己赤裸的胸膛，“我，吕鹰扬·旭达罕·帕苏尔，才是真正继承了帕苏尔家血统和意志的男人！我要把帕苏尔家重新带到辉煌的顶峰，这是我的父亲，还有你，都没有做到的。为了帕苏尔家光辉的未来，纳戈尔轰加·帕苏尔，我的爷爷，你难道不该和我携手么？”

“如果让我抓住你的手，我会捏碎你的骨头。”

吕鹰扬看着钦达翰王的眼睛，良久，“你那么厌弃我么？爷爷。”

“你们都那么厌弃我么？”他忽然纵声咆哮，额头血管跳动，凶兽般四顾，“我可以杀死你们所有人！就像捏死蚂蚁那么简单。”

他再次扭头看着钦达翰王，“爷爷，你的北都城就要陷落了。楼炎知道你还活着，他迫切想要进城看一看关在笼子里的你，像是看一匹血统优良的种马，所以他叮嘱我要好好照顾你。钦达翰王殿下，你本该成为草原上的皇帝，你能忍受么？但是你没办法，你的其他子孙也都没办法，你老了，而你的子孙们太怯懦，他们守不住北都。只有我，只有我！”他低吼，“只有我能做到！我要你认可我为北都城新的大君！我要你告诉这城里的千千万万人，吕鹰扬·旭达罕·帕苏尔才是能带领他们在草原上活下去的人！”

钦达翰王看着吕鹰扬狰狞的面孔，久久地不说话。

所有人都匍匐在地，等待那个昔日帝王的回答。吕鹰扬没有说错，他可以掌握北都城的权力，只要钦达翰王认可他。只要钦达翰王像吕嵩传位给吕守愚那样，在北都城的人们面前把吕鹰扬的手举向天空，吕鹰扬就是名正言顺的大君。北都城的人们会把对钦达翰王的仰慕转为对吕鹰扬的期待，即便斡赤斤和脱克勒两家的武士也会匍匐在他的战旗下。

“蠢材。”钦达翰王冷漠地说，“你渴望着我把你送上大君的宝座么？你希望我说一句话就能让那些不臣服于你的人对你磕头？蠢材！一个想要在草原上称雄的男人，应该杀死所有不臣服于他的男人，就像逊王做的那样。”

“杀了他们，杀了亦护都·斡赤斤和斡根赤·脱克勒这两条老狗。”钦达翰王瞥了一眼两位大贵族，声音里带着嘲弄，“把他们的头扔到各自的寨子里去，如果他们家里的武士有人敢于复仇，就把他们也都杀了。你能杀死自己的哥哥，这些应该不难做到。”他顿了顿，“你还应该杀了我，我也是不臣服于你的人。”

他桀桀大笑起来，可对于金帐里的每个人而言，这笑话不好笑。

“如果站在这里的是阿苏勒，爷爷你会认可他为北都城的主人吧？”吕鹰扬的声音清晰平静。

他沉默着转过身，一步步走向大君的黄金宝座。已经很多天那里没有坐过人了，原本最受大君宠信的人也不过能凑上去扶着宝座凑在大君耳边说话，它显得高不可攀，但是它现在没有主人，看起来忽然就低了许多。一次酒醉中脱克勒家主人开玩笑地说要上去坐坐，斡赤斤家主人拦住了他，也是开玩笑地说，如今坐那个座位的人，要做好断头的准备。吕鹰扬站在他们背后，只是微笑。

吕鹰扬轻轻地抚摸着黄金宝座，小心翼翼地坐下，仿佛那宝座上面有针会刺伤他。

他慢慢舒展了身体，适应着那并不舒服的宝座，他终于找到了舒服些的姿势，如一只疲倦的虎那样斜靠着，目光低垂。

“爷爷，你说得很对，我不需要什么人认可我。”吕鹰扬说，“我已经自己坐上了这大君的座位，你们没人可以阻挡，阻挡我的人，我可以杀了他们。我不是阿苏勒，不需要讨任何人的欢心，我也做不到。这世上有两种办法让别人对你微笑，一是让人喜欢你，二是让人害怕你。我已经把刀举了起来，杀了人，就放不下来，有没有人喜欢我，不重要，但他们会对我笑的。”

他挥挥手，“送我尊贵的爷爷出去。”

武士们推着铁笼就要走出帐篷的时候，吕鹰扬又说：“你那么喜欢阿苏勒，很快就会见到他。你们可以好好聊聊。”

“尊敬的斡赤斤家主人、脱克勒家主人，”他闭着眼睛，像是要睡着了，“我的建议两位还是考虑一下，也许再过几天，出城的路就被封上了。别想着杀了我，你们做不到。”

“哦，还有，我的名字是吕鹰扬·旭达罕·帕苏尔，我告诉过你们，你们每个人都该记住。”吕鹰扬忽然睁开眼睛，环顾众人，而后又一次闭上了眼睛，“晚宴就到这里，我有点累了。”

吕贺冷眼看着两位倨傲的当家主带着手下的武士急匆匆撤出了金帐，头也不回，轻蔑地冷笑。

他对那些伴舞和伺酒的女人挥挥手，令她们也出去，刚才欢腾喧闹的金帐，一下子就只剩随手丢在地下的羊骨架和倾倒的酒瓶，荒凉又冷清。

“这才是如今北都城的真相啊。”吕鹰扬慢慢地睁开眼睛，看着人去帐空，满地狼藉，“虽然还有人，可荒凉得像个死城。”

吕贺走到吕鹰扬身边，“哥哥，我们该怎么办？那些猪一样的老东西看起来不会那么容易就屈服了。”

“我本想在出城的路上结束这场交易，让他们去服侍我们的比莫干哥哥，不过他们比我想得要聪明。这也不错，他们会喜欢在北都城里被烧化，而不是被狼吃掉吧？”吕鹰扬冷冷地说。

“可他们手中还有两三万的军队，而我们手里能调动的人不过百来人。”

“他们还不敢轻易动手，不是因为我的血统，”吕鹰扬冷笑，“而是杀了我，他们没把握能和狼主和谈。猪一样的老东西很怕死，不到迫不得已，他们不会拿命来赌。”

“我知道了，我信哥哥的！”吕贺用力点头。

“按照我们说好的去准备，”吕鹰扬摘下自己的佩剑，用力拍在吕贺手里，“把北都城变成我们兄弟的。”

“是！”吕贺攥紧那柄剑，咬着牙回答。

他转身出帐，金帐里只剩下吕鹰扬一个人。吕鹰扬抬起头，默默地看着帐顶，低低地叹了口气，“出来吧。”

一个瘦削的黑影从帐幕后闪现，悄无声息地从背后逼近吕鹰扬。他佝偻着背，行走起来就像一条饿极了的豺狗，要从后面扑杀一只猎物。而吕鹰扬很平静，作为青铜之血的继承人之一，他可以不畏惧任何人。

那个人全身的皮肤都被裹在质地古怪的衣料里，双手套着黑色鲨皮手套，脸上蒙着黑巾。纵然这样，看他一眼，寻常的人也会做噩梦，从黑巾眼孔里露出的两只眼睛异常深陷，眼眶的骨头锋利地凸出，像是被人用小刀剐去了眼眶周围的肉。

那人嘿嘿地笑了两声，声音刺耳阴沉，“三王子，你终于忍不住暴露了自己的血统。”

“龙篱，这让你那么开心么？”吕鹰扬冷冷地回应。

被称为龙篱的黑衣人还是笑，“我只不过觉得这样一来，北都城里的局面会更加有趣，让我急切地想看到结果。”

“想赌博么？来下注吧，谁会活到最后？”吕鹰扬说。

“我已经把赌注押在了三王子的身上，谁能不相信三王子这样雄才伟略却又身怀青铜之血的人？”龙篱说，“只是此刻以此公然示威，三王子不怕激起两家大贵族的敌意？他们已经知道三王子是不肯简简单单向朔北部低头的，那么他们和三王子就没有共同的利益，你们之间的合作随时会崩掉。”

“我必须让他们有所忌惮，我需要更多一点时间，但是我现在手中没有可调动的兵。”吕鹰扬直视龙篱那双可怖的眼睛，“你有多少人？”

“一百个，这是我为台戈尔大汗王他们训练的，原本的目的是把刀子插进吕守愚的心口里。不过，三王子干得更漂亮。”

“我可以调用这一百人么？”

“随时，”龙篱说，“本堂已经认可了三王子，就会不惜一切代价支持三王子。”

吕鹰扬点了点头，眼瞳深处忽然寒芒一跳，“龙篱，十三年之前，你从东陆千里迢迢来到这里，投奔在台戈尔大汗王的麾下，带给他松针箭的技术，也为他训练杀手。那时候，你的雇主是辰月教么？”

龙篱笑了，“三王子对于东陆的事情，了解得真多。是的，那时辰月以重金雇用了我们，我的任务就是支持三位大汗王，扶助三王子登位。那时候没人看得出三王子是一头雄狮，三位大汗王想以你为傀儡，辰月和我们也都认为一个没有实权的大君对己方有好处，所以我们合作默契。”

“原来是这样，”吕鹰扬微微点头，“最早支持我的人竟然是辰月教……那么现在辰月的教士山碧空就在朔北部的营寨里，是那边尊贵的客人，你这个天罗刺客为什么又选择了我这一方，你明知道我并不准备对朔北部臣服。”

“因为局面在变化，立场也在改变。我知道的是，辰月的嚣张已经令本堂大为不安，本堂的长老们认为辰月将发起一场席卷东陆的战争，这将大大伤害我们在商道上的利益。所以我得到的最后密信里说，去年的深秋，本堂已经决定彻底地倒向辰月的敌人，在东陆，那群人被称作‘天驱’。本堂在宛州的南淮城做了最雷厉风行的事，直接派遣刺客杀死了辰月的使节，救出了您弟弟的老师，一位天驱武士团的重要领袖。从那一刻开始，我们和辰月已经变成了敌人。”

“席卷整个东陆的战争么？”吕鹰扬长长地吐出一口气，“这倒是让人期待啊……”

“随时等待您使用那一百柄隐藏在黑暗里的刀，加上我的，是一百零一柄。”龙篱用谦恭的声音说，“主人。”

“我现在就有一件事需要你帮我安排。”

“什么事？”

“我的爷爷钦达翰王年纪已经很大了，我想让我的弟弟去牢笼里照顾他。”

龙篱愣了一瞬，“两个有青铜之血的帕苏尔家人关在一个牢笼里？三王子，你在想一件可怕的事。”

“可怕么？”吕鹰扬面无表情。

“钦达翰王已经老了，不像您，无法控制狂血带来的杀意。他发怒时会杀死任何人，即便是最心爱的女儿，”龙篱说，“他也会杀死他最心爱的孙子，当然不是您，而是……世子殿下。在钦达翰王的眼里，雄才伟略的三王子却比不上一个软弱的年轻人，真让人伤脑筋。”

吕鹰扬拉动嘴角，无声地笑笑，不说话。

“我的话让三王子觉得不舒服了么？”龙篱桀桀地笑了起来，“可这是事实，十年之前也是三王子让我把世子扔进鼠洞里。可真的太意外了，那孩子没死，反而学会了大辟之刀。其实那时三王子已经察觉了自己的青铜之血，也该知道，大辟之刀的最后继承人是钦达翰王纳戈尔轰加，除了他，还有谁能在鼠洞里把那开天辟地的一刀传授给世子呢？想起来是不是很后悔？”

“十年之前我告诉你不要杀死阿苏勒，今天我也一样不会杀他。他的生死，由他自己掌握。”吕鹰扬说，“我不后悔。”

“三王子，你的心机太深了，这是缺点，做人该坦白一些，否则我们作为三王子的盟友，心里难免揣着不安。”龙篱说，“十年来我一直在想这件事，却得不到结果……以三王子做事的狠绝，为什么会给没用的弟弟留了那条活路？如今三王子能对我说出这个秘密了么？”

“其实在有些事情上，我的心机没有多么深，只是你们想得深了。”吕鹰扬轻声说，“我没有让你杀死阿苏勒，只是因为，同是流着青铜之血的人，我早就看出了他的潜质。青铜之血是帕苏尔家最神圣的东西，我不忍心他被你们这样的人杀死。”

“仅仅这样？”龙篱有些吃惊。

“仅仅这样。”吕鹰扬淡淡地回答。

龙篱点点头，转身离去。吕鹰扬也习惯了，龙篱从不告别，也从不打招呼，来来往往就像一个孤魂。

“三王子，我很看好你。”走到金帐门口的时候龙篱忽然回头。

“我有这个荣幸么？”吕鹰扬冷笑。

“因为你强大，所有曾想把你当作傀儡的人，都是你名单上的敌人，你会一个个把他们除去,即便是黄金王和朔北狼主。”龙篱微微躬身行礼，“祝您在草原主人的帐篷里，做个香甜的好梦。”

“你也会说这样的客套话？真让人不安哪。”

“抓紧时间睡吧，闻着这空气里的血腥气，大战就要开始了吧？不知道还有多少机会闭上眼睛再睁开……”龙篱笑，笑声锋利得如小刀刮着耳骨。他忽然消失了，甚至吕鹰扬也没有来得及看清，一张黑色的蒙面巾悄无声息地飘落在地上。

六

“今天是一月十三日了吧？”楼炎遥望着北都城，轻声说。

“是啊，这些天每个晚上狼主都来这里眺望啊。”山碧空骑着马，站在他背后。

“派人送信给吕鹰扬,说我等得有点焦急。”楼炎回头对山碧空说,“三日之后，也就是一月十六日太阳升起的时候，如果北都城的城门还不打开，我们就冲进去。我们会杀死城里所有人，他也不例外。”

山碧空微微一愣，笑笑，“对于已经在握的胜利，狼主为什么忽然着急了？”

“这个冬天，我觉得格外寒冷。”楼炎裹紧身上的羊裘。

山碧空心里一震，看着楼炎那张朽木般的脸，那张脸上面无表情。

“我听说辰月的秘术可以使人长生，是么？”楼炎随便地说。

“教中确实有可以延长寿命的秘术，不过修习非常艰难，传说也有能和这世界一同不朽的秘术，但我还不知有什么人修成过。”山碧空说，“可千百年来总有人耗尽一生心血在典籍中钻研永生之法，到今天他们都死了。”

楼炎冷漠地笑笑，“你这么说，是担心我要求你把长生的秘术传给我么？”

“狼主这样的年纪，再想追逐长生，确实是晚了。”

楼炎摇摇头，“对于长生，我没有兴趣。我是想说，我根本不相信什么能与世界一同不朽的秘术。”他向着夜空伸出手，“总有一天这个世界也会死掉，星星都会坠落下来，那时候没人能活着。”他扭头看着山碧空，“我就要死了，不知什么时候。这些天我想到这个，心里焦急，我想要在我死之前把我的干渴填满。如果我死在北都城的城门前，是不是显得太愚蠢？”

山碧空和他相视沉默。许久，山碧空点了点头。

“你也快要死了吧，山碧空，我在你身上能嗅到死亡的味道，和我身上的味道一样。”楼炎说。

“还能活几年吧，”山碧空眺望着远处，低声说，“我也希望我不要在抵达我心中那座城之前倒下，那样确实很愚蠢。”

月亮已经滑入西天穹，渐渐逼近寰化的轨道，时间已经到了后半夜。

北都城里最高的高地上，站着一匹长鬃的烈马，吕鹰扬站在马背上，俯瞰他的城市。他的貂氅在夜风里发出呼啦啦的声音，有如一面旗帜。

这是座由帐篷组成的城市，大大小小的帐篷，在城里圈起一个个的寨子，几条石块铺出来的马道纵横把城市分为几块。往年雪少的时候，从这里可以看见马道外净是丛生的白茅，家家的帐篷前打着马草堆和马粪堆，木架子上挂着风干的牛羊肉。可现在大雪已经覆盖了一切，雪地里一座座帐篷像是白羊掉了毛后的斑秃，寨子门前都点着火，星星点点的火光让吕鹰扬想起烧荒结束的土地。

寂静，他的视野中看不到人。

他从很小的时候就喜欢来这里眺望，以前总觉得这座城市是草原上的明珠，引无数英雄来争夺，如今却觉得它那么荒凉萧索，像是座死城。吕鹰扬还没有机会去东陆，亲眼看看东陆一州里数百座城市的胜景，从东陆回来的蛮族人都说，那里楼阁连云、锦绣如海，吕鹰扬无法想象那样的城市，其实一直想去亲眼看看。

这要看盘鞑天神给不给他这个机会。

城外是他最仰慕的人之一，他的外公楼炎，随时会冲进来杀死城里的每个人。而城里的平民们已经被绝望笼罩了，只是惊恐地等待着消息，掌权的人则想着投降来保存自己的实力，另一个他仰慕的人，他的爷爷，也并不认可他在帕苏尔家的地位。而他已经除掉了那个叫作吕守愚的男人，如果吕守愚还活着，也许会比这些人多认可他一些。

吕鹰扬感觉到了一丝孤独。他独立于高处，想要拯救这座城市，却明白自己不会有什么同路人。他只能当一个孤胆的英雄，好在他不畏惧，他所知道的英雄都是孤胆的。他思绪纷乱，想起他的父亲来。他从来都恨自己的父亲，因为他知道无论自己做得多好，父亲的眼睛始终还是看着那个“宽仁”的吕守愚，可这时候他不由自主地想，三十年前的吕嵩，是否也曾站在这个地方看他的城市，而后挥军和楼炎决战？

吕贺策马登上高地，来到吕鹰扬背后，声音焦虑，“哥哥，狼主来信了，说……如果三日之后，也就是一月十六日太阳升起的时候，我们还不打开城门，他就下令进攻，同时我们和他之间的所有约定都作废！”

吕鹰扬脸上肌肉微微一跳，没有说话。

“哥哥，我们得想想办法！三天，我们要收拾斡赤斤和脱克勒两家，这不可能啊！可现在开城，那两条老狗肯定会在狼主面前抢哥哥的位子。”吕贺说，“难道我们费了那么多心血，就让那两条老狗得逞？”他脸色狰狞，“我们得再跟他们谈谈，不要逼急了我们，大家一块儿死！”

“他们不会改变条件的，”吕鹰扬淡淡地说，“如今我们名义上是帕苏尔家的领袖，可是几乎没有人可用，这种情况下他们一定会坚持。”

“那怎么办？他们说话和放屁一样，狼主如果说三日后攻城，他是一定会做的啊！”

“这我相信。”吕鹰扬沉默了片刻，“后天晚上，一月十五日，我要请斡赤斤、脱克勒和合鲁丁三家主人在金帐中饮酒！”

“哥哥你是想……”

“把行动提前！如果狼主只给了我们三天，我们就在三天内解决一切问题。”吕鹰扬转头看着自己一奶同胞的弟弟，“三日之后我会打开城门，以整个青阳部主人的身份和狼主和谈，他如果不接受我的筹码，我会以北都城几十万人的命，把他堵在外面。他想拿下这座城，就得付出惨重的代价。”

“狼主……会接受么？”

“如果他认可我，他就会接受。”

“嗯！”吕贺用力点头，“哥哥是没问题的！”

吕鹰扬心里微微一动，仔细端详这个已经二十五岁的弟弟。吕贺也已经成家了，却还是十四五岁时候的孩子脸，倔强孤傲，眸子和下撇的嘴角带着一股煞气，像只咄咄逼人的豹子。吕鹰扬经常有种错觉，吕贺还是十几岁的大孩子，冲动莽撞，却又深深地相信和依赖哥哥。

“你是大人了啊。”吕鹰扬随口说。

吕贺一愣。

“贵木，这些年你一直跟着我，我这个当哥哥的，没给你什么好处，只是让你陪我吃苦。”吕鹰扬拍拍吕贺的肩，“你为什么这么相信我呢？你知道我在想什么么？你就不怕我骗你？”

“我跟哥哥可是从小就在一起的！我粗心，不知道哥哥平时在想什么，可我总知道我的亲哥哥是不会骗我的！”吕贺说。

“其实我们和比莫干不也是兄弟么？可我设了那么大的一个圈套给他。”

“我跟哥哥和哥哥跟比莫干可不一样！”吕贺说，“再说了，我不相信哥哥，还能相信谁呢？除了哥哥，这北都城里还有谁值得我相信？”

吕鹰扬低头看着马前的雪，沉默了许久许久，抬头对吕贺笑笑，“你会跟我一路走到头的，对吧？”

“对！”吕贺大声说。

龙篙饶有兴趣地打量着那个木然的年轻人，大那颜阿苏勒 · 帕苏尔。

头顶有水一滴滴打在他身后的水面上，那是一条地下河，河里游动着光色莹莹的盲鱼，地下头顶都生长着万年的钟乳石，狼牙般尖利，他们仿佛站在一头巨狼的嘴里。

“很多年以前我们也是在这里分别，阿苏勒大那颜，”龙篙顿了顿，“不，五王子。你的哥哥吕鹰扬要恢复老大君在时所有人的称谓，因为你另一个哥哥吕守愚的即位是一场阴谋，今后在草原上不会被承认。除了你的，你不再是世子，你是五王子。”

“我不记得你，不知道你在说什么。”阿苏勒说。

“是，五王子不会记得我，把你扔在这里的时候，你是昏迷的。”龙篙从喉咙深处发出阴寒的笑声，“我只是感慨一下时间过去得真快，我离开本堂已经十五年，我一生最好的时间都花在这片草原上了，”他摇了摇头，“这就是刺客的生存方式，五王子这样的天驱武士不会理解。”

“你是……那时候挟持我的人？”

“是，那时候我是台戈尔大汗王寨子里的一个马夫，现在我是你哥哥吕鹰扬寨子里的一个马夫。”

“是旭达罕做的么？早在十年之前他就想杀了我？”阿苏勒摇头，“我没有看出来，从来没有想过……”

“五王子这样的人，总有人想要杀死你，你能活到成年，应该感谢盘鞑天神的福佑了。”龙篙说，“转身。”

阿苏勒平静地转身，龙篱猛地在他背后推了一把。前方就是一个漆黑的深洞，阿苏勒直坠下去，听见绑缚自己的铁链在青铜的绞盘上滑动，发出令人战栗的声音。他不知道下面是哪里，也许是无数锋利的铁刺，但他没有反抗，即便下面是地狱也没什么，当他看见那摊辨不出人形的血肉时，他觉得这北都城已经成了地狱。

龙篱伸手猛地按住绞盘的把手，阿苏勒被吊在了半空中，铁链陷入他的肉里，像是要绞碎他全身的骨头。

这是一个石穴，四面八方都是一片漆黑，只有一线微光从头顶的那个洞穴照下来，勉强只能照亮他脚下一块。

“这是你的死地，其实十年之前你就该死在这里的。”龙篱的声音从正上方传来，“伺候你的爷爷吧，你们祖孙还能再次相逢，真是奇迹。”

龙篱猛地抖动铁链，那股震动沿着铁链传了下去，铁链一端那个精巧的锁扣自己解开了，龙篱再猛地收手，那根铁链如同蛇一样从地穴中跃出，哗啦啦落在他脚下。

他踩动了脚下的机括，铁栅猛地翻扣上，阿苏勒的眼睛还未适应黑暗，他向着四面伸手，摸到的只是一根又一根的铁栏，这是一个精巧的机括，大约是个方形的铁笼，粗大却不笨重，每一根铁栏都有普通人的手腕那样粗，却有着严丝合缝的翻扣盖子，像是东陆人用于捕捉某种珍贵的猴子时用的器械。

“你的父亲让铁匠打造这个笼子，花了很多的心思。他叫它‘锁龙廷’，因为它要被用来锁住不可能被锁住的一种人，帕苏尔家的狂战士。你们在战场上就像无人可以阻挡的狂龙。”龙篱对下面张望，“但是龙又怎么样呢？这个小小的笼子里困着两条龙，一点用都没有。”

他露出了笑容。这时候他忽然意识到危险的逼近，从五岁开始的严密训练让他本能地后仰，同时双手按住后腰的短刀。一粒小小的石子弹在青铜绞盘上，化为石屑，在那里留下了一个足有一个指节深的缺口，一块青铜被那枚石子硬是崩掉了。如果龙篱没有闪避，那粒石子的力量足够穿透龙篱的头骨。

“请原谅我太多嘴了，尊敬的钦达翰王。”龙篱没有惊骇，也没有发怒。一个刺客从小受的教育告诉他对于强大的敌人只能尊重，恐惧和怒火都无助于战胜他，只有谦虚、懂得尊重的人才能掌握黑暗中的力量。

没有人回答他，那个撞击声还在地穴中反复地回荡。

“我衷心仰慕您的力量，真是可以改变一个时代的力量啊。”龙篱叹息，“不过另一个人也拥有它，而且比你更年轻。”

他将手中的两柄短刀抛入了地穴，计算着时间，过了很久它们才叮当落地，这个地穴有二十丈之深，周围都是坚硬的岩石。多年之前吕嵩也是在这里，从背后推了自己的父亲一把，这是个完美的陷阱，会把龙也困死在其中。原先供钦达翰王享受天年的地宫被打开之后已经无法再使用了，龙篱他们一起深入地穴深处，找到了一个骷髅般的老人，老人皮肤上长满了苔藓，正捧着新出炉的馕和烤好的羊肉往里走，他试图拔刀反抗，但是被吕鹰扬轻易地斩下了胳膊，临死前老人做了最后一件守护主子的事，背对着他们把一柄青铜钥匙吞进了肚子里。但是他们还是把那柄钥匙挖了出来，却只是半把，需要另一柄凑在一起才能打开地宫的铜门，可他们没有找到另外一把钥匙，吕嵩甚至没有来得及把它传给吕守愚就死了，于是只能把上千斤的铜门整个撬了下来。

龙篱满意地点了点头。

“不准任何人靠近这里，”他扭头看着自己背后那些面蒙黑布的男人，“如果有人进攻这里，就把牛油泼下去，点着。”

“是。”

“还有两天就是十五，月亮会圆，它的力量会在那天的午夜泼洒在整个大地上，你们血管里的血都会沸腾起来。”龙篱嘶哑地笑笑，“五王子，最后提醒你一件事，狂血和羽人的凝翼一样，在月满之夜会全然苏醒。而你的爷爷已经无法控制那力量了，如果不想死，更好的办法是一刀杀了他，杀了钦达翰王，杀了你们帕苏尔家七十年来的传奇。”

龙篱的脚步声渐渐远去了，阿苏勒默默地看着铁笼一角的老人，他的爷爷。十年过去了，阿苏勒已经长成了大人，可钦达翰王还是十年前的样子，那双直视阿苏勒的眼睛里没有任何祖孙重逢的喜悦，而像是要搏人而噬的野兽。阿苏勒以为他已经死了，却没有想到他们还会相逢，十年前铜门在他背后闭合，他觉得那一刻就是永诀了。

“爷爷……”他的嘴唇翕动着，吐出了这两个字。

他的眼泪忽然涌出了眼眶，像是在异乡流浪了多年的人终于看见家乡村子上空的炊烟，那么温暖，却让人忽然变得脆弱不堪。钦达翰王那凶戾的眼神没有让他却步，他猛地上前，想要扑在这个老人的怀里放声大哭。这是十年之后的北都城里仅剩的一些没有改变的东西，虽然他已经长大，要像个男人那样扛起责任，但在这个老人的面前，他依然可以做一个孩子，可以放肆地痛哭去宣泄他的悲伤。

钦达翰王猛地伸手按在他胸口，把他狠狠地推了出去，“愚蠢！流着青铜血的男人，你应该成为英雄！可你在北都城里做了些什么？还有脸来这里见你的祖宗？”

阿苏勒摔倒在地，背靠着铁栏。刚刚涌上心头的那股温暖在钦达翰王的怒吼中散去了，他呆呆地坐着，久久说不出话来。

最后他无力地靠在铁栏上，“我……什么都没有做成……我害死了很多人，我想救他们的……可是我很没用啊！”

“那你为什么没有死在战场上？”钦达翰王咆哮，“你要哭么？像个女人那样？”

剧烈的悲伤再次袭上心头，仿佛要把阿苏勒整个撕裂开来。他也觉得自己本该死在战场上，跟那些飞虎帐的骑兵的尸体互相枕着，这样他就不用再梦到那些血腥的场面，不用再面对那些死了亲人的牧民悲伤的眼睛，不用看到那摊不能再称为哥哥的血肉。那些人相信着他，可他失败了，他没能冲到狼主的身边。

现在他的祖宗严厉地质问他，他没有能为自己开脱的理由。

他疲惫地靠在铁栏上，把头深深埋在自己的双手中，“是我没用，是我害死了他们，他们都死了……”

钦达翰王默默地看着他，而后回到铁笼的另一侧坐下，闭上了眼睛。

大合萨在帐篷里焦急地踱步，铁颜一把掀起帘子走了进来。

“怎么样？有没有阿苏勒的消息？”老头子蹿过去，一把抓住铁颜肩头的衣服。

“有……还有更大的消息，是花了钱，一个斡赤斤家的武士告诉我的，”铁颜的脸色难看，“他们在金帐里看见了……钦达翰王！”

大合萨呆住了，他脑袋里久已松懈的那根弦被人猛地拨动，脑海里一片声音轰鸣，一时间只能看见铁颜的嘴巴在动，却听不见他的声音。大合萨知道那场儿子囚禁父亲的叛乱，他甚至是主谋之一。在那个地穴里，他亲眼看着吕嵩一掌推在自己父亲的背后，把他推入了“锁龙廷”，机括迅速地扣合起来，结束了草原上的钦达翰王时代。为了掩盖这个秘密，他们不得不使用血腥的手段，把所有知情的人都处死，因为他们知道如果钦达翰王还活着的消息流传在草原上，会掀起何等的波澜，会死更多的人。

但现在，七十年前那个战神重新被释放出来，吕鹰扬那些人要做什么？大合萨不知道，但他有种极不祥的预感。

纳戈尔轰加，那是被尘封在历史中的一个恶魔。关于他的那页历史，应该用树胶死死地黏住！

“他还……活着？”大合萨跌跌撞撞地退后几步，坐在床上。

“还有，”铁颜深深吸了口气，“他们说，吕鹰扬有青铜之血，他们亲眼看到的……”

“青铜……之血？”大合萨的声音颤抖。

他把双手按在光秃秃的头顶，心里的惊悸像是炸开似的，却有种想苦笑的感觉。被视为黄金一样珍贵的青铜血，帕苏尔家往往数代都等不来一人，可这一代却有两人。而那个让人永远看不透的吕鹰扬，把自己青铜之血的秘密足足隐藏了三十年，他一定在期待这一天吧？骄傲地向整个北都城的人公布他高贵的血脉，以帝王般的形象出现在阳光下。七十年前年轻的钦达翰王在暴怒中燃烧了青铜之血，当着数万人的面杀人如麻，人们却不敢反抗他，只是蜷伏在地下等着屠刀落在自己头上，他们不敢抬头，就像那流淌着青铜之血的人是神的儿子，仰视他会被他的神威烧成焦炭。

更可怕的是，如果钦达翰王还活着的消息被泄露出去，连吕嵩·郭勒尔·帕苏尔的统治也是篡位，三十多年来，北都城始终被统治在两个囚禁父亲杀死叔叔的人手中。这是吕鹰扬要的效果么？那样他就可以名正言顺地登上大君的宝座，以英雄的名义。他甚至可以和朔北部和谈，楼炎是他的外公，未必不会对他网开一面。或者……

大合萨猛地抬起头看着铁颜，“吕鹰扬……就是那个叛徒？”

“阿爸和大伯都那么想，战争还没开始前吕鹰扬就被朔北人收买了，”铁颜说，“大伯说，大君不可能是叛徒，因为叛徒势必要从青阳部的失败中得到些什么。如果现在城破，吕鹰扬能得到最多的东西，虽然青阳部不再是草原上最大的部落了，但是这个部落归吕鹰扬了。”

“你阿爸和大伯有没有说我们该怎么办？难道坐在这里等死？”

铁颜摇了摇头，“我家的寨子被严密地监视起来了，阿爸和大伯都不能随便进出了……我们莫速尔家的男人，已经不剩多少了。”

大合萨沉沉地点头，“对了，有阿苏勒的消息么？吕鹰扬把他关在哪里？”

“没有，问了好多人，可谁也不知道。据说是吕鹰扬派了秘密的人安置的。”

“短时间阿苏勒应该不会有危险。他有青铜之血，任何人都不会轻易杀掉数十年一遇的狂战士，”大合萨说，“尤其是他的血脉还可以作为和朔北部谈判的筹码。同时拥有三个狂战士，原本应该是帕苏尔家统治草原的时代啊，他们所到之处，应该如同三个神并肩行在云端，所有人下跪匍匐。”

“是，那我先回去跟阿爸和大伯说，他们也在等着消息。”铁颜告别了大合萨，走出了帐篷。

外面是一地清冷的月光，铁叶正骑在马上等他。铁叶弯下腰凑近铁颜耳边，“哥哥，你怎么说没有主子的消息？主子不是被关在……”

铁颜摆摆手，打断了他，“走远点再说。”

两个人离开帐篷二十丈外，铁颜才低声说：“主子的事情，跟阿爸和大伯也别说。”

“为什么？不管主子了？”铁叶瞪大了眼睛。

“现在这个时候，各处都被斡赤斤和脱克勒家的人封锁着，他们不会答应我们去救主子的，要是说了，没准我们两个就被看住了。”铁颜说，“可我们身份不同，我们是主子的伴当，能说主子死了，我们在帐篷里等消息？”

“你说吕鹰扬是要……杀了主子？”

“我听说钦达翰王发病的时候和不发病的时候，根本就是两个不同的人，发病的时候，靠近他的一切活物都会被杀掉。他喜欢杀人，喜欢闻见血的味道。”铁颜微微打了个寒噤，他想到也许很多年后，他的主子也会变成那样，如同被恶魔附体。

“吕鹰扬这家伙……”铁叶明白了，“大合萨还说主子一时不会有事，这样关着主子随时会死啊！”

“我倒是能明白吕鹰扬在想什么，我们谁都知道大君死得冤，是被陷害的，主子是绝不会听他话的。这样留着主子，就是留了一个和他一样流着青铜血的男人，可吕鹰扬是想当大君的人，他怎么能允许北都城里还有一个人跟他一模一样？他一定想杀了主子，把钦达翰王也杀了。这样他是帕苏尔家血统最优秀的后代，大君只能是他。”

“哥哥的意思是？”

“我不管吕鹰扬想怎么样，在南淮城我们怎么救主子的，现在我们还是怎么去救主子。”铁颜说，“人还能年纪大了胆子却小了？”

铁叶点点头，“反正我跟着哥哥，哥哥说去救主子，我就去救主子；哥哥说去杀吕鹰扬，我就去杀吕鹰扬；哥哥是主子的伴当，我是哥哥的伴当。”

金帐里，吕鹰扬高踞在黄金宝座上，看着下面那个衣衫褴褛的男人像摊烂泥那样蜷缩在地上。他哆嗦着，翻着眼睛，只能看见大片的眼白，口角流着涎水，一头乱蓬蓬的头发像是十年没洗了。

“是真疯么？不是装的吧？”吕鹰扬淡淡地笑。

吕贺上去一把拎起那个疯男人，让他身体悬空，下面两条失去支撑的腿摇晃着，像是两根用绳子吊起来的木柴。男人惊恐地叫喊起来，却不敢反抗，双手鸡爪一样缩在胸口。

“他的腿断了？怎么回事？”吕鹰扬挑了挑眉毛。

“看守的武士没有看住他，被他在晚上跑了出去，天亮才在一个雪窠子里找到他，两个膝盖骨都摔碎了，腿冻得僵死了，再也治不回来。”吕贺把男人扔在地下，“这样的会是装疯？”

“吕复·铁由·帕苏尔，我的哥哥，你除了在女人身上足够勇敢外，还能做成什么事？”吕鹰扬口气里带着悲悯，俯视那个男人，幽幽地叹了一口气。

“是看了囊刑后给吓傻了，说起来我看着也恶心。”吕贺皱了皱眉。

“带他下去，好好地养着他，他想吃点什么就给他吃，想要女人就给他找。”吕鹰扬挥了挥手，“别让我再见到他，我心里会烦。”

一名武士进帐来提了吕复出去，他们走得很远了还能听见吕复含糊不清地叫唤着什么，像是梦呓，像是欢喜，又像是悲伤，在这个寂静的夜里听着确实让人不由得烦躁。

吕鹰扬用手支着额头，想了很久，“北都城里也就这些人了吧？你说九王卧床不起，随时会死，我不担心他，他的虎豹骑所剩已经不多，他又是个爱惜自己的人，犯不着为比莫干的死跟我们拼命，狼主进城的时候，我相信他会低头和我们合作；莫速尔家的两个男人是有点蛮勇，不过要保住他们一家，如今也不会公然和我们作对。木亥阳也是个爱惜自己的人……那个班扎烈如何了？”

“他有点麻烦，我看那人是死忠于比莫干的，他又知道比莫干出城的真相，不如结果了他。”吕贺冷冷地说。

“随他去吧，如今死忠的人已经不多了，难能可贵。他又是个断了一条胳膊一条腿没什么用的人。”吕鹰扬淡淡地说，“留意九王、莫速尔家和木亥阳的寨子，剩下的，我们只需要担心斡赤斤和脱克勒家的两个老东西了。”

“是！”吕贺说，“不过还有一个人不知道怎么处置，那个枯萨尔家的女人，怎么办？”

“枯萨尔家的女人？”吕鹰扬一愣，而后反应过来了，“比莫干的女人？一个哑巴，家族都被夷平了，我们需要担心她么？”

“不是，就是她执意要来见你，我就把她带到金帐外了，还在那里等着呢。”

“是么？”吕鹰扬沉默了片刻，“比莫干的女人非要见我一面？是想要我赐她一死，还是想要杀了我？”他无声地笑了，“带她进来吧，贵木，你先出去，我交代你的事情，办好了来跟我说。”

“知道！哥哥交的差，绝没问题！”

吕贺出帐的同时，武士把那个白衣的女人推了进来，之后也叩拜出帐去了。吕鹰扬以手支着额头，坐在高处，仿佛睡熟了，金帐里只剩下他和苏玛，苏玛默默地站着，低着头，也不靠近，也不发出声音。

过了很久，吕鹰扬抬起头来，看着苏玛，“我很尊敬你的父亲伯鲁哈·枯萨尔，但是进这个帐篷的人都要对坐在我这个位置的人跪拜，为什么你没有？比莫干从不要你对他跪拜，是么？”

苏玛抬起头，看着吕鹰扬的眼睛。吕鹰扬的心头微微跳了一下，他在刑场见过苏玛，却没有想到这个女人盛装的时候会有那么一股让人惊艳的美和让人心痛的脆弱。她已经不小了，可是还长着一张稚气的脸，这让吕鹰扬想起很多年之前在北都城门前看着九王征讨真颜部的大军凯旋，他第一眼看见那个女孩的时候，也是这样一张稚气的脸，也是那么一双仿佛海一样的眸子，也是那么悲痛，却又带着仇恨。

“你长大了，让人惊讶，苏玛·枯萨尔，难怪比莫干会为你发疯。”他顿了顿，拍着自己身下的宝座，“有人说当初打造这张椅子的时候，用了五百七十斤黄金，即便是草原上最强壮的武士也不能挪动它，这重量象征着权力的稳固。即便这座金帐被风吹了、火烧了，这张椅子却不会移动分毫。每一个攻进北都的英雄，都只能把帐篷扎在这张椅子的周围，然后坐上去，君临草原。如今坐在这里的已经不是你的丈夫了，你想要什么，应该用膝盖向我走近，恳求我。”

苏玛慢慢地前进一步。

“不，别走近，我不想你在袖子里藏着一柄小刀什么的，”吕鹰扬淡淡地说，“我知道你有多恨我，我用马踩死你的丈夫，让你流产……我不想杀死你这个漂亮的女人，别人会说我暴戾。”

苏玛微微地摇头。

“枯萨尔家的女人，就像你的父亲一样，对着任何人都不低头，你是这个意思么？”吕鹰扬笑，“你要求我什么？”

他猛地一摆手，“等等，让我猜猜……也许是要我把你的丈夫好好安葬……也许是让我不要再杀人，我听金帐宫里的女官们说了，你是个仁慈的主子……也许是，你想再嫁个男人？”他呵呵地笑了起来，忽然直视苏玛的眼睛，“不，都不是，你担心的是我就要毁掉你心爱的那个男人了，是不是？我手中捏着阿苏勒·帕苏尔，只要稍稍用力……”

他伸出手来，在空中虚拟爪形，然后慢慢地收紧，手上的筋节暴突，“他就会化成齑粉，和你的丈夫一样。”

“给我看你手中捏的那封信，”他指指苏玛的手，“我想那上面写着你要跟我交易的条件吧？让我听听一个失去了所有亲人的女人，能用什么样的办法救她心爱的男人呢？”

苏玛手中握着一卷羊皮纸，她弯下腰，从地上拾起一只那天晚宴后弃置的银酒杯，把羊皮纸塞在里面，用力向着吕鹰扬扔了过去。

银杯不出多远就落地了，滚动着来到吕鹰扬的宝座之下。吕鹰扬笑了笑，起身走下宝座，弯腰拾起银杯，“你知道么？你是来这里的人中待遇最高的，北都城的主人会为你弯下腰去，说起来有三个可能成为北都城主人的男人为你弯过腰，你这么一个长得像孩子的女人，怎么会有这样的魔力呢？”

他展开银杯里的信，很快读完了，沉默了很久，慢慢地把羊皮纸卷成一团攥在手心里，露出了喜悦的笑容。

“果然是让人动心的条件，如果你这时候发难，也许可以成为北都城里一方势力的主人吧？我还要请你高坐。可是你却用它来交换阿苏勒的命。”吕鹰扬幽幽地说，“女人，你知不知道你很残酷。你已经毁掉了一个叫比莫干·帕苏尔的男人了。你用你的身体和情感包围了他，让他变成一个蠢驴，让他为了你去对抗朔北，用他最后的九百人偷偷地把你送出城。”

他沉默着，听着那个女人耳朵上的铃铛叮叮当当地作响。金帐里没有风，他想那个女人在颤抖，等待着他的回答，她说不出话来，脸上也很平静，但是仍然被那对可爱的铃铛出卖了。

人都是这样的，再看得开的人，也总有一些事一些人放不下，所以总会有惊慌失措战栗不安的时候。

他舒心地笑了，“我的妻子死了，我如今是北都城的主人，我需要一个女人来帮我管好我的其他女人们。我的第一个妻子出身不够好，但你不同，你是‘狮子王’的女儿，非常尊贵，又是我哥哥的女人。他死了，我接着娶你，名正言顺。我不介意你是个破贞的女人，反正你的孩子也流产了，你可以为我再生几个好孩子，最好他们中有人能继承我的血脉和你父亲的勇气。这样，我就放了阿苏勒。”

苏玛的脸骤然变得苍白，而后泛起病态的嫣红。她剧烈地咳嗽起来，因为颤抖，裙摆扫在地毯上沙沙作响，她面对吕鹰扬那双狼一样的眼睛，脆弱得像是随时会跌倒。

“相比你之前开给我的条件，你的身体只不过是个小小的添头，你知道东陆人交易的时候，会在成交的价格上添个小添头，有时候是块佩玉，有时候是琥珀的烟嘴，总之是个放在手心里把玩的小玩具。”吕鹰扬轻柔地说，“你还需要考虑么？这样对你、我和阿苏勒都好，你这样还能嫁给阿苏勒么？他那么爱他的哥哥比莫干，怎么会和比莫干的女人睡在一张床上？你那么在乎自己的贞节么？你已经为阿苏勒牺牲了一次，为什么不能再牺牲一次呢？”

他呵呵地笑了起来，越笑越大声，最后笑得几乎疯癫，几乎喘不过气来，“你知道么？我忽然在想到底谁是你的第一个男人，是阿苏勒还是比莫干？也许早在你们两个还都是孩子的时候他就占有了你？哈哈哈哈。”

他忽地不笑了，脸上恢复了冷漠和狼一般的凶狠，他指着苏玛，低声咆哮，“滚！滚出这个帐篷！离我远一点！我不是比莫干·帕苏尔，不想要你的肉体和感情，虽然你真的很美……”

他扶着宝座的扶手站了起来，对着看不见的天空缓缓地张开了双臂，仿佛要拥抱它。

“毋庸畏惧，你不会失去你的爱情和贞节，因为我不需要它们。阿苏勒和比莫干都不懂的事情，我懂。我懂得当一个人坐上这张椅子，他就再不能有凡俗的感情和欲望，坐上这个位置的人，草原上的人叫他大君，东陆人叫他皇帝，他的意志就像天空和原野那样浩瀚无边。而东陆人说，天地不仁！皇帝只能有皇帝的感情，皇帝的欲望只能是土地和权力。他会很孤独，失去所有朋友，这是他坐在这个位置上对盘鞑天神奉献的牺牲。”他清晰而冷淡地说，“我也不接受你的条件，我将捍卫北都城，我能够做到。”

武士们进来押走了苏玛，他们离去前偷偷看了一眼矗立在宝座前仰望的吕鹰扬，仿佛一尊雕像，那么孤独。

吕贺跟着进帐，走到吕鹰扬身边，“哥哥，怎么了？那女人跟你开条件？她有什么条件能让哥哥你动心？哥哥你又不缺女人，你也不喜欢女人。”

“很诱人的条件。当时九王灭真颜部，男子长过马鞭者处死，所以八九岁大的男孩都处死了，剩下年幼的男孩四万余人，全部沦为奴隶。大部分都在各家的寨子里干苦力活。但是九王大概也没想到真颜部的女人很记仇，她们暗中教那些孩子，是我们青阳人灭了真颜部，等到他们长大成人一定要复仇。这些男孩中有个领头的，名叫拉木独，就是当时真颜部将军拉木独的小儿子，纠集了四千多个真颜血统的奴隶，他们秘密地联系那个女人，她是如今唯一一个有狮子王血脉的人，他们想要光复真颜部，劝比莫干恢复真颜部的领地。那女人的条件，就是把这四千人交给我们守卫北都城，要我放了阿苏勒。”

吕贺感觉到一股寒意，“我听猎人说，如果在山里猎熊，杀了大熊，小熊也不能放过。就算还在吃奶的小熊也能记得是哪个猎人杀了它全家，记得他的味道，十几年都不会忘。长成了大熊，只要猎人还在那个山头打猎，那熊一定会报复。真颜部那些奴隶，真是熊崽子啊。不过，这条件可不错，我们现在手里缺的就是兵，兵都在三个大贵族手里捏着，我们若有四千人可就方便多了，哥哥为什么拒绝？阿苏勒那个懦夫，他的命又值什么？哥哥刚才说得就很对，你要了那个女人的身子，天长日久的，她凭什么还记得阿苏勒，不一心为哥哥你生孩子？阿苏勒哪里比得过哥哥？”

“你要是仔细看过那个女人的眼睛，就不会那么想了。”吕鹰扬轻声说，“我不想接受她的条件，因为我不甘心。”

“不甘心？”吕贺一愣。

吕鹰扬瞥了他一眼，转身为弟弟正了正衣领，拍去甲胄上的尘土，“我们要守住北都城，和狼主谈条件，但不对他卑躬屈膝，是不是？”

“是！”吕贺用力点头。

“阿苏勒和比莫干都做不成，但是我们能做成，是不是？”

“是！”

“贵木，你跟着我隐忍了几乎三十年，我们吃过的苦，我们自己知道，只为了这一日，在草原上光大我们俩兄弟的名字，是不是？”

“是！”

“可是那个女人，还有铁晋铁益、大合萨、木犁，甚至比莫干，他们相信过我们么？他们觉得阿苏勒才是个可怜的孩子，是我们夺走了本来属于他的东西，他做的一切都是对的，就算他战败了，他也不过是个尽了力的孩子。”吕鹰扬猛地一脚踢在宝座的扶手上，“有那么多人会为了阿苏勒不惜代价，可是谁管过我们两个？我血管里流着和阿苏勒一样的血！”他嘶声怒吼，“如今只有我能救他们，在他们眼里我却是个畜生都不如的东西！”

吕贺呆呆地看着哥哥，他隐隐约约能理解哥哥的愤怒，自己的眼眶也不由得红了。

吕鹰扬深深吸了口气，把身子埋进宽大的宝座里，“我不想接受那些人的条件，我可以这么一直孤独下去，但我终究会成就我想做的事！”

黑暗里，阿苏勒无声地站了起来，月光正盛，有微光从头顶上方唯一的缺口里渗进来。借着那光可以看清钦达翰王沉睡在铁笼另一侧的角落里，他不知道多少时间过去了，他的爷爷几乎从不跟他说话，地穴里长久地沉默着。

铁笼正中央插着龙篱留下的两柄短刀，月光在两道清冷的刃口上浮动，散发着幽幽的寒气。他们中没人动过那两柄刀，谁都知道龙篱留下那两柄刀的用意。这个杀手满怀期待地等着他们拔刀对决，等着看谁会倒下，在天罗山堂受过的教育和对狂血的了解让他相信，在两个人中必须有一个去死的时候，每个人都会本能地保护自己。他对于死亡有着强烈的兴趣。

阿苏勒脚步无声，缓慢地走到两柄刀的旁边，目光始终落在钦达翰王的眼睛上。钦达翰王看起来真的睡熟了，不像假寐的人，眼珠会在眼皮下缓慢地转动。犹豫了很久，阿苏勒矮身拔起了一柄短刀。

他摸索着铁栏，找到粘连处的地方，用刀在那里用力割了下去。他懂一点冶铁，为了打造这种笼子，铁匠势必要把铁栏的一端烧红了，然后再跟另一根铁栏粘连。那会导致退火，是笼子的弱点。

“没用的。”

阿苏勒惊得转身，看见钦达翰王一双白多黑少的眸子冷冷地注视着他，不知何时，钦达翰王醒来了，或者根本没有睡着。

他们是祖孙，又是关在笼子里的两只野兽，理应互相防范。

“‘锁龙廷’用的是东陆买来的冷锻鱼鳞钢，最好的冷锻鱼鳞钢，不管怎么煅烧都不会退火。能够切开它的只有魂印兵器。”钦达翰王说。

阿苏勒想到他那柄影月，可惜影月不在他的身边。

“爷爷，是我吵醒了你么？”他低声说。

“不，我没有睡着，我以为你拔刀想要试试我的颈骨，对你多了些期待，但是你居然去试铁笼子。”钦达翰王轻蔑地说，“这是‘锁龙廷’，你那个聪明的阿爸造出的东西，连龙都能困住。”

“我只是不能这么等着。”阿苏勒说着，踮起脚尖想去试试能否撬开被机括封闭的顶部。但是薄刃的刀甚至插不进顶部和侧部铁栏的缝隙，那机括的拉簧力量惊人，简直可以比得上陈国炬石车所用的。

“三十多年前我就试过，不可能。”钦达翰王冷笑，“比起来我的颈骨更适合动手。”

“爷爷，我不会拔出刀对着你，十年前不会，现在也不会。”阿苏勒轻声说，“我是你的孙子阿苏勒，不是魔鬼。”

“那看起来我是魔鬼了？”钦达翰王说，“愚蠢的懦弱！当两个人中只能活下一个人，一个是十八岁的孙子，一个是快要死掉的爷爷，你难道不明白谁更应该死？”

阿苏勒摇摇头，“不会的，不会两个人中只能活一个人的，我们会出去的。”

“说着这么愚蠢的话，但是比小时候还是多了些胆气。”钦达翰王无声地笑，“可是有些时候就是这样，一个爷爷一个孙子，只有一个人能活下去，那你怎么办？”

阿苏勒还是摇头，“为什么呢？为什么要想那么残酷的事情？不该这样的，都该好好地活下去啊。”

钦达翰王沉默了一会儿，抬头看着地穴顶部的一点微光，“连这世界的神都是魔鬼，这世界怎么会不残酷？你不该回来的，草原不适合你，你应该一辈子待在东陆那个属于懦夫的地方。”

“风炎皇帝呢？他也是懦夫么？”

“你在东陆听说了风炎皇帝的事？”钦达翰王斜眼一瞥阿苏勒，“他也是懦夫，如果他不是太在意那些忠于他的将领，也许他已经攻下了北都城。”他喃喃地说，“这些年有时候我会不断地想那个男人为什么要打到北陆来，也许只是要证明他自己，那个愚蠢的男人……来，坐到这里来，跟我说说东陆人怎么说风炎皇帝，你如今是我们青阳部最懂东陆的人了。”他拍了拍自己身边的地面。

阿苏勒走到他身边坐下，也望着头顶的微光，想了很久，“东陆人很尊崇他，说他是仅次于蔷薇皇帝的白氏最伟大的皇帝，如果他还能再活二十年，一定可以把大胤的疆界推到整个九州。街巷里很多人说他的故事，那些人被叫作说书人，有点像我们吟唱《逊王传》，把风炎皇帝的事情编成英雄演义来讲，说得很好玩，没那么严肃。他们说风炎皇帝和苏瑾深、李凌心、姬扬、叶正勋四位将军就像兄弟一样，被称作铁驷车，驰骋天下，任谁也挡不住，任谁也不能拆开他们，最后姬扬被问罪诛杀了，风炎皇帝活活给气死了。”

钦达翰王的眼睛里难得地透出了兴致，“铁驷车固然可怕，最难缠的那个对手还是公山虚，他一个可以顶铁驷车四个人！”他想了想，“也许还加上一支三万人的军队！”

阿苏勒想起了什么，“对了，我在东陆认识了一个朋友，他叫姬野，是姬扬将军的曾孙。”

“他用枪么？”

阿苏勒点头，“他的枪用得很好，叫作猛虎啸牙，是一柄魂印兵器！”

钦达翰王也点头，“姬扬是个令人放心不下的对手，他所带的骑兵队可以和我们草原人的骑兵队相比，而且很快，快得就像风一样……你笑什么？”

阿苏勒这才意识到自己脸上不由自主地露出了笑容。也许是想到了姬野的缘故，也许是终于找到了跟爷爷的话题，他心里徘徊的沉郁之气忽然散了很多。

“我只是……觉得我又能跟爷爷说说话了，我心里……闷得慌。”他说。

“废物，总是因为别人而活，别人不跟你说话，你就连笑也笑不出来。”钦达翰王淡淡地说，“既然喜欢说话，就再跟我讲讲东陆的事，以前你的奶奶也经常给我说，她说天启城里皇帝的宫殿是用木料和石头建造的，其中有一个叫作太清阁的房子，有一百个夸父那么高。她还说起过天启城里的集市、吃的东西、节日，还有那片名叫上清池的大湖，她说每到春天的时候，东陆那里的贵族女孩就穿着又轻又薄五颜六色的裙子，一起在那个大湖上划鸾船，青山绿水的，湖两边都是围观的人。”

“我没去过天启城，有一次我跟着东陆的老师出去打仗，已经打下了殇阳关，很接近天启城了。天启城里的皇帝等着老师他们进京去觐见，可是老师不愿去，带着我们又回了南淮。”

“你老师真是个奇怪的人，他不去，也应该让你们去看看热闹。”

“我和姬野后来也很后悔，觉得要是跟老师告个假，就能混在大军里去天启城里玩玩了。”阿苏勒说，“不过南淮城也跟天启城一样繁华，那里有个叫作凤凰池的大湖，据说比上清池还要大。春天的时候，城里贵族的女孩们也都穿着新裁的裙子去泛舟。然后她们就会在林子里野餐，把外面的裙子解下来，每一件张开都有两件马步裙那么大，有晏紫的、水红的、杏黄的、月白的，能想到的颜色都有，在周围树上系上绳子，围成锦帐，她们就在里面喝酒和玩，外面的人看不见。”

“你也去看么？”

“去……我和姬野每年都去。”阿苏勒说。其实最喜欢去看的是羽然，拉着他们两个飞跑着穿过林子，到凤凰池边视线最好的地方，骑在他们俩某一个的脖子上，往水上或者那些锦帐里张望。可他还没有想到如何跟爷爷讲羽然的事。

“在东陆有相好的女人了么？”

阿苏勒愣了一下。爷爷的想法是很简单的，若是有了喜欢的女孩，就该去猎了狐狸来，把洗剥好的狐狸皮子挂在她家的帐篷外，告诉她自己喜欢她；就该和喜欢她的其他男孩打架，告诉周围的人这女人已经是自己的领地了；就该带着她骑马到看不到人的地方，把她的裙子解下来。如果他告诉爷爷他喜欢羽然却连告诉她的勇气都没有，爷爷一定觉得他很没用吧？

“没有。”他低下头。按照钦达翰王所谓的“相好”，他在东陆确实是没有的。

“没用！”钦达翰王给出了同样的结论。

两个人沉默了片刻，钦达翰王说：“若是有了相好的女人就得告诉我，我是你爷爷。”

“嗯。”阿苏勒点点头。

“我一直在想，你奶奶其实很想回东陆去看看，”钦达翰王忽然说，“可是她没有告诉我，怕我生气。”

“你们可以一起去看看啊，这样她就不用离开你，也能看到东陆了。”

钦达翰王没有回答，铁笼里沉寂下去。

“滚开，”钦达翰王说，“离我远一点，不要往这里看。”

阿苏勒吃了一惊，扭头看着爷爷。借着微弱的星光，他看见钦达翰王的面孔扭曲了，虬结的肌肉一条条突出，瞳子因为瘀血而赤红，像是要搏人而噬的野兽似的。他心里一寒，这样的情景在十年前他见过，在地宫里的时候，钦达翰王每每出现这种无法控制的情况，就用铁链把自己锁死。

阿苏勒警觉地后退了一步，他现在没有铁链，只有两柄利刃。

“滚开！”钦达翰王低吼了一声，艰难地躲入了漆黑的角落里。

阿苏勒不敢违抗他，背贴着铁栏坐在另一侧的角落里。对面他看不见的黑暗里传来了可怕的声音，仿佛一头垂死的龙在咆哮，尖利的牙齿在咬噬铁栏，又有些声音如同绝望的哭号，铁笼震动起来，那个角落里传来的巨大的力量让“锁龙廷”都似乎要崩溃。他不敢看，只能捂着脸，他知道一个狂战士要克制自己对血的渴望是何等艰难，他有过那种坠入黑甜噩梦的经历，那时对新鲜血液的渴望好比鱼对水的依赖一样。

钦达翰王在克制那股冲动，在过去的三十多年里他一直在克制那种冲动，换作其他人，早该死了。

不知道过了多久，那边的声音平息下来，铁笼的震动也消失了，只剩下一个粗重的喘息声。

“现在可以靠近了。”钦达翰王虚弱的声音传来，“过来。”

阿苏勒战战兢兢地走近，看见他的爷爷垂死般躺在地下，枯瘦的胸膛像是风箱般拉开又合拢，十指的指甲都碎裂了，鲜血淋漓，刚才应该就是他的指甲在铁栏上留下了可怕的刮擦声。

“等你老了也会这样，如果你能活到老的时候。”钦达翰王看着阿苏勒的眼睛。

阿苏勒伸出手，轻轻摸着他的额头，那粗糙如岩石的皮肤上尽是冷汗。这个老人像是一条被挤干了水的手巾。

“快到月圆的时候了……必须从这里离开，”钦达翰王说，“明天是不错的时机。”

“明天？”阿苏勒吃了一惊，“爷爷你有办法从这里离开么？”

“有人会救你么？”

“有，我的伴当铁颜和铁叶一定全力在找我。”

“是两个年轻人吧？”钦达翰王摇摇头，“他们没用，旭达罕很聪明，他会把关押我们的消息封锁，而且你没有听说么？只要有人攻入这里，他们就会把牛油浇下来，点火烧死我们。你爷爷会告诉你如何离开。”他轻蔑而骄傲地笑，“旭达罕那个家伙，太年轻了，这种牢笼对我只能使用一次，否则郭勒尔[1]也不会花那么大的心思营造那个地宫。”

“怎么离开？”阿苏勒振奋起来。

“到时候告诉你，”钦达翰王说，“现在接着跟我说说东陆的事……你奶奶告诉我说东陆人娶亲要用一只大雁作为礼物，是么？”

①郭勒尔是吕嵩的蛮族名。

七

胤成帝六年一月十四日，斡赤斤家的帐篷里，脱克勒家主人正背着双手踱步，斡赤斤家主人皱眉沉思。

“我看吕鹰扬这场筵席是没安好心！”脱克勒家主人忽地驻足，高声说。

“能怎么样？在筵席上对我们两个动手？”斡赤斤家主人摇摇头，“吕鹰扬大概不会那么傻，就算我们的护卫挡不住他，让他得逞了，他还得对付我们寨子里的几万男人。我们两个若是死在金帐里，我们两家难道不会合兵杀了吕鹰扬？就算他是青铜之血，手里却只有几十个男人可用，总不成我们两姓加起来杀不掉他。”

“我对那个人不放心，”脱克勒家主人一再摇头，“你记得那晚他在金帐里的样子么？他是个疯子，做出什么事情我都不奇怪。”

斡赤斤家主人笑笑，压低了声音，“那么，杀了吕鹰扬如何？”

“杀了吕鹰扬？”脱克勒家主人一惊，又摇头，“也不行，他毕竟是狼主的外孙，如果杀了他，我们未必能在狼主面前讨巧。”

斡赤斤家主人微微点头，“我只是这么一说，我也听说楼炎是个喜怒无常的人。以吕鹰扬的才干，或许真的能被狼主所赏识，我们杀了他，狼主可能对我们大怒。我真正想的是……”他的眼皮一翻，“拿下他！”

“拿下他？”脱克勒家主人一愣。

“如果我们能把五百个精锐武士调到金帐前面，趁着筵席，必然能够擒住吕鹰扬。传说青铜之血何等的可怕，也不过是一个野兽般发狂的男人罢了，就算是头战锤，难道五百个男人收拾不下来？而且筵席上吕鹰扬不会穿着甲胄，我们就让人用弓射他。我听说狂战士最怕被人刺穿心脏，砍掉脑袋，或者失血，血流多了也支撑不住。”斡赤斤家主人说，“然后我们就押着吕鹰扬开城，跟狼主说实情，吕鹰扬名义上依附朔北部，心里想的却是当草原的大君。”

他眯起眼睛，冷冷地笑了，“你说这样狼主会怎么反应？”

脱克勒家主人想了想，“行！我看这样可以！”

“计划我已经想了很久，拿下吕鹰扬并不难。唯一一个担心的事，是额日敦达赉。他现在一心只想着为父亲复仇，如果我们开城，他可能会带着合鲁丁家的人进攻我们。”斡赤斤家主人摇头，“这个死脑筋的年轻人，让我很头疼……也许杀掉额日敦达赉才是好办法？”

“他也是明晚的客人，不如……”脱克勒家主人缓缓地握拳，“不如一起……拿下！”

斡赤斤家主人伸出手，两人击掌，呵呵大笑。

“那么我们还要等两天，两天之后，你我两家就是青阳部的主人！”斡赤斤家主人舔了舔嘴唇，“我们在帕苏尔家人的面前当了那么多年的部下，如今，总该轮到我们了吧？”

吕贺大步踏入金帐，看见吕鹰扬正盘膝坐在地上，身旁堆了些零散的花枝，他正把那些花枝的茎修短，一枝枝插在一只银色的瓶子里。这么冷的冬天，谁也不知道他从哪儿弄来的花，平时吕鹰扬也不好这些花花草草的女人东西，吕贺觉得这些天来他的哥哥有些奇怪。

“都安排好了。”吕贺说，“只要那两个老家伙敢来。”

“我觉得那两个老家伙会很戒备，他们会带着大批的人一起来。”

“这我也想到了，哥哥这边应付得了么？”

“应付得了，筵席上的事情都好办，关键是筵席之后。你必须立刻带人抓住两个老家伙的所有儿子，宣布斡赤斤家主人和脱克勒家主人才是朔北部安插在城里的内奸，同时你还必须立刻派人去每家的帐篷里宣布这件事，一定要快，否则斡赤斤家和脱克勒家会组织男人们复仇，我们却没有人马在手里。”

“我已经组织了足够的人手，哥哥这边一旦得手，我那边三百个人一齐出动去做这事，我在斡赤斤家和脱克勒家的寨子外还埋伏了两千人，都是额日敦达赉借给我的，很可靠。”

吕鹰扬微微点头，“你能说动额日敦达赉对我们很重要，现在这五老议政只剩下四家，我们帕苏尔家加上额日敦达赉合鲁丁家，才能对抗那两个老东西。”

“还不都是哥哥教我的，”吕贺说，“额日敦达赉是个没脑子的，一心只想着为自己的父亲报仇，听说那两家想要开城投降朔北人，牙都要咬碎了。”

吕鹰扬微微地笑了，“是，那两个老家伙自认为聪明，可是落在我们手里的把柄太明显了。是他们出面截获了比莫干的车队，又是他们极力主张处死比莫干，如今又四处宣扬他们才真正掌握着北都城的权力，迹象太明显了。我们可什么都没做过。”

“是！哥哥的谋略，一定都不错！”

吕鹰扬拍了拍弟弟的肩膀，“贵木，你是个粗心的人。这次可一点错误都不能犯，否则我们就前功尽弃。”

“我知道的！”吕贺拍了拍自己的胸膛，“若是没做成，坏了哥哥的大事，就拿贵木这条命来抵！”

吕鹰扬摇了摇手，“别说这个。”

“贵木，来，跟我拜拜。”他把插好的花放在黄金宝座上。

吕贺愣了一下，抓了抓头。他知道明晚是决定生死成败的重要关头，蛮族人这时候总会拜拜盘鞑天神，可是祭祀盘鞑天神都是用新宰杀的牲畜，有些甚至悄悄地用新生的婴儿，因为那位神祇是勇猛、凶暴而嗜血的。他不明白吕鹰扬搞了一瓶花是什么意思。

吕鹰扬拍拍弟弟的肩膀，“不是拜盘鞑天神，是拜阿妈。”

“拜阿妈？”吕贺不解。

他和吕鹰扬的生母在生下吕贺后不久就死了，死于难产，那时候吕贺只有两岁多，吕鹰扬也只有六岁。吕贺完全记不得母亲的样子，只是想起她的死就切齿痛恨。母亲的死让所有青阳贵族额手相庆，朔北部和亲的大阏氏死了，他们盼着老大君再立一个青阳血统的大阏氏。但是老大君没这么做，直接搬到了侧阏氏勒摩的帐篷里住，这让青阳贵族们深深不解，不知那个疯癫的女人有什么勾人魂魄的地方。而在吕贺看来，母亲是个无谓的可怜女人，她甚至没有尝过自己丈夫的爱吧？也没能保护自己的两个孩子，就这么死了，让他们俩兄弟饱受屈辱。而吕鹰扬也没表现出对母亲的什么感情，小时候吕贺每次问吕鹰扬母亲的样子，吕鹰扬都摇摇头说记不清楚了。

吕鹰扬并不解释，拉着他跪下，跪在那瓶花前面，向着北方，双手合十。

吕鹰扬拜了拜，“阿妈，你若是能听见我和贵木在这里说话，就保佑你的儿子。你的儿子们都有出息，不会输给那些欺负你的人。”

吕贺心里一颤，莫名其妙地觉着酸涩。他习惯了吕鹰扬阴阴冷冷的声调，乍听到这话很不习惯，觉得哥哥像是变了个人。

“贵木，你也说两句。”吕鹰扬说。

吕贺比照他的样子，笨手笨脚地拜了拜，“阿妈，你要保佑我和哥哥。”

吕鹰扬满意地点点头，“这是东陆长门僧的礼仪，他们说人死了其实是有灵魂的，经过很长时间以后才会慢慢地散去。在散去之前，那些灵魂就游荡着，去自己记忆里最熟悉的地方。如果是阿妈的魂，一定会回北方吧，我知道她在北都城里的日子很不开心。”

“哥哥，怎么忽然想起拜阿妈了。”吕贺想冲淡眼下这股酸涩的气氛，咧嘴笑笑，“阿妈能保佑这种拔刀杀人的事？”

“我们还能拜什么人呢？”吕鹰扬站了起来，“拜盘鞑天神么？狼主说得对，那种高高在上的东西，根本不会管我们的死活……那我们还能拜谁呢？帕苏尔家的历代祖宗么？看看我们的爷爷钦达翰王，帕苏尔家的祖宗还会保佑我们这种杀兄的罪人么？”他低下头，无声地笑笑，“斡尔寒家的祖宗么？他们都站在狼主那边呢。”

吕鹰扬伸手搭在弟弟的肩膀上，用力捏紧。即便吕贺的体格强壮，也不由得脸上抽搐。吕鹰扬手上传来的力量几乎能捏碎钢铁。

“只有阿妈会保佑我们……只有她！如果她的魂还没有散成烟雾……她会保佑我们，因为她爱我们……我们是她怀胎十月辛辛苦苦生下来的……”吕鹰扬拍着自己的心口，“除了她，这个草原上，没有谁会跟我们一心。只有你和我……只有你和我……”

吕贺呆呆地看着哥哥的眼睛，吕鹰扬的眼眶是红的，眼白里面一道道的红丝。吕贺想起哥哥已经一整天没睡了，行动被提前了，他们得把每个细节都重新检查过。

“不要死！贵木！不要说什么要拿命来抵的蠢话，”吕鹰扬紧紧地拥抱弟弟，“你是我的弟弟，你要和我一起！我们还没看到东陆的土地！”

第四章 豹之魂

一

一月十五日，傍晚。

铁颜最后一次检查自己全身的装备，甲胄、绳子、佩刀、靴子里的匕首、封闭在铜管里的火种、从东陆带回来的骑兵弩，他摸了摸自己背后的火把，四支浸满牛油的火把用绳子拴着，随时能抽出来，和他左右腰的两柄刀一样顺手。

“准备好了么？”他环顾四周。

和他一样装备的三十个年轻人一齐站了起来，“好了！”

铁颜在他们面前走过，一一检视他们全身的装备，这些都是莫速尔家勇敢的年轻人，其中还有他的弟弟铁叶。

“今天只有一件事，就是救回大那颜，”铁颜说，“今夜是金帐大宴，他们会把人力尽可能地调回金帐里，是我们最好的机会，失去了就没有第二个。进入地穴的方法我已经打探好了，就在城西被废弃的一块荒地里，里面说是很暗，所以记得不要把你们的火把弄湿了，在里面用得上。把一切挡路的人都杀了，我们可没时间在这个要命的时候讲仁慈。不要弄出什么声音，他们有最后一招，就是往大那颜和钦达翰王的牢笼里浇牛油把他们烧死，所以我们要悄悄地靠近，先把那个管牛油桶的杀了！”

"是！"所有人一齐回答。

"更体面的话我也说不出来，你们可能会死，但是我铁颜·巴鲁·莫速尔会第一个往前冲，这是我们青阳部的男人该做的事，与其死在朔北人手上像待宰的羊羔一样，不如去搏一把！"铁颜猛地挥手，"出发！"

年轻人鱼贯而出，此时太阳已经落到了地平线以下，黑夜降临了北都城，铁颜走在最后面，听着前面人踩着雪的声音。他扭头看着东面帐篷的影子，沉默了一会儿。

"哥哥你怎么了？"铁叶转回来问。

"其实应该去跟阿爸和大伯道个别的,可他们一定会拦着不让我们去，他们会想我们的。"铁颜说完，掉头跟上了队伍。

日暮时分，金帐中的筵席开了。

吕鹰扬当之无愧坐了主人的位置，左右两边的上首坐着斡赤斤和脱克勒两家的主人，右边下首坐着合鲁丁家的主人额日敦达赉。虽然合鲁丁家的老家主不幸死在了战场上，但合鲁丁家依旧是北都城里最强盛的家族。不过额日敦达赉是个懂礼貌的年轻人，恭恭敬敬地请两位年老的当家主坐在了上首，这让脱克勒家主人非常满意。

筵席比起前次更加隆重，不仅歌舞和奉酒的少女人数更多，食物也更丰富。洗剥好的羔子一条一条地埋在金帐后的雪里，奴隶们拎出来一只用雪水洗洗就架起来烤，也不知有多少，像是永远也吃不完。金帐宫里所有珍贵的器皿都被拿出来招待这些尊贵的客人们，黄金嵌翡翠的杯子、白银柄的切肉刀、巨大的刻花银盘子，甚至奴隶们用来烤肉的叉子都是柄上镶嵌了琥珀的黄铜制品，这些东西都要用毛皮和骏马从东陆交易来。

"我们是坐在大君的宝库里吃东西啊。"斡赤斤家主人品尝着罕见的冰鲅鱼片，笑眯眯地说。

"当然是大君的宝库，这里有北都城里最尊贵的三位当家主，你们才是大君真正的珍宝。”吕鹰扬笑着回应。他披了件紫色的丝绸长袍，敞着胸，挽着袖子。

斡赤斤家主人微笑着点头，凑到脱克勒家主人的耳边，“他没穿甲胄。”

“这是狂战士的自负？”脱克勒家主人冷笑，“我不信有弓箭刺不穿的血肉。”

他的背后坐着五十名脱克勒家的武士，全副武装，不饮酒，也不吃任何东西，手始终按在腰间的长弓上。帐篷外还有两百名，加上斡赤斤家的武士，他们在这附近有五百人，人数占着绝对的优势，相比起来额日敦达赉只带了区区一百人，而吕鹰扬手中几乎没有什么人。

斡赤斤家主人眯起眼睛，看着烤羔子的奴隶用一柄快刀麻利地刨着烤好的羔子，泛着油光薄如蝉翼的肉片在银色的刀光中纷纷下坠，很快就有了一盘，让那些衣着轻薄的女人端到客人们的桌上。他想吕鹰扬非常小心地不让他们起任何疑心，刨羔子的奴隶离他们远远的，靠近他们的只有那些可以看透衣裙的女人，吕鹰扬不穿甲胄，也不带任何武器。这一切的一切看起来都太正常了，正常得让他有点疑心，吕鹰扬·旭达罕·帕苏尔设宴只是要对他们表示屈服么？他不相信。酒宴已经开始了一阵子了，吕鹰扬表现得很有耐心，始终没说任何跟围城有关的话题。这种平静反而让他很不安。

但是局面应该还在他们控制之中，外面有四百人，金帐里有一百人，有任何异动，他们都会察觉。

斡赤斤家主人决心自己挑破这层平静的纸，他也是上过战场的人，知道若是看不清敌人的战术，最好莫过于趁敌人立足未稳时猛冲过去。

他清了清嗓子，举起黄金酒杯，“允许我敬酒给北都城的武神，吕鹰扬·旭达罕·帕苏尔，你的力量像帕苏尔家历代祖宗那样无人可敌。”

吕鹰扬微笑着举起酒杯，“斡赤斤家主人，感谢你的热情，斡赤斤家永远是帕苏尔家珍贵的朋友。”

斡赤斤家主人放下了杯子，“我心里怀着忧虑，也不避讳，趁着大家都在，就直说了。那个篡位的吕守愚死了，北都城里的内奸除掉了，可是朔北部的大军还围在城外，我们可以在这里吃着羔子肉喝着古尔沁酒，奴隶们可都要饿死了。我们可得想个办法。”

吕鹰扬微微点头，挥手让舞蹈着的少女们散去，“斡赤斤家主人所想的，也是我忧虑的，所以今晚才请诸位来这里。”

金帐里陷入了沉寂，北都城里四大家族的主子们都坐在这里，额日敦达赉低头看着桌面，吕鹰扬默默地嚼着嘴里的肉片，脱克勒家主人摇晃着杯中的酒，斡赤斤家主人挨个看他们所有人。

吕鹰扬清了清嗓子，斡赤斤家主人觉得自己耳根一跳，全部注意力都集中到了吕鹰扬身上。

“事到如今，再战也不是办法了，我觉得最好的办法，是开城和朔北部和谈。”

斡赤斤家主人一惊，扭头看着下首的额日敦达赉。在吕鹰扬说话之前，额日敦达赉打断了他。这个年轻人此刻抬起头来，眼睛发亮，似乎带着极大的决心。

“可朔北人插了红旗，狼主下了屠城令，狼主以前说过的话可没有不作数的。”斡赤斤家主人试探着，“还有你那死去的父亲，我的老哥哥，我们应当为他报仇。”

“这些天我也在想这件事，按说父亲的血仇不能不报，”额日敦达赉低下头，“可是我实在不忍心看着北都城里的年轻人再出城去送死，两次仗打下来，我们死了七万多人，再这么打下去，青阳部也是要灭族的啊。”

斡赤斤家主人点点头，“侄子这番心意，我也能明白，可是……狼主就能同意了么？如今他胜算在握，无非是早攻城晚攻城的问题，我们拿什么和他讲和？”

“这个我倒也想过，”额日敦达赉说，“我觉得狼主其实还是不想攻城，真的攻城，我们凭着损失北都城里所有人，能叫他们损失不小。这冬天就要过去了，开春的时候，道路通了，其他几大部落要是来攻北都城，狼主就守不住了。我猜狼主不过说些狠话，叫我们对他低头屈膝，他还等着收整我们的军队为他所用，犯不着下屠城的毒手。”

脱克勒家族主人捻着胡子点点头，“这话倒也有些道理，我说朔北部怎么那么多天还不攻城。”

“可我们若是开城讲和，等若投降，我们几个都是青阳部的罪人哪！”斡赤斤家主人搓着手。

“将来有一天，我们的子孙长大成人了，再把这血债讨回来！”额日敦达赉转向吕鹰扬，“三王子，您的母亲是狼主的女儿，您有一半朔北部的血统。若是您出城讲和，狼主会顾念亲情的吧？这件事我们三个都做不到，只能请三王子出面了。”

所有人的目光都聚集在吕鹰扬的身上，吕鹰扬沉默着，给自己慢慢斟上一杯酒，饮尽了，长叹了一口气。

“要按我的本心，既然我现在暂管帕苏尔家，就该和朔北人决一死战！纵然讲和也是我们交出些牛羊奴隶，他们退回北边，北都城和这帐篷前的九尾大纛，是死也不能交给他们的。”他疲惫地摇摇头，“可是这些天我让人清点各家剩下的兵力，实在是……不是我想做帕苏尔家不孝的子孙，如果到了非我出城卑躬屈膝地去求狼主，我会做的！就看斡赤斤和脱克勒两家当家主的意思了，他们年长，考虑得周全。”

斡赤斤和脱克勒家的两位当家主对视了一眼，眼里都是疑惑。他们不知如何说起，这筵席和他们的预想差得也太远了。

“也是啊！既然要顶这个懦夫的名，也不能只让两个年轻人去，我们两个老家伙也不好推辞，”斡赤斤家主人仿佛下定了决心，“这就算我们五老议政会商量的结果？”

“我也同意，”脱克勒家主人说，“这仗，真的是没法打了！”

吕鹰扬一下子轻松了许多，端起酒杯来，“这就算我们商量的结果吧！我们喝了这一杯，只盼盘鞑天神保佑青阳部，让狼主手下留情。”

四个人一同举杯，帐篷里的气氛随之松懈了。几家的武士脸上都露出松了一口气的神情，按着弓的手不再那么紧张。

“继续！歌舞！今天剩下来的时候，都是好时候了！”吕鹰扬向着少女们挥手。

少女们奔入金帐中央，随着轻盈的转身，织锦的马步裙被转成了一朵朵盛开的花，像是过节般热闹。

“说起来今天是烧羔节啊，男孩们成年的日子。”脱克勒家主人想了起来。

“那更应该多喝几杯，就算我们帮北都城里的男孩们喝的吧，让他们快快长大，将来为我们青阳部讨回这次的血债！”斡赤斤家主人举杯，“都满上吧。”

音乐舞蹈中，又一坛古尔沁烈酒被启封，浓郁的酒香中，每个人都开怀痛饮，笑得非常舒心，仿佛一切的烦心事现在都没有了。

脱克勒家主人微微有些醉了，眯着眼睛看着那些舞蹈少女赤裸的双足，扭头向身边的斡赤斤家主人说：“那个穿香纱裤的怎么样？我想带回去……”

他愣住了，斡赤斤家主人递来的目光是冷冽阴森的，这让他的酒醒了大半。

“好酒，真是烈！我出去解个手，解个手喝得更多。”斡赤斤家主人醉眼朦胧，摇摇晃晃地站了起来。

脱克勒家主人会意了，也站了起来，“我也解个手去，大冷天的，搭个伴儿。”

他们两人带着二十个武士出帐，帐外两家的武士整齐地默立在雪地里，完全封锁了金帐周围，没有丝毫的异状。斡赤斤家主人挥手示意他们继续警戒，和脱克勒家主人一起转到一顶帐篷背后。

“吕鹰扬想干什么？真是出人意料。”他一边解开腰带，一边问。

脱克勒家主人摇头，“我也看不出来，难道他是想了这几天怕了？钦达翰王不认可他为帕苏尔家的继承人，他觉得玩不下去了？”

“我看不像，那个男人，是条狼，和楼炎一样。”

脱克勒家主人点头，“不过额日敦达赉看起来不想和我们对着干了，这倒实实在在是件好事。”

“是啊，合鲁丁家的人太多，我忌惮额日敦达赉，比忌惮吕鹰扬还多些，帕苏尔家已经亡了，没人了。”斡赤斤家主人思索着。

“我们该怎么办？照这样看，我们明天开城讲和就可以了，一切都顺顺当当的，用不着动武了。”

“不，我不相信吕鹰扬，”斡赤斤家主人冷冷地说，“我也不想在开城的时候，我们三个走在他后面，让他去献九尾大纛。那样我们能得到什么？我们都成全吕鹰扬了。”

“这倒是，那么……”脱克勒家主人眼角一跳，拍了拍腰间的刀。

“拿下吕鹰扬！额日敦达赉老老实实地不动就算了，有什么不安分，就连他一起拿住！”

“老哥哥你也是咄咄逼人哪。”脱克勒家主人说。

斡赤斤家主人神色阴沉，扯着嘴角无声地笑，“男人还有逆风撒尿的时候，哪容得吕鹰扬那种小杂种在我们头上放肆？”

阿苏勒感觉到脖子上一冷，猛地从梦中惊醒。他被人死死按在铁栏上，不能动弹。面前就是钦达翰王那双森冷的眼睛，脖子上是短刀的刀刃。

“爷爷！”他吃惊地喊。

“别乱动弹，否则会把自己的脖子送到刀口上切断。”钦达翰王把另一柄刀塞到阿苏勒的手里，“不能睡了，今晚要离开这里，要集中精神，要警惕，像野兽一样。它们在捕猎的时候可以三天三夜不合眼，不吃东西，只是奔跑，你要学会那样去生存，你才能在战场上活得更长。”

阿苏勒精神一振，压低了声音，“我们要走了？怎么出去？”

“等一会儿你就会明白，还有最后一件事。有些东西，十年之前我应该教给你，但你那时太懦弱，我不放心把它教给你。”钦达翰王说，“但我的寿命已经不长了，你也长大了，你没能摆脱掉青铜之血，那就当个战士吧。帕苏尔家的男人，终究还是不得不上战场的。”

阿苏勒明白了什么，默默地点头。

“站起来，”钦达翰王摸着阿苏勒的脸，“我教给你大辟之刀最后的奥秘。”

阿苏勒默默地起身，钦达翰王无声地退后。三十多年后，这个老人再次握住了刀柄，他掌中有刀的时候，曾在战场上杀死数以千计的人，令那些男人的妻子哭号、孩子孤苦，他是击溃东陆进军的英雄，也是草原上的噩梦。如今他握住了刀，整个人仿佛脱胎换骨般变化着，全身上下每个骨节都爆出清脆的响声，肌肉缓慢地收紧又放松，呼吸沉雄有力，像是一只获得了新生的野兽，在牢笼中逡巡。他的眼睛始终盯着阿苏勒，露出跃跃欲试的表情。

他正在急速地回复到自己握着刀统治草原的时候，那个时刻降临，他将挥出最完美的大辟之刀。

阿苏勒觉得冷汗从他的每一个毛孔里射出，他握刀的手也不由得收紧，呼吸急迫起来。他不明白为什么这个时候爷爷要对他演练大辟之刀，但是他已经无法中断这次操演，越来越强烈的杀戮之气仿佛实质那样凝聚在钦达翰王身上，那是力量，无穷无尽的力量，正在蜷缩成一个小球，而后猛地炸开。

他必须全神贯注，真正的大辟之刀斩出的瞬间，钦达翰王自己也未必能控制那柄刀。

两人在牢笼中旋转，仿佛天穹上的一对星辰。

“真正的大辟之刀，只有一刀，是最完满的圆，不停息，不断绝。只有流着青铜之血的男人才能使用那一刀，因为只有狂战士的骨骼和肌肉才能顶住挥刀时强大的反噬之力。普通人挥不过三个半弧，他们的手腕就会骨折，筋腱就会扭伤。”

“是。”

“真正的大辟之刀，不留任何后力，你的每一刀都是全力以赴的，这样才能确保你每一刀都没有破绽。你的祖先用来在千军万马中杀出血路的这种刀法，当你挥舞起刀，你全身没有任何破绽，每一件向着你而去的武器都会被这刀弹开。”

“是。”

“挥刀的时候，青铜之血会控制你，你不会有犹豫，不会不忍心，更不会畏惧。但你要把这一刀像是刻字那样刻在脑子里，否则你会陷入混乱，不过是头急欲杀人的野兽而已。”

“是。”

“注意我的手腕，这也许是你唯一的机会看这一刀。”

钦达翰王缓慢地挥动短刀，刀光如同一道青气围绕他的全身，像是急速旋转点燃的线香，那道青气在越来越快的挥舞之下形成了完满的圆环，刀锋划破空气带起了呼啸，钦达翰王身边的空气变为乱流，他的身影模糊起来。阿苏勒紧紧地盯着钦达翰王的手腕，强行记忆手腕的每一次翻动，钦达翰王那句叮嘱的意思他现在才明白，因为在刀急速舞动的时候，他的目力根本无法清楚地捕捉到刀的轨迹，而那一刀的秘密，又确实在手腕的动作上。要那么快速那么连续地挥刀，不能有一丝停顿一丝滞涩，必须是单手挥刀，否则双手会形成死角，而且只能用手腕的动作来完成，因为手腕远比肩部和肘部的关节更加灵活，这是一种匪夷所思的武术，它用手腕来代替肩和肘去发力，手腕要承受可怕的压力。钦达翰王是对的，一个普通人如果抡出三个刀圈，他的手腕已经严重地扭伤了，只有狂战士的身体可以承受这压力，用他们被神赐福又诅咒的、诡异的筋骨。

阿苏勒想起了什么，猛然把目光移到钦达翰王的脸上。老人的脸已经变了，恶鬼般狰狞，双瞳里闪动着可怕的凶光！

头顶的地穴口洒落微弱的月光，这个夜晚正是满月，月亮的轨道和岁正的轨道在北天极短暂地重合，星辰的变动将唤醒那沸腾的青铜之血。

已经来不及阻止了，钦达翰王被他自己的刀术吸引得沉醉进去，他已经是一个彻底的狂战士了。

阿苏勒往后退去，一直退到背贴着铁栏。他无从抵挡那一刀，息衍的切玉劲，那个幕后老师传授予他的“变化之术”，这一切的一切都在大辟之刀前黯然失色。这是至雄伟至狂暴至血腥的刀术，却带着令人震撼的美，在微光下，仿佛无数青色光弧从钦达翰王的身体里溢出、闪灭，轻盈华美，让阿苏勒想起南淮城夏天夜晚的萤火虫。钦达翰王高亢地呼啸，步伐变化，被刀激起的紊乱气流四溢，彻寒的杀气如开闸般涌出。

阿苏勒鼓起全身的力量，一刀斩入那道青气。他记住了那一刀。可他就要死了，钦达翰王说得对，那一刀，是没有破绽的完满的一刀，用它的人也不会犹豫、不忍心或者畏惧。那一刀是杀戮的至美，它的存在如同星空一般浩瀚伟大。

“那我走喽。”有个声音响起在他耳边。

他被那股雄沛的力量扑面击中的瞬间，脑海里浮现的是羽然那张脸，在一个傍晚，在酒肆的门口，转过头来看他。

铁颜藏身在一个洼地里，他的身边是莫速尔家的年轻人们。洼地外是北都城里最大的荒地，不长草，都是嶙峋的石头，有几处地洞，据说通往彤云大山下，可以偷偷潜出潜入，但是没有人有那些洞穴的地图，又据说往洞穴深处钻的人都没出来过。老大君在的时候把表面的几间地穴收拾出来，加上铁栏，用于关押最重要的犯人，那也是北都城里唯一的监牢。

监牢的入口站着两名武士，除此之外一片死寂，月光照在他们头顶，森寒如冰。

铁颜摘下腰后的骑兵弩，对着弟弟比了个眼色。铁叶也有一张骑兵弩，都是息衍在下唐改进过的，用来装备鬼蝠营，射程可以达到一百步，只需要单手就可以发射。两支淬过毒的弩箭瞄准了那两名武士。

“要一齐，取喉咙，别让他们发出声音。”铁颜低声说。

“明白。”铁叶露出一丝笑。刀剑之术上他不如铁颜，可弓弩和射御上，铁颜只能算他的学生。

“走！”铁颜低喝。

两支弩箭在同一时间离弦，同一时间命中了那两名武士的喉咙。他们完全没反应过来，息衍设计的弩箭在风里不会发出明显的声音，箭杆也漆成黑色，以便夜间发射时不会被目标觉察。

“息将军难道是个斥候出身？做出来的东西全要不声不响地杀人。”铁叶一笑。

“走！”铁颜再次下令，拔出佩刀跃出了洼地。

铁叶和其他人也迅速地跟上，铁叶在骑兵弩里填入了新的短矢，一手提弩，一手提刀。月光下这支衣甲纯黑的队伍俯低身形，掠过荒地，直冲入口而去。

逼近入口，铁颜松了第一口气，他所担心的是进门之前就被发觉，被里面冲出来的人挡在外面，那样别说偷袭，在他们摸到那个神秘的“锁龙廷”之前，对方有足够的时间把他们兄弟的主子宰了。两名被弩箭射杀的武士躺在地下，手还握着腰间的刀柄。

“跟上！”他转身招呼。

“哥哥！”铁叶忽然放声大喝。

这是警告，如果不是极其危险的情况，铁叶绝不会这么做，他们兄弟藏在南淮的军营里无数次地练习配合，就像同一个身体那样有着感应。铁颜毫不犹豫地蹲下，低头。那一瞬间铁叶的弩箭离弦而出，一柄形状诡异的刀在铁颜头顶闪过。那两个本该已经死了的武士忽然跃了起来，在他们全无防备的时候偷袭。铁叶的弩箭这一次取的是其中一人的额头，弩箭直接洞穿，半支没了进去，那个武士摇晃了一下倒在地上。而另一名武士则被铁颜自下而上的撩斩命中胸腹，他捂着伤口跌跌撞撞地退后几步，也倒在了雪地里。

“该死！”铁叶奔到铁颜身边，“怎么没死？”

铁颜一刀压在其中一具尸体的喉咙上，解开了他的领口，一种他们从没有见过的护具套在尸体的脖子上，摸起来像是鲨鱼皮，但是更加坚韧。铁颜迅速摸过那具尸体的全身。

“他们穿的甲胄和我们不一样，是一种软甲，只在要害的地方有防护，像是东陆的东西。”铁颜说。

“刀也奇怪，从没见过这种形状的刀，”铁叶检视那柄刀，刀身窄薄，刀头带有弯曲的钩子，像是螳螂的镰足，“会是哪一家的武士？”

“看不出来。”铁颜摇摇头。

“那就别管了，杀进去吧！”铁叶扔下那柄刀，重新给骑兵弩填入弩箭，“我们被发觉了。”

地洞里传来急速的脚步声，显然铁叶刚才的警告已经惊动了里面的护卫。

“希望主子能等着我们。”铁颜一手提刀，一手从背后抽出火把，用铜管里的火星点燃。

此时此刻，金帐中，乐舞欢腾，酒香飘逸，一名奴隶露出精悍的肌肉，在金帐中央炫耀他刨羔子的刀术。他一手提着生羔子的一条腿，一手凌空挥舞薄刀，腾挪旋转，刀光灿烂。少女们在他前后左右都摆上了银盘，片下来的羔子肉纷飞如蝴蝶，落入那些银盘中。那名奴隶猛地停下，扔下薄刀，跪在地毯上，双手把羔子向着吕鹰扬高高举起。他手中已经是空空的一具羊骨架，只有羊头完好无损。

金帐里一片掌声，奴隶小心地撬开羊嘴，从里面掏出羊舌来，细细地切成薄片，在每个银盘里放上一片，然后喷上些烈酒点着。

少女们捧着在酒里烧得吱吱作响的羔子肉送到每张桌子上时，那些薄薄的肉片已经熟了，散发着酒灼之后的神奇香气。

“‘火燎羔’？”斡赤斤家主人啧啧赞叹，用银刀叉起那片羊舌放进嘴里咀嚼起来，“又有美食，又能看见这样精湛的刀术，难得，难得啊！”

“要说美食是不假，要说刀术，用来片羊的刀术能算什么？”吕贺忽然起身，手按刀柄，“酒也喝得差不多了，看多了女人跳舞，看看男人舞刀怎么样？”

蛮族宴饮，舞刀是常见的事，可听到这句话时，斡赤斤家主人的眼睛忽然眯了起来。他似乎无意地瞟了脱克勒家主人一眼，脱克勒家主人微微点头。两个人都想差不多是时候了，吕鹰扬还是亮出了他的虎狼之心，吕贺的刀在北都城里出名的好，借着舞刀的机会凑上来一人给他们一刀——这计谋虽然简单，可若是没有防备，也很容易得逞。

“一个奴隶的刀术，引起了四王子的兴趣？”斡赤斤家主人笑，“那是再好不过了，我上次见四王子舞刀，还是老大君在的时候。”

“是，是！难得！”脱克勒家主人也笑。

吕贺不说话，看着斡赤斤家主人，按着刀柄，一步步向他走近。

斡赤斤家主人一直笑，用力地鼓掌。整个金帐里只有他一个人鼓掌，脱克勒家主人悄无声息地退向自家武士中央，被五十人密不透风地围护起来。额日敦达赉看着斡赤斤家主人，似乎也感觉到了这孤零零的掌声里有着什么不祥的寓意。

他们都看不见，当这个清晰而单调的掌声传到金帐外，驻守在那里的斡赤斤、脱克勒两家的四百名武士同时拔出了佩刀，点起了火把。

“除了两位当家主，不许任何一个人踏进这个帐篷，也不许任何一个人出来。”这些武士的首领下令。他的命令下得极其低声，不让金帐里的人听见，用耳语在武士们中传递。

隔着很远，斡赤斤家的寨子里，斡赤斤和脱克勒两家一共一万七千名全副武装的武士已经整队完毕，斡赤斤家的次子和脱克勒家的长子统带着这支军队。远处，金帐方向的火光照亮了他们的眼睛，他们不约而同地振奋起来。他们知道这场大戏的最后一幕就要拉开帷幕了，有些人，将在这一夜的北都城彻底落幕。

“如果那边的火光熄灭，就彻底扫平金帐宫，是么？”脱克勒家的长子低声重复了他们收到的命令。

“如果火光都熄灭,就是阿爸他们都死了。那时候我们该为他们报仇，把帕苏尔家和合鲁丁家所有男人都杀光。”斡赤斤家次子冷冷地说。

“明知道有危险，老爷子们还是不愿意出城去逃命啊。”脱克勒家的长子叹了口气。

“祖宗的家业不就是这样在刀口上积攒下来的么？”斡赤斤家的次子傲然地说，“所以父亲送走哥哥和弟弟的时候我说我不走，我们斡赤斤家的男人不到最后一刻，不会像条野狗那样逃命！”

“四王子，你走得太近了。”斡赤斤家主人忽然不再鼓掌了，他盯着吕贺的眼睛，淡淡地说。

吕贺依旧逼近,那柄狮子牙在他的鞘中震动着,发出令人不安的声音。他握着刀的样子就像他的老师木犁，这让斡赤斤家主人想起木犁那双焦黄的眼睛，他觉得自己被逼住了，那股扑面而来的危险气息压得他呼吸不畅。他觉得无需再忍耐。

他端起金杯，把残酒洒在面前。

两家一百名武士同时起身，同时抽出了弓，搭上了羽箭，弓开至满弦，细长的三棱箭镞上是危险的铜绿色。那一百枚羽箭同时指向了一个人，不是吕贺，而是首座的吕鹰扬。额日敦达赉惊得起身，斡赤斤家主人向他挥手，示意他退后。斡赤斤和脱克勒两家的武士迅速地调整位置，完全堵住了金帐的门口，烤羔子的奴隶和跳舞的少女被他们挤压着往外退去，少女们发出了惊恐的尖叫。

“破甲箭？你们从哪里得到的？这又是为什么？”吕鹰扬微微皱眉。他依旧坐在原地，平静地端起一杯酒。

“如果我再不出声，四王子的刀就要递到我心口了吧？”

“我们之间有那么大的仇么？我们不都说好了么，你们想要开城投降，我也同意了，我为什么还要害你们？”吕鹰扬低头，看着酒中自己的倒影。

“额日敦达赉，就让我告诉你这个号称帕苏尔家男人的吕鹰扬是什么人。他就是朔北人派来的奸细，他恨不得他哥哥死，这样他就能坐上大君的宝座！就是他在背后主持了一切的事，要害死我们所有人！”斡赤斤家主人冷笑，“这样一个怀着狼心的人，我们不能相信。”

吕鹰扬无声地笑了，“是啊，我想要北都城，我想要振兴这座城，我要青阳的旗插到这天下的每个角落。这有什么错么？而尊贵的斡赤斤家主人，不是你一直想要打开城门对狼主卑躬屈膝的么？出卖消息给狼主的是你才对吧？你们那些破甲箭，是不是狼主从鬼弓的尸体上搜集了再送给你们的？你们现在掌握着北都城的城门，什么都能做到。”

“吕鹰扬，你还能说出这无耻的话来？”斡赤斤家主人勃然变色。可他无法回答破甲箭的由来，当初他曾秘密地支持过吕鹰扬的三子窝棚，因此从台戈尔大汗王那里得到了这种价格高昂的武器。

“尊贵的斡赤斤家主人，您是一个生意人，总和东陆人做生意，您所做的一切都不过是为了利益。”吕鹰扬仰头饮下了那杯酒，“你这么做，我一点都不意外。”

“哥哥，别跟他们多说！闪开！”吕贺大喝。

“贵木，你闪开，照我说的做。”吕鹰扬盯着斡赤斤家主人的眼睛，“我要看着斡赤斤家主人下令向我发箭，这样他就可以杀了我，把帕苏尔家从北都城里彻底抹掉，这不是一个内奸最想做的事么？我等着，想看他有多大的胆子。”

金帐中一片死寂，合鲁丁家的武士按着刀柄，保护着额日敦达赉慢慢后撤，斡赤斤和脱克勒两家一共一百张劲弓拉满了弦，吕鹰扬仍在那里自斟自饮，凌厉的目光如同刀子那样落在斡赤斤家主人的脸上。他挑衅般笑着，紫袍缓带，长发漆黑，吕鹰扬并不算个生得美的男人，但此刻在一百支利箭的直指之下，他身上淬炼出一股逼人的诡艳。

斡赤斤家主人心头烦躁。吕鹰扬捏住了他的要害，他还不敢杀死吕鹰扬，他还需要吕鹰扬为他搭起和狼主之间的桥梁。吕鹰扬的平静让他更加不安，他面对的是数代一遇的狂战士，吕鹰扬不能称作“人”，在他身上什么都可能发生。

每个人都在流汗。脱克勒家主人满是横肉的脸上密密麻麻一层汗珠，慢慢地汇聚在一起往下流。他不敢擦，金帐里没人敢动，弓弦已经紧得就要断开，一丝丝的异动都会引发流血。

“懦夫。”吕鹰扬从牙缝里吐出这两个字。

他缓缓地起身，举起手中的金杯，慢慢地倾侧，像斡赤斤家主人一样，要把残酒洒在地上。

斡赤斤家主人心头彻寒，那一定是行动的暗号，会是什么样的行动？这里已经完全被他们封锁起来了，吕鹰扬已经在死地中央。

他败给吕鹰扬的眼神了，那样平静的眼神背后，一定有绝大的信心。他绝不相信一个人可以那么平静地等着一百支箭射在自己的身上，他看不穿吕鹰扬的阴谋，但他可以先放马冲过去。

“射！”他大吼。

吕鹰扬唇边流露出冷冷的笑意。

一百支破甲箭在同一个瞬间离弦，如同愤怒的蜂群，一个人影和蜂群一起扑向了吕鹰扬。吕鹰扬的座位四周腾起了灰尘，四名穿着黑衣的人从地下跃出，用四面盾牌遮蔽了吕鹰扬的四面八方。那名片羊的奴隶尖啸着跃起于斡赤斤家武士们的头顶，踩着他们的肩膀逼近斡赤斤家主人，他拔出了那柄片羊的刀，一柄形如螳螂刀臂的薄刀，平平地挥过，切下了斡赤斤家主人的头颅。没人能够阻挡他，那一瞬间所有武士都握着空弓。那个扑向吕鹰扬的人影被十数支破甲箭贯穿了胸腹，倒在距离吕鹰扬数步之遥的地方，他吐着鲜血支撑起身体，空气中贯穿了他凄厉的呼喊。

“哥哥！”

吕鹰扬的所有笑意在一瞬间被抹平，他推开那些翼护他的黑衣人，冒着对面武士可能再次齐射的危险冲过去抱那个人，他唯一的同父同母的弟弟，吕贺·贵木·帕苏尔。可面对那个刺猬般的人形，他甚至找不到可以抱的地方。

“贵木！贵木！”吕鹰扬对着他吼叫，“我叫你闪开啊！我叫你照我说的做……”

吕贺听见了他的声音，慢慢地睁开眼睛，看清是吕鹰扬，满是血污的脸上露出一丝欣慰的笑来，“哥哥，原来你没事啊……是我自己傻，哥哥你应该早就安排好的……哥哥你的计谋总是对的……”

他忽地焦急起来，伸出一只手死死抓住吕鹰扬的袍领，“快！快！哥哥……杀了他们！杀了他们！我们的时间不多，不要让消息传回他们的寨子里……那些给你传令的人在……”

他没能说完这句话，生命的神采就已经从眼瞳中消散了，死亡的惨白泛了起来。他的头颈失去了支撑，无力地后垂，只剩下那只手还死死地抓着吕鹰扬的袍领。

“贵木……贵木！”吕鹰扬再喊他的名字，却已经不会有回答了。

“哥哥你的计谋总是对的……”吕鹰扬的脑海里回荡着这句话。

都是对的么？都是对的为什么会出现这样的错误？都是对的，为什么贵木死了？吕鹰扬的头痛得像是要裂开。

他没有告诉吕贺关于龙篱的事，没告诉他自己准备怎么在金帐中解决那两个老家伙。他太谨慎，从不把完整的计划告诉任何人，因为天地不仁，掌握权力的人不能有朋友，不能相信任何人。他像是东陆那些高超的傀儡师，总能操作着无数丝线，让那些傀儡按照命令去行动，无论是木犁或者龙篱，甚至斡赤斤和脱克勒家的两个老东西也曾是他的傀儡。他自负于自己对局面的掌握，他不需要朋友，只需要执行命令的傀儡。可是为什么出了差错？为什么几十年来从没有违抗过他的吕贺没有闪开还要向他扑过来？是自己的戏演得太逼真了么？逼真得把吕贺都骗过了。

天地不仁，掌握权力的人就该欺骗所有人，就该是最好的戏子、最好的傀儡师。他都做到了。

可他最心爱的那个傀儡就这样碎掉了。

“你会跟我一路走到头的，对吧？”他问吕贺。

“对！”吕贺大声说。

吕鹰扬把手指插入头发里，崩断了束发的红绳。他弯下腰，剧烈地干咳起来，像是要把内脏都咳出来。他的双眼泛着血红，泪水不受控制地滚落，他嘶哑地吼叫起来，像是痛哭像是狼嚎。他站起来，抓过了吕贺手里的狮子牙，撕裂了自己的紫袍。

“你们怎么能……你们怎么能……杀了他？！”他仰起头，吐息着狂风，纵声吼叫。

那神赐的、黑暗的、血腥的力量把他彻彻底底地包围起来，野兽在他的心底苏醒咆哮，他失去了一切人的怜悯和仁慈，狂呼着向斡赤斤和脱克勒家武士扑去。第二阵箭雨投向了他，却已经无法伤害他，他的皮肤紧绷如钢铁，肌肉紧紧地虬结起来，侧面命中的箭都被滑开，正面的被那柄狮子牙扫断，唯有一支箭命中了他的大腿。但是他的速度没有因此有丝毫减弱，他血淋淋地拔出了箭，扎入他遭遇到的第一个人的额心，之后抓起他的头发，横刀切下了他的头盖骨。

那名片羊的奴隶已经趁着混乱全身而退，他搓去了脸上用于易容的胶泥和颜彩，露出一张仿佛被刀削去了血肉的脸来。他从未告诉任何人，他并非生就这样一张脸，而是长年敷药化去了脸上的血肉，只有这样，他才能借着胶泥和颜彩伪装成或胖或瘦的各种各样的人。

“主子的令已经下了，五百零二个人，一个不能剩下。”龙篱淡淡地说。

那些烤羊的奴隶、舞蹈的少女都不再惊恐，他们脸上的一切表情都退去了，从不同的地方拔出了螳臂般的薄刀。

阿苏勒默默地看着手中的断刀，那柄钢质纯粹的短刀在势如海啸的撞击中并没有发出什么令人震惊的声音，当力量被淬炼到极致的时候，两刀相割，就像切纸那样轻易，断口平滑如镜。

而钦达翰王手中的刀完好无损，同一炉的钢水，同样的淬火技巧，却是完全不同的结果。

“爷爷……”阿苏勒轻声说。

“记住了么？”

“记住了。”

钦达翰王点了点头，这次点头让他觉得很疲惫，他缓慢地坐在地上，按住了左胸的伤口，鲜血从那里汩汩流出，在脚下的石洼里慢慢汇集。他那柄完好无缺的刀插在他自己的心口，一击击断了阿苏勒的刀之后，那柄短刀划着一道美得惊人的弧线返回，像只归巢的燕子般，没入了钦达翰王自己的心口。准确、犀利，毫不拖泥带水，刀锋从后背突出，彻底毁掉了他的心脏。

“不要发出声音，会被上面的人听见，今夜是你离开这里的机会。”钦达翰王看着阿苏勒的眼睛，用清晰而低微的声音说。

阿苏勒扑过去抱住了他的爷爷，他想要放声痛哭，却哭不出来，钦达翰王用最后的力量瞪大了眼睛，严正地警告他。而那些凶戾如野兽的表情已经彻底消散了，他回复成一个白发苍苍的老人，直视阿苏勒，带着一家之主的威严。

“阿苏勒……你可以悲伤，但是不要哭。你是我们青阳的小豹子，身上流着神赐的血，你的族人还期望着你带他们去神示的土地。”钦达翰王低声说，“我已经老了，很高兴这样死去，像一个男人一样守护自己的牛羊和家人。”

阿苏勒只能点头，用尽力气不让呜咽脱口而出，可他的喉头在抽搐，在剧痛，像是不发出悲哀的声音就会裂开。

“总有些时候，你不得不选择，如果两个人只能活一个，你选择谁。

这世界就是那么残酷……你还太小，不敢选择，那么就由爷爷来帮你选。我知道怎么选，我已经控制不了自己了，这是我快死的征兆。这个选择对我来说很简单。”钦达翰王用沾着自己鲜血的手指在阿苏勒唇上划了一道，“你今后有的是时间哭泣，但绝不是现在，你现在哭出来，爷爷就白白地死了。我现在告诉你逃出这里的办法，我三十多年前就已经想到，可那时候我没有水，等我有水的时候，我已经被移到了地宫里。”

他的声音低沉，带着一股慑人的勇气，这勇气让人心安，让人平静。即便他垂死了，还是那个武神般的钦达翰王，让人信赖。

阿苏勒用力点头。

“现在解下你的外袍，把它拧成一股，拧得越紧越好。”钦达翰王说。

阿苏勒照着做了，丝绵长袍材质轻薄，拧起来如同一根锦丝绳子。

“用它圈住两根铁栏，慢慢地绞紧，不必太用力。”

阿苏勒稍稍试着做了一下，忽然明白了这个简单的道理，这根丝绵长袍拧成的绳子就是一个最简单的机括，只要他慢慢地绞紧绳子，就能把圈住的两根铁栏向一起拉近，一旦他把相邻的两根铁栏都弄弯，就有一个足够大的空隙可以让他钻出去。他并不很魁梧，这给了他逃生的机会。

“冷锻鱼鳞钢是一种用来打造甲胄的钢铁，它柔韧，可以弯曲来卸力。你的刀锋无法切开它，但是柔软的东西反而能把它拉弯。只是你需要水来帮你，丝绵很容易裂开，但是浸水之后它会变得极其坚韧，东陆人用丝绵泡在胶水之中晾干，制成绵甲的甲片，就是这个道理。”

“水？”阿苏勒不明白。他们已经很久没有水和食物了，干裂的嘴里连唾液都分泌不出来。

“用我的血，趁没凝固之前，足够了。”钦达翰王看着阿苏勒的眼睛，沉默着，忽然直起身，拔出了胸口的刀。

血如喷泉那样涌出，带着令人心悸的声音，汇入他脚下的石洼。他无力地倒在地上。

阿苏勒扑上去紧紧地抱住他，听着他胸膛里渐渐衰竭的跳动。阿苏勒知道这声音终止的时候，他怀里的躯体将永久地沉睡，再不醒来，再不跟他说话。他太累了，累得不想哭，清寒的月光从头顶那个缺口泄漏下来，寒气从四面八方侵蚀着他的身体，他觉得自己像是要被冻住了。

还有太多的事情他没有来得及做，譬如跟钦达翰王说完他在东陆的所见所闻，譬如问钦达翰王自己的奶奶究竟是个什么样的女人。他怀里的男人是曾经击退风炎皇帝的传奇英雄，经历过那个烽烟战火遍及草原的传奇时代，如果东陆那些说书人能见到他，会狂喜地拉着他的袖子问他真正的风炎皇帝是什么样，他的铁驷车有什么不同，什么是他战胜风炎皇帝的秘密武器……可现在不会再有人知道了，他死了，他的灵魂追逐着那个早已消逝的时代而去。

时间太短了，短得来不及握手，短得来不及说几句温暖的话，短得来不及叫他几声爷爷。

阿苏勒忽然明白了，当他们在地宫里背靠墙壁仰望头顶的黑暗时，钦达翰王为什么要向他讲述盘鞑天神的神话。这个老人分了许多次，把那个浩瀚而血腥的神话拆开来，灌入他的脑海。这和白毅把他处世的经验用呆板教条的方式灌入小舟公主的脑海一样，因为相处的时间太短暂，要你记住这些，将来会有用，将来你忽然领悟了童年时那些教导中蕴含的深意时，你才明白教你的那个人是多么爱你。而等你明白的时候，你们已经远隔天涯或者生死。别人的爷爷可以和孙子一起吃饭、一起逗趣、一起骑马、一起射箭，在漫长的时间里传递积累了几十年的知识，直到他爷爷老了，死在床上。可他的爷爷不行，钦达翰王没有时间，他只能用神话把一切浓缩起来，呵斥阿苏勒，要他铭记在心。他在讲述那个神话的时候，无时无刻不在计算分别的时间。

现在他们就要分别了，永久地。

他怀里的钦达翰王动了动，睁开了眼睛。那双枯涩凶狠的眼睛此刻忽然变得莹润起来，不再令人畏惧，笼罩着一层孩子般清澈的光。

钦达翰王看着阿苏勒，呆呆地伸手出去，似乎要抚摸他的脸。他忽然微笑起来，像是一抹金色的阳光洒在脸上。

“阿钦莫图，你……可以原谅我了么？”他轻轻地说，看着阿苏勒的眼睛，充满期待，异常认真。

阿苏勒知道此刻钦达翰王看见了谁。那个美丽的东陆少女正在临终的幻觉中向他走去，走在金色阳光遍洒的草原上，向他张开双臂，就要拥抱他。不只一个人说过，阿苏勒长得不像一个蛮族人，更像一个东陆孩子，像他尊贵的奶奶阿钦莫图大阏氏，这也是他的父亲吕嵩怜爱他却又不肯亲近他的原因，因为看见他的脸总是让父亲想起那些锥心的往事。

阿苏勒忽然明白钦达翰王为什么能在地宫里野兽一样生存了三十多年，因为他的心里还有些东西没能解脱，他不甘心那样死去。他一生最大的成就就是击败了风炎皇帝，换回的最大战利品就是一个名为白明依的女人，他给这个女人改名为“阿钦莫图”，因为她像金色的阳光那样照亮了他充满血腥的人生。盘鞑天神赐予他珍贵的青铜之血，也让他一辈子生活在杀戮的黑暗里，别人眼里他是光辉四溢的英雄，他自己的心里他是一只在黑暗里振翅的蛾子，寻找着光，直到那缕金色的阳光划破他的黑暗。于是他以飞蛾扑火的勇气扑了上去，但那缕光被他黑暗的世界绞碎吞噬了。

“阿钦莫图，你可以原谅我了么？”钦达翰王又问。

“我原谅你。”阿苏勒低下头，把老人的头抱在怀里，轻轻吻他的额头。那是他的爷爷，青阳部历史上最伟大的英雄之一吕戈·纳戈尔轰加·帕苏尔。

“真……好啊！”这是英雄最后的话。

“挡住他们！挡住他们！牵我的马！牵我的马！”脱克勒家主人高声呼喊。

金帐外斡赤斤和脱克勒两家的武士正在拼命往里拥，而那些奴隶和女人却也拼命地往外冲杀。谁也不敢继续留在金帐中，金帐里已经变成了吕鹰扬一个人的战场，他所到之处只有飞溅的鲜血和肢体，羽箭、战刀、骨骼甚至风，靠近他的一切都被那柄锋利的狮子牙斩断，他周身带着刀割裂空气的尖啸，向着人最密集的地方冲杀。

帕苏尔家青铜之血的力量再次得到了证明，即使是老到的斡赤斤家主人也低估了这神赐的血脉。

帕苏尔家主人那些奴隶和女人也并不比他们的主子逊色多少，他们都不穿甲胄，仅仅握着手中那柄螳臂般的异形薄刀。他们和武士们擦肩而过，谁也看不清他们是从什么角度挥刀的，但是谁都能看清那些红花盛开般的血花。他们每一刀都深及骨骼，每一刀都是要杀人。这是一种对敌人对自己都极尽凶狠的刀术，没有防御，只有杀戮。

脱克勒家主人在贴身武士们的护卫之下逼近战马，不管金帐这里的战局如何，他必须离开，他要去斡赤斤家的寨子，那里他们还屯聚着重兵，他们还有改变北都城局势的能力。

在他摸到马缰的瞬间，乌黑的箭从贴身武士的缝隙中射入，洞穿了他的心脏。

他艰难地转身，要看清杀他的人。

合鲁丁家的主人额日敦达赉默默地扔下手中的短弩，那张花了重金从东陆买来的短弩藏在他衣底很长时间，他终于拿了出来，没有人防备尊贵的合鲁丁家主人，他一击而中，眼里带着复仇的狂喜和冰冷的讥诮。

“为什么？”脱克勒家主人问。

“我能分辨谁是内奸，谁想我阿爸死。不是你们想要分掉我们合鲁丁家的人口和牛羊么？怀着这种不可告人的心思，可别告诉太多人知道。”额日敦达赉的话里带着得意和愤怒，“不要小看我，我很年轻，可我也会在你的人里安插探子。”

“吕……”脱克勒家主人没能完成对那个男人的诅咒，扑倒在雪地里，停止了呼吸。

他在临死的一刻无法不畏惧和仇恨那个叫吕鹰扬的男人。仅仅靠着兄弟两个人，吕鹰扬把北都城里所有的贵族玩弄在手中。他从不准备和任何人合作，任何人都是他的武器，用完之后必然被毁掉。远在他和斡赤斤、脱克勒两位当家主把酒言欢的时候，吕鹰扬已经为最终的落幕准备了筹码，他慷慨地同意要把合鲁丁家的牛羊和人口分给两家，却又对外缄口不言。当得意中的斡赤斤和脱克勒家主人把这个消息告诉自己手下人时，吕鹰扬的密使已经警告了额日敦达赉，配合额日敦达赉自己埋伏的探子传递的消息，吕鹰扬成功地把两位当家主押上了“内奸”的位置。

狼主选对了人，吕鹰扬·旭达罕·帕苏尔，这个男人生来就是要颠覆世界的。

听着金帐里吕鹰扬凄烈的咆哮声，额日敦达赉仰望天空，喃喃地说：“阿爸，我为你报仇了，可死了太多人了……”

“杀了他们！斡赤斤、脱克勒两家的人，一个都不要放过！”他忽地拔出佩刀，平挥出去。

一直保持戒备的合鲁丁家武士们猛虎般出动了。

斡赤斤家的寨子里，斡赤斤家的次子和脱克勒家的长子看着金帐方向的火光一一地熄灭了。

他们明白金帐宫中战斗的结果了，在随风而来的喊杀声中，大概也夹着他们父亲的吼叫和哀号。尽管不愿意相信，但是没有人能否认自己眼前所见的一切，多达五百名武士的军队，在那里被一股看不见的力量完全地吞噬了。

他们引以为豪的父亲死了，必须复仇。就算明天是北都城的屠城之日，他们也要先杀死仇人。

两家的男人们整齐地抽出了利刃，随着斡赤斤家次子的一声咆哮，他们策马拥出了寨子，在马上打起火把，向着金帐而去。

那条高举火光的队伍借着地势狂奔而下，远远看去如同一条卷动的活龙。

合鲁丁家的寨子里，额日敦达赉的弟弟看见了那条火龙，他的马后，两万个合鲁丁家的男人已经整队完毕。

他猛地挥手，合鲁丁家最后的力量倾巢而出。

“阿爸，叔叔，合鲁丁家和斡赤斤、脱克勒两家的人杀起来了！”匝儿花跌跌撞撞地冲进帐篷。

“什么？”铁晋铁益一齐站了起来。

“我们寨子前的人都撤走了，现在三家的武士都往金帐那边去，他们在那里拼命地杀人，都杀红眼了！”匝儿花说，“听说是吕鹰扬在金帐设宴杀了斡赤斤和脱克勒两家的当家主。”

“吕鹰扬疯了，这样等于挑起仇杀，现在这个时候，城里自相残杀……”铁晋无力地坐在地上。

“各家寨子什么反应，九王那边什么动静？木亥阳呢？”铁益红了眼睛，“该死！吕鹰扬想干什么？”

“我知道，他们都闭门不出。”铁晋说。

匝儿花点点头，“阿爸说得不错，他们都闭门不出。”

“我们也走不出去，现在走出自己寨子的，都会被杀死。他们疯了，所有人都疯了。”铁晋举起一杯酒，慢慢地倒进嘴里。

“巴鲁和巴扎两个小崽子呢？叫他们也不准出去！”铁益忽然想起了自己两个不安分的儿子。

“从入夜开始就没见到他们……”匝儿花也警觉起来。

铁益的脸色铁青，额头上一层冷汗。

铁颜正狂奔在岩洞中，他们已经损失了十三个人，而对方只损失了区区五个人。

这里的守卫武士出乎意料的少，甚至可以说一个都没有，守卫这里的人都是那些穿着鲨鱼皮一样贴身甲胄和黑色罩衣的人，他们如鬼影一样藏在岩洞的角落里，每次都是一个或者两个人出现，从他们注意不到的角度偷袭。那完全是杀手的风格，以猎杀为目标，比铁颜曾领教过的鬼蝠营更加诡秘。

铁颜的心跳快到了极点，他不知道这里还剩下多少守卫，如果还有十个人，也许他们都会倒在这条通往“锁龙廷”的路上。

但他相信自己摸对了道路。他让所有人带上四支火把是对的，火光凑在一起把周围照得通明。因为潮湿和温暖，这些岩洞里散布着苔藓，大概是弃之不用很久了，多数道路上都没有人走过的痕迹，只有他们脚下这条路,脚印清晰可辨。他如今只希望“锁龙廷”出口的守卫还没动手。

他忽然看见前方的黑暗里也闪动着星辰般的火光。

“巴扎，准备好你的弩！”他低喝着，脚下不停。

火光越来越近，他们无疑已经到达了“锁龙廷”的入口，他们必须第一时间制住管牛油桶的那个人，一切全在铁叶的一支弩箭上。

他们冲入了一间巨大的石室，铁颜忽地刹住，横刀一拦，挡住了自己背后所有人。铁叶看了一眼石室里的情景，微微闪身，把骑兵弩遮掩在背后。莫速尔家的武士们迅速地调整位置，组成半月形，把铁颜和铁叶保护在后面。铁叶的手心出汗，汗水悄无声息地渗入骑兵弩的机括里。

这间石室足有两座金帐那样高，顶部有个巨大的缺口，月光从那里射入，地面也有一个缺口，却只有两人合围那样大，缺口里一片漆黑，旁边架设着一具青铜绞盘，连着长长的锁链。

缺口旁点着一堆熊熊的篝火，最后的九名黑衣守卫全部站在那里，提着螳臂般的刀，冷冷地看着他们。其中一人的脚踩在巨大的牛油桶上，他只要用力一踢，那桶里上百斤的牛油就会倾入缺口中，再随手从篝火里捡一根燃烧的木柴扔进去，就可以把缺口下的地穴烧成一口火井。

还剩九个人，铁颜没有取胜的把握，好在他们如今没有藏在暗处，这样机会略大了几分。他盯着那个牛油桶，沉默着，等待对方说话。

“莫速尔家的人都是勇敢的人哪。”九名守卫中为首的人说。

铁颜不说话，此刻所有的话都是多余的，他看得出那些守卫的眼神，阴森冷漠，不可撼动。那是一群即便死也要完成使命的人。

“放下武器。”守卫们的首领再次说，那名脚踩着牛油桶的守卫加了几分力气，牛油桶倾斜起来，保持着一个危险的平衡。

“把刀扔了。”铁颜说。

所有利刃都被扔在了地上，包括那些插在腰间备用的刀和胸前的小佩刀。

“还有你背后那柄长刀。”

铁颜背后的五尺长刀是阿苏勒的影月，高过头顶，仿佛一根旗杆。铁颜解开胸前的绳扣，把影月也扔在地上。

“还有你们靴子里的匕首。”

“很好。”铁颜说，他们的一切装备都被对方看透了。

铁颜弯下腰，所有人跟着他一起弯腰，这一刻隐藏在人群后的铁叶暴露出来，他的视野忽然开阔。他单手端起骑兵弩，立刻扣动扳机。

扳机上异样的感觉让铁叶意识到这是个致命的失败，他的汗水让弩弓的机括打滑了，箭矢没有离开滑槽。

“哥哥！”铁叶咆哮。

牛油桶倾倒，牛油直灌入地穴深处。

铁颜知道自己只剩最后一个机会，在火种被扔进去之前，他俯身握住了距离自己最近的武器，影月。他长啸着前冲，刀鞘自动脱落，那柄刀仿佛觉察到主人的危险一般，发出了凄厉的长鸣。铁颜咬着牙，忍受着刀柄上传来的慑人的煞气，他眼里只有一个人，对方的首领，首领用刀尖的钩子钩起了一块燃烧的柴。

已经来不及了，他们之间的距离太远了。守卫们的首领带着嘲讽般的笑把火种吊在地穴口，那点火光刺着铁颜的眼睛，仿佛利刃。

首领满足于对敌人的这份捉弄，他猛地抖动手腕，火种坠落。

一瞬间铁颜听不见任何声音，他忽然感觉到疲惫了，想要就这么停下，他看着那火种下坠……下坠……坠入深不见底的黑暗里。

火焰猛地腾起，像是火山喷发或者巨龙在海底的吐息，熊熊烈焰中，一道人影腾空而起，平挥手中的刀，斩下了首领的头盖骨。他抖手抛去手中沾了牛油燃烧着的、血红色的丝绵长袍，沉默地站在守卫们中间，低头看着燃烧的地穴。火风撩动他的长发，他的四周尽是那些螳臂般的薄刃，可他甚至不想去闪避。

火光在他赤裸的上身镀上了黄金般的光泽，守卫们一时竟然不敢对他发起攻击。

“主子……你还……活着啊？”铁颜想要笑，却已经笑不出来。他太累了，像一根绷得过紧的弓弦，就快要撑不住了。

阿苏勒·帕苏尔低着头，看着地穴深处“锁龙廷”里那具流干了血的尸体，那具苍老又苍白的尸体，被熊熊的烈焰包围了。他想着自己拧转长袍时，那淋漓而下的鲜红的血，带着最后的体温，温暖着他的掌心……

“主子！刀！”铁颜大喝着掷出手中的影月。

阿苏勒跃起在空中，抓住了刀柄。

悲辛已经彻底笼罩了他，强烈得能够摧毁他，藏在他心中那匹愤怒的狼以利爪刺穿了他的心脏。

长刀轮转，在半空中划出了最圆满也最肃杀的弧，八片头盖骨在同一瞬间被激飞上天空。

吕鹰扬坐在他渴望了太多年的黄金宝座上，膝盖上放着吕贺的尸体。他已经苏醒，苏醒时金帐里没有任何一个活人。他第一眼看见的是摆在宝座一侧的白银花瓶，那是他献给母亲灵魂的花束；第二眼看到的是弟弟的尸体，一瞬间他觉得这是一场噩梦，过一会儿就会醒来。

他的阿妈没能保佑他和弟弟，也许她的魂已经散去了，听不到儿子的祈求。

他一根根拔掉了吕贺身上的箭，擦去了脸上的血，这样吕贺看起来更像他平常熟悉的那个弟弟。

他很少抽烟，此时却不由得想抽点烟，于是他从死去的斡赤斤家主人身上搜到了烟锅和烟草。他抽着烟，仰望着金帐顶，长久地沉默。

外面不远处传来激战的声音，那是三家贵族的武士们在浴血搏杀，合鲁丁家的武士和斡赤斤脱克勒家的联军在去往金帐的半途相遇，额日敦达赉在竭力阻止那些急欲复仇的男人靠近金帐。整个北都城都从梦里醒来了，三大家族的小队武士在城里很多地方遭遇，他们已经没什么可说的，直接挥刀砍杀，合鲁丁家的马草场被焚烧了，斡赤斤家主人的所有妻子被几百名合鲁丁家的武士斩杀，这些消息一条条送进金帐里来，吕鹰扬已经不想听。

他觉得累了，他本该去支援他的盟友额日敦达赉，但他不想动，如今已经没有什么人能解救这个城市了，男人们只想互相复仇。

他的谋略失败了，吕贺没有说准。

合鲁丁家的武士们就快要支撑不住了，喊杀声越来越逼近金帐，吕鹰扬等待着他们出现在自己面前。他仍是不可战胜的，帕苏尔家青铜之血的继承人，敢冲到他王座前的人，必须有死的觉悟。

喊杀声已经逼到百步外，金帐的帘子被掀开，一个提着长刀的人缓步走了进来。

吕鹰扬看了那人一眼，露出一个惊诧的笑来，“阿苏勒？你还活着？你怎么来这里的？”

“我告诉斡赤斤家的次子说，如果他们能掩护我来到金帐，我就能杀了你，我也有青铜之血，和你是一样的，他答应了。”

“你杀了爷爷么？”

“没有，我不会用刀对准自己的爷爷。”

“那你杀不了我，因为你太懦弱。”吕鹰扬摇头，“阿苏勒，你是错生在我们帕苏尔家了。”

“四哥死了，你很难过吧？如果早知道是这样，你还会这么做么？”

“天地不仁，容不得懦弱的人，我很难过，但我仍会这么做，要成为英雄，就要狠绝，你不懂，所以你只会趴在比莫干的尸体上流眼泪。”

“旭达罕，你所说的我都不懂。就算我是个傻子吧。”阿苏勒说，“我都傻了那么多年了，改不了的。”

“你们这些愚夫，只有我才是能够救北都城的人，可你们没一个相信，你们一个个都只想着杀了我，杀了我之后，狼主就会攻入这里，杀了城里所有人，这样就称了你们的心意么？”

“我在东陆，见过一种走钢丝的艺人，他们在离地几十尺的钢丝上走来走去，翻跟头。如果掉下来，他们就会摔伤，甚至摔死。可他们觉得自己不会掉下来，因为他们总在钢丝上走，钢丝对于他们就像平地一样。但我见过那些走钢丝的老艺人，他们很多人的腿都瘸了。”阿苏勒说，“旭达罕，你一辈子都在钢丝上走，一定会掉下来的。”

“阿苏勒，这么说话可真不像你啊，我能觉得出你是真的恨我了。”吕鹰扬轻轻地叹了口气，“你这样一个人，要让你真的恨谁，也很不容易。”

“我知道我很懦弱，可流血已经流得太多了啊，我走到这里来，一路上死了几百人，我已经退不出去了。旭达罕，我们两个的背后都是悬崖，是不是？”阿苏勒仰起头，长长地呼吸。

影月旋转，阿苏勒换为反手握刀，刀尖没有指向吕鹰扬，而是指向了他自己的腰间。长刀回到刀鞘，他默默地踏上一步，沉腰侧身，五指落在血迹斑驳的刀柄上。他的动作终止在拔刀前一瞬间的姿势上，归于绝对的寂静。额前的长发垂下，遮住了他的眼睛。

“瞬杀？”吕鹰扬的眼睛微微地亮了。

他听说过这种刀术，来自东陆的雪国晋北，号称世间刀法中最肃杀也最凄厉的一种。晋北的武士们在漫长的雪季里用冰水沐浴，磨炼精神和肉体，把强烈的杀戮之气隐藏在心底深处，这是危险的魔鬼，只能在战场上释放。他们使用这种刀术时，被刀的杀气驾御，不见血而回鞘的刀被视为不祥和妨主的。

吕鹰扬把吕贺的尸体轻轻地放在地上，走下宝座，看着那柄藏于鞘中的五尺长刀，浓重的血腥气透过刀鞘渗出，扑面而来。

他双腿分立，轻轻地活动手腕，把狮子牙松松地提在手中，刀尖落在地面上。

阿苏勒知道面前的哥哥有多么危险，他在没有食物和水的“锁龙廷”中关了近三日之后，终于有机会和同样有青铜之血的哥哥正面对敌。他使用瞬杀刀，因为这是可以逆转局面的一刀。在殇阳关决战前，他从古月衣那里学到了这种刀术，也曾目睹古月衣用这种刀术斩杀雷骑。凌厉如妖鬼，曼妙如蝴蝶。

瞬杀刀的精髓，是凝聚全部的力量于拔刀的瞬间，这一刻力量的爆发，就像滔天狂浪冲破了闸门，沛然不可抵御。运刀的人往往无法控制这一刀的力量，而必须借助刀鞘，刀鞘的位置和角度将控制出刀的方位。刀沿着鞘挣脱束缚的瞬间，会获得鬼神般的速度。

但是通常只有一次挥斩的机会，如果没能命中，后背将留下巨大的破绽。

吕鹰扬无声地笑了，他喜欢强有力的对手，他已经不用再隐藏自己的力量扮成一个剑术平庸的三王子，他是帕苏尔家顶尖的武士，需要顶尖的对手。他看得出来，阿苏勒的力量和精神就像被锁在纸盒中的火焰，那层薄薄的壁垒随时可以被突破。

吕鹰扬听见自己心脏剧烈跳动的声音，血流速度已经快到了极致。

“阿苏勒，我说过的，你是那种男人，永远为了别人而活着，你是终要用一个哥哥的血去祭奠另一个哥哥的灵魂。”吕鹰扬轻声说，“可你的星命在那颗永寂的谷玄上，和你有关的人都会一一死去，等到那一天，他们都死了，你又要用谁的血去祭奠谁呢？”

“那就等到那一天，再说吧。”阿苏勒脚步微挫。脚跟震地的声音仿佛一记巨锤击打，身形如离弦之箭射出。疾风掀起了他的长发和他的长衣，向着两侧猎猎招展。

“阿苏勒，你果然在东陆学到了了不得的东西啊。”吕鹰扬深深吸气，瞳子里仿佛吞吐着火焰。

“依马德、古拉尔、纳戈尔轰加，这是我祖宗的血。”

“他们的灵魂在黑暗中看我，他们传给我尊贵的血和肉，他们传给我天神的祝福。”

“我们注定是草原之主，我们注定是世界的皇帝，我们注定是神唯一的使者。”

他对着阿苏勒发出咆哮，那古老的、咒文般的语言像一粒火种，落到他几近干枯的血脉深处，要把他千疮百孔的身体再次点燃，熔炼为金刚。历史中还没有任何人曾连续两次唤醒青铜之血，但是他必须做到。他是吕鹰扬·旭达罕·帕苏尔，他不能允许自己作为一个战败者倒下。在他对面的人流着和他一模一样的鲜血，他更加不会退缩。他可以为了这次胜利付出任何代价，每一次的成功，他也从未计较过代价。

“帕苏尔家祖先的灵魂，在我这里！”他坠入了黑暗深处，眼中闪动着野兽般的光，倾尽全力探身一斩。

那一刀斩出的轨迹，是天地间最圆满肃杀的弧线，那是天神以战斧劈开世界的一斩，永恒的存在，帕苏尔家历代祖先们斩出的，都是同样的圆弧。

吕鹰扬完美地重现了大辟之刀！

阿苏勒的刀贴着刀鞘发出刺耳的长嘶声，影月离鞘，光如满月。他全力吐出肺里的空气，封锁在刀鞘中的凶煞之气，夹着那些因亲人死而生的仇恨，潮涌而出。刀光细若一线。

兄弟两人擦肩而过。阿苏勒冲出十几步才艰难地刹住，两个人背向而立。吕鹰扬幽幽地叹了口气，丢下狮子牙，阿苏勒的手中已经没有了刀，淋漓的鲜血顺着手臂而下。

“你是从我斩狼的那一刀里学会大辟之刀的吧？开天辟地的一刀……天地间最圆满的弧线……那是帕苏尔家刀术的精髓……你是对的，你是帕苏尔家最强的武士，只凭一眼就能学会没人教过你的刀术。”阿苏勒轻声说，“其实你才是比我更适合这刀术的人，你总想着要权力，要武力，要为自己开辟一片天地……而我只想保护自己身边那几个人。”

“这时候还要嘲讽我么？你在瞬杀刀后的第二击，用的是什么刀？”

“这不是刀术，是枪术，”阿苏勒说，“极烈之枪，破一切圆！”

他转过身。影月留在吕鹰扬的胸膛里，五尺长的利刃彻底贯穿了他的胸膛，他的胸口一直抵到了刀柄上。能够斩断最圆满弧线的，只有最凌厉的直线，姬氏极烈之枪的“焚河”，被阿苏勒用在了刀术中，姬野曾教过他如何在最凶猛的突刺中调整呼吸、肌肉和精神。“焚河”击出的时候，握枪的位置在尾部，和刀术没有区别。

“你在东陆，真的学会了了不起的东西。”吕鹰扬说。

吕鹰扬也转过身，微微眯起眼睛看着阿苏勒，青铜之血的效果从他身上迅速地退却，他的面容渐渐恢复了英挺，唇边带着冷冷的笑意。他伸手握住影月的刀身，缓缓往外拔，每拔出一寸都有汩汩的鲜血涌出，但是吕鹰扬像是丝毫不受影响。他终于把五尺长的影月从身体里拔了出来，血淋淋地扔在脚下。

阿苏勒觉得有只阴冷的手握住了自己的心脏，他不知道在吕鹰扬身上发生了什么，但他忽然想起了殇阳关里的丧尸。

“一般的人，心脏毁了，早该死了吧？”吕鹰扬按住心口的巨创，“不过你和我不同，狂战士有两颗心，你身体里那颗血婴其实是颗很小的心脏，当它和另外一颗心脏同时跳动，比常人更多的血就会被输送到全身，全身脉络都会舒展开，这就是青铜之血的秘密。但那颗小的心脏是个魔鬼，它里面满是毒素。你的青铜血脉不完整，因为你那颗小的心脏没有长成，是个残疾的魔鬼。”

阿苏勒一步步后退，死死地盯着吕鹰扬空着的左手，以眼角的余光在地上寻找合适的武器。他感觉到吕鹰扬所说的那颗心脏了，那个小小的魔鬼，在鲜血的召唤下已经开始搏动了，正把带着毒素的血输往他的全身，当那两颗心脏跳动被调整到一致的时候，他就会控制不住狂血，变成完完全全的狂战士。他的体力已经差不多耗尽了，除了任狂血控制自己，他不知道还有什么机会能战胜吕鹰扬。

吕鹰扬忽然笑了笑。

“别怕，一颗小心脏，我支持不了多久。你赢了。”他仰头，望着金帐顶上的豹子图腾，轻轻嘘出一口气，“阿苏勒，你很好，不是我说的懦夫……”

他松开了手，创口处一股血泉冲出，在半空中洒开，仿佛浓墨泼洒的一朵红花。吕鹰扬仰面倒在地上，身下一摊血渐渐变大。阿苏勒默默地看着他，吕鹰扬勉强地抬起手，冲阿苏勒招了招。

“来。”吕鹰扬说，“放心，不是圈套。”

阿苏勒一步步走近，直到吕鹰扬身边。他站在那里，盯着吕鹰扬的眼睛看了许久，吕鹰扬也一直在看他。阿苏勒想他们这对兄弟从不曾这样认真地凝视彼此，现在他们应该抓紧最后的时间了。

他忽然想起件小事，大概是他四岁的时候，跑去金帐找父亲，看见那时候十一岁的吕鹰扬抱着一只东陆产的藤球站在金帐外的阳光里，穿着白色的半袖，阳光把金色烫在他的身边。那时候阿苏勒还不明白吕鹰扬这个哥哥到底和他是什么关系，却看见那只藤球上缠着五彩的丝线，坠着流苏，他就吵嚷着要那个藤球。伺候他的女官急忙上来抱起阿苏勒，说那个藤球是父亲赐给三王子的，不能强要，她们也明白在大君家里，儿子们之间的关系是不会很好的。阿苏勒在女官怀里大哭大闹，而吕鹰扬自始至终没有说一句话，一直抱着那个藤球站在阳光里，神情淡淡地看着这个烦人的孩子。那时候他们也对视，一个十一岁，一个四岁，他们的眼睛都还清澈，不染尘埃。

那件事的结束是烫着阳光金边的吕鹰扬把藤球递给了女官，“给他吧，这是小孩子的玩具，我不玩了。”阿苏勒抱着好不容易要来的藤球，看着那个少年的背影消失在远处的阳光里。

他对吕鹰扬的戒备消散了，慢慢地跪下来，把吕鹰扬抱起来，用手按住他的创口，让失血变慢一些，可他知道这不能阻止吕鹰扬的死。

“爷爷死了么？”吕鹰扬低声问。

阿苏勒犹豫了一刻，“他死了，很安详。”这是实话，那个老人对于这个世界已经不再留恋了。

“我感觉到了……同时有三个狂战士的时代，帕苏尔家本该横扫整个草原吧？”吕鹰扬说，“可很快就只剩下一个了，还是不完整的那个。”

“事到如今还有野心么？横扫草原，又有什么用？”阿苏勒说。他们两个的语气都淡淡的，外面那些喊杀声、咆哮声、哀号声好像暂时地远离了他们，这对兄弟好像是在下午的阳光里喝着茶，一起说说闲话。

“有啊，我这样的男人，野心总是不会死的。”吕鹰扬说，“只是力量不够。”

阿苏勒心里一动，“如果回到从前，让你重来一次，你还会这么做么？”

“会啊，在知道自己有青铜之血时，我想我应该成为英雄，这是天命赐予我的机会。我要成为逊王那样的男人，我可以忍受孤独，但要成就事业。”吕鹰扬低声咳嗽，嘴里涌出血来，“因为我这样的男人已经很孤独了……如果不能成就英雄的事业，还有什么能安抚自己的心呢？”

“你原本可以不孤独，可你总是把自己和其他人隔开，哥哥，你永远不相信其他人，你害怕他们伤害你。”阿苏勒说，“也许有很多人伤害过你，对你不好……可是也有人只是把你看作哥哥，看作亲人。”

“贵木么？是啊，如果我告诉他完整的计划，他原本不会死。”吕鹰扬说，“他是我在这世上最爱的人。”

“还有我啊，你给我那个藤球的时候，我可羡慕你了，觉得你又高大、又漂亮，那么有礼貌，我长大要能像你一样就好了……”阿苏勒说着，有种泫然欲泣的感觉。

“什么藤球？”吕鹰扬笑笑，“我忘了。”

两个人沉默了一会儿，吕鹰扬说：“其实我也很羡慕你，你有母亲在身边，又是最小的孩子，很多人都觉得你没用，但也有很多人会可怜你。但没有人会可怜我，我只能变得强大，我要忍着，要给贵木信心。你知道么？我第一次发觉自己有这血统，是因为我控制不住，杀了一个伺候我的女奴，当时害怕得整夜整夜睡不着，我想我会不会变成杀人的魔鬼。我不敢告诉别人我有这血统，因为我觉得我说出来就会被杀死，我不是纯血的帕苏尔家子孙，却有帕苏尔家最高贵的血统，那时候我还太小，像只小小的蚂蚁。”

“跟我从真颜部回来时差不多大？”

“是吧。”

“最终你还是暴露了青铜之血，因为觉得机会到了，再不用畏惧了吧？”

“不，还是畏惧。”吕鹰扬说，“我永远记得被我杀死的那个女奴的眼睛，大得可怕，月光照在她的眼睛里。”

“我也是啊，”阿苏勒也说，“这些天我总是做噩梦，想起那些被我杀了的人，在梦里，我还在杀他们，不知道停止。”

“我在想……十年之前，我们都那么孤独……可彼此都不知道。”吕鹰扬说，“也许我们每个人心里……都有个孤独的孩子啊……”

“嗯。”阿苏勒想起十年前北都城的阳光下他和吕鹰扬的对视，彼此看不穿对方的眼睛，眼底都藏着刻骨的孤独。

“明天早晨，如果没有人出城投降，狼主就会攻城……你要代替我出城，但你不是我，你没法和狼主议和，你要带兵埋伏在城门口……在他们进城的瞬间给他们重创，把他们的人推出城外，然后再议和。这很冒险，但也是最后的机会……狼主相信我会向他投降，我已经写信给他，他在等我，他会放松警惕。”吕鹰扬说，“进城时他们不会全军出动，你要竭尽全力地斩杀他们的精锐，重创他们。你至少要带一万上过战场的男人，但是越多越好。”

“明天？”阿苏勒一惊，而后摇摇头，“晚了，你听听外面的声音，现在整个北都城里，你杀我，我杀你，所有人都要复仇，所有人都疯了。哪里还有一支一万人的军队？”

“把我的头插在旗杆上，带去各个寨子里展示，告诉他们我才是那个内奸，我才是一切祸乱的原因。他们会相信你的，其实他们也不想打下去了，只是停不下来。如果还需要证据什么的，去我的寨子里搜搜，总有的。”

“你真的出卖了军情？”

“没有，可总要有人承担一切。你将是这城里的大君，但也许只到天明之前，你还有三个对时而已。”

“这时候还要把别人玩弄在掌中么？你这个自信的男人。”阿苏勒的眼泪无声地流了下来。

“青阳，交给你了，抓着它，别放手……就像那个藤球一样。”吕鹰扬盯着阿苏勒，握住他的手，而后慢慢合上了眼睛。

他的三哥吕鹰扬·旭达罕·帕苏尔死了，转瞬间帕苏尔家的男人们凋零了，他们曾经彼此敌视，如今一样的冰冷。

“你本该是拯救青阳的人啊！”阿苏勒再也控制不住，号啕大哭起来，“是什么把你变成这个样子的啊？”

不知道过了多久，吕鹰扬的身体完全没有了温度，阿苏勒仍旧抱着他坐在金帐中央，仰头看着天穹般的金帐顶幕。

他记得几天之前他也是这么抱着吕守愚的身体，心里的愤怒和悲伤像是要冲破牢笼的野兽，可现在他不再愤怒悲伤了，只是觉得累。他不想再哭了，可是眼泪还是无声地往下流，像是永不干涸的小溪。

他解开吕鹰扬的束发带，以手梳理他一头沾着血污的长发，而后拾起影月，用衣角拭去刀上的血迹，在青冷的刀身里，照见了自己的眼睛。

“守住这里！任何人不能踏入金帐！敢来试我们刀锋的，就杀了他！”铁颜恶狠狠地咆哮。他手中的长刀上，血一滴滴坠落，他已经数不清自己杀了多少人，合鲁丁家的武士还在源源不断地拥来，带领他们来到金帐门前的一千人战死得差不多了，只剩下铁颜和铁叶所带的莫速尔家一部，因为贴着金帐死守，还剩下三五十个带伤的人。

“巴扎，带大那颜走。”铁颜把弟弟扯到身边，低声吩咐。

“一起走！”铁叶不服从，死死地抓着铁颜的甲胄。

“废物！”此时此刻，铁颜也拿这个弟弟没办法了，只能瞪大眼睛，无谓地大声呵斥。

“少主人！守……守不住了！”一名莫速尔家的武士扑过来大声吼道。

铁颜回头，成百上千的武士挤压着他们这一小群人，阵线正在溃退。人太多了，甚至刀都挥舞不开，莫速尔家的武士们和对方的武士们以长刀格挡，却挡不住对方人潮的压力。后面的武士们使不上力，高举着火把，狂呼着，一片火光照花了铁颜的眼睛。

“退入金帐！从后面走！”铁颜下令。

他掀起绣金的羊皮帘子，第一个冲进金帐。铁叶跟着冲进来，却一头撞在哥哥的背上。铁颜呆呆地站在那里，铁叶正诧异，猛一抬头，心里一阵战栗，也呆住了。

无处不是尸骸，鲜血把那些松软的羊毛地毯都浸润成赤红色。浴血的阿苏勒·帕苏尔坐在黄金豹皮的宝座上，以手支着额头，宝座前插着鲜血淋漓的长刀。他扫视所有人，眸子里是一片令人心悸的空白。合鲁丁家的武士也纷纷拥了进来，看着这场面都惊诧莫名，放低了手中的刀。

铁颜和铁叶已经跟了阿苏勒十年，从未觉得他们和这个主子的距离如此遥远。这个年轻人坐在了大君的宝座上，是新的帕苏尔家当家主，这世上最后一个青铜之血的继承者。他忽然长大了，成了帝王，孤独而强大，一如他的父亲。

阿苏勒缓缓抬起手，手里是一颗人头，吕鹰扬·旭达罕·帕苏尔的人头。

他用一种平静而遥远的声音说："带这颗人头出去给所有人看，告诉他们不要打了。罪魁祸首已经死了，你们现在杀的，都是自己的族人。"

二

"狼主，北都城的东南西三面城门都已经打开，青阳人正大批外逃，要追杀么？"朔北部斥候快马报到楼炎的面前。

年迈的朔北狼主正登高眺望北都城里，赤红色的火焰吞噬着城中央一片的帐篷，无数人的喊杀声汇在一处，隔着几里地都能听见。那里正是金帐宫的位置，听声音，那里聚集了成千上万人。

"分出三个千人队，控制三个城门，平民能杀多少就杀多少，如果发现混着贵族，就不能放过，但不要入城。汇集剩下的人到北门，太阳升起的时候我要从北门入城。"楼炎下令。

"北门没有开。"斥候说。

"那就打破北门。"楼炎说，"我从北面而来，我不想绕道。"

"是！"斥候领命就要离去。

"等等，北都城里发生了什么事么？"楼炎问。

"还不知道，我们只是推测有内讧，大概有上万人正在城里厮杀，有人趁机杀人和劫掠，平民迫不得已才外逃。"

"再查。"楼炎挥挥手。

斥候飞马离去。

"陷阱里的野兽们都疯狂了，这是最后的搏杀吧？"山碧空说。

"该结束了吧？该结束了……"楼炎低声说，"我现在真的很焦急，等待着太阳升起，等待着北都城的城门打开。不知道来欢迎我的会不会是吕鹰扬，我真的很欣赏他，那匹年轻的狼，有成为头狼的天分！"

"或者他会把他的牙齿对准狼主？"山碧空说。

“那样也好。”楼炎幽幽地说，“我很渴望敌手，”他叹息，“可我的敌人们，都死了。”

阿苏勒站在雪地里的那个岔道口，眺望着两座白帐，帐篷里各有一个女人，都是他想见到的。

他不能选择想走的那条路，因为那个帐篷不会对他打开，即使他只是想要走进去看看那个女人的脸儿，知道她还活着、还好好的。

他走向了母亲的帐篷，小女奴早早掀开了帘子等着他，看他的眼神跟上次不同，满是小心和敬畏。斡尔朵距离金帐不远，消息已经传到了这里，从吕鹰扬死去的一刻开始，阿苏勒·帕苏尔已经是帕苏尔家的主人。

“你出去吧。”阿苏勒对小女奴说，“找个暖和地方歇着，让我和阿妈两个人说说话。”

他揭开了内帐的帘子，内帐里的勒摩在同一刻抬起头来，两人的目光在空中相遇。勒摩看他的眼神时而迷惘，时而清醒，在短短的一瞬变化了许多次，她慢慢地站起身来。阿苏勒一步步走向母亲，勒摩的眼睛里透出了不安，抱着怀里的布娃娃一步步退后。

“阿妈，别怕，是我……”阿苏勒柔声说。

他知道这么说没用，他的母亲疯了，早已认不出他，何况已经过去十年了，她记忆里的阿苏勒大概还是个小男孩。

勒摩摇摇头，但是眼里的不安退去了几分。她抱着布娃娃，嘴里低低地哼着什么歌儿，就像个小女孩儿，任阿苏勒走到她身边，轻轻搂住她的肩膀。勒摩抬起头看着他，有些茫然，怀里的布娃娃掉在地上。阿苏勒想弯腰去捡，却被母亲抓住了领子。勒摩瞥着他，小心地凑近他的脖子，把鼻子凑过去轻轻地嗅着。阿苏勒心里一震，知道自己疏忽了，他只是换了衣服，却没来得及沐浴，浑身都是血味。

“阿……苏……勒……”勒摩轻声说。

阿苏勒以为自己听错了，低头看着母亲。

勒摩仔仔细细地嗅着，点了点头，又一次肯定地说：“阿苏勒。”

“阿妈！”阿苏勒抱住母亲，因为激动而不住地颤抖。

“我的……阿苏勒！”勒摩用更大的力气来回抱他。

“阿妈……你记得我的啊。”阿苏勒的泪水坠落，脸上却是笑容。

勒摩咿咿呀呀地哼着歌，抱着她的儿子阿苏勒。阿苏勒已经长高了，是个大人了，她依然把他当作一个娃娃抱着，于是阿苏勒不得不蹲在地上，这样才能让母亲舒服地把他的头抱在怀里。

他只剩下三个对时，他要用第一个对时来和母亲说话。他不想留下爷爷身上的遗憾，他想把他在东陆看到的听到的，还有他的朋友都告诉母亲。这是乱世，每一刻都可能是永诀。

“阿苏勒，不怕，不怕。”勒摩温暖的手拍着他的头顶。

“我知道自己是个小孩性格，什么都怕，总是要别人来鼓励我。如果在东陆没有认识姬野……如果没有他，我已经死了好几次。”阿苏勒笑笑，“但我现在已经长大了，怕的东西不多了。”

“时间不多啦，下一次我再来和阿妈说话。”阿苏勒说着，站起身来。

他从地上捡起那个布娃娃，拍去上面的尘土，放进勒摩的怀里，摸摸布娃娃的头说：“我不在的时候，你就代我陪着阿妈吧。”

布娃娃缝成的时候就是个歪嘴，此时也还是歪嘴，倒像是冲阿苏勒比了个鬼脸。阿苏勒笑笑，觉得自己还真是有些孩子气。他俯下身，紧紧地拥抱了母亲，亲吻她的头发，转身出帐。

那个小女奴居然没有离开，在帐篷外的风里冻得哆哆嗦嗦，抱着胳膊跳脚。

“你怎么没走？”阿苏勒问。

“侧阏氏这里随时离不开人，”小女奴说，“我也不能叫大那颜找不着我。”

阿苏勒摘下自己肩上的貂氅披在小女奴肩上，小女奴瞪着眼睛，也不敢推拒，也忘记了道谢。

“你叫什么名字？”阿苏勒问那个小女奴。

“我叫乌云。”小女奴怯怯地说。在蛮语里，这是“智慧”的意思。

阿苏勒微微点头，“乌云，你守在我母亲身边不要走开，如果城破了，有青阳人来这里，你就告诉他们这里住的是吕嵩·郭勒尔·帕苏尔的侧阏氏；有朔北人来这里，你就告诉他们这里住的是楼炎·蒙勒火儿·斡尔寒的女儿。记住了么？”

“记住了。”乌云点头。

“谢谢。”阿苏勒把长刀插在腰间，迎着朔风离去。

乌云站在帐篷前，看着他的背影越来越小。走到那个岔道口的时候，阿苏勒忽然驻足，回身眺望。风在呼啸，风里的人影屹立不动。乌云心想这个大那颜真是奇怪，心里似乎总有许多事情，却偏偏都不说出来。她揪紧了身上的貂氅，又想无论怎样，大那颜还是个好人哪。过了很久，阿苏勒转身离去，再不回头。

金帐前点着火堆，横七竖八的都是尸首，静悄悄的看不见人。斡赤斤和脱克勒家的武士们看见吕鹰扬的人头后都散去了，铁颜铁叶兄弟把莫速尔家的武士都派了出去，一个一个寨子通知吕鹰扬的死讯。金帐宫的武士女官们也都跑回了自家的帐篷，谁都不知道这是不是最后一夜，应该和家人在一起。

阿苏勒踩过那些尸体，走到空地中央的鼓架上，抬头看着夔鼓。这面漆黑的巨鼓曾可以召唤北都城里所有的人，是他的爷爷在天拓海峡擒杀异兽“夔”后剥了皮制成的，现在他的爷爷已经死了。他轻轻抚摸着鼓面，夔的皮坚硬如铁，冰着他的手。

“阿苏勒，城里的局面已经控制不住了。你快走吧。”颜静龙的声音从他背后传来。

“阿摩敕？”阿苏勒回头，“你怎么在这里？”

“我一直在等你。”颜静龙说，“几家开战，惊吓了城里的平民，又有武士趁机抢劫、杀人和凌辱女人，所有人都疯了似的，觉得反正活不下去了，不如由着性子想怎么样就怎么样，也不过是死。东西南三面的城门被打开了，有人拼命往外逃，但是被朔北部三个千人队挡住了路，死了很多人，十个里面只能逃掉两三个。现在三个城门都已经在朔北部控制下，他们随时可以进城，不过现在还留在城门外。”

“狼主要从北门进城，或者他在等我们献城。”阿苏勒说。

“阿苏勒，走吧，凭你，要杀出去不难……其他人……反正狼主总不能杀了他自己的女儿……”颜静龙说。

“你呢？”

“我？”颜静龙一愣，摇摇头，“我大概不会死吧，我是个巫师，各部交战总不杀巫师的，前次狼主也没下令杀我。”

“苏玛呢？”

颜静龙这一次沉默了。

“还有大合萨、铁晋铁益将军、姆妈、不花剌将军，好多好多人，他们怎么办？”阿苏勒看着他。

“阿苏勒，别背那么多的事啊，你会累死的……”颜静龙低声说。

阿苏勒不答，拍了拍颜静龙的肩膀，“帮我个忙好不好？”

颜静龙挺了挺胸，“我能帮你什么？你随便说。”

“酒窖里还有些酒，大概几十坛，你帮我搬出来，就放在火堆那边。我去后面把羔子搬过来，哥哥他们准备的，都洗剥干净了，还没来得及烤呢。”

“这……”颜静龙瞪大了眼睛。

“今晚是烧羔节啊。”阿苏勒说，“吃羔喝酒的日子。”

等到颜静龙费劲力气把酒窖里最后几十坛古尔沁烈酒都搬了出来，阿苏勒已经在火堆边架着铁叉烤羔子了，足有四五十个羔子，在火堆上架起一排来，阿苏勒在铁叉中跑来跑去旋转它们，看见颜静龙扛着酒坛过来便对他招手，“快来帮帮我，容易烤焦了。”

颜静龙不想什么别的了，跟着阿苏勒在铁叉中跑来跑去。颜静龙知道自己劝不出什么结果，这个夜晚阿苏勒好像忽然长大了，眼神平静而坚定。他闻着空气里的焦香味，渐渐地也不再畏惧。他很久没吃上羔子肉了，如果真的明天就要死，今夜能饱餐一顿也不赖。

“还留着这样的好酒好肉！”他骂一声，咽了口唾沫，“死了好，留下来给我们吃！”

阿苏勒笑笑，“我烤得怎么样？”

“你会烤羊我可没有想到，以前你在北都城里，不是顿顿饭都有人伺候你吃么？”颜静龙说。

“我在南淮城学的，我有个朋友叫姬野，总叫我一起去偷肉店里宰好的小猪，弄点木炭就烤起来，往上面撒香料的细末儿，烤完一刀切成两半，一人一半吃。”阿苏勒淡淡地说，“后来我们又有了一个叫羽然的朋友，就得切成三块，还有个叫息辕的朋友有时候也来凑热闹，一头小猪就不够吃了。”

“烤那么多羔子今晚找谁一起吃？”颜静龙问，“我去找铁颜铁叶？”

“不用，谁路过，就找谁来吃。”阿苏勒笑笑，“烧羔节，要成年的男孩子就该有肉吃有酒喝。”

“那边就有一个。”颜静龙指了指不远处。

阿苏勒望过去，那里站着一个身量小小的大男孩，大概十六七岁，比阿苏勒略小一些，看衣服像是个奴隶，大概是闻到了烤羔子的香味过来的，盯着铁叉上的羔子吞咽着口水，却不敢凑近。这边满地都是尸首，两个贵族年轻人跑来跑去地烤羔子，看起来确实够诡异。

“你饿么？”阿苏勒放声问。

奴隶点了点头。

阿苏勒拾起一柄铁叉，“来，吃口肉，能喝酒的话，还有古尔沁酒。”

“古尔沁酒？”奴隶摇摇头，“我是个奴隶。”

“木犁将军以前也是个奴隶。”阿苏勒说，“我和你分一只羔子，尝尝我的手艺。”

奴隶犹豫着，连吞了几口口水，裹着羊裘缩在寒风里。

“这边还能烤火，”阿苏勒说，“如果明天就得死，今晚吃一只贵族烤的羔子又能怎么样？”

奴隶放下了顾忌，上来接过阿苏勒手里的羔子，一口咬下，油从焦黄的肉里溢出来，满嘴都是香味。他不小心咬到了自己的舌头，痛得直打颤。

把那口肉舒舒服服咽到了肚里，奴隶才抬起头来看着阿苏勒，“谢谢……谢谢！”

阿苏勒拎过一只酒坛给他倒了一碗酒，接过他手里的羔子，自己也咬了一口，点了点头，“还行，火候正好。”

奴隶搓了搓手，“我直接咬了，不干净……没关系么？”

“没关系。”阿苏勒嚼着嘴里的羔子肉，含糊不清地说。

奴隶不知道这个年轻贵族的身份，仔仔细细端详着阿苏勒的脸，最终他没从那张脸上找到一点点的伪善。他心里充满着前所未有的大胆，接过阿苏勒手里的羔子又是一口痛痛快快地咬下，就着一碗古尔沁烈酒，大口地吞咽。阿苏勒和他相视而笑，火焰驱走了夜寒，羔子肉填满了肚子，烈酒让人胸膛里像是烧着一团火，浑身的血脉都张了开来，奴隶脸上泛红，开怀地笑，露出发黑的牙齿。

“你多大？”阿苏勒问。

“十七岁。”奴隶抹抹嘴。

“成年了啊，过过烧羔节没有？”

奴隶摇头，“贵族才过这节，我是个奴隶，成年就成年，没什么人管我们的。”

“你有朋友么？”

“有，我们差不多大的有十几个，都是给主子放牧牛群的。现在主子觉得天都塌了，不管我们了，我们住在不远一个没人的帐篷里，饿得不行了出来找点吃的。”

“帮我个忙，叫你的朋友一起来吃肉喝酒，只要他们愿意。”阿苏勒说，“去城里随便找些年轻人，告诉他们这里有烧羔节的酒和肉，如果他们愿意，就过来。”

奴隶迟疑着抓了抓头，“这也行？”

“行。”阿苏勒说。

奴隶跳了起来，拍了拍身上，裹紧羊裘，“我知道了！我去去就回来！”

奴隶刚出门，铁颜和铁叶带着一群莫速尔家的年轻人就拥了进来，惊讶地看着眼前的一切。

“一起把那些尸体拖到后面，埋进雪堆里吧。”阿苏勒撸起袖子，“然后我们回来吃肉喝酒，铁颜铁叶，你们也都没过过烧羔节吧？成年的时候，我们都在东陆。”

铁颜上前一步抓住阿苏勒的腕子，“主子，这些事情可不能要你动手，我们去做就可以了。”

阿苏勒拨开他的手，看着他的眼睛，平静地说：“不，一样的，我们都是一样的。”

他转过身，抓住一具尸体的两条腿往金帐后拖去。铁颜想要阻止，可是说不出话来，阻止的手伸到一半就悬在空中了。

“哥哥，主子这是怎么了？”铁叶凑上来问。

铁颜摇了摇头，也蹲下身抓住一具尸体的两条腿，默默地做起活儿来。他侍奉这个主子十年了，最初他决心要为这个主子去拼命，是因为主子的善良，而非他的威严。在铁颜的心里，阿苏勒从来不是一个施威压人的主子，他是一个总想保护别人的少年，虽然自己还需要铁颜铁叶他们保护。而从现在开始，阿苏勒·帕苏尔真的是他们的主子了，他们要听从主子的命令，主子现在要带着他们吃羔喝酒，主子也将带着他们去冲锋陷阵。

一个细瘦的人影站在火光照不到的黑暗里，看着那些年轻人汇聚在一起，开始是三三两两，后来是几十人，再然后是几百人。有奴隶，也有普通的贫民，还有莫速尔家的贵族武士们，他们都饿了好些天了，没能吃上肉。肉香和酒香让他们的神经松弛，篝火让他们的身体恢复了暖意，几碗酒下肚，他们的眼睛亮了起来，有了笑容，争抢着羔子，争抢着酒坛。

在这个城之将破的夜晚，金帐前的这片空地仿佛沙漠上的绿洲一般充满了幸福，吸引越来越多的人来这里落脚。

他们开始大声地笑了，在这个寂静如死的北都城里已经有多长时间没有听见这么畅快的笑了？也许是一两个月，可让人感觉是几年几十年。那些年轻人的笑是那么有感染力，仿佛晨光，满是勃勃生发的元阳之气，让远远听着的人也幸福地想要流出泪来。每个人的少年时，大概都曾这样，在最难最险的时候，只要有好朋友在身边，便也能哈哈大笑，不顾明天也许会死去。

一个年轻的奴隶和人赌酒输了，跳到火堆边，扔掉了身上的羊裘，跳起舞来。他的舞姿简单有力，身体的每个关节都打开，仿佛策马急行，又仿佛临阵挥刀，可他的双手又在空气中做出托举的动作，似乎要抱着他心爱的女孩的腰把她高高举起。他呼吸寒风，却不再畏惧严寒，精悍的身体上挂着一粒粒汗珠，反射星星点点的火光。越来越多的人加入他，他们手拉着手围绕火堆旋转，让人想起太古时代草原人最初生在这片土地上的时候，他们手拉着手舞蹈，祈求上苍，给予他们一个幸福的来年。

遥望的人双手合十，望着漆黑的天空，无声地祈祷着，风吹起她鬓边的长发，她的眼瞳清澈。悲伤又欣慰。她的心里流动着暖意，此时此刻她愿意相信那居于云端之上的盘鞑天神虽然握着屠刀，却也有一颗偶尔会萌发出怜悯的心，她祈求他带他们度过这个哀伤的时代。

火堆边有一个和她有着一样眼神的青年。他没有加入舞蹈，始终坐在角落里。他不吃东西，也不喝酒，看着那些年轻人舞蹈，清亮的眸子里满是火光，唇边带着淡而又淡的笑，像是他们的兄长。

“阿苏勒。”遥望的人在心底极深的地方喊他的名字。十年时间可以让美人的眼角生出皱纹，让男孩光洁的下巴生出胡须，但是没有改变他孩子般的侧脸。她默默地念着这个名字，心里雀跃，悲伤又欢喜。

“主子，说点什么吧？”铁颜说，他和阿苏勒背靠着背。

“说什么？”

“主子，我这样心思迟钝的人也知道你是有话要说，大家都知道。说吧，我们等着听哪。”铁颜淡淡地说，看着醉酒的颜静龙围着火堆跳起来，摇晃满头长发，倒像是他的老师祭祀时疯癫癫的模样。铁颜无声地笑了起来。

“铁颜，你现在很像你大伯啊。”阿苏勒在自己的碗里倒满酒，站了起来。

欢腾的场面平复下来，篝火噼里啪啦地响着，年轻人们都不说话，也不笑，看着刚才那个忙着给大家倒酒烤羔子的贵族青年走到一块巨石上站着。

“今天是烧羔节，是你们成年的日子，我十八岁，前年就该成年，那时候我没能回家，没有喝上这碗酒。”阿苏勒说，“那时候我在东陆南淮城，你们中很多人没见过我，现在，你们该知道我的名字了。”

年轻人们惊讶地互相看看，却都没说话。阿苏勒·帕苏尔，北都城里唯一的一位大那颜，从前的世子。这位尊贵的贵族没给奴隶和普通人留下太多的印象，在他或聪慧或勇武或坚毅的哥哥们掩映下，这个孩子从没有获得过众人的目光。他像是仅仅存在于大家计数老大君有几个儿子时，人们会说，小儿子就是世子阿苏勒了。他唯一一次震惊草原是他和朔北人的一战，有人说他和传说中的钦达翰王一样流着珍贵的青铜之血，是他在乱阵中斩杀数百人冲到狼主面前几乎得手。可那一刻的光辉又被那场战斗的惨败遮掩了，太多的男人死在战场上，北都城里的人们只顾得上悲痛，没多少人去想那个倒在狼主面前的、年轻的身影。

“如果你们的兄弟跟着我上过战场没能回来，”阿苏勒低下头，抿着唇，“很对不起，如果你们有人要骂我，先骂好了，骂完我再说。”

没有人说话，几百双眼睛看着他。

“好，”阿苏勒点点头，仰望夜空，“我是阿爸最小的儿子，没想过有一天自己会成年。我有四个哥哥，他们都比我优秀，无论怎么长大我在自己心里还是个孩子，因为我永远比他们小啊。”他笑笑，“习惯了当小孩就从来不会真的想要负起什么责任，悲伤的时候就会大哭，要么自己一个人掉眼泪，说着要保护身边的人，却没有力量那么做，有些事不敢面对，就总是躲着。现在想想自己小的时候，真是个很任性的小孩啊。有一次我和阿爸说他不该灭了真颜部，说着说着就放声大哭，因为想着在真颜部的朋友们都死了，真是难过啊，那难过恨不能杀死我。可我那时候不会看我阿爸的眼神，我阿爸也很难过，他心里的难过也恨不能杀死他。他说我的表哥伯鲁哈·枯萨尔是他最好的朋友，是他会舍了命去换的人。可他没有办法，他要守护青阳部，他不能由着自己想做什么就做什么。”他轻声说，“后来有一次我想起那次阿爸的脸，又憔悴、又疲倦、又苍老……可我只会大哭，我的三哥旭达罕说得对，哭有什么用？哭救不了任何人，只是懦夫的发泄。我哭得很伤心，可是我在真颜部的姆妈诃伦帖还是死了，直到今天我都没帮她做什么。”

颜静龙的酒略略地醒了，他摸着自己的心口，觉得那里有一股酸楚在无声地流动。

“阿苏勒，何苦对自己那么苛刻呢？”他想说，“你已经尽你的力了。”

可他不能这么说，如果阿苏勒不姓帕苏尔，那么他可以接受自己已经尽力的事实。但是帕苏尔家的男人，总要一个接一个地握着青阳的旗，守着这座城。失败的人，都是可耻的人。

“现在我阿爸死了，你们也该知道了，我的哥哥们也死了，我的二哥疯了，断了腿。我才忽然发现自己必须长大。我今年十八岁，是帕苏尔家最后的男人，我不能再等着别人帮我，因为他们都不在了。我也不能哭，如果我也哭，那我阿妈该怎么办？”阿苏勒说，“所以，今天也是我长大的一日。”

他深深地吸了口气，“就要天亮了，我有一个最糟糕不过的消息，朔北狼主将在天亮攻城。他已经仿照逊王的做法在城外插下了红旗，旗圈里的人都要死去，即使有逃脱的，他们也会追杀他到草原尽头。朔北狼主是我的外公，可我知道他是为复仇来的，他要用这座城里所有人的血，祭奠三十年前死在我阿爸手里的狼骑兵。”

年轻人们紧张起来，风吹到他们身上，他们感觉到了寒意。再过一个对时，天就会亮，那时和风一起来的，还有朔北人的马刀。

“我就要出城去，现在。在狼主以为北都城里已经没有人敢和他对敌的时候，埋伏他。我试着做过一次，但我失败了，死了很多人，不花剌将军的箭还是没能射到狼主的身上。但我仍要再试一次，因为我想不到别的办法来保护这座城。为了保护这座城，已经死了很多人，包括我的哥哥们……让我知道亲人在怀里慢慢变冷的那种感觉。”阿苏勒扫视他们每个人的眼睛，“我希望有人能跟我一起去，我不能保证成功，更不能保证你们会活着回来。所以我绝不勉强。可我自己是一定要去的，即使只有我一个人，因为我长大了，我要像一个真正的男人那样活着。我要保护我的家人和朋友，如果有人想伤害他们，就得先从我的尸体上踩过去。要成为英雄，先要当一个真正的男人。”

他解开领口，扯断脖子上那根银链子，把上面穿着的指套戴在拇指上，高高地举向天空，“我们这样的人，在东陆被叫作‘天驱’，这种时候，我们总会说，‘铁甲依然在’。”

他深深吸了口气，以漆黑的天空为背景，仰望他的指套，低沉地说：“铁甲，依然在。”

“依然在！”忽然有人回答他。

人群里，一个莫速尔家的年轻武士把手高举过顶。他的神情坚毅，拇指上也闪烁着铁青色的光芒。铁叶吃了一惊，他记不起那个年轻人的名字了，他秘密联络少年时交好的伙伴要闯入“锁龙廷”时，那个年轻武士听到了消息自荐而来。杀向“锁龙廷”的一路上，年轻武士一直提刀紧紧贴着铁颜，保护着他的侧翼。

“铁甲，依然在。”铁颜高举了手。

“铁甲，依然在。”铁叶也举起了手。

颜静龙感觉到那股喷薄而出的热气冲散了所有的酸楚和无力，占据了他的胸臆。他不知道那五个字意味着什么，可是看那四个人说起时的表情，觉得那也许是一段咒语，或是一段旧时兄弟的盟誓，又或是一句旧日情人相爱时的低语，经过了许多年，直到苍老发黄，再次提起的时候，仍旧能感到悸动穿越时间而来。

他也想举起手来，又有些犹疑。四周静得可以听见木柴烧裂的噼啪声，几百个人左顾右盼，只有那四只铁铸一样的手臂指着天空。

“铁甲依然在。”忽然有个奴隶用力举起胳膊，他的眼里跳荡着火星。

“铁甲依然在。”又有人举了手。

隐隐有一道闸门被打破了，越来越多的人举起了手，他们的声音一个比一个大，那些流动在胸臆间的火焰争先恐后地喷薄四射。几十几百人眼里跳荡着火星，有人跳了起来，在半空中有力地挥拳，仿佛要捶打天空。

“铁甲依然在！铁甲依然在！”颜静龙跟那些年轻人一起挥舞手臂。他正感受着二十几年生命里从未感受过的欢乐，他用力地看周围每个人的眼睛，想让他们知道自己是何等的开心。

他忽然发现自己身边就是第一个过来的年轻奴隶，他正上上下下打量着自己。

“您是个巫师吧？”奴隶说。

“那又怎么样？”

“您也要一起出城作战么？我听说……巫师都是很虚弱的人啊……”奴隶偷看着颜静龙的脸色。

“你要小看我么？”颜静龙愣了一瞬，瞪着眼睛大声喊，他撸起衣袖露出还有点肌肉的胳膊，“看看！我不是什么虚弱的人！”

奴隶看他认真，呵地笑出声来。颜静龙瞥了一眼自己的胳膊，不禁也笑了。他们同时举起手里的羔子腿，像是碰杯那样撞了一下，狠狠地一口咬下。他们周围呼喝声如潮水般涨落……

“我要走了。姬野，羽然，你们都在很远的地方，用尽全力生活，等着我们重逢的那一天吧？”阿苏勒对着天空举起酒碗，“我也是一样的，我心里……很想再见到你们啊！”

这一刻，穿越上千里的海洋和土地，东陆中州高原上，十九岁的年轻人靠在黑马的身上，仰望星空，怀抱着乌金色的长枪。

他的身后，苍蓝色的旗帜下，老人坐在火堆旁弹奏着斑驳的阮琴。

“阮是蛮族流传过来的乐器么？”年轻人问。

“是啊，在蛮族那边，会用马鬃揉弦，那样琴声就苍凉些，据说是种人人会弹的乐器。”老人摸弄着弦随口说。

“我在那边有个朋友，他大概也会。”年轻人看向北方的天穹，轻轻地笑了。

阿苏勒一口饮尽了碗里的古尔沁烈酒，抹了抹嘴，随手把碗摔碎在一块石头上。

几百只酒碗被摔碎在石头上，几百双年轻的眼睛看着阿苏勒跳下巨石。他走向鼓台，抚摸着夔鼓钢铁似的鼓面，那是他爷爷留下的东西，钦达翰王的原意就是“战鼓王”。他把那面沉重的巨鼓扛上肩头，走下鼓台跨上马背，用力拍击鼓面，“出发！”

夔鼓沉雷般的巨响里，他迎着瑟瑟寒风，带着他的数百人开拔。

走出大门的时候，他仰头看那颗被挑在旗杆上的人头，那是如今北都城里尽人皆知的叛徒和篡权者吕鹰扬·旭达罕·帕苏尔。人头乱发飞舞，然而神情安静，低垂着眼帘，比生前还多了些清秀。看着看着，阿苏勒微微地一惊，觉得那颗苍白的人头睁开了眼睛，正默默地眺望北方。

三

大合萨在疲倦得即将睡去的时候听见了鼓声，遥远而清晰。那鼓声经行于大地之上，仿佛一头巨龙的灵魂在巡视它的领地。

大合萨惊得起身，还没来得及出帐去打听消息，一个人一头撞了进来。那是喘着粗气的颜静龙，也不打招呼，四处乱翻。

“阿摩敕，谁在敲鼓？又出什么事了？”

“是阿苏勒，阿苏勒带着几百个人出城去了。”颜静龙终于在一口箱子里翻出他要找的东西。他阿爸在临死前传给他的那柄马刀，颜静龙接手后从未出鞘，刀镡上已经有了隐隐的锈斑。

大合萨愣了一下忽然明白了，“你……你为什么不拦着他？几百个人能做什么？他是帕苏尔家最后的子嗣了！”

“老师，你年纪已经大了。”颜静龙用力把他的手按了下去，吐出一口酒气，“这些事，交给我们这些年轻人吧！”

“你要干什么？”大合萨呆呆地看着他。

颜静龙在自己胸口用力一拍，“我回来拿把刀，跟着大君去做英雄的事。”

这一记拍得太重，他连连地咳嗽起来。

“英雄的事？你们是去送死你们不知道？”大合萨急怒攻心，脸涨得通红。

“天亮的时候狼主就会攻城，不管我们是不是自己送上去，都会死吧？”颜静龙满不在乎，“我们还有最后一个机会，我们要截击他！我死了也没什么，你留在这里等我们的消息，我比你年轻，这样要死的事情也该我去。”

大合萨被他一嘴的酒味一冲，“你喝醉了！醉糊涂了！”

“老师，我没喝醉，”颜静龙的话音异常清晰，他的嘴角带着笑，“我很清醒，知道自己在做什么……真的！”

他转头冲入外面的寒风里，外面的马厩里那匹老大君赐给大合萨的紫骝长嘶起来。大合萨愣了很久才明白过来，追到帐篷外，只看见黑暗里一个策马远去的背影。

他无奈地笑了起来，“可你拿刀有什么用？你根本不会用刀啊……”

颜静龙终于赶上了阿苏勒他们的队伍，他紧握着刀柄，和阿苏勒并骑而行，阿苏勒不跟他说话，一下下击鼓，鼓声正在唤醒这座古老的城。道路的一侧一百多人打着火把，披着红色的大氅，静静地等待。为首的人断了一只胳膊和一条腿，他骑在马上，用皮带把断腿固定在马鞍上。

“班扎烈带了一百四十六个男人来，都是以前跟随您哥哥征战的勇士。”班扎烈也策马和阿苏勒并行，“我们听见了夔鼓的声音，知道出战的时候到了。”

“嗯，”阿苏勒微微点头，“请列锋矢阵，归为第二部。”

“是！”班扎烈带着他的人融入了队伍中。这些是最后的飞虎帐精英，他们把死去兄弟的刀和弓背在背后，有的人背了六七柄刀，带了三四袋箭。他们解下这些武器分给其他年轻人。

经过木犁家寨子的时候，一队披黑色大氅的人等候在寒风里，为首的人也少了一只胳膊。

“不花剌带着二十七个人来了，”不花剌腰间带着木犁曾用过的那柄狼锋刀，拉着马，向阿苏勒躬身行礼，“我还有一只手，拿不了弓，握刀总不是问题。”

“归为第三部。”阿苏勒说。

“是。”不花剌翻身上马。鬼弓武士们和大队汇合，融了进去。

“匝儿花带着九十五个人来了。”铁晋的长子在不花剌出现后不久带着一队人追了上来，他和铁颜铁叶伸手在空中击掌。

“铁晋带着一百五十五个人来了。”铁晋不悦地看了长子一眼，“不要以为父辈们是懦弱的人，应该等我一起。”

“铁益带着九十三个人来了。”铁益看着他两个儿子的背影，心里有些得意。

“柯烈门带着四十二个人来了。”

“木亥阳带着六百三十四个人来了。”

“叙古尼带着七十四个人来了。”

“苏不朗带着两百三十个人来了。”

走到北门边的时候，数千人的骑兵大队已经整列完毕。

“额日敦达赉带着三千七百五十六个人来了，”年轻的贵族按着胸口，在马上躬身行礼，“合鲁丁家能战斗的男人都在这里。”

阿苏勒点点头，“明白了，等我的调遣。”

“你也来了？”颜静龙瞥了一眼额日敦达赉，“我还以为我们是对手呢。”

阿苏勒是靠着斡赤斤和脱克勒两家的武士杀到了金帐中，颜静龙赶到的时候，合鲁丁家的武士正向铁颜铁叶兄弟死守的金帐发起猛攻。

“他是大君。”额日敦达赉看着阿苏勒，“大君敲响了夔鼓，谁敢不来？”

“大君？”颜静龙愣了一下。

“现在谁敲响夔鼓，谁就是大君，不是这样么？”额日敦达赉说，“我们青阳人，可不会像牛羊一样任人宰杀。”

这时他们听见后面铁蹄震地的声音，所有人都悚然回望。这时候的北都城里，已经没有谁家有如此大队的骑兵可以调动了，听着那铁蹄密集如雨的阵势，足有四五千人正向着这边而来。那支队伍很快冲破了黑暗，他们是些衣衫褴褛的年轻人，骑着各色的杂毛马，最年长的也没有超过二十岁，鼻孔上都有代表奴隶身份的铁环，但是那几千双冷峻的眼睛让人无法轻视他们，他们确实是一支军队，已经准备好了上阵冲杀。

为首的是个瘦削的年轻人，他喝令全军停顿，下马走到阿苏勒的马前，半跪下去，“拉木独带四千五百个真颜人，等待大君的调遣。”

“真颜人？”所有青阳人都哗然，真颜部应该早在草原上除名了。不过他们也明白这些人从何而来，贵族们甚至能从那群人里找到几张熟悉的面孔，那些是他们家里的奴隶，十年之前，他们从战败的真颜部那里分得了这些男孩。

“谁叫你们来的？”阿苏勒问。

“苏玛 · 枯萨尔，我们真颜人的领袖。”

“我猜到啦。”阿苏勒轻声说，他转头回望金帐的方向，他知道那里有座白色的帐篷。他这一生已经不能再走进那座帐篷里去，但是那帐篷里有一个他很想念的人，也许正隔着很远很远，听着他的鼓声，在一盏灯下等待他的消息。她的耳朵上有银色的小铃铛，随着她的呼吸，叮叮当当地作响。

“苏玛你也长大啦。”他在心里说。

他一转头，看见跟在拉木独身后的年轻人，觉得有点面熟，可记不起来在哪里见过。他按着额头想了想，忽然指着年轻人说：“你是巴莫鲁叔叔的弟弟！你和他长得很像。”

年轻人点了点头。

“我记得你哥哥会用草编蚱蜢。”阿苏勒无声地笑了起来。

“我也会。”那个年轻人也笑。

阿苏勒仰头深深地呼吸，最终和吕鹰扬的估计是一样的，在获得了真颜部的四千五百人之后，他取得了这支一万人的军队，青阳和真颜加在一起最后的力量。天就要亮了，东方开始泛白。

“班扎烈。让你的人把红氅划成布条分给每个人，都戴在额头上，我们好分辨自己人。”他把夔鼓扔下，握住了影月的刀柄，“准备开城！”

四

胤成帝六年一月十六日，晨，漫长的跋涉之后，谢圭终于带着他的队伍踏雪登上高地，看见了雄伟的北都城。他们顶着寒风在深夜推进，此时天光破晓，北都城北门的巨闸被铰链拉升起来，一支军队正在出城，领军的是一个年轻人，配着五尺的长刀。这支军队由形形色色的人组成，只是他们都在额头上系了一根鲜艳的红色布条，在皑皑白雪的衬托下，跳动如火焰。

谢圭吸了一口凉气，“要说战术，没有比这更愚蠢的了吧……可草原人的气势，就是那么雄伟啊。”

他来晚了。他是战阵的奇才，曾在铁线河边帮助真颜部连续抗击青阳部大军三个月，靠的只是军力的配置和奇兵之术，这也是息衍派他来的原因。可惜这场大雪拖慢了他的脚步，他来的时候，看见的是轰轰烈烈的决战，那个十八岁的孩子还没有来得及学会息衍战阵的精髓，就被他的血统和命运推上了战场。

他俯瞰下去，看着那些蛮族武士跟随在那个少年身后，一往无前，一个个脸上全无畏惧不安。那支军队就像一个巨大的马群，那个少年就是他们的头马。

“有的人，像我这样，就只能当个将军；有的人，就能当皇帝，因为人们愿意听他的。”他自嘲地笑笑，“将军，你教出来的是这种该去当皇帝的学生，这能算你教学有成么？”

他想起那封信来，于是从怀里掏出那根竹管，直接拗开了，里面是张考究的桦皮纸，笔迹潦草飞扬。

“尊敬的阿苏勒·帕苏尔阁下：

作为你的老师，我更习惯称呼你为吕归尘。

但是在这个特殊的时候，我这么称呼你，是把你看作值得尊敬的伙伴。我们需要你的帮助，非常迫切。

你也许已经发觉，朔北部对北都的进攻是由辰月的教士们所挑唆的，我的情报已经证实了这一点。你已经在殇阳关亲眼看见了辰月的强大和不择手段，他们所要挑起的战争远比殇阳关的更加惨烈。他们同时在瀚州和青州扶植了自己的力量，如果他们在这两州的战争中获得胜利，下一步他们会把矛头指向东陆，华族、蛮族和羽族之间的战争将会杀死上百万人。

你的另一个老师，一位值得尊敬的天驱武士已经紧急返回羽族布置我们的防线。而在瀚州，我们也需要一个值得尊敬的天驱武士站出来对抗辰月。你是我唯一可以信赖的人，我知道你的坚强，在我的学生中我为你骄傲。

请劝说大君，把辰月和朔北的推进阻止在北都，失去了北都的防御，东陆将直接面对朔北部的屠杀。

息衍”

“将军，我想你要告诉他的事，他已经知道了。”谢圭缓缓地撕掉了那张信纸，随手让纸屑飞散在风中。

他长长地叹了口气，十年之后，他又一次踏上这片草原，又一次听见战鼓，又一次准备冲锋。

小时候他幻想着去瀚州的草原上流浪，那里有好客的牧人、豪情的少女，每到一个寨子他就下马去讨酒喝，拉着少女的手儿赞美她们的容颜，和蛮族男人烂醉在月光之下，天明的时候再起身去下一个营寨。就这么一杆枪、一壶酒、一匹马，随着水草飘零，在自己的马脖子下挂一块牌子，上面写着“死便埋我”四个字。可偏偏来这里，肩上都负担着使命，看到的都是战火。

他又想起那个牧民般的君王了，十年之后，“狮子王”的眉宇和笑容仿佛刻在他脑海深处那样清晰，他真想这个男人还活着，可以一起坐下来喝一杯酒。

“岳父大人……生命真像一个轮回，我又重新回到了这片草原，看见一个像你一样执着的人冲向战场。”他轻声自语，自嘲地笑笑，“也许是因为我就是那么个愚蠢的人，所以才总是遇见这种愚蠢的……要为了荣誉和守护这种虚幻的事情而去拼命的人吧？”

他摘下马鞍上的黄铜酒罐，嗅了嗅里面残留的酒气，最后享受了下，点点头，“难怪你那么看重你这个表弟啊。”

“诸位都准备好了么？”谢圭回头，看着身后的九骑黑骏马，“一会儿我们要面对的可是朔北狼主楼炎·蒙勒火儿·斡尔寒和他的白狼。”

没有人回答，黑骏马上的武士们在同一刻无声地握住了自己的武器。

谢圭缓缓地举起了手，指间铁青色的光芒在朝阳下狰狞如剑。

“铁甲，依然在！”

“依然在！”

阿苏勒听见了骏马长嘶的声音，猛地扭头，看见南面的高地上，十匹黑骏马一跃而出，顺着地势而下，向他直冲过来。

胤成帝六年一月十六日，晨，东陆，天启城。

雷碧城从露华大街的一间妓馆里缓步而出，他身边殷勤招呼着的是皇室重臣，太常寺卿。晓光刺破薄雾，从高处看去，城市的面目渐渐清晰，远处的太清阁巍峨矗立。水气中有股春天将要来了的暖意，雷碧城深深地呼吸，缓缓吐气。

“原来国师不好近女子，我还真是唐突了。”太常寺卿歉意地笑着。

“感谢大人的盛情，侍奉神的人，身躯已如槁木。”雷碧城说，“但这里的茶很好，我很喜欢。”

“在陛下和长公主面前，我的事情都拜托国师了。”

"大人忠贞恤国，不避危难，梁秋颂下野之时，就是大人登龙之日。"

"可这没有了淳国为天启屏障，北蛮会不会重演风炎皇帝时的故伎啊？"太常寺卿搓着手。

"不，不会，"雷碧城淡淡地说，"东陆已经没有风炎皇帝，当蛮族铁蹄再次踏上这片土地的时候，一切都会和七十年前不同。我步行回宫，这就和大人告别了，搜集梁秋颂谋反的证据，请务必从速。"

他带着两名黑衣从者，沿着露华大街缓步而行。太常寺卿望着他的背影，琢磨他最后那句话，心里茫然。东陆已经没有风炎皇帝了，一切将会不同。没有那样一个绝世的皇帝威慑蛮族，这不同莫非是指大胤终将亡国？可是这样的不同又有哪里好？他苦着脸，摇摇头，觉得国师真是太高深了。

雷碧城走出很远，忽然停下了脚步，他听见了马蹄声，从前方而来，只有区区数骑，而势如雷霆。他皱起眉头，黑衣从者们不解，但还是踏上一步掩护在他身前。

五匹纯黑的战马风一般而来，逼近的瞬间，马背上的骑士一同拔剑，他们都是最有经验的武士，剑刃横在一侧，带马直冲。战马冲锋的巨力远比他们挥剑造成的伤害更大。间不容发，黑衣从者一齐发动，双臂上的四枚铜盾组成一面坚不可摧的屏障挡住雷碧城，他们自己却全无防御，一个被战马撞得斜飞出去，一个肩上留下巨大的伤口，一条胳膊几乎被卸下。

五名武士擦着雷碧城闪过之后，立刻掉转马头，为首的默默地看着雷碧城，迎着日光眯起了眼睛。他黑衣白带，嘴角带着不经意的笑容，拇指上青色的铁光一闪。他没有再贸然冲锋，因为雷碧城在那一瞬间已经完成了掌心花纹的绘制，此刻那个秘术的印纹正如同燃烧般腾起光焰。

"你居然会来，你来这里是为了杀我么？"雷碧城问。

"当然，我们之间已经不可能和平下去，既然你们真要把这天下变成苍生的战场，那么我向你们宣战，不死不休！"

“天驱武士团，万垒宗主，息衍。”为首者踏上一步，古剑静都上初日的光芒忽地跳跃起来。

“期待已久。辰月教，阳，雷碧城。”

雷碧城击掌，受伤的黑衣从者们从地上爬起，默默地和雷碧城组成了三角的阵形。双方都看着对方的眼睛，看到的都不是杀气或者怒气，而是决心。从这一刻起，沉寂了数百年的两大秘密团体，他们的战争将彻底公开，将把所有人都卷入乱世的洪流中。

胤成帝六年一月十六日，晨，青州。

翼天瞻·古莫·斯达克舒展那对十二尺的白翼，无声地降落在高树上。他转身回望，青都的方向滚滚浓烟升入天空，那座已有上千年历史的羽族都城正在火焰中倒伏，那些古树，青樟、紫檀、白桦、赤松，都将化为一场浮灰，想必正对着天空发出临终的悲怨。这是翼氏重辉的一日，翼氏斯达克家族的勇敢子孙翼霖·维塔斯·斯达克投入四万大军，以长达半年的围城战，最终灭尽了忠于羽氏的守军，他就将踏着鲜血和碎裂的白羽登上王座，接受整个羽族的俯拜。违逆他的人都将死去，他已经决心用弓箭和自己的意志来统治这片青色的土地，而非听从神的谕示。

神也不再谕示什么了，维塔斯在和谈的会议上手握一支利箭洞穿了大司祭的心脏后，羽族不再有人能聆听到来自云端之上的旨意。

翼天瞻双手合十，以长门僧的礼仪祭奠那些战死在青都的战士们，他逃离那片森林的时候，最后的十二个战友把箭囊里的所有箭拔出来插在自己面前，张弓面对五千人的斯达克家族射手大队。

翼天瞻想自己真是老了。在他还年轻的时候，是无论如何不会撤走的，那时候他跟那些东陆朋友学得像个烈血的蛮子似的，浴血吼叫，面对几十倍于己的强敌死战不退，只要他的箭囊里还剩下一支箭，他就仍握着杀戮之柄，他一定会把那支箭送到敌人的心口里，而不是带着它离开战场。

他张开双臂拥抱身边白衣的公主，轻轻抚摸她的头发。

“翼罕，带羽然离开，不要再犹豫。进入寂静之座，不要担心惊扰那里的灵魂，泰格里斯之舞能开启那座森林，羽族先人的灵魂会守护你们。”他转向身边的年轻人，“要等待时机，不要心急。”

“爷爷！你要干什么？”羽然紧紧抓着他的衣袖。

“喊什么，傻孩子。”翼天瞻面无表情地拨开她的手，“你以为我是一个想要死在这里的倔强孤老头么？我是无法进入寂静之座的，早在七十年前，我就成了羽族的弃民。那些灵魂不会允许我玷污圣地。”他眺望着遥远的西方，“其实埋葬我的，该是瀚州的土地，原本七十年前我就该死在那里了，但是我的朋友们用他们的命换我活了下来。我可不想就这么白白地死去，我还要再回瀚州去拜谒他们的坟墓。”

“真的？你不说谎？”羽然搂着他的脖子，瞪大眼睛，“我们还要一起回东陆的，是不是？”

“你很重了，不要总做这样小孩的事。”翼天瞻像是摘下一只白色花环那样把她从脖子上摘了下来，“是的，总有一天我要像当年那样骑着马带你去东陆，一路上很多好吃的好玩的，你不是和姬野吕归尘都有约么？我也可以和你约定，你想听什么样的誓言？”

“我不要誓言，要是爷爷你不回来了……我留着你的誓言有什么用？”羽然的眼泪无声地流了下来。

“要相信老人的话，我们可不是那些矫情的年轻人，说着谎话劝别人离开，自己留下来独自战死。”翼天瞻拍拍她的头，“如果真的找不到我，就去东陆，我会在南淮城我们以前住的地方新盖一座房子，不过你可要快点来，我太老了，说不定什么时候就死在床上了。”

“那棵老樟树还在的吧？”

“樟树这东西，只要不烧成灰，就算烧焦了，春天也会长出新的树皮来，放火的时候我就告诉过你。”翼天瞻说，“我们这些老家伙也一样。”

羽然把一只小小的手掌伸到翼天瞻面前。翼天瞻看了看，一巴掌拍上去。羽然转过身，和翼罕一起展翅而起，翩然如两只白燕。

翼天瞻默默地看着自己的手心，那记响亮的击掌在他的掌心里留下了微微的疼痛，这就是东陆年轻人订约的方式吧？击了掌，一生一世，纵然远隔千山万水，也不会忘记约定。他们还要一起策马回东陆，羽然还在期待和那两个男孩的重逢。

这样性格的公主，本不该学习泰格里斯之舞的吧？更不该把自己献上羽族命运的祭坛。他想。

“头儿，都过了七十年了，你这种骗人离开的办法还是有效。”翼天瞻笑着摇头。

他还记得那个魁梧冷漠的男人在瀚州草原的夜幕下对他说这话时何等的严肃，“要相信大哥的话，我们可不是那些矫情的年轻人，说着谎话劝别人离开，自己留下来独自战死。”

远处的天空里，隐约的白影刺破了流云。他们来了，鹰一样迅疾。

翼天瞻缓缓地舒张羽翼，他掀起了强大的风压，人如仰射的利箭那样笔直地升入天空，他的脚下，落叶纷纷如同大雪。十二尺羽翼上光辉流溢，近乎透明，他的速度越来越快，森林在他的脚下越来越远，他冲向天穹，没入云层。

鹤雪们感觉到了残留在空气里的澎湃力量，他们警惕地盘旋，悬停在森林的上空，眺望着东北方的墨绿色云障，那片永不散去的云障仿佛一条巨大的龙，数百年来一直停留在东北方森林的上空。它的下方就是深绿色的寂静之座，由木灵和羽人灵魂封锁的禁忌之地，传说那里笼罩着一座山，山上有参天的大树一直把枝叶伸入云层里。

他们在疑惑是否要继续追赶，侵入禁忌之地令人不安，多少代以来只有羽皇和大祭司能够自由地进出那里，其他人却可能遭到惩罚。

他们探察着那股力量，那并非来自寂静之座，而是什么人留下的。如此强大的力量痕迹，只能源于一名被弃的鹤雪，那个叛国者古莫，这么多年过去了，他飞行轨迹中隐藏的力量痕迹仍旧叫年轻人不安。鹤雪们把白羽箭搭在弓弦上，组成一个圆形，留意着四面八方的动静。

就在他们的正上方，云层之上，翼天瞻低声说："铁甲，依然在！"

他猛地收拢了双翼，笔直地坠落，古枪枫花带起一道笔直如线的银光。

"上方！"鹤雪首领大喝，"发箭！"

鹤雪的箭雨逆空而起。

相隔着十几里，策马疾驰的华碧海拉紧了缰绳。他身后追着战马奔驰的黑衣从者们骤然停步，"老师？"

"那里，"华碧海指着黑衣从者们看不见的天空尽头，"我像是看见了……一颗银色的流星。"

胤成帝六年一月十六日，晨，彤云大山的支脉，绝高的山峰上，狂风掀起白色巨狼耳边的长毛。

"吕豹隐·厄鲁·帕苏尔派人带信来说，昨夜斡赤斤和脱克勒两家当家主，还有吕鹰扬和吕贺两人，都死在北都城的内讧中，死伤数千人，如今北都城已经完全无力防御。但是吕嵩的小儿子吕归尘纠集了大约几千人，试图半途埋伏，请狼主小心。除此之外，狼主踏入北都的道路已经被打扫干净。"斥候跪在巨狼的脚下。

满是筋节的粗糙大手抚摸着狼的脖子，楼炎眺望着朝阳下那座城池的影子。他的身边站着一个桑都鲁哈音，桑都鲁哈音的脖子上骑着断腿的雷碧城。

"吕鹰扬没能活到最后么？真出乎我的意料，不过我的另一个外孙让我有意外的惊喜啊。"楼炎说，"来吧，吕嵩·郭勒尔·帕苏尔的儿子，看看你能不能让一个老家伙血管里的血重新热起来！"

他们的脚下，白色的巨狼夹在数以万计的骑兵中，正高速奔驰，薛灵哥战马和巨狼组成的队伍仿佛一道洪水，沿着地势宣泄而下，在他们脚下转过了巨大的弯。

山碧空向着南方伸出了手，从五指间俯瞰大地，“神啊，就让这个时代的火，烧得更盛大一些吧！”

［历史］

胤成帝六年春，北都城内乱，大火一夜之间烧掉了小半座城池。

内乱中，大君吕守愚·比莫干·帕苏尔、吕鹰扬那颜、吕贺那颜均横死，吕复那颜疯厥，从此再也没有人见过他，帕苏尔家的男人们瞬间凋零了。

久候城外的朔北部大军也向着北都进发了，就要兵不血刃地拿下这座象征草原霸主的巍峨大城了。

在北都城陷落的最后一刻，一个扛着夔鼓的少年带着仅剩的年轻人和各家的奴隶们走出了城门，他们穿着各式各样的铠甲，有的武器精良，有的仅仅手持猎弓，他们带着酒气和被酒气醺红的脸，高举的旗帜上是青阳的豹子图腾。

吕氏帕苏尔家最后的儿子，吕归尘·阿苏勒·帕苏尔，从这一天开始被称为北陆的大君。

朔北部的白狼团和这些年轻人做了最后的交锋。

一日之后，大汗王吕豹隐·厄鲁·帕苏尔捧着象征大君的九尾大纛出城投降。楼炎·蒙勒火儿·斡尔寒，这位狼背上的勇士终于如愿以偿地开进了北都城，三十年前他在这里饮恨北窜，多年后终于实现了梦想。楼炎并未自称大君，而四方畏惧他的威势和残酷，纷纷前来降服，草原上共称“大狼主”，书中对他的称呼是“篡王”。

也许是已经习惯了北方荒原的严寒和寂静，次年楼炎带着他的白狼团离开了北都城，不知所踪。有人传说他最终回到了北荒中的朱提山，老死在冰雪中，被狼群分食。

这位吕嵩时代的最后勇士的死，象征着逊王之后草原五百年的平衡被打破了，诸部重新进入了混战。

历史对于某些人已经结束，而对于另一些人，只是刚刚开始。

图书在版编目(CIP)数据

九州缥缈录.6,豹魂:典藏版/江南著.--北京:人民文学出版社,2024
(2024.11重印)
ISBN 978-7-02-018325-8

Ⅰ.①九… Ⅱ.①江… Ⅲ.①长篇小说-中国-当代 Ⅳ.①I247.5

中国国家版本馆 CIP 数据核字(2023)第 196426 号

责任编辑 **徐子茼 秦雪莹**
责任印制 **宋佳月**

出版发行 **人民文学出版社**
社　　址 **北京市朝内大街 166 号**
邮政编码 **100705**

印　　刷 **北京盛通印刷股份有限公司**
经　　销 **全国新华书店等**

字　　数 **247 千字**
开　　本 **890 毫米×1290 毫米 1/32**
印　　张 **9.5 插页 1**
印　　数 **6001—16000**
版　　次 **2015 年 11 月北京第 1 版**
印　　次 **2024 年 11 月第 2 次印刷**

书　　号 **978-7-02-018325-8**
定　　价 **50.00 元**

Jade. Y. Chen **陈玉慧**

无关巴黎的雪

陈玉慧
无关巴黎的雪

著作权合同登记号　图字01-2014-4883

图书在版编目（CIP）数据

无关巴黎的雪／陈玉慧著. —北京：人民文学出版社，2015

ISBN 978-7-02-010768-1

Ⅰ.①无… Ⅱ.①陈… Ⅲ.①散文集—中国—当代 Ⅳ.①I267

中国版本图书馆CIP数据核字（2015）第025768号

责任编辑：陈彦瑾
特约策划：陶媛媛
封面设计：高静芳

出版发行	人民文学出版社
地　　址	北京市朝内大街166号
邮政编码	100705
网　　址	http://www.rw-cn.com
印　　制	山东临沂新华印刷物流集团
经　　销	全国新华书店等
字　　数	180千字
开　　本	890×1240毫米　1/32
印　　张	10.25
版　　次	2015年4月北京第1版
印　　次	2015年4月第1次印刷
书　　号	978-7-02-010768-1
定　　价	35.00元

目　录

辑一 日光灯

（一九八三——一九八七）

我不能告诉别人，我才那么小，没有人会了解小孩子的悲伤。这么多年了，那悲伤不是我的影子，是像白纸上涂的浅浅的蓝，那蓝褪了色。

日光灯

那是七小时以前的事，但却像七天以前的事，或者七世纪。七小时前的事像一场曾经的梦，发生在梦中的梦。

梦和真实之隔，一片玻璃之隔，空气和水之隔，人看到鱼看到他，他看到自己坐在汽车里，一片玻璃之隔，冷气和尘嚣之隔，一个人和他所住的城市之隔，银河与地球之隔。

老式的房子对面是新盖的公寓，某人养着兰花，某人的褐色的猫死了，他把猫的头盖骨洗净、消毒，收藏在书桌的第三个抽屉，那只猫的名字是白光。

他并不喜欢兰花，他说不知道为什么，也许是颜色的缘故，但是他又说其实并不在乎颜色，也许是形状。形状有什么特别的关系？也许是价钱太贵了，也许是因为很多人说兰花高雅。他不知道。

有人梦见一位光头男士骑着摩托车冲向一栋养了两头牛的农

舍，他的头上还留下一道小伤。

科隆往布鲁塞尔的火车上，一位东方人提着行李进入车厢，车座上共坐了六个人，彼此都不相识。一位中年男子站起来替他将行李推往座位上方的置物铁架。东方人不会说德语，只沉默地坐在靠门的位子上，这时，旁边那位满脸皱纹的白发妇人用颤抖的手递给他一片鸡心饼干。

日光下的日光灯仍然亮着，有一种蓝蓝的淡水鱼叫日光灯，电影画面里一条消失在远方的路，路的尽头有人骑脚踏车往逆时针方向行驶。有一个人假模假样地，嚼着口香糖在散步，一张能力有限的面孔，似乎在某本会员录上看过。

椰子树下，日影西斜，两位老人骑一辆49CC[①]的摩托车以时速二十公里行驶在信义路的慢车道上，他们认识另外两名老人，都不太喜欢市政府在重阳节发给他们的礼物：一只瓷做的桃子，又不能吃。椰子树下有人在喝新加坡进口的椰子汁，一只苍蝇飞进人的耳朵。

在巴黎，某位留着泛白直发的中年妇女，已经九年不曾走

① 代表汽缸排量是49毫升。

出她位于市中心的家门。照她的说法，她已经失去了社会地位。一个靠着社会福利金过日子的女儿，有一个精神本质已堕落的父亲。而她每餐食一条鱼。

他说童年时做过许多风筝，但是那些风筝都飞不起来。童年，比现在更寂寞的童年，失眠的童年，他常梦见某一个地方失火了。

失火了。他先是听到倒塌的声音，然后是家具爆破的声音，人及动物混合的声音，尖叫的声音，心跳的声音，呼吸的声音，水的声音，最后才听到属于火的声音。

偶尔，正要入眠的时刻，好像无人处有人轻轻唤着他的名字。一双高跟鞋正疾疾而疲惫地穿过黑暗的长巷，长巷底，站着一只白色的巨大狼狗。夜雾正在周围降下。

就在这个时候，小学操场上吹起一阵风，一些灰尘飘扬在空中。又有这么一个人，他行车经过台北市区的街道，穿过灰尘的刹那间，他以为自己在很远的国度，巴塞罗纳或者纽约下东城，又好像迪化街。他在街上一直走，一直走，之后就看到海了，他在海边散步时想起他的童年。

他再度发现自己在梦中自言自语。

有一些城市，夏天的晚上仍然有日光，譬如佛罗伦萨，那日光很浅，很淡，人的影子变得很瘦，很长。为什么人们喜欢露天吃饭，在拉丁区，在文艺复兴时代盖好的教堂旁，在罗马，在苏菲亚？许多人喝葡萄酒，上床，教训别人。月夜逐渐布在城市的建筑上，或马路上，没有马的马路上。

一个女人，在她很老时，有一天坐在旅馆的会客椅上等人。某位青年男子跑来对她说：大家都说您年轻时非常漂亮，我却认为您现在最美，一种濒临毁灭之美。

有人一生期待着那种美丽，有人期待着，有那样毁灭的一天。

日光灯亮了。日光灯又熄了。

一九八五年

无关巴黎的雪

下雪了。我对屋内的朋友说，他不相信地望着我，走出去开门探看，跑回来很兴奋地说：真的，下雪了。这是在巴黎，巴黎一年只下一场雪，谈一点巴黎下雪的事吧。其实我想说与雪无关的事，而想形容某种心情。我觉得我并不住在这个城市。巴黎人在下大雪时出门，以为巴黎并不是巴黎；然而雪永远是雪。

在巴黎住久的人发现，人的情绪真的会随天气改变，尤其在巴黎；初时，异国人不习惯巴黎人见面总是谈天气，巴黎的天气又善变，好像许许多多的人也那么善变。异国人渐渐学会了巴黎人冷淡的礼貌，不过，他只在无话可说时才谈论天气；又不过，他常常无话可说。

那就看下雪好了。站在窗前，可以一边想心事，一边听收音机。除了冗长的气象报告，受冻的播音员忍不住地加上一句：好冷！这时如果从窗户望出去，雪花正飘在人家的屋檐上，雪花飘在树枝上，雪花也飘在车顶上，车子移开了，雪花飘在雪地上……

雪花不停地飘下，迫切地。街上的行人都回家了，穿红红绿绿的皮衣的小狗也回家了。巴黎多美！观光客对异国人说，那街灯下的雪。他们走过皇宫里面的花园，一步一步踏雪走过去，只听那雪踏的声音，连回头看那些足迹都不想。站在悄然无人的街道上，远处是协和广场，遍地雪花茫茫。

这时可以去酒吧，雪天的酒吧常温暖而热闹。有些人伴奏音乐，有些人唱感伤愚笨的歌，有些人喝许多酒，有些人只是坐在那里。因为外面下大雪，有些人想和一个人说话，与雪无关。有个人说他做了一个梦，梦里有些音乐，一点光线，模糊的颜色，什么？以后的就记不起来了，一个没有故事的梦。

一个巴黎人则拿出一张明信片给他看，他说那是他的心情，心情的一种写照：雪地上，一只小鸟的脚上系着一个巨大的铅球，明信片上轻描淡写take it easy，放轻松？异国人学会了像巴黎人那样谈天气，还要再学巴黎人偶尔会说的一句话：生活是很难的。说时，表情和语气必须是中性的，不能太戏剧性也不能太哲学性。刚开始说时完全不像，那就稍稍有些可笑。有一天他不小心说了，跟一个巴黎人说得一样，一模一样。生活是很难的，La vie est dur。

离开酒吧的时刻，雪地上已出现了曙光，爱思考的观光客想了很久。雪地上的阳光，他想出来了，雪地上的阳光好像忧伤中突然惊喜时的泪水。他以前可能是演员。但我们不要谈眼泪好不好，我只会说，生活是很难的。爱思考的人走过一个喷水池，喷水池里有一颗心状的喷水物，那颗心完全结了冰。他拿出照相机拍了那颗心，他说他要寄给一个人，上面只写一颗冰冻的心在巴黎。他马上又决定连这句话也是多余，就把照片寄了。

所以，其实都与巴黎的雪无关，这是为一个叫Mati的人写的，也许最初定下的题目便很暧昧，但我要说的都说了。生活并不是那么难，我很抱歉，你忘了我吧，不是爱人的爱人，异国人的心情，没有故事的梦，巴黎的大雪，天地悠悠。

一九八三年

不再告诉你悲伤

是不是每个人都有悲伤的时刻，我真的不知道。我很小的时候便知道了悲伤。我不能告诉别人，我才那么小，没有人会了解小孩子的悲伤。这么多年了，那悲伤不是我的影子，是像白纸上涂的浅浅的蓝，那蓝褪了色。

一位舞蹈家说，她跳舞，因为她觉得悲伤；那悲伤里有音乐，而她的舞蹈里没有人跳舞，也没有悲伤。一个女人举着手帕绕圈子跑，一边跑，一边喊她累了，她累了。但她继续跑。

舞台上，另一个男人念儿时的口令吃粥，他念，这一口是为妈妈吃的，这一口是为爸爸吃的，这一口是为自己吃的，他端粥穿场走出去。

如果在人群里找寻一些人的脸，在公共场合，一些人即使面无表情，我也可以读出悲伤的痕迹，那个人额上的皱纹为什么这时出现了，他的眼光，是的，他望了你一眼，他把眼光移开。

我常常一个人幻想这个情景，生命到了很老很老的时候，人们还是注意到我，他们问我：您是否还觉得悲伤？而我像一个孩子般笑了，我还想象那笑的模样。

如果我真的了解自己的悲伤，那是没有眼泪的，也没有嫉妒，没有怨叹，几乎要开始谴责自己了，那种感觉。十四岁的时候，以为父亲不再爱我，一个人走路离开家，愈走愈远。

我那时很害怕，悲伤一下子便攫住了我。后来，父亲开车在离家很远的路上找到我，他把我载回家，他一句话也不曾对我说。

十八岁时在学校认识一个人，他牵过我的手，我看过他的父亲，是个很慈祥的医生，他们姓尹，有一次这个姓尹的男孩对我说再见，他不肯再说别的话。同样巨大的悲伤又抓住了我，我度过没有笑声的十八岁，我的母亲以为我发疯了。

过了几年在巴黎，离开我的母亲以及她所留给她女儿的一些最悲伤的话，我只带着一张六岁的相片。我的右眼比左眼稍微大一点，很害羞的眼睛，照相时不敢笑，又好像怕别人会发现我的悲伤，人家都说我在等照完相，等外婆从照相馆带我回家。

我发现有好多年过去了，我在等待一个悲伤的人向我询问，我不知道那个人将问我什么问题，我很想知道他为何悲伤，但我不会安慰他，也不会走开，我甚至不会回答他的问题。

我又知道一个女人的悲伤，她一生用美丽的法文写作，十八岁便开始喝酒，她认识一个男人，然后一些，再不久她一个人，独自喝酒，一直到六十八岁，她写了好多本书，在写出最后一本之前的一个月，她被送进疗养院，她被强迫戒酒，从医院出来，一个月，她的书便写好了。一本感人的书。别人都说她重生了，向她道贺，她盯着那个说话的人，很快地回答：不，我已经死了。她连说两次，语气很坚定，那个人非常非常惊讶地住了口，她只是说，她不能再喝酒，她但愿她能。

很多年来我在逃避我的悲伤，我甚至在悲伤的时候假装我不是，我装得那么像，没有人相信我是悲伤的，我也差一点相信自己不是了，我差一点以为我可以永远假装下去。

我不能确知我的悲伤什么时候回来，它会回来，我已决定不再告诉你，我无论如何都不要告诉你，但我希望你快乐，即使在我最悲伤的时刻。这些话是对一个朋友说的，将来，也许有一天我再对另一个人说，也许对一个我爱的人说。

一九八三年

爱情故事

某个夏天，在一个场合，一些人中有一对互不认识的男女，男的偶然发现了女的，他问她：你是谁？女的想了一下，低头望着低敞微露的胸口，说：我就是我。那个男人爱上了她。

有一天，这个女人不知为何生病了，待在家里休息，她突然想起那个男人，便打了电话给他，他立刻决定来看望她，带了一束名贵花店买来的花，穿着一件最得意的衬衫，她把花插在花瓶，她看起来满安静地坐在花前，和他聊天，他问她是不是喜欢他？她想了一下，好像不能回答不是，于是她回答是，男的亲吻她，她没有拒绝。

男人隔天便去远行，女人则在养病看花，她察觉自己在计算他回来的日子，特意在他回家的那一天晚上打电话，他知道她要求见他，那一夜，便是这个故事的开始，虽然，她并未准备做那个男人要的女人，她其实并不知道他想要什么样的女人。

第二天早晨，她告诉他说，只希望能带给他一点快乐而已，他望着她说，那不是而已，那是全部，随即很快把眼光移开。她以为他爱上了她，更以为自己爱上了他。

然后呢？

然后这个女人为了工作不得不离开男人居住的城市，她开始痛苦地爱上他，幻想着他也同样地爱她，为了他，她再回到这个城市。

她回到这个城市的同时便失恋了，她发现这个男人其实并不爱她，她的到来使这个男人发现他并不爱她，于是她又发现，其实她也不是真的爱他，为了工作她再度离开失恋的城市。

离开了男人，她暂时接近酒，有一天些微酒醉，她拨了长途电话给那个男人，在大西洋上想挽回一些不是爱的爱，她又失策了，只好狠狠地大哭一场，又对人诉说自己的恋父情结。

这本来是一个通俗的爱情故事，只是这个女人最后又决定还是要生一个男人的孩子，而这个男人也同意了(也许他同情她)。故事的结局是这样的：女人在怀胎六月时又爱上了另一个男人。

一九八三年

要不要一起去旧金山

那年冬天，我遇见一个人，他问我要不要一起去旧金山，不太认识那个人，也还不曾去过旧金山，我从容地回答：也许。

也许，多么令人厌倦的字眼，不是吗？

那年冬天，我们在一个工作的场合相遇，你注意到我，你走过来与我握手，与我谈话时把手放在我的肩上，我才发现了你，你的礼貌，跟我讲话时的眼睛那么不安，你低头注视着我的红鞋，你说我们应该再见面，我不太认真地以为你是认真的。有一天你打电话给我，我误以为是另一位朋友，我对你讲了粗话，说完对不起后，你十分惊讶地与我订下约会。纽约上城的法国餐厅，中午十二点，你与你的雷诺车出现在门前，我正在与一名法国女子谈天，我步下阶梯，把眼光移向你。

你的头发显得长而零乱，你的脚步有些倾斜，你提醒自己应该带一束花的手臂里只夹着一份报纸，你抱歉式地笑着，我也陪着微笑。心里想，我不在意男人对我说些什么。你说我们去吃中国菜，我说好。

然后我们从上城的中国餐馆去了苏活区Ie figaro喝咖啡。你说这家咖啡馆你来过，十年前，你从东岸搬到西岸，你又迁回东岸，十年，十年间你突然老了。

十年后，你遇见我，一个涂雪龙牌唇膏穿米色风衣的中国女孩，还是女人？你分不清楚了，开车时你并不看我，你一直注意着方向灯，又把手放在我的肩上，你问我要不要一起去旧金山，那时我才刚从巴黎来到纽约，才刚从一个女孩变成女人的时候，你已经老了，但仍然注意到我，从雷诺车走向我，看着我对一名风骚的法国女人讲话，我的态度很随便。那天中午，我并不是在等待你的，你也一直这么想。

你喝咖啡的时候，我喝柠檬汁，你对我说十年前在旧金山你曾邂逅一名法国女人，生命中的第一次，我问你是否爱过那个女人，你说她喜欢喝柠檬汁，而你们的爱就像柠檬汁。

你又说其实不知道爱是什么，你说爱使你疲乏，你计划搬家到新泽西。你专心开着车子，你在想我并不是认真的，很长一段时间你沉默着，直到我们过了布鲁仑大桥。你说你胖了，你比十年前胖，你把以前的照片拿出来给我看，又小心翼翼地收藏起来。爱使人疲乏。爱让人一直长胖。

你不知道坐在旁边的女人是认真的，我有时是认真的，只是我的血液里有太多疯狂的成分，我永远不要告诉你我其实是认真的，我只是开始偷偷地对你有了偏见。

这是那年冬天的事了，也许你早已搬到新泽西的一个小镇，也许又遇见另一个女人，也许你已经去了旧金山，也许只是一个人去，也许，也许，实在是令人厌倦的字眼，不是吗？

那年冬天，我也突然老了，才从一个女孩变成女人就老了，那个涂雪龙牌唇膏穿米色风衣的女人已经回到了巴黎。一直到今天，我才知道，我一生在等待一个男人问我要不要一起去一个地方，而且立刻就去，当天，当夜，当下，我不会再回答也许。

我仍然在期待那个人出现，我期待那个人问我要不要一起去旧金山。

一九八四年

有人正在唱歌

听过鲸鱼唱歌吗？是的，听过，在一张唱片上。听过人唱歌吗？是的，听过……

她有一张凶悍的脸，男性化，受过苦的脸，很苦，长期日晒的脸，约四十岁，身体圆滚滚的胖，身上只有一件单衣一双鞋，她选择了——或者她根本不曾选择——这最不适合歌唱的场所，一条交通拥挤的单行道，在烈阳下，站在车辆穿梭的巷道口，她展喉高歌，一首没有人听过的歌，偶尔冒出四个字：莎哟娜拉。

有这么一个人，站在一家珠宝店的橱窗前，好久，他凝视着一颗钻石，他的眼光坚定，似在判断宝石的真伪，但时而透露出少许的犹疑，他一动也不动，无视于来来往往的行人，他犹豫着，踱步走开，低着头，他又信步走回来，但是他还是做不了决定，这次走得比较远，走远了又回来，他终于决定要那颗钻石……于是那天下午，那家珠宝店便无故遗失了一枚钻石。

东京的春天，某位去瑞士学习过默剧的日本女孩在她四楼的公寓从事一项惊人的实验，在过去几年间，她在欧洲以街头表演维生，一个人走了许多路，最后病倒于威尼斯，才被迫回到东方，整整半年她计划着，应该说是一种幻想吧，她幻想她可以飞，终于在春天的时候，她实践了幻想，身上披着自制的翅膀，从她家窗口往外飞。根据隔日的新闻报导，她的胸骨受了重创，从此不能再做默剧。

他是北大历史系研究员，在被送往国外留学的前一天，他在广州与一位图书馆小姐结婚，他们都热爱生活并拥有独立的思考习惯，然而他在国外所住的舒适的暖气房间里感到前所未有的难过，当他想及一年后他将返国复职，而他美丽的妻子却因户口问题而不能居住在北京，他因觉得心痛，每天苦读十八个小时，周末才去湖边赏鸟想心事。

他呢，他倒卧在一栋商业大楼的入口，身边的一篮玉兰花因为腐烂而弥漫着诡异的香味，还有那令人注目的瓦楞纸箱上的文字，总有一两个路人停伫在熟睡着的他身边，用心读完他的句子，然后才走开。

纸箱上写着：来买玉兰花快快来买哑巴养小孩请来买多买多

谢一朵十元买一朵十元买一朵送一包快快买。

英籍摇滚女歌手Dalbello长得很优雅，穿着暴露，抽Gitane烟，脸很白很狐媚，她的气质让人捉摸不定，眼神透露一种寂寞，好像她知道别人会说她是Femme fatale。她的歌声女性、低沉、性感、嘲弄，让人感到亲近——一种不可触摸的亲切，恶魔假扮的天使，毒蛇吐出的血舌，午夜的花香，枕畔的甜言蜜语。她在唱歌。

周璇二十七岁就死了，是另外一种气质……

一名异国女子爱着某位充满思想矛盾的男子，他们相恋的五年中，他不停地寄出只有删节号的书信，同时也爱着另外两个女人。这个陷入恋情过深的女人用水果刀割破自己的手指，并用血在纸上画了一个很大的问号，她在人生边缘将这封信以限时快递寄出，并在信寄出的同时放弃了爱情，而男人因为去度假并未接获那张书信，他在度假期间思索着，他要停止爱恋三个女人的思想，并选择了这名异国女子，然而那时异国女子已离开那个国家，她永远不知道他的那项抉择。

爱的故事在发生，很多事情在发生。

肯亚来的女歌手，为了负债的丈夫，在巴黎圣丹尼街贩卖身体，她生活的目的是为了唱歌，没有什么比唱歌能带给她快乐，在圣丹尼街没有人唱歌，她在为丈夫还清债务的当天，满怀欣慰地和朋友去塞纳河畔一艘游船上为旅客献唱，那些客人惊讶于她的磁性迷人的歌声，喝采到欲罢不能。当天午夜在离开游船的时刻，她因高兴而喝醉酒，一时走路不稳，跌落塞纳河殒命，当她跌落河面时，游船上没有一个人知道，大家都沉迷在那个小小的歌唱世界中，没有人去救她。

很多歌在不同的地方唱着。很多人唱着。很多不同的遭遇。很多惊讶。爱情。欢乐。幸福。忧伤。人们歌唱为了对抗死亡……有人唱歌，没有人唱歌。

一九八五年

人生游戏

小时候玩一种游戏，在一张纸条的正面下方画下几个地点，反面下方则画下几个目的地，从起点出发翻过纸张的背面到达目的地之间的线条错综复杂，没有依据。玩的时候，把纸张从正面上方卷到下方，这样只露出正面的地点和反面的目的地供玩的人参考，选择只有一次，错了就到不了，到不了就错了……常常，孩子总是在错误之后希望有第二次选择的机会。

偶尔在报纸的儿童版发现这样的填图游戏：在一个迷阵图中，一个女孩站在迷阵图的左下方，她要去找她的朋友，她的朋友正在图中央露营，从左下方到露营的路有好几条，但只有唯一的一条可到达露营地。有些路只会碰到豺狼虎豹，有些不通，还有些路是恶性循环。

有一个人以为自己想去一个地方，千里迢迢去了，闯荡、旅行，拜师学艺等等，总之，不管什么理由，也不管为什么一定是那个地方，去了就去了，才发现自己原来想去的是另一个地方，非去不可，但是却去不成。因为没去成，所以又以为自己终究该去什么地方，最后，这个人仍然停留在原先他以为他要去，而全然不是的那个所在。

从一个地方到另外一个地方，从一扇门到另外一扇门，从一张床到另外一张床，从一些话到另外一些话，从一个恋爱到另一个恋爱，从一条路到另外一条路……

就是这个人，他以为自己所追求的是某种东西，宗教的，也不是感情；以为追求这个东西有一定的线索轨迹，循线而去，察觉自己永远不会得到那样东西。

选择是太难的一件事，很多人都这么说。这个人很早以前便不再玩什么选择的游戏，没有依据、没有规则的玩法总是不太好玩，况且太多的错觉会令人懊丧。

或者应该倒着玩？这是作弊。

不是存心的，冥冥之中，这个人一直玩着这些游戏，在真实的生活里，没有游戏的生活里，要去一个目的地，找一个人，追求什么东西的生活里，他不要玩游戏，可是却陷在这游戏的迷阵中，寻求一种依据。

一九八六年

玛利亚并不在城里

他的城市的车站附近耸立着一座巨大的烟囱，他说如果你看到屋顶上有人在清理烟囱表示你将行好运。

他想开一个派对，在一个四周铺盖着白布的房间，于是那一天，他戴着宽边帽穿一件丝绸棉袄在街上走，他几乎认识街上所有的人，他沿路微笑着，进了一家旧货店问老板有没有白布，他总共买了五十件白床单，还有花，他一直微笑着，并买了几斤的洋葱和面粉，回家以后打了电话给一位很会做洋葱派的朋友。

然后他就坐在布置好的，四周铺盖着白床单的房间里了。

房间里有一大桶苹果酒，很多人用德语交谈，有些德语夹带着轻微的口音，洋葱派的味道弥漫进来，他们放音乐，没有歌，只有呐喊，一个女人的自言自语：Love is a paradox，几个人在派对还没开始便已经喝醉了，厨房里插满了客人送的花，他不要跟有醉意的人说话，他们只想说不想听，而且心里充满酒味。

他只喜欢女人安慰他，像孩子般，他喜欢拉女人的手，他知道很多女人是追求爱情的动物，他不是，有一次他爱过一个女人，后来事情有些变卦了，他遂什么事都不做，读了一年的寒山诗。

他邀请了所有住在这个城市里的朋友，连他爱过的那个女人，他也邀请了玛利亚。

白布包围的房间里，一群只会讲德文的人坐在白色的长桌前，耶稣受难图挂在远一点的白墙上，那是玛利亚画的，玛利亚是北欧人，她的脸很白很白，讲英文的语调像牧师，她的嘴唇不时翕动着，像只动物。

他的城市的中心有一个动物园，他自己从来不曾去过，听说，有一个人住在里面，他也是动物之一，哺乳类，他在动物园当动物——人，又听说他快要离开动物园了，这个人喜欢演戏。

这个城市还住了许多失恋的女人，她们的身材姣好，并具有智慧，但是这个城市男性人口太少而且男同性恋者太多，他说，他想安慰所有失恋的女人，他是男人，他觉得自己是女性主义者。

他在街上时总是希望能遇见玛利亚，但是他常碰到许多不同的女人，那些女人也喜欢他，跟他谈男人的事，他们便站在下微雨的路边，谈了好久。他深夜回家，在街上又碰见另一个女人，她要跟他回家。

那个城市有一座墙，离他住的地方非常远，许多人专程去那里。他不喜欢墙，面临一座墙时他总是想逃走，那感觉像面临死亡，他说，他渴望自由所以上辈子一定是只鸟，但是，因为是鸟，便没有感觉，对自由。

派对结束后的几天，他搬进那铺满白床单的房间，命名为EVA，夏娃的房间，他常常坐在耶稣受难图下，玛利亚画的耶稣受难图，到了晚上，他便在长桌上点一根白色的蜡烛。

他的心中也有一道墙，不知道是什么时候的建筑，也许是那一年，他爱过一个女人，事情有所变卦……他突然发现了一面墙，他想逃走，逃离这白色的避难所，那叫夏娃的房间。他应该到书桌前读书或到厨房去。

厨房有许多的洋葱和枯萎的花。

他骑脚踏车出门，希望遇见玛利亚，他在街上注意所有的女人，有一两个女人乍看很像玛利亚，但她们没有翕动着的嘴唇，他在街上绕了好几圈，终于来到她住的楼下。

那一天玛利亚并不在城里。

他的城市有很好看的天空，干净的云，他的房间外也有栽满花朵的花园，他仍然吃洋葱派并且在地下室贮藏了许多苹果酒，他说他暂时不想再开一个派对。

一九八六年

欲望之街

你不会走过圣丹尼街时仍然心静如水，除非你住在这里，除非你知道这是圣丹尼街。如果你刚好走过，满街招摇的女人，你一定会多看一眼，你会注意街上发生的事情，即便还是不动声色地走过。

这条街靠近巴黎最古老的鱼市场。

一个男人靠近女人，那个女人手上攥着钥匙，她说：五百法郎。男人犹豫了一下，走开几步，又回来腼腆地讨价还价，女人的眼光已转移到另一个路过的男人，她仍然肯定地回答：五百法郎。

看过一个臀部奇大的非洲女子，她身后常尾随着不同的男人，提着公事包或空着手，他们在路上也不交谈。她的公寓前常有男人在等，而她总是很快便下楼来带领，原先提着公事包或空着手的则神色仓卒地自行走开。那女子的面孔并不吸引人，但她走路时令人联想到生命力旺盛的动物。

这条街很长又很乱。

曾经有名孕妇，头上绑着头巾，有一阵子就站在街口，一辆汽车的前面。她穿着一件花色朴素的孕妇装，她并不觉得站在阳光底下有什么不妥，好像也没有别人觉得有什么不妥。她在工作，她要赚钱养一个孩子。

欲望之街，圣丹尼。

在圣丹尼街，如果一个男人陪伴着女性，那些街头的人无论认不认识，她们永远不会与他说一句话，这是礼貌，圣丹尼街存在着一些冷酷的礼貌。

我知道一段发生在圣丹尼街的爱情故事。某个弹吉他的吉普赛男子就住在街上。他最潦倒的时候，一个街上的女人请他吃饭，他会一辈子记得这个女人，他甚至会爱她，但他却不能带她离开圣丹尼街。她就是老了也离不开圣丹尼街。后来那个男人搬家了，那时是冬天，女人仅穿一件貂皮大衣，她还是站在同一条街的角落，每个晚上要赚四千法郎。

我也住在圣丹尼街，每天我在这里走动，观察这条街上来往的警察。我常常和那些女人讲话，上楼的时候，一个女人对我说我很好看，她已站候在这里整个下午了，我却很高兴她赞美我。我对她说她也是，然后上楼便告诉别人：你知道，每天站在我们楼下的那个女人说我长得很好看，我也许应该觉得惭愧，但我只是沾沾自喜。

我又常对人开玩笑地说我住在圣丹尼街，的确是住在这里，但我住在这里就像住在任何街一样。其实，这条街又跟任何一条街一样，只不过多了一些女人及多了一些男人，这些人占据了圣丹尼街，圣丹尼街占据了人心的某一处。我住在圣丹尼街，我在街上认识一些朋友。

一九八四年

复仇

这个故事结束得很好。这句话，我想了好几天、好久，我仍然犹豫应不应说，或者要不要说。我想，还是不说吧！既然故事已经结束，而且结束得很好，那说这句话是不是多余呢？好像出门的人说了再见，又回来拿他忘记的东西，再说一次再见。

有时我会害怕这样的想法：隔了很多年后，我失去了你的地址，然后再也无法找到你，我询问很多人，他们也不知道你的下落。

很多年过去了，一直没有人知道你的下落，那个时候，我过着另外一种节奏的生活，认识背景色彩不同的人物，在一个其他气候的城市，演戏、恋爱、工作……

我仍然保留你送我的那张照片，只不过我不太确定放在哪里了，必须找一找。有一天，有这么一天，在一个无法预料的场合，事前不能准备的情况，我们突然见面了，我对自己说：那就是他！说完我却因过度惊慌而走开去，等我回头找你时，你已离开原地了，于是，我终于知道，这个故事已经真的结束了。就是这个想法使我害怕。

我决定不这么想了。

我决定不要说了，这句话。你永远不会知道这个故事已经结束了，是我设计的结局，也许，很多年过去了，但很多年过去的时候，我也不要让你知道，我的害怕；这是我对你的复仇，这也是我对你全部的爱。

一九八四年

冷

我是一只虫，我有强烈吞食的欲望，我渴望吞食一切，我热爱的，我憎恨的，我无所谓的，我要吞食，这是我的欲望，这是我的生活中最大的秩序。

我也有爬行的欲望，我觉得安全与舒适，我可以到达我想到的地方，我在爬行的时候可以消化我的食物，爬行是我的速度和能力。

我有群居的嗜好，但我排斥和平思想，对于任何干扰和妨害我安全感的物体，我一律还以攻击，我不喜欢侵略，但更痛恨受伤，此外，我主张安静地生、安静地活。

我是一只虫，我没有勇气，也并不懦弱，我总是去我要去的地点，离开我不要停留的场合，我经常独自猎食，夜以继日，我不知道什么是情爱，什么是嫉妒，也不知道什么是明天。

作为一条虫，我害怕被消灭，我逃避；但我不确定我为何逃避，我也不确定我要逃往何处，我的幻觉可能就是我的生命，或者说，我的生命的一种解释，但我在追求老死，我追求肃穆的，壮烈的死亡。

虽然，我也有繁殖的欲望，但是我杂交，我择偶的条件根植于现实的需要，这是生存的另外一个公式，我遵行身体的哲学。

我是一只懂得冬眠的虫，我蛰居，等待春天，我不停地做梦，我积蓄所有的等待和梦幻，一直到季节的结束，我忘记自己的存在，而那些等待和梦已蜕了皮。

我不明白我已重生或已死去，我的出现是一种惊悸，是一种逃亡，没有对象的捕捉，无法追究的恐惧，我情愿爬行，向东，向西，向南，向北，我回到我的原地。

我永远是爬虫，我，我的子孙，世世代代，我们永远是同一类，所有非同类者将无法指认我们，爬虫类，无法飞翔的那一族，也不是真的向往水，我们在空地上爬，在角落里爬，在尚未定名的地方，在还未发掘的洞穴，我们到处爬，爬完我们的一生，爬完史前的神话。

一九八四年

爱与死

她在一棵很高的树上，她想下去，树下站了几个她的朋友，他们仰视着她，她非常害怕，便紧紧抱着树干，她的朋友都不曾出声说话，他们只是站在下面那里，她一定要下去，但她的身体却一动也不能动。

她突然感觉心很痛。怎么会呢？怎么会呢？是不是心脏在隐隐发痛？在靠近腹部上方，每当想起那件事，被认为的“心”便立刻发痛，只好把桌前的餐具推开，用左手手指或手掌底部按住前额，眉心当中。些许，又重复一次。

只要一想到那件事情，无论深夜几时或清晨几时，必须嘴里喃喃地念着，四肢紧张，喝水，如厕，到底怎么了，这个世界不是跟从前一样吗？为什么在一夜之间有人的黑发突然变成白发，脸皮突然不可抑止地开始抽搐起来。

为什么害怕？怕知道那件事情的真相吗？怕看到一些特定的

事物？怕听到不忍的叹息？怕思绪只能在肤浅的表面行走？怕无法自我控制？或意志不坚？

是怕自己？

十五岁时，当他害怕的时候，他总是屏息，屏住气息，开始专心地想他所害怕的事，一定要专心，如果他在屏息的中途发觉自己心有旁骛，便立刻停止这项仪式，从头再来，前后有几年的时间，如今他不再害怕什么，他成为深具肺活量的海员。

而她不是海员，她仍然活在童年的梦魇里。

在跳降落伞的前一秒，人们在想什么，在坠楼的前一秒，人们在想什么，如果是一只猫呢？如果一个人真可以逃避命运的安排呢？

心还在痛吗？如果不要想那件事，如果一定要想那件事，如果那件事情已经结束了，如果那件事情并不会结束，如果事情又有了变化？谁都不曾做错什么，谁都做错了什么，如果睡不着就睡不著呢？事情有所更改吗？事情如何更改呢？

是不是这世界仍然和昨天一样，所有的事情会继续不断地发生，有一个人在树上，她一直不敢下来。

一九八六年

你说日安

圆月那天晚上的梦：戴着非洲面具在河边跑，河的对岸有人向我传递讯息，我一直往前跑，没有目的地，没有时间，没有季节，梦无疾而终。我害怕在开场前找不到剧场的所在，或者交通阻塞，再也找不到必备的道具，也许我突然失去嗓音，望着观众而说不出一句话，我害怕安静的眼泪，拭去又流出来。我害怕向他说日安，害怕他在我面前演戏。

我也在某些人面前演戏，在沙滩上来回踱步，请不要生气。在这个城市，许多肮脏及善良的心，日安，那个人伪装他不曾听见，这并不是接近他的方法，没有任何方法，也许只是因为事情的本质不够疯狂，电话铃响，响了又响……他继续伪装不曾听见，错误的角色不小心走进舞台，我想我爱的是你，你的红嘴唇，其实那个人并不悲伤，而且他不知道他并不悲伤。

晴天的早晨，只能专心想一件事：信箱有三个星期是空的，而我再也找不到他的电话号码。你看起来比昨天高兴一点了，那顶假发可不可以还我，微怒及愤怒的表情差别我已经想了好几天。日安，日安，化好妆的那一对男女让我嫉妒，不太知道嫉妒什么，我想逃走，这一切，去告诉我生病的母亲。昨天我又迟到了，我不能再和你深谈，我们不能再吵架，我要去演戏了，为什么老是犯同样的错误，不知道什么时候关门，也不知道到底爱不爱你，我是真心的，拥别时反而不太难过，你的解释总是太晚，太晚了，既然已经说了，就太晚了，我们决定都不要后悔。我坐在巴士上对路过的行人扮鬼脸，他一脸正经，他旁边的人笑了，而且不小心摔了一跤，他还不明白，我正要去演一出悲剧。

给我一杯K1R酒，戒烟后我比以前胖八公斤，现在我都穿黑色的大衣，我们已经有三次没有如约的约会，你说你的医生不需要看你，而我一定要戴面具演戏，怎么办，导演走了，我也走了，不确定去哪里，他的安慰好像在念台词，对不起，我的对不起也像台词。好吧，一切从头开始，我们刚才在哪里，导演又生气了，哪里不对吗？没有哪里不对，时间不对而已，噢。心情不好就不要打电话，在咖啡馆最好只喝咖啡，你说日安，我还要一杯K1R酒，明天我要试演一个全新的角色。

一九八六年

父亲是中国的父亲

有时我觉得我已把父亲杀死了。

过去有好多年中，我不知道我父亲是否还活着，我也不在乎。

有一派心理分析理论说，有些人长大以后，有一天就得把自己心里的父亲形象给杀掉。我看过一些心理分析医生，但仍然搞不清楚，到底我做了什么。有时，我觉得我还在寻找一个父亲，一个可以安慰我、引导我的人。但有时，我认为我已经在心里把自己父亲杀死了。西方文学戏剧中不乏弑父的例子，而在中国的文学戏剧传统，充斥太多父女的冲突，许多父亲强迫女儿嫁给他选择的对象，造成父女决裂的悲剧，但是没有人杀死父亲。

我的父亲还活着，他没死。一九四九年，他从大陆来台湾，他曾经以为会暂时居住的地方，他住了大半辈子，一九八七年他决定回大陆，打算终老在那里，但那里的亲戚不欢迎他，他虽然投下他所有的积蓄，但他们讨厌他，叫来国台办的人将他驱逐出境，我的父亲郁郁寡欢回到台湾，他一回来便得了帕金森症，因为病得不轻，只能住进医院。

我的父亲幼年丧父，他一辈子想要一个儿子，却生了一个又一个女儿。我就是那个最不“孝顺”的女儿，二十二岁到巴黎后，我再也没回过家。

你应该原谅你父亲，也有另一派的心理医生会这么说，幼年丧父的人总是渴望繁衍子嗣、传宗接代。我却做不到，我的父亲不是父亲，他很少回家。当他回家，他会把我赶出家门。或者，他因热恋而把我们正在住的房子当成礼物送给别的女人，连通知我们都没有。

我的童年在去外婆家前的夏天便结束了。那一天，父亲带我去找一个叫苏明云的女人。

我记得很清楚，那是一间榻榻米房间，我躺在榻榻米上，一个阿姨穿着内衣裙走过去。我记得一张和母亲截然不同的脸，白瓷般的皮肤，母亲皮肤黑，很多人都叫她黑猫。我从榻榻米上仰视着，房间里什么都没发生，这个世界也什么都没发生，阿姨给我糖吃，她一直笑着，我的父亲坐在房间的另一边，他们轻声说话，我们准备要离开。

“是不是在新竹？”我的母亲严厉地问我，她打我的手心，因为我不能说出所有的细节。她后来好多年还在问，是不是换了两次公路局的车？在那个房间里停留多久？我全不记得了，我说。我的母亲告诉我，“那是因为你睡着了，你总是在人生最重要的时刻睡着了。”

我的父母在我们面前吵架，然后，父亲把餐桌上的碗盘全摔在地上，不但如此，他还用锅子捶打母亲的头，母亲抱着流着血的脸蹲在地上，父亲才意犹未尽地转身离去，我惊愕地发现，我的童年还未开始便已结束了。

在那之前，每个晚上，我总是等着父亲回家，我常等他等到睡着，他半夜回家，我如果听见便会起床，以睁不开的睡眼偷偷看着父亲，我渴望他的出现，我渴望他的关心像沙漠旅人渴望水。但父亲责怪我三更半夜还不睡，他把我推回卧室，他并不理会我，他从来没想到我。他已成为空洞的人，他的心肝都已被掏空了。

“一个中国父亲不应该随便向孩子显露情感，父亲有父亲的威严，”长大后，我的母亲这么说，“父亲要有父亲的样子”，我痛恨她的懦弱，不管父亲如何对待她，她仍然向着他，为他说话。

一个中国父亲？“他不是住在台湾吗？为什么是中国父亲？”我和母亲顶嘴，但她回答：“他是大半辈子住在台湾，但别人不都还叫他老芋仔？”他们说台湾是番薯，大陆是芋仔。

我很想知道一个父亲该有什么样子？我也很想问父亲，他以为一个父亲该有什么样子，我从来没问他。我后来知道，他终身在扮演丈夫和父亲，或者他只是扮演他自己，这个角色如此难以饰演，且他不知道这个角色如此难以扮演。我是明眼的观众，我看出他的演出破绽。他死也不会知道我看出他的破绽。

五岁那年，母亲把一些我的用品装在一个提包，父亲到街上叫了一辆三轮车，他与三轮车一起回来，他们把我交给来接我的外婆，外婆先坐上三轮车。

那时我不愿意离开他们，我先站在家门内不肯踏出门外，父亲等得不耐烦后，终于用力拉着我，并把我抱上三轮车，在三轮车上，我嚎啕大哭。到了车站后我不愿下三轮车，外婆生气地说：“这都是阿山仔留给你的坏个性，查某团仔，你爱改呀。”这句话她跟我说过好多次，她有时说日语，有时说闽南语，有些时刻我听不懂她在说什么。

两年后回台北，父亲不见人影，偶尔才半夜回家，大部分时间都不在，而母亲总是心情不好，铁着一张脸，很多年后我才知道那是忧郁症，那时如果我们惹她不高兴，她便用鸡毛掸子打我们，我最不听话，所以也最常被打，常常身上都是瘀血，夏天上学时只好故意穿长袖和长裤，老师几次告诫我必须穿夏装上课，我骗她我得了怪病，不能晒太阳。每次的瘀血大约都要十余天才会消除。

那时的我不觉得奇怪，因为父亲回家也常常打母亲，他用整张椅子砸向她，或用他的皮带抽打，母亲从不反抗，我感到莫名的恐怖，常常半夜惊醒，想离家出走，我不理解为什么母亲不能反抗父亲，反抗是必要的呀，我必须反抗，如果母亲打我，在伤痕未消退前，我决不会跟她说话。但我有时想，我遗传了他们的暴力，我把暴力一直积储在内心里，我不知道自己哪一天会像炸弹般炸掉。

母亲留在阴暗的房间，也逐渐成为一间阴暗的房间。她躺在阴暗房间的床上，有时她会煮一大锅菜，她自己什么都不吃，那是让我们带便当或晚餐，她每天给我们五元，我们得用来买面包和牛奶，我都把五元留着，多半用那些钱去集邮社买花花绿绿的邮票，我宁愿挨饿，上初中时我的集邮册已满满三大本，然后突然就失去兴趣了。

外婆三和绫子从大甲来看她的女儿。她和心如坐在客厅那张假皮L形还破一个洞的沙发上，没有人说话，然后，心如从钱包里取出几百块新台币要我姊姊收下，姊姊立刻掉头跑开，只因为我刚进门，心如立刻将钱塞给我，外婆还拿出一张符纸，说："贴起来吧，我去和妈祖求来的，是求夫妻和好、家庭平安。"母亲开始流泪，她说："妈祖已经不理我了，你不必再求了。"

外婆说，她会再去和七娘妈求求看，然后便和心如走了。大姊便从房间跑出来，抢走我手上的钞票并用力丢在地上，"你为什么要收心如的钱，你会让外婆觉得我们很可怜！"

"我们是很可怜嘛。"我向姊姊顶嘴，她气呼呼地走回房间。

我已记不清楚，母亲那几年究竟怎么度过，她去了医院几次，与自己的母亲三和绫子大吵了一架。从此她便变老了，她变得很老，奇怪的是，父亲去监狱后，母亲的忧郁症反而好了，她离开了阴暗卧房，每天积极地为父亲的事奔波。后来父亲返回大陆老家，母亲才死了心。

十岁那年吧，长年在外的父亲有一天突然回家，他要母亲做午餐，他先是埋怨母亲动作太慢，又责骂她厨艺不精，最后，他要我把饭从电锅中取出，因太烫我将煮熟的饭锅倒在地上，父亲没有打我，他说我可以走了，我以为他要我回我的房间，但他跟着我到房间门口，他一字一字地告诉我，我必须离开这个家，必须滚出去，我走的时候脚上连鞋子也没穿。我一个人在外面走了一天。我无处可去。

那事件发生以后，我从来没和他谈过话，他问我什么，我必恭敬回答，且使用“您”这个字。我从不敢看他，如果他刚好回家，我便躲回自己的房间，我们都不说话，他也没话要告诉我。我的父亲以前没当过父亲，他不知道应该如何当个父亲，他没当过我们的父亲，他有太多人生问题，他来不及处理，还没有时间管我们。

我是那个宣称没有父亲的女儿，失去父亲的女儿，无政府主义者的女儿。我可能跟我的父亲一样不负责任，遗传了他所有的缺点。我讨厌听他说话，他总是自以为是，他说谎，而且自己还相信他说的谎言，他不断地背叛母亲，顽固坚持，死不悔改。

然后，我父亲再也没回家了，母亲没告诉我们他去了哪里，一些年后，我们才知道他是“可怕”的“匪谍”，他去了他该去的地方——景美看守所。

初二那年，有一个数学老师下课后叫我到教员休息室，我走了进去，那位数学老师正在喝茶，他喝着泡在玻璃杯里的茉莉花茶，把茶叶吐到他自己的手上，他看着茶叶，问我：“你父亲是不是冯信文？”我点点头。他继续看着我，“你知道你父亲是什么样的人吗？”我默不作声，他提高声调，“你说呀！”我茫然地摇摇头。

数学老师看了邻座一位教三民主义及军训课的老师一眼，他又喝起茶来，我很拘束地站在他们面前，数学老师笑着说，“你想一想你父亲是什么人，你想一想。”我说，“对不起，老师，我想不出来。”数学老师开始以犀利的眼光瞪着我，那眼光令我害怕退缩：“你的父亲是狗熊，你不知道？”

我的父亲是狗熊？数学老师和军训老师大声笑起来，我真想在他们面前消失。我真想逃走。后来我发现似乎大家都避着我。我不敢再去上学，终于决定不去上学。好几个礼拜都在家里休息，母亲问我为什么，我一直不敢告诉她原因，母亲后来知道原因，要到学校替我兴师问罪，我怕她去，就恢复了上学，但我在学校一直没有朋友。

我从来没去监狱看过我的狗熊父亲。他不要母亲让我们看到他灰头土脸的样子，他在监狱写信给我们，假装他在南部上班，“要好好读书，遵从汝母的教诲。”妹妹们还不懂事，姊姊每次读信便哭，我根本无所谓，我觉得他不是写给我。他的信不多，自从我知道他真实的去处后，我连他的信也懒得再瞄一下了。

十七岁那年，我父亲从监狱回家，他变得很瘦很沉默，他早已失业，没事便一个人在家读《圣经》或写书法，听说他在监狱里受了洗，他回家那天，我从学校回来，看到他把他在监狱里习作的书法贴在墙上，那是《圣经·哥林多前书》谈爱的一段，我很不服气，我觉得他根本没爱过人，怎么可以把爱贴在那里。

他回家后不久，便把母亲的神明坛拆了下来，“不可拜偶像。”他严肃得如同一个牧师，母亲很慌张，她把神像烛台全收在箱子里，改成初一、十五去庙里祭拜，她说，“你父亲真是荒唐，荒唐，他不知道他所以能提早出狱全是妈祖的庇佑呀！”父亲不知道，父亲也不想知道，有一天他不小心在箱子里看到神像，他便把它们全扔到垃圾筒去，正好我看到了，我偷偷收藏起来，甚至把其中两尊神像带出台湾。

那就是千里眼与顺风耳。

他从监狱回来后，有一、二年都留在家里，那是我的青春叛逆期，我讨厌看到他，放学后，我总是一个人到处晃荡，在书店或图书馆逗留，我回家时，他不是安静地坐在电视机前便是扫地或读报纸，“爸，您看报纸啊？”我经过他时会这么问。“嗯，看报纸。”他也会这么回答。或者，“爸，您扫地啊？”“嗯，扫地。”

有一天，我向母亲要求买一双鞋，母亲必须上班，她要无事的父亲陪我去买。我走在父亲身后，他坐车带我到台北西门町，我买了一双鞋，我们又坐车回家，我不但不与他说话，并坚持走在他身后，那时，我不要别人知道他是我父亲，我自己也不希望他是我父亲。但父亲带着宽容的态度，并未勉强我，也没与我多说话。

但是监狱没改变父亲，一点也没有，没多久后，他又恢复了过去的习惯，他爱上了一个精明能干的矮小女人，没有收入的父亲便瞒着母亲把我们住的房子房契交给那个女人，那个女人同意供养父亲，只是她只养了三年，三年后，我们必须搬家，那时父亲又失踪了。

一九八六年，台湾解严，并且开放民众到大陆旅行探亲，曾经在牢里待过的父亲非常幸运，他没有被刁难，可能入出境管理局作业错误，他们允许父亲到大陆去，他告诉母亲，他将一个人回老家终老。

在一个冬天的下午，我和四个姊妹站在拥挤的客厅，看着他将一口新买的大皮箱的拉链打开，他把衣服和日用品及他买来要送他母亲、弟妹的黄金和礼物全塞进皮箱里，然后，他戴上一顶鸭舌帽，他说："你们不要送我。"便一个人走出去巷口外叫了一辆计程车。

那一年我即将从学校毕业，我早已经搬离家了，但一心一意想留学，我打算离这个家远远的，愈远愈好，当天，我不是来为父亲送行，也不是来劝他留下，我只打算见他一面。当我与四个姊妹一起站在客厅看着父亲打包，我看到他脸上出现了那种倔强的表情，我明白那表情，我已明白，父亲不但不会再理会我们，他可能永远都不会再回到这个家来了。

我始终无法明白那表情，也无法知道，他为什么如此对待母亲，而母亲为什么没有反抗。

但我错了，我的母亲生平第一次反抗了父亲。

就在父亲提着行李往外走时，原来在楼上避不见面的母亲突然冲下来，“你有种就不要回来，你若再回台湾就是狗娘养的！”母亲对着父亲大吼，她把那本父亲经常翻阅的《圣经》丢向父亲，《圣经》的硬壳封面刚好击中玻璃，“砰”一声之下玻璃全碎了。我看着母亲对父亲做出反击。“再砸，多砸一点。”我说。

姊姊跑出门去拉父亲，她一脸惊恐的表情，父亲执意不肯回头，姊姊对我们喊着“快来求求爸爸别走”。她一个人跑到巷子口就跪下来，我觉得丢人现眼，便站在家里动也没动，我看着父亲走了，而姊姊追在他后头，不知所措的样子，她走回室内，望着我和妹妹，她突然指着我说，你为什么站得那么远，而且只会加油添醋，你完全没有爱心，你是一个可怕的人，你知不知道。

我才知道，不管发生什么，我总是像个旁观者，我没有立场，也没有心意，仿佛这个家与我无关，我只是碰巧站在那里。

我姊姊其实不知道，那一天我曾和父亲说过话。

满是油烟的厨房里只有我们二人，父亲说："不，过去你们的日子过得太好，不需要我的照顾，我那么多年没有照顾到那边的人，他们才需要我。"那边？听起来像一个什么老远而且到不了的地方。

父亲慢吞吞地吃着一只刚蒸热的肉粽，而我从来不知道他在大陆还有母亲和女儿甚至妻子，我不知道他如此挂念他们，甚至还感到歉疚。

"爸，我也是你女儿呀。"我痛苦地吐出这句话。

"不，"我父亲仍然说不，他把粘着米粒的粽叶叠合起来，"你就当作你从来没这个父亲。"他站起来，丢下粽叶，离开了油烟之地，离开了跟他一样徬徨的我。

二〇〇二年

父亲大人，你好吗？

昨夜的梦里，你终于出现了。久违的重逢，差一点都认不出来了。你的面庞仍然那么年轻，西装那样笔挺，单独一个人，好像在等待一名女子。在纽约唐人街的某家小吃馆，我无意间遇见了你，我们一起用膳，只是用膳。

你对我未免有些冷漠，我们面对面吃小菜，由始至终都未交谈，你最后还递给我一把零钱，这是一场意料不到的晚餐。梦到这里就中断了。

我该对你说的，在梦中我来不及说。你应是我一生中最亲近的人，但是我们从来不曾亲近过。太多为父的尊严，或者是你不愿意，不知道是否该这么想，这样一来，我甚至不确定你是否爱我了。不，我是说，我不确定你是否爱你自己，以及爱你爱的人。我真的不知道，你在我那么小时便离开我，很远，很多年。

的确是很远，很多年。但我却不曾想念过你，我猜想你也是，您一定对我失望了。而我更早时便对你失望了，许多年间我感觉到你有意欺骗我，于是我也毫不愧疚地欺骗你。在几年的生活过去之后，我才知道，原来你只是在欺骗你自己，而不是欺骗我。

人家常说小时候你非常爱我，对不起，我都不记得了。六岁的时候，你带我去一个女同事家，说是要学钢琴，那个阿姨好像对我好，给我糖吃，我都忘了，从来不曾对母亲提起这件事，不是狡猾，是因为母亲的个性太软弱。印象中那个女人很好看，头发绑成马尾巴。她住在新竹，我们三人睡在榻榻米上，第二天你带我去吃米粉，然后我们搭公路局的车回家。

青春期我开始喜欢打扮。有一天不知什么原因，你带我去买鞋，我不肯与你走在一起，甚至在鞋店里，我都不肯告诉你要选那一双，非常腼腆地站在店员面前，我匆忙选了鞋，匆忙地试穿，又匆忙地跟你回家。在路上，我假装我并不认识您，这件事当然你一直都不知悉，那双鞋后来我只穿过一次。

十七岁时一天夜里，母亲把我从床上唤醒，要我陪她到台北东区一户公寓。同行的还有一名警察，母亲什么话都不说，她和警察上楼去，我在楼下面对皎洁的月光。那公寓像拍电影用的背景，后面是空的，我是那假的公寓前的一名临时演员，而且十分怯场。隔了好久好久，天都亮了，母亲才和警察下楼来。临走前，那警察对我说了一些话，我一直颇为难过伤心。

我对你的恨意使你更沉默了，你拒绝我对你的拒绝。之后，你许久不回家，住在同一个城市里却没有机会见面，我去巴黎的那一天，你才出现。那个中午，你请母亲和我吃饭，你开车送我去机场，我还记得你戴鸭舌帽，一句话也没说，我坐在后座，曾在刹那间的错觉中以为你是计程车司机。我那时希望你送我到机场后便开车离去，不要离别的话。结果在候机室你总共陪我两个小时，你去买了一些小首饰，说可以送给朋友。在我要上机前，你又说了一句：写信回来。

但我始终不曾写过一封。

人家又告诉我，这么多年我其实在找一位像你一样的人爱我，是吗？我不知道。我想我在找一位完全与你不一样的人，也许，我只是在找一个爱我的人。

终于我在梦中遇见你了，可惜你还是一句话也不说，我还未问你是否爱我，只是我知道我不再恨你了。以前如果对你有恨，我是恨你的沉默，你不但沉默而且还蓄意出现在我的梦中。下一次梦中相见，我们是不是可以好好谈一谈？我发现我有话要告诉你。

一九八五年

爱的真谛

那天中午十一时，母亲穿亮蓝色衬衫黑绒裤——她的女儿以前谈恋爱时穿的衣服，在做菜，她的女儿要去美国，她知道女儿一去再也不会回来了，母亲并没有一丝难过的表情，她停止做菜，这一顿女儿也吃不到的饭菜；跟着女儿到大门口，她们把几件行李一一摆放在车子的后座里，母亲一再向来送她女儿到机场的朋友致谢，然后她的女儿便搭乘朋友的车到机场了。

女儿在机场的候机室想：母亲笑的时候有一种很天真的模样……

她在女儿离台前一个礼拜，易怒、暴躁，沉默地坐在客厅里，无法了解女儿为什么要离台，有什么天涯海角的追寻，正如她的女儿无法了解她为什么沉溺于牌桌……她们是一对不擅于表达感情的母女，彼此不了解对方的不快乐，当她在最失意的时刻，在母亲面前陈述一些原因而落泪不止时，母亲只回答说：死掉算了。

自幼她与母亲只有这样的谈话，母亲的爱就是对她的批判，彻底的，母亲从来不管谁快不快乐。

独居数年的母亲永远不会了解自己的女儿为什么要离家。从她的眼光，她的女儿追求着无谓的幻想、恋爱和自我启示。母亲从来不摇头，即使她已经历了人生的最大的困难，生命中极痛苦的那一点。

在离台的前一个礼拜，几年来她们第一度共餐，在餐桌上女儿问母亲是否可以考虑再婚，她是真心希望母亲快乐，然而母亲骂了女儿，又说没有人娶妻这么老，人只有发疯才会想到这种事，她忿恨地离开餐桌，并指责女儿思想过于荒诞。

她希望母亲结婚就像希望自己结婚一样，其实是非常世俗的想法，她因失恋的悲伤而不再相信一个女人可能在婚姻之外自我实践。而对她的母亲来说，独居并持续着与父亲的婚姻关系应该是不公平的，甚至是痛苦的，当女儿这样认为时，母亲只反问：不公平又怎样？

可能因为如此，所以母亲不明白女儿为什么要离开家。

痛苦又怎样？母亲还会问，她不要了解一个千里迢迢的梦，她不喜欢看到一个失落了什么的女儿，她恨那种面无表情的表情，自以为看透虚妄的虚妄，她不停地说，再也受不了，她对别人说她受不了自己的女儿，以至于女儿终于发现她颓丧的原因是因为怨恨母亲。

那恨意不深，缠绕着羞耻感，不知从何而来，女儿从来不问为什么要恨或者要爱，原来她一直以为是因为母亲不爱她，终究也不对，她如果恨母亲，那是因为母亲比她更不快乐。

但她多么希望看到母亲笑的模样，很天真，她们都一样，在许多人面前不会故作正经、感情丰富且又不知如何表达……她多么希望有一天能和母亲一起开怀大笑。

永远不了解爱的真谛的女儿啊、悲哀形于色的母亲啊、生活啊、生命啊、全人类啊、幸福与忧伤啊、快乐啊、无穷无尽的日子啊。

那一天下午二时，女儿在飞往美国的飞机上，母亲在与邻居约好的牌桌上，生活也许不会再有什么失望……

一九八五年

辑二 时间之脸

（一九八七——一九九四）

他说，但愿下辈子你仍是我所爱的人，为了认出彼此，我们将发明一种记号，每当你认出那像谜题般的记号，你就知道是我。

时间之脸

新认识的朋友的狗死了，她三天没出门并重新拾起里尔克诗集，仔细地读着关于死亡的那一章，突然泪流满面，刚好有人打电话给她，她问对方：如果人死后可以去天堂，那么一只狗呢？

没有人知道一只狗死后可以去哪里。

周日中午，五脚羊街里的巷口，一家殡仪馆门前，老迈的女人问：是否有人陪她过街？这里的确不会有车辆行驶进来，特别在周日，某位中年男士向她解释，但她坚持着，用一种非常卑微的目光，他终于忍不住扶着她走过去，而她紧紧地抓住他的手臂，步履异常缓慢，长得像意大利人的中年男子似乎一时觉得很尴尬。

亲爱的，你，我的眼光再也看不到的你，温柔高雅的你，呼吸于一种调节于甜蜜与沉闷气氛中的你，太多重复的旅程，但我已不再害怕了，我只是想哭，为什么愈来愈习惯于沉默……是不是死亡的冲动也可以伴随在对你的热切盼望之中，噢，亲爱的你。

在巴黎，一位法属马廷尼克岛出生的混血青年，每天用香槟宴客，穿著名的让·保罗·戈蒂埃的男装，过着奢侈豪华的生活，有一天警察逮捕了他，原来他在三年中为了谋财，总共杀死了十七名独身的年老妇人。他说，出门去杀死那些老妇人就像去上班一样。

而姓都彭的矮小妇女，双脚弯曲，行动不便，她必须一个人去离家八百公尺的超级市场购物，她买了通心粉、奶油、植物油、番茄汁、面包、栗子果酱、草莓果酱、卫生纸、卫生纸和卫生纸，一位年轻的中国女孩要帮她提到家，她不停地说谢谢、谢谢，高兴得说不出别的话。

她有个远房亲戚在纽伦堡，一个经历过二次世界大战的女人，总是忧心忡忡地储藏食物，已经那么久没有战争了，她仍然在地窖里准备了十二斤面粉、七斤糖和麦片。她还怕不够。由于过度忧虑，上个月她自杀了。

另外一名高大的金发女人大约五十岁，她老是坐在地下铁走道出口，浮肿的脸，浮肿的腿，她向人们说早安，“早安，您有一两块法郎可以给我吗？”有时候心情好，她就地打起一团灰黑的毛线；有时候心情不好，她的脸就更浮肿了。一个长得和她有点像的男人，穿着跟她一样脏的衣服，讲一样脏的话，满身酒味地站在她旁边。

有一对情侣走在法国南部大城的街上，停了下来，其中一个说：“我爱你。”说完这句话，他们彼此噗哧大笑，又继续往前走了。

在希腊旅行时，她梦到她父亲写信来说他很孤单。她想起数年前父亲曾说过几年后要去养老院度其余生。父亲大人，她悲伤地提起笔：好久没有您的消息，最近好吗？

《圣经》里并不曾记载关于狗的事，关于狗是否能得永生，她一直找不到答案，而她又领养了一只新的小狗，给它取名Joy。

你不觉得这个女人很贪心吗？你看她的男人，男人的头发。他们在露天咖啡座上喝同一杯绿色的薄荷酒，几乎忘了在旁的婴儿车里有一张哭丧脸孔的小孩。

美国威斯康辛州这几个月有龙卷风，几个农庄都被整屋卷走了，大难余生的约翰生夫妇对着电视台做访问。穿得像个中学生的孕妇，毫无表情地叙述着灾害，好像在背诵课本上记载的课文。

台北信义路的银翼餐厅，两个老人为了争先付账，面红耳赤地大吵了一顿，几乎要打了起来，他们不知道在个人主义盛行的欧洲没有人会为付账而吵架，一位欧洲人为两位老人的行为深受感动。

看日本人演的新歌剧时，老剧场里的崭新红色座椅上，年老的女士故意和一位穿着艳丽的年轻女士起争执，根据某种心理学分析，这也许是害怕死亡的潜能反应。

一个女人这样形容她爱的人：他有一套电脑和两只鹦鹉，他会唱声乐家才会唱的那些歌和做很好喝的汤，每天喝两至三瓶啤酒，看三个小时以上的电视，周末一定去拜访他的父母，他有时在家不接电话或不开门。

住在慕尼黑的他开始经营广告生意，他有个女人姓吻，Kiss，那女人有两个叫他叔叔的小孩。你知道如何成为一名成功的实业家吗？他说，首先你必须问自己：如果我将在六个月内死去，我会做什么？当你知道你一定会做什么之后，就全力去做它，假装自己还有六个月好活。接着，你必得告诉自己：无论如何工作，我就是不会疲倦，因为我就是不会疲倦。他说这就是成功的方法，他把新成立的公司叫Kiss，到目前为止还没赚到钱。

这个住在台湾的女人，对宗教的信仰愈来愈虔诚了，她喃喃地念着神的名字，一心行善，远离恶事，不再参加无益的茶会活动，潜心研究神的言语，寻求神的力量……

有没有什么方法可以和死去的狗做灵魂的沟通呢？在连续几次梦见她的狗回来找她后，她伤心地问了许多人，有没有可能去找一个懂得做灵魂沟通的人？她认真地思考着，就算有人可以替她和狗做灵魂对话，然而已经渐渐忘却它的吠叫声的她，如何分辨她的狗的意思呢……

你到底爱我吗？风什么时候又会吹起呢？海浪什么时候停止呢？如果有一天我发现我不再爱你了呢？天空为什么那么蓝？白云为什么那么白呢？如果你不爱我，如果你不爱我，我当然爱你，如果我爱你，请你小心一点。

在斯坦堡有一个湖，湖上有一个小小的岛，从前，有个公主住在那里，整个小岛栽满了玫瑰花，斯坦堡的王子爱上了玫瑰公主，他常常搭船去赴约会，据说他们非常相爱。有一天王子突然死于湖中，大家都很震惊，没有人知道死因为何，当天，当玫瑰公主知道这个消息的同时，她也自杀了……这是一个从前的故事，很久很久的从前，在西德的斯坦堡湖。

也许她会爱她新的小狗，Joy，她愿意爱乔依，这是时间的问题，她会爱它，为了纪念那只去世的狗。她还在读里尔克：死亡是存在于我们每个人心里的一粒果实。

一九八七年

失去翅膀的天使

朋友送我一幅画：一个女人站在一间狭窄的房间里，房间延伸进去，尽头是一大片蜘蛛网，女人和蜘蛛网之间垂吊着一根线，线上绑着一块饵。我不知道他为什么送我这幅画，我不知道。我把画挂在卧室里，我的卧室有桔色的灯，并不是很亮，那画看起来似乎有那么一点警惕的作用，虽然我不知道要警惕什么。

豆子住在柏林，一栋仓库改装的公寓。她有一座很古老的立钟和许多莫名其妙的餐具，她穿紫色的衬衫和绿色的袜子，并且会跳柏林舞，鞋柜里有五十双鞋。当她下厨做中国菜，有豆腐，也有白菜，可是每一盘吃起来都像德国菜那么难吃。她说天气太冷，带我去旧衣店买毛衣，我什么都没有买，她却买了两件大衣要送给秘密的男人。她是那种人，坐火车去巴黎，在车上睡觉，醒来发现自己在布鲁塞尔。再不然，她去意大利玩，三更半夜打长途电话：怎么办，我爱上了意大利人。

第一次遇见豆子那年，我们十八岁，一起站在一面办公室的墙壁前，听一个有宽大额头和哲学家胡子的法国人讲述蝴蝶的性教育。我们像听训般一动也不敢动，直直地看着墙壁上的教材——一对蝴蝶。那天我们是去应征一份暑期工作，结果两个人一起被录取了，原因是我们的法文讲得并不好。

后来我来了巴黎，豆子去柏林，带了五十双皮鞋和一件旗袍去结婚。婚礼结束当天，我提着一箱行李，为了赶当晚的火车回巴黎，豆子的丈夫戴着我的威尼斯草帽，在柏林的天空下，我们像三个天使，和一些土耳其人一起走进市政府。

我住的公寓楼下有一个很文静的女人，她永远把自己打扮得很整齐，对人很礼貌。她有一个九岁的儿子，可是没有人知道她儿子父亲的下落，只知道是个葡萄牙人……她会在每个周日下午请我喝茶吃饼干。“住在巴黎，你一样可以旅行，”她说，“昨天下午我一个人搭巴士从布隆街坐到十三区的多别雅克街，我在街上走路时遇到一些越南人，一些新盖好的建筑，整个下午，我坐在一家阿拉伯餐厅里喝薄荷茶……我有一种旅行的感觉，那么神秘。”

我的房间里有一扇窗，我偶尔站在窗前看马路上的行人和车辆，看这个属于我的世界：一个盲人提着手杖走过去，他的速度和常人无异，一直走到红灯亮着的十字路口才停下来……我忘了告诉楼下的女人，今年的最后一天，我搭最后一班公车回家，当车子经过闹区的某一站，一个原先在候车亭里打瞌睡的男人冲上车来问：这班车到奥里昂门吗？车上所有的旅客都笑了，这一站就是奥里昂门啊。

有一年豆子变得好瘦，瘦削的脸，薄薄的头发。我穿一件在阿姆斯特丹买的丝绒睡裤，和她经过柏林的青岛路(是的，柏林的青岛路)，到一个小小的中国公园，这个公园真的很小，只要走二十步就可以走出去。她说，她在恋爱，和一个同时爱三个女人的男人，她必须付出很大的决心。她的手戴着皮手套。安静地放在公园的长椅上，我的则放在睡裤的口袋里，有一种女性的坚强显现在她小小的肩膀上。那个男人独自去了耶路撒冷，她写信给他：亲爱的，你说我总是孤独地活在爱情的那一边，而你所不知道的是……

法国作家杜拉斯小说里的故事：

一个女人在港口附近想租一条船，她所爱的人住在一个荒岛上，她决定去找他。租船给她的男人因为她的勇敢而爱上她，他愿意陪她去找她的男人，志愿当她的水手。他们出发了，一个半月过去，仍然找不到那个荒岛的踪迹，女人发现自己也爱上了水手……

有些故事的结局会令人惊讶，有些不会。

我买了一束含苞待放的玫瑰，应该是等了很久，我不知道为什么玫瑰不开花，我有一种可怜的感觉，对玫瑰。长了刺的玫瑰，被养在花瓶的玫瑰……我不知道这意味着什么，是不是生活中任何事物的状态都意味着什么，很多年来，一直有人送我玫瑰，后来我发觉我只喜欢人家送一朵，或者，其实我并不那么喜欢玫瑰花。

这是另外一则故事：我亲爱的天使和一个看起来有些瘦弱的男人打架，流了血，受了伤，就是那种很普遍的伤害。噢，豆子，美丽的女演员，她丧失了翅膀，在演完最后一出戏的当天晚上，她无法再遁身了，无法不再对人说话。

谁说孤独而美丽地活着，只为了认识失望与忧伤？也许，忧伤也是生活的一部分，就像爱情，但是什么东西已经损害了，像一种病，或者一个借口，在沙堆上筑着幻想的城堡，而时间的潮汐啊……旅人的梦几乎醒在现实的黎明。这些都是台词。不必伤心。一位著名的法国神父说：人必须活着，只有活着才能知道是否值得活着。

她和她最爱的男人永远分开了，她很安静，把自己关在像仓库一般的仓库里，暂时不再与任何人联络。她不做什么，一个需要爱的女人和她一屋子的剧照及戏服，她会在房子里走来走去，会问：我所爱过的，不曾爱过的……

我有一张豆子婚礼的照片，她有像天使般的笑容，我站在她旁边。有一天我把照片夹在那张蜘蛛网的画上，我没有问自己：这又意味着什么？

一九八六年

有人在山上唤着你的名字

当时，一只巨鹰腾空而去，几栋大楼倒塌，地面不停下陷，大火顺势而起，乌云浓烟蔽日。她转过头说，她真的看过一只沉思的海豚，虽然已记不清楚在何处。

故事开始的时候，我就站在他旁边，他的宝蓝大衣吸引我，那种蓝色，那种粗犷的剪裁法，像列宁装。我注意到这名中国男子，或者说我注意到他的大衣。他的身材高大，好像刚刚剪过头发，用一丝不安的眼光注视着我，但我转身背对他站着，假装浏览夜晚的街景，车过数站，紧靠着他坐的肥胖老妇人下了车，我决定坐在那个位置上。

亲爱的里拉，我不想再说谎了，我觉得非常疲倦，我也不想再流泪了，我需要信仰，需要爱，需要回家，需要你的安慰，为什么这条漫长的路走不完？

她经过一家成人录影带租售店和反对种族歧视分会，看到南斯拉夫银行门口上张贴了寻猫启事，她想起自己的脸以及因欠缴长途电话费而被电信局停线的电话。

凌晨三时，街巷里的雾气弥漫，街灯昏黄，有一个低着头的女人走进城西的墓园。

似乎有谁在背后跟着，在那条深黑回家的路上，似乎有什么东西会爆炸，邻居的狗会狂吠，似乎闻到催泪瓦斯的味道。她擦着眼泪，迅速地在黑暗中跑着，同时，她感到巨大的口渴。

我要告诉你，他在我的梦中是另外一个人。在告别的时候，他显得有些紧张，火车靠站时他紧紧地抱住我，我们的接触近乎猥亵。

她来到城里唯一的中药店，这家店她从来不曾来过，店内的一名东方女子瞪着她，好像她们是仇人，她一言不发直接走到柜台前，用法语问那位女子是否卖艾草。有着瘦削苍白的脸，擦着赭红色口红的女人瞪着她不说话，然后又瞪着她走出去，好像她们是仇人。

亲爱的里拉，我想唱歌，想逃走，想搭乘西伯利亚东方快车经过草原，想靠在你的肩膀上安静地想心事，想死，想死去再复活，想不要再认识什么人。

那支城市中央的巨塔正在冒烟，一辆小型飞机在清晨时分非法飞进了城市，并低空沿着住宅区的屋顶盘旋，吵醒了市立医院里所有待产的孕妇，震碎了一些人家的窗玻璃，而民航局的雷达侦测系统却丝毫没有动静。

他问我的中国名字，是不是一个人住在市区？他有一种成熟男人的沉静，他微笑了，我知道那微笑的意思，我把头偏过去，以便在玻璃窗上研究他的表情。

亲爱的里拉，当我和他坐在车上时，我们并不知道会去哪里，在车子行动中，我回头看着一栋不断在旋转的楼宇，一群蝙蝠扑扑飞过，而不久后，我们抵达枫红色的森林，那时，小路上的落叶已经淹没了我们的膝盖。

她经过路边一家书报摊，有着C字形胸脯的西班牙女人非常多话，突然对想买报纸的她说："有一种特别的礼物，不知道你合不合适？"女人掀开盒子，里面是一个金发的婴儿。

他们站在他的房子里，一起看着闪闪发光的城市，许久。他蹲下来为她解去鞋上的系带，她坐在地板上不想阻止他，这只是鞋带而已，而且一切已太迟，他的心跳不停地加速，加速，看起来一点罪恶感也没有，而她则是那种对自己的欲望非常忠实的女人。

我可以不可以对月亮说话？苍白的月亮啊，你明白我的秘密，我所深藏不露的秘密，我的欢乐与痛苦属于同一颗星星，那个男人读着我的手纹，我看着他宽大的额头，想向他界定游戏的规则。而他说，但愿下辈子你仍是我所爱的人，为了认出彼此，我们将发明一种记号，每当你认出那像谜题般的记号，你就知道是我。

如果来生是一只海豚呢？若是海豚的话，我们便不需要记号，也不必选择这个城市了……亲爱的里拉，我总是在秋天时听到天空传来某种熟悉的笑声，一种无忧无虑的笑声，我总是听见有人在山上唤着我的名字。

一九八七年

看戏那个晚上0℃

他决定和朋友去看戏，之前，他们平淡地谈着这个城市的气温，远行的消息，对了，久别不见的人在某个岛上盖了一栋房子，那么远，没有电视，没有邮差，他的生活里充满幻想，或者是他，或者是别人，对某些我们不知道的事情……

某些我们不知道的事情，也许我们忽略了。

从前印度某地没有鸟，而这只是寓言。他的朋友住的岛上有许多颜色不同的狐狸，那么远的狐狸。没有人知道鸟会不会比人孤独，也没有人确定它们什么时候睡觉，那个人在天黑前已就寝。

而她打电话来，在她的半夜，就是他要出门看戏的时候，她很伤心地问：这是真的分别吗？这么远，到底这个世界有多少人正在伤心？她的脸上带着微笑，为了一种对孤寂的真实体认。而他精神恍惚地通过巴士底区的凯乐街，嘿，穿着皮衣的他说，我爱她，但我必须离开那里，多年重复的行为方式、固定的生活思想，两个人的空间使他窒息。真的，他有一双大而无辜的眼睛，他是一个简单的男人，追求一种非常抽象的快乐。

戏开演前每个人都在门口抽烟，这是河边剧场，如果你抬头你会看到月光，一行人穿过花园去看戏，他所认识的演员穿黑衣，头发绑成辫子，他装扮成中国人，身上背着脸色惨白的女人，她的头颅晃动着，一个演员问一些人，可以重新开始吗？一个巨大的音乐盒在空间里行走，另外一些人从许多门里走出来，走出去，地上有许多洞，天上的窗户打开，关上，打开，有人进来，出去……脸色惨白的女人眼睛流出一些血，有些震动的声音，什么东西破碎了，有些许安静，有人从这里跳到那里。

巨大的音乐盒在空间里行走着。

导演提到剧中的女主角：她是一个性欲不完全被满足的人，她的一生是一个长而暴动性的叫喊，向这个世界……

那么远。是的，她孤独地活在世界的那一边，美好的那一边，像洛儿卡的诗篇，她已经三天三夜没有入眠了，要不然老是做同样的梦：在溺水时被人救起。是谁救她？她只有在沉思时显得比较冷漠，否则像个俊美的小男生，戴着黑色的小圆帽在教堂做弥撒。不是上帝，是他使她变成一个彻底的女人，是他的眼光使她看起来那么温柔。这是真的吗？她问，是真的分别吗？

他这个演员除了演戏没有别的工作，当他没有收入时，他便去卖血。他已经有三年不上台谢幕了，他很害怕那种感觉，更害怕自己害怕那种感觉。也许他快不能演戏了，他快疯了，所有的椅子都浮起来了，为什么煮熟的鱼眼睛是白色的？他只能爱抚一只猫。每一件物品都有自己的历史，这件戏服上的钮扣，在任何店里再也找不到一样的钮扣，他把它掉在一艘船上。当一个女人经过他时，他从洞里拉出一根绑着内裤的绳子。他继续拉出那条绳子，两件、三件、四件、五件、六件、七件、八件、九件……天啊，他说，可是他继续拉，他的女人总共穿了三十六件内裤，演完这出戏，他要去徒步旅行，像一个中国人，在精神上。

当她忏悔时，她的爱只是一个单纯的画面，她为了那个画面才爱的，或者说她爱那样的画面……然后爱发展成一种想法甚至一种音乐。当她思考时，她说她的爱是给予，一个姿势，没有别的了。她再也没有别的东西可以失去。

她永远在旅行，不是旅行的旅行，在孤独的边界上。

他看完戏后想一个人回家，他会在车上听Jessy Norman唱歌剧，一个令人无法抗拒的女人和她的声音，今晚有雾，他的车子会消失在郊区的路上。他喜欢低着头垂着眼睑和穿蓝色的毛衣，那种叫人没有什么办法的蓝色。他爱她，真的，没有任何人比他更希望她快乐，可是他想一个人生活，想孤独。每当他这么想时，他便流下眼泪。

看戏那天晚上0℃。

一九八八年

一条路已从这世界消失

他们在北部分手时，约好在南部的小城见面，在一家叫“现在”的旅馆。抵达城市的第一天，她便迷路了。

那是冬末的一个星期天早上，火车站里许多背着硕大行囊的年轻人，空气里飘浮着酸菜的味道，她一个人拖着一只巨大的行李站在月台中间。她决定先把行李寄放在自动行李柜。打开柜子，里面有一张不知谁留下的发黄照片，照片上的男人有愤怒的目光。

她翻开城市导游手册，走到一座正在举行弥撒的教堂。她听到神父提到南斯拉夫和前东德总理何内克，弥撒进行的时候，她一直抬头注视屋顶下的壁画以及天窗投入的光。

离开教堂，她找不到那家叫“现在”的旅馆，也找不到那条通往旅馆的路，她在地图上仔细地寻觅，那条路似乎已从这个世界消失。她站在一所幼稚园门口，她看到一个戴蓝毛线帽的中年男子正在为门油漆，她向他问路，他详细地解释许久，然后温和地建议，她也可以住他家。单身的他，家里有两张床。

她在街上行走，发现城市的人都没有笑容，在一家骨董店铺前，她从橱窗里一面斑剥陈旧的镜子里打量自己，她看起来有些疲倦和陌生；她遗失了一首歌的旋律。

黄昏时分，她找到了那家旅馆，已经过了约定的时间，但他还没来。旅馆对面多了一家以前不存在的色情营业场所，入夜之前，喧闹的音乐从窗外一波一波地涌入，他还没来，她等候太久而睡着了。梦中，有人在森林里喊她，然而她看不到那个人，森林的小路没有出口，呼叫她的是一只扩音机。

她在半夜醒来，黑暗的房间里，一闪一闪的霓虹灯光洒在窗上，她摊开自己的双手，久久注视掌上的手纹，仿佛纹路会逐渐变化。

她突然觉得他不会来，于是抱着枕头哭了，她已许久不曾哭过。过去发生太多故事，她与他的故事，无论快乐、悲伤、愤怒、嫉妒或沉默，每一章节都不同，也许每件事情都包含了属于自己的独特意义？也许他们的关系已经走到结局？就是现在，在这家旅馆。如果这样，如果这样，那么她宁愿他是飞机失事或者车祸，死了。

她立刻后悔自己这么想。她安慰自己，什么事都不曾发生，他只是迟到。隔壁房间响起一阵疾疾的呻吟声，她知道，在这个时候，有人在做爱。

她勉强自己再度入睡。巨大的呻吟声不断地打扰她，不知多久，她捂着耳朵站起来，正想对墙壁发出抗议时，她看到门口的地板上有人塞进一张纸条。

而她完全看不懂纸条上的文字，在这家约定的旅馆，午夜，呻吟声中……

一九八七年

现在是白天还是晚上

有些人喜欢珍·梦露，也有些人喜欢玛丽莲·梦露。瓦格纳的音乐里一直有很强烈的动机，他无法戒酒，把高粱当白开水喝。教皇约翰·保罗二世是波兰人，他反对堕胎。西藏有一种救赎的习俗，但是你必须节食，因为只要你能全身通过狭窄的岩洞，你就无罪。

穿背面是圣诞老公公图案的夹克、骑摩托车呼啸而去的女人，没有人再见过她。那天不是圣诞节，邻居在医院产下五胞胎，两个上了年纪的男人，行动不便地上了车，他们在车上谈中东战争，完全文不对题。

加州的电视上，一位奥地利厨师正对着一桌他所烹饪的马铃薯大餐。马铃薯做的梨、马铃薯做的蘑菇和香肠……微胖的厨师在介绍菜色时表情有些腼腆。一位白发平头的老人，穿藏青色的中山装，站在台北闹区吹口琴，他脚上是一双黄色塑胶拖鞋，还一边以脚和着音乐的节拍，时为交通状况十分混乱的下午六时。

住在台南的某位男子，打电话到全世界找朋友聊天，墨西哥、南非、美国、冰岛。没错，他在冰岛有一个正在恋爱中的笔友，他打电话问笔友，冰岛现在冷不冷？现在是白天还是晚上？上个月，他的电话费是三十六万新台币。

这个女孩正像安奈·宁[①]色情小说里的人物，因压抑自己的性欲而嫉妒全世界的情侣，她有一双修长的腿和丰满的胸部，但她却穿宽松的T恤和长裤，只要男人看她，她立刻紧张不安地咬手指甲和喝水，这种情形在她第一次做爱后才大大地改善。

威尼斯面对圣马可广场的一家小酒吧间，头颅与眼睛的比例像苍蝇的酒保问他喝什么，他说他喝有咖啡豆的咖啡酒山普加，整个晚上他都喝那种酒，他在这里等一个人，他们并未约好见面，但他连续一个月在这里等，他一定要见到那个人。

台风前夕一个叫T.G.的女生去南方澳，她站在港口的一艘船上，看着排山倒海的风浪。她是来找一座小庙的，三年前，她和别的女人来过，她们曾膜拜过的神啊。她呼唤的名字随风而去，

① 美国传奇女作家，亨利·米勒的情人，著有日记体小说《亨利与琼》。

她的衣服全湿透了，踏过一艘艘摇摆不定的船只。离开岸边，她在风雨中寻找那座心中的庙宇，但再也找不到了，所有的神已离她远去。

太平山上的小旅馆，他已一天一夜不曾开门，蜷卧在双人床上，连鞋子都没脱。一整夜，他用录音机录下自己的独白，他的剧本单调而冗长。三年了，他抿着嘴唇，低着头，一个人去了许多地方，走了许多路，寂寞像一件衣服穿在他身上，他只有那件衣服。

画面上是一个人，戴着斗笠，背着背包，走在吉贝岛的路上，整个下午，他就那么走着，惩罚自己般地走着，遇见一位跟他一样从台北来的女孩，他问她是否孤单，女孩摇摇头，并借给他自己的脚踏车。他告诉女孩他会在岛上绕行一圈再回来找她，他说到时她一定会独自落泪。他骑一圈回来，发现想哭的是自己。他问女孩愿不愿意陪他，但女孩骑上脚踏车离去。

她一生都在旅行，住过许多不同的房子。她说，她想为那些房子留下文字，不同的城市，各种各样的房间，不同的气味以及光线，所有她睡过的床，还有男人。她一生都在旅行。

他有一台会说话的电脑，他的电脑说：Concentration。

一九八七年

降雾之夜

那时，战争才刚刚结束，在一个偏僻而十分宁静的小镇上，一位叫飞蛇的女子又潜回村内了，听说她是厄运的化身，两个男人已因她丧失了性命。甫从军队回到家乡的年轻人，却爱上她。

如果一月十二日上午十时零五分我并未出现在那里，或者你并未回头对我微笑，或者我们并未在后来的路上交谈，这个故事难道会不一样吗？我总觉得可以将对你的记忆拭去，就如同拭去镜上的雾气一般。

久阴的天空突然转晴，太阳斜照在墙角，显得分外温暖，他站在窗前，望着无人的街道，一个微胖的少女愉悦地往阴暗的巷子冲去。他已经三天三夜不曾离开过他的公寓。他抽烟、喝茶，站在窗前看街道，那样子正像一个私家侦探，而他只是在等候一位女子来向他告别，永远的告别。

她似乎随时可以爱上别人，只要她愿意，别人也会爱她。她的身体轻飘飘地，好像随时会被风吹走。她有一对桃花眼，喜欢穿鲜黄色的大衣。她若无其事地在街上散步，心里想的是如何报复一个男人。

这颗心真是脆弱不堪，它是水做的吗，是纸黏的吗？女人女人，城市里那些漂亮的女人都到哪里去了？他发第十六次的誓，不要再见她，眼睛在黑暗的夜里炯炯发亮。但他只是喝酒，在整个如同虚构的背景下，他的沉默是一种暴力，虽然他打了一个酒嗝。

独居的她喜欢赤裸着身体在房子里走来走去，她的身体光滑而洁白，头发长而柔软。她没有亲人或朋友，自从灾难发生之后，她已经好多年不曾说过话了。无视男人爱慕的眼光及女人的诅咒，她活着，不太穿衣服，不去思想，也不知道什么是爱情。

你想他会想你吗？今晚是否降雾、是否有月光？楼上人家的婴儿会不会半夜惊醒？你是否乘夜车北上？是否穿越漆黑魑魅的森林？你想我睡得着吗？他会不会急着想看到你？

她沿着回家的小巷走，足球场上一群孩子正努力进行一场正式的比赛，两位白化症患者站在一辆黑轿车前随意地谈笑，心理协会的会员又在屋内开着烟雾弥漫的讨论会。她沿着小巷走，用灰蒙蒙的眼睛看这个世界，并且自言自语，她不能再哭了。那张褪了妆的脸看起来似乎有那么一丝轻浮，她流下的是黑色的泪水。

你大概不记得我是谁了？十年前你曾经来到我的小船，曾经问我为什么住在船上，为什么喜欢海。你大概不记得我带着一束白色的郁金香，在街巷的尽头等你，你大概不知道我如何把你当作一种乡愁的象征，一个无可解释的梦境，每当我独自面对茫然而温柔的大海……

花开的时候，纯洁的少女产下一名男婴，她的男人必须离开没有工作机会的家乡，青春男子追逐理想和财富，他留给儿子的是自由的血液。少女因为儿子的诞生而变成一个真正的女人，她并不知道，她的儿子将会爱她如同他的父亲爱她一样。

开车经过阳光普照的城市，你别忘了买一双厚一点的袜子。他看着穿豹皮夹克的女人，想起碧姬·芭铎[①]，她说她年轻时把美貌给了男人，年老后要把智慧给动物。在这个城市，什么事情都可能发生，而且几乎人人都可以当乞丐。他说他叫米契，刚从

---

① 法国女演员，活跃于上世纪五六十年代，以性感著称。

监狱出来，还没找到工作，许多人便给他钱。而她带着一位精神委靡的女友登上公车，说她们不愿意当妓女，也有许多人给她们钱……开车经过阳光普照的城市，你可别忘了买一双袜子。

一名穿紫色猪牌夹克的男人站在马路旁，用略带哀伤的眼神，不知望着行驶而去的消防车还是路过的窈窕女子。

他走路常常低着头，于是便看不到那些路边的秃树，也望不见粉红衬蓝底的彩霞或者月光了，他会在星期天下午走遍十条街去找一家营业的药房，只为了一些棉花，没错，他在街上走路常常低着头，否则，便是跑步去约会。

整个城市进入了我的房间，树林消失，夜色正抓住我的手指。在如梦河般的路上奔跑时，我必须自我放逐，我只是个无名的路人，或者说，我只是个被我忘记姓名的路人……夜晚一点一滴地降临，我等待着，一个人，是的，我是那个男人，那个热爱过许多女人的男人。

据说蛇蝎美人独自将孩子抚养长大，她的孩子高大英俊，如同他的父亲。据说母子情深，在儿子的父亲成名致富并回转家乡之前，他们已永远离开遍布谣言的小镇。

一九八七年

旋转木马

那天是阴天。

单身、蓄胡的年轻父亲带着小女儿走进游乐场，穿着公主装、有着红红小嘴唇的女孩，站在停止旋转的旋转木马前。她想坐木马，收票员要他们等别的小朋友一道坐，他们等了一会，温柔的父亲建议女儿也许可以先玩别的游戏，但小女孩执意坐旋转木马。

表情甚为忧郁的女人沿着游乐场外围走，她穿过人群，假装自己没看到任何人般地往前行进。游乐场里，云霄飞车飞速地呼呼而过，偶尔传来人们疯狂尖锐的叫声，她只是走着，碰到一些喝醉的人。身材健壮穿皮衣皮裤的女子正与比她矮小的中年男人拥吻，路旁一名典型巴伐利亚装束的德国男人向她招手，表情忧郁的女子什么也看不到。

她站在远远的草地上遥望，广场上不同游乐器的霓虹灯，在濒临黑暗的天空下闪闪发光。三年前，她曾经来过这里，她在日记上回忆：我比以前更有智慧，但也更老了。

她喜欢他的背。应该没有什么特别的理由吧。她思索着，常常躲在角落看他，她永远喜欢走在他背后看他，坐在他面前时，她就想象他的背部，不然，就是想哭。他不了解女人为什么有那么多的泪水，每次她哭时，他便递面纸给她，起先一张一张地给，最后就整包地交给她了。

小女孩的眼睛只愿意看到木马，鬈鬈的头发被风轻轻地拂动，她的手握着父亲买来的棉花糖，没有心思去舔快要融化的糖棉花，只是很安静地等着，等着，比英俊的父亲还有耐心。

你知道曾经参加法国革命的Danton？他对她解释着，那个人是一座安静的火山、一头垂死的斗牛、冷漠的莫扎特乐章、温和的法西斯信徒……他如同导演向演员说明角色性格般地谈论他的英雄。而她一边听他谈话一边沉思：最近的日记开始出现许多问号。

可不可以请你再说一次……你的声音仿佛是星辰交织下的夜空……你的面孔多么吸引人啊……你的话正像一个令人惊喜的礼物……男人在家听歌剧时，女人端正坐着，一片片吃苏打饼干。

可不可以请你再说一次？她听不到男人向她提出的问题。

喜欢掉眼泪的女人睡眠时间很长，当她不注意她的男人时，多半在读书。男人很喜欢她读书，他也会亲自上书店替她选书，他给她选一些自己不常读的古典名著，自己看的则是侦探小说和诗。

他还为她烧菜(以避免她成为素食主义者)、洗衣，在杂乱无章的书桌前整理一个让她写日记的空间，当她睡觉时，他则带上耳机弹奏一整夜无声的钢琴。

他问她的问题是：吃饱饭后是快乐还是沮丧？

她梦见自己在无声无息的街上走，看到有人将床铺摆在马路当中，而一个老人在床上正沉沉入眠，当她走到家门揿门铃时，来开门的竟然不是他。她的心境如水，而他总是像从玻璃外看鱼似的打量她。如果你可以不弹奏舒伯特，她说，她从梦中醒来只为了喝水。

小女孩终于如愿以偿地坐上旋转木马了，她并未等到什么人，只有她一个人坐在木马上，没有表情的她正在吃棉花糖，偶尔看一眼为她高兴的父亲，她似乎不像个小孩子，不会为眼下的影像感动，她只是想坐旋转木马。

悲观主义。人。走什么路。忘记。回忆。雪。童年。肮脏。身陷困境。钱。时间。逃走。最迟。一切。永远。哲理的诞生。女。理想。虚荣心。沙滩上行走。喜欢。幻想。阻止。变化。需要。需要。

一个人在家的他偷偷翻阅属于她的秘密，在一堆密码般的文字中，想象他所了解的女人。这并非难事，只要放弃一种理性的眼光，他会陷入扑朔迷离的情境，而他总是突然决定走入，时而欣喜时而疑惧地走入，仿佛只有这样，他才能远离笼罩在他心上的阴影。他想起安部公房说过：只剩下轮廓的女人才是最危险的……

女人一直站在远处望着游乐场，天色全暗时，小女孩和父亲已经离开了，旋转木马音乐盒里的声音使她想起童年，一阵烟雾弥漫过来，游乐场的人群逐渐散去，她突然觉得寒冷，便飞步地往家里奔去。

那天是阴天，与任何阴天没有什么不同。

一九八八年

永 远

慕尼黑动物园里的鸟恐怕不知道，它们永远飞不出一个巨大的高空网罩物，它们永远不知道，那只是个人造的世界，失去自由的鸟园。或者，鸟知道，而只是无所谓？然而他问自己，鸟真的需要自由吗？鸟的自由是什么呢？

有一些令人无措的时刻，譬如搭凌晨最后一班地下铁，车过某站，正要开动时，空荡荡的月台上一个女人急速往前跑，后面一个男人发疯地要追住她，而车身已起动了，在女人的尖叫声中，车上没有人知道她究竟怎么样，而那个故事又怎么样。

铺满泥土的舞台中央有一棵庞大的树，在黑暗中，某位金发的黑人走出来，又走进去。灯渐渐亮了，树上有人上吊，耸动的泥土中有人钻了出来，一个女人。她只是竭力地大喊了一声，然后就是沉默，沉默，有人用脚指头拨弄着摆在地上的异国乐器，三个装扮成中国人的演员站在舞台前看着太阳升起。

电台报导巴黎邮政总局发现了一封夹在邮箱与墙壁空隙之间的信，根据邮票的资费，这封信至少在二十五年前寄出，信封上所记录的地址亦已湮灭不可寻……

如果这是一封爱情的告白书呢？

歌剧名伶接受电视访问：演唱《波西米亚》中的咪咪时，身材硕大的她如何专心地想象自己有一双瘦骨嶙峋的手，不可思议的是，从照片上看，演唱当天她紧紧抓着别人身体的手看起来果然那么瘦弱，真是一种神秘的力量……而他认为，在她说出来的同时，那神秘的力量仿佛骤然而失了。

她结婚二十年了，总是和她的丈夫相敬如宾，他们的相爱也可以说是二十年如一日，好像从来不曾有过什么冲突，当别人在鸡尾酒会上问起她的丈夫时，她说，哦，我前几天在走廊上遇见他。

周日中午，德波隆街上满是人和消防车，一位裸体的老人从三楼坠倒在地上，他不但没死，并且极力否认自杀。

克丽丝蒂娜，德国人，有一对大而美的眼睛，她身边的男人们却没有注意到，她老是穿一双中国大陆制造的黑布鞋坐在家中的电脑前研究中文语法，当她需要昂贵的书时她会到书店去偷……如果有人在她面前唱中国民谣，她会一副快哭的模样说：这真令人感动啊。她和男朋友去乡下的迪斯科，正在跳舞时发现她的隐形眼镜遗失了，大家关掉音乐开了灯，伏在地上替她找，在到处是烟屑及啤酒罐中找到了一只，另外一只就找不到了，她戴着一只隐形眼镜回到家，发现原来她把两只眼镜都戴在同一个眼睛上了。

巴黎十三区有一家肉店，店名叫“不是狼”。“不是狼”肉店的门口有时站着一个穿皮衣皮裤的乞丐，他不但穿皮衣皮裤，而且很凶，虽然他常常低着头，用一种受伤的眼光看着人们，手上拿着一张纸条：请给我一点钱让我今天晚上吃面包。有人给他钱，然后像怕挨打似的立刻逃走。

年老而瘦小的他像个发条玩具般地慢慢往前移动，他肥胖的妻子在后面对他指指点点，他似乎什么也没听到，就像上了弦的玩具一样不会回头。因为过于肥肿，走路跟他一样缓慢的妻子，以为在他身后可以遥控他，她在回家的巷子里，大声地念着他们晚餐将要吃的每一道食物，却没发现她的丈夫眼光所注视的都是别的女人。

而刚当完兵的他，指甲几乎全部被他咬光了，他用光秃秃的手指头不停地打字，不停地抽烟，不停地对自己说：该做这个该做那个，而且有些口吃，他不是同性恋，却从来没正眼看过一个女人。

报纸上的记载：教皇约翰·保罗二世昨天中午在梵蒂冈和一群无家可归的流浪汉一起吃饭，这些流落街头的人士涵盖了各国国籍，然而大部分都来自非洲，当然也有少许的意大利人……

劳伦斯·奥利弗说，当玛丽莲·梦露拍他的电影时，总是迟到，而且迟到甚久。他给她做一些表演提示时，她总是不看他，当导演的他只好重复地提醒着，而玛丽莲·梦露只望向她当时的丈夫阿瑟·米勒，如此拍摄了几十次后，劳伦斯·奥利弗终于大为光火地停拍，并随便选了几个号码要求冲洗。当这些底片冲洗出来时，他惊讶地发现：玛丽莲·梦露在影片上是完美的。随后他把所有拍过的底片全数冲洗，她的的确确在每一寸影片上都是完美的，他说。

在印尼南部的回教村庄，一个健美的女孩爱上另一个村庄的男孩，为了见他，她每天中夜从她家爬墙而出，跑三十公里去看爱人。第二天清晨又跑三十公里，在她的家人醒来前，回到她的房间。

她的婶婶已经五十岁了，仍然独身，年轻时据说非常美，即使在五十岁的今天，还是可以看得出一些动人的痕迹，她生活积极，待人和善，没有人能了解她独身的原因。有一天有人终于忍不住地问了这个问题，她的回答是：从来没有碰到一个合适的人。

他在自家阳台上养了两只鸟，笼门一直开着，而他的鸟从来不曾飞走过。他不知道鸟为什么要飞走，而她不知道鸟为什么不飞走……

一九八九年

低头走过那条路

黄昏四时半，或者这么说，下午四时半，南德的冬天正像黄昏。他沿着Appenzeller Strasse走，这是一条灰蒙蒙但种满枫树或槭树的路。他先是遇到一位牵着虎头猛犬的朴实妇人，她的身体简直像被拘拉着似的往前倾斜走去，神情像囚犯。

他继续走，这是气温约摄氏七度的慕尼黑郊外的一条路，很长的路。一名长得像狼人的德国男人，应该是吧，德国男人，他的淡褐色眉毛几乎盖住淡蓝色眼睛。他注视着走路过去的他，但不像注视一名路人，而是没有任何表情地与他擦肩而过。

正像一名路人的他，仍然低头思索“自由”以及所谓“制约”的意义，然后在草地上看到一座造型好像两把倒立椅子的雕塑作品。

他离开了住宅区，行近偏僻的田野，一名小男孩骑越野自行车飞快地驶去，似乎在寻找什么，两只乌鸦在空中盘旋，并不时发出怪声。他回过头时，看到一栋三角形的房子，很纯粹的等边三角形，房子里亮着日光灯。他迎风低头疾疾往前走，他并不知道要走到哪里。

虽然他并不知道要走到哪里。

不远的小教堂门口，十几个穿黑色大衣的男人正在进行肃穆的葬礼，他想起早先从行李中取出的表盒，意外地发现表在表盒里已停止运作，正像一个人躺在棺材里那样，表面所指的时间刚好就是他将表置入表盒的那一天中午。

就是那样。

天色已渐渐逼成暗色，骑脚踏车的老妇人看起来精神很好，一边踏车前行，一边对他发话，她说好冷以及别的他听不懂的话。再不远，他遇见一只猫，神情有些不自然的猫，转身跳进小丛林，稀疏的树林后是一座无人城堡。这时，月亮已经升起了，他停下来看月光下的城堡。

他经过从前爱过的女人家。曾经每天写一封情书给他的女人，屋里只有厨房的灯是亮着，她也许正在准备晚餐吧，他想，这就是使他走上这条路的原因，但他并未深思。他路过。

一对身材高大的情侣，女生有一张模特儿应该有的那种脸，他们走过他，一直亲密地用慕尼黑方言交谈，然后突然停住，从反方向折回，又经过了他。

一部怪手机器立于四面楚歌的墙前，怪手司机由车上跳下来，留下那部孤零零的机器面对墙。有人在更远处生起营火。空旷的足球场的夜光灯骤然全部开启。

他再度碰到牵狗散步的人，这一次是一名不断对自己牵着的吉娃娃说不的女人，她的狗穿着红色的衣服戴绿色的鼻罩，而她不断地说不，不，不，声音像维瓦尔第歌剧里的花腔女高音。

跛着脚而满面微笑的黑发男子，殷勤地在对街向他挥手，路旁停放一辆到处都装镶亮晶晶镜子的摩托车。他什么都看不到，仍然深陷在茧般的思索中，并且踢到一只空的啤酒罐。

当天色全暗时，他站在这条路的分叉口上。

一九九〇年

不知道为什么爱你们

总是梦见戏马上要上演了，我是那出戏的导演，却坐在塞车中的计程车里，无法前进，所有的车子里也都没有司机，或者是找不到剧场的所在，不停地在陌生的街巷里跑，绕来绕去，我不断地发话，但没有人注意到我。

做梦的时候我在黑暗的控制室里，我一直躺在地板上，半个小时，身上盖着道具用的棉被，而我仍然哆嗦着。重物在地板上移动的声音持续不断，我知道是搬运工运来的布景已上了舞台，我知道，楼下的排练室里，一些演员正在练习钢琴曲和歌唱，听过无数次无数次的歌，我知道，我都知道，但是我想逃避，想走。

戏还有三天就要上演。

上帝是孤独的，所以它创造了世界。它是艺术家。

演员甲生平第一次演戏，战战兢兢，常常流汗，已经一个礼拜必须服用镇静剂才能入眠。

演员乙突然失去声音，他一直深信自己就是所饰演的那个角色，但他现在只面对镜子发呆，为什么，为什么，语言真的是误会的泉源？

演员丙昨天下午告诉我，他的孪生兄弟去世了，是不是可以退出演出，目前他心中的念头无非也想去死。

当然，跑龙套的角色还缺一名，很多人的戏服做得太紧，布景装台已经延误了两天，舞台监督非常担心演员连走位都没有时间，灯光设计也在抱怨他的灯具不够，走猫道非常危险。

戏还有两天就要上演。

你知道吗？一个女演员失踪了，怎么样也找不到她，还有音效师发现拷贝的带子上突然出现一段空白，小道具员抗议工资低不干了。

我坐在第八排第七号，你听得到我吗？观众席上只有我，常常在黑暗中，舞台上的灯光吸引我，我在创造舞台上的世界。

那个角色，对，那个角色，他走进来了，穿错鞋子并且忘了关门，我请他重来一次，但他仍然忘了关门。

你的声音必须更迫切坚持，像一个面临弃城军队的将军，而你的态度不够明确，手势过于暧昧。请听我说，他真的是个诗人，热血澎湃的诗人。让我们重新开始，从上一个Cue……

他为什么忘了上场？请到后台叫他。演员丁因为小睡片刻，以至于忘了上台，你知道吗？他每天坐夜车往返南北，因为除了演戏，他还接了一档工地秀。

灯光三秒请准备，音乐Fade in请准备，如果我能将第三场的戏重排一次，如果我能将第三场的戏重排一次，道具组做的大道具太重了，谁搬得动？也许，一切都已太迟？

戏还有一天就要上演。

我总觉得演员戊的衣服颜色实在太淡了，但是服装设计师说他没有预算，况且昨天已有过争执。

也许应该取消记者的访谈，时间不多了，而他们总是问一样的问题，为什么要导这出戏？我会说因为我喜欢，然后他们会再问我为什么选这个剧本，不过，没有人会问我为什么吃白菜、青菜或空心菜。

演员乙失恋了。今天早上才去堕了胎，中午便赶来彩排，她伤心得连手都在发抖，刚才，刚才我在走廊上看见她在哭，化完妆的脸挂着两行黑泪。

怎么去爱？

戏还有一个小时就要上演。

从小立志当演员的庚感冒了，而他必须穿无袖汗衫，躺在一具棺材的道具中演大半场戏。

请放轻松，请安静，请找个角落安静一下，导演我祖母要来，可不可以给我一张票；导演有一个许小姐要找你，请看着我，你必须提醒你自己，这世界上只有你才能演好你的角色，无论你是什么角色。

我不知道为什么我来这里？为什么我爱你们？也许只是为了证明自己的存在？

这是台词，亲爱的观众，戏已经开始演了。

我不知道为什么爱你们，曲终人散的时候，道具和布景都要搬离、销毁，灯光再也不会以同样方式亮着，戏服会开始发霉，所有的问题消失，在那个时候，在那个时候，请相信我，我总是突然又老了几岁，我总是突然又觉得……孤独。

一九九〇年

我的灵魂感到巨大的饿

“你总是这么饿，不管是你的肚子还是你的灵魂。”我的内科医生这么说，她是一个年纪比我还小的柔弱女生，总是脂粉不施，穿西装外套和短裙，露出长长好看的腿，以及很有自信的眼神。

我们面对面坐在咖啡座前的椅子上，我喝茶，她喝的是草茶，这里是她的诊所，从我们坐的地方望出去，是一个私人花园，花园里种了很多竹子，偶尔有一只兔子会从一个树丛里跑到另外一个树丛。

我的医生在我的病诊记录上飞快地写着，她那些拉丁字写得又快又娟秀，我靠在软软的尼泊尔椅垫上的样子，大概正像一个病人，等着她询问我任何问题。“你的印度之旅如何？”她终于抬头问我，我想了很久，很久，才说：“我对那个地方很失望。”

“我很失望。”今天绝对不是我的日子，我无精打采地说着，“我在那里认识的任何人都只想从我身上带走一些钱。过去，印度是一个充满神祇与音乐的国度，是一个四处都是智者的圣地，但现在我只觉得被骗了。”

我的医生是正牌的德国内科医生，我想她读过很多书，十四岁时她便去过印度，她了解东方人的思想和医学原理，她说：“你将你的钱换成卢比时，一切游戏规则便改变了，而你却还坚持原来的游戏规则，没有人欺骗你，是你骗了你自己。”

“你在印度还做什么？”我的医生对一切事物总是那么好奇，我不得不一一告知她，“我采访了达赖喇嘛。”我说，她好像还想多知道这件事，“但我只和达赖喇嘛谈政治。”“好可惜。”她说，这时她已停止在病历上写字了，她只单纯看着我。

我想我是一个很奇怪的人，我一定偶尔有很奇怪的想法，我告诉她：“我还很失望，因为采访达赖喇嘛时，他打了一个呵欠。”打呵欠这个德文字也够奇怪，不由自主地又重复了一次。“为什么达赖喇嘛不能打呵欠呢？”她问。

“我不知道，也许，在中国人的教育里，一个神圣的人不会打呵欠。”我说，然后认真地开始想这个问题，为什么我认为达赖喇嘛不应该打呵欠。我想不到什么，我的脑里一片空白，于是我说，等有空时，我会仔细再想想这个问题。“当然。”她说，便没再讲话。

然后她问我最近心情如何。我说，每天早上醒来，我都会躺在床上好一会，泪流满面，最近，我时常发现自己泪流满面，没有原因，没有人死了，也没发生什么事，我总是先感到沮丧，接着便是十万分的愤怒，对这个世界。我不知道该做什么，我那么孤独、那么愤怒。

“你愤怒时都做些什么？”她问。我会为很小的事情发很大的脾气，我会大喊大叫，用言语攻击所有与我讲话或靠近我的人，我说，我会指责别人是非不分，我会觉得自己受到侮辱、受到威胁，我会拒绝沟通，不断流泪。“有的人需要偶尔大声喊叫，把愤怒抒发出来。”我的医生平淡地说，她又开始做纪录了。“其实你需要的是彻底的被爱，你一直觉得你缺乏爱，你可能没有一个被爱过的童年。”

我回忆我的童年，但我想不到什么。六岁以前，我住在台中，被外婆抚养，我可能是一个没人爱的小孩，但什么都不记得了，我只记得六岁以后的事，那一年，母亲将我从台中带回台北，第二天便送我去上幼稚园，我站在幼稚园门口，怎么也不肯进去，我觉得我若进去，我将永远失去我的父母。但我还有必要回忆这些吗？我问我的医生，她轻轻地笑了，没说什么。

“你害怕吗？”她问我。我害怕，当然我害怕，我怕黑夜，我怕陌生人，我怕蛇。我怕一种青蛙，它在皮上可以繁殖几十只成形的青蛙，然后一只只从皮里跳了出来。我怕鬼魂，我永远开灯睡觉，我总觉得有人在跟踪着我，夜晚一个人回家时，我总觉得有人会拿刀子砍杀我。“啊，啊。”她说，很快地翻阅我过去的旧病历。

“你有被人强暴的经验，也许这是你愤怒的根本原因。”她看着我，我一时没听清楚她用的动词，强暴，我知道，这又是一个奇怪的字，一个可怕的动词。我想到在西班牙我被强暴了，而且我还被男人指责我不应该挑逗他。我想到巴黎的夜晚，有人持猥亵的刀威胁我跪地就范，我颈上的项链被拽断了，一颗一颗大的珠珠掉在大理石地板上，现在，我想起一颗一颗珠珠掉在地板上的声音，现在，我的眼睛里都是泪，我的眼睛里一直都是泪。我看着这个世界，就用我被强暴时的那双眼睛。我看向窗外，但花园里没有兔子，我转头看着我的医生。我一直以为那些事情已经非常遥远了，我不知道这些事情还在我的记忆深处。

“你的食欲不好，但你一直感到饥饿，你不停地吃糖类的东西，你以为你需要，但你需要的并不是糖。”我的医生拿出一盒排满小药罐的盒子，为我把脉，她一边摸着她的一排排药罐，一边轻轻地笑，她放下我的手说：“你缺乏安全感，你在追求，但你没有真的得到，很难得到。”

“你得先习惯不吃糖，为了不吃糖，你得学习烹饪。你不应该穿高跟鞋，只有紧靠土地才能使你感到安全。你住在高楼，需要常常去散步，去接触土地，土地是母亲，是女性的能量来源。你还得学习一种体能，重新认识你的身体，你的身体也有抵抗和防御自己的能力，如果你学柔道，如果你学合气道，当你可以把一个体格魁梧的男人从你的肩膀摔过去，也许你会对自己有更多的信心。”她的声音总是让我觉得温柔，听她讲话时，我注视着她置于桌上的恩师照片，那显然是个很老很老的印度人，我从照片又转移目光到挂在墙上的针灸图，我在考虑她的话语，我在想，以前，我总觉得西方人不能了解东方人思想，而我现在坐在这里和她谈土地和身体的关系，却从来没了解过我的医生。

但我不想把男人从我的肩膀摔出去，我只想安静，我只想有安全感，我说。她点点头，每一个人其实都在寻找一样的东西，那便是快乐。她很严肃地说：“我自己也没有安全感，不管在别人眼里我是多么成功。”你只有帮助你自己得到安全感。

“你老是胃痛和肠痛，你的身体不停地发炎，因为你的血液里有一种细菌，你不停吃糖，而糖类刚好助长霉菌的蔓延。”她合上我的病历，又说，“你一直那么饥饿，你饥饿时总是那么生气，你会大声喊叫：我要吃东西！像一个没有发育成功的孩子，你其实还没有完全发育，你好像还留在母亲的子宫，你从来不想离开子宫。”

我想起六岁后的我回到台北郊区的家，我想起一栋远离市集的平房，父亲总是不在家，我睡的房间离母亲好长一段距离，每个晚上我总是那么害怕恶鬼，我倾听风吹草动，我看着摇晃的树影映在毛玻璃窗上，我害怕得无法入睡，我总是偷偷起床，走至母亲的房间门口，母亲也许在听音乐，也许睡着了，我不敢叫她，我一直不敢叫她，我回到我的房间，现在，我已知道，我的房间与母亲的房间离得很远，我也离她很远很远，我其实不想离开她。

“你总是那么饥饿，那么不满，不只你的肚子，还有你的灵魂。”我的医生站起来，走进她的药房，我也跟着她走进去，我喜欢她的药房，整个房间都是药柜，柜子里都是药。她从一个很小很小的药瓶里，取出小小三颗白色的药粒给我，那是从墨鱼提炼出来的精华，“吞进去就没事了。”她说。那三颗药粒那么微小，我放进嘴巴里时，几乎感觉不到任何重量，我甚至怀疑我吞进去了。

离开诊所后，我走路回家，回家前，我去菜市场，那时天空下着微微的细雨，而我没有雨具，天空偶尔是会下微微的细雨，我这么想，直直走再转三个弯便走到菜市场，我按照我的医生给我的两张食谱单，我买了两磅牛肉、一斤扁豆、十个蛋还有几颗马铃薯，眼下，我正在煮扁豆汤，我等一下便会吃我的扁豆汤，我记得我的医生说过：“你必须吃得像中国人，你得常常像中国人一样多喝汤。”我仍然感到巨大的饿。

我的灵魂感到巨大的饿，我想我得大声呼叫才行，但我叫不出来。

一九九三年

亲爱的你

我总是在丧礼的时候笑，而在婚礼中哭。这是波特莱尔说的，或许我们也一样，但我们却没有说出来。你看过他的脸吗？我从来没看过任何人有那么忧伤的面孔。

给你写信的现在，秋天的慕尼黑正下着不大不小的雨，我的窗前是凋零殆尽的树林，光秃的树枝在风雨中摇曳，河边，一群河鸥急急逆风飞去。我注视着窗前，我注视着波特莱尔照片中的脸，感到眉头上有一股重量，或许便是奥地利诗人彼得·韩克所说的那种重量，《世界的重量》。我从来没读过这本书，但却深深地被书名所吸引。

让我们谈谈忧郁吧。

我总是在旅行时想家，而在家里时想去旅行。我如何告诉你，前天，我独自坐在华沙一家旅馆吃早餐，仅仅只是切开一只奇异果，挖出绿色的果肉，霎时，我便感到忧郁，一种绝对熟悉的、超过一切感觉的灰涩记忆。但是以前我偶尔也吃奇异果，却不一定有这种感觉，我知道，忧郁与奇异果无关。

我如何告诉你，我有时会双眼含泪，在不同的季节，不同的房间里，坐在桌前发呆，或者，看着窗外的车水马龙，夜色逐渐转黑，我常常暗自问：世界从哪里来？我是谁？

还有，时间从哪里开始？空间在哪里消失？

亲爱的你，忧郁并不是病态，它是一种令人悲伤的幸福，它是光明、美好的。像济慈所说，忧郁像一只柔软的手，轻轻地抚摸着你。我多么希望活在中古世纪的欧洲，那时候的人走在路上会无由地大哭，没有人觉得奇怪，没有人不了解忧郁。

给你写信的此时，天色已渐渐黯淡下来，窗外下雨的公园内，一群人没带雨具，站在水泥地上玩西洋棋。我仍然想哭，我知道，我将永远无法逃避忧伤，但我却同时感到安慰与欣然。

一九九三年

当孩子仍是孩子的时候

他从市区搭乘火车去拜访一位久别不见的朋友，抵达初冬薄雾中的小站，询问了一些村民，却没有人认识该住址，当他正考虑原路折返城内时，一名戴黑绒帽、提着行李的女人走近他，她说她要到城堡去，离那里正好不远，可以顺路载他。

你还记得那首舞曲的旋律，会使人发出迷人笑容的旋律，一个场合接另一个场合吗？你还记得烟雾弥漫人声嘈杂中，那些典型的社交脸孔吗？小姐，请你跳舞好吗？一杯酒接另一杯酒，他走过来对你说什么话？他叫毕露，他说，当他吐烟在你脸上便表示他喜欢你，他还说，他很寂寞，他需要一个女人。你还记得倒酒的男孩，他会给你许多tequila，还会偏着头用忧伤的眼神望着你。多少女孩在陌生人的怀抱中度过夜晚，一个日子接另一个日子，你不能再唱里奥纳·柯恩的歌了，那令人想起许多年前的巴黎，一个城市接另一个城市。你总是想念住得最远的朋友，在梦中与许多意想不到的人见面，你还记得他的儿子是谁吗？

他坐上女人的车子，开车时戴帽并一路微笑的女人，有着性感的嘴唇。他望着倒退的树林，心想也许她并不知那地址的所在，他完全了解她，至少在这个旅途的下午。

穿灰色夹克的男人啊，那个遥远异乡的女孩有一张纯洁美丽的脸，你和女性相处的秘密完全掌握在她手中，而她却从未爱过任何人，包括她的父亲。穿灰色夹克的男人啊，当你独处时你拥有一种力量，使你像一个真正的男人，可是现在那力量已消失了。

他们下了车，沿着荒芜的铁轨前进，踏步经过被雨水浸过的田野。和煦的阳光照着，他们走着，穿越一望无际的草原，一群人野餐，另一些人做日光浴，他们渐渐离开人群，往草地尽头走去。当他们愈来愈靠近城堡时，提着高跟鞋走在他身后的女子却突然失去踪迹。

这么多年了，他仍然是她唯一的男人，虽然他已改变了很多，譬如说，瘦了，整张脸显得不如从前自信。以她的想象，他是他所不存在的孪生兄弟。他的房间整齐干净，正像他对她的情感，当他俯身向她时，她感觉不到任何记忆的重量，这正是她所要的，一种自由，她觉得自己的身体正不断地缩小、变轻，仿佛就要飞去。

他们逐渐走向沙滩，荒凉的沙滩逃离了海，他们各自带了一根草绳，沿途，他们遇见许多外国人做着各种奇异的运动，而他们没有目标地往前走，他还未发现自己几乎爱上她了。

长长的午睡醒来之后，她站在穿衣镜前，哑然失声，许久许久，她惊讶地发现自己竟然无法在镜中看见自己的身影。

在一家铺设怪异地毯的旅舍房间，她裹衣而睡，不停喝水。她说她梦见被蛇缠绕，脱身不得，她说她还梦见火山爆发，一次，两次，好多次……

> 当孩子还是孩子的时候，
> 他不知道自己是个孩子。
> ——Peter Handke

城市里到处是火灾，一个月以来共有十五次，留着达利式翘胡子的男人躺在医院的病床上，他说这是犯罪事件，而他就是那个纵火的人，他这样做只因为他喜欢欣赏熊熊大火。

她来到城市边缘一栋住满土耳其人的大楼，站在楼梯间，她深深地吸了一口气才揿下门铃，一个肥胖苍白的中年男人来开门，将她引入一间小屋，屋内只有一张大床，空气里夹杂着廉价的古龙水味，她听到隔邻的妇人正在大声呵斥孩子。她坐下来，中年男人在她面前脱去衣服，还来不及说话，她却站起身夺门而出。

时间是从什么时候开始，空间在哪里结束。你喝水，小孩喝牛奶，他们喝香槟酒。我总觉得我再也不会回来了，如果我不回来，如果我一睡不醒呢？她说那只住在三十二层楼的老猫是跳楼自杀，猫主人却不这么认为……

他在城堡度过一夜，戴黑绒帽的女人再也不曾出面，她的行李仍然留在车上，而车子停在离城堡不远的田野上。他非常疲倦，坐在城堡的门口，他一动也不动地望着田野上的车子，他知道离去的女人即将出现。

书写巴黎

波东斯基(Christian Boltanski)曾经是我的邻居，有一次他说：巴黎铁塔大而无当，但只有巴黎才会出现这种大而无当之美。波东斯基是一个在现代艺术界鼎鼎大名的人，住在巴黎郊区的现代洋房，养了一屋子猫，为了展览奔波世界各地，经常不在家，但他明了这个城市所涵盖的“大而无当”美学和意义。

巴黎正像她的象征艾菲尔铁塔，是一个意义之城。她不像柏林无法逃避历史苦痛和伤痕，也不像罗马重重覆盖着古代的辉煌和毁败，更不像纽约向时代尖端挑战，或者敢于触发禁忌既狂又狷的伦敦。她的混沌或混乱是独一无二的，她紧张而敏感，却极端镇定，而且并没有多数亚洲城市带有那么一点海市蜃楼的迷惑。巴黎像没落的男爵寡妇，巴黎像濒临绝种的动物科目。你去过巴黎周边的郊区吗？巴黎的郊区破旧而丑陋，近乎绝望。巴黎郊区的存在，似乎只为了不打扰巴黎的优雅从容，以及衬托巴黎的高贵和繁华。

巴黎是诗意之城，适合路过的诗人，或闲逛者，不适合失意落魄的人，也不合适久居。路过是性感的，是后现代的；闲逛者为类型学或结构主义提供良好注解。巴黎不是一个直截了当的城市，她不平滑(到处还有供马车行走的石子路)，永远拐弯抹角，她比较合适当情妇，更甚于妻子。久居巴黎只会沾染寂寞和孤独，巴黎人带有隐居者对人的洁癖，巴黎人脸上有一种因深沉忧愁而产生的不经意之苦痛，他们以冷漠的表情掩饰着，仿佛是一种对寂寞的极端嫌恶，这种嫌恶的感染力很强，巴黎人没有好脾气，但巴黎人以礼貌表达他们的抗议——对人生和忧郁的抗议。

巴黎是电影之城，一个充满无穷想象力和希望的城市，一个发明电影的城市。一百年前，卢米埃尔兄弟在这个城市放映人类第一部电影，火车冲着观众的方向驶来，吓跑了当时无数观看的人。今天在巴黎，每天都有数百部电影上映，在这里看电影像参加一种人生仪式，巴黎的电影观众有别世界其他城市的电影观众，没有人中途进场，没有人吃爆米花或零食，没有人敢在放映电影途中与邻座交谈，如果有人敢这么做，立刻会招来大声的“Chut(嘘)！”巴黎的电影观众热情、严肃，有文化修养，对电影就像对红酒一样挑剔，巴黎人将电影当成古典艺术一般崇拜着，只有巴黎才会出现“电影笔记”(Les Cahiers du Cinema)。在旅游业仍不发达的年代，很多人通过法国电影去认识巴黎，他们所了解的巴黎是虚构的巴黎，只有巴黎才符合那种虚构的美。

巴黎是观光之城，是一个贩卖怀旧和时尚的城市，象征Belle Epoque①的蒙马特②，土鲁斯·劳特雷克(Toulouse Lautrec)酝酿灵感之地，伊迪斯·琵雅芙(Edith Pief)、约瑟芬·贝克(Josephine Baker)和伊夫·蒙当(Yves Montand)的舞台，散发无聊文人气息的拉丁区，每天都有人专程坐在圣杰曼或蒙巴纳斯以前老派文人喝咖啡的位子上，在香榭大道上充斥着东南亚来的采购团，采购像朝圣。巴黎是荷马史诗《奥德赛》中的女魔，你来到巴黎，你情不自禁地受到引诱。巴黎是竞技场，是马戏团，是一个精致绝伦的超级市场，你走进巴黎，你成为商品的一部分。观光客不断以惊人的暴力破坏巴黎景观，但政客和商人也设法以金钱重建巴黎的梦幻。

巴黎是欲望之城，巴黎是一个欲望的花园。是一九三〇年代亨

---

① 19世纪末20世纪初的“美丽年代”，法国从战争中恢复元气，社会一派繁荣。
② 蒙马特高地，巴黎最年轻的一个区。

利·米勒(Henry Miller)放浪不羁的地方，一个不耐寂寞的城市，一个猥亵和开放的城市，每个街头角落都有寻觅爱情的人。巴黎是性爱神话的发源地，一个最容易邂逅的摇篮。亨利·米勒难以想象今日的巴黎性爱贩卖电脑化及数码化，你可以立刻拨3615-Bisou Bisou或者3615-Adrenaline什么的满足肉体的空虚，谁管你的灵魂？Clicy大道上到半夜都卖热腾腾的牛角面包，然后你可以在紧邻的酒吧看阴阳人色情秀，无论异性恋、同性恋或双性恋者甚至色情虐待狂都可以各得其所，不然是八十法郎的Pigalle，坐在仿凡尔赛宫的沙发椅上，看女人在地板上自慰。布隆尼森林里，妓女像野生动物园里的动物，开车的人下车在树后草地上交媾。还有圣丹尼街，都是谁走过街上？提公事包下班的男人，瘦小的突尼斯杂货店老板，高壮的水手，尾随光着身体只披一件毛皮大衣的女人上楼，老建筑弥漫着欲望的煎熬，都是人的味道，但人的味道最臭，巴黎充满并且聚集着欲望之气，偶尔夹杂流露着名牌香水味，那混合气味很难挥去，也挥之不去。

巴黎是孤独之城，巴黎是一个忧愁的城市。巴黎提供但巴黎也索取，巴黎装模作样，让人疲乏。但巴黎也令人想念，无法抛弃。巴黎是一个会让你在婚礼中哭出来的城市，是一个会让你和你的心理医生吵架的城市，是一个隔绝的城市，不同的移民各自拥有自己的重镇，他们在街上建筑乡愁，把店盖成他们想要的样子，卖他们想卖的东西，他们在自己空间里找回自己童年的梦想，他们在隔绝中建构幻想和人生，就像波德莱尔的忧郁眼神，就像莫泊桑坐在艾菲尔铁塔上喝咖啡，只有在巴黎铁塔上，你才能把铁塔忘掉，把巴黎忘掉。

但巴黎绝对令人难忘，巴黎就是巴黎，有时令人情不自禁，有时令人伤心欲绝，更有时令人欣喜若狂，血脉贲张，但很多时候，巴黎令人感到淡淡的悲哀，那是因为生活令人悲伤，而巴黎无情地向人显示人性的各种面目及永恒真理。

辑三 你是否爱过?

我的盲目在于我对真实的信仰，我对真实不但信仰而且有一种近乎洁癖般的要求，我渴望真实像一些人渴望毒品。真实是什么呢？是不是连我努力试着靠近真实也是一种假相？

一九九八年旅行手札

四月六日，开普敦

这家位于开普敦海边的小旅馆有个法文名字Belle Vu Manor(好风景庄园)，这名字并不一定切实，让我想起台湾槟榔摊琳琅满目语不惊人死不休的摊名，总是极尽卖弄和夸张。

旅馆只是一栋粉红色小阁楼，建筑有些意思，但很小，事实上离海边还有两条街，不算 Belle Vu。室内装潢正如旅馆女主人，到处是粉红色，她自己连身上的T恤都是粉红色，开着一辆粉红色跑车。

旅馆房间挂着大部分三颗星旅馆都挂的那种类似的图画。一双芭蕾舞鞋，与旅人何干？我并不喜欢大部分的现代舞蹈，更别提古典芭蕾舞了。要谈下去的话，我也不喜欢中国民族舞蹈，我唯一喜欢的传统舞蹈是印度舞蹈，但我在印度看过一些舞蹈家试着跳“创新”的舞蹈，令我十分不舒服。假设下面的构想果真成立：京戏中的林冲出场了，手上不是提着象征的马鞭道具，而是真的牵着一匹马走出来。这到底是不是戏剧构想上的创新呢？

晚上我一人在旅馆房间读书，读《对象回视》(*The Object Stares Back*)，上个星期我在非洲旅行时读的也是这本书。

现在，旅馆房间屋顶正在瞪着我，壁上的吊灯正在瞪着我。一张名片从书中滑了出来，我回想不出名片上的名字是谁，我必须努力地回想，逐渐，我想起来了。

当时我因前去访问布基纳法索总统龚布雷，住在首都瓦加杜古一家叫Silmande的旅馆，坐在游泳池畔读这本书时，一个德国人走向我，他问我可不可以跟我说一句话，我摘下太阳眼镜点点头。他说：你从德国来的吗？你刚才在前面柜台打长途电话时讲德文。

你在酷热的非洲突然想找人讲德文吗？我问他。他笑了，他在我面前拉把椅子坐下来说，他只是想找个伴说说话而已，但是这里的人都说法文，而他不会说法语，以及，他想了一下：你的长发很迷人(有些男人追求女人的说辞非常没有想象力)。

他拿出一张他与家人合照的照片给我看，他是德国政府派来此地的外交官，目前他先来看房子，要在这里停留两个星期，他的眼神透露一种闪烁讯号，虽然他似乎不太清楚自己要做什么，但我可很清楚。

他说，他是一个没有家的人，因为职业，从一个城市到另一个城市，一个国家到另一个国家，他说他是一个没有朋友的人，从一个居地到另一个居地，只有职业永远不变，其他的一切都不断在变化中。他的职业提供他身上的阿玛尼西装和劳力士表，他看起来比任何人都昂贵及不合时宜。

虽然职业不同，但我也常觉得没有家，没有朋友。他的说法我完全理解。我以为英国作家布鲁斯·查特文(Bruce Chatwin)说得有道理，人起源于游牧生活，也会再回到游牧生活。但我们那时的谈话内容已转到“旅客可以在此地做什么”之类的话题。

他问我要不要一起去逛街？我摇摇头，在这么酷热的下午？他离开我时表示，他要先回旅馆房间把他的劳力士表收在保险柜内，换件衣服再出去。就在这个时候，他取出一张名片给我，并且将他的房间号码写上去。

我看着他走出游泳池。他的孤独感好像没有一种深度，好像饮料中的冰块，时间久了就失去形状，也看不出内容。

我想象他将很快与别的女人搭讪，除了看房子，他有的是时间。但我也相信他有可能真的只是想找人说说话。我曾经有找陌生人说话的冲动，因为我肤浅地认为，只要与人沟通便可以破解自我的孤独。后来，我的人生经验告诉我，那种做法相当愚昧，只会使自己更感到孤独。

好几年前一个人在印度旅行，有一天在泰姬玛哈陵(Taj Mahal)前，一个艳阳天之下，终于忍不住边走边流泪，除了当天被几个喀什米尔人骗去几百美金外，没有什么具体缘由，但我就是无法阻止那庞大的孤独感。作为单身旅人，还有什么比遭受孤独感突袭更困难对付的呢？

L说，他的一件叫“旅行”的艺术品展出后，台北媒体记者问他，他的“旅行”要表达什么？L说，一种孤独感吧，记者朋友睁大眼睛，表示“旅行怎么会孤独呢？”“我觉得旅行是最快乐的事情”，更有“工作一段时间后，去海外旅行简直就是享受”！L说他无法理解那些从来没独处过的人、那些不知孤独为何味的人。

也许有人会辩解：孤独是西方文明和个人主义的产物，东方文化中并没有孤独这种题目。像屈原那样的人其实是政治上持有异议，遭君王摒弃，他所感叹的孤独并不是人类生存的本质问题；陈子昂的“前不见古人，后不见来者，念天地之悠悠，独怆然而涕下”也是怀才不遇的苦闷。

或者说，像村上春树或大江健三郎这样的日本作家的孤独感其实也是一种“西化”的孤独。东方国家社会的现代化、民主化过程与“西化”脱不了关系，中国奉马克思为师，印度到处建核子武器，那些“不知孤独为何味”的人或多或少接受了“西化”和现代化的影响，从来没真切认知自己的文化本质。如何理解孤独呢？那就必须界定什么是“我们自己的文化”，或者什么是“东方文化中的孤独感”。但那是更长的话题了。

外交官名片当时被我夹在书里当书签。现在我在非洲最南端的另一家旅馆，看着名片，想及这个人，回味着孤独这件事。

四月十六日，从克恩到库兰达的路上

我坐在库兰达(Kuranda)热带雨林的森林旅馆前，一栋木屋前的阳台上，现在已是下午六时十五分，天逐渐暗下来，耳边各

种声音汇集在一起，蛙鸣、鸟叫声、狗吠声、蟋蟀声、袋鼠跳过草地的声音、野鸡走动的声音、人走过小路的声音(很快便消失)。

目及有木瓜树、香蕉树、松树、白水草、苦兰盘、尤加利、象牙树、乌毛蕨等植物。鼻子吸进的是浓郁的茉莉花香，以及清凉的空气。

现在是六时三十分。

四周渐趋黑暗，只剩下些微蓝天及遮盖住蓝天的乌云，群鸟飞过。一些飞蛾扑向屋前的一盏明灯。袋鼠不见踪影，一只巨大如虎的蜥蜴将要饿昏般走过阳台下的空地。

群鸟再度飞过。

这是我的眼前，我看到的眼前。但看不到的那一部分呢？及被忽略的那一部分呢？肯定仍有许多生物在丛林中活动着，而我听不见也看不见。就像艾金斯在他的书中所举的例子，我们看见树林中一只鸟疾疾飞到另一端，我们可能以为它的目的只是飞到那端去，其实它可能故意反方向飞，为了不让其他动物发现在另一端鸟巢中有一群嗷嗷待哺的鸟儿。

我看到一只蝙蝠低空掠过，但我并未看到栖息远处的它的同伴。我看到了什么？

现在是七点整，天已全暗，我站在屋前的灯下飞快地记录着，一只萤火虫闪闪在左前方发光，似乎在向我示意什么。为什么蛙鸣鸟叫呢？它们在沟通什么呢？还是在示爱？我第一次感觉到自己正睁开眼睛打开耳朵地活着，我饥饿地看着大自然，不再害怕、心虚。

八时三十分，M从镇上回来，带了两瓶Chiraz红酒，那是他找遍镇上买到的最好年份的酒。我们坐在阳台上喝着那美味的酒，望着天空的星星。极有可能，我们所瞭望的其中几颗星，虽然如此皎亮，但早已不存在了，因为距离如此遥远，它的光透过几万亿光年传到地球，但它可能早已陨落，不存在了，它已经不在我们看到的所在。

我问M，那些星球上会不会有其他生物呢？他没出声，我也没出声。无论其他生物存不存在，在极短的片刻中，我认为身为人类是一种荣幸。更多的时候，我觉得身为人类是一种不幸，生活便是苦难，我们几乎无法侥幸解脱。也因此，我认为佛教的轮回观甚具想象力。

一位前苏联太空人曾说，当他第一次搭乘火箭前往外太空时，他在太空舱中望着愈来愈小的地球，直到地球消失，眼前只剩下蓝色的大气层带，在那一刻，他说，他心中升起巨大的爱……

四月二十二日，悉尼

一七八八年，“大英帝国”的威廉大帝将其爱尔兰囚犯妓女等几百人全装在十一艘船队上，放逐至杰克逊港。杰克逊港就是今天的悉尼。

从小，澳大利亚对我而言是牛肉和牛奶的代名词，那时我不知道澳洲的原住民已在当地住了六万年，而自二百年前开始，原住民逐渐被讲英语的白人赶出他们自己的梦土。

若说文化震撼，也有。两年前我开始读英国作家布鲁斯·查特文的一本叫《歌路》(*Songlines*)的书时，我才知道澳洲原住民所谓的“前人的足迹”(footprints of the ancestors)是怎么回事，欧洲人称之为“梦的轨迹”(dreaming tracks或songlines)，指的是原住民的“无字天书”，如迷宫般穿越整个澳洲的隐密道路，没有文字也没有图像，靠的是一代一代的传唱，由一首首隐晦不明的歌曲连接而成，整个澳大利亚可以像乐谱般阅读，可以用歌唱出来。

对澳洲原住民来说，历史存在是一种理解力，存在事实并不需要文字或语言的解说，是一种形而上的理解，由于超越任何形式，思想层次更抽象，也应当更高。音乐本来就是艺术中最不受形式所拘束，所以表现力最强。文化震撼便在于此，古老文明的智慧证明，现代文明从未在精神上进步，现代文明是物质文明，是没落文明。

查特文的《歌路》一书只对澳洲原住民文化进行了单向探索，也有人针对查特文的书提出许多反驳，认为他先有了答案才去找问题，要了解澳洲原住民文化并不容易，不但对他，对许多考古学者也一样困难。

但“查”书启发了我对澳洲原住民文化的兴趣。澳洲原住民的古老思想有许多地方与中国道家思想相通，是的，深邃高远的道家！我再一次重新看待人类文明史，科学及工业究竟给人类带来什么？更多的自由自主或即将而来的毁灭？

古澳洲文明早已消失，现在的澳洲只剩下到处贩卖的原住民图画或者翻印在马克杯上的一些壁画，不但如此，古中国文明、古埃及文明又在哪里？除了一些寺庙和陵墓？那些伟大而与现代文明难以共存的人文和思想，又在哪里维持？古老文明已成为现代文明的“失乐园”，既是现代人遗落的宝产，也是现代人最向往的精神世界。

台湾原住民面对的是更吊诡的下场。几乎已被西方基督教同化的原住民文化已陷入深刻的认同危机，在地方政府的支援下，原住民的传统祭典仪式一场一场地举行，但已改为通俗的电视综艺节目主持方式，通常都有扩音机广播，并且有电子配乐，主持人在喧闹的电子音乐中会以“普通话”劝示参与活动的人“来，大家一起来”，然后，便是那努娃之类的歌声展开，穿着牛仔裤的城市青年拉着穿着县政府补助、刚刚从制衣工厂运来的原住民服饰的原住民，围着营火跳舞，“跳得很不错喔，来，我们给热烈的掌声。”

譬如，崇拜蛇群的鲁凯族认为他们的祖先是百步蛇，但是，他们在参加黑米祭前却先去教会做礼拜；而在西方基督教教义中，蛇是邪恶的叛徒，亚当与夏娃听从蛇的话，从此被上帝驱逐出乐园。但鲁凯族人并不觉得奇怪，他们去教会做完礼拜，然后由牧师(他们说现在连牧师都是我们原住民了)主持黑米祭开始前的讲话。

令人灰心失望的是，没有人觉得不妥，大家都很开心，“而且所有的原住民祭典和文化都保存得很好，政府很支持”。这才是令人不寒而栗的“文化震撼”。

不知是故意还是无心，计程车司机从机场到Kings Cross费时极久，我打开地图，察觉他绕了一大圈路，也许，他脑中所建构的地图与我手上的地图不太一致。

我是不是该和他谈谈任何一种“文化震撼”呢？

四月二十六日，墨尔本

早上醒来，一个人在房间读昨天在墨尔本街上一家书局买的*Fires*，是雷蒙德·卡佛早期的诗集及散文集，读到他写他父亲的一生，热泪盈眶。多年来我读卡佛的小说，一直觉得自己已认识卡佛，现在我不但更接近他，也更理解他和父亲的关系。卡佛父亲酗酒，而卡佛完全遗传了父亲酒精中毒的问题。

很多作家写父亲都写得很好，朱自清的《背影》，加缪的《第一人》以及卡佛！不管多么软弱、普通，不管男性模范存在与否，他们都需要他们的父亲，一个走在他们前面、可以拍拍他们肩膀的人。

我常常想起我的父亲。古怪、顽固、不切实际的父亲，非常浪漫，也非常坚持自我，从不妥协，除了他喜欢的女人。他从不讨好任何人，并对自己的孩子从来没有一句好话。

我的父亲不像父亲。我的父亲孤独一生，少小便离家，离开寡妇母亲，到了举目无亲的台湾，与母亲结婚，但他从来没爱过母亲，他始终背叛她。但母亲无论多么沮丧还是跟着他，她眼中的混账东西、暴君、败家子。

我的父亲一辈子都没得到足够的爱，没有人爱过他。他从来不知道如何表达爱，他像老式的中国人，感情是放在心上的，不是用来说的。他是一个绝对的人，非常绝对，连话都多余。

我和父亲从来没聊过天，从来没好好说过话，从来没讨论过人生——我的人生，或者他的人生。有时他会说，他的人生终点是养老院。我说，为什么是养老院？你又不是没有家。他说他没有家。他的说法与我一模一样。以前我的母亲也莫名其妙地指责我：你没有家的观念，你跟你父亲一样，你们连血型都一样。一对没有家庭观念、并且一生都不愿对家庭负责的父女。

我的母亲说我和父亲仿佛是同一个模子印出来的两个人。

我想我的父亲还是跟我不同，譬如我六岁便觉得孤独，我一点都不珍惜与家人相处，也许我在那时便了解，我的父母不像父母，不像别人的父母，或者，他们不是父母，他们只是两个需要爱但不知如何得到爱也不知如何与别人相处的人。他们连邻居都不来往，生了一个又一个女儿。

我的父母完全不知道如何与别人相处，他们不但无法教育我们，连自己活得都相当困难，比别人困难得多。我小时便很迷茫，长大后更完全帮不上忙。

而我也没爱过他们。

我正在学习如何去爱从来没爱过我的父母，或者，从来也没有人爱他们的父母。他们也许不是不爱我，但是他们的爱从未表达出来，也无法表达出来。他们对爱的认知肯定与我不一样。我总是那个无人爱的小孩。但我正在学习接受他们，如果可以，爱他们。

四月三十日，西贡

西贡市区的战争博物馆很简陋，不过正好符合越战时期的艰困气质。

站在一帧帧放大的悲惨图片前，面对这场惨绝人寰的战争，真不知一切所为何来？

当年，美国政府总共派出六百五十万军人，花了三千五百二十亿美元，杀戮了三百万越南人，伤残者逾四百万，“我们错得离谱，我们将永远欠我们的后代一个交代(Yet we were terribly wrong，We owe it to future generations to explain why)。”这是美国前国防部秘书长马克纳·马哈所做的良心忏悔。

越战发生时我几乎一直躺在台北近郊一家医院，因长期发烧而找不出病因，医生认为我得了日本脑炎，将不治。父亲又为我换了无数医生，终于查出我得了麻疹。由于长期发烧，身体非常虚弱，第二年回到学校上课时，好几次在艳阳天下的操场上昏厥过去。

越战发生时，我并不知道越战已发生，越战结束的时候，我也不知道越战已结束。但今天的我站在史实图片前，不得不感到惊悚：高爆弹的受害者，凝固汽油弹的受害者，被美军拷问的越南男女，被绑在坦克车后拖着走的受害者……

一个橱窗里展出山美惨案中遇害者的实物：两件遭焚烧不全的花棉上衣、一只塑胶拖鞋、一座木鱼、一根扁担、一个钵、一台香炉。这个橱窗展示的是一个无情残忍的人间，若以战争为材，就算是现代著名的装置艺术家波东斯基也做不出如此的作品，因为这里所呈现的真实无法用任何符号替代。

还有许多照片令人看了便焦虑无比。譬如，几个美国士兵将两个越南人的头颅割了下来，并排在一起，美国士兵们带着笑容将手置于头颅之上。他们将头当成胜利品，要求合照留念。照片上两个失去头颅的男人的身体被丢弃在一旁。他们的头颅令人不忍卒睹。

这些美国士兵跟我们是一样的人类吗？为什么他们杀了人还如此愉快？为什么会想到将头颅割下来当胜利品呢？他们从哪一个野蛮时代学到这种展示呢？中古世纪美洲的食人族吗？他们当时在想什么？是因为害怕才故意显现夸大的行为吗？还是他们已经开始精神错乱？被割下头颅的人又做错了什么呢？

这张照片只是越战中微不足道的一小部分，说明了当时不可思议的战争生活及人性。

在炎热的天气下，这个破旧的博物馆仍能吸引不少观光客和本地人，不过，大部分人似乎对现场呈现的军事武器、大炮、坦克车有更大的兴趣。

五月一日，西贡，De Tham街上的茶室

这个越南男人很瘦也很小，太瘦了，也太小了。

女店员说他是老板的弟弟，但他本人否认这个说法，他说，他只是manager(经理)。他坐在店门口读书，看见我走进来，露出一脸真心的笑容。

他说他在大学读银行系，打算毕业后到银行工作，他可不想一辈子留在裁缝店里。他说话很诚恳，看起来讲的都是实话。正因为他斯文有礼，所以我决定向他订做衣服，虽然整条街都是裁缝店。

在路边茶室与一名约好见面的越南记者聊天。我问，你觉得越南到底有没有新闻自由？他说：有，我们所写的任何文章从不会遭到删改。我表示些微怀疑。他立刻补充：当然你不能做任何有害祖国的言论。

搭计程车前往Continatal旅馆，这是《沉默的美国人》小说中最常出现的场景。旅馆已没落，旅客稀少，它既失去以前殖民时代的建筑风味，也没有恢复任何越南本土的特色，只有一种廉价的商业气息，使刚一走进去的我便想走出来。

我仍然想一探酒吧，在这个陈旧、到处都是灰尘的Dolce Vita

酒吧，在五十年前，每天都坐满外国记者及西方驻西贡的官员，他们坐在这里讨论越南，讨论他们对共产主义及对东方的看法。我走进庭院内的花园“雅座”，景色不再、空无一人。半个世纪以来，当初活跃于此的人都去哪里了？历史又留下了什么？

晚上回到裁缝店取衣服。发现每一件衣服的尺寸都是错的，这些衣服仿佛都为别人而做，我根本穿不下。上大学的老板弟弟也是Manager当然已走了，只剩下一个有偏头痛的女店员，她的名字叫Phivan。

她对我说：“老板的弟弟疯了(Le petit frere est fou)。”她用法文说，然后又敲敲她自己的头。但是老板不愿相信自己的弟弟是疯子，事实上，他的弟弟已连续读了三年大学一年级，下课后，他每天都在店里读微积分。但是女店员说，其实他连简单算术都不会，常常记错账。错误不大，便由哥哥拿出钱来补；错误若太大，哥哥怕弟弟难过，就会解聘一位员工，表示是别人的错。在这家裁缝店工作，只要老板弟弟算错账，员工就会被赶走，所以每当弟弟算账时，店员总围在他身后偷偷检查，不对的话还得婉转告诉他，否则以后会卷铺盖走路。

Phivan说话时，我突然想到，今天老板弟弟尺寸都量错了，衣服全穿不下，这事会不会要她走路呢？她笑了，谢谢我的关心，她说，衣服可以改，老板不会叫人走路。

五月十日，上海，火车站

上海火车站。往购票处走去时，一个两袖清风的男人倚着栏杆说：到北京，卧铺。我没想买黄牛票，便经过他往前走去，他在后头说：到北京票难买，挺紧张的。我当然也没相信。

排队多时，一男一女挤在我面前，他们装模作样，可能想掩饰其插队的动作，我立刻告诉他们：请排队。男人咕哝了一声，没多久，他便和女人一起离开。我转过头，一下子便看不到他们的踪影。

终于轮到我前面一个女人买票，她走向窗口，说了一个地名，随后又问了另一个地名，她大概想知道两地价钱的差别，但售票的女人突然大声叱喝：话不说完，我怎么卖票给你！女人战战兢兢地说了清楚，才买了票。

我担心也遭那名凶女人叱喝，立刻在心里默诵我要的条件：到北京、特快、空调、卧铺下铺。就在我念完我的条件时，女人几乎同时给我一个回答：卖完了。就这三个字，她没说别的，便开始算起钱来。

我和宜庭走出火车站，一个穿着相当古怪、提着公事包的中年女人对我们说，她在火车站做事，她有票。一听到她在火车站做事，我们都相信了她，便要向她买票，她说票要到前面去取，手续费加六十元。

当我到了“前面”时，提公事包的女人把我交给一个穿医生白制服的另一个女人，她在手上的字条上快速地记录着我的条件：上海到北京、特快、空调、下铺。然后她说二〇六元，付了手续费六十元，再付二〇六元。我立刻交给她二〇六元，然后穿白制服的女人要我和两个男人到“前面”去取票。

我一路不疑有他，跟着一老一少两个男人往前走。他们也不说话，走到离车站老远的地方，我问到底在哪里？少男还是说同一句：“前面。”我问“前面”到底在哪里？他们兀自去取自行车，我和宜庭都说不坐他们的自行车，老男人很不高兴，他说，那你们在这等着，我给你们去拿。说什么我都不再相信他，他们只好牵着车子往前走。少年人没勉强我，他陪着我走，老男人则自行骑向前去。我们一直走着，好久好久，离车站已好远了，还没走到，我很生气地最后一次问少男：到底要去哪里？他还是说

“前面”。

我们大约又走了半个钟头才抵达目的地。

少男是从江苏来的，这是他来上海的第一个工作，今天也是他上工的第一天，因为路不熟，所以另外那个男人带他来，以后他便可以自己行动。这是他在路上告诉我的。

这下终于走到被他们称呼“前面”的地方，门口有旅馆的招牌，但昏暗、脏乱，比住家还不如，一位像从事特殊营生的女子消失在门后。走进去面对的小房间内摆了一张上下铺的床，上铺装满纸箱，下铺睡着一个男人，沉沉地睡着。少男要我们在这等着。

这时，他出现了。

一个男人走进小房间，坐在小房间的一张桌前。到哪里？他问。我回答了他，并将女人画的字条交给他。他赤着膀子，手臂上都是刺青，拿起桌上电话，拨了号码，然后对电话那头说：给我拿一张到北京的特快软卧，现在就给我送来。他一个字一个字说着，说话的语气和模样使我震惊。他不疾不徐，掷地有声。他究竟在对谁说话？而且他究竟是谁呢？难道是高干子弟？似乎也不是。

这个人比王家卫任何一部电影中的男明星更漂亮、更有气派。

他打电话时，除了我们，还有许多无事可做的男人都围在房间门口，他施令：走。大伙便散开了，仿佛他的话是圣旨，谁也不敢不听。房间里一个女人默默地打扫。

这个人是谁？暗沉没落的旅馆小房内的一条好汉？年轻俊美的流氓？混饭吃的北方青年？兄弟们的大哥？女人一心迷恋的男子？

房间的电话响了，男人拿起电话和对方谈，下铺的男人还在沉睡。我开始感到不耐同时又有些紧张，我注视着他，他说必须再等两个小时才知道有没有票。我与他争论，我说我们一点时间都没有。宜庭对他说，像他这样的男人不应该欺负女人。

他说，我们不认识，所以可能会认为他奇怪，没事，没事，他说，他可以把钱退给我，说着他站起来。他说他身上没钱，他向站在外头的家伙要钱，大家都掏钱给他，他立刻还我二百元人民币。

我和宜庭离开那个阴暗的地方，感到有些混乱，整件事情好像一本卡夫卡小说，但那只可能发生在中国，我们都深深被这个奇异男子吸引，他有一种不可思议的魅力，一个不可思议的家伙。

宜庭说，为了好好欣赏这个男人，她愿意在那里再等两小时。

五月二十四日，台北，万庆街

明心打电话来，我已很多年没见过她，很惊讶竟然也在台北。因为信号不佳，我们的谈话断断续续，她似乎听不到我的声音，在电话上问了好几次：你说什么？

我没说什么，我其实没说什么。

明心聪明、敏锐、有才华，而且一点也没有一般人在年纪渐长后累积出来的那种不自知的世故和世俗气息，她是一个充满想象力并且为想象力驱动的人，这是我喜欢她的原因之一。还有，她是一个老朋友。

她沉默了好一会，然后说，跟你说话似乎总得谈点什么有意义的事情。我们对“意义”这两个字的见解显然不一致。我告诉她：没关系，也可以打屁啊。她又沉默了。

是的，她说的没错。

我是一个寻找意义的人，我对生活中所有的事物都赋予一种意义性的标签，要是找不到意义，我的生活便会团团转，我也跟着团团转，生活是如此空虚，我是如此空虚，只有意义才能安慰我。

她说：最近两周感到厌世，前几天到淡水，仅仅只因车子驶过淡水河，她便泪流满面。她如此形容她的忧郁。

我无法形容我的忧郁。常常，一日之晨，我仅仅只睁开眼睛，没有任何事情发生，我便泪流满面。我每天都在设法抵抗厌世的感觉，这已用尽我的力气，但这种感觉，讨厌人世的一切、生活乏味的这种感觉，随时可以击倒我，毫无理由，我根本没有反击的余地。

在我坚定的时候，我则有些自大。我以为我可以照自己的想法活下去，我有一种近乎盲目的看法，不尽切实。我一点幽默感都没有，活在孤独的自我中，也许像一个朋友所形容的：有暴君的性格倾向。但暴君拥有的是无比的激情，我其实却没有这样的激情。没有，我没有。

我的盲目在于我对真实的信仰，我对真实不但信仰而且有一种近乎洁癖般的要求，我渴望真实，像一些人渴望毒品，真实是什么呢？是不是连我努力试着靠近真实也是一种假象？

对明心这样的人，我有时会感到羡慕，她不知道的是，这种羡慕并非针对她个人，而是她所拥有的这种生活态度，使陷在意义之谜里的我，使坐困愁城的我，偶尔会对她那样“活在当下”的人真心艳羡。明心不知道的是，这是我的自大，也是我的盲目。

认识了二十五年才知道，我们原来竟是完全不同的人。

六月九日，东京，新宿

开始意识到青春和衰老这样的题目，真的是在东京。

在新宿一家叫华盛顿的旅馆房间里，醒来又睡着，窗外的天逐渐地黑，我坐在桌前，将在三越百货地下街买来的一整袋食物全“吞噬”下去，我很少会对食物如此绝望。

代代木公园就在我窗前及眼下，远处霓虹灯闪闪发亮。雨季的东京，我的心分不清是枯竭还是霉腐。我在想着H这个人，其实我无意去想他，他并不重要，他对我的生活几乎没有任何影响，只是一个五年见一次面的朋友。而且不一定是朋友。

现在我几乎觉得伤心。并不是对H，而是别的，我一时无法归纳的什么。

我一共只看过H三次，第一次在蒙地卡罗，当时我是一个临时加入国际记者采访队的驻外记者，在几百个世界各地来的记者中，他一直对我报以友善的微笑，他的和气令我感到温暖，虽然他的英文很流利，但他更喜欢用中文和我聊天。他说，中国人总是那么神经，中国人的逻辑不是黑便是白，中国人几乎和美国人一样难以了解。

我说，日本人更难以了解，他们非常地灰。我这么说时，他笑了起来。

过一年秋天，他突然出现在德国南部。

他从我家附近的旅馆打电话给我，他说他可能爱上了我。

我说，这是不是另一个灰色结论呢？他说：女人总是怀疑男人的爱，因为她们不断地怀疑，男人最后也只好开始怀疑那不是爱。男人不如女人聪明，但女人的确比男人笨。

我不但怀疑，而且掉头走开了。

五年后在东京，他没再表示什么具体的感觉，他很安静，他说话时眼睛不敢看我。他是不是害怕我拆穿他的心意呢？他认识的我又是怎么样的我呢？

我现在知道自己被这个人吸引的正是他灰灰的那一部分，那是因为不想坚持或矫正生活态度而显现的无力感，或者其实是对人生的软弱立场，使我以为那是温柔。那是我的错觉，那也是我们共同的误会和荒谬。

现在，他终于被我的怀疑说服了，就像他多年来告诉我的理论。我所看到的是一个生活方式完全固定的中年男子，正是他及他所代表的意义，使我开始意识衰老是怎么回事。

再过五年后，我或许不会再看到他，但我已经看到了五年后他的样子：头发更灰些，身材更胖些，他在报社的职位将更高些，薪水更多些，他还是会有那种温柔的样子，尤其在特别寂寞的时候。

我感到伤心之处正在这里。

尽管抵死不愿，但时光仍狠狠地将许多人扔进陷井中，那陷井如此为你打造，你根本耗尽生命时光也无法逃离，你根本无暇想及你的未来，而未来转眼即至。这未来已成为现在。

就像我不愿意像过去那样活着，必须与懒惰对抗，但却经常束手无策。忧郁是我身体里一起成长的那头怪兽，而我还没学会如何与它一起活下去。

我已明白自己对H另眼相看的原因，因为我将他视为人生实验室里的样本，我把他当成我的观察对象。

就在此刻，我又发现我对人的感情一向都是如此，我从来都是一个孤独的观察者，对人生总是抱着那种可能令别人心灰意懒的旁观态度，在个人的历史中，我自己可能并未真正存在，就像某位文学家对自己的怀疑：可能我在我的书写中也未真正存在。

和H坐在新宿一栋大楼的顶层吃日本料理，他点的套餐如此精致，几乎每一道菜都是艺术品，我们面对的落地窗外便是东京夜景，有什么未知在召唤我们？我能对H说什么？我的丈夫是一个深爱我的人，我从来没有遇过任何一个人像他那样爱我。

还有，此刻，我也爱他。

六月十八日，美国，洛杉矶

今天是P的生日，整天都有人打电话来祝贺她。

P去了多伦多，她去领取一项最佳广告视觉设计奖。十七年前我在巴黎认识她时，她还只是个小女孩，而我也只比她大几岁，她一个人从旧金山来到巴黎，因为那是她单亲母亲年轻时的梦想：到巴黎去。她妈给了她许多钱，甚至让她搭协和

(Concorde) 飞机来法国。美国来的犹太小女孩动辄在香榭大道最著名的餐厅一个人吃大餐，连法国人都觉得非常稀奇。

我认识P时，我们两人都很孤独，但我已粗略理解孤独的必然，尽管当时我们那么年少，那么不更事。今天的我明白，孤独，这个永恒的人生题目将无法脱离我而去，不管现在或以后将过什么日子，将成为什么样的人。

现在的P仍单身，但已是高薪的视觉影像设计师，在洛杉矶市区买了一栋房子。她说，现在什么都有了，只需要一个一起吃早餐的男人。

但是，这个男人却始终没出现，尽管现在的她已是独立、妩媚的女人。男人都到哪去了？她不停地问。

我翻着她留在餐桌上的小书：《如何避免与不敢爱的男人交往？》(*How to avoid the men who can't love?*) 我立刻可以描绘她所遭遇男人的面貌，他们害怕承诺，不敢面对现实，不但与母亲的关系有问题，与女人的关系有问题，与自己更是。

S便是如此一个不敢爱的男人，而我“居然”和他在一起生活数年才逃走。可见我也有问题。多年前我与心理医生吵架，因为他要我承认：S不爱我。我的心理医生没看到的事实是：我也不爱S。

P不在时，我住在她家，我走进她的房间像走进她的内在。

我想象她的生活，为什么她跟她的母亲一样总是遇见无法给她承诺的男人？是不是因为她其实不需要一个给她承诺的男人？但她与十多年前一样，还是那个寻求真爱的女孩、那个寻找父亲的女孩。她父亲在她母亲怀她五个月时，便抛弃了她们，长大后，她因病去看医生，一个医生说，她的病其实从她五个月大便开始了。

没错，当时怀孕的母亲天天以泪洗面，无形中，可能也伤及她，伤及她的灵魂。我以为现在P需要的是一个心灵花园，她的院子里空洞无物。我开车出去为她买树和花，譬如夹竹桃、菩提、玫瑰及木瓜树，还买了许多姜花。

P在二十七岁那年第一次看见自己的父亲，看得出来以前一定是个英俊的男人，离开P的母亲后与两个不同的女人又有了许多子女。P的父亲请P去洛杉矶最贵的餐馆吃饭，在吃饭时，他不停地看表，有一次还当场睡着，很快地，他们之间有了争执。他说她与他见面是为了钱。她则对他说，二十七年没有父亲，现在也不需要了。

P在很多年里一直吃Prozac[1]，有一天她突然把这些百忧解丢到垃圾筒去了。那是感恩节(我差一点写成感伤节)，她开车从洛杉矶回旧金山的母亲家时，因疲倦(可不是？应该是对人生的疲倦)而睡着了，她的车撞上另一辆车，几乎从死亡边缘挣扎活过来，相依为命的狗儿 Rudy却死了。

然后，从死亡边缘走回来的P便日日夜夜投入工作，这就是为什么她成功了，并得以去领取一个重要奖项。P一辈子都在寻找父亲，她从来没有父亲。

我有父亲，但我的父亲也不是父亲，我也一样在寻找父爱，或者只是程度不同。我已清楚看到笼罩在P之上的命运，不管是什么，都与这件事有关，我也明白，我们的父亲并不是不愿意给我们父爱，只是他们办不到，他们可能永远办不到，而且他们不知道；这一生我们可能都必须学习如何去爱他们；是他们在召唤我们去了解他们的无能。这不也是一种爱吗？

P，祝你生日快乐。祝你找到一个可以一起早餐的男人。

---

① 百忧解，一种抗抑郁药。

六月二十六日，洛杉矶，机场

这是属于我个人的一课，课程的题目是虚荣。

我把护照和两张机票交出来，他先看了机票再打开我的护照，哗！他惊呼了一声，我以为他惊讶于护照里满满的各国签证和戳记，他却说，跟你同行的家伙很幸运，我还有机会吗？他问。如果可以给我一点点机会，他看着我说，我会设法将你永远留在我身边(这语调多么令人熟悉)。我被他逗得很开心。

他又再度以眼光询问我，真的一些机会都没有吗？我必须说话了：目前机会不大(我若诚实的话，应该说：没有一点机会)，我又说，但谁知道以后？(难道以后我会给他机会吗？不，这也是谎言。)我的回答可能让他觉得我的立场并不坚定，他接着又积极地向我说服，以天花乱坠又合情合理的言辞，他说无论如何他必须再看到我一面。

“你非常性感，”(我很清楚这是他的老套。)“为了你，我什么都愿意做，我愿意立刻与你一起上飞机。”(这到底是性骚扰还是不令我讨厌的恭维？)他不断地说话，我站在航空公司柜台前开始认真地研究起他。

他大约三十来岁，十分英俊，是的，英俊，黑皮肤，看起来爽朗而健康。我想我也喜欢这样外表的人，原始粗犷的男性气息。非常性感的是他，不是我，我以为性感是最后一个可以使用在我身上的字。

他说，他在电脑上已设法订下“好”的座位，他在一张行李条上飞快写下他的姓名和住址，“我是极其严肃的，”他重复地表白，“天涯海角都无所谓，只要你告诉我在哪里见。”这时，他的同事好奇地凑过来看他在写什么，顿时，我察觉了尴尬，仓促地接过他的字条，转身便走了，连再见都没说。

我一直往前走，一直走到没有人看到我的地方，才停下来。就在M出现的那一刻，我的脸涨红了。

六月二十八日，纽约，东村

我几乎把跳舞这件事情给忘了，但我始终没忘记这个人：Parco。

一九八三年的纽约，一九八四年的巴黎，一九八六年的中山北路，我几乎天天晚上都去迪斯科跳舞，那时还有人偷偷模仿我的舞步。

那些年在迪斯科，我总是神气活现，常常有男人来请我喝酒或吃可卡因，而我来者不拒，照喝照吃，我想就像今天在迪斯科大家都吞Ecstasy[①]吧。一九八七年后我再也没跳过舞。

我再也没去过迪斯科了，我过起另一种生活。我不喜欢吵闹，喜欢安静，我不喜欢人多的地方，我只喜与一两个人单独相见，更喜欢留在家里。我逐渐忘记如何跳舞，我逐渐忘记跳舞这件事。现在站在Studio 54门口，想起一个叫Parco的人，一九八三年，在纽约东村，我们常常半夜见面，从下城的Danceteria开始玩起，然后一直玩到Studio 54，至清晨才回家，有时不请自来去参加从来不知道主人是谁的派对，我们常常整夜在纽约街道散步鬼混，在舞厅里喝鸡尾酒，跳舞，与各路的人马聊天。

Parco是西班牙人，住在纽约东村一栋Loft。他曾是海员，在喀麦隆住过六年，来纽约开始画画，我们总是说着法文，那是我们两人的默契，只要人多的地方，我们便讲法文。我们两人都很寂寞，所以常在一起鬼混，而一九八〇年代的纽约非常适合鬼混，对Parco来说更是如此，他不但好酒，还抽大麻，吸可卡因，甚至海洛因。对我来说则是另一回事，因为我根本不太清楚我自

① 迷幻药。

己在寻找什么，有什么人生目标，有时我会消失一段时间，然后又出现。

我总是在心情落寞时才想起他，当时的我知道全世界只有他才会对我真心。他是一个深情的男人，有着粗犷的外表，与他的内在其实并不协调。他个头大，心思细腻，每当我露出沉默的神情时，他便想尽办法安慰我。

而我一点也没珍惜他的情感，我从来没有真诚地对待过他。我想起来了，Parco，他那张深情的脸，有一天他在喝下一整瓶威士忌后对我说，你不了解我的心，你从来是个自私的人。那席话后，我再也没见过他了。

现在，他死了。

我今天才知道他在三个月前死了。Parco至死都不知道，那时的我太懦弱了，我跟他一样孤独。他至死都不知道，他说我是自私的人，其实我的心似乎沉睡了很久，有一百年那么久，而现在我已觉醒了。他说对了，我可能就是一个“自私”的人，我对他最“自私自利”，每当他露出深情款款的眼神，我立刻转移话题，立刻逃开现场。我不要他爱我，我可能不要任何人爱我，我跟他一样孤独，而且没有爱的能力。

那些年你是怎么过的呢？你爱过人吗？有人爱过你吗？我已经结婚了，我遇见了一个爱我的人，一个灵魂伴侣，但忧郁就像刺青记下的符号，很难擦拭掉，而且为什么要拭去呢？我已经差不多习惯这样的生活，Parco？

现在我又回到舞池，我站在舞池中，Rave音乐响彻舞厅，站在我周围的人都像虫般蠕动着身体，只有我木然地站在那里，我无法动，我的灵魂在舞池上方凝视着我自己，没有任何原因，我就是无法动，仿佛脚上被绑了石头。

我自己绑住了自己。Parco，我想你明白我的意思。你明白我的意思吗？

六月二十九日，纽约，曼哈顿

晚上十时四十五分，曼哈顿夜色深深。

我与M提着好几包购物袋走过西中城，在四十街附近，一只庞大的旧皮沙发被人丢弃于路边，我们坐在上头休息，望着纽约的星空，救护车鸣声响起，救护车疾疾经过，四下无人，只剩一张破沙发椅，空空的沙发椅上坐着两个异乡人。

两个异乡人。两个命运紧紧绑在一起的异乡人。

M会不会无法明白还未认识他以前的我多么虚无？那些年，人生以巨大的手臂欢迎着我，但我却在自己创造出来的迷宫里转来转去，一直到疲倦之至。十五年前我在这里住过，年轻的我，对生活充满憧憬，对人充满好奇。刚从巴黎来到此地，在H. B. Studio、Actor Studio学习表演，到La Mama剧场实习，还与法国演员Anne See自导自演在外百老汇演出。我勤奋而且有灵感，就算如此，人生仍然没有具体方向，我并没有内在的力量，我没有爱过任何人。

与M叫了一辆计程车往上城，纽约没变，纽约也变了，我不明白的是八十六街与River side drive交叉口的那栋建筑为什么不再是灰色？我住过的那栋公寓为什么不见了？

是不是一场梦？我根本从来没在这里住过？没来过纽约？没出生过？我瞪着那栋建筑，无法明白这一切。这时，印度裔计程车司机催促着我：是这里吗？要继续向前还是要下车？我一秒钟便做下决定：继续向前。我感觉什么东西已失去了，我再也不会找到。一九八四年我离开纽约时，我已经把全部的梦想带走了，那些梦想再也不会回来了。

我应该早就明了，可我就是拒绝明了：我失去的东西是青春。

六月三十日，纽约，苏活区

搭火车到皇后区，回程时我站在火车站月台上等，我不确定到曼哈顿的月台是否在此，问站在旁边的印度裔男人，他说，是的是的，就在这头。这时我却听到月台播音与男人说的刚好相反，便回头走了，到了对面月台后，望见对头仍站在那儿的印裔男人也着急了，也正在向别人问路。我在月台上踱步，等着去曼哈顿的火车，没过一会，印裔男人也站在我旁边了，我问他：你也到曼哈顿吗？他却说，不，我不去曼哈顿，我去相反方向……

有一次我在莫斯科路边等巴士，来时是在对面车站下的车，所以自然以为回程应该在反方向，我站在巴士站等了许久，问了几个站在那里等了更久的俄国人："去乌克兰旅馆吗？"俄罗斯人全摇头，他们不说英文，我只好继续等着。一个路过的女人以俄文向我问路，我用英文说：我不会说俄文。她笑起来，一口金亮的牙齿，也加入了等车的阵容。我看对面不断地驶来巴士，而我们的方向却没有任何车辆，我这时更仔细地看清楚，才发现，不，我们这头当然不会有车辆，这条路是单行道！

我想告诉站在那里等车的俄罗斯人，但我不知如何以身体动作来形容单行道，只好作罢，自己跑向对面的巴士站，巴士来时，我将莫斯科旅游手册翻到乌克兰旅馆，指着旅馆照片问巴士司机，他立刻点头，我走向巴士后头时，从巴士后窗看到原来那群人还在原地等着……

一九八七年吧，那时我还住在巴黎十四区，那年年底十二月三十一日晚上，单身的我到朋友家聚餐，凌晨左右才搭地下铁回家，那班车经过奥里昂门那一站，车打开，一个原来坐在候车椅上打盹的男人冲进车厢问：这车子到奥里昂门吗？我回答他：这里便是奥里昂门呀。男人愣住了，他又问了一次：可是，这是到奥里昂门的车子吗？

那晚入睡前，我总觉得那个人在岁暮的深夜向我询问一个哲理问题。

这是真人真事：法国某城市火车站的一名退休员工，一个六十几岁的男人，他十几年来只活在火车和火车站上，他从一站搭车到另一站，若有人检查车票，他出示铁路员工证件。事实上，他服务的年代太久远了，有人撵他下车，他便下车，又继续搭上别的火车。他总有详细的旅行表，他知道他要去哪里，首先，每天他必须去不同的城市领取不同城市市政府主办的免费午餐，然后每个月一次他会用他的退休金到巴黎歌剧院买票，他只听最好的歌唱家演唱的歌剧，票价几乎是一个月的退休金也没关系。这便是他生活的内容，日复一日，月复一月，年复一年。

我坐在苏活区的这家套房旅馆，每次来纽约都住的这家旅馆，相同的柜台，相同的巴勒斯坦人，客气但斤斤计较，我坐在这只淡棕色沙发上回想我的生活，我仍然无法回答相同的问题：我要去哪里？我以为我知道我要去哪里。我要去哪里呢？我从洛杉矶来到纽约，接着会从纽约经伦敦到慕尼黑去。这便是我的生命要去的地方吗？我无法回答，就像默剧演员不断地表演走路，其实一直在原地打转，他们要走到哪里？或者让我更悲观些：就像绕着圆圈跑的笼鼠，它们要跑到哪里呢？

七月一日，纽约，斯泰顿岛

送我们到斯泰顿岛的出租车司机迷路了，我们在哈林区转来转去，找不到往小岛的路。司机可能刚刚开始这份工作，他诚惶诚恐，不断地问加油站的人，但仍不得其路。当我们终于到达大作家的家门口时，帮我们租车的作家本人已气冲冲了。

但是他仍好心地领我们到他家去，坐在他的书房。他说，有书谈话才方便。果真，在谈话中他常常取书做引证。他，奥立弗

• 萨克斯(Oliver Sacks)本人，并不像书中作者照片那么温柔，不，温柔不是适合他的字眼，他并不温柔，他比较古怪，有点像阿尔卑斯山上的隐士。

他十分健谈，但是他的神情非常冷，他说起他的房子：小时候他不被准许去游泳，长大后他却爱上游泳。他常常在纽约与斯泰顿岛之间长途游泳，有一次他游上岸，看到岸边一人家贴出卖屋张贴，他立刻便买下了那栋房子。“因为那些马蹄蟹吧，”他说，“在岛边游泳时，它们跟着我。”他带我们走进他的房间时，我已嗅出一种孤寂生活的味道。

楼上有两间房间，一是卧房，一是书房。他的书桌简单，书房的摆设重心是一台大型影印机，每当他谈起重要的书，他便站起来为我们复印，像社区热心的义工那么理所当然。书房到处堆满了书，看起来像一间勤奋大学生的朴素房间，没有任何其他陈设。

楼下的客厅也到处是书架，一座老式钢琴占据了大部分的空间，“是父母留给我的。”他把为我泡的立顿袋茶放在古董钢琴上，站在钢琴前又开始谈书，一本接一本。他不断地搬出不同的书册，我却开始心虚自己书读得如此少。我想问他是否暇时弹弹巴赫，但我终于没有问。

只要观察他的房子便知道他并不欢迎访客，没有电视，没有正式的餐桌，没有一把舒服的椅子，没有任何休闲的气氛。我已明白，在此只能写作，除此无他。

作家也不是亲切友善的人。我想他不是，看得出来，他对人没有什么耐心，他怯生且不耐烦，我们交谈时，有慕名的读者打电话来，他不但自称不是奥立弗·萨克斯，并且追问："是谁给你这个电话号码？"使得对方立刻结束谈话。他这个人不会有什么朋友，我不必问便知道，除了他的病人，他与什么人都没有特定的来往，除了记录病人的病史，他只能与自己单独对话。

离开他的书房前，他突然提起他的童年。那是第一次世界大战时英国北安顿的一家寄宿学校，校监以处罚学生为乐，他在气愤失望之余，从此只对"与人无关的事情"感兴趣。我想他指的是大脑和植物。

我逐渐在他的谈话中感受他的热情，譬如在"色盲岛"上，他为什么会对一株奇怪的棕榈树感动莫名，以及他除了脑科医生的工作和写作之外，喜欢到荒岛旅行。他喜欢的地方都像"侏罗纪公园"，像南海的米克内西亚岛。只有去那样的地方，他才回到他的内在。

我也终于明白，为什么摆在他床头的书是理查·罗德的《笑死病》，在蛮荒时代的新几内亚，那个黑暗时代蔓延一种类似“疯牛症”的病菌，人们因此会大笑至死，因为死亡过多，已经被视为正常，食人族已无力对付，遑论埋葬亲人？所以那时人们见面的问候习惯完全改变，他们以“我会帮你吃掉”来安慰或问候亲友家族。

我永远都会记得萨克斯的书房，我在他的书房看到他的灵魂，理解他所向往的蛮荒时期，他深深感兴趣的原始古老，那是一种叫Deep Time的感受，与自然宇宙合而为一的感受。是的，他便是那个活在Deep Time的单身汉，他是少数具有Deep Time气质的医生与作家。

辑四 巴伐利亚的蓝光

(一九九九年~二〇〇一年日记选录)

灵魂因此而受苦。尤其是那些曾经靠近，又不可能融合的灵魂。但那并不是因为外在因素使然。那是灵魂基本的基调。

●

在日本餐馆与他谈“杂肉肝片症状”。

他读大学时住在这家日本餐馆楼上。那时为了写完论文，每天只固定吃leberkaese(杂肉肝片，德国典型家常食物)。他说只吃一种食物，是为了不让自己分心，像修道士。他是吃 leberkaese的修道士。

他也谈起他的童年，那是一九六七年的巴伐利亚乡村，他小学同学一只眼睛可以任意转动，而他则可以任意转动一只耳朵。他和他的同学因上课无聊而整天练习这些把戏。

三十几年后的现在，他偶尔还在练习。

●

在一家平价超市，一个女人注视货架一眼，无视在场的人，回头对三尺外的随行男人大声喊着：这种东西我们随时都可能需要！(Das kann man immer gebrauchen！)

●

我伸开双手迎接这个世界，但却竭尽力气逃避那些人群。

●

他经过城中心正在拆除的一处废墟——这家电影院竟然“死”了。

●

在短暂的目光交换之后，留下的是一种不确定感，我不知如何记忆这个人，我逐渐失去能唤起记忆的任何讯息。他成为一个与我擦肩而过的男人。

●

大部分的生命时光都消耗在应付忧郁和“为偷懒找寻借口或者省事的办法”这两件行为上。

●

他在答录机上的留言，声音细微、恍惚，听起来像不知道如何掌握自己的人生。

●

面对他们时，无论发生什么事，无论说什么话，我都显得无动于衷，我只是他们的女儿或姐姐，我对他们的情感只会在一种特定的时空下涌现，而且只会以一种状态：片刻泫然，然后又回到原来的生活。

●

但内在像一只无法驯服的野生动物。我不敢再招惹它。

●

H说，灵魂总是渴望与另一个灵魂完全融合。但那是不可能的。灵魂最多只能短暂相遇、接触及靠近，但不可能融合为一。任何灵魂。灵魂因此而受苦，尤其曾经靠近、又不可能融合的灵魂。但那并不是因为外在因素使然，那是灵魂的基调。

●

她不停诉说，整个晚上都在谈宇宙原理，但我怎么都进不去她的世界。她的诉说正像别的房间中有人在快速地打字，那字键敲打声连续成一种语言，一种无法辨解的语言。

●

如释重负：谁也无法了解我这个人。

●

只有更大的不幸才能让此时的不幸完全消失。

●

这个内科医生认识我的神经科医生，当我们提到神经科医生时，他做了一个“啤酒肚”的手势。因此，另一个医生在这个医生的定义下，成为一个简单的手势。

●

对她，他成为做爱后要抽一根香烟的男人。

●

直至今天我都这么想：无论如何我都没有必要也不会放弃我自己。

●

神经科医生作家O.S.其实是一个没有能力过一般正常生活的人，他并没有任何家居生活，他那好像情侣住处的房子简直是希区柯克*Physcho*里那间旅馆。他非常害怕与别人相处，仅有的泰然时候是与病人相处及在纽约Sate Island外海中游泳。

我还记得他第一眼看到我的表情。我知道O.S.内心有很大的恐惧：有一天，有人走到他的住处，将他以精神病患者为由带走，从此把他关在精神病院里，就像契诃夫小说里的人物，无缘由地挨打，再挨打。

O.S.显然已经疯了，在某一个程度上。

他的前上司，前任精神病院院长，一辈子辛勤工作，乐于为病人问诊，直到退休。退休后，他的记忆功能逐渐退化，不得不住院治疗。在他曾工作一辈子的精神病院里，他的病情逐渐得到控制。有一天，他从病床上醒来，以为自己刚才太累在医院里睡着了，于是起床披上医院的制服走回自己的办公室。他照常工作，将所有病人的病历重新查看并写下心得(他以前便喜欢在病历上写下自己的看法)。他翻阅每一份病历，仔细地读完病人的发病纪录，然后他在一个病历上写下：无可救药的老疯子！当他合上卷宗时，才注意到这个病人的名字与他的一样。原来这是他自己的病历！从那一刻起，他便完完全全地疯了。

人发病后，最可怕的莫过于意识到自己的发疯。

O.S.还有一个病人，他在遭遇车祸后，全丧失了记忆，只剩下一小部分：车祸刚发生时的现场。

●

比没有感觉更糟：不太清楚自己到底有什么感觉。

●

我对时间的思量愈来愈浮泛，随时有可能忘记约会，即使记在行事历上，我也常忘记。我只能以我的方式记得：一周快结束时(周五)、接近傍晚(四点四十五分)、可以吃午餐的时分(十二点十五分)、还有好长时间(十天之后)。

●

不想和任何人做朋友，也不想与任何人为敌。

清晨七时，我已躺在床上许久，我知道，屋外的分类垃圾桶已一桶一桶被推往街上的垃圾车倾倒。黑暗中我躺在床上，试想别人如何看待这样的存在问题：为什么写作？

我想起颓败的萨冈，她只有一句：因为我喜欢。

●

她谈她的恋情。她说，那正像癌症病人必须截肢。

●

某药的药性说明书：不特定人群偶尔有间歇性副作用，如颤抖、呕吐、神经感觉如有蚂蚁行走……

●

北约军队已持续轰炸南斯拉夫两天两夜，南国反对党党主席可杭·丁吉夫却在电话中告诉我：我们仍照常生活，仿佛活在一部电影中。

●

对了，男人回到客厅后一直追问大家，人生转折点在哪里？没有人回答他。他追问一个唐氏症儿童的母亲，她也没回答。男人迟钝无比，一字一字、清楚地又问她一次：你有没有一个人生转折点？

女人摇摇头，专心喂她的唐氏症女儿吃饭。她说：没有，我没有什么人生转折点。

●

一九八七年夏天，不，这一切应该从一九六七年夏天说起，他的西德姑母来莱比锡拜访他们，那对他们而言是大事，那时对围墙外的西德有各种想象。一个晚上，姑母放幻灯片给大家看：西德人穿这样的衣服，西德人开这样的车……那时他才九岁，完全被西方世界吸引，他问姑母：我可以和你一起回去吗？姑母说：当然可以。

他生平第一次为自己打包行李。当车子抵达东柏林边界时，他当然不能过去，虽然姑母答应他。他的姑母回到了西德，而他必须与送行的家人一起回家。

对家人来说，这是一个让孩子获得经验的游戏。对他来说，这是认识残酷世界的开始。

一九八五年，他自己“粘”了一件潜水衣，打算与一位潜水老师一起从莱茵河游过东德边界。他的逃亡没有成功，那一年，他的姑母过世了。

然后是一九八七年，他终于找到渠道，可以让他有离开东德的借口。他得到了一封“阿姨”的信，“阿姨”邀请他到西柏林去看她，因为“阿姨”病得很严重。

前东德秘警按照程序办理他的申请。

他们请他到警察局，并告诉他：我们查过了，那不是你的阿姨，你从来没有任何阿姨。

他几乎垮了。他的身体失去了战斗的意志，整个人在椅子上缩成一团。

他们盘问了他一整天，他仍然坚称：那虽不是阿姨，但确定是阿姨的阿姨。终于，奇迹发生：一个东德警察局长官批准了他三天的柏林之旅。

他再也没有回到莱比锡。

那一天，他的女友陪他到东柏林，她本想借机与他一起搭车过去。他们要出发时，有两个人来问她：“现在几点钟？”她看到那两人手上都有表，便立刻了解那是东德秘警来警告她勿如此做。

她留在旅馆。他对她说，三个小时内我若未从西柏林打电话给你，我便可能出了大问题。

她在旅馆里战战兢兢等了三个小时。他终于打电话来到她下榻于东柏林的一家旅馆。

他说：我已平安抵达，这里不是人住的地方……他在电话里扯谎，但她都明白。一年半后，他协助她又找到一个渠道抵达布达佩斯，经由那里，他们终于会面，抱头痛哭。

在他离开的那一年半中，孤立成为她生活的内容，再也没有朋友肯与她靠近，只剩下少数一两个人。

她想：她大约永远看不到他了。

到今天，围墙倒了那么久，她仍对他的爱没有信心。她觉得他只爱自己，但她爱他。他反问：若不爱你，为什么费劲将你接出来？

在他们离开两年后，柏林围墙便倒了。他们回到莱比锡与以前的朋友重逢，那些人认为他们先前的逃亡愚蠢而又毫无益处。那些东德朋友撇着嘴说：我们早知道柏林围墙会倒。

●

他八十五岁，即便戴助听器也听不清楚。他呼吸困难，令人担心。下午茶点过后，谈到科索沃战争，他突然提起他最近的回忆：一九四〇年吧，德军在俄国，他与另外两名士兵住在一户俄国农民家中，那时俄国已陷入饥荒，农民靠着自己熏制的香肠过活(他们给他吃香肠，他还记得那些香肠的美味)，他和俄国农民一家相处融洽(虽然语言不通)。有一天，他们得到通知，必须开拔，队长挟持农民一家作为人质，离开了村庄，在离去前，他的同胞要放火将他们住过的农家及整个村庄烧了，他先是强力反对，但别人说服他：若不烧掉，反而留给红军未来作为基地。他没再说话。当他们一行人离开村庄，往山坡前进时，他回头看见一片火海，那时，他已经感到些微后悔。

今天，他的后悔更深了。

●

在十字路口的对面等待红灯时看见她。绿灯亮后，我们互相从对街走过来，站在马路中间说话，但无法认真地谈。一是因为站在马路中间，红灯马上要亮起；一是因为没有什么话要与她说。身体倾向往前走。这便是我和旧邻居P的关系。

●

她提着一套罩着透明塑料的西装和雨伞，沿路对着行动电话说话，声音微弱，像哼着一首歌。

我则骑着一辆前胎漏气的脚踏车，在艳阳下流汗经过她。

●

几乎不再嫉妒什么人，但在一些特定的时刻，会对一些往事感到无地自容。

●

深夜两点，在邻近的街上遇见两个人，一男一女，他们坐在一栋公寓前交谈，男人对女人说：你必须以男人的逻辑来看待他。

●

战争尚未完全结束，在前往科索沃首都Pristina的途中，我睡着了。醒来的时候，眼前的街道尽头一片黑烟。亲塞裔的司机问我：我们回头好吗？

●

在马其顿首都史高比耶的山区散步。Pitu Guli路上，一辆破旧的南斯拉夫车停在无人的路边，里面坐着一个疲惫的男人，他的车后座堆满一叠叠纸盒装鸡蛋。

●

一个嘴唇抿成一条线的马其顿男人走向我。

●

在旅馆房间伤心地哭。我只知道模糊的原因，但没有任何更深的理由。没有，我没有，在我内心仍然存在着那些基本的人生疑问：我是谁？我来这人世间要做什么？生命将往哪里去？我仍然没有答案。

若康德在世，他会问我：想想看，你还可以希望什么？若著名的德国女心理分析师Laemmel在我面前，她则会问：你会如何祝福你自己?

我只是一个人坐在旅馆房间。

●

在候诊室(又在候诊室！)，有人过来，对大家说了一声“Gruss Gott(巴伐利亚的打招呼语：问候神)！”这个人头也没抬地回了一句“Gruss Gott！”之后，沉默地看着自己的手。再过一会，有一个人走了，走前说了一声“Wieder sehen(再见)”，他仍然头也没抬也回了一声“Wieder sehen”。

●

早上十一点至十一点四十五分在Tirane市区散步，一个走在我前面的男人吐了一口痰，我绕过他往前走。路边有人坐在地上卖外国香烟或烤玉蜀黍(大热天下扇着火)，也有很多人坐在路边没做什么，吉普赛女人背着孩子站在马路当中，不知为何当场打她的儿子；咖啡室里都是男人。一个工作中的男人扛着一根三四公尺长的木竿走在屋顶上，像表演特技；广场上，英雄雕像下横躺着一个沉睡(或已死去？)的男人；一个吉普赛孩子一直跟着我，他坐在河边休息的家人向我招手大叫。我继续往前走，不时出现的小书摊上都在卖Emile Zola及电影Titanic的笔记本，一个穿着love is tender的阿尔巴尼亚女孩走向我，年纪轻轻的她有着硕大胸脯，那些字因为印在胸部而显得扩张、沉重。

●

散步时，我想我也可以在人群中这么活着。

●

他说：我们的关系没有limit，没有border，像一本正在写的书，你还不知道结局。

●

一直处于紧张的状态，且意识到这种紧张。吃东西未仔细咀嚼，香烟一根又一根地抽(只想快把它抽完)，是谁在驱使我如此呢？不安的灵魂吗？但灵魂为什么如此躁动？灵魂意识到自己犯了什么错误吗？有什么错误呢？渴望接近另一个灵魂是错误吗？

天空的云大片地飘动过去，而我站在花园里，一切都寂止无声。

连鸟也没来。

●

前往柏林的ICE火车上，我前座的一个北德家庭有三个孩子，他们一家人都沉默寡言，说话少，也很小声，女人准备了各种茶水、矿泉水、水果、刀子、三明治和糖果。

他们的女儿以刀削苹果，一刀一刀地切，一刀一刀地吃，时而舔着刀面。她大约十岁，她完全知道她要什么。她戴一只男式的大表，头发上有一条很细致的项链，还有发卷。吃完苹果，她母亲细声问她要不要吃三明治，她说要，而且要吃有起司的那一边。母女俩吃起三明治，父亲一路没说话，他们一家人在汉诺威站小心无声地下了车。

●

下午六点的科索沃，太阳照进房间，我在听收音机，先是Voice of America，再是Radio Pristina。我察觉到舌上的火气，刚才我吃了一餐杂菜炖牛肉和洋葱番茄沙拉，洋葱味久久不散。我在旅馆楼下遇见那个只通过一次电话的人，和他谈话时我心不在焉，他在Islamic Relief工作，是土裔法国人，热心地载我去找此地伊斯兰教长老，那是他关心的。但我们没找到长老。他指着一排倒塌房子的后头，那便是清真寺，请记住，他说。科索沃的太阳逐渐向西斜去，刚才一位十岁的孩子在街上问我叫什么名字、有没有男朋友。

●

“你为什么总想明天及以后的事？现在呢？我们正在说话的现在呢？”

●

我在普里斯丁纳的Grand Hotel的房间，收音机里播放的是伊斯兰情歌，太阳已完全斜去，但我心里有一种模糊的情感：我在旅行途中，我一个人在整理心中那个谜团，我想解开纠缠的线索，我想解开束缚。我知道，这一切只是对时间的恐惧，也是对死亡的恐惧。

●

A：情感从来不是问题。情感从来与问题这个字无关。情感只是想象，情感是人对生活可能性的想象。

●

他们已邂逅三个月。他要离开时，他们就坐在那里。她指向花园里面的座椅对我说，她和他大约谈了两个小时吧，喝了两杯咖啡。

那个下午，她几乎什么话都说不出来，她早就在倒数计时，时间到了，他得走，回去他的国家，他的妻子和女儿都在那里等他回去。她终于说了出来：你会不会什么时候想到我并打个电话给我？

他没说什么，只说他不敢保证。走前，他去她和她妹妹的办公室，他向她们告别，送她一本书，那是关于他住的国度的一本观光书。他留下书便走了。她带着那本书回家，她哭了好久，她再也看不到他了，从现在开始，她一生的目标只是为了再看到他，不管何年何日，她想。她将书偷偷收藏起来(里面夹着一张他写给她的字条，落款是他的名字)，她把这段记忆好好地收藏起来，每天工作到六点半，回家煮饭洗衣打扫(她有一个等待伺候的丈夫和儿子)，晚上十点，她会站在她的阳台(她整理出一块赏心悦目的所在)上休息。

她站在阳台上抽烟，想念那个人已经一年之久。科索沃战火爆发时，他打过电话来，他问她在阿尔巴尼亚的现况，她几乎一个字都说不出来，从此，她永远纪念这个时刻，那是一个嘈杂的下午，在办公室，她妹妹正在电脑上为旅客订机票，因此不可能听见她讲电话，她不愿意让妹妹知道这件事，但她其实什么也没说，什么都说不出来。他说他喜欢她，并且因为自己结婚而不愿再看到她。她没说话，她没说你只是“喜欢”我，而我是“爱”你。她没用那个字，她说不出来。

你那么自由，你可以旅行，你可以去看你想看的人，任何人，她说。而她哪里也去不了，她没有选择，她有一个完全依赖她的儿子(他才十三岁，因阿尔巴尼亚太穷，他会住在家里直到二十五岁)，有一个如果他要看电视运动节目大家都得陪他看的丈夫，这便是她的生活，如果当时那个男人对她说：我们一起走吧。她会走，她知道她会这么做，但他没这么问，他甚至没给她住址，便走了，而且再没回来。

我太软弱了，她说。因为他告诉她，不消半年，也许她会把他忘掉，而现在已经过了一年，她没把他忘掉，反而更记得他。每天十点，在阿尔巴尼亚首都提亚纳，有一个女人站在阳台上想念着一个男人，深深地想念，偶尔还会梦见他。

她完全变了一个人，变得更瘦，更无法忍受其他的男人，因为这个人曾走进旅行社说：请为我订一张机票到吉隆坡。她甚至不知道吉隆坡在哪里，她不知道这个人在开玩笑，他只想逗她笑，他只想和她聊聊。但她那么认真，她那么认真。只是因为她对他有感情。他们从来没做什么，只是喝咖啡或啤酒，但这就够了，她要的不多，也不会对他要求什么，她的人生因为他而更美或更难，但她无所谓，如果重新一遍，她还是想认识他，她想认识一个像他这样的人。

●

他坐在香港机场飞往曼谷的闸口。一个男人走近他(来者强烈指责性的身体姿态如此明显，不得不引起侧目)，男子靠近他，约几分钟后才发声，他发的问题非常俗滥：你为什么不等我？

●

只跟他，不会跟别人。跟他拥别时，身体会僵硬。我知道，我跟他的关系只存在于思维及记忆里。

●

巴尔干再也不吸引我了，今晚甚至连安哲罗普洛斯也不吸引我了。巴尔干使人感到荒凉，使人饥饿。非常饥饿。

●

当他问我在想什么时，我坐在他右座快睡着了，随口回答他：生活(我确实曾想过这两个字)。现在他吵醒我了，我说，我在想生活，我说好多计划做不完，时间却飞逝。他说，时间是在飞逝，我们有相同的问题。他十五岁时是全瑞典最好的拳击手，十六岁回保加利亚，因为必须上学，中断了比赛，而现在离那时愈来愈远了。拳击手的梦已不再。

拳击手与我。我们在同一条路上。我们在保加利亚往马其顿的路上。时间飞逝。

●

在飞机准备降落时，我们左侧座位的两位意大利人仍喋喋不休，机舱走道上的灯光关掉后，他们座位上的阅读灯仍亮着，而且谈话时的手势动作繁复不断，在灯光下，那不间歇的手势简直像戏剧表演。我和他都侧目看呆了，然后他说出一句：我们的手都死了！

●

对Z失去信任后，我们之间的关系便出现阴影，我开始在阴影中感到冷。

●

这些男人想着远方的女人，他们尽做着梦。他们只有一个念头：如何与她们上床。他们想忘记死亡。

●

我已看清楚自己懦弱的一面，懦弱具有无比的危险性，为了寻求与孤独灵魂的暂时和解，我随时可以更换立场。

●

这些姑娘都是谜。

她们走进涤圳的沙嘴村，走进日本作家公部安房所描述的那种沙丘，永无天日的沙丘。自己埋葬自己，没有人强迫，没有悲剧，也没有挣扎。

她们结伴走在街上，笑着。她们走进沙里，并且陷进去。那一次她与男人“过街”是十五岁，事后得了四千元人民币，握着钱哭过。她家在安徽，想赚钱，赚十万人民币回老家开美容院。梦想还没实现，她就会老去，二十岁已太老，然后便流浪到别的城市，在城市边缘求生，在人世边缘求生，把心置在保险箱里，在门把手上留下岁月的污垢，一次又一次地被自己拒绝，在镜中化着衰老的妆，脸色逐渐僵硬。

这些姑娘都是解不开的谜。

●

逐渐地胖，无法专心，但有十分充分的理由：痛着。

准备缴械投降。无械可缴，没有敌人便不需投降。绕，在一个小小的生活里绕着，走开又回来。

无法忍受声音，无法笑。

●

慕尼黑机场，七名警察站着在看一个喝醉酒的男人，像看一出好戏。那名不知是醉酒还是吸毒的男人坐在椅子上，试着站起来，但屡次跌倒，七名男女警察无言地注视着他，无事可做，每次男人站起来时，他们就靠近一步，继续盯着他。

●

托斯卡纳的Monte Amiata是滑雪度假区，山下是古镇。山毛榉树开始光秃，沿路至山顶都是褐色系无人度假木屋，无人、荒凉。山顶平台上有旅馆，一个男人坐在旅馆前晒太阳，他看了我一眼。我也看了他一眼。

山顶有一尊一九三九年建的圣母像。噢，那是墨索里尼的极右年代。圣母像是以白色大理石雕刻，表情颇祥和。圣母像四周是铁栅栏，栅栏上结扎着来访观光客留下的纪念品：手帕、佛珠、项链、卫生纸、拍立得照片。我找不到任何随身的物品，除了里拉纸钞。

●

我站在教堂前面的台阶上，想给P写明信片，这里是Montepulciano，这里有股神秘力量在召唤我，跟宗教无关，比较像是人类文化里的符号及隐喻。费里尼的《罗马》影片中，有人对别人的脑后丢番茄，而戈达尔的“Mepris”是在卡皮岛上拍的，我喜欢的男演员皮可利总戴着一顶帽子。我虽然喜欢那样的电影，但却更同情特吕弗的人物。我想同时告诉P几件事：戈达尔是被溺爱的孩子，而特吕弗则是无爱的孩子，他们长大之后成为截然不同的人。而在意大利，我觉得像回家。罗马文化的重量并未欺压于意大利人的现代生活之上，他们的生活不但不轻浮，而且保留了古文化的气息。意大利人穿着他们的名牌衣服去教堂做弥撒，回家之后发脾气骂小孩，下午三点吃他们的意大利大蒜面。我要告诉P的是，我在托斯卡纳看过朱熹形容的天光云影，那可能也是文艺复兴伟大画家所描绘的光源。我也要告诉她(以后或者也会告诉别人)，我从来没有真的喜欢过大自然，如果有的话，是在托斯卡纳。

辑五 秘密生活

我在找一个懂得爱的人，一个不会处罚别人，一个不会将感情关系变成牢狱、使人枯竭的人。

白玫瑰的传奇

他们长得那么好看，简直就像电影明星。他们有的是才华，懂得艺术和生命。他们才二十岁，都是大学生，但却一点都不畏惧牺牲，而这世界因他们两人的死亡而完全改观。从前，在他们所处的世界里似乎没有爱和勇气，他们两人付出了一切，让后来的人知道，是的，世界并不是这么冰冷无情。

这两个改变世界观感的人是索尔兄妹。两人在一九四三年二月二十二日被纳粹绞死，因为他们在地下推动反纳粹宣传。

苏菲·索尔(Sophie Scholl)死前仍毫不后悔，被处死的前一天，她写信给友人：这是一个美好的阳光璀璨的日子，可是我却必须离开人世，然而与那么多无辜死去的犹太人相较，我的死又算什么？

据执刑的人后来回忆，苏菲·索尔当天打扮得整整齐齐，面不改色地走上绞刑台，她只喊了一声：自由万岁！她的哥哥跟她一样走上绞刑台，说了同一句话。

十几年前我刚到慕尼黑时，常到慕尼黑大学去借书，那时我有个爱人在那里上课，我们走过大厅时，他停下来说，你看，苏菲·索尔当年便在楼上往大厅分散传单。我想象那传单飞落的画面，我知道苏菲·索尔那时参加的反纳粹地下组织叫“白玫瑰”。后来我结了婚，与一个初识的人，他也告诉我，他曾演过一部德国名导演帕西·阿德隆的电影，影片就叫《白玫瑰》。我的丈夫演的是苏菲·索尔偶尔会抽烟斗的哥哥韩斯·索尔。

我刚结婚时，把录影带拿出来看，电影拍得不够好，我有点失望。但看过韩斯·索尔的照片，丈夫长得与他真是惊人地相像，那可能是阿德隆找他去演的原因。那部电影以苏菲·索尔为主角，我当时没看出来白玫瑰事件的重要性。

多年后的现在，有人要重拍白玫瑰，我才重新想起，才明白，当年的德国社会服从权威，没有人有勇气反对希特勒的暴行。多少人知道事情不对，但宁愿过舒服懦弱的生活。要去反对希特勒？那简直就是去找死。

一九四三年，就有那么几个年轻有为的人宁死也要说出真相。他们说：我真的不知道死是如此容易。但死也是如此难啊！

他们本来是一群知识精英，经常聚会讨论书和思想，也对艺术十分醉心，常去听音乐会和看歌剧。他们本来可以继续过那样的生活，毕业后成为医生或教授，但他们没有那么做，他们成了白玫瑰。

苏菲和韩斯·索尔在自由思想浓厚的南德市市长家庭长大，两人在少年时代便因怀疑领袖思想而被送入监狱，苏菲·索尔少女时代便立志贡献社会，她的反纳粹思想在入读慕尼黑大学之后更为坚定。一九四二年六月，白玫瑰首度印发反动传单，当初只印一百份。隔年，苏菲·索尔积极加入活动，她设法将九千份传单送入德国各城市。他们要让德国人清醒：希特勒在说谎，他说自由时指的是战争。希特勒是大屠杀的暴君。

他们散发了六次传单。他们充满革命的理想和天真的热情：我们不会沉默，我们是你们最怕的良心，白玫瑰不会让纳粹安宁。二月十八日，一个教授在大厅看到苏菲·索尔，他当场密告纳粹，许多人也出卖了索尔。四天后，索尔兄妹便被处决。

他们的死改变了德国社会，如果没有他们，这个世界是多么冷清。

二〇〇四年

写给一个美丽的灵魂

那些有关灵魂的身影一直印在心上。

那是一九八〇年代初的巴黎，每一年都会一整周演出碧娜·鲍许，我都去了。那时的我满心孤独和愁怅，一个人在绝美又忧郁的大城市里活着，而有人不但安慰我，也全然地唤醒我。

那些人其中之一是碧娜·鲍许。

当时我是学戏剧的外国学生，碧娜·鲍许是每个人的必修课。我和很多年轻的艺术工作者一样，只醉心形式的追求，把鲍许列入后现代主义剧场殿堂，有时写意识流式的散文，在心灵里记录及捕捉碧娜·鲍许式的舞者影像，那些身体影像让我知道文字语言的界限，而碧娜·鲍许跨越了边界，我被她的美感惊吓，随着她的舞蹈跌入潜意识里：有关爱、身体和孤独，寻求实现的欲望，欲望。

多年后，我才逐渐发现碧娜·鲍许是一个这么美的人。每一个舞者，每一个人都会爱上她。我才知道那些舞是深沉的灵魂之舞，是绝对的生命意象的组合，而鲍许是诗人，她以舞者的身体写诗，她创造女性形象，无论吸血抽烟穿高跟鞋或着长身华丽礼服，都具有一种天才般的感性。她也能把社会仪式编成蛇形运行，或者把形状和物质映入舞作。她是那么专注于感官，她也那么浪漫。她的灵魂说话时，我们看到了世界。

碧娜·鲍许的情人也是诗人，他为她烧饭，但他们并未同居。她曾经结婚，并且生过孩子，孩子和丈夫是同一个名字，丈夫于一九八〇年过世，从此她又是一个人。

我以前便知道，她跳舞是因为她悲伤。她说，因为害怕说话，所以喜欢跳舞，只有在动时可以真的感觉。大部分时侯她并不动，人非常安静，烟一根一根地抽，咖啡一杯一杯地喝。她不多话，也很少直接回答问题。她可能会说，那就不妨跳舞吧。谢幕经常需要二十分钟，她走出来，带着蒙娜丽莎的微笑，每个人都会爱上她，每一个真的都会爱她。

我看过碧娜·鲍许早年的自编自舞，那时她和现在一样瘦而苍白，整场舞都在咳嗽。我爱上她的咳嗽舞，有谁会编咳嗽舞？那时便看得出来，她不是一个会放弃的人，不，她永不放弃，永不放弃爱及身体。

她的作品诠释的都是灵魂的呼喊和感情的纠缠，因为不放弃，所以很难割舍，整天都在工作，整天都在思考，这么简单也这么复杂，你已经进行下去了，一切只有愈来愈深。

一九四〇生于德国鲁尔区的餐馆家庭，从小被送去学芭蕾，十四岁时从德国编舞家乔斯学舞，之后到美国学。老师便是李蒙·泰勒及Antony Tudor。她青出于蓝。后来她有许多舞蹈召唤四十年代的童年，女舞者举着手帕在舞台上踏步绕圈子：

我累了，我累了，但却继续跑……

一九七〇年代末她接掌沃布塔尔舞蹈剧场，那些年很困难，观察家看不懂她的舞蹈，但她没放弃，她当然没放弃，一直留在那个天色灰黑的鲁尔区。现在德国政府每年补助近二百万欧元，世界各地只要有舞蹈演出的地方都在邀请她，她已成为现代舞蹈最重要的名字。几年前，我到柏林去看云门的演出，在早餐桌上与林怀民谈话，我注意到他只提起一个人的名字。林怀民、Lloyd Newson等几个目前在世界现代舞蹈界受到重视的编舞家都曾得到鲍许的精神支持，虽然他们的主题和风格完全不一样。

碧娜·鲍许如何和舞者编舞？她可以看进舞者的灵魂，舞者都很害怕。我们对她所知如此少、如此少……她向舞者提问，这些提问诸如：做什么事会让自己羞愧？如何用你的身体写你的名字？会和一具尸体做什么？如何移动你最喜欢的身体部位？当你遗失什么时你如何反应？

这些问题有关爱与身体，有关禁止与欲望，我有的时候也忍不住问自己。

二〇〇四年

进入真相的房间

——谈加缪的《第一人》

我们生下来是为别人而活，而死亡时却得为自己而死。

——加缪

他的生命真相便在这间房间里。这间房间里坐着喑哑沉默的母亲，贫穷、无知如枯萎的茉莉花环，她一生都望向窗外，她的凝视失落在街道上，而她端坐如耶稣基督。不，她便是基督，温柔，但被人生苦苦折磨；儿子哽咽地站在暗处注视她，看着她那佝偻削瘦的背影，面对着一种他所无法理解的不幸，内心充满莫名的惶恐和焦虑。

一九六〇年一月四日，年轻的诺贝尔奖得主加缪与友人刚从法国南部度过圣诞假期返家，他们开了两天两夜的车(当时还没有高速公路)，驾车的人是加缪的挚友也是伽利玛出版社负责人米谢尔·伽利玛，一向无所不谈的两人，可能正在谈论加缪如唐璜般多采多姿但也深具悲剧色彩的感情生活(Maria Casares, Sellers, Simon de Beauvoir)，更或者，他们正谈及加缪随身携带并且在假期中有所增补的《第一人》手稿，车子以时速一百五十公里的速度向巴黎郊区驶去……

三十四年后，加缪的女儿卡萨琳·加缪在终生反对此书出版的母亲过世后，经过多年深思熟虑，并与孪生兄弟尚恩讨论后，当年在车祸现场发现的《第一人》手稿终得以问世。卡萨琳逐字校正，其中包括作者的笔记、补述夹页和两封弥足珍贵的信函。

脱离了《异乡人》和《西西弗斯的神话》的虚无荒谬及质疑，超越了《瘟疫》融合写实和象征的技巧，《第一人》无疑是加缪最好的作品(即便该书尚未完成)，深沉的自我探索，直指北非法国移民(les Pieds-noirs)历史的伤口，更多的是发热般真诚的人生呓语，以绝无仅有的“第一人称”声音渗透读者的心，严肃却又情怯，为不识字的母亲而写，但却是至痛的告白：我需要父亲。那是一个可以责备或称许他的人。

《第一人》与其说是极具自传性质的小说，毋宁说是一本以小说技巧书写的自传。书中人物杰克·柯尔梅里(加缪祖母的少女名)在四十年后，回到自己成长的忧郁北非，寻找在他出生一年后即为国捐躯的父亲(像这样卑微的家庭所能奉献给法国的)，但这得“穿越一片阴暗的记忆去追溯往昔”，及必须经过死亡的模糊标记。几乎无人可以告知，他的生父在生命中究竟留下什么痕迹，“他话不多，话一点都不多”。与父亲共度五年时光的母亲，也因过于贫穷、困顿而逐渐遗忘了她的丈夫。没有先人，失去记忆，他唯一能捕捉到的只有如“蝴蝶翅膀遭遇森林大火后所留下的余烬”。

《第一人》的中心人物便是加缪的母亲，半聋、文盲、没有任何地理或人文常识，加缪曾在散文(甚至《瘟疫》，主角雷克斯医生的母亲)中提到她，但《第一人》却是加缪第一次为母亲而写的作品。母亲是唯一能够宽恕他的人，她的儿子是一个“害怕享受欢乐的呆子”(L'imbécile qui a peur de jouir)，而她是开启他生命的钥匙，也是“在这世界上最渴望能彻底读过他生命及血肉之躯”的人。但这是不可能的事，母亲无法阅读。

他的爱，他唯一的爱终将永远地喑哑。

当杰克·柯尔梅里成功抗拒严厉外婆的体罚，他的童年便无声无息地结束了，在北非一个最贫穷的岛屿，一个残障且无知的家庭。没有父亲，没有任何遗物，杰克确信自己比那些出身卑贱的人更微不足道，比母亲更渺小。他仍不知道到底谁是他父亲，更不知道自己到底是谁。《第一人》不但在寻找生父，也在最后回到自己的生命之谜。一本谜样的书，最令人感动的部分很可能便是作者永生无法补充的留白。

——一九九八

杜拉斯的恋人之书

这是何等的事件，我喜欢你。

——杜拉斯《广岛之恋》

她给他取了一个新的姓名，他走入了她的生命，不但成为她最后的爱人，最后一位生活伴侣，并且成为她的小说人物。现在，这个曾是杜拉斯书中的人物自己写了一本书。

他是颜·安德亚(Yann Andrea)，曾是司机、潜水员及秘书。这是他的故事：一九七五年，他尚是一个年轻学生时，有一天在电影院《印度之歌》的首映场遇见了该片的编剧杜拉斯，他趋前问他的偶像，是否未来可以给她写信？杜拉斯抄了地址给他，说：您可以写信到这里。从此，他给她写了五年的信。

现在，他给她写一本书。书中坦诚并详细地叙述了他和杜拉斯之间的恋情。五年后，他在电话亭打电话给她，她讲了很久，最后她说，为什么不来土维尔(Trouville)找我？我们可以见面聊聊。他去了，从此，他便再也没离开她。颜·安德亚年轻，至少比杜拉斯年轻四十岁，他应该是同性恋，或者这么说，他对女性的身体并没有特别的兴趣。他在杜拉斯家里住了下来，就住在她儿子以前住的房间，他为她打字、校稿、煮饭、打扫，他甚至在她重病时为她洗澡、服侍她。他成为她的情人，他成为她的奴隶。

一九八〇年夏天起，至一九九六年三月杜拉斯去世止，颜·安德亚与杜拉斯共同生活了十六年，他从来没有直接叫过她的名字玛格丽特，虽然偶尔她很盼望他这么称呼她，他总是以敬词“您”与她谈话。颜·安德亚在十六年中努力维持不叫她名字的习惯，对杜拉斯而言，这可能是莫大的痛苦。有几次他不小心使用“你”这个字，她高兴地笑得像个孩子。那便是杜拉斯晚年最快乐的时光。

他的新书《此爱》(*Cet Amour-La*)叙述的是一场生死不渝的关系，也是一场绝望的爱情关系。“她要的是全部的我，全部的爱，包括死亡。”那些年，杜拉斯禁止他与家人来往，“她善妒如狂”，她是他的暴君，她是他的世界，她将他的行李丢出门，他每次都又回来找她，“我怎么才能将你丢弃呢？”她问。“您将无法将我丢弃。”他这么想。这不只是一个爱情故事，这不只是一场遭遇。

他曾如此地告诉她：“人家都说您年轻时非常美，但我却觉得您现在最美，一种濒临毁灭的美。”他活在她的书中，他看到那个正渡越湄公河的年轻女孩，他爱她的文字超越一切，超过生活，超过他自己。

他还是那个从Cean写信给她的年轻学生，现在住在她遗留给他的公寓里，继续给她写信。他的文字风格与她相像，甚至连说话的方式也与她相像。他学会了直接、留白的叙述方式，那种戏剧性及杜拉斯式的美感：贫穷之美，极简之美。他一辈子都想要那样的文字。她死后，他成为作家。

“‘您爱我吗？’她问。我无法回答，她说：‘如果我不是杜拉斯，您根本不会多看我一眼。’我也无法回答。她说：‘您爱的不是我，是杜拉斯，是我写的字。’”她抚摸他的脸，那么用力，他几乎感到疼痛；他为她洗澡，为她准备晚餐，很多年，他都以为那将是最后一次；很多年，他都以为他无法承受她的死亡，他甚至也愿意与她一起死去。

他活过来了，写了一本书，关于杜拉斯，关于他们之间神秘及无可分离的感情，那些年在黑岩(Roches Noire)区一栋朝向哈佛港的公寓里，在普鲁斯特住过的房子里，两个孤独至极的人，一种绝无仅有的爱。

一九九八年

有一种主义叫抑郁主义

周五晚上，我参加了一个同事的聚会，大约有三十来个人，大都是中坚代的新秀，二十五岁到四十岁左右。聚会中段，突然一个个子娇小的疯女人开始在人群中脱起衣服，她先将她的T恤脱去，然后是胸罩，再来就是裙子，她一边脱一边做着剧烈的鬼脸，几秒钟内，她只穿着内裤转着圈子，一直到她想不出来还有什么花样，才停下动作，穿起衣服。她其实是一个从来不愿意跟人上床的女孩，谁也不清楚她这么做的由来……

这是法国作家维勒贝克(Michel Houellebecq)的《扩展的战场》(*Extension du Domaine de la Lutte*)的小说开头。维勒贝克是一个拗口冗长的名字，书名也不讨好，一九九四年，这本小说被交到一些出版社编辑手上时，有人预测这本书若出版将血本无归。但是事实并非如此，小说问世后，不但成为畅销书，也受到法国文学界的异常重视，一时之间，“世纪末的法国代表性小说”、“新写实主义先声”、“加缪之后最成功的作家”，各家评论及标签纷纷出笼，许多文学奖也颁给他，维勒贝克成名了，《扩展的战场》版权不但在欧美各国以高价卖出，今年之内还将拍成电影。

《扩》书几乎是维勒贝克的自传。出生于法国属地留尼旺，父母生下他后便因失和而将他交给他的祖父母抚养。他在殖民地中学读书的日子惨淡无光。到了巴黎后，在电脑公司谋职，住在巴黎郊区单调刻板的大楼公寓，每天的生活只是观察邻居的动静，到超级市场去买东西，唯一来往的人是靠色情杂志自慰、参加色情俱乐部杂交的同事，他们必须一起在法国境内出公差。除此之外，便是进行大量的邮购。维勒贝克崇尚布尔什维克精神，却活在全然资本化的社会里，这里便是他的生活记录：真实、赤裸、绝望、荒谬之至。

维勒贝克相貌平凡，一头稀疏的黄发，一点也没有吸引力，今年四十一岁，绝大部分的时候都处于忧郁状态。他的父亲很早便去世，母亲呢？“我觉得很奇怪，她还不知道我一直憎恶她。”最近两年努力拯救的爱情关系简直像一场灾难，他不但恨他的前任女友，也恨心理分析师。一天抽四包烟，生活中最重要的内容是听取答录机的留言，而那可能刚好是一通拨错的电话。凭着邮购杂志贩卖的项目得知季节已转换，社交活动只局限于在公司咖啡机旁与同事聊天，息息相关的律条是账单必须按时缴交，离家时必须带身份证和信用卡。他的时间很多，但朋友很少，不，他根本没有朋友，但不管如何，他都还不想死。

让我们回到他参加的同事聚会。女孩脱光又穿上衣服后，他喝了四杯伏特加，头昏脑涨地躺在沙发上，其中两个肥胖的女同事也挤在沙发上聊天，她们讨论女人有权决定自己如何穿衣服。在他逐渐陷入醉梦之时，他听见那两个肥胖女人对他如颁发圣旨般宣告："如果我欠身露出屁股，我不是想诱奸！如果我露出阴毛，我要好好享受！"脱衣服的女孩也出现了，但她穿着黑色长大衣，显得既保守又神秘。当他醒来，聚会早已结束，他发现他在地毯上吐了。他拿起椅垫将之盖住，并试着自己开车回家，可是这时又发现车钥匙丢了。

维勒贝克早年写诗，但一直没获得太大重视。德国浪漫主义艺术对他影响极深，他在德国古典音乐家舒伯特等人及浪漫文学作品中发展他个人的内在面貌，但他同时也是美国现代摇滚乐的热爱者，崇拜已逝的吉他乐手吉米·亨德里克斯(Jimi Hendrix)，因为那是出自灵魂的声音(他提到灵魂这个字眼时压低声调，仿佛感到害怕)，并将年过五十岁的尼尔·扬(Zeil Young)视为当代的音乐宗师(像参加秘密宗教活动般)。他书架上的书不多，多半是寂寥男孩的读物。

《扩》书的主人翁绝不是一个讨人喜欢的男人，而且小说某部分内容情节令人震惊，一位法国文学评论家说，“这本书像武器”，“以铅般沉重的文字”揭开现代社会的冲突、矛盾和虚伪。也有一些评论家认为，维勒贝克的写实技巧及文字风格即将成为这一代作家的新趋势，“法国新写实主义风格”已诞生了。维勒贝克当然读过加缪的《外来者》(又译《异乡人》)，至少他冷静的观点肯定受到大师的影响，或者也可以说，维勒贝克的《扩展的战场》便是世纪末的《外来者》，而这位外来者是一个电脑工程师，一个九〇年代末的Spleen。《费加洛报》的书评家更进一步宣称维勒贝克所创的“抑郁主义”(Deprimisme)已取代“存在主义”，成为本世纪末最重要的文学活动。

在《扩》书之后，维勒贝克又写了《元素的微粒》(*Les Particules Elementaires*)，该书攻击巴黎“六八”学生运动，参与运动者今天已成为社会中坚。维氏认为这群婴儿潮是本世纪末无感、无望、腐化甚至贪婪滥行的始作俑者，对他而言，自由性交带来的是孤独和隔绝。此书上市后卖出二十六万本，带给维勒贝克更大的声名，“维勒贝克现象”无疑已在法国文学界造成一股风暴。

维勒贝克作品中令人震惊的不只是笔下人物的孤独无助，更多的是作者对性爱的描绘。作者认为，过去人们经常以金钱来衡量一个人的价值，今天，人们以性爱生活来衡量人的价值，“有的人要跟什么人睡觉就可以跟什么人睡觉”，“有的人终其一生只能也只有靠自慰”。性爱市场早已分割出来，就像资本市场有其自然分类，“谁是赢家，谁是输家”早就有定案。维勒贝克的看法被社会学家视为“性爱的恐怖主义”，而他却说：“我不是反对性生活，我只是反对性的诱惑，因为那令人极端疲乏。”

“所有的过去都已死亡”，幻觉是一种耻辱，现在的一切并没有解决之道，完全没有。维勒贝克所传达的是一种可以置人于死地的美感，其文学表现不但有加缪冷静的显影，也直追卡夫卡荒谬的戏剧性。他所创造的“抑郁主义”充塞着时代风格，影响正不断扩大。

一九九九年

令人难受不安的摄影

美国战地摄影家詹姆斯·纳切威(James Nachtwey)这几天在伊拉克受了重伤，至今还昏迷不醒。几年来我一直很注意他的作品，他的战地摄影充满人性的脆弱和创伤，摒除了幻想和色彩的可能，只剩下黑与白的对比。他的镜头是对不公不平的抗诉，也是对人类的最大忏情。

他无时无刻不在战争现场，他以画面陈述他对战争的看法，那些照片不但独特，而且极具震撼的即时性，构图完整到不得不令人惊叹：一叶知秋！每张照片都是深入到皮肤底下的战争质疑。在那些特殊的、罕有人至的时空下，他是人类事件的见证人。他的摄影都是证词，恐怖证词。他以摄影说明他对那些事件的感受：那些事件不该被人遗忘，但也不该再度发生！

我正在翻阅他的摄影集《人间炼狱》(*Inferno*)，这本书象征着二十世纪人类的灾难和损失。我想到他在一次访问中说的话：

“我想唤醒人们，想改变人类的集体潜意识，我一直想拍摄的就是那些会让人整天不舒服的照片，我想阻止所有的悲剧一而再地发生。”

詹姆斯·纳切威做到了，他的摄影的确令人难受不安。但人类的悲剧无论是因权力还是愚昧，都从来没有停过。詹姆斯·纳切威受伤那天，正坐在驻伊拉克美军的吉普车里。隔天，萨达姆被逮捕了。他的使命感将他带到了人间炼狱。

詹姆斯·纳切威一九四八年生于美国麻州，大学学的是艺术史和政治学，毕业后当过卡车司机，自修摄影，担任小报摄影记者，越战和美国公民运动对他影响很深。一九八一年起前往贝尔法斯拍摄北爱尔兰节食抗议，从此成为著名的MAGNUM摄影公司的摄影师，前往世界多地拍摄过饥荒和战争。他是《时代杂志》的战争代言人，也是举世闻名的战地摄影家。

詹姆斯·纳切威是一个穿烫过的白衬衫去战地工作的人，从不与任何人在战地工作之后聚会。他烟酒不沾，且总前往最危险的地方，永远到达最危险之处。他服膺一种战争摄影的学说：如果你拍得不够好，那一定是因为你不够靠近。他站在丢手榴弹的巴勒斯坦人旁边发抖，在发出重度恶臭的科索沃集体弃尸野地掩鼻……然后回到五星级旅馆，换上洗烫的睡衣，喝一瓶瓶的矿泉水，吃简单的三明治，准备明天的工作。

他在干什么？像他自己说的那样是一位使者？或者更像是传道者？像传道者般向世人讲述他对战争的看法？像吸血鬼般靠战争出名赚钱？选择在最有限的时空、最重大的人类冲突下做内在自我表达？主张社会正义？喜欢冒险犯难刺激？追求真相？真相是否有时只是幻象？

除此之外，我若对他的工作还有一丝疑问，应该是纪录片中有人问他：为什么不害怕？为什么不停止？他想都没想便回答：我有一个守护天使。当我听到这句话时非常震惊，那是今年五月。后来他又去了伊拉克。他是对的，他是美国人，他该去。但这次守护天使并未保护他，他可能再也不会醒来了。

二〇〇二年

爱上心理学

我的名字叫史碧尔埃，我曾经也是人类。

这本日记和书信集是以这个句子开头，在一九七七年于瑞士一家医院被人在一箱行李中发现，一直到近几年才得以公开。作者是周旋在荣格和弗洛伊德之间的一名女子，萨宾娜·史碧尔埃(Sabina Spielrein)，她是荣格的病人、情人兼心理医生，与弗洛伊德也有长期神秘的来往。她站在两大学界宗师的分水岭上。写信时的她名不见经传，但是与她通信的两人却是心理学的代名词。

这本日记和书信集公开后，史碧尔埃的故事立刻受到瞩目，她和两位大师的关系也成为二十世纪心理学上一段无可磨灭的动人历史。

一九〇四年八月十四日，出身俄国犹太富家的史碧尔埃由叔父和警察陪伴，来到苏黎世伯格侯兹里医院，当时她还不满十九岁，行为激烈反常，具暴力倾向，又哭又笑，声称来自火星，并坚持自己并未发疯，只是情绪恶劣和头痛。当时，三十岁的荣格受到弗洛伊德的歇斯底里症理论影响，开始以新的眼光和立场来探索此病症，而伯格侯兹里医院驻院心理医生是他第一个工作。

在来到伯格侯兹里医院之前，史碧尔埃已在苏黎世海勒精神医院待过一段时间，药石罔效，病人头痛症状严重，曾几度寻死。荣格和她面谈，当天他便在诊断书上写下歇斯底里症，之后为她展开一段长达近两年的心理治疗，一直到一九〇五年，史碧尔埃受到他的鼓励，病情好转，开始在苏黎世医学院心理系注册就学。

以今天的心理学角度来看，史碧尔埃现象称之边缘型人格(Borderline Personality)可能更为恰当。当时，弗洛伊德认为歇斯底里症是来自对性的压抑，他着重的是普遍现象解析。而荣格却开始走上自我的道路，他并未全盘否认弗氏的看法，但有意在普遍的人为现象中强调个人的背景和性格等因素。

按照荣格当年在伯格侯兹里医院所作的纪录，女病人的父母本身关系不好，父亲严厉且有忧郁症，虽爱孩子，但也当众鞭打和羞辱女儿，并动辄以自杀威胁家人和女儿。史碧尔埃深爱父亲，她的爱不但痛苦，而且纠缠着耻辱的虐待和自虐，她后来向荣格表述，父亲痛打她屁股时，她会得到性高潮。不但父亲打她，她的母亲也打她，史碧尔埃十四岁时便因母亲责打她而在俄国老家的冬天想活活在地窖中把自己冻死。

因此荣格认为，史碧尔埃在伯格侯兹里医院的种种行为都与她和父母的相处模式有关。病人在医院里想办法违反医院的规定，刻意要得到医护人员的处罚，她在处罚中得到活下去的快感。而且因为爱上荣格，她拒绝痊愈。她怕离开医院。

仔细读荣格对史碧尔埃的记录，以及史氏和荣格与弗洛伊德的书信，不难发现，史碧尔埃是一名精彩的女病人，聪明绝顶，才华过人，如果心理医生打算在这个行业中尽情发挥其能力，她无疑是最有潜力的病人，想必她的想象力及联想力会激发心理医生的无穷好奇和解析。当时荣格正潜心研究歇斯底里症，而史碧尔埃便是求之不得的病人。

史碧尔埃在心理治疗过程中爱上了她的心理医生，一天，荣格因公事无法为她应诊，她自虐抗议，引起荣格注意，从此专注于照顾病人，并引发恋情。史碧尔埃在日记上写道，死后只想得到荣格的祝福，而钟爱石雕的荣格则送给她一块小石块，说那是他的灵魂，他要史碧尔埃终身保管。

那个时代的苏黎世逐渐成为人文精英聚集地，达达主义在那里起源，发明相对论的爱因斯坦随后也搬至当地定居。史碧尔埃在苏黎世医学院时期与荣格陷入热恋，曾有一度，二人相偕观赏歌剧《崔斯坦与伊索德》时，荣格因恋爱的喜悦居然走出歌剧院痛哭失声。

当时荣格已婚并育有一子，在心理学界刚刚建立了声名。他至爱史碧尔埃的讯息在两人书信中透露无遗。一般人都会认为，史碧尔埃有恋父情结，终身在寻找一个父亲，无疑地，荣格也在寻找一个母亲，史碧尔埃对荣格而言正是母亲的原型。一九〇八年，史碧尔埃致信她在俄国的母亲：

> 荣格爱我正像我爱他……他是我父亲，而我是他母亲，或者我是他母亲的代替品，他和那代替品的关系深不可离……荣格两岁的时候，他母亲患了歇斯底里症……而现在他爱上一个歇斯底里症病人，而我爱上一个心理病患……

那时的史碧尔埃便已发现，荣格必须透过对她的关系，改善从小对母亲的疏离之感和焦虑，甚至必须透过史碧尔埃来重建他对母亲的责任。荣格日日夜夜无尽无止地想着史碧尔埃，但之后更多的是忏悔，她是神圣不可侵犯的，他经常向她道歉，他时时刻刻认为他有责任照顾她。

不只心灵和性欲的转化如此契合，荣格在梦的分析上也受到史碧尔埃不少启发，史氏在图画形象与心理关系上卓越的分析感，使她能用简单直接的造句表达内在或直觉，使荣格相当惊讶且受吸引。荣格后来也认为，史碧尔埃使他在弗洛伊德的歇斯底里研究之外找到一个位置，他本人和史氏在知性上有极大的互动。

但荣格在一九〇八年毅然决定结束这段动人魂魄、本质错乱疯狂的爱情关系，根据史碧尔埃的说法，荣格分手的理由不外乎：爱情若持续，将毁掉他的事业。荣格是个以事业为重的人。史氏的看法大致没错，但荣格在一封分手的信上这么写：

> 我在找一个懂得爱的人，一个不会处罚别人或将感情关系变成牢狱、使人枯竭的人……还给我爱和耐心，将自我抽

离出来吧，那些东西我在你患病期间全部给了你，现在我自己病了。

暴怒的史碧尔埃以刀子将荣格刺伤。这段恋情并未击倒她，或许更带给她新生的力量，使她后来回到俄国，在心理学领域留下可贵的成绩，但是没有结果的感情阴影也跟随了她一生。

荣格在遇见史碧尔埃之前已经看到自己在心理分析理论上与弗洛伊德的不同，他也提出过“爱能治疗”的说法。而与史碧尔埃相爱似乎有些反讽。也许有人会认为，心理医生听取病人全部内心秘密，很容易操纵病人的情感。但荣格与史碧尔埃的恋情如果得到宽容和同情，原因也很简单，如果一个心理医生不付出他自己的灵魂，他将如何拯救病人？一个人只有在灵魂上与另一个人靠近，才可能对别人的心智产生影响。批评荣格与其病人发生外遇关系的人，可能忽略了病人和心理医生互动的机制，只有灵魂才能召唤感觉，也只有感觉才能拯救灵魂。

和荣格分手后，史碧尔埃在苏黎世医学院完成学业，决定前往维也纳见弗洛伊德，从此成为弗洛伊德的门人。弗洛伊德在一封信上向她诉说同文同种的情感：

生下来是犹太人，便终身是犹太人，(我们)不会被理解和接纳。

荣格在与史碧尔埃交往前后常和弗洛伊德写信谈起史氏，他们昵称史碧尔埃为“那小的”(die Kleine)或“那聪明的脑袋瓜”(der feine Kopf)。弗洛伊德一方面给荣格许多爱情建议，另一方面却对史碧尔埃产生极大的好奇，他劝导史碧尔埃切断荣格对她的影响，甚至要她不要忽视她对荣格的愤怒。史氏和弗洛伊德后来展开通信关系，外界虽无法从书信得知两人是否有肉体关系，但却不免神秘而暧昧。在史碧尔埃致弗洛伊德的一封信上，史氏向弗洛伊德陈述对方在她的梦中长了乳房，史碧尔埃自己认为可能向弗洛伊德寻找一种母亲的爱。如果要追寻荣格与弗洛伊德后来分道扬镳的痕迹，弗洛伊德卷入他与史碧尔埃的关系也是重要事件之一。一九一二年，弗洛伊德去信给史碧尔埃：

……所以你结婚了，但我关心的是你对荣格还有一半的精神依赖，不然你不会决定结婚，另一半仍然存在，问题是应该怎么办，我是希望你完全走出来……我们同意你会在十月一日以前让我知道，你是否愿意逃离他的专制来和我做心理分析……

史碧尔埃专攻儿童心理学，毕业后去过日内瓦、柏林、莫斯科等地，一九二〇年代返回俄国定居，嫁给一位俄国医生，生了两个女儿，并在家乡洛斯托夫市开办了一间儿童心理医院，那也是苏维埃第一个儿童心理医院，斯大林的儿子瓦斯利也在她的医院待过。史碧尔埃不但是女性心理学先驱，也是俄国心理学界的拓荒者，不过，她的婚姻并不幸福。她对荣格念念不忘，荣格也没忘情于她。直到一九一九年，荣格仍然这么写：

史碧尔埃对荣格的爱使得后者明白他之前粗略的怀疑，他怀疑潜意识塑造命运的力量何在，而现在他才明白那力量的重要性，那关系必须升华，因为唯有如此，才不会走入幻想和疯狂。

有时，为了活下去我们必须毫无价值地活着。

荣格未说明潜意识塑造命运的力量何在，他在信上强调的是关系的升华，所留下的印象便是，只有如此才能解决他和史碧尔埃之间由儿时经验转化而来的致命吸引。荣格很清楚知道他在分析理论上受益于史碧尔埃甚多，但他和史碧尔埃可能毕生都无法理清，为什么精神罪恶会带给他们如此痛苦的爱，且终其一生都不能逃离。

史碧尔埃虽在俄国建立心理学家的名声，但斯大林却看不惯史氏的自由作风，更不容许心理分析中有关于性的学说，史碧尔埃必须捍卫弗洛伊德，她不时受到秘密警察的骚扰。一九四二年纳粹东征俄罗斯后，在洛斯托夫城一家犹太教堂内，史碧尔埃与两名女儿被纳粹当场枪击身亡。

二〇〇二年

弗洛伊德的钟点费

“要报税用吗？”我的心理医生抬头千篇一律地问。“不必。”我一样千篇一律地回答，然后将支票推向桌前。她在那张弗洛伊德式的账单上填上金额，签名，字迹醒目好看，然后把账单交给我：“其实你可以试着退一点税啊。”

她是荣格的嫡传弟子，心理分析界颇有名望的美国学者，偶尔穿着朋克夹克，染金发；偶尔穿中国棉袄，恢复黑发。会谈室是Art Deco设计风格，但狗味很重，她像病人那样躺着与我说话，而我却像心理医生那样直坐着。

偶尔，在付完钱的回家路上，我会质疑：她提的都不是重点，她所说的我自己全知道，她好几次将谈话时间从五十分钟缩水到四十五分，她常常看表，并且从不做笔记，没有留下谈话资料，她老是半躺在那里，打呵欠：她不值得我每小时付一百五十欧元。

她值得吗？

这样的质疑已有多年了。更早之前，在一个所谓的弗洛伊德派分析大师那里做分析，也有一样的问题，这些疑问最后当然都指向心理分析的疗效：对那些经历过心灵灾难的人而言，心理分析值得做吗？值得花这么多钱吗？

这可能也要怪弗洛伊德。他在一九一三年的一次报告中强烈主张，心理分析病患必须付钱做心理分析，因为这是唯一让病人和治疗师重视治疗结果的动力。弗洛伊德当然是史上第一个靠病人付费致富的人。他在欧洲经济大萧条时期靠美国病人的账单维生，钟点费比一般人的月薪还高。

不过弗洛伊德也知道，有许多不必付钱的心理分析其实更具疗效。

弗洛伊德是第一位展开the talking cure的精神分析医生，他于一九〇〇年出版《梦的解析》之后，要求他做分析的人多如过江之鲫，使他很快便可以在维也纳Berggasse街买房子。他在通货膨胀的年代一夕之间失去所有的财产，那些年，他唯一的收入是美国病人的钟点费。他与他的传记作家钟斯把美国病人统一戏称为“他的negro(黑人初抵美国时的自称，后来引起争议)，美国人远道而来，一小时付几百澳币，使得他的生活逐渐富裕无忧，并有余力去帮助像莎乐美这样的好学生——他支付她去维也纳师从他学习的旅费。

那些年，弗洛伊德常常到维也纳火车站接待由新大陆来的病人，那些人多年后提起他时有褒有贬，批评的人说：他花太多时间谈他的力比多理论，他谈来谈去都是这些。赞美他的人都盛赞他的分析感很强，英文很流利。

一九三三年，芝加哥一位叫格林克的医生在父亲的建议下写信给弗洛伊德，他表示有意到维也纳住上一段较长的时间，和他一起做分析。弗洛伊德在信上先恭喜他将成为芝加哥第一位和他一起做分析的人，然后教训对方在谈论价钱方面太不清不楚，他主动开价一小时二十五美元。在几个月讨价还价的通信后，弗洛伊德承认自己太贵，主动降价到一小时十美元，他的说法是：“你的怀疑是对的，我的贪心很可能攸关到你未来的心理分析事业的前途……”

这位格林克医生到维也纳待了几个月后，有一天，弗洛伊德收到格氏妻子的长信，这位太太向大师抱怨她的丈夫已做了好几个月的分析，根本毫无改善。

弗洛伊德收到信后气冲冲地告知他的美国病人格林克：你现在是全世界我最不想分析的人。无论疗效如何，格林克因为这段经验，后来成为芝加哥心理分析学界的重要人物。

二〇〇四年

她们都爱荣格

荣格不管在学术上或人格上都有缺陷，但我仍然一心偏向着他。一个相信鬼魂和幽浮(UFO)的心理分析理论家，一个输牌会发脾气的大男人，一生与女人扯不清的丈夫，一个爱狗的人，一个美食家和厨师，一个粗心大意到玩鞭炮时把女儿耳朵炸聋的父亲。

荣格的学术缺陷与他矢志飘流于黑色神秘主义思潮有关，尤其是他晚年对炼金术的研究，但那也正是荣格思想的独特之处。要知道弗洛伊德有多纳闷？有一次他和荣格对谈，室内柜子发生巨响，而荣格却诡异地告知：还会响一次！弗洛伊德无论如何都劝不动荣格放弃神秘主义。荣格后来总是振振有辞地说，那柜子果然又响了一次。

我曾因荣格长篇大论的神秘主义离开他，但我又因此回来靠近他。且为了他学了一整年的占星学。

我也为他来到苏黎世，偶尔坐在苏黎世湖畔的阳光旅馆(Hotel Sonne)的二楼房间，看着窗外湖上的游船，或者冬天湖边的残叶败柳。湖是完美的湖，仿佛沉淀了所有人的重要思想。旅馆有荣格的足迹，离荣格学院(他生前的湖边花园洋房)只有两分钟路，以前总是住着一些有钱有闲有思想的女人，她们从欧洲各地赶来，在旅馆等待荣格的电话，以便到他的书房去做一次心理分析。她们在心理学论坛的自助餐会上像苍蝇般黏着荣格，以便不遗漏他讲的每句笑话。

荣格的笑话其实不好笑：给我一个心理健康的人，我会帮他成功地做出分析。或者：合法的外遇是良好婚姻的通行证。荣格的妻子艾玛也听过这样的笑话，她一生想在学术上与荣格匹配，但力有不逮，最后成为追随荣格理论的心理分析师。她为荣格生了五个孩子，并忍受荣格无数次的激情外遇。

荣格广受女人欢迎，但他只喜欢陷入困境的爱情关系，他的外遇对象全是他的病人(今日心理分析行业的大忌)，譬如患歇斯底里症的女病人史碧尔埃，因丧父而悲恸到无法生活的东妮·渥夫，或者他晚年认识的十九岁女病人冯·法兰兹，荣格为她们分析，爱上她们，这些女人本身也有分析长才，她们被荣格吸引，与荣格在学术上互动极深。

我坐在他以前的书房——现在已成为图书馆，收藏荣格研究——东妮·渥夫花了许多时间坐在这里，为荣格的工作提供帮助，包括打字，但我却认为这套理论其实不值得她花那么多年。当年荣格坚称她是他的另一个妻子，每天上午要求渥夫到楼上一同工作，艾玛和楼下的五个孩子不准上楼打扰。那些年，艾玛怎么忍受？

荣格还是医学院学生时，有一天在舞会上看到当时十五岁的艾玛，荣格那时不知道她便是全瑞士最有钱人家的女儿，开玩笑地对同伴说：我要娶的就是像她这样的人。荣格的直觉非常准，五年后，他与艾玛结婚。艾玛面相高贵且一心追求知识。她生命中有三个完全过不去的坎儿，但她并未离婚，因为荣格不肯。她是皇后，这是荣格在她死后给她的评语。她的人格原型如果是皇后，也是沉默的皇后，她的沉默便是权力。

史碧尔埃和东妮·渥夫都以为荣格会为她们离婚，她们错了。史碧尔埃返回俄罗斯，以心理医生执业并所嫁非人。渥夫虽然人前人后都是荣格的爱侣和工作伙伴，却度过许多不为人知的孤单时光，晚年时的她不愿为荣格翻译一些炼金术的原文，使得十九岁的冯·法兰兹趁虚而入。渥夫得了一种奇怪而又折磨人的关节病，六十四岁过世，两年后艾玛也去世了。

她们都没办法不爱荣格。

二〇〇四年

我不记得我是否吻过尼采

一八八二年是尼采一生中最美好也最困难的一年，那一年他认识了奇女子莎乐美。他还没见过她时便爱上她了，第一次见面，他便向她求婚。没有人像莎乐美那样对尼采的一生影响这么重大，无论是在心智或感情上。尼采从遇见莎乐美的那一刻起，人生便出现了命运的转折。

但他对这个女人说：我欠你一个人生最美的梦。

一八八二年，尼采第一次从朋友李德那里知道莎乐美这个人，李德对他形容的莎乐美是少见的才貌双全的女子。他回信给李德：代我问候这名女子吧，如果你觉得这个问候有意义的话，我一向对这样的灵魂非常饥渴……那时，莎乐美和母亲由俄国来到意大利旅行，在李德的安排下，两人终于见面。尼采看到莎乐美时头便晕了，他问莎乐美的第一句话非常突兀：我们是从哪个星球被带来这里会合的？

莎乐美那一年二十一岁，气质高雅，笑容灿烂，有时天真得像个孩子，任何男人都会轻易爱上她。贵族家庭教育，反骨，反教堂，思想自由，举止自然不拘束，充满令人无法抵挡的女性魅力。

李德是犹太裔的哲学教授，是叔本华的门徒，他对尼采满心佩服。

他先认识莎乐美，也经常向后者提到尼采。莎乐美迫不及待地想要认识尼采，她甚至一度埋怨见面时间太晚。

一八八二年四月二十三日，他们第一次见面，整晚都在谈哲学思想。尼采深受莎乐美智性的吸引，他们一谈便没完没了。尼采认为只有这个女人可以在思想上与他匹配。根据莎乐美后来的回忆，她当初只是把尼采当成老师，她想向他学习哲学，李德教授也有此打算，两人想花一年的时间留在尼采旁边。另外，莎乐美也想找理由离开母亲，不想回圣彼得堡。

第一次见面后，尼采透过李德向莎乐美求婚。莎乐美拒绝了尼采，因为她也喜欢李德。一开始，尼采和李德允忍了三角关系，但是此事在尼采的妹妹伊莉莎白知悉后变得复杂。伊莉莎白嫉妒心极重，她介入尼采的爱情，在两人之间挑拨离间，并且挟母威胁尼采。她认为那莎乐美是个淫荡的女人，毫无思想，即使有也都是从尼采那里偷去。伊莉莎白到处造谣，使莎乐美不堪其扰。

同时，犹太裔的李德教授也打破和尼采的默契，爱上了莎乐美，这为三角关系画上句点。尼采终于写信给他爱的人：“做你自己吧，我要的关系纯粹无瑕，就像天空。”莎乐美请求尼采做一辈子的朋友。

一八八二年四月底，莎乐美母女和李德及尼采在意大利北部山区游玩，那个下午尼采有机会与莎乐美独处。“我不记得我是否吻了尼采？”莎乐美后来在回忆录这么写。应该有吧，不然尼采那一阵子为什么飘飘然，他以为莎乐美爱他，并写信给她：我欠你一个人生最美的梦。

尼采总共向莎乐美求婚三次，莎乐美不改其志。那一年冬天，尼采陷入人生最低潮，偏头痛逐渐恶化，健康堪虑，写信给友人时几度提到自杀，他离开莱比锡，来到瑞士的西兹玛丽亚区，他爱上了那山区的空气，偏头痛不药而愈，文思泉涌，十天之内便写好《查拉图斯特拉如是说》第一部。

尼采从此再也没爱上任何女人，一直到他发疯。

二〇〇四年

法斯宾德的寂寞人生

我现在住的房子就在法斯宾德以前住过的街上。他住过的公寓现在改建成旅馆，我每次走过楼下餐厅都会不自主地多看一眼，仿佛确认法斯宾德没坐在那里。他当然不会坐在那里，他已经死了二十二年。

在他死后，我才搬到慕尼黑来，那时一个朋友用怀念的声音提起法斯宾德："啊，那个满脸横肉的gay！"当时的我不太理解别人对法斯宾德的崇仰。我还不知道，在灵魂最深处，我们可能和法斯宾德都有相像之处，譬如对时间消失的恐惧，更譬如因这样或那样的理由对某些感情特别执着，拍这样的电影：恐惧吞噬心灵。的确，die angst esst die seele auf！要等到这么多年过去，我才经常想起他。肥胖，衣衫褴褛，或总是一身黑色皮装，性格比暴君还差，虐人及自虐，是工作狂和嗑药者、酒鬼、自暴自弃者。可能意识到自己会早夭，他拍电影的速度极快(有时快到两周拍一部)，短短三十八岁的生命拍了四十部电影。一个拍电影拍到死的人，三十八岁看起来已像八十三岁，生前的愿望是得一个奥斯卡奖，并且成为《时代》杂志最丑的封面人物。他差一点便做到了，但他来不及活到那一刻便死了。

我也经常走过mueller街，以前法斯宾德在这里和一些演员搞“反剧场”(anti-theatre)。那小剧场现在变成一家游乐场，平凡无奇的游乐场。一次和一位到慕尼黑来看我的朋友驱车而过，想到法斯宾德在此认识汉娜·席古拉，后来要求她上台表演时声音必须与平常讲话一模一样，便如此对朋友解释。“嗯哼！”他似乎漠不关心，“听说汉娜·席古拉还活着。”

那些和他搞电影的人大部分都还活着，有两位在他生前被他逼到自杀。他先是疯狂地爱上他的演员，之后移情别恋，当面与别人调情以羞辱旧情人。法斯宾德在爱与死之间似乎没有其他选择，而电影只是在两者之间的一种生活方式，电影便是Holy Whore啊！他拍过这部电影，他也这么警告我们。

我要等到这么多年过去，才明白法斯宾德满心的愤怒和反叛。在台湾读大三那年，在火车站附近的德国文化中心放映德国新浪潮电影，使我有机会看《佩塔的苦泪》，只是那时我未谈过恋爱，看电影的形式重过内容，但是对那部电影的印象之深，到今天都仿佛历历在目。

法斯宾德电影谈的都是受害者，故事人物总是无法躲避迫害，无论迫害者是社会或者个人，受害者必须与迫害者共生。电影其实也是法斯宾德的剪影。他是一个害羞至极的人，一个神经质的天才，擅于发掘和利用别人的才华和情感，他的同情心和艺术感无法分割，他过度沉溺于戏剧表达，还有严重的身体自毁，使他无法脱离毒品的控制，古柯碱要了他的命。

法斯宾德的朋友有一次陪他到戛纳参加影展，一个晚上，法斯宾德喝掉一瓶又一瓶的威士忌，直至半夜还起哄要别人到他房间继续喝。平常他就过那样的生活，只是那一夜，朋友不想过去陪他，无论法斯宾德打多少电话，都不理。最后，凌晨三四点了，法斯宾德走到朋友的房间前用力敲门，敲门声之大，谁也不得不开门。

法斯宾德站在门前，满脸哀怨：你们根本不知道什么是寂寞。说来奇怪，我完全明白法斯宾德在说什么，仿佛我曾经也那样活过，只不过，我从来没去敲任何人的门。

二〇〇四年

德惠街的那些晚上

先是在巴黎玛黑区，然后是纽约下东城，那是一九八五年下半年吧，再后来是在台北的德惠街，我经常晚上鬼混。

那是一家面对当时叫统一大饭店的迪斯科，门口没有招牌，店名可能叫Woodstock，DJ是一个叫Gary的家伙，我在那里点Jin & Tonic后跳舞，我像疯子般跳个没完没了，有时会继续和一伙人去别的酒吧，譬如一个叫水牛城的地方；人少的时候，我会坐在那里听听卢·里德(Lou Reed)和传声头像(Talking Heads)。

就是卢·里德的那首*Walk on the Wild Side*，让我的那些德惠街的晚上有了意义。那首歌象征着我的狂野生活，从一家酒吧到另一家，发明属于自己的舞步，喝酒抽烟，有时吸一点大麻(但大多数时候都吐掉了)，盯着旋转的灯光，企图抓住青春，但一闪神，青春就不见身影。

而我总是在回味那首*Walk on the Wild Side*。后来我也经常回味那首歌。我怎么会不知道别人、那些男人在打什么主意而那些女孩又有什么心思呢？我那时想，我的年少时光不会消逝，如果我紧紧盯着屋顶射下来的变化多端的光线，如果我一遍又一遍地听着卢·里德。我必须如此消耗我的体力和梦想，我并不觉得空虚或无聊，我真的不觉得。

我只是在空虚和无聊之前，先那样活着。那样的日子有一天突然戛然而止，我从此再也不去喝酒跳舞了。

多少次离开德惠街时看到不同的酒吧门口站着皮条客在拉客，多少次看到歪歪斜斜走过街头的男人或女人、当街交媾的猫只、对着暗巷撒尿的身影。那条街其实并不适合我，但我一样走过，因为卢·里德的歌犹在耳边。

现在我偶尔还听卢·里德，还听地下丝绒(The Velvet Underground)。看过卢·里德怎么穿黑色T恤牛仔裤站在台上吗？他简直像摇滚乐的神祇，像希腊神话里飞向太阳的神，他根本不在乎温度。他就是飞过去。

一九六〇年代，当卢·里德创办The Velvet Underground时，根本没人注意他。一九七〇年代起，尽管他和其他团员可能是当时最好的摇滚乐者，但从没卖掉过一张唱片，乐迷也只有五百多，但卢·里德完全不在乎，他小时候因好动而被住在布鲁仑的中产阶级父母送去电疗，做过二十四次电疗，之后，他什么都不在乎了，他变成摇滚乐的神。

我回忆德惠街的日子总会想起卢·里德。他又唱又说又喃喃自语，他把他纽约下东城的平凡生活唱成宗教，那些有关买卖海洛因和S&M及阴阳人的故事，在他口中都是平凡到不行的插曲，他只是下楼和dealer见面再踅回楼上，但歌曲就是这么动听，又这么令人感到孤独。

那也是一九七〇年初，安迪·沃霍尔走进格林威治村的一家酒吧，卢·里德正唱着他那歌词内容多半是自虐和过度用药的歌，安迪·沃霍尔爱上那些歌，从此有了一个乐团。他包装乐团，很快带给乐团名声和金钱，卢·里德和安迪·沃霍尔变成好友。不过，卢·里德后来因为莫瑞森(Sterling Morrison)而与乐团分道扬镳。

几年前，卢·里德娶了乐界才女Laurie Anderson，这便是Old NewYork Cool的传奇。卢·里德继续创作，他风格多变，变化之大，几乎令人有精神分裂之虑。他的歌带着那种令人狂喜又心碎的节奏，有时那么贴近死亡。他的歌陪我走过青春的暗巷。他的歌让我像以前在德惠街那样活过来。

二〇〇五年

走进塞尚的画室

我必须加快，一切正在消失中。

——塞尚

我和朋友开着车子往山上走，这里是普罗旺斯，我们要前往塞尚在Les Lauves的画室。他在那里度过人生最后五年，他在那里画苹果，他从那里带着画具走去画那座一直让他“小小激动”的圣维多山。

我还是比较喜欢雷诺阿哟，朋友在走进画室前说。她是印象派的支持者，她不会喜欢塞尚。这里是普罗旺斯，走进画室的两个人中，我喜欢塞尚，我很容易明白那种毕生害羞且与世隔绝的人，我自己几乎就有一点是那个样子。我无法长住巴黎，我也无法和类似左拉那种喜欢上流社交生活的作家来往。我也一定无法好好地画花朵，或者去画收藏家热衷收藏的女性胴体。

我带着艾密儿·贝纳尔当年的心情踏入画室。“除了我没有人会来这里，你既然是朋友，让我们一起进去。”那是一九〇四年，画室才刚刚盖好两年，一切按照塞尚的建筑图，他在那年二月邀请年轻画家贝纳尔来做客。贝纳尔记下他那天的所见：他们步下石梯，庭园里有好几棵橄榄树，塞尚从大石下取出钥匙，右边是一栋沉默的新房子，楼下是画室，他正在画东方地毯上的三颗头盖骨，窗台上有几颗绿苹果……

我站在画室里，望着窗外的光影。玛丽莲·梦露等名人在贵宾签名本上留过字，窗台上仍然是绿苹果，塞尚在这里一笔一笔地画着，“我必须加快，一切正在消失中。”

塞尚和左拉在普罗旺斯的中学时代是同学，两人从小要好，塞尚比左拉年长一岁，为左拉护驾，左拉回送以苹果，苹果很快便象征着塞尚与静物画的关系。左拉外向，擅长交际；塞尚内向，常痛苦烦恼，对人似乎总发出不友善的讯息。

一八六一年，塞尚应左拉的邀请，多次与反对他习画的父亲长谈，才得以去巴黎，但巴黎生活一直不太顺利，甚至一度使他怀疑自己的绘画天分。巴黎使左拉如鱼得水，却使塞尚灰头土脸。

塞尚隐藏个性中的“浪漫”倾向，崇尚自然主义，他努力不以自己的好恶决定色彩的使用，但在创作和现实生活中无法妥协，只好选择孤寂的生活，远离人群。他的犹豫是那么明显，他的优柔寡断在画布上显现无疑，光线虽不够细致，但比同时代画家多了宏伟感，对色彩和明暗总有精辟的分析。他以纯粹的色彩实在地展现内在的感受，或者说，表现光线的绘画可能。那与一些只捕捉表面印象的印象派画家是不一样的啊，朋友。

左拉于一八八六年出版了一本叫《作品》的小说，故事主人翁兰提耶是个终身无法画出自己梦想的画家，落魄潦倒，最终选择自杀。塞尚一读完小说，痛苦地意识到自己便是左拉笔下的兰提耶，那个外表寒酸、一点都不体面的“外省人”，那个没有气魄且江郎才尽的“流产画家”。

左拉从未理解塞尚，也不理解塞尚对虚伪的嫌恶，他不明白画家绘画的动机。“就算他有才华吧，但他却没有成为伟大画家的意志力。”左拉坚持他的看法，但他错了，二人在小说出版后再也没有往来。

塞尚常说他的绘画进展缓慢，因为大自然是以繁复的方式慢慢地向他展现精采的身姿。在画室的那几年，他的身体已相当衰弱，气候转变使他颓然，但他仍在风雨中作画，只有油画才能挽救他。“我必须画下去，我必须追随大自然画下去。”

我站在他的画室里，仿佛听到他在喃喃自语。

二〇〇五年

柯恩的秘密生活

伊拉克战争开打了，我到土耳其做美伊战事采访，坐在伊斯坦布尔塔辛区一家咖啡馆里与一位专栏作家聊天，耳边突然传来里莱昂纳德·科恩(Leonard Cohen)的歌声，把我们两人都吓了一跳。

那是科恩最近的作品《秘密生活》，夹在频道中播放。在博斯普鲁斯港口，在拜占庭和奥图曼的王国，在一个飘雨的黄昏。

专栏作家以前是异议人士，二十年前坐过牢，之后流亡德国十数年，曾在法兰克福及汉堡等地住过，那些年他都听科恩的歌，“听他的歌可以让人安心地死去”。他名叫艾汀·恩基，他跟科恩一样长期流亡，选择面对真实人生，而且总与数不清的女人有数不清的情事，最后总是不得不离开。

科恩的歌和堕落有关，堕落不但理所当然，且是真理。科恩不但无政府且彻底反战，这一点，恩基在好多年后才知道，那些年，他不小心为库德族说了话。入狱后，他的新婚妻子从安卡拉搭了一天一夜的火车来看他。他的妻子说以后没办法常来，两年后便认识另一个男人。

像我这样的人怎么可能不听科恩的歌？只有科恩的歌才能拯救我，艾汀·恩基这么说。科恩总是愤怒的，受伤的，一个苍老孤独的灵魂。科恩的力量便在于他选择诚实地面对他输掉的战争。他酒精中毒，他与女人纠缠，他一再离开，但从不害怕面对真相。

科恩最钟爱的主题还包括伯利恒(Bethlehem)和巴比伦，艾汀·恩基认为那是他的远见。那不但是科恩主题，也是科恩最喜欢的地方，当然，伯利恒在巴勒斯坦而巴比伦在今天的伊拉克，你只有去过伯利恒才知道巴比伦看起来有多不一样。仿佛行过不同的时光。巴比伦曾经是西方文明起源地，现在是美军的轰炸目标。

那些年我先在巴黎，然后去了西班牙和纽约，科恩的歌我都听过。科恩年轻时便是加拿大最好的诗人，他的歌词简单明了，正像他活着的方式，听他的歌像打开一扇门。后来我更觉得像关上一扇门，关上门后，你得以听取诗人的喃喃自语，你得以进入诗人作曲家的秘密生活。

我恰巧知道作曲诗人的秘密生活。一九九〇年代的科恩和日本禅师佐佐木结为好友，他后来搬到佐佐木在洛杉矶山上的庙，在那里帮禅师打杂，充当司机，白天他和禅师喝酒聊天，晚上就在那禅寺的一间房间里作曲，秘密生活是他的开悟。

秘密生活没有对或错，没有黑与白，没有生与死，没有往世也没有来生。科恩虽然是佛教徒，但他的歌词听起来像《圣经》里的句子，仍然是巴比伦，所谓的轮回是一种对已放弃的渴望。科恩是彻底反战的，只是他再没说过。

还有，“九一一”事件后，科恩的歌曲在美国被禁了。那歌的歌词听起来正像出自恐怖主义分子：“首先我们拿下曼哈顿，然后我们攻占柏林……”

在伊斯坦布尔的塔辛区咖啡馆，我听恩基谈论他的往事，想象科恩的秘密生活，我想他应该早已离开禅寺了。

二〇〇三年

辑六 沿着河岸前行

我住在这个我曾经想逃离却未逃离的城市，我最终明白；天地之大，我不需逃离。也再无所谓逃离。

慕尼黑的下午

“那个城市有一种独特的蓝光。”一个朋友说，但是他找不到任何词可以形容那蓝色。他说，那是一种慕尼黑天空下才有的蓝，那是巴伐利亚的蓝。

巴伐利亚的蓝。我以前也想象过蓝光，想象爱斯基摩人对光的描绘。那是一种回家的渴望吧，是沙漠旅人对水田的幻影吧，会不会是一种神驰，像做爱高潮时眼皮上的跳跃闪动，或者像耶稣显灵时出现的大地光束？当然，那只会出现在教会印的明信片上，而他们说那是宇宙力量穿过云层射向大地的光。或者是一双我曾遇见过的淡蓝眼珠，那望向我的热烈光芒。那淡蓝色的信仰。

有时觉得那蓝光可能只是一种想象，几万年前的人正因为那想象力，在黑暗混沌大地上找到了火种，找到了希望。那是对爱的需求，那是灵魂渴望与另一个灵魂融合为一的叫喊。但绝大部分的世俗生活使人对真实失去了想象，所以没有看见那蓝光。

我也不确定我看到的便是那蓝。

就像星球从外太空陨落在银河之外，我们看见时它已陨落了多少个数万亿年。数万亿年后的光，光年元年的出发，被忽视的光之旅。如被忽略的小说章节，还未展开情恋的恋情，已经死亡的亡故。

我在意大利托斯卡纳山区看过天光云影，那是达·芬奇的画像，那是波提契利画像里的光线，那是一场革命，那是文艺复兴。意大利文化中对传统有一种漫不经心，那是一种全然的自信。虽则那蓝色与巴伐利亚可以相提并论，但却又无法相互比拟。

我在澳大利亚爱利斯泉驾车旅行时看过一种独特的云，没错，云和人一样，有自己的个性和特征，每个地方的云都不会相同。我刚好也在五万年的热带雨林里看过古老天空，甚至，在太平洋毛利岛的火山上看过云雾，在永昼的国度看过太阳，在更南的疆土上直视日全蚀。

我却从未在别处看过那样的蓝光，那浅显却不能透彻的蓝，那应该是阿尔卑斯山上的白雪回印在湖上的颜色。那应该是蓝骑士画家们的灵感。一种幻想，一种精神，一种对自由的坚持。那是路易二世对艺术的偏好，他在山上建古堡，在地窖里打造人工湖，为了聆听瓦格纳，为了追求一个神话梦土。

从前，我还没来到这个城市的时候，我只知道那里有啤酒和面包。一个男人邀请我去那个城市，“慕尼黑”，他提起这个名字，仿佛提起内心的秘密，“那是一个等着你来拜访的城。”慕尼黑为什么叫慕尼黑？我问过他。这里以前很多修道院，城市是由修道士得名，中文翻译则没有人懂，譬如为什么是黑？我觉得这三个字是一个咒语，它可以从帽子变成兔子，就像巴黎或罗马的吉普赛乞儿行乞，拿着一张写着几个字的白纸，你探头一看，转身便被骗去了钱包，你对那高明的骗术惊讶无比，那纸上只是一个名字。我去了那个城市，先是学习德语，然后便住了下来。转眼间，我从女孩变成女人。

那时，我对生活有太多期望。常常经过鞋店为自己买鞋。常常去邮局寄信，寄邮包。每个下午经过同一条街，那条街上都是理发店。经过市场，站在露天的果汁店吸吮奇异果汁或小麦草汁，买一人份量的面包。经过买花的人，经过教堂，经过遛狗的人及被遛的拘，走路到语言学校，傍晚又走路回家。在超级市场里绕圈圈，构思晚餐或人生的内容。香蕉为什么是弯的？月亮为什么是圆的？女老师嘴上有胡子，警察的制服很华丽。那时我的生活是一个听起来有点悲哀的爱情故事，我把它像挤牙膏般挤压成一首诗。

那是一首逐渐遗失旋律的歌，我曾住在城市的高楼，每每看不到太多安静的内心景色。我回忆着，那时的我朝向北方，骑着脚踏车，沿着月光街向前，一个陌生男人开车跟着，他超越过我后停车询问："你愿意与我共度一生吗？"噢不，想了大约五秒，我还不知道我是否有能耐与别人，与任何人，共度一宵。时间是渐近的失序，有时是凶猛的治疗，我活过来了，在那个城市，继续骑着脚踏车，在有人喂食白天鹅的公园湖边喝过一公升的啤酒，骑车骑到完全相反的方向，离家愈来愈远，愈来愈远。有一天，我终于醒来。

有些下午，我在家沉思，冥想远方的人。另外一些下午，我显得较为慌张，站在花园看着飞过的鸟，或者听舒伯特，为什么鸟似乎总是知道要飞往何处？我打算给谁写一封信，我站着时不小心酝酿出想法，并且有一个美好的开首句子，那封信我始终放在心底的一个抽屉里，我曾经多次像雷蒙德·卡佛那样，有个像他写过的那样的故事，但我一直没动笔。

“以规模来看，这是一个适合人居的城市，不大也不小。”说话的人是我的医生，他坐在河边诊所应诊，有空时会眺望河边景色。我想知道悲伤时心为什么会痛，那颗跳动的心脏。还好，后来几年的我不常再悲伤。我跟他一样也住在河边，我跟他一样也眺望窗外，但我并不经常在家。无论站在何地的旅馆，我都眺望窗外，我以为我必须。我也以为，我可以像站在窗口的彼时那样活下去。

我离开过太多次，也回来过太多次。这个城市偶尔疲惫，偶尔黯然失色。我去别的城市，回来时带着背叛情人的心情。我确实对这个城市不够忠实，而且不会为此不安，但再也没在街上遇见那个人了，想到他时，也不必一根接一根地抽烟，因为分处两个城市的感情终究如我所预料那么一般，会逐渐变质，像布料那样会褪色。只是你的名片一直被我夹在一本书中，我并没忘记。再不久，我与一个陌生人结婚。他在电影院门口看见我，他说，他从来没看过那么悲伤的人，他是因为我的悲伤爱上我。我和他在餐馆闲聊时，一个摄影者不由分说便拿起摄影机按下快门，没错，我正在笑，我看见了光，那光唤起我对这个城市的所有记忆。

不是别的城市，正是这个城市，慕尼黑。湖上结冰时，我和他踱步走过，像基督行走在水上，佛陀亦然。以前，我的灵魂不住在这个城市，像波兰导演基耶斯洛夫斯基电影里的双面维罗妮卡，我的身体却留在这里，像空荡的客厅，只有简单的歌曲陪伴我，那是里莱昂纳德·科恩在加州跟随日本师父的日子。有些日子长得古怪不合情理，有些日子又那么顽固，像这里的冬天，有些日子令人难舍，但大部分的日子来了又走了，没有在场的证据，也没有不在场的证据。

但我远比那些年更坚强了。我不确定我们将有几个人生，假设我只有一个人生？我逐渐明白，是那蓝光让我在这个城市留下来，是爱让我留下来。我住在这个我曾经想逃离却未能逃离的城市，我最终明白，天地之大，我不需逃离。也再无所谓逃离。

二〇〇一年

沿着河岸前行

人生便是舞台，无论角色为何，每个人都有上台的机会，上台后你就得尽情忘我地演出。你得尽职地演自己。这是莎士比亚的观点，也是普遍的人性观点。人生里虽有大人物及小人物，但舞台上并没有大角色和小角色。

我有时把自己的心灵当成一个舞台，如果这个世界是舞台，那么心灵一定是舞台中的舞台。最初，我是那舞台上的演员，后来我学会编剧并且开始当起导演，我让不同的元素和事件进入我的心灵，在我的心灵深处上演一出又一出的戏剧，夜以继日……曾几何时，我发现我也愿意做一名观众，愿意安静下来欣赏所有在心灵舞台上发生的一切。我不再主导心灵，它自然发生。

它可能这样开始：有人走过去，带着一只狗，或一只狗带着他，或者猫，或者狼。或者有人跑过去，追赶或被人追赶，有人在稍远处交谈，争执或和解，有人打开窗户正在往外看，有人向我招手，有人拥抱或告别，他们难舍难分，他们视如寇仇，他们在跳舞，他们在唱歌，他们在进食呕吐，吸烟吸毒，饮酒作乐。有人正在受苦受难，有人出生，有人死亡，有人来了，有人走了，有人爱你，有人恨你，有人爱别人或恨别人，有人占据你的心灵舞台，有人很快撤退，有人若隐若现。有人虚情假意，有人疑神疑鬼。有人要死，有人怕死。大部分的人来了又走了。

它也可能这样开始：我听到声音，我寻声而去，声音逐渐消退。我回到山谷，我去到海边，我沿着河岸前进，遇到许多追求真理的人，也遇到叛徒，我小心不做判断，我继续走，天逐渐亮了，天也逐渐暗了。我有时孤独，有时又不，我和别人一起出发，有时分道扬镳。我遇到别的同伴。我遇到导师，我也遇到随徒。我曾经是导演，但大部分的时候我又是观众。我不必编剧，因为自然发生。

心灵舞台上有时风平浪静，有时月黑风高，可能是仲夏夜了，却又起风，有时天晴，有时天雨，飘雪结冰，还有一些时刻则是暴风雨，天摇地动，天昏地暗，冷，热，燥，湿，温和，郁闷。更多的时候：心如明镜台，何处惹尘埃。

然后我看到光。光影洒进来后，人的表情便有了变化，事物也有了深度，姿态更清楚了，因紧张而扭曲，或者因专心而微倾，有人不安如刺猬，有人退缩如松鼠，有人天真无知大胆，如初生之犊，有人谨慎如斑马，规矩如长颈鹿，孜孜不倦如蜜蜂或蚂蚁……有光的地方便有生活，光是世界的起始，光的出现形成立场，人的行动构成布局。

我也意识到颜色的变化，感觉和情绪都有颜色，甚至有形状。譬如深思熟虑是蓝色的，而焦躁只可能是红色，试探是橘色的，而关心可能是黄色，但只是可能。如果是田纳西·威廉的剧本呢？时间则赋予空间一种厚度，一种延长。空间有时是开放的，有时是封闭的，没有出口，或者像多门的房间，甚至可以遁走或凭空消失。

有时我听到对话。譬如在电车上：一个腿上打石膏的年轻女孩正在听很吵的音乐，她移开一只随身听的耳机对她身边的年轻男人说：我想明天就去做心理分析。年轻男人：干吗？无聊。女孩大声继续说：我受不了我父亲了，我要去看看怎么办！男人说：你说话小声点行不行，你怎么办只有你自己知道，去找那些人有屁用。女孩：我就是要去。男孩站起来准备下车。

又譬如：两个女人坐在露天咖啡座，一个满脸愁容，另一个装扮像男生，她安慰悲伤的女人：你必须换成男性的思考逻辑去思考他。悲伤女人的表情不再那么悲伤了：那我应不应该打电话？

我甚至听到自己自言自语：我再也不必了，再也不必了。

大部分的时候我在生活中服膺奥古斯都·波尔的无形剧场理论，小部分的时候我睡着了，因为生活是多么多么乏味啊！但戏剧来的时候，它便彻底地唤醒我。

二〇〇三年

亚班诺来的女子

要说对意大利亚班诺温泉区最深的印象，除了那里的火山泥浆外，一定就是那位亚班诺女子了。

她是我的物理治疗师，体格高大，像个年轻强壮的母亲。那母亲的形象在我离开亚班诺后才愈来愈明晰，也要等到我离开她后，我才清楚，原来我如此向往一个知道生命责任并且勇于承担的母亲。这个亚班诺女人只是来帮助我重新接近水，亚班诺温泉(Abano Terme)从罗马时代便以治疗疼痛远近闻名，亚班诺(abano)这个字义便与疼痛有关。

为什么我需要一个治疗师来帮助我接近水？十几年前的一个夏天，我曾经在台北一处深水游泳池里差点窒息，或者我潜意识有意自杀，那天下午，我直直走进游泳池里跳了进去。从此我不再游泳。

几年来我饱受牙关节疼痛的折磨，一位德国医生说，你该去亚班诺。我以前完全不爱惜自己的身体，现在已无那种自我毁灭的倾向，但仍然欠缺足够的身体意识。我的思想不认识自己的身体，我的身体里住着一个孤独顽固的灵魂。

亚班诺来的女子问我，为什么想做水治疗？我说，有疼痛问题。不，不，她立刻说，你没有问题，亚班诺来的女子轻轻地笑了。她一听到问题这个字便笑了，她有的是意大利人的幽默。你只是不知道如何享受。水治疗要让你重新发现乐趣，而非解决问题。如果你找到身体的乐趣，你便找到生命力，你便会健康。我惊讶，是的，她怎么知道？我从来不敢多想感官和享乐，享受这两个字如此不适合我，只要我一有那样的倾向，我便立刻告诫自己不能堕落或耽溺。我活得像斯巴达教徒，或者像苦行僧人，我同时也是自己的严格父母。我的确常常惩罚自己，我像我的父母对待我那样对待自己。我必须不停地工作，求取进步，我只能对自己不满意。

这个女人的脸孔像俊美的意大利美少年，像米开朗基罗的雕像，她也有那样的鼻子，总是将金发一丝不苟地盘在头上，看起来像李芬史达尔(Leni Riefenstahl)拍摄的奥林匹克运动员。她说她来自亚班诺，问我的家在哪里？我被这个问题问倒了。她并不是问我来自何处，我怎么会不知道她在询问一个有关心灵(是的，心灵！)的问题呢？

那时我们站在亚班诺的丽兹温泉旅馆的水池里，她准备为我做水治疗(Aqua healing)，冬天下午的阳光透过屋顶上的玻璃洒在水池上，水影浅浅地浮动着，我不知道该如何回答她，只好报以微笑：我来自海岛，住在德国。然后我说，在一些无法安静自处的时候，我确实也问过自己：家在哪里？

家就是令你感到最自在的所在，她说。我后来想，是否应该告诉她，我的家就是我目前的书桌，丽兹温泉旅馆二一四号房，我的家便是我的电脑和那些来不及回复的电子邮件，还有那几本随身的书。我的家就是我正在书写的地方。这个让我自得其乐又苦痛的地方。

而离开台北的家已如此之久，十年二十年就这样过去了，就像昨天下午短暂的散步，我躺在水上时闭着眼睛想。

昨天下午在亚班诺附近的丘陵(火山爆发的熔浆堆积)遇见两名修女，蜜蜂修女，并与她们谈话。她们在修道院后面养蜂，在修道院的边间卖蜂蜜，她们的蜂蜜有机且纯正，商标上这么标明。但修女也说，虽一切有机经营，但不能保证蜜蜂的去处是否如她们所望。你怎么能限制或知悉蜜蜂的去处呢？她们的蜜蜂去了城市里许多地方，最后回到这里酿蜜。那样的下午，我的心像修女们那么平静，但夜晚却做了噩梦：

我必须与男人分租房间，那房间是如此幽暗，使我几乎不想回去。不必问弗洛伊德，毫无疑问，那幽暗房间象征的便是女性的身体。

那二十年中，一些日子里我也曾全然被唤醒，夏天的时候在斯塔弗湖划船，想象康丁斯基和他的蓝骑士同伴及情妇如何在这里生活，天空有那种他们在画布上调不出来的淡蓝，湖水是那种只有湖才该有的翠绿。我像唐朝诗人那样感觉到大自然的纯粹与天人合一，但那时我的朋友全不在我身边，孤独感使我必须回去写作。那种对大自然的敬畏便是歌德和侯德林说过的绝对美感，人类便是为了那美感创作，就算我只是在给一个人回信，但是我必须写，必须和别人分享(还有其他的同义动词吗?)。我感受到的一切。我经常觉得写作像祈祷(卡夫卡也这么说)，千真万确，那些文字确实像祈祷文，和冥冥之上的对话。

而欧洲的冬天是如此长，欧洲的冬天使我出门走路时总不自觉加快脚步，我缩着身子在雪地上快速地走，虽然喜欢在雪地上走，但一些时候，我却有一种奇怪的感觉，我跟从自己的脚步，仿佛自己也不知道要走到哪里。

很多时候我迷失了，很多时候，我把时间杀掉了(我同意英语的用法)，像一些无能为力的母亲不要她们身上的胎儿，或像暴风雨不理会花朵或流浪汉。我在一些人生时刻昏睡，出入许多机场火车站，转身转车或转机，或者在不同城市里认路标，到市场走动，买鱼买菜甚至买生火的木柴，坐在花园里喝茶，或在啤酒园晒太阳。我常常有太多想法，那些想法愈来愈分岔，像河流一样分岔，没有办法汇合统一。一些时刻我似乎也觉得没有什么必要，仅仅活着便是我的主题，除此无他(唯有这件事上我再也不能虚矫及妥协了)，这也是我的写作主题。

但也许我逐渐陷入想象的泥淖而不自知。我被太多想法紧紧拉扯困住，就像阿依安在迷宫。我身边的人也曾带着笑容说，你怎么就这么不安宁呢?是啊，我怎么就这么不安宁呢?是谁的旨意和法律要我这样活着？但那么多想法就是不会弃我而去。纠结，安慰，恐惧，惊奇。

我的心里上映着一出一出电影，永不停歇。

但如果我是阿依安，文字便是我留下的红线，我留下红线，为的是找到生命的出口，但我忘记了一件事，我不需要，我一点都不需要那么急着找寻出口。我和自己辩论：生命只是为了留下痕迹，不是为了寻觅出路。以及：没有出路，现在便是出路。没有更理想的人生，现在就是理想的人生。

更多的时候，我都在心里默念着塞尚的句子：我必须加快，一切正在消失中。我曾经坐在他在普罗旺斯的工作室里，望着窗外的树景，并想象房间里的情感和光线的张力，或者那正是时间的张力：我必须加快，一切正在消失中。

然后我病了，我的身体向我发出抗议。我才发现我的身体并不欢迎我常感受的慌张和不安。我未善待身体，但我并不自觉。母亲从未教过我，她是第一个爱我的人。十八岁离开家，从台中来到台北，秘密地与阿山仔军人[①]订婚，很快怀了孕，既恐惧又幸福，她的确想过不要让我来到人世，但那不是她的错，她自己当时仍然是个孩子，并未真的告别自己的父母。我只是不知道，那十个月，我是如何在一个有自毁意愿的母亲的子宫里存活下来，我多么渴望她的爱，又多么憎恨她，在后来的人生中，我也几度认为，她给了我生命，但她也几乎毁了我。

而此时此刻，耳边亚班诺女子的歌声使我进入一种幻境，

---

① 指“唐山人”，用来代称“外省人”。

仿佛自己重新回到母亲的子宫里，在歌声与她轻柔的动作中，我已摆脱了许多无谓的心思，我开始觉得安全和舒适，母亲是爱我的，但是她自己充满恐惧，她还不知道如何保护她的孩子。我突然升起一种感受：我可以自己保护自己。我有能力保护自己。

亚班诺女子在水中抱着我，我闭着眼睛，感觉得到阳光和人影在眼皮上呈现各种颜色。女人唱一首首的意大利童歌，她轻轻地摇着我，我不再感觉任何重量，地球的重量，生命的重量，历史的重量，全都消失无踪。好久以来不曾这么轻松，那是一种回到家的感觉，我不想开始也不想结束，时间在那一刻完全不存在了，我没有压力，没有过去也没有未来，只是活着，我可以自在地活着。

水，现在是你的家，这便是今天的课程，亚班诺女子在治疗结束前这么告诉我。说来奇怪，我在那一刹那间也觉得自己重新活了过来。对母亲没有悔恨，完全没有了，只要我回到水里。

母亲生下我后将我留在外婆家，我六岁前由外婆抚养长大，外婆并不欢迎我，我从小便没有家，我不知道如何爱惜自己，母亲与外婆也不知道，她们不知道如何爱别人，因为没有人爱过她们。

亚班诺来的女子眼神里满是关心，她说，希望你能发现更多生活的乐趣。我的确已重新发现了乐趣，水，现在是我的家。她的话是至理名言，自在的地方便是家。我已回到家了。我不再漂浮，已经抵达。

在亚班诺停留了十天，每天与亚班诺的女子固定做治疗，离开温泉旅馆前在大厅前遇到她，她正在与一个看起来像意大利黑手党的黑发男人说话，那个男人曾与我错身而过，一个看起来并不温柔、随身有两位保镖陪伴的中年男子，我曾看过她在水中抱着他，而那时他像婴儿入睡那么安详，现在那个男人和她说话，表情只有仰慕和依赖。她并不是我的母亲，但给了我母性的能源。亚班诺的女子对我说，她也住在丽兹旅馆，但她喜欢骑马旅行，她不常在家。

离开她后，我想起以前的恐惧，我一直有告别母亲的恐惧，我一直无法信任或依赖他人。以前我担心自己无法离开母亲存活，后来我担心母亲无法离开我而存活，担心母亲将逐渐衰弱下去。我从母亲身上看到我自己。我以为自己一生在寻求一个父亲，但我更需要母亲，以及与母亲的和解。

在亚班诺，我终于告别了那些恐惧，觉得自己可以好好地活下来。

二〇〇三年

情感的名字

你走后，空间便不断地扩大，我坠入遥远宇宙的尽头。我们的关系已成为历史，我把你的纸条塞入书中，那纸条上写着你的姓名，我无法念出声，那是我的密码，它将开启我的灵魂。

虽然我迟早会忘记那些细节，与这个名字有关的一切。“请为我订一张机票至吉隆坡”，故事往所有的方向发生，你一个人在你的房间里等待，我知道你的房间号码，但我的心里发出细微的声音阻止我再靠近，你眼睛里闪烁着不定的光芒，像深水湖边的天空。可我就是想靠近，我想靠近那熟悉而完全的陌路，那既灰又蓝的光。

我问你，还有更深的一步吗？我觉得这已经是全部了，我渴望进入你的灵魂，但进入灵魂太难。你说，灵魂只能短暂接触。因为灵魂从来都那么孤单，灵魂很难去接纳另一个灵魂。

你已经成为故事中的灵魂人物，你已成为我与这个世界的联系。

你现在正在驱往南方的车上吗？还是在无法立刻宣布结束的会议中？战争发生的时候，你打电话给我，在一个纷扰的办公室下午，我已成为等待出发的旅人。自由是什么？你为什么从此感到受羁留呢？自从飞机离开视线之外？在气味消失之后，你说，有一种关系没有界限，没有任何边境。我称之为心灵活动，那是想象，所有的情感都是人类对生活的想象，在想象中，所有的事物都各自拥有自己的生命。你说时间是幻觉，所有的存在都是幻觉，那我怎么解释此刻呢？我怎么说服自己深夜躺在床上却睁开的眼睛？那重复的房间踱步？那颗忐忑不安的心？你送的书中夹着一张你的名字，请为我订一张机票至吉隆坡？

我和你说话正像和镜子说话，和自己对谈。虽然我没听见什么，我只看到你在沙滩上跳舞，你喝下满满的一杯酒，你说，走向正常，就是走向疯狂。而走向疯狂，便是走向正常。无论如何，若一定得在肉体和精神上做选择，那我宁愿和你谈话，你说，但你不谙我所使用的语言，我也没学过你的母语。你明了空白的本意，字与字之间的属性。“语言就像交通工具，”你又说，“它承载的不是意义。”我们既无法交谈也不需交谈。

我喜欢你。这个句子是石头还是宝藏？还有别的句子，许多句子都可以化石成金，我们想象陌生的词句，像我们想象对方呼吸的气息。那些字句有着某种魔力，某种重量，落在心里时会发出声响，我们在声音的版图遇见对方。

你从声音开始认识一个人。“我可以为你做什么吗？”我像询问顾客般问你，我们老坐在花园里那张桌前喝咖啡，谁告诉我们什么事能做，什么事又不能做？我无法改变生活，而我的生活像一个等待切除的身体器官，或者像多余的家具，我如此活着，如此呼吸，如此遇见你。人怎么可能活得那么老还像个孩子？你怎么这么年轻就经历了这么多？我分不清你的意图，但谁在乎那些？我只在乎你热切的目光，我只在乎你的孤独。我终于认清自己只剩下个人倾向。我成为一个没有立场和理想的人，我成为不幸福的人。

一夫一妻制是你无法理解的，我认为大部分的人在大部分的时候只活在自我中心，我没有权利审视你的生活文化，无论保守或偏执，你说“你对全世界诚实，就只对自己不诚实”，你将你的西装吊挂在办公室的衣架上，你的内在则无法一览无遗，但也并非那么令人费解。

我愿意活得跟你一样长，但我不愿接受思考的折磨，因为你已经激发出我的灵感，我得暂时依靠你继续想象下去，像黑暗中的山路，我赤脚并依随你行，我知道我可能会抵达一个我没去过的国度。你应该知道，泪水有时和快乐的性质无异；你应该知道，我并非时时都那么自信，而你的表情也逐渐僵硬紧张。究竟谁是理想主义者？又是谁赋予我们情感生活的规模和意志？

事情可能是这样：只有虚构这一切，才能逃避毁灭。我总是在下午的时候特别慌张，我只能继续虚构下去才能安静，我需要无比的勇气和想象力，否则就是一种唤醒自己的力量，我总是不够清醒。如何从文字的魔障里清醒过来？如果我清醒过来，你是否已经离开？我将如何继续虚构你的存在？

你已经察觉我的不安，那使你得到一种能力，一种可以命令的语气，虽然你以为我是主导我们关系航向的人，在没有边境的情感之途。我为你订票，我知道你的旅程和时刻表，我知道你的目的地。你原来的生活是陆地，有一天你将结束漂泊，回到岸边。

而你是我的窗外，别人是我的屋内。你知道我总是眺望窗外，我必须。

你的神在对你说话吗？我需要一种信念，我迫切需要一种信念，告诉我，生活将如何承受这个故事？你的味蕾已失去了感觉，你还在吸烟，你在烟雾中构思着，当你思念一个人的时候，并不一定要告诉对方。当你感到害怕时，也不一定要说出来。有人在等待什么讯息，像花香渴望空气弥漫，像迷失的伫鸟等待着同伴的呼鸣，你在烟雾中想象，许多想法已倾移至容易被人疏忽的章节。

有一种关系无法界定，它叫情感，它在生命中滋长，像雨后急速成长的竹子，它同时也在时间中逐渐褪去，像不像衣服上的颜色？天逐渐地黑，明天又是天明，你有可能改变你的思绪吗，像变换你系戴的领带？幻象与真实的距离在哪里？我已经开始书写一个故事，故事里的人物不情愿活在他们的故事里。

我问你，我将往哪里去？情感的旅途在哪里结束？如果我忠实于我的欲望，现实是否一定会离我远去？他是否一定是我的生活之谜，故事会如何改写？

这个故事的主角，我确定我一定会相见，可能是多年后，尘埃落定的多年后。时间对我没有特殊意义，时间只会冲淡所有的想象，从现在开始我不再想要像你，我只会回忆你，我知道，时间也会带给故事另一种面貌，另一种色彩。任何故事。

这便是任何故事里的一则故事。

二〇〇一年

记忆啊，别背弃我而去

无论残酷或美好，你无法抹除记忆，无法像擦去玻璃上的雾。记忆有时躲在一个角落里，有时难堪，有时欣然，有时出人意外，更有时，排山倒海，无所不在。时间之镜即使铺满灰尘，一旦面对，仍无所遁形。

但是，记忆是幸福的啊。记忆像一只柔软的手，轻轻地抚摸着你，记忆有着美好温和的外表，记忆就像流动的窗外风景，就像某人身上的肥皂香味，就像一首悦耳动听的歌，虽然，气味逐渐消失，而那歌的旋律已难辨认，不复辨认，如白云苍狗，如过眼云烟。

一只鸟有没有记忆呢？或一匹马？或海豚？我常常混淆梦和事实，我的梦中景象出现在记忆中，正如我在梦中回忆着生活，我像个梦游者，像使用过时地图的游客，寻找着已不再存在的路标，游离于现实与想象之间，飘浮在记忆和遗忘的边界。

他说，你将会记得我，你将会把我置于一个记忆的抽屉，在一些深夜时刻，你会打开这个抽屉，便会想起我，而每当想起我时，你便会后悔。他的话像魔咒，有好多年，我一直记得他。但我未后悔。

又或者，我离开了童年，带走一些花与夜空的记忆，我从家里的花园里摘了栀子花，送给那时世界上唯一注意到我的人，我的小学老师，我始终记得她嗅着花香，整张脸像花一般灿烂地笑着；而在无忧无虑也无人爱的夏夜，我独自躺在草地上数着星星，计划如何离家出走，在台北郊外的河边送走一艘艘纸船。

记忆是开放的，像一个房间。像一个开着窗户的图书馆，春风吹进来，月光照进来，回忆像一间房间，一个张大眼睛的房间，目想耳存，冥冥中有人不停地注视着你，你的安静或不安，你的忧郁或狂喜，你的诅咒或喃喃自语，时间不停消失，不停消失，而房间仍然存在，仍然注视着离去的你。

我记得别人遗忘的回忆，是的，一些我爱过的人，我记得他们如何吃蛋或洗澡，我记得他们走路的样子。我的母亲也记得我的笑声，她多次剪掉我的头发，她仍然记得当时我身上的味道，以及在初潮时我将内裤掩藏在何处，那便是我已成为女人。

每天与我擦肩而过的人，他们记得我吗？我皱着眉头看着这世界的脸，我常常在路上遇见的狗，那只儿时叫Yes的狗还记得我吗？也许它的灵魂记得我，也许，我前世的灵魂记得我，虽然我常常遗忘，虽然我浑然不知，虽然欲望逐渐占据我的心，尔后，空虚的思维守驻我的身体。

记忆是所有我去过的城，所有悲哀和繁华，城市的身世，盘据在城市上空的精灵，快乐或伤心的恋人，悲欢离合。记忆是我走过的路，不管是大街或小巷，不管是鲁莽或谨慎担心。我遇见那些烟视媚行的女人，仿佛城府很深的男人，比大人懂事的小孩，如顽童般的老人。有时我突然停下来：我要往哪里走呢？我怎么记得我出发时的目标呢？

记忆啊，别背弃我而去。下次我们相遇时，请别嘲笑我，也不要失望，我将记得你的名字，我将永远记得，在孤独的时刻，在神采飞扬的时刻，你总是提醒我，即便在最无奈的人生转角处，你总是提醒我，记忆需要勇气和信心。我但愿在任何时刻，当我面对你时，都不会腼腆或悔恨。

二〇〇五年

越过阿尔巴尼亚的边境

我已经想过了好几遍：时间只是幻觉吗？还是破碎支离的语言？行动电话不断地响，但没有人去接听。吉普车穿过红灯头也不回，我们站在两千年前修筑的城堡上，我们站在 Durres的沙滩上。你再度问我：你还是同一个人吗？

这里是阿尔巴尼亚总统府，坐在高高窗口的女职员问我：是不是第一次来提亚纳？

然后她问我要了护照，填写一张冗长的会客访问单。她是第三个问我对提亚纳印象如何的人，现在是八月初，提亚纳四处都是从德国淘汰来的一九七〇年代奔驰车，到处扬起灰尘，一个走在我前面的男人吐了一口痰，我绕过他身边继续往前走。吉普赛女人抱着幼儿在街头行乞，太阳热得像二十年前台湾的夏天。

我戴着太阳眼镜穿过市区，这个城市简单明了，但是却有个秘密：你已经不是同一个人。你说你是南斯拉夫来的王子，我说我是成吉思汗的后裔，你从时间里走出去，就像你走出一家旅馆。我明白你，但我不尽明白你。你在那里，但你也似乎不在。你的心思是一个无人的王国。你回头问我，上次听瓦格纳是什么时候？上次和一个陌生人十分聊得来又是什么时候？

我可能无法仔细对你描述任何情节，譬如那故事有个随便潦草的开头，她就坐在你面前，或坐在你身后，而你处在两个女人中间，那是提亚纳一个学校的毕业典礼，阿尔巴尼亚所有的政治人物全都出席，也都发表演讲。“我们晚上将打电话到旅馆给你”，你走前这么说。你经常使用“我们”作为主词，你说那是阿尔巴尼亚文的关系。“我”和“我们”的不同在哪里？那几乎是我们两人之间全部的距离，不是深度，只是字与字之间的差别。我在房间里，你在外面，你在赶赴机场的路上，而且你司机的妻子当晚难产，濒临死亡边缘。

这个故事其实是同一个故事，只是叙述的语言有着不同的色彩。前言和后语有所矛盾，那是文字的性格使然，你从来不喜欢一致性。你在电脑上快速地打字，谁能那么快地打字？而且是阿尔巴尼亚文。你说你只说无关紧要的事。你因为疲倦而张开眼睛，还不知道你拥有什么样的能力。身体的接触哪里比得过思想的接触？你自问。女人的皮肤像玻璃，而你的手掌如此崎岖。月圆那天，有人正越过提亚纳的边境，有人正越过科索沃边境。

那时我们站在提亚纳郊区医院里的回廊上，是谁的父亲病得非常严重，可能即将不治，而当儿子的人还得离开去远方？去意大利吧，然后去美国，他不再回来了，你说他永远不会再回来了。

必须再读一次卡夫卡给父亲的信吗？父亲大人，您为这个家辛苦工作了一辈子。必须再读一次卡夫卡吗？我的父亲在海岛上飘荡了大半生，他的女儿成为无政府主义者，没有脸孔的女儿，失去父土的女儿。我走过提亚纳大学广场，去年，民主党集合在这里示威，他们将坦克车开进了林荫大道，并且对着总理府开炮轰击。你指着总理府会客室墙上的弹孔说，这是政治阴影重重的大厅，厅里只有一组华丽的沙发，问候的话语在房间里空洞地响着：你还要在提亚纳停留多久呢？

今年七月中旬，阿尔巴尼亚民主党人在罢会十三个月后，重新走回国会。那年无故死了一个民主党人，但那绝不是社会党政府的错。相信我，今天晚上我想为你安排一艘船，如果我们一起在深夜跳入大海，我便能洗净一整年的罪，但是提亚纳与Durres

边界上发生警匪追逐事故，一架警察局出动的直升机坠毁在通往海边的路上。

你说，科索沃和蒙特尼哥都和我们站在一起了，马其顿也是。大塞尔维亚主义激发起大阿尔巴尼亚主义，这些都是政客的想象力，是他们谈笑时飞溅出来的唾液，他们被自己的想象催眠，他们进入了不同的历史逻辑，但大部分的本地人已无党无派，而且回教徒没有你想象的那么多。小时候我们在提亚纳电影院只看中国大陆的电影，读毛泽东语录，我们幻想着中国，像我们幻想着女人，那使我们热烈地活着，使我们没失去往前走的意志，没有，没有，正好相反，幻想使我们往前走，就像汽油使车子往前走，尽管我们还不确定往哪里走。

我们还必须相信文字吗？还必须以语言沟通吗？还是神情？姿势？我们还必须谈战争吗？因为失去立场，我必然沉默。你记得她第一次打电话给你的声音，那是五月四日，你对她的记忆就从那天开始，然后，她在你的记忆里醒来，她坐在你面前，她有许多提问，问题如穿过梦境的蛇，如古代碉堡与碉堡之间联系的烽烟，你说你不同意这个说法：Quest is another excuse of living。你坐在竹林内，你回答得像个中国哲人，“问题便是答案，答案便是问题。”

这个城市有一种气味，或者那就叫贫穷。贫穷有气味吗？骄傲有气味吗？山上那些野薰衣草香呢？海水的咸味呢？在瞳孔中，这个城市的未来有一种形状，你可以期待，你可以描绘，Yes today, Yes tomorrow，那是城市的广告，你可以从车子的窗外去看它，你一直从窗外去看它。

我们站在海滩上看着吉普赛歌者，他将一首悲歌献给寥寥的沙滩，他们三个明天要回科索沃了，今晚他们在沙滩上的违章建筑前跳着舞，没有女伴，只有沉重的脚步。吉普赛人唱完一首又唱了另外一首，那是我们的命运，孤儿便是我们的命运。他只能重复地唱着，他只会唱歌。电子琴伴奏音响调得如此嘈杂，几乎连最远的海鸥也听得到。我的耳朵开始发痛，我再也听不到海浪，我只会听到我自己的心跳。我们坐下来点酒时，有人无意识地以手挥动着眼前的苍蝇，科索沃难民乘车走了，车轮在湿沙上留下深痕，黑暗中的海岸线不断地往后移退。

你看，远方闪闪发光的正是拜占庭帝王若斯丁尼亚一世的城邦。我们注视着那发光的山坡小镇，行动电话又响了，是谁在召唤着我们，不同的神祇可以互相对话吗？如果时间只是幻觉，那么我们看到的景象也一定是幻觉。以后我将如何纪念此刻的幻觉呢？你将如何回忆我们不知不觉地越过提亚纳的边境？

二〇〇〇年

给敬爱的汉斯

那是你人生的最后一次战争。你弹尽粮绝，费尽心思，经历了极大的恐慌，敌人不停逼近，你孤军奋斗。所有的人都撤退了，连鼠类和蝗虫都逃离了，你还在那里。你的视线衰微，呼吸困难，不知道时间过了多久。你遗失了表，无法移动，也无法辨识阴影，你是如此地饥渴。你一直渴望边境，现在你来到了边境。

第一次世界大战时，你刚出生，经历过大饥荒，听过有人吃皮鞋的故事。然后你到磨坊当学徒，十八岁志愿从军，从德国出征一路到俄罗斯。你有时噩梦连连，甚至会在梦中大声喊叫。但这一次你并未叫喊，恐惧吞噬了你的信心，你在床上哆嗦着。好几个月，你陷入时间的迷阵，当记忆不再追伐你，你才终于甘心地投降，安安静静地走了。

神知道，神看着这一切发生，是不是？汉斯，我仍然问神。

你的儿子语气虔诚，他说，神与你同在。即便在信心消逝的时分，神看着你的痛苦慢慢消退，看着你与自己和解。你也几次与神的使者遭遇，只是你已有一年无法移身到教堂，教堂一直在那里，布特梅其街卅号。弥撒一次又一次地举行，你的神殿空旷无人，等着你去。

那是去年二月，儿子去医院探望时，你的病床暂时被推置在走廊上，你几乎快失去知觉，但认得出儿子。他看一眼你的灰蓝眼睛，心中有预感，你已经半数魂魄不在了，那瞳孔一点光都没有，仿佛已遇见死亡。你的妻子备感愤怒，你不但放弃与死亡的斗争，也放弃了她，放弃了五十年的共同生活，她不愿看见你倒下，便自行回家了。他们把你推回房间，儿子一个人陪着你，看着你瞳孔里的生命之光正在一点一点消失。他握着你的手，他说：汉斯，你可以安心走了，你这一生已然美好，我引你为荣。他握着你的手，良久，良久，整个下午。然后，他起身去城里办点事，那城刚好位于回家路上，他想，今晚先回家睡觉，明天可以再来，必要时整天都会留下。

第二天回去时，你已走了，就在半夜。他抱着你的头痛哭失声，他对你一直有如此深的愧疚，好像你曾代替他参与战争，你为他挡去了生命中的不善，你留给他对美好事物的信心。他应该知道你那晚便会离开，他一直这么责备自己；他看到死神就要带走你，却让你一个人走了。

更早之前在医院，你因连自己的姓名都记不得，常常一个人下楼到医院的地下室，整夜站在那里，迷惑，伤心，不知所措。战后你成家习惯在地下室做自己嗜好的木工，就像战争时躲在坦克之下，或者德军投降后被俄国农民收留，他们让你留在地下室，没有通报缉查；但是医院的地下室什么都没有，只有一些破旧的空病床，你好几次充满疑惑地站在诺大空旷的地下室。他们说你没有病，只是老了，于是把你送回了家。最后是这家让人等死的医院，你去了以后，几次对妻子说过，“让我回家，我一点都不喜欢这家旅馆。”你以为自己正在度假。

那个圣诞节的前夕，你又再度堕入可怕的梦中，或许因为在战争时你杀过人，你儿子说，可能是那些被杀的人都回来找你了。你并不认识他们，一个也不认识，真的一个也不认识，你无法分辨他们回来找你的用意，你当时只是前哨兵。你在二次大战当前哨兵时杀过人，不是面对面的搏斗厮杀，是大小炸弹，你丢过太多颗，还有在坦克车里的无数攻击。战争是这世界上最后一件你该参与的事，战争是人类发明的最残酷的事情。你从小这么告诉儿子。

你儿子谨记在心。二十年前，兵役单送达时，他佯装自己有病。军官问他为什么不从军？因为军人必须杀人，我不愿意杀人。军官说，假设红军(那么多年后他们仍说红军)要杀你们全家呢？我会讲笑话给他听，他只能如此回答。军官冷静地又问：你说军人都是凶手，那你父亲在前线杀了那么多红军，你父亲是不是凶手？你儿子哑口无言。他沉默地坐在军人大楼的走廊上。

他记得小时候，德国冬天的房间是那么冷，但你无论如何不愿关窗或关门。那是潜意识里的逃命习惯，多年后一直保留。还有逐年变本加厉的梦魇，那些年你必须长期服用安眠药，否则如何睡着？在战火连天的漫漫黑夜里，可能在库尔斯克，你已习惯西伯利亚的冷风，你已遭遇多太多次死亡，你都活过来了，靠着你求生的意志和机智。你曾八天躺在废置的坦克车下，等待红军的搜索行动撤退，你靠着带在身上的水瓶和一根香肠活命。八天，他们不知道你怎么活过那八天。你从坦克车下爬出来时，看到的是一具具同胞的尸体，他们并没有活过来。那是一九四二年冬天，在莫扎伊斯克，距离莫斯科一百公里。但你们从未抵达莫斯科。

一九四一年六月二十二日，清晨四点四十五分，你一夜无眠，记得那夜星空灿烂，四百万名德军兼挟意大利和罗马尼亚军人，在希特勒的指令下，开拔前往俄罗斯边境。那一个月，大军如入无人之境，你是前哨兵，你的工作是收集敌军情报，把所有的地形和敌军驻扎地点都画在图上。你从波兰一路来到莫斯科郊外，也去过维也纳、基辅和白俄罗斯，骑着那附挂边车的摩托车前往前哨，他们只让你开，因为只有你一个人知道如何静声地行驶。你是军人，你必须如此，你并不知道当时的领袖希特勒是个疯子，你并不明白战争，但你用你的生命去了解，战争有一张荒谬之脸，战争有一张残酷之脸。德军攻下了洛斯多夫，从那里可退回高加索。

但你没办法转身过去。德军陷入冷风泥淖，秋天时先是没完没了地下雨，地上到处泥泞，车子无法前行。到了初冬，没有人知道西伯利亚这么冷，零下三十度如何存活？供给军需的路是如此漫长，你的新婚妻子恐怕你已冻死。红军控制了谬斯河，那是德军将败的第一个征兆，你并不知道。你也不知道，新婚妻子生完女儿两年后，便移情别恋，她再也不写信了，你一个人在遥远的冬天想念她。几年后你回到德国，你才知道，你一直孤军奋斗，战争总是拖延，无法结束。后来你也明白，尽管战争结束了，你心里的战争却未结束。烽火连天的日子里，你什么也不说，就在地下室做木工，只有工作才能安抚恐慌，那也是在战争时，俄罗斯农民教你的，你学会了，你永远记得他们。

一九四四年，历史上最大规模的海战在南海展开。年初，马绍尔群岛失守。六月，塞班岛也沦陷，汉斯，台湾那时是日本的殖民地，我的母系亲戚也参加日本佣兵到了南海，他没有自杀，苟延残喘、备受屈辱地活着，战争结束时已濒临精神崩溃。

战争结束后，他尚不知悉，在山里逃命，靠野菜维生，继续与假想的敌人煎熬苦战，直到被俘获。他被送到医院，搭上回台湾的船。就像俄国农民收留了饥贫交迫的你，他们没告发你，还给你工作和食物。你来到佛加河，走过那个河水结冰的冬天，然后搭上最后一班回德国的船，告别了面目全非的战争。你回到德国，像蚓类般切断自己的过去，重组家庭，生下了儿子。

汉斯，我的父亲在国共内战时退到台湾，认识了我的母亲。我在素有亚细亚孤儿之称的台湾出生，朝鲜战争时年幼的我毫无感知，越南战争时我躺在台北儿童医院，高烧不退，医生以为我得了日本脑炎，将不治，父母束手无策，看着我发烧又发烧，然后奇迹般救活了我。那时美军驻守台湾，内战尚未结束，在美援及反共思想的台湾长大，以后逐日流放，变成无政府主义者。那一年，我遇见了你儿子，他改变了我无家的命运。

汉斯，虽然我们是战后的孩子，但我也看过战争，那是在一九九九年的科索沃，我因工作关系，从马其顿一路到普利斯提纳去，看到许多哀伤不满的脸孔，到处都是断垣残壁，到处是乌烟和不熄的火海，荒凉，沉默，我和科索沃人去拜访墓园，看到许许多多的新坟，多半死于一九九七年前后，那是米洛什维奇的野心，是南斯拉夫的悲剧。但北约轰炸贝尔格莱勒时，没有人认为不对，我打电话与当时的反对党党主席可杭·丁吉夫做访谈，他说，我们像活在电影画面里，那是一场战争电影，主导战争的人技术高明(他没说手法残忍)。战后，他被选为南斯拉夫总理，但随即被暗杀。

我到了阿尔巴尼亚，他们说，大阿尔巴尼亚的日子到了，巴尔干人以悲歌庆祝和平。汉斯，那时你的体力尚可，我们坐在巴伐利亚辛梦湖边喝茶，你想起一九四〇年离开黑哲夫镇的那一天，你和几位同胞占住了一处俄国农庄，那时的俄罗斯已陷入粮荒，农民靠过去的存粮过日，他们给你们吃美味自制的香肠，你也回报那家人更多的善意。几周后，上级军官要你们继续开拔，离去前，你的同胞放火要把整个村庄烧掉，你强力反对，但别人说服了你："若不烧掉，反而给红军未来做基地。"你没再说话，离开山坡时，你回头看着一片火海，那时你感到些微悔意，在后来的日子里，你的后悔愈来愈深。

你不明白的是，战争还在发生，先是阿富汗，后是伊拉克。你不明白的是战争的理由，你也不再明白善恶道德。战争还有道德吗？他们说那是一场道德之战，你不清楚谁是邪恶谁是正义。然后，因为医生用错药物，你的病情加剧，已再无法下床。你盯着计时器，你看着时间消失，你不再知道自己活在什么世界。你也不再需要助听器和眼镜，你茫然望着电视上现场转播轰炸伊拉克的画面，他们给你氧气筒，你呼吸着，你活着。汉斯，战争已是六十年前的事，整整六十年，战争早已结束，但战争也未真的结束。

而你永远地走了。而我宁可相信佛家的说法，你从未离去。你的灵魂与我们同在，你的身体留在罗森汉姆市的坟园里，你的精神留在我们心里。那些摆在我们房间里的木雕，那棵树，那座房子，所有的爱，你留给儿子对和平的想望：也许以后再也没有战争了。汉斯，在一些日子里，我总是看到你坐在我书桌旁边，你用那无限柔和的眼光看着我，并且叮咛我们好好活下去。

二〇〇五年

俄罗斯悲歌

来莫斯科已经七天了，渴望遇见一个有灵魂的人。我站在科突卓夫斯基街上，觉得自己似乎就是到处都在贩卖的那种俄罗斯娃娃，躯体内总是隐藏着另一个我，生命已成为一个谜题。地下道里，吉普赛人演奏的乐曲已弥漫到街上来，我只有荒凉沉重的感觉，就像读一本陀斯妥耶夫斯基，任何一本。

走过车站，决定搭乘一段，不管到哪里。问一个正盯着站牌标示的女人如何买票，她的回答使我笑出了声，她以英文说：我也是外星人。我喜欢这个说法，虽然我知道她只是用错字。她想说她是外地人，却用了Alien这个字。我默默地念着，外星人，没错，我也是外星人。

九月的莫斯科天气温暖，他们说就像迟暮美人，今天在早餐室碰见的澳洲女人说她无法想象这个城市的阳光，“这是一个你永远意料不到的城市”。我坐在电车上看着河边，一九九三年被坦克轰过的总理府上过白漆，显得特别亮丽。为什么莫斯科人如此沉默？为什么他们面对生命的态度如此坚持？我走入车厢，没有人交谈，电车上通报站名的录音听起来很破碎，我不确定是不是有人知道他们在哪一站，或者他们究竟要去哪里。

在国会站下车，在这个著名的国会、俄国人叫Duma的地方，一些持共产党红色旗帜的人正在抗议，没有人理会。我往左走进红场，走进陵墓，绕过装在玻璃箱内的列宁尸体，这具尸体到底象征什么？

我跟着一群人走进克里姆林宫，年轻的导游指着一栋黄色建筑，喏，总统现在就在那里办公。他说，在这里待过的人全是疯子，不管是彼得大帝或恐怖伊凡，所有的俄帝都有病。克里姆林是希腊文，指的是堡垒，全世界只有一个克里姆林宫，任何伟大的欧洲皇宫都没有这样的气氛，神秘、动人，可能是那金碧辉煌的洋葱屋顶，看起来比哥特式建筑更人性，可能是天空清澈得不一样，更可能因为背景是俄罗斯壮烈凄凉的历史宿命。“这里是俄罗斯”，不愿收取卢布的旅馆经理试着如此劝解我，而这句话听起来突然像咒语。

我不得不想起来自俄国的画家夏卡尔或康定斯基，我不得不想起钢琴家霍洛维兹。几年前在巴黎认识的娜塔莎，一个优雅有教养的中年妇人，她常常因思家而泪落满面，问她到底为什么？她说你不是俄国人，你不会明白什么叫思乡，无论你多恨那里，你的心注定跟那个民族绑在一起，逃也逃不掉。霍洛维兹五十年后回到莫斯科的那场演奏会，都是谁去？我不得不想起那场演奏会，以及磁碟片上琴声停止后的咳嗽声。我不得不想起波修瓦，今天晚上又是谁去看昂贵的芭蕾？是谁说的？在这里只有神经质的人才能存活，不，那不是俄罗斯人的生存哲学。或者弄错了？俄罗斯一年喝掉几十亿吨的伏特加？

我来到红场，几个来自哈尔滨的中国人正忙着拍照留影。远处更多人，年轻的印度情侣、丹麦的退休公务员旅游团，谁管俄罗斯的死活？他们只想留下照片，留下戳记，证明他们也来过一个被神赞美或诅咒的地方。我站在红场上，仍在思索着谜般的生命。我究竟要走到哪里？为什么孤独的心灵总是那么倔强、顽固、一意孤行？为什么我总是这么无可救药地渴望接近真实？真实究竟是什么？以什么方式存在？冥冥中的力量又在哪里？我是不是一向过于自大？我以为我可以实践自我？我以为我可以活出我想活的样子？而我如此微不足道。

一个西伯利亚来的俄国女人与我一同站在教堂外，她望着教堂屋顶上的金十字架不停地喃喃祈祷，我想走过去与她一起祈祷，但我应呼唤哪一个神的名字？教堂里传出东正教士那种低沉无比的歌声，那声音让我流泪。

俄罗斯民族虽然还没有从过去的历史走出来，但俄罗斯有一种别的民族没有的韧力。这是悲哀，也是荣幸。这是悲哀，也是荣幸。我自言自语，仿佛这句话让我感到心安。我带着那样的心情离开了现场，离开了莫斯科。

二〇〇〇年

附录（一）

陪伴灵魂散步

——明夏·陈玉慧对谈录

明夏(以下简称明)问：你是小说家，从事表演艺术，当过戏剧导演，也是国际新闻特派员，你的人生经历如此多元和特殊，但你一直在写散文，散文是你最忠实的朋友吗？是你最喜欢的文字形式吗？

陈玉慧(以下简称陈)**答：**大部分的时候是。虽然我深知小说的挑战更高，但我喜欢写散文，因为只有散文写来像走入大自然的怀抱，或者和情人谈话，一切都那么自然，就像鱼鳃在水里呼吸，或者兰花在深林里开放。它不像写小说那么需要结构，或是写诗那么需要百般凝炼，写散文几乎是心想事成。

最早写散文应该是高中的课堂，因课业无聊而写字条情书给同学，大部分都是从大作家或哲学家那里抄来的句子，我将之改装并加入了大量的个人情感。再之后便是日记，很多日记是散文的原型。早期，我常将日记改写为散文，后来不再这么做。因为写日记不必制订主题，而写散文则必须。日记和散文都是我最忠实的朋友。

卡夫卡认为，写作对他而言像祈祷。真的是，尤其是散文。我也觉得写散文像与神说话，像祈祷文，我透过写散文与神沟通。

明： 你的散文里有一种私密性，散发出个人独特的文字魅力，读者透过谜语般的文字段落，循序进入你那优美悲伤且动人的文字城堡……

陈： 延续你的说法，我在文字里布置了不同的线索，它可以是旋律或者画面，它也可以是一种感性或是一些故事，由这些线索逐渐集中可进入主题，我把线索隐藏在文本之中，我只希望读者在行文中意识到暗示，从而阅读出自己的想象。

明： 你写“日光灯系列”时才二十多岁，但《日光灯》不但在内容或形式上都极度成熟，且风格现代化，走在时代之前。你写的是美丽与死亡，有关生命的毁灭，日光灯作为生命现象的隐喻具有无比的象征性，因为日光灯模拟日光，表面上发着虚拟的光，但那光线其实每一秒内亮了又熄，人眼无法察觉。

陈： 亮了又熄，熄了又亮，就像日出日落。阳光底下本来应该没有新鲜事，但在我看来，所有通俗的事情都有它的意义，生活是这么美，美得要命。美得要你的命。

明： 由西方的散文史来看，十五世纪的蒙田是第一位散文大家，他的散文全然主观，因为反对教堂的真理高过一切，因此颂扬个人经历。而之后的弗朗西斯·培根则是另一种典型，他在散文中极力主张客观地陈述，基本上是强调一种道德观。六百年后，你的作品不但未陷入二极的分裂，还有一种当代作家甚至连德语作家都少有的现代性，你的早期作品到今天读起来都深具现代感，仿佛你不是为当代人写作?

陈： 蒙田和培根的论点我都同意，事实上，散文在这二个极端中形成光谱，中国文学在更早便已有散文写作，分类倾向也大致是如此。我会说，所有的真理都不是真理，除非自己活过。我在散文中要写的便是自己活过的人生。我已不再在乎主观或客观地写，我已经过了那种为动辄写“我”字而不耐的阶段。我是为当代人写作，为知音而写，我是为那些对我的文字有兴趣的人写作。

明： 回到散文创作的主观性，你曾经在写散文的时刻意避免使用“我”字？

陈： 曾经，尽力使用别的主词。但我逐渐明白，不管写什么或写谁，其实都是写“我”，我只能写“我”，所有的作家都一样，只能从主观的“我”出发，不管主词是什么，作家写的都是自己。

明： 著名的散文家都具有一种特色，这个特色你也一样拥有，即在文章里提问，但不设答，也就是不说教。你很早就记取大师的教条？

陈： 不，应该说，说教绝不是我的风格。不喜欢说教，喜欢自由联想，那是我的个性，就我的写作习性而言，问题其实便是答案，答案其实也是问题，因为已看清楚人生的无常与无解，最正常的东西往往具有最疯狂的本质，反之亦然。我写作时试着描绘出正常与疯狂之间的距离，以及二者延伸出来的各种面目。

明： 你写散文仿佛附灵表白，说话的正是你的灵魂，你是现代作家里的异数，你的灵魂可以发声，不但如此，你的文体虽不断演变，但一直保有强烈的个人风格，文字简洁优雅，旋律如音乐，而且充满象征和譬喻，你不但为自己的灵魂说话，你也是所有忧伤灵魂的代言人……

陈： 因为可以写作，我对上帝心存感谢，如果没有这个能力，我可能必须在房子里绕着无尽的圈子或者走到山谷怒吼(虽则我也曾想这么做)，我一直忠实地陪伴我的灵魂，那受伤及受过苦的灵魂。也许因此我容易接近忧伤的灵魂。

明： 你常能以两三个句子勾绘一个不为人知的世界，很多段落几乎就像小说或剧本，你仿佛拥有一个知觉的泉，一旦下笔，诗意和画面便不停涌现，你的观察能力如此敏锐，是否与你的戏剧经历有关？

陈： 在巴黎和纽约学习及参与表演和导演，这一直是我重要的生命经验，我从学习表演一事里学习观察，因为透过观察你才能表演。当然你还需要好的模仿力，这加起来叫演技，用于写作上便是写作技巧。我喜好模拟大自然元素，并在平凡的人和事里看到哲学，不管抽象或具体。不过，很多时候，我的直觉却又胜过观察，有时，我看一个人的眼神或手势，我都认为可以看出他(她)的人生。

明： 你的一些早期散文有许多电影的画面，电影是否对你当时的散文写作有影响？

陈： 确实是，艺术电影开启我的写作灵感。年少的时候我爱看电影，大学时代起看过非常多法国笔记电影、德国新浪潮电影甚至意大利写实派导演作品，我想，费里尼或帕索里尼等电影大师超现实的画面对我有启发。我的很多散文确实有类电影风格，是意识流，也有蒙太奇的手法，我尝试文字段落的组织技巧，我把这些剪接的片段编织为collage的作品，或者说，我把那些剪接的片段连缀成文，就像唐诗或宋词讲究对句，虽然形式完全不同，内容也有异，但我觉得手法其实一样。

明： 你很早便离开台湾，你大半生命时光都在异地，异地生活又如何影响你的写作？异乡对你的意义何在？

陈： 萨特说："他人即地狱。"在我自己的定义里，他人即异乡。我之所以爱上电影，便是受到异乡的吸引，因为爱上法国电影而到巴黎去，因为接近异乡(或者异质性)，很容易在异质文化中看到奇妙人性，任何异质文化都能吸引我。基本上，与我本质最不同的人最容易吸引我。异乡是文化发展的可能，我年少时追寻的便是各种的异质／乡文化。那时写作的主题便是流浪生活，应该说，除了学习和探索，写作也是流浪的一个借口。我到今天都向往异乡文化，所谓异乡就是远方，而只有保持等距，你才能写。我想写的便是心灵的异乡，或理想国。

明： 你的散文在巴黎之后形成一种风格，孤独隐约已是你那时的主题？

陈： 孤独，是的，我在巴黎必须陷入孤独这个主题。我是一个异乡人、旅行者和陌生人，因为孤独，我必须创作，我试着把美感和孤独感溶入写作，那是一种生活的演练，仿佛，只有学习面对孤独，你才能写，或者，如果要写作，你必须先明了孤独是什么。在巴黎那么多年，我服膺里尔克的信念，我像他笔下的马尔泰那样活过。

但当时的我并不是一个习于孤独的人，现在比较是。那时我并不知道，寻求绝对真实与美感的人，只可能在创作里安身立命。现在则比较清楚。我一旦清楚后，孤独作为主题与否，已不再重要。

明： 在后来的作品中，你开始写文明的现象和省思，也酝酿出更多的思想重量，你把对个人和对人类文明的省思巧妙地溶入《你是否爱过》，你逐渐内敛化身成思想家……

陈： 后来我结婚了，而且生活也有很大的改变。我由戏剧导演转为新闻特派员，我虽未迎向孤独的召唤，但我的内向倾向愈来愈严重，经常反观自省，思考成为生活方式之一；但我认为，散文家通常都是思想家。你思想，所以你写散文。

明： 在《回忆啊，别背弃我而去》这篇如同散文诗的创作中，你开始书写回忆，或者你开始因回忆而书写。作为作家，你总让我想及普鲁斯特，他可以因为吃一块蛋糕而忆起多少童年生活，写出法国文学的巨著。回忆这件事在你的写作中有多重要？

陈： 当我开始在写作中回忆，或者在回忆中写作时，我开始明白，我的人生是为了写作而活。我以前那样活，是因为我现在必须这样写，这并不是我过去的计划，却是我目前的状态。就像法国画家塞尚说的："我必须加快，一切正在消失中。"时间消逝，而我担心无能为力，我的记性非常差，因此我不只是回忆，应该是追忆。一般把普鲁斯特的作品中译为"追忆似水年华"，但我认为他的写作不是追忆，因他并不急迫，不疾不徐，尽管他身体欠佳，自知生命有限，他在写作上耗尽生命力气，但仍不愿写得太快，对书写记忆有点像旅人在沙漠饮水，点点滴滴都非常珍惜。他沉浸在回味之中，舍不得离开，相对于他，我下笔的速度和节奏都增快了许多。

明： 不，你下笔速度加快，那使你的散文充满时代的节奏和旋律，普鲁斯特是经典，但现代人不太可能如此写，且十九世纪的巴黎贵族沙龙生活早已不存在……

陈： 也许，我们所谈的普鲁斯特是他的小说，在散文上，他经常能很快击中要点，切入主题。我注重文字的节奏和旋律，我每每听取自己内在的声音，感受到那个节奏和旋律，但我创作时并不管有没有时代性。

明： 即便在像《时间之脸》这样充满时代感的作品中？即便题目便已点出主题？

陈： 如果有的话，我会说，我注意到一种像时代精神的东西，德文叫Zeitgeist，像时代的灵魂。对我而言，时间或时代确实具有多种面貌。

明： 《你是否爱过》虽是书写旅途，但写的不是外面而是内在？

陈： 我开始意识到，我去了那么多地方，看过那么多世界，但却更留心自己的内在。我发现自我的内在是如此奇妙，好像过去我一直对待自己像陌生人。又，我们界定的外在与内在其实并没有分别，只是表里，外在描写必是透过内在凝视，且写别人就是写自己。

明： 在《巴伐利亚的蓝光》中，你仿佛是透过日记在写人性的姿态和行为，你记录你看到的生活，以警句、隐喻或故事。你如何发展出这么特殊的文体？

陈： 我当时打算以不同的角度写日记，以“第三者”的眼光来看自己和别人，我记录我所听到的言语，看到的景象，别人的行为或者我自己的行为，以“第三者”的角度。我试着不加入情感和判断，虽则我今天看来，那是不可能的尝试，但我会说，那是一个最好的写作锻炼：客观——准确地以文字记录平凡生活。

明： 你的生活似乎从来不平凡，任何人读过你的简历恐怕只会惊叹，如果说你的作品是你的生活之镜，那么，你的人生是否是一篇你写的散文？

陈： 还没写完的散文。充满感伤、奇遇和转折，也有极大的可能性。自从我明白追求至真和完美并不可得后，我的人生就开始像一篇散文了，因为完美不必强求，它只可能碰巧发生，而人间没有真相，只有靠近真相或不靠近真相。

明： 你参与全球性的新闻工作，你常常在重大事件的现场，你访问了无数国家元首或世界级精英，你独家并权威的新闻写作具有指标作用。政治学或新闻学这些元素在你的散文扮演的角色如何？

陈： 在政治上，我的立场倾向无政府主义，我也不是全球化运动的支持者，我是从不投票的中间选民。我对政治有严正的看法，却不会上街搞运动，也不会默不作声。不管与台湾相不相关的世界新闻，我试着把个人对全球事件的观察带入台湾，在这之前，台湾媒体只重视境外通讯社的声音。新闻写作必须讲求数据和当事人的引述，这种写法与文学大异其趣，应该说，政治或新闻介入我的生活，增加我在不同范畴的思考，但其实与我的写作并没有太大关系。

明： 虽则你一向认为你的新闻报导独立于文学写作之外，但我读过好几篇你在德国报纸副刊上以德文发表的散文，以及一些你对重大国际新闻的报导和评论，我认为这些文章足以比美散文家苏珊·桑塔格或波兰新闻记者卡普辛斯基那样杰出的新闻报导和评论……

陈： 我之所以忽视自己的新闻写作，可能是因为报导文学在台湾已是消失中的文体。其实新闻报导正是散文多样的可能性之一，散文可以是罗兰·巴特那样的评论，也可以是卡波特的“冷血”，甚至如你提到的卡普辛斯基，他写非洲的现场，我都立刻可以见闻到尘土飞扬和暴君的古怪行径。

明： 在“秘密生活”时期，你写了许多与人文大师交会的遭遇，那些散文兼具知识性和感性，笔调哀伤但精采动人。

陈： 我在《遇见大师流泪》一书中写了一系列那样的散文，借此哀悼青春及哲人的凋逝，我确实感动于那些哲人的生命，也与他们一起活过那样的人生，感叹命运造化的不可捉摸，觉知生活与伟大作品之间的古老敌意。

明： 在那些作品中可以看到心理分析这个专业开始进入你的散文创作？

陈： 那些年，我做心理分析，也学习心理学和相关领域。我钻研弗洛伊德、荷妮，一路走到荣格，而荣格对我影响更大。我从他那里知道，阴影可以生出力量，且神秘主义并非只言论于“神秘”二字。我一向是一个对思想和灵魂深度有兴趣的人。实则，要谈深度，没有任何东西比灵魂更深不可测。

明： 你的散文是对生活的礼赞，也是对写作的礼赞，在《写给一个美丽的灵魂》中，你提到舞蹈家碧娜·鲍什，“她跳舞，因为她悲伤”，而你的灵魂正像她一样美丽，也可以说，你写散文，因为你悲伤？

陈： 只有在写的时候，才能真的感觉自己还活着。也因此，打算继续写。

明： 在阅读《在一个无名的国度》一文后，我感动莫名，你的散文风格已愈臻成熟，文思深厚，字句简洁，在客观的描写中又具有如此少见的感性和诗意，已接近史诗的风范。你如何构思这篇像魔幻般的散文？

陈： 我只是坐在书桌前写，写前完全没有构想。我必须把躲在心里的那只悲伤动物召唤出来，并试着以文字驯服它。这便是整个写作过程。

明： 随后的《给敬爱的汉斯》也一样，你的文笔已然如蜉蝣，不但能飘流在感情大河，更能攀爬人世巨木，你不只从过去写个人情感，过渡到文明观察，你也可以写政治或历史，你的角度宽广，智慧深厚，气势磅礴，仿佛叙述者走过所有的人生苦难，你一旦以温暖诗意的声音开始娓娓叙述，整部史卷便从而展开……

陈： 这是问题吗？还是赞美？

明： 这是赞美。我这样说或许大言不惭，但我如此明了你散文的完整性，以至于几乎不需要发问。对我而言，你的许多散文创作，几乎就像红地毯铺好在灵魂的入口，我只要走上去，就行。我期待所有的读者都与我一样。

陈： 下一个问题是……

明： 读者会从这本散文集看到你的文风变化，每个时期的风格都多所不同，你是否意识到自己的风格变化，或者你有意在风格上做实验？你认为你这些年最大的改变在哪里？

陈： 年少时的狂妄不再，比从前更能宽容和忏情。以前容易狷弃，现在对人世多少有承诺，对不完美的人生有一种包容，而承诺几乎要脱笔而出，只还剩下一些些坚持。

明： 那一些些坚持是什么？

陈： 保有对真与美的渴望，或者对幸福的盲目向往。尽管我已明白幸福只是一个乍然而现的情感状态，对我，幸福只存在于两种可能性中，一是走入大自然，得到天人合一的感受；二是写作时全心全意地投入，且下笔如神助。

二〇〇五年

（明夏，Michael Cornelius，德语作家、评论家及小说家，现任德文杂志主编。）

附录（二）

你是否爱过

明　夏

我们走吧，你和我
当夜晚向着天空蔓延
像一个被麻醉的病人躺在桌上
我们走吧，经过大半荒芜的街道
喃喃自语地隐退
在一个睡不着的一宵廉价旅舍
在一家光漆木并卖蚝贝的餐馆
街道跟着，像无法停止的争执理由
纠缠不清的内容
带你到一个势不可挡的问题上……
噢，请不要问：“那是什么？”
让我们走，开始我们的拜访

— T. S. Eliot

这难道不美妙之极吗？如果我们的身体有个按钮，每天高兴按几次便活在天堂几次。这难道不美妙之极吗？如果我们的生活就是即溶雀巢咖啡，一点点粉末、水，稍稍搅和一下，便大功告成，我们会即时拥有所有人生问题的答案：我们是谁？为什么活着？心脏为什么因恋爱而怦然？或者，鸟类夜晚都在哪里栖息？

写这篇文字时，我一度被电视节目打断，电视上正播放着一个缅甸老和尚的纪录，叙述者说，在缅甸只剩下两个圣人(Ahrats)，而其中一个正接受当地人为他庆祝百岁生辰，一个无牙的圣人，正吃着村人送来的水果和食物，所有的人都急迫要接近他，他们都问相同的题目："我从哪里来，我将去哪里？"圣人曾经独自在山洞修行闭关五十年，整整半个世纪都在沉思与冥想，面对结队而来的提问者，他回答说："我无法给你们答案，答案在你们自己。"

你是否爱过？这是陈玉慧在旅行札记中提出的问题，她可能在悉尼与夏威夷或者开普敦与加州之间写下这个句子，在一次环绕五洲的百日旅行、一个从内心出发的行旅中，前往乘车搭船坐飞机也不一定会抵达的目的地。作者叙述一个从外在世界回溯个人心灵的行旅。如果说，她以前的一本散文集《我的灵魂感到巨大的饿》描绘的是人的心灵面貌，本书则是一卷卷灵魂的地图。

作者经历外在、色彩、人及故事，那个时而陌路时而深远的世界，在她的笔下形成一个动人旋律。从澳洲原住民的《歌路》(*Songlines*)得到的灵感，古老如谜的原住民生活史在她的心路上化成一种旅人的哲学或信念，也逐渐成为她的灵魂地舆，在行走世界中转化成一首自己的歌。这是一棵树，这是一条河，这是袋鼠，布鲁斯·查特文(Bruce Chatwin)在他的澳洲旅行札记中做了记录，他的名言正可以说明此书：只有在旅行时，你才回到家。

本书具有一种近似平凡但不凡的特色，作者的观察及思维像细菌一样会感染，那些日常生活中唾手可得的生活经验，譬如一段电话对谈或者一次车站经历，作者都能描述入微，几乎有小说的样子。其实那就是小说的原始，有人会说那更像喜剧，或者有人说像悲剧，而我一直觉得二者是同一个东西。

本书有关孤独。我们其实都没有家，若你如陈玉慧般旅行过，你将感受作者的“无家”(Heimlos)思想，到处无家但也到处为家，你最终是无根的浮萍，你没有时间定下来成为一个根本，而且，旅行之后总是在另一个旅行之前。

你是否爱过？这同时也是一个这样的问题：你是否活过？这

本书传达这时代的新思想，我们都是世界的旅者，若以佛陀的思想来看：我们参与的是永恒宇宙的无限行旅。

这也是一本谈流亡的书，台湾的流亡。作为德国人，若要谈论台湾，这个地方一直是埋葬魂灵的地方。从历史来看，多少冤魂葬身此地，没有家，难以安身的社会，多少代移民在此寻求一个家。

是的，每个地方的天空都不一样。无限延伸的没有界限的澳洲天空，完美无瑕的开普敦的白云，德国的天空当然很德国，但今天的德国天空突然改变一向的面貌：春天来到慕尼黑，正像只有两天行程的观光客，急着去所有该去的地方；太阳被画成橙黄，天空则是蓝色，巴伐利亚式的蓝色，路易二世的蓝色，这幅素描从啤酒园一直画到希特勒住过的布莱希特花园，而我正在这个时候注视着这个不同凡响的蓝色。生活在外面的花园中继续，草坪像没刮胡须的嬉皮，我在“家”，就像他们说的，在电话上，在信上，但我却感觉像刚从世界尽头回来，我永远不会明白这句话：回家真好。我也庆幸自己经常不那么认为：我总是在结束旅行时立刻开始计划新的出走。

这个世界是由句子组成的，我们希望说出的句子，但从未脱口说出，那些句子只能由潜在意识之下的印象所形成，由眼睛的余光所瞥见。我们从未在事实里，而总是在回味中活着。我们看到的事实只是冰山一角，而陈玉慧为我们描绘的是冰山其余的隐藏。读完这本书，我们将能以全新的眼光观看这个世界，仿佛作者曾将世界的内容拆开并为我们重新拼合，是的，这便是这个我们活着的世界，而所剩下的便是留在书架上的这本书。

你是否爱过？

陈玉慧写作年表

一九七五年	求学时代开始写作，作品在中小学校刊及大学报刊发表。
一九七七年	中文系时期受教于书法家史紫忱，在史氏影响下固定写作，以散文为主，多篇发表于《自立晚报》副刊。
一九七八年	结识小说家朱西宁，旁听朱先生的小说创作课，写作受到朱西宁的鼓励，从此视创作为生命必然。于《三三集刊》发表作品。
一九七九年	为《时报》杂志(后停刊)撰稿。
一九七九年起	留学法国，进入几个私立表演学院学习戏剧表演，就读于法国国立社会科学研究院历史系，先后获得历史系硕士及文学系硕士，就读语言系博士班。写作中断，以表演和导演为主要学习内

容，参与欧美重要剧场实习及演出，如著名的法国阳光剧团，纽约拉妈妈剧场，西班牙喜剧演员剧团，在纽约外外百老汇担任导演并演出贝克特名作《无言剧》，并多次在西班牙与当地布风剧团巡回演出。

一九八四年　重回写作，主要作品仍是散文，多在《中时人间》及《联合副刊》发表。担任《中国时报》美洲版纽约当地记者。

一九八五年　在纽约、巴黎及台北发表戏剧导演作品，在新象小剧场导演贝克特《无言剧》。开始创作剧本，在台湾艺术馆导演自己的剧作《谢微笑》。

一九八六年　执教于台湾文化大学戏剧系及兰陵剧坊，在台湾艺术馆导演自己的剧作《山河岁月》。与文建会合作在台南文化中心执导自编作品《大路》。

一九八七年　出版散文集《失火》(三三出版社)。发表自编自导的舞台剧《谁在吹口琴》。由金士杰、马汀尼等人演出。

一九八八年　执导《那年没有夏天》，改编自里尔克和莎乐美

	的故事，在优剧场由刘若瑀(静敏)演出。
一九八九年	在巴黎参与剧场工作，为《民生报》撰稿报导巴黎艺术风，在《欧洲日报》担任法文编译及记者工作，访问密特朗总统夫人丹妮丝，访问当时仍为市长的席哈克总统。写完结合歌仔戏与现代剧场和舞蹈等形式的新式舞台剧剧本《戏蚂蚁》。
一九九〇年	为台北市市立社教馆执导《戏蚂蚁》，由明华园孙翠凤和陈胜在等人担纲演出。被《亚洲华尔街日报》评为当年最精采的中文舞台剧作品。
一九九一年	为台北剧院执导波兰剧作家果多斯基的作品《离华沙不远》。该剧由奥斯卡配乐得主苏聪作曲。为台北剧院导演自己的剧本《祝你幸福》。
一九九二年	出版集自传、报导文学及表演于一身的文学作品《征婚启事》(远流出版社)。移居德国，由文建会赞助到慕尼黑歌剧院实习歌剧导演一年。
一九九三年	担任台湾《联合报》驻德记者，后改任驻欧特派员。《征婚启事》改编舞台剧，屏风表演班演出。
一九九四年	出版小说《深夜走过蓝色的城市》(远流出版

社)。出版剧本《戏蚂蚁》及《谁在吹口琴》(戏剧交流道),编作舞蹈作品,改编弗吉尼亚·伍尔夫的《奥兰多》在幼狮文艺中心演出,由舞者陶馥兰演出。

一九九五年　为《联合报》做一系列专访。访问十数位世界领袖,如前波兰总统华勒沙,现任波兰总统夸斯尼夫斯基,冰岛总统魏笛丝,爱尔兰总统罗宾逊女士,前苏联总统戈尔巴乔夫,前德国总理施罗德,前港督彭定康等人。访问波罗的海三小国总统。

一九九六年　出版散文集《我的灵魂感到巨大的饿》(联合文学)。

一九九七年　连续三年获得《联合报》社内最高荣誉"新闻表现贡献奖"。《征婚启事》由陈国富改编成电影,女主角刘若英在戛纳影展获奖。

一九九八年　获得台湾新闻评议会选出当年杰出新闻人员奖。

一九九九年　出版小说《猎雷》(联合文学),开始不定期为德国权威日报《南德日报》副刊执笔。

二〇〇〇年　为《联合报》所进行的一系列国家专访继续进行，除了波罗的海，现场拉到巴尔干半岛战火的现场，访问阿尔巴尼亚总统、总理及南斯拉夫政要，曾访问后遇刺的南国总统可杭·丁吉夫。访问保加利亚总理，访问马其顿总理等。

二〇〇一年　出版游记《你是否爱过》(联合文学)。

二〇〇二年　出版散文集《巴伐利亚的蓝光》(二鱼文化)。

二〇〇三年　为《诚品好读》杂志撰写文学专栏“三地书”。为表演艺术杂志撰写“欧洲人文笔记”专栏。出版短篇小说集《你今天到底怎么了》(二鱼文化)。报导伊拉克战争赴土耳其及叙利亚采访与战争相关的政治、社会、决策人士，撰写战争专栏报导。

二〇〇四年　出版散文集《我不喜欢温柔》(大田出版社)，出版长篇家族小说《海神家族》(印刻出版社)，《海神家族》获选联合报当年度十大好书。为人间副刊执笔“三少四壮”专栏。

二〇〇五年　出版散文集《遇见大师流泪》(大田出版社)，

《海神家族》入围台湾新闻局入选文学创作及著作人金鼎奖。为《联合副刊》书写“越过边境”专栏。为台北剧院担任戏剧及舞蹈节目策展人，策画二〇〇六“世界之窗”德国系列节目。

二〇〇六年　一月，出版散文集《新世纪散文家：陈玉慧精选集》(九歌出版社)。